ALEXANDER OSANG

Die
Leben
der
Elena Silber

ROMAN

S. FISCHER

Erschienen bei S. FISCHER

© 2019 S. Fischer Verlag GmbH,
Hedderichstr. 114, D-60596 Frankfurt am Main

Satz: Dörlemann Satz, Lemförde
Druck und Bindung: CPI books GmbH, Leck
Printed in Germany
ISBN 978-3-10-397423-2

Für Abi und ihre Töchter
Agnes, Charlotte, Anneliese, Claudia und Barbara

Ich habe über mein Leben nachgedacht ... Herr Jesus Christus! Wozu habe ich denn eigentlich gelebt! Schläge ... Arbeit ... Ich sah nichts als nur meinen Mann, kannte nichts als nur Furcht.

Maxim Gorki, Die Mutter

Now those memories come back to haunt me
They haunt me like a curse
Is a dream a lie if it don't come true
Or is it something worse

Bruce Springsteen, The River

Nichts ist so unvorhersehbar wie die Vergangenheit.

Sowjetischer Spruch

DIE MÄNNER

Viktor Krasnow, Seiler (1877–1905)

Robert Friedrich Silber, Ingenieur (1895–?)

Egon Barthel, Kellner, Parteisekretär, Kellner (★1933)

Claus Stein, Regisseur (★1934)

Juri Silber, Sprachkundler, Bürobote (★1962)

Konstantin Stein, Filmemacher (★1973)

Theodor Luchs, Schüler (★2004)

DIE FRAUEN

Sina Krasnowa, Hausfrau (1879–1960)

Elena Silber, Sekretärin, Dolmetscherin (1902–1995)

Lara Barthel, Lehrerin (1935–1986)
Vera Silber, Ärztin (* 1936)
Maria Stein, Fotografin (* 1937)
Katarina Silber, Gärtnerin (* 1941)
Anna Silber (1942–1944)

Natascha Barthel, Kindergärtnerin (* 1967)

Felicitas Barthel, Krankenschwester (* 1990)

1

GORBATOW, RUSSLAND
FEBRUAR 1905

Sina Krasnowa schob die letzten Scheite in den Ofen, als sie draußen in der Stadt ihrem Mann einen Holzpfahl in die Brust schlugen. Pawel hockte auf der Ofenbank, Jelena stand an der Tür und wartete, dass ihr Vater endlich zurückkam. Sina Krasnowa trat gegen den leeren Korb.

»Mama?«, fragte Pawel.

»Wir haben kein Holz mehr«, sagte sie. »Und keinen Mann im Haus.«

»Ich gehe schon«, sagte der Junge und kletterte vom Ofen.

»Es ist seine Aufgabe«, sagte die Mutter und hob den leeren Korb wie eine Trophäe.

»Papa hat wichtigere Aufgaben«, sagte Pawel und streckte seinen Arm nach dem Korb. Die Mutter hielt den Korb fest, als friere sie lieber, um später überzeugender keifen zu können.

»Gib mir den Korb«, sagte Pawel.

»Es gibt nichts Wichtigeres als die Familie«, sagte Sina Krasnowa, ließ aber den Korb los.

Pawel nahm den Korb und ging zur Tür, vor der seine kleine Schwester stand, um den Vater als Erste begrüßen zu können. Er tippte sie an die Schulter. Aber sie wich nicht.

»Lenotschka«, sagte Pawel.
Sie sah ihn an. Ernst. Er lächelte.
»Ich muss Holz holen«, sagte er.
»Ich helfe«, sagte Jelena.
»Es ist kalt«, sagte Pawel.
»Ich hole meinen Schal«, sagte Jelena.
»Die Mütze, Lena«, rief Sina Krasnowa.

Die beiden Kinder traten auf den kleinen Hof. Die eisige Luft schnitt ihnen ins Gesicht. Die Kälte stieg vom Fluss auf. Pawel war neun, Jelena zweieinhalb. Sie gingen zum Stall, wo das Gestell stand, an dem der Vater seine Seile flocht. Er nannte es: die Maschine. Pawel hielt seine Schwester an der Hand. Seine Hände waren groß und warm. Jelena mochte Paschas Hände, fast so sehr, wie sie die Hände ihres Vaters mochte. Es war kalt, aber sie fühlte sich besser jetzt, hier draußen mit ihrem großen Bruder.

Pawel öffnete die Stalltür. Es war nur ein kleiner Stall, früher hielten ihre Großeltern hier Ziegen und ein Schwein. Diese Zeiten waren vorbei, sagte ihr Vater. Die Mutter dagegen beklagte oft, dass er das Schwein und die Ziegen verkauft hatte, um Platz für die Maschine zu haben. Seile kann man nicht essen, sagte Sina Krasnowa. Es war der Stall ihrer Eltern gewesen. Sie war mit den Tieren groß geworden. Sie glaubte nicht an die neuen Zeiten. Pawel schon, er redete oft mit dem Vater über die Zukunft. Über die führende Rolle, die die Arbeiterschaft dort spielen würde. Die Arbeiter waren wichtiger als die Bauern. Es ging um Maschinen, nicht um Ziegen. In der Zukunft.

Lena mochte die Maschine ebenfalls, wenn auch aus anderen Gründen. Sie saß oft hier, hielt das Seil, half dem Vater. Sie half gern.

In der Ecke gegenüber der Maschine lag das Holz. Pawel füllte den Korb. Er gab auch Lena ein paar Scheite, die sie auf den Haufen legen konnte. Dann nahm er das Beil und spaltete noch ein dickes Stück. Es war nicht nötig, aber er mochte es. Lena legte die kleinen Stücke zu den anderen. Sie hörte den Schuss nicht, mit dem sie den Arzt töteten, der sich vor ihren schwerverletzten Vater stellte. Sie hörte die Schreie des Mobs nicht und sah auch die Fackeln nicht. Gorbatow war keine große Stadt, genau genommen war es die kleinste Stadt Russlands, aber ihr Haus stand ganz am Rand, auf dem Hang, der sich zum Fluss neigte, zur Oka. Die Straße, auf die sie ihren Vater schleiften, wo sie ihn pfählten und in seinem Blut liegen ließen, befand sich in der Mitte der Stadt.

Es war der Vorsprung, den sie hatten.

Als die beiden Kinder zurück auf den Hof traten, spürten sie, dass etwas Schreckliches passiert war. Ihre Mutter stand dort mit Pjotr Iwanow, einem Freund des Vaters. Pjotr Iwanows Brust hob und senkte sich schnell, Atemwolken stoben aus seinem Mund wie aus dem Maul eines erschöpften Pferdes. Sina Krasnowa sah zu ihren Kindern, und in ihrem Gesicht mischte sich Schrecken mit Entschlossenheit. Sie weinte nicht, sie hatte, so erklärte sich Lena das später, keine Zeit für Tränen. Die Mörder würden bald kommen. Sie wollten niemanden zurücklassen, der später den Tod des Vaters rächte.

»Schnell«, rief ihre Mutter. Dann bekreuzigte sie sich. Dreimal.

*

Es war der Moment, in dem eine neue Zeit anbrach. Sie rollte an wie eine dunkle, wütende Welle und riss sie alle mit. Sina Krasnowa, Pawel, am heftigsten aber traf sie Jelena, Lena, Lenotschka.

Sie war zweieinhalb Jahre alt. Die Welle trug sie durch ein ganzes Jahrhundert, Jelena ritt ganz oben, dort, wo der Schaum war.

Wenn Jelena später gefragt wurde, was die erste Erinnerung ihres Lebens war, sagte sie: Die Kreuze, die meine Mutter schlug, als mein Vater starb.

Das war eine Lüge, natürlich.

2

BERLIN, DEUTSCHLAND
JUNI 2017

Seine Mutter hatte in der Stunde, die Konstantin Stein von Wien nach Berlin geflogen war, viermal angerufen. Viermal. Sie hatte keine Nachricht hinterlassen, das machte sie nie. Drei weitere Male rief sie an, als er am Gepäckband auf seinen Rollkoffer wartete. Das Handy summte an seinem Bein, als habe er eine Hummel in der Hosentasche. Er rief sie zurück, als er im Taxi saß.

»Was ist denn?«, fragte er.

»Wo bist du?«, fragte sie.

Zwei Fragen. Die klassische Eröffnung.

»Ich war in Odessa«, sagte er.

»Odessa«, rief seine Mutter. Sie sang es fast. Odäässsa.

Sie sprach kein Russisch, und sie war, soweit er wusste, auch nie in Odessa gewesen. Sie spielte eine Osteuropäerin, weil sie glaubte, es verleihe ihr mehr Seele. Er hätte dieses Fass öffnen können, hatte aber keine Lust und keine Kraft dazu. Er hatte vier Stunden Aufenthalt in Wien gehabt. Er hatte das Finale der French Open auf seinem Handy gesehen. Nadal ließ Wawrinka keine Chance. Wawrinka hatte all seine Kraft im Halbfinale gegen Murray gelassen. Das Halbfinale hatte er noch in Odessa gesehen, wo er sich für vierneunundneunzig ein Monatsabo des

Eurosport-Players gekauft hatte. Aus Recherchegründen, wie er sich einredete. Diese hoch abspringenden Topspin-Bälle von Nadal auf die Rückhand zermürbten Wawrinka. Konstantin fühlte, wie er müder und müder wurde. Wie er selbst. Eine Folter eher als ein Tennisspiel.

»Ja«, sagte er.

»Wusstest du, dass Eisenstein dort seinen Panzerkreuzer gedreht hat?«

»Mmmh«, machte Konstantin. Es ärgerte ihn, wie seine Mutter »seinen Panzerkreuzer« sagte, als sei sie bei den Dreharbeiten dabei gewesen. Er war sich nicht mal sicher, dass sie den Film gesehen hatte. Außerdem fragte er sich, ob der Taxifahrer Umwege fuhr.

»Die Studios in Odessa waren weltberühmt. Noch vor Hollywood«, sagte seine Mutter.

»Fahren wir über Torstraße oder Bernauer?«, fragte Konstantin den Fahrer.

»Beides, Scheff«, sagte der Fahrer.

»Hörst du mir überhaupt zu?«, fragte seine Mutter.

»Ich habe mit dem Fahrer geredet«, sagte Konstantin.

»Du musst lernen, dass auch andere wissen, was sie tun«, sagte seine Mutter. »Stand schon in deiner Zeugnisbeurteilung. Vierte Klasse.«

»Fünfte.«

»Genau das meine ich«, sagte seine Mutter.

Konstantin fiel immer wieder auf sie herein. Dass er sich überhaupt an die Beurteilung erinnern konnte, war bedenklich.

Er sah aus dem Fenster. Männer in Unterhemden und Jogginghosen lehnten an Autos, verschleierte Frauen, Kinder auf Dreirädern, die aussahen wie kleine Formel-eins-Autos. Er wollte nicht Scheff genannt werden. Ein Wunsch, den man schwer aussprechen konnte. Nicht in diesem Taxi, nicht in dieser Gegend, schon gar nicht, wenn seine Mutter zuhörte, die größte proletarische Internationalistin von Berlin-Pankow, wo es vor proletarischen Internationalisten nur so wimmelte. Er sehnte sich nach Odessa zurück. Heute Vormittag hatte er noch im Schwarzen Meer gebadet. Es war klar gewesen und kalt. Die Leute am Strand erinnerten ihn an seine Kindheit.

»Weshalb hast du mich angerufen?«, fragte er.

»Bitte?«

»Ich hatte sieben Anrufe auf meinem Handy.«

»Sieben?«

»Ja.«

»Da siehst du mal, wie wichtig mir das ist.«

»Was?«, fragte Konstantin.

»Dein Vater.«

Draußen erschienen die Bayer-Werke. Hinter der Fabrik gab es am Wasser, am Rande einer dieser Townhaus-Siedlungen, die in Berlin wie Pilze aus dem Boden schossen, eine kleine Tennisanlage, auf der er Bogdan beobachtet hatte, als der einen Direktor der Chemiefabrik trainierte. Eins dieser sechzigjährigen Testosteron-Monster, die Bogdan mit derselben Gelassenheit ertrug wie die verzogenen Kinder am Jahn-Sportpark. Das Taxameter stand bei siebzehn Euro.

»Bist du noch da?«, fragte seine Mutter.

»Ja«, sagte er.

»Wir haben einen Heimplatz gefunden«, sagte sie.

»Ihr geht ins Heim?«, fragte er.

»Dein Vater«, sagte sie. »Wir haben einen Platz in dem Heim gefunden, das wir uns immer gewünscht haben.«

»Ihr?«

»Ja.«

»Aber nur er geht?«

»Es ist ganz in der Nähe. Am Bürgerpark.«

»Babas Heim?«

»Ja, aber es ist nicht wiederzuerkennen. Und er hat ein Einzelzimmer. Mit Blick auf den Park. Ich habe das mit Herrn Breitmann so durchgesprochen«, sagte sie. Sie jubelte, was nie ein gutes Zeichen war.

»Wer ist denn Herr Breitmann?«, fragte er.

»Der Heimleiter. Ein wunderbarer Mann. Papa und er werden sich gut verstehen.«

»War nicht immer der Plan, dass ihr gemeinsam geht?«

»Man kann ein Leben nicht planen. Die Krankheit hat ja kein System. Sie ist nicht gerecht. Man muss handeln, bevor sie uns beide zerstört. Unser Verhältnis. Unsere Beziehung.«

»Wer sagt denn das? Die Apotheken-Rundschau?«

»Diese Plätze in guten Heimen sind Gold wert. Und wenn du uns einen Gefallen tun willst, dann unterstütze uns auf diesem Weg«, sagte seine Mutter.

»Euer Weg?«, sagte er. »Es ist dein Weg. Es ist immer nur dein Weg.«

Der Taxifahrer musterte ihn im Rückspiegel. Wahrscheinlich war er zu laut geworden. Sie fuhren die Chausseestraße entlang. Je wütender er wurde, desto gelassener wurde seine Mutter. So war es immer. Sie redete ihn in seine Wut hinein wie in eine Schuld.

»Das Gute ist, ich kann deinen Vater jeden Tag besuchen. Es ist ja praktisch um die Ecke. Und du hast es auch nicht so weit«, sagte sie.

Er atmete ein. Und aus. Und ein. Und aus.

»Was sagt denn Papa?«

»Ich geb ihn dir mal«, sagte seine Mutter.

»Was gibt's?«, fragte sein Vater.

»Willst du wirklich in das Heim?«, fragte Konstantin.

»Gute Heime sind Gold wert«, sagte sein Vater. Vielleicht war das ironisch gemeint, vielleicht auch nicht. Im Hintergrund redete seine Mutter weiter. Er verstand nur Breitmann und Parkblick.

»Ja, aber willst du?«, fragte er.

»Darum geht's doch nicht«, sagte sein Vater.

»Nur darum geht's.«

»Freiheit ist die Einsicht in die Notwendigkeit«, sagte sein Vater.

Es war ein Spruch. Er hangelte sich an Sprüchen durch den Nebel. Friedrich-Engels-Zitate waren eher die Ausnahme. Meistens waren es Dinge, die er in der Werbung aufschnappte. Geiz ist geil. Wer wird denn gleich in die Luft gehen. Ich soll Sie schön grüßen. Wenn einem so viel Gutes wird beschert. Er sagte: Wild ist der Wind mit Anna Magnani. Er sagte: Wir haben immer noch Paris. Er sagte: Ich liebte ein Mädchen auf dem Mars. Er sagte: Jeder Mann an jedem Ort, einmal in der Woche Sport.

Konstantin hatte mit seinem Vater seit langem kein ernsthaftes Gespräch geführt. Sie machten Witze. Sie bewarfen sich mit Zitaten. Es war ihre Art, mit dem Vergessen umzugehen, das seine Mutter »die Krankheit« nannte.

Vor etwa zehn Jahren hatte sein Vater angefangen, Dinge zu sehen, die niemand anderes sah. Manchmal erschienen blonde Mädchen im Wald, manchmal fand unter seinem Fenster ein

Fußballspiel statt, das nur er wahrnehmen konnte. Vor etwa fünf Jahren begann er, sich zu verfahren. Der Verkehr schien ihn zu überfordern. Es passierten zu viele Dinge gleichzeitig. Seine Frau war eine nervöse Beifahrerin. Er gab seinen Führerschein ab und verkaufte das Auto. In großen Familienrunden schaltete er ab, sein Kinn sackte, sein Mund stand offen, sein Blick wurde trübe. Seine Frau begann, für ihn zu sprechen, Fragen zu beantworten, die ihm gestellt wurden. Sie trat ihn unauffällig unterm Tisch. Sie sagte Einladungen ab. Sie begann, sich für Alzheimerfilme zu interessieren. Es gab da erstaunlich viel. Ein richtiges Genre. Sie sah Christiane Hörbiger, Klaus Maria Brandauer und Didi Hallervorden beim Vertrotteln zu, während ihr Mann aus dem Fenster schaute und die Vögel beobachtete. Sein Vater war ein bekannter Tierfilmer gewesen, sein letzter Film lag fünfzehn Jahre zurück. Er hatte den Weg eines Fuchses nach Berlin beschrieben. »Reineke zieht in die Stadt«. Ein Achtungserfolg. Ein bisschen unkonzentriert, hatten die Kritiker geschrieben, wahrscheinlich hatte »die Krankheit« bereits an ihm genagt.

Seitdem arbeitete er an einem Projekt über die Veränderung der Vogelwelt in Berlin. Was genau das bedeutete, ließ er im Unklaren. Er hatte sich die Haltung bewahrt. Mama sieht ihren Demenzkitsch, sagte er am Telefon, wenn seine Frau nebenan im Wohnzimmer Julianne Moore als alzheimerkranke Professorin bestaunte. Sie schleppte ihn zu Ärzten, die ihn Fragebögen ausfüllen ließen und sein Gehirn scannten. Pausenlos musste er Uhren aufmalen. Es war kein Problem für ihn, eine Uhr aufzumalen. Es gab aber irgendwelche Veränderungen auf seinen Gehirnbildern, weiße Stellen, erklärte seine Frau zu Weihnachten vor der gesamten Familie so stolz, als sei es ihr Verdienst, als hätte sie die weißen Löcher im Kopfkosmos ihres Mannes entdeckt wie eine Astronomin. Ihre Schwester, seine Tante Vera, die Ärztin war, wenn auch Gastroenterologin, nickte ernst.

Sein Vater saß immer mit am Tisch. Nachsichtig lächelnd. Er ertrug es, das ständige Gerede. Er rannte nicht nackt in die Kaufhalle, aber manchmal kehrte er von seinen Vogelbeobachtungen lange nicht zurück. Seine Mutter rief dann Konstantin an, drängelte am Telefon, wollte eine Vermisstenmeldung bei der Polizei aufgeben. Rief immer wieder bei ihm an. Meistens kam sein Vater während eines dieser Telefonanrufe zur Tür herein. Lächelnd, so stellte sich Konstantin das vor. Was gibt's? Warum so aufgeregt? Seine Mutter legte dann einfach den Hörer auf. Mitten im Gespräch. So beendete sie auch Gespräche mit Kollegen, mit Verehrern, wenn sie das Interesse an ihnen verlor. Sie legte auf. Sie zog sich den Mantel an. Sie schloss die Tür. Sie ging grußlos.

Es gab gute und es gab schlechtere Tage im Leben seines Vaters. Manchmal erzählte er zwei Geschichten in einer. Manchmal wanderte ein Ereignis zwanzig Jahre nach vorn oder zurück. Er hatte Probleme, sich in der Zeit zu orientieren und in der Stadt. Die Leute, die seine Filme verhindert hatten, waren wichtiger als früher, präsenter, gleichzeitig schien er sie nicht mehr so ernst zu nehmen. In den frühen achtziger Jahren hatte er einen Film über Luchse in einem polnischen Naturschutzgebiet gedreht, der verboten wurde, weil er als Solidaritätsbekundung zum Danziger Arbeiteraufstand missverstanden worden war. Er hatte vier Jahre mit polnischen Luchsen gelebt, und manchmal schien es, als habe er sie nie verlassen. Er hatte ihnen Namen gegeben, Pan, Slawa, Wojtek, Tomek. Es waren die Namen, die er am häufigsten nannte, zusammen mit denen des Filmministers und dessen Stellvertreters. Er weinte schnell, und man wusste nicht genau, warum. Aber er vergaß keinen Namen.

»Es gibt nichts Schlimmeres, als das Wort Tisch umschreiben zu müssen«, sagte sein Vater gern. »Weißt du, wer das gesagt hat?« Die Antwort war: Buñuel. Konstantin hatte sie zigmal gegeben.

Das Leben mit seinen Eltern war ein Film-Quiz. Seine Kindheit und Jugend, die Autofahrten in die Ferien waren wie die anspruchsvolle Variante der Sendung »Kennen Sie Kino?«. Buñuel, Truffaut, Visconti, Lang. Ihm fiel ein, dass die Treppe, die der Kinderwagen in Eisensteins »Panzerkreuzer Potemkin« heruntergerollt, in Odessa war. Welcher Szene aus »Panzerkreuzer Potemkin« hat Brian de Palma in »Die Unbestechlichen« seine Referenz erwiesen, Kostja? Die berühmte Treppe war er vorgestern zum Meer hinabgestiegen. Zu spät.

»Wann soll das denn passieren?«, fragte Konstantin jetzt seinen Vater am Telefon.

»Maria, der Junge fragt, wann ich umziehe?«

»Donnerstag, Claus«, rief seine Mutter.

»Donnerstag«, sagte sein Vater.

»Das ist übermorgen.«

»Wenn du das sagst«, sagte sein Vater.

»Ich komme sofort vorbei«, sagte Konstantin.

»Musst du aber nicht«, sagte sein Vater.

»In 'ner Viertelstunde bin ich da.«

Er sagte dem Fahrer eine neue Adresse. Am Schlosspark 4.

»Klaro, Scheff«, sagte der Fahrer.

*

Sie fuhren die Schönhauser Allee nordwärts, er dachte an seine Besuche bei seiner Oma Lena. Sie nannten sie Baba, weil es angeblich das erste Wort war, das sein Cousin Juri als Baby in ihren Armen gesprochen hatte. Die S-Bahnfahrten nach Pankow, die Mauerhunde nach der Station Schönhauser Allee, der Eisstand am S-Bahnhof, das weiche Sahneeis, das sie auf die Erdbeerkugel strichen. Der Geruch im Heim, bitter, seifig und alt. Die einzige Farbe, die er vor Augen hatte, war Gelb, ein grünliches Gelb. Seine Großmutter hatte ihr Zimmer teilen müssen. Die Frauen an ihrer Seite waren gestorben oder verrückt geworden, ihre Namen musste man sich nicht merken. Manchmal kam er, und da lag eine neue Frau im Nachbarbett. Es war seine erste Begegnung mit der Vergänglichkeit, auch mit der Vergeblichkeit. Auf dem Nachttisch seiner Oma stand das Bild ihres Mannes, seines Großvaters, den er nie kennengelernt hatte. Ein Mann, um den sich Legenden rankten. Es war seltsam unangemessen, diesen geheimnisvollen, verschwundenen Mann so nah bei den wechselnden Frauen zu sehen, mit denen seine Oma ihr Zimmer teilen musste. Seine Großmutter war eine sehr diskrete Person gewesen, soweit er das einschätzen konnte. Im Heim musste sie ihre Privatsphäre aufgeben. Der einfachste Weg, das zu ertragen, war der Irrsinn. Sie tauchte ins Vergessen wie in ein warmes Bad. Es dauerte nicht lange, da erkannte sie ihn nicht mehr.

»Und wer sind Sie, junger Mann?«, hatte sie ihn dann gefragt.

»Kostja, dein Enkelsohn«, hatte er jedes Mal geantwortet.

Sie lächelte. Er lächelte.

Dann wurde sie ernst, ihr Blick verfinsterte sich, entspannte sich, wurde klarer, wässriger, heller, ihre Augenfarbe veränderte sich wie das Meer bei wechselndem Wind und Licht.

Dann fragte sie: »Und wer sind Sie, junger Mann?«

★

Sein Vater öffnete die Tür. Sein Pullover war bekleckert, seine Frau machte ihn nicht mehr darauf aufmerksam. Jeder Fleck war ein Argument für die Überforderung. Konstantin umarmte seinen Vater, roch sein Rasierwasser, spürte seine Knochen. Er wurde immer dünner, ein vogelhaftes Wesen. Er aß das, was ihm seine Frau vorsetzte. Es waren in letzter Zeit vor allem Salate, Körner, Samen, Kräuter, Tees. Sie hatte »die Krankheit« zunächst mit einer Diät bekämpft, die sie ursprünglich entwickelt hatte, um eine eigene Demenz abzuwehren. Ihre Mutter, seine Oma Lena, Baba, war eine dicke Frau gewesen, spezialisiert auf Speisen, in denen sich viel Mehl und Butter befanden. Die ungesunde Ernährung hatte sie schließlich in den Wahnsinn getrieben, so ging die Theorie seiner Mutter. Als sein Vater vor etwa zehn Jahren den ersten Luchs in ihrer Wohnung sah, Tomek, räumte seine Frau den Kühlschrank aus. Sie hatte verschiedene Kräuterkurse besucht und wohl auch mit dem Gedanken gespielt, Veganerin zu werden, sich aber dagegen entschieden, weil sie nicht das Spiel mitspielen wollte, das die neuen Bewohner ihres Stadtbezirkes spielten. Die Welt seiner Mutter war von widersprüchlichen Dämonen bevölkert. Sie hasste die Grünen, obwohl sie eigentlich eine Grüne war.

Sein Vater schloss die Wohnungstür, wartete im Korridor, unsicher, wohin die Reise von hier aus gehen sollte.

»So«, sagte er schließlich.

»Geht schon mal ins Wohnzimmer«, rief seine Mutter aus der Küche. »Ich mach Kaffee.«

Konstantin schob seinen Vater an der spitzen Schulter den Flur hinunter. Ein Blick ins Zimmer seiner Mutter, das peinlich aufgeräumt war. Zwei schmale Hellerau-Regale, die mit den wenigen Büchern gefüllt waren, die sie noch für wichtig hielt.

Camus, Sartre, Miller, Kafka, Faulkner und zur Entspannung Dürrenmatt und B. Traven. In den Büchern hatte sie ihren Namen notiert, den Mädchennamen, Maria Silber, und eine Jahreszahl. Alles vor seiner Zeit. Sie musste in ihrer Jugend eine eifrige Leserin gewesen sein. Konstantin hatte sie kaum lesen sehen. Sie hatte genäht, gemalt und fotografiert, als er ein Kind war. Sie war nie eine Sammlerin gewesen, aber in letzter Zeit verschenkte sie ihren Hausrat, die unwesentlichen Bücher, die Fotoalben, die Bilder, sogar das Geschirr, so als bereite sie sich auf eine Reise vor, die sie nur mit Handgepäck antreten konnte. Nicht nur das Essen sollte leichter werden. Auf dem kleinen Sekretär lag ein Stapel Unterlagen, irgendetwas, was sie durchrechnete. Sie rechnete ihre Finanzen durch, solange er denken konnte. Ein paar Meter weiter lag das Arbeitszimmer seines Vaters, das sich in den letzten Jahren immer mehr in ein Kinderzimmer verwandelt hatte. Tierbilder an der Wand und ein paar Zeichnungen seines Enkelsohnes Theo, ein Mikroskop, ein Fernglas, im Bücherstapel auf dem Nachttisch eine Ausgabe von Urania Tierreich, ein Lexikon, das Konstantin durch seine Kindheit begleitet hatte. Es war der Band »Vögel«. Die Schlafzimmertür war verschlossen, im Wohnzimmer standen nur noch ein Tisch, eine Couch und eine Vitrine, die mit ein paar Gläsern gefüllt war, an der Wand gegenüber der Couch hing ein Flachbildfernseher und über der Couch ein großformatiges Schwarzweißfoto, das seine Mutter vor vielen Jahren im Volkspark Friedrichshain aufgenommen hatte. Ein Junge in einem karierten Pullover, der einen Drachen in einen wolkenverhangenen Berliner Himmel steigen lässt. Konstantin hatte lange geglaubt, dass er der Junge auf dem Foto war, aber es war nur ein Berliner Junge. Es war ein beunruhigendes, trauriges Bild, der Ausreißer, den sich seine Mutter erlaubte, der einzige Hinweis darauf, dass man sich im Wohnzimmer eines Ehepaares aus der Ostberliner Boheme befand, für das Konstantin seine Eltern immer gehalten hatte. Am Tisch standen vier Stühle, seine Eltern erwarteten keinen großen Besuch mehr.

Sie setzten sich und warteten auf den Kaffee.

»So«, sagte sein Vater wieder. Seine Augen leuchteten im Abendlicht, das durch die Balkonfenster ins Zimmer fiel. Grüne Augen. Er war ein gutaussehender Mann, kantiges Kinn, gerade Kieferlinie, volle, weiße Haare. Aber er hatte den Blick eines Kindes, was ihn zusammen mit dem bekleckerten Pullover hilflos aussehen ließ. Konstantin fragte sich, ob er immer noch problemlos eine Uhr malen konnte.

»Du willst also in Babas Heim«, sagte er.

»Von Wollen kann keine Rede sein«, sagte sein Vater.

»Dann bleib doch.«

»Geht nicht.«

»Warum nicht?«

»Wir haben es so entschieden.«

»Dann denkt ihr eben noch mal neu nach.«

»Wir denken doch die ganze Zeit. Wir denken seit Jahren. Denken ist überbewertet.«

»Wieso habt ihr mich nicht mal teilhaben lassen an euren Überlegungen? Wieso werde ich immer nur vor vollendete Tatsachen gestellt?«

»Weißt du, ich finde den Weg zur Toilette nicht.«

»Sie ist direkt neben deinem Arbeitszimmer.«

»Richtig.«

»Ja und?«

»Ich finde sie trotzdem nicht. Wenn es darauf ankommt.«

Seine grünen Augen füllten sich mit Tränen, sein stolzes Kinn zitterte. Dann kam seine Frau mit dem Kaffee. Zwei Tassen, eine für Konstantin, eine für seinen Vater, türkisch, weil es so bekömmlicher war, wie seine Mutter nicht müde wurde zu erklären, die Oberfläche schillerte wie ein Fliegenauge, er spürte jetzt schon die Krümel zwischen den Zähnen. Seine Mutter trank nur ein Glas Leitungswasser.

»Hast du Hunger?«, fragte sie.

Er schwieg. Er hatte seit Odessa nichts gegessen bis auf den Müsliriegel von Austrian Airlines.

»Wir haben nicht mit Besuch gerechnet.«

»Ist schon gut«, sagte er.

»Ich habe Kekse«, sagte sie und stand wieder auf. Sie holte eine Metallschachtel aus der Vitrine, die mit alten Keksen gefüllt war, die ihn an die Hansa-Kekse seiner Kindheit erinnerten, vielleicht waren es sogar welche.

Sein Vater nahm sich einen Keks und stippte ihn in den Kaffee, er rührte die krümelige Oberfläche auf, unter dem kritischen Blick seiner Frau. Sie schüttelte den Kopf.

»Was hast du da eigentlich gemacht in Odessa?«, fragte sie.

»Du warst in Odessa? Schön«, sagte sein Vater. Er zog den Keks aus dem Kaffee und lutschte daran.

»Ich begleite einen Tennisspieler«, sagte er.

»Einen Tennisspieler«, sagte seine Mutter.

»Ich mochte den Tennissport immer«, sagte sein Vater. »Er wurde nicht gefördert, weil er keine olympische Disziplin war.«

»Er ist Serbe, er hat einst mit Novak Djokovic gespielt, einem der besten Spieler der Welt. Sie sind als Kinder aus Belgrad geflohen. Djokovic ging nach München und wurde ein Weltstar, mein Mann, er heißt Bogdan, zog zu einem Onkel nach Frankfurt und blieb ein Talent. Er war gut genug für ein Tennisstipendium an einem amerikanischen College, er studierte Literaturwissenschaften in Kalifornien, diente ein Jahr lang in der serbischen Armee, schrieb zwei Romane, die niemand veröffentlichen wollte, interessanterweise auf Deutsch, heiratete eine jüdische Bibliothekarin aus Odessa, zog mit ihr nach Berlin und schlägt sich als Tennistrainer durch und als Spielpartner von russischen Oligarchen. Ich will ein Drehbuch schreiben mit einem Helden, der sich an ihm … orientiert. Die Geschichte eines Weltbürgers wider Willen. Die Geschichte einer Flucht. Die Geschichte unserer Zeit.«

»Klingt so, als wolltest du sie mir verkaufen«, sagte seine Mutter.

»Du könntest dir sie nicht leisten«, sagte er.

»Ich will sie auch nicht«, sagte sie.

»Joker«, sagte sein Vater.

»Was?«, fragte seine Mutter.

»Na, der Joker«, sagte er.

Sie schüttelte den Kopf.

»Er meint Djokovic, den besten serbischen Tennisspieler. Sein Spitzname ist Joker«, sagte Konstantin.

»Der Joker«, sagte sein Vater.

»Und für wen ist das Drehbuch?«, fragte seine Mutter.

»Das ist noch nicht klar. Vielleicht für einen der Streamingdienste, die Stoffe suchen. Deutsche Stoffe. Netflix, Amazon und so weiter.«

»Aber warum denn in Odessa?«

»Bogdan verbringt die Ferien dort mit seiner Frau und ihrer Tochter. Er trainiert reiche Ukrainer.«

»Versteh ich alles nicht«, sagte seine Mutter. »Aber viel Glück.«

Er trank einen Schluck, der heiße Kaffee schoss durch die Krümelkruste und verbrannte ihm die Zunge.

»Wisst ihr, wer der erfolgreichste Tennisspieler der DDR war?«, fragte sein Vater. Er war der Mediator in Konstantins Beziehung zu seiner Mutter. Wenn er nicht mehr da wäre, würde es Krieg geben. Offenen Krieg.

»Emmrich«, sagte Konstantin, seine Zungenspitze war taub vom heißen Kaffee.

»Stargate«, sagte sein Vater.

Seine Mutter schüttelte den Kopf.

Konstantin lächelte.

Es war schwer, seinem Vater zu folgen, aber am Ende gab es immer irgendeinen Sinn, irgendeine Verbindung. Thomas Emmrich war ein Ostberliner Tennisspieler, Roland Emmerich war ein Stuttgarter Regisseur, der Actionfilme in Hollywood drehte. Sein erster Erfolgsfilm hieß »Stargate«. Es war zu umständlich, das seiner Mutter zu erklären, und sie hatte auch keine Lust mehr, in die Gedankengänge seines Vaters zu kriechen. Jede Art von Sinn in seinem Wesen gefährdete ihre Diagnose.

»Ich habe Papa gerade gefragt, wieso ihr mich nicht einbezieht in so eine wichtige Entscheidung«, sagte Konstantin.

»Machen wir doch gerade«, sagte seine Mutter.

»Aber die Entscheidung ist doch gefallen«, sagte er.

»Wenn wir uns nicht entschieden hätten, wäre der Platz weg gewesen. Und du warst ja in der Ukraine«, sagte seine Mutter. Es klang, als habe er die Schule geschwänzt. Die romantische Osteuropäerin in ihr schlief. Ukraine klang nicht mehr wie Odessa, nicht mehr nach jüdischem Leben am Meer, sondern nach Nazikollaborateuren.

Sein Vater rührte einen zweiten Keks in den Kaffeebrei.

Konstantin atmete ein und aus und ein und aus. Er konzentrierte sich auf die Atmung, die Schönheit, das Existentielle. Eine Technik, die er bei Sibylle Born gelernt hatte, die er besuchte, weil er sich in seiner Arbeit immer mehr verlor. Sibylle Born war Coach. Sie sollte ihm helfen, Entscheidungen zu treffen. Er konnte nicht Nein sagen, eigentlich konnte er weder Ja noch Nein sagen. Seit Jahren nicht. Und eigentlich war Frau Born nicht sein Coach, sie war seine Psychiaterin. Coach klang nur besser, arbeitsbezogener.

»Die Frage ist doch, ob es ein Heim sein muss«, sagte er. »Es gibt doch andere Möglichkeiten.«

»Ja«, sagte seine Mutter. »Mich.«

»Nein, Leute, die dir im Haushalt helfen, die dir mit Papa helfen. Euch. Du weißt schon«, sagte er.

»Polinnen«, sagte seine Mutter. Die Lippen schmal. Po-lin-nen. Die romantische Osteuropäerin in ihr war nun tot.

»Nicht unbedingt. Aber vielleicht auch Polinnen. Die sollen ja sehr gut sein«, sagte er. »Ungarinnen übrigens auch.«

»Ich möchte niemanden im Haus haben, der mir meine Sachen durcheinanderbringt«, sagte sie.

»Welche Sachen denn?«

»Meine Sachen. Privatsachen«, sagte seine Mutter.

Sein Vater schaute zu, wie sich ein Stück seines Kekses löste und im Kaffee versank. Er schaute so interessiert, als beobachtete er eine Kernspaltung.

»Du hast doch gar keine Privatsachen mehr«, sagte Konstantin. »Nur noch Rechnungen.«

»Das geht dich nichts an«, rief seine Mutter. Sie schrie es.

Konstantin atmete ein und aus.

»Papa könnte auch zu mir ziehen«, sagte er.

»Du weißt doch gar nicht, wovon du redest«, sagte seine Mutter. »Du hast doch nicht mal dein eigenes Leben im Griff.«

Sie stand auf und verließ den Raum. Auf der Schwelle sagte sie, ohne sich umzudrehen: »Phantasiedrehbücher.« Wenig später schlug eine Tür zu, vermutlich die zu ihrem Arbeitszimmer. Sie zog sich zurück. Um sich auszuruhen oder weiter zu rechnen oder was auch immer. Sie würde nicht wiederkommen. Er kannte diese Abgänge seit seiner Kindheit. Stundenlang stand er vor verschlossenen Türen, hinter denen seine Mutter schreiend verschwunden war, starrte auf geriffelte Glasscheiben, auf der Suche nach einer Bewegung dahinter, zurückgelassen, ausgeschlossen, einsam, während sein Vater in irgendeiner osteuropäischen Wildnis versuchte, das Wesen einer Tierfamilie zu ergründen.

»Willst du vielleicht eine Praline?«, fragte sein Vater.

Er schaute ihn an.

»Wir müssen irgendwo noch Pralinen haben. Wir haben immer Pralinen im Haus.«

3

GORBATOW, RUSSLAND
1918

Es war Mai, aber an den Rändern der Felder, im Schatten der Bäume und in den Gräben lag noch Schnee. Die Sonne warf milchiges Licht auf die Straße. Die Hufe der Pferde schmatzten im Lehm. Neben ihnen lief seit Stunden träge der Fluss. Die Oka. Die dünne Schwester der Wolga. Es würde ihr Fluss werden, dachte Jelena. Es ging nicht anders.

Sie sah ihre Mutter an, die ihr gegenüber auf der Pritsche saß und redete. Der Wagen schaukelte, als treibe er im Meer. Olga, ihre kleine Schwester, schlief auf einem Wäschesack, Alexander Petrowitsch saß vorn bei Wassja, der das Fuhrwerk lenkte. Beide trugen Mützen mit Ohrenklappen aus Schafsfell, obwohl es Frühling war. Alexander Petrowitschs Ohrenklappen waren oben vorschriftsmäßig zusammengeknüpft, Wassjas dagegen baumelten lose wie Hasenohren. Sie mochte Wassja, Alexander Petrowitsch mochte sie nicht so sehr. Das war ärgerlich, weil Alexander Petrowitsch ihr Stiefvater war, und Wassja nur der Mann, der ihnen heute beim Umzug half.

Jelena war fünfzehn. Sie zogen nach Gorbatow zurück, wo sie geboren worden war. Ihr Bruder Pawel lebte schon seit drei Jahren in Petrograd.

Wir kommen als Sieger, sagte ihre Mutter.

Sie hatte sich einen neuen Mantel gekauft, taubenblau, doppelt geknöpft aus weichem Leinenstoff. Der Stoff war zu dünn für die Fahrt, aber die Mutter spürte die Kälte nicht, die aus dem Boden stieg. Sie redete ununterbrochen. Es war die Geschichte ihrer triumphalen Rückkehr. In allen Farben malte sie sie aus.

»Die Dorffrauen werden vor uns in den Staub fallen«, sagte sie. »Die Männer werden uns aus der Hand fressen. Es wird ein Fest geben.«

Der Mund ihrer Mutter bewegte sich unentwegt. Auf und zu ging er. Jelena sah die Metallkronen auf den Schneidezähnen, aber sie hörte nichts. Jelena wäre in Nischni Nowgorod geblieben. Dort lebten ihre Freundinnen, vor allem Nadja und Totka. Und Kawa, der Nachbarjunge mit dem glänzenden Scheitel, der ihm in die Augen fiel, wenn er den Kopf bewegte. Sie hatte keine Angst vor dem Umzug, das nicht. Jelena war nicht glücklich gewesen in Nischni Nowgorod und auch nicht unglücklich, sie war fremd. Immer fremd geblieben. Pawel, ihr Bruder, war früh von dort weggezogen, zuerst nach Sewastopol, zur Matrosenschule. Er lebte jetzt in Petrograd. Vielleicht hörte es auf, dachte sie, die Unruhe, die Verlorenheit, die Sehnsucht. Dort. Am Horizont verschmolzen die blassen Felder mit dem blassen Himmel. Sie schaute auf den Fluss, der, wie sie nun bemerkte, in die andere Richtung trieb. Als würden sie gegen den Strom reiten.

»Der Pope, Andrej Andrejewitsch, ich weiß, dass er noch da ist«, sagte die Mutter. »Er wird sich erinnern. An die Schuld.«

Jelena sah sie an, der Blick blass wie der Himmel. Sie probierte ein Lächeln.

»Er hat dich getauft, Täubchen«, sagte die Mutter.

Jelena nickte. Der Glaube verließ sie wie der Geist die Flasche. All die Reden von Alexander Petrowitsch und Wassja über die Arbeiterklasse und die Bauernschaft klangen in ihrem Kopf. Auch Kawa, der so alt war wie sie, erzählte nur noch von der Revolution. Die Popen, sagten sie, halten euch klein, vertrösten euch auf das Leben nach dem Tod. Aber wir wollen heute leben. Jelena verstand, was sie sagen wollten, aber sie fühlte es nicht. Nicht im Herzen. Da nicht. Sie hatte nach dem Tod ihres Vaters, dem auch die Kirche keinen Sinn verleihen konnte, ein gebrochenes Verhältnis zu Gott. Wozu glauben, wenn es keine Erklärungen gab, keinen Trost? Ein Glaube soll den anderen ersetzen, dachte sie. Die Männer wollten es erzwingen, wie sie immer alles erzwingen wollten. Sie waren so stur, zu hitzig für ihren Geschmack. Zu laut. Warum mussten sie nur immer so laut sein! Oft führte es zu Streit, weil sich jeder von ihnen eine andere Zukunft ausmalte. Jeder hatte eine Vorstellung davon, wie es aussah, das Paradies auf Erden, und welche Rolle die Arbeiterklasse dabei spielen sollte und welche die Bauernschaft. Allein mit dem Streit über die Rolle der Bauern hätte man Bücher füllen können. Kawa zum Beispiel wäre nie nach Gorbatow gegangen, sagte er, weil er die Landbevölkerung für revanchistisch hielt. Er hatte Schwierigkeiten, das Wort revanchistisch richtig auszusprechen. Es klang jedes Mal anders. Vor einem Jahr noch war Kawa an jedem Sonntagmorgen in seinem verschossenen schwarzen Anzug und mit feucht gekämmten Haaren in die Kirche marschiert. Jetzt wollte er sie an ihren Vater erinnern, gerade Kawa, der ihren Vater noch weniger gekannt hatte als sie. Kawa, der nie aus Nischni herausgekommen war. Kawa, dessen Vater ein Trinker war und kein Revolutionär.

Kawa also hatte gesagt: »Viktor Krasnow darf nicht umsonst gestorben sein.«

Dafür hatte er eine Maulschelle von ihr bekommen, dass der schöne Scheitel flog.

Aber das Gerede wirkte in ihrem Kopf wie ein Gift. Der Gottesdienst kam ihr nun altmodisch vor, eine groteske Theatervorstellung, die nichts mit ihrem Leben zu tun hatte. All der Weihrauch, die Kopftücher, die mechanischen Gesänge. Wenn die Küchengespräche der Männer zu konkret waren, zu laut und zu bedrohlich, dann erschien ihr der Pope zu unverbindlich, zu märchenhaft, zu langweilig. Zu alt. Die Kirche spendete keinen Trost. Sie strengte an. Dieses ewige Rumgestehe. Und die Sprache erst. Man verstand ja kein Wort!

Am Horizont tauchten ein paar Häuser auf und mittendrin die Spitze einer weißen Kirche.

Alexander Petrowitsch zeigte auf den Kirchturm. Wassja nickte.

Gorbatow.

Jelena hatte keine Erinnerung an die Stadt. Es fiel ihr schwer, sie überhaupt als Stadt anzuerkennen, nach all den Jahren in Nischni, wo sie bei Alexander Petrowitsch untergeschlüpft waren, einem Kampfgefährten ihres Vaters, den sie Papa nennen sollte. Nischni Nowgorod war gewaltig, die beiden Flüsse endlos wie ein Meer, die Brücken waren Wunderwerke, man brauchte eine Stunde, um sie zu überqueren. Es gab hundert Kirchen, goldene Kuppeln, die schnatternden Märkte, die Restaurants, die langen Schiffe, die über die Wolga glitten wie Träume, und auf dem Dach der Stadt, im Himmel beinahe: der Kreml. Durch Gorbatow führten dagegen nur wenige Straßen, vier oder fünf, sie waren aufgewühlt und schlammig, die Häuser zweistöckig und aus Holz, eines davon war ihres. Die Wände schief, die Fenster klein und blind, als hätte ein Hausgeist von innen dagegengeatmet.

Sie sprangen vom Wagen auf die weiche Erde. Die Pferde

schwitzten. Wie still es war! Sie folgte der Mutter in den kleinen Hof des Hauses, an das sie keine Erinnerungen hatte. Sie strich mit der Hand an der Wand entlang wie eine Blinde, die sich eine unbekannte Gegend erschloss.

»Das ist der Garten, in dem du gespielt hast, als du zwei warst, Lenotschka«, sagte ihre Mutter.

Jelena sah der Mutter an, dass sie das Grundstück größer in Erinnerung hatte. Es war dreizehn Jahre her. Der Garten sah struppig aus und leblos, es war ein langer Winter gewesen. Jelena versuchte, interessiert zu gucken, weil sie von ihrer Mutter beobachtet wurde. Die Mutter verband große Erwartungen mit dem Umzug. Jelena ahnte, dass die größte Schwierigkeit darin bestehen würde, den Erwartungen ihrer Mutter gerecht zu werden. Nicht ihren eigenen. Ihre eigenen Erwartungen waren nicht hoch.

»Hier hast du laufen gelernt«, sagte die Mutter, ihre Stimme knackte und knisterte, sie strich Jelena über die Haare, die rot waren und dick. Röter und dicker als damals wahrscheinlich. Ihr Vater hatte sie Feuerköpfchen genannt, hatte ihr Pawel erzählt. Alexander Petrowitsch inspizierte den Stall und die kleine Werkstatt, wo in den Erzählungen die Maschine stand, an der ihr Vater gearbeitet hatte. Viktor Krasnow, Seiler, Revolutionär, Held. Sie hatte oft gehört, wie gern sie bei ihm in der Werkstatt gesessen hatte. Im Winter hielt sie ihm das Seil, hieß es, sie spürte sogar die Kälte in ihren Fingern. Heute noch. Sie hörte die Stimme ihres Vaters. Lenotschka, halt ganz fest, Würmchen.

Sie folgte Alexander Petrowitsch durch den verwahrlosten Garten und schaute in die Werkstatt.

Es war dunkel, sie spürte Alexander Petrowitschs Hand auf dem Rücken, sie mochte nicht, dass er sie berührte. Er roch nach Mann, ohne dass sie hätte sagen können, was genau diesen Geruch ausmachte. Hier, in der Werkstatt ihres Vaters, empfand sie Alexander Petrowitschs Geste besonders unangemessen. Eine Anmaßung. Sie wand sich aus seinem Arm, ihre Augen gewöhnten sich an das dämmrige Licht. Es ist kalt, Lenotschka, ich weiß. Die Werkstatt war winzig. Ein Karren stand da, ein Regal, leer, keine Maschine. Der Raum war ihr fremd. Er entsprach nicht ihren Vorstellungen von dem Raum, in dem sie die ersten kalten Winter ihres Lebens erlebt hatte, die schwarzen Morgenstunden, in denen sie das Seil gehalten hatte. Sie fürchtete, dass die Stimme ihres Vaters hier für immer verstummen würde. Dass sie zusammen mit den Bildern verschwand.

»Es ist natürlich mehr Platz als zu Hause«, sagte Alexander Petrowitsch, wieder die Hand auf ihrer Schulter. Der Geruch. Er stand ganz nah. Er saugte ihren Duft ein, als wolle er sie einatmen.

Sie nickte, den Nacken steif, und dachte: Ich habe kein Zuhause.

Sie vermisste ihren Vater, aber sie wusste nicht, wer er gewesen war. Hatte es nie gewusst. Er war mit den Jahren zu einer Heiligenfigur geworden. Ein Mann, den sie ans Kreuz schlugen wie Jesus. Jemand, den man nicht mehr berühren konnte. Jemand, der nicht roch wie ein Mann. Er stand auf dem Altar ihrer kleinen Familiengeschichte.

Sie fragte sich, was wohl aus der Maschine geworden war.

Das Haus sah aus, als sei es lange unbewohnt gewesen, ausgekühlt, ausgeblichen. Jelena wusste nicht, wer hier gewohnt hatte in den Jahren nach ihrer Flucht. Sie hatte die Leute lange als Feinde betrachtet, Menschen, die von ihrem Leid profitierten. Aber die Zeiten hatten sich geändert. Die Leute waren geflüchtet, und sie hegte jetzt keinen Groll mehr gegen sie. Es wäre ihr zu einfach vorgekommen und zu ungerecht. Sie kannte die Leute ja nicht, aber sie wusste, wie es war, auf der Flucht zu sein.

Sie sah das kleine Fenster im ersten Stock, das die Häscher des Zaren eingeschlagen hatten damals, die Tür, die sie eintraten. Natürlich waren die Spuren längst verwischt. Ihre Mutter wusste all das nur aus Erzählungen. Sie waren im Wald gewesen, als die Männer kamen, um sie zu töten. Sie, ihre Mutter und Pawel. Der Schnee hüfthoch, sie schlitterten den Berg hinunter zur Oka, die zugefroren war, rutschten auf die andere Seite und von da flussaufwärts nach Nischni Nowgorod, wo die Oka in die Wolga mündete. Den Atem der schwarzen Jäger im Nacken. So ging der Anfang des Märchens, das ihre Mutter immer wieder erzählt hatte. Februar 1905. Jelena war erst zwei Jahre gewesen, so alt wie jetzt Olga, die draußen auf dem Pferdewagen schlief, ihre kleine Halbschwester. Ihre Mutter musste Jelena damals getragen haben. Ihr Vater verblutete auf der Straße. Ein Holzkeil in der Brust. Sie hatte ständig nach ihm gefragt. Sagte ihre Mutter. Papa. Viktor Pawlowitsch Krasnow.

Seine Stimme verließ ihren Kopf, sie entwich wie ein Lebenshauch. Wenn es kälter gewesen wäre, hätte man sie davonfliegen sehen können.

Lena, fürchte dich nicht, Lenotschka, mein Täubchen. Lass nicht los!

In ihren Träumen war der Ofen im Haus grün gewesen, aber er war braun. Sie berührte die Fliesen, die staubig waren und kalt.

Ihr neues Zimmer war klein, ein winziges Fenster in der dicken Wand. Sie schaute auf die Straße, eine Nachbarin stapfte durch den Matsch, ein runzliges Gesicht, verpackt in Tüchern. Die Alte sprach Wassja Simjonowitsch an, der den Wagen fuhr. Wassja war ein Bär. Er machte nicht viele Worte. Er stand vor dem Wagen und rauchte, wartete darauf, die Sachen ausräumen zu können. Die Frau redete, den Kopf tief zwischen die Schultern gezogen, halslos, die Hände auf dem Bauch verschränkt. Sie war damals hier gewesen, dachte Jelena. Natürlich war sie hier gewesen, sie hatte Papa gesehen. Und den anderen Mann, Romanow. Auch er ans Kreuz geschlagen. Die Alte hatte sie, Jelena, als Kind gesehen, hatte ihre ersten Schritte beklatscht, sie hatte auch die Familie begrüßt, die ihr Haus bezog, nachdem sie geflohen waren. Sie hatte zugeschaut, wie auch die schließlich fliehen musste. Vor denselben Leuten, die nun einer anderen Idee folgten. Irgendwann wurde jeder ein Feind, man musste nur lange genug warten. Die Nachbarin stand genauso da wie jetzt. Sie blieb immer. Den dicken, unförmigen Leib eingehüllt in erdfarbene Decken und verblichene Tücher, wie eine Mumie, nur die kleinen Augen am Leben. Sie hatte zugeschaut, wie die Leute, die über Nacht zu Feinden geworden waren, auszogen, und war nun wieder da, um zu sehen, was passierte. Sie würde sich nicht in den Staub werfen, wie ihre Mutter hoffte. Jelena verstand das. Sie sah durch das kleine Fenster ihres neuen Zimmers geradewegs in die Zukunft. Menschen änderten sich nicht. Nur die Umstände änderten sich.

Sie trat vom Fenster zurück, schaute sich im Raum um. Er war wirklich klein. Sie würde sich das Zimmer mit Olga teilen müssen, die unten auf dem Wagen schlief. Olga war zwei. Sie zappelte, selbst im Schlaf. Wenn Jelena sie trat oder kniff, fing sie an zu schreien, und es gab Schläge. Aber es war besser, als vom Schnaufen der Erwachsenen wach gehalten zu werden.

Dann fuhr Jelena doch die Wut in den Bauch. All das Unrecht der Welt ballte sich in ihrem Magen zusammen, und sie sprang die Treppen nach unten, lief auf die Straße, wo die Nachbarin immer noch neben Wassja Simjonowitsch stand und quasselte.

»Sie versprechen ja, dass alles besser wird, aber sehen Sie sich die Straßen an, Gevatter, sehen so gute Straßen aus?«, sagte sie gerade.

Wassja blies den Rauch seiner Zigarette in einem geraden Strahl in den Frühlingshimmel.

»Guten Tag«, rief Jelena atemlos. Sie schaute der Alten direkt ins Gesicht.

Die Nachbarin hörte auf zu reden und musterte sie aus ihren kleinen schwarzen Augen. Sie schaut mich an wie ein Ungeziefer, dachte Jelena. Wie eine Maus, die in ihrer Küche aufgetaucht ist.

»Ich bin Jelena Viktorowna Krasnowa. Viktor Pawlowitschs Tochter. Erinnern Sie sich an mich?«, rief sie.

Die Alte sah sie an, ungerührt, aber sie wechselte ganz leicht das Gewicht von einem Bein aufs andere, wie ein Tier, das sich auf die Flucht vorbereitet. Sie ließ Jelena nicht aus dem Auge.

»Ich habe hier Laufen gelernt. Das sagt wenigstens meine Mutter. Ich kann mich leider nicht daran erinnern. Denn wir mussten schnell weg. Aber das wissen Sie ja«, sagte Jelena. Sie redete jetzt sehr laut, sie konnte nicht anders. Die Alte schüttelte den Kopf, fast unmerklich. Dann schob sie das Gewicht ganz auf ihren Hinterfuß und sagte: »Einen schönen Tag noch, Gevatter. Es scheint ja endlich Frühling zu werden.« Sie drehte sich weg und schlurfte durch den Matsch auf die andere Straßenseite.

»Was haben Sie mit unserer Maschine gemacht?«, rief Jelena der Alten hinterher. Sie brüllte jetzt.

»Wo ist die Maschine meines Vaters?«

Sie spürte Wassja Simjonowitschs Hand auf ihrer Schulter. Es war keine unangemessene Berührung wie bei ihrem Stiefvater. Es war die Geste eines Mannes, der sich hinter sie stellte.

»Lena«, rief ihre Mutter vom Gartenzaun. »Lenotschka.«

Jelena drehte sich zu ihr um. Sie wusste nicht, ob ihre Mutter alles mitbekommen hatte, aber sie sah die Tränen in ihren Augen.

Als alles eingeräumt war, fuhr Wassja zurück nach Nischni Nowgorod. Jelena schaute dem Wagen hinterher, der durch die aufgewühlte Straße schaukelte wie ein Boot, die Frühlingssonne weiß und schleimig. Die Vögel klangen, als sängen sie unter Kissen. Jelena fühlte sich zurückgelassen, unterdrückte den Wunsch, dem Wagen hinterherzulaufen, aufzuspringen, zu fliehen. Es wäre ihre zweite Flucht aus Gorbatow gewesen. Sie kam hier nicht weg, dachte sie.

Sie schlief gut, tief, träumte aber nicht.

Schade, dachte sie, als sie aufwachte. Die Mutter hatte gesagt, dass sich der Traum, den man in der ersten Nacht an einem neuen Ort träumte, erfüllen würde.

Kurz darauf dachte sie: Vielleicht ist es gut so. Nicht zu wissen, was passiert.

*

Am Sonntagvormittag gingen sie in die Kirche. Jelena und die Mutter. Olga war noch zu klein für die Messe, und Alexander Petrowitsch, der die kleine Schwester im Arm hätte halten können, weigerte sich, dem überkommenen Brauch zu folgen, wie er sich ausdrückte. Es tat der Mutter weh. Es zerriss sie fast, und das wiederum freute Jelena. Schließlich entschied sich die Mutter für die Kirche und damit für sie. Niemand wusste ja, wie es in Jelenas Kopf aussah, was Gott betraf. Wichtig war, dass sie die Mutter einmal nicht teilen musste. Seit Pawel weggezogen war, fühlte sie sich oft, als sei sie kein Teil der Familie mehr. Beschwingt lief sie neben der Mutter den kleinen Hügel hinauf, auf dem die Kirche thronte. Sie hüpfte beinahe.

Die Kirche war schneeweiß. Man konnte von ihrem Vorplatz bis runter zum Fluss sehen, der breit war und mit vielen kleinen Inseln gespickt. Es standen fünf Türmchen auf dem Kirchendach, das höchste ragte aus der Mitte. Der Innenraum war nicht so geschmückt, wie es Jelena aus Nischni Nowgorod kannte, wo die Kirche bis zur Decke mit Ikonen getäfelt und jede freie Ritze mit Gold verstopft war. Hier in Gorbatow stand in der Kirchenmitte eine halbhohe Holzwand, an der ein paar Ikonen hingen. Der Boden war nicht mit Ornamentfliesen belegt, sondern mit speckigen, ausgetretenen Bohlen. Ein paar Frauen drehten sich um, als Jelena und ihre Mutter das Gotteshaus betraten, aber von einem Empfang konnte nicht die Rede sein. Es waren nicht viele Besucher da für einen Sonntagvormittag, es waren vor allem Frauen und Kinder. Nur am Rande standen zwei Männer. Ein dünner alter und ein dicker junger. Die Mutter stellte sich ganz nach vorn, um dem Popen in die Augen sehen zu können, der noch hinter der hölzernen Trennwand herumfuhrwerkte, über der Weihrauch waberte.

Jelena stellte sich neben ihre Mutter, drückte den Rücken durch, berührte mit den Fingerspitzen das Leinen des neuen blauen Mantels. Sie war so groß wie die Mutter, vielleicht sogar schon größer. Sie sah ihre Mutter an, die 38 Jahre alt war, ein Alter, das jenseits der Vorstellungskraft von Jelena lag. Die Mutter sah müde aus, die Wangen eingefallen, die Augen tief in den Höhlen. Eine alte Frau, zusammengehalten von der Erwartung auf Genugtuung. Jelena würde ihr dabei zur Seite stehen, so gut es ging. Dieses stille Versprechen gab sie Gott an diesem Vormittag. Gott, der hier an der Seite ihrer Mutter, in der fremden Kirche, zwischen den fremden und doch vertrauten Frauen, wieder etwas Boden zurückgewann. Die Mutter drehte sich leicht zu ihr, der Nacken steif und unbeweglich. Sie lächelte, und Jelena lächelte zurück. Dann trat der Pope hinter der Trennwand hervor, die Kieferlinie der Mutter straffte sich, und die Augen traten ein wenig aus den Höhlen.

Es war schwer zu sagen, ob der Pope, Andrej Andrejewitsch, die Mutter wiedererkannte. Es war schwer zu sagen, ob es sich bei dem Mann überhaupt um Andrej Andrejewitsch handelte. Es war kaum etwas von ihm zu sehen. Er trug seinen glänzenden Priesterhut, die Kamilawka, tief im Gesicht, das von einem zotteligen grauen Bart bewachsen war. Der Rest des Körpers war von einem silbrigen, bestickten Umhang verhüllt, der immer wieder in dichten Weihrauchwolken verschwand, die aus den Gefäßen wuchsen, die die beiden Messdiener schwenkten, die links und rechts von ihm durch die Kirche schlurften.

Der Alte murmelte Gebete, taumelte, als sei er nicht ganz sicher auf den Beinen. Ihre Mutter starrte in den Nebel, auf der Suche nach einem Blick des Mannes. Die alte, unverständliche Sprache knarrte wie morsches Gebälk, die Gebete wie Beschwörungsformeln von Regenmachern, die leiernden Gesänge, das alles versetzte Jelena in eine Trance. Die Zeit schien langsamer zu laufen und hielt plötzlich an. Jelena fühlte sich, als schwebe sie ein paar Zentimeter über der Kirchenbank. Als sie zwei Stunden später die Kirche verließen, blendete sie die Wirklichkeit des Maimorgens wie ein Scheinwerfer.

Für eine halbe Stunde standen sie und ihre Mutter im kleinen Kirchengarten wie entfernte Verwandte, die niemand zuordnen konnte. Es gab Tee und süße, mit Quark und Aprikosenkonfitüre gefüllte Piroggen, die Frauen redeten, der Pope schlurfte durch die Reihen und hielt den Kopf schief. Die Sonne brannte den Dunst weg, der vom Fluss aufstieg. Die Stille war unerträglich, dachte Jelena, nur ab und zu bellte ein Hund. Nie hatte sie die Ankunft der neuen Zeiten deutlicher gespürt, als bei diesem sonntäglichen Vormittagstee im Kirchhof von Gorbatow.

Bei der zweiten Runde blieb der Pope vor der Mutter stehen, die unter ihrem Kopftuch errötete wie ein Mädchen, was sie seltsamerweise noch älter aussehen ließ als 38. Jelena sah, dass der Pope wasserblaue, fast durchsichtige Augen hatte, wodurch er, auch wegen der Piroggenkrümel, die in seinem struppigen grauen Bart tanzten, leicht wahnsinnig, zumindest aber zerstreut wirkte.

»Sina Alexandrowna«, sagte der Pope mit einer hohen, knisternden Stimme, eine Stimme, die er offenbar außerhalb der Kirchenmauern einsetzte, seine Gemeindevaterstimme, die Stimme des Hirten. Er reichte der Mutter seine Hand, die klein und dick und fleckig war sowie mit einem Ring geschmückt, einem dicken, goldenen Ring, der einen dunkelroten Stein trug.

Die Mutter küsste den Ring. Sie machte eine höfische Bewegung, eher ein Tanz als ein Knicks, sah dem Alten dann ins Gesicht und sagte: »Eure Exzellenz!« Das Gesicht von Sina Alexandrowna Krasnowa glühte. Die anderen Frauen schienen den Atem anzuhalten.

»Schön, dass Sie wieder den Weg in unsere Kirche finden«, sagte der Pope, die Augen wasserblau und ahnungslos, als seien die Krasnows von einer längeren Ausfahrt in die Heimat zurückgekehrt. Vielleicht kannte er die Einzelheiten ihrer Flucht nicht, dachte Jelena. Sie hoffte es.

»Die Wege des Herrn sind unergründlich«, sagte die Mutter und lächelte, als habe sie soeben das Welträtsel gelöst.

»So ist es, Sina Alexandrowna, Teuerste, so ist es«, sagte der Pope.

Er umfasste beide Hände der Mutter, als wolle er tanzen. Jelena fürchtete, dass ihre Mutter jeden Moment in Ohnmacht fallen würde. Aber die lächelte nur. Sie lächelte ausdauernd.

»Meine Tochter, Jelena Krasnowa, Sie erinnern sich«, sagte die Mutter irgendwann und nickte zu Jelena.

»Natürlich, natürlich«, sagte der Alte und sah, immer noch die Hände der Mutter haltend, zu Jelena hinüber. Er inspizierte ihre Haare, die in der frühen Sonne leuchteten wie Feuer. Jelena sah im Blick des Popen wie in einem Spiegel, wie rot ihre Haare waren.

»Die heilige Jelena. Wussten Sie, dass sie das Kreuz Jesu gefunden hat?«, sagte der Pope.

Jelena lächelte. Es war nicht klar, ob es ihr zustand, diese Frage zu beantworten, mit Nein zu beantworten. Sie deutete einen Knicks an.

»Sie teilte es in drei Teile«, sagte der Pope.

»Drei«, sagte die Mutter.

»Ja«, sagte der Pope.

»Sie schickte einen Teil nach Rom, ein Teil blieb in Jerusalem und der dritte ...« Er sah sich zu seinen Messdienern um.

»Moskau?«, sagte die Mutter.

»Nein, nein«, sagte der Pope.

Einer der Messdiener zuckte mit den Schultern.

»Würden Sie uns die Ehre erweisen und unser Haus segnen, Vater?«, fragte die Mutter in die betretene Stille.

Der Priester nickte, murmelte, löste seinen Griff von der Mutter, winkte seine drei Messdiener heran und flüsterte ihnen etwas zu. Die Mutter warf Jelena einen fiebrigen, freudig aufgeregten Blick zu, den sie nicht erwidern konnte. Denn Jelena dachte, dass eine Haussegnung nur Ärger machen würde, zumindest wenn Alexander Petrowitsch in der Nähe war. Der Pope kraulte sich gütig lächelnd den Bart, seine drei Messdiener verschwanden in der Kirche und kamen mit einem Weihrauchgefäß, einem kleinen hölzernen Weihwassereimer und einer verzierten Kiste zurück. Nach weiterem Gemurmel machte sich der Kirchenvertreter auf den Weg. Offenbar war der Pope ein Freund schneller Entscheidungen. Vielleicht aber hörte auch er die Welle anrollen und wusste, dass nicht mehr viel Zeit blieb.

Der Gang zum Haus, der normalerweise sieben, acht Minuten gedauert hätte, sich aber nun, da der Pope nicht gut zu Fuß war, eine Viertelstunde lang hinzog, sollte dem, was ihre Mutter als triumphale Rückkehr angekündigt hatte, am nächsten kommen. Es war kein Triumphzug, aber es war ein Spaziergang, dessen Ziel und Zweck sie waren, die Familie Krasnow oder das, was davon noch übrig und nach Gorbatow zurückgekehrt war. Die Hälfte der Krasnows, die weibliche Hälfte jener kleinen Gruppe, die in einer Februarnacht vor dreizehn Jahren aus der Stadt vertrieben worden war. Die Mutter, Pawel und sie, Jelena, waren nach Osten gezogen, der Vater in den Himmel. Wenn es denn einen Himmel gab für Revolutionäre. Jelena fragte sich, ob sie jetzt auch den Teil des Weges beschritten, der mit seinem Blut getränkt worden war.

Die Prozession wurde vom schwankenden Popen und seinen drei Ministranten angeführt, dahinter gingen die Mutter und Jelena, danach folgten fünf, sechs Frauen aus dem Ort und deren Kinder. Die Maisonne leckte die Pfützen aus, an den Gartenzäunen standen hier und da Nachbarn und starrten. Manche nickten leicht, zwei oder drei winkten sogar und lächelten, die meisten aber sahen nur zu. Jelena ahnte, dass die Aufmerksamkeit sich jederzeit wieder gegen sie richten konnte, jetzt aber spürte sie den Wind der Revolution in ihrem Rücken.

Er frischte auf.

Ein Ausläufer erfasste Andrej Andrejewitsch, den Popen von Gorbatow, schon jetzt. Auf einem kleinen Holzbänkchen stehend, hatte er den letzten Kreidestrich an den Türsturz der Familie Krasnow gesetzt, die Wasserweihe vollzogen und die hölzerne Kelle mit dem Weihwasser nach unten zu einem der Ministranten gereicht. Es war spät im Jahr für eine Weihe, aber das Haus hatte seit dem letzten Oktober leer gestanden, und so dauerte es bis zum Mai, dass die Hausnummer 24 für das Jahr 1918 bereit war, das erste komplette sozialistische Jahr in der Geschichte des russischen Volkes. Einige der Nachbarn hatten in diesem Jahr nicht mehr den Priester gerufen. Die Zeiten waren nicht so. Es hieß zwar, dass dort draußen im Land immer noch gekämpft wurde, aber es sah nicht so aus, als würden die Weißen noch einmal zurückkommen. Sie hießen ja nicht zufällig Menschewiki und die Roten nicht zufällig Bolschewiki. Die einen waren in der Minderheit, die anderen in der Mehrheit, und wer halbwegs bei Verstand war, hielt sich an die Mehrheit. Sina Alexandrowna aber achtete nicht auf die Nachbarn, die Mehrheit und die Zeiten, mit tränennassen Augen sah sie hinauf zum Popen, als sich plötzlich die Tür öffnete und den heiligen Mann vom Bänkchen stieß.

Alexander Petrowitsch war durch das Getrampel und Gemurmel aus seinem vormittäglichen Nickerchen auf der Ofenbank geweckt worden und wollte in den Vorgarten treten, um nach dem Rechten zu sehen. Zumindest war das später seine Erklärung. Er sei noch vom Schlaf betäubt gewesen und habe überdies nichts von einer Wasserweihe gewusst, der er, hätte er von ihr gewusst, ohnehin nicht zugestimmt hätte. Der Pope jedenfalls verlor, bevor man auch nur die Nasenspitze von Alexander Petrowitsch, dem schlaftrunkenen Heiden, sehen konnte, das Gleichgewicht und stürzte dann, mit den Armen rudernd, auf den immer noch feuchten Boden vor dem Haus, das er soeben geweiht hatte. In seiner kleinen Weihpredigt war er auf eine Begebenheit aus dem Alten Testament eingegangen. Es handelte sich um die Geschichte von Abraham, der auf den Berg Morijah steigt, um seinen Sohn Isaak Gott zu opfern, in letzter Sekunde aber von ihm ablässt. Eine Geschichte von Familie und Loyalität, von Glauben und Prüfung, die man mit viel gutem Willen als Entschuldigung für die Vertreibung der Krasnows aus Gorbatow hätte verstehen können. Genauso gut allerdings auch als Parabel auf die heranrollenden gottlosen Zeiten unter den Petersburger Revolutionären.

Wie auch immer, der Pope, Andrej Andrejewitsch, lag auf dem Rücken wie ein Käfer, ein glänzender Käfer, das silbrige, mit Goldfäden durchwirkte Messgewand funkelte in der Sonntagssonne. Das Mittagslicht tanzte auf seinen wasserblauen, durchsichtigen Augen wie auf einem See. Er schrie nicht, er stöhnte nur leise. Ein alter, bereits angeschlagener Mann, der den neuen Zeiten nicht mehr viel entgegenzusetzen hatte. Alexander Petrowitsch sah auf den hilflosen Popen wie auf einen Hund, den er gerade aus dem Haus gejagt hatte. Die Arme von Sina Alexandrowna aber waren in den Himmel gereckt, sie stieß einen spitzen Schrei aus, in dem sich Entsetzen und Scham mischten. Die Frauen in ihrem Rücken summten wie ein griechischer Chor. Jelena hatte gemischte Gefühle. Der Pope tat ihr leid, ihre Mutter tat ihr leid, aber die Tatsache, dass ihr Stiefvater hier so dumm in der Sonne stand, gefiel ihr schon sehr gut. Sie lächelte schief.

Ihre Mutter gab Alexander Petrowitsch einen Faustschlag in die Nierengegend, woraufhin der zurückwich, dann aber ein paar Schritte auf den Popen zuging, ihn bei den rudernden Armen griff und aus dem Matsch zog. Der heilige Mann seufzte wie ein Korken, den man aus einer Flasche zog. Sina Alexandrowna sprang hinzu und begann, auf dem Rücken des Popen herumzureiben. Der Chor der Nachbarinnen summte zufrieden. Sie hatten es doch immer gewusst. Niemand wurde ohne Grund aus dem Dorf gejagt.

»Was stehst du herum, Lenotschka, bring eine Bürste und Wasser«, rief die Mutter. Jelena sprang ins Haus, suchte nach einer Bürste, fand keine, nahm ein Tuch, ließ Wasser in den Eimer, rannte, spritzte und plemperte, aber als sie wieder auf die Straße trat, war der Pope schon auf dem Weg zurück zur Kirche. Seine Ministranten führten ihn wie einen kranken König. Jelenas Mutter und ihr Stiefvater standen vorm frisch geweihten Haus und sahen der Abordnung hinterher, die abzog wie eine geschlagene Kriegspartei. Mit ihr ging die zarte Hoffnung auf Anerkennung ihrer unheiligen Lebensgemeinschaft. Sina Alexandrowna hatte eine Argumentation vorbereitet, die es dem Popen hätte erleichtern können, den neuen Mann an ihrer Seite zu ertragen, womöglich sogar zu akzeptieren. Schließlich war Viktor Krasnow, der Seiler, der Mann, dem sie vorm Altar des Popen ewige Treue geschworen hatte, auf bestialische Weise umgebracht worden, und Alexander Petrowitsch half ihr, mit dem Verlust zu leben. Das hätte sie dem Popen gern gesagt. Aber die Gelegenheit würde nicht wiederkehren. Dagegen hatte Jelena nichts einzuwenden, die nicht ahnte, dass ihre Mutter wieder schwanger war.

»Du elender, ungeschickter Bär«, sagte die Mutter.

»Geschieht ihm ganz recht, dem alten Heuchler«, sagte Alexander Petrowitsch. Dann ging er ins Haus zurück.

★

Es war die letzte Wasserweihe, die Jelena erleben sollte. Im Herbst, noch vor den Feierlichkeiten zum ersten Revolutionsgeburtstag, schloss die Kirche und stand nun verlassen auf dem Berg, weithin sichtbar. Ein Fanal. Manche sagten, die Roten hätten den alten Popen erschossen wie einen räudigen Hund, andere erzählten, er sei zusammen mit dem Küster Pawel Konstantinowitsch, dem einäugigen Pascha, in den Ural geflohen und lebte als Weltlicher unter Kosaken in Orenburg, das, so ging das Gerücht, von den Weißgardisten zurückerobert worden war. Wieder andere behaupteten, Andrej Andrejewitsch sei mit seiner Kutsche, den beiden Schimmeln Josep und Pjotr, ein paar wertvollen Ikonen und einer Kiste voller Gold nach Süden gefahren, Richtung Don, dort, wo es noch Gottgläubige gab.

Auf jeden Fall war er weg, und Jelena hatte keine Muße, über das Schicksal des alten Kirchenmannes nachzudenken. Im Oktober nämlich begann der Prozess gegen die sechs Männer, die für den Tod ihres Vaters verantwortlich gemacht wurden. Im Rückblick aber schien Jelena der Sturz des Popen von seinem Bänkchen in Gorbatow für den Fall der orthodoxen Kirche in Russland zu stehen. Ihr Stiefvater Alexander Petrowitsch, der tollpatschige Bär, hatte, so sah es aus, den alten Popen vertrieben.

Die Schule gab ihnen frei. Alle Schüler sollten den Prozess verfolgen können, der im Ballsaal des ehemaligen Gutes der Balakows stattfand, der Oberkulaken von Gorbatow, die im Oktober

1917 nach Frankreich geflohen waren. Dies sei Geschichtsunterricht aus dem wirklichen Leben, sagte Wladimir Iwanow, Lehrer für Russisch, Geschichte und Staatsbürgerkunde, der noch vor einem Jahr in einer Werft von Nischni Nowgorod gearbeitet hatte und oft den Eindruck erweckte, dass er die Dinge, die er seinen Schülern beibringen wollte, erst am Abend zuvor gelernt hatte. Die Verhandlung gab dem armen Mann, den sie den wirren Wowa nannten, eine kleine Atempause.

Der Prozess war überraschend einberufen worden, schließlich lag das Verbrechen weit über zehn Jahre zurück. Andererseits war das Pogrom das einzig bedeutsame Ereignis in der Geschichte des Städtchens Gorbatow. Und es war nützlich. Besser als jede Versammlung konnte solch ein Mordprozess der Landbevölkerung klarmachen, wo die Reise hinging. Eine Schauergeschichte, die Moritat von den schamlosen Zarenknechten.

Der Ballsaal wirkte, zumindest an den ersten Prozesstagen, viel zu prächtig für die Gesellschaft, die sich hier versammelte. Das Parkett schimmerte wie Gold in der Herbstsonne, die durch riesige Fenster in den Raum fiel. Der örtliche Rat der Rotgardisten hatte Stühle aus dem gesamten Gut in den Saal gebracht, aber sie reichten nicht für all die Schaulustigen. Viele waren aus Nischni Nowgorod angereist, ein paar sogar aus Petrograd, obwohl Jelena nie sagen konnte, wer eigentlich. In der ersten Reihe saßen die Familienangehörigen und Freunde der drei Opfer.

Michail Romanow, Doktor Andrej Wosnetschnikow und Viktor Krasnow.

Romanow hatte eine dunkle, schlanke Frau hinterlassen, die mit ihrer Tochter kam, ebenfalls dunkel, schlank und irgendwie aristokratisch, was, zusammen mit dem Nachnamen, später für Probleme bei der historischen Einordnung des Opfers Romanow sorgen sollte. Wosnetschnikow, der mutige Doktor, war mit einer burschikosen, helläugigen Frau verheiratet gewesen, die auch dreizehn Jahre nach dem Mord immer noch um ihren Mann weinte. Sie erschien allein vor Gericht, ihr Sohn lebte, ebenfalls als Arzt, in Deutschland. Zwischen den beiden geschlagenen Frauen wirkte Jelenas Mutter unangemessen aufgeräumt, eine lustige Witwe, hochschwanger und rotbäckig. Sie hatte sich für die Verhandlung ein neues Kleid in Nischni Nowgorod gekauft, es war rot, hochgeschlossen und mit blauer Seide bestickt. Dazu trug sie ein paar Stiefel aus hellem, weichem Leder, die ihr Alexander Petrowitsch über seine Beziehung zur örtlichen Parteiführung organisiert hatte. Ihre dunklen, dicken Haare waren aufgetürmt wie eine Krone. Der künftige, jetzt schon stolze Vater, Alexander Petrowitsch, nahm an jedem Verhandlungstag neben seiner Frau Platz. Sie saßen dort vorn wie ein Königspaar. Jelena, für die als Tochter des Opfers ein Stuhl in der ersten Reihe reserviert worden war, brachte es nicht fertig, neben ihnen Platz zu nehmen. Sie hockte lieber mit ihren Mitschülern auf dem Fußboden des Ballsaals.

In den acht Tagen, die der Prozess dauerte, acht Tage, die ihr wie Wochen und Monate vorkamen, trennte sich Jelena von ihrer Mutter. Mit jeder Verhandlungsstunde erschien ihr die Frau in der ersten Reihe mehr wie eine Fremde, eine Matrone, die sich eine Loge in einem Volksstück gesichert hatte. Ihre Mutter, zu der Überzeugung kam Jelena, wollte weniger Gerechtigkeit als vielmehr Aufmerksamkeit. Sie trauerte nicht um den Vater, sie wollte gefeiert werden. Jelena fand das abstoßend, gleichzeitig war es erleichternd zu spüren, wie die Frau von ihr wegtrieb, um deren Liebe sie in den letzten Jahren so gekämpft hatte.

Es erschien Jelena, als werfe sie eine Last ab.

Was die Verhandlung anging, so verlor Jelena schnell die Hoffnung auf Erkenntnis. Es war ein Spektakel für die Landbevölkerung, und Jelena fürchtete, dass es irgendwann ihre Erinnerungen an den Vater ersetzen würde oder das, was sie für ihre Erinnerungen hielt. Sie verbrachte viel Zeit damit, den Zeugen und den Angeklagten in die Gesichter zu sehen und sich vorzustellen, was für ein Leben sie wohl führten. Sie sah auch viel aus dem Fenster. Was sie verstand, klang wie eine biblische Geschichte, gar nicht unähnlich derjenigen, die der unglückselige Pope ihnen bei der Hausweihe erzählt hatte. Ein russisches Weihnachtsmärchen, der Gründungsmythos einer neuen Weltreligion.

Sie ging so: Anfang des Jahres 1905 hatte der Zar Boten ins Land geschickt, die den unzufriedenen, wütenden Russen erklären sollten, wie er ihnen künftig das Leben erleichtern würde. Zugeständnisse und Reformen. Zwei oder drei Zarenreiter, da gingen die Meinungen auseinander, waren am 18. Februar 1905 in Gorbatow eingetroffen, um die guten Nachrichten unters Volk zu bringen. Die örtlichen Beamten hatten eine Versammlung vorm Ratsgebäude einberufen. Am Nachmittag hatten sich dort etwa dreihundert Bürger eingefunden, vielleicht vierhundert oder nur zweihundert, hier gab es verschiedene Erinnerungen. Es war ja alles lange her. Ihr Vater und Romanow jedenfalls hatten auf die lauen Versprechungen der Zarenfamilie mit Hohn reagiert. Romanow, der in der größten Werft von Nischni Nowgorod beschäftigt war, repräsentierte die Arbeiterschaft, Krasnow, Seiler aus Gorbatow, vertrat die Landbevölkerung. Die Bauernschaft galt, was den revolutionären Geist anging, als zögerlich, und so war es vor allem Romanow gewesen, der die Kuriere des Zaren vor dem Ratsgebäude beschimpfte. Krasnow, Jelenas Vater, hielt lediglich die Fahne, soweit sich die Zeugen erinnerten, die rote Fahne der Sowjets, die Romanow aus Nischni Nowgorod mitgebracht hatte. Es war um Ruhe gebeten worden, aber Romanow, so sagte einer der Angeklagten, habe sich dadurch nur angestachelt gefühlt. Immer lauter habe er gebrüllt, den Zaren beschimpft, den Adel und die heilige Kirche, so dass selbst Krasnow beruhigend auf seinen Kampfgefährten eingewirkt habe. Es half nichts. Schließlich hätten die Kuriere des Zaren den örtlichen Sicherheitskräften, den Ordnungshütern der Gemeinde Gorbatow, den Auftrag gegeben, für Ruhe zu sorgen.

Offenbar war ihr Vater eher in eine Auseinandersetzung geraten, die er so nicht gewollt hatte, dachte Jelena. Das gefiel ihr. Ein besonnener Mann passte gut zu der Stimme in ihrem Kopf, die immer schwächer wurde. Sie stellte sich vor, wie ihr Vater, die Fahne in der Hand, versuchte, mit den Beamten zu verhandeln und gleichzeitig seinen Kameraden zu besänftigen. Einen größeren Helden brauchte Jelena nicht. Sie brauchte eigentlich gar keinen Helden.

Wir schaffen das, Lenotschka, mein Täubchen.

Die fünf lokalen Beamten saßen auf der Anklagebank wie begossene Pudel, die Gesichter hinter ihren Bärten voll bäuerlicher Einfalt. Sie waren gefesselt wie Schwerverbrecher, den Blick auf die Schuhspitzen gerichtet, die Augen leer, die Kleider schmutzig. Ein sechster Beamter war bereits vor vier Jahren verstorben. Er war im Vollrausch von der Fähre nach Rescheticha in die Oka gefallen und ertrunken. Auch dafür gab es mehrere Zeugen, deren Befragung sich allein über fast zwei Stunden hinzog, weil auch sie bei der Überfahrt ans andere Ufer betrunken gewesen waren und verschiedene Erinnerungen an das Unglück ihres Saufkumpans hatten oder auch gar keine. Fest stand aber wohl, dass er ertrunken war. Die beiden beziehungsweise drei Kuriere des Zaren, die das Pogrom angezettelt hatten, waren bei anderer Gelegenheit gerichtet worden, hieß es, ohne dass die Umstände näher erläutert wurden. Ein paarmal verwies einer der Angeklagten auf eine Gruppe der »Schwarzen Hundert«, die an diesem Tag nach Gorbatow gekommen war, um die Männer des Zaren zu unterstützen. Sie seien es gewesen, die das Feuer geschürt hätten, so erklärte beispielsweise der Angeklagte Uschakow aus der Stadtverwaltung. Da er aber auch nicht zu sagen wusste, wie sie denn hießen und wo sie lebten, winkte der Moskauer Richter ab.

Vor Gericht stand das örtliche Fußvolk.

Die Männer, Beschäftigte der Stadtverwaltung, hatten an jenem Februarnachmittag von 1905 den Aufständischen Romanow und seinen Fahnenträger Krasnow mit Schlägen vom Hof gejagt und schwerverletzt auf der Straße liegen lassen, der Schnee gefärbt von ihrem Blut. Ein paar Barmherzige, deren Namen sich erstaunlicherweise nicht mehr ermitteln ließen, hatten die Verletzten ins örtliche Krankenhaus gebracht, wo Doktor Andrej Wosnetschnikow, ein Chirurg, sie notdürftig zusammenflickte. Eine halbe Stunde später spürte der immer noch rachsüchtige und inzwischen durch Alkohol befeuerte Mob seine Opfer dort auf. Die Männer drangen ins Krankenhaus vor. Wosnetschnikow, der aus der Nähe von Perm stammte, ein Mann aus dem Ural, kräftig und charakterstark, baute sich mit verschränkten Armen, den Kittel noch blutverschmiert von der Behandlung der Revolutionäre, vorm Operationssaal auf und verweigerte den Pogromisten Zugang. Sie schossen ihn einfach nieder, erklärte Viktoria Pawlowna, Oberschwester des Krankenhauses unter Tränen. Dann zogen sie die bandagierten, bewusstlosen Revolutionäre aus den Krankenhausbetten, schleiften sie auf die Straße, schlugen ihnen Holzkeile in die Brust, ließen sie zum Sterben zurück. Und tranken weiter.

Jelena sah aus dem Fenster in den goldenen Herbsttag, sehnsuchtsvoll sah sie hinaus. Sie wollte sich das alles nicht vorstellen, sie konnte es sich auch nicht vorstellen. Nicht nur, weil sie ihren Vater nicht einsam und gottverlassen auf der Straße verbluten sehen wollte. Sie fühlte sich auch unwohl bei dem Gedanken, dass die armseligen Esel auf der Anklagebank im Namen ihres Vaters und damit ja auch in ihrem Namen bestraft werden sollten. Ihr Vater war seit dreizehn Jahren tot, sie aber lebte. Alles, was sie sagen konnte, war, dass sie ihren Vater vermisste, den Mann, den sie sich vorstellte, wenn sie an ihren Vater dachte, einen Halt im Leben, eine Orientierung. Zuversicht.

Nur noch einen Augenblick, Lenusch, Engelchen, dann wird es wieder wärmer.

Die Zeiten drehen sich wie der Wind, dachte Jelena, die auch in diesem Gerichtssaal nicht hätte bestimmen können, wer eigentlich die Guten waren und wer die Schlechten.

Der Richter war ein vierschrötiger Parteifunktionär aus Moskau, der in die Provinz geschickt worden war wie seinerzeit die Kuriere des Zaren. Er wollte von den Angeklagten Motive hören, die sie nicht liefern konnten. Sie suchten die Schuld nicht in den ökonomischen Verhältnissen, sondern bei den anderen. Immer wieder verwiesen sie auf die Schwarzen, die aus Nischni Nowgorod kamen, und auf die Zarenkuriere aus Petersburg. Das Übel kam aus der Stadt, sie waren angestiftet und verführt worden. Sie waren gern bereit zu bereuen, aber nicht in der Lage, den großen Zusammenhang, in dem sie damals vor nunmehr dreizehn Jahren agiert hatten, herzustellen.

»War dir nicht klar, Angeklagter Woronin, dass du mit deiner verachtungswürdigen Tat niemals die Gesetzmäßigkeiten der historischen Mission ... wie soll ich sagen ... ausheben konntest, ausheben wie einen Baum?«, fragte der Richter.

»Von welcher Mission sprechen Sie, Ehrwürdiger?«, fragte Woronin.

»Der historischen, du Schafskopf.«

»Ach der.«

»Genau der, Angeklagter Woronin. Die historische Mission der Arbeiterklasse.«

»Aber ich bin kein Arbeiter, Hochwürden«, sagte Woronin. »Und war auch nie einer.«

»Die Mission gilt für alle, du Nichtsnutz.«

»Ach so.«

»Ausnahmslos.«

»Vermutlich war mir das nicht so klar, hochverehrter Vorsitzender. So umfassend.«

Der Richter schüttelte den Kopf und klärte den Saal über das explosive Verhältnis von Produktivkräften und Produktionsverhältnissen auf.

»Die Produktivkräfte rebellieren gegen die Produktionsverhältnisse. Sie werden zu eng, wie, sagen wir, ein Mantel, wenn man zu viel gegessen hat. Beziehungsweise eine Hose. Und dann sprengen die Produktivkräfte die Produktionsverhältnisse auf, Genossen«, sagte er.

Der Saal murmelte.

»Wie Ketten sprengen sie sie!«, rief der Richter.

»Wie Ketten«, sagte der Angeklagte Woronin und nickte erfreut, als hoffe er, dass die Produktivkräfte auch ihn einmal aus seiner Notlage befreien könnten. Geschichtslehrer Iwanow, der wirre Wowa, schrieb mit roten Ohren sein Notizheft voll. In der nächsten Geschichtsstunde würde er Jelena und ihren Mitschülern die historische Mission der Arbeiterklasse erklären, von der er bis zu diesem Moment nicht gewusst hatte, dass sie existierte.

Am fünften Verhandlungstag musste Sina Alexandrowna, Jelenas Mutter, in den Zeugenstand. Sie berichtete aus dem Leben des Seilers Krasnow. Ein einfacher, bescheidener Mann, der früh erkannte, wie ungerecht die arbeitende Klasse Russlands, ja die arbeitende Klasse der Welt behandelt wurde, wie sie – das waren Sina Alexandrownas Worte – vom gierigen Finanzkapital ausgepresst wurden. Jelena hatte ihre Mutter nie so reden hören. Sie vermutete, dass Alexander Petrowitsch ihr eine Politschulung gegeben hatte. Vielleicht störte es die Mutter auch, dass ihr Mann in den bisherigen Schilderungen nur eine Nebenrolle gespielt hatte, ein Halbrevolutionär mit Fahne, neben diesem Romanow. Vielleicht wollte die Mutter ihren Ehemann etwas mehr in die Mitte des Bildes schieben, auch um der Romanow-Witwe, der dunklen Schönheit, die neben ihr in der Bank saß, das Licht zu nehmen. Ihr Vater jedenfalls kam Jelena aus diesen Schilderungen nicht näher, er entfernte sich von ihr. Es entstand das Bild eines Mannes, der sich einer Sache verschrieben hatte, die irgendwann wichtiger wurde als die Familie.

»Natürlich hatte er in den Monaten davor nicht mehr so viel Zeit für mich und die Kinder«, sagte Sina Alexandrowna und suchte nach Jelenas Blick, die ihren Kopf einzog.

»Gerade Pascha hätte ihn gebraucht. Er war neun damals. Ein schwieriges Alter, wissen Sie, Genosse Vorsitzender Richter.«

Vielleicht war doch alles ganz anders, dachte Jelena. Vielleicht fürchtete auch die Mutter, den Mann, den sie einmal geliebt hatte, an die Geschichte zu verlieren. Vielleicht waren diese späten Klagen über den Gatten, der sich nicht um die Familie kümmerte, ihre Art, sich dagegen zu wehren. Vielleicht wollte die Mutter ihren Mann nicht so einfach weggeben an die ruhmreiche Sowjetunion, ein Exponat für ein Revolutionsmuseum. Jelena hoffte es.

Alexander Petrowitsch räusperte sich, als wolle er seine Lebensgefährtin zur Besinnung rufen, aber Sina Alexandrowna sah ihn nicht an. Sie starrte auf den Haufen Jugendlicher, in dessen Mitte sich ihre Tochter versteckt hielt.

Die Mutter beschrieb, wie Viktor Krasnow seine Seile flocht, oft schon in den frühen Morgenstunden, weil er nachts las, Flugschriften zumeist, oder auf irgendwelchen Geheimversammlungen in Nischni Nowgorod war.

»Bei Romanow, diesem Hitzkopf«, rief ihre Mutter in Richtung der schwarzen Witwe, die daraufhin leicht das Kinn hob, wie eine Raubkatze, die Witterung aufnahm.

»Ich bitte Sie, Sina Alexandrowna«, brummte der Richter. Nicht unfreundlich, eher der Form halber. Romanow war ein Zarenname, und bei allem, was man über den Revolutionär Romanow erfuhr, war eine Verwandtschaft, zumindest eine seelische, nicht auszuschließen. Man musste ja nur die Frau ansehen, diese hochnäsige Pantherin, diese wollüstige.

»Oft half ihm Pascha, mein Ältester, der heute im Petersburger Sowjet tätig ist. Und sogar Jelena, die unter uns weilt, saß gern bei Viktor Krasnow, ihrem Vater, meinem Mann, in der Werkstatt«, sagte die Mutter. Jelena zog, so weit das ging, noch mehr ihren Kopf zwischen die Schultern.

Es traten Zeugen auf, die beschrieben, wie der betrunkene Mob durch Gorbatow zog, lange nachdem die Sonne untergegangen war. Nachbarn von Romanow und von ihnen erinnerten sich, wie die Leute mit Fackeln vor den verlassenen Häusern auftauchten. Vera Andropowna, die dicke Nachbarin, der Jelena noch im Frühjahr, am Tage, als sie nach Gorbatow zurückgekehrt waren, die Leviten gelesen hatte, berichtete, wie sie der Mutter, Pawel und ihr einen Sack mit Proviant geschnürt habe, mit dem sie über die Felder Richtung Fluss flohen. Alexander Petrowitsch erzählte, von einigen Zwischenrufen begleitet, die sich auf sein Verhältnis zur hochschwangeren Frau des Verstorbenen bezogen, wie er die Familie seines Kampfgefährten in seiner Wohnung in Nischni Nowgorod aufgenommen habe.

»Erfroren und halbverhungert waren sie, Genossen!«, rief er den schnatternden Zuhörern zu.

»Du hast sie ja gut durchgefüttert, die Armen«, rief jemand.

»Und aufgewärmt«, rief ein anderer.

Der Richter ermahnte die Zwischenrufer, die Würde des Gerichts und der Hinterbliebenen zu respektieren. Jelena aber fühlte sich nicht angegriffen. Obwohl es in den Beschreibungen der Zeugen gelegentlich um sie ging, ja mitunter auch ihr Name fiel, erkannte sie die Geschichte nicht mehr als ihre. Es ging um Dinge, die nichts mehr mit ihr zu tun hatten, und so schwärmten ihre Gedanken immer wieder hinaus in die Welt wie hungrige Hummeln.

Am letzten Tag, als die Strafen verkündet wurden, platzte der Gutssaal fast aus allen Nähten. Der ganze Ort war hier, um in die Gesichter der Delinquenten zu sehen, im Moment, da sie ihr Schicksal erfuhren. Es würde, da waren sich alle sicher, ein hartes, ein unwiderrufliches Urteil sein. Die Zeiten waren so. Die junge Republik kannte wenig Mitleid mit ihren Feinden. Jeder kannte Beispiele von Bekannten und Verwandten, die in das Getriebe der Sowjetmacht gefallen waren. Niemand hätte eine Kopeke auf das Leben eines der fünf Angeklagten gewettet, die sich an den Gründervätern der ersten sozialistischen Republik vergangen hatten.

Aber entweder war der Richter doch nicht so engstirnig, wie er schien, oder es gab eine neue Direktive aus Petrograd.

Die Mehrheit der Angeklagten durfte am Leben bleiben.

Während der Prozesstage war der Eindruck entstanden, dass an jenem verhängnisvollen Februartag 1905 neben den abwesenden beiden beziehungsweise drei Zarenkurieren und den Vertretern der schwarzen Hundertschaften, an die sich mancher erinnerte und mancher nicht, vor allem Boris Karelnikow durch besondere Brutalität aufgefallen war. Er, so sagte die Mehrheit der Angeklagten aus, habe keine Ruhe gegeben, bis die Revolutionäre tot im Schnee lagen. Er sei es gewesen, der unbedingt ins Krankenhaus wollte, er wollte zu den Familien, er sei auch derjenige gewesen, der auf die Idee gekommen war, die beiden Aufständischen zu pfählen. Karelnikow konnte sich nicht wehren. Er war vor vier Jahren betrunken in die Oka gefallen. Der Arzt Wosnetschnikow, das bestätigte auch die hysterisch weinende Oberschwester Viktoria Pawlowna, war von einem der zwei beziehungsweise drei Zarenhäscher erschossen worden, die ja bereits, unter welchen Umständen auch immer, bestraft worden waren.

Die wahren Schuldigen, die Haupttäter, so sah es aus, waren gar nicht hier.

Der Richter schickte die anwesenden Angeklagten für jeweils zehn Jahre in ein Verbannungslager nach Sibirien und verhängte zu guter Letzt – vielleicht weil er eine gewisse Enttäuschung über die unerwartete Milde der Sowjetmacht verspürte – noch eine Todesstrafe. Es traf Kusnezow, den Kämmerer von Gorbatow, einen kahlköpfigen, schweigsamen Mann in einem billigen, grauen Anzug, der die gesamte Gerichtsverhandlung teilnahmslos verfolgt zu haben schien. Der einzige Krawattenträger unter den Angeklagten. Auf die Fragen des Richters hatte er äußerst knapp und präzise geantwortet, so als gebe er Auskünfte zu seiner Buchführung. Anders als die anderen, hatte er keine Reue gezeigt. Er war auch der Einzige, der sich nicht daran erinnerte, dass der ertrunkene Säufer Karelnikow die Hauptschuld am Pogrom von Gorbatow trug. Und weil der Richter nicht begründete, warum die Härte des Gesetzes ausgerechnet Kusnezow getroffen hatte, konnte man nur mutmaßen, dass es an der Nüchternheit des ehemaligen Stadtkämmerers lag. Er schien sein Todesurteil genauso gelassen zu ertragen wie den gesamten Prozess. Vielleicht weil er damit gerechnet hatte. Nur die Menge seufzte, als sie das Schlusswort des Richters hörte. Kusnezow sollte bereits morgen an der Mauer des Arsenals erschossen werden.

Dann war es vorbei. Der Richter strich sich den Bart glatt. Die Angeklagten atmeten aus und vermieden es, Kusnezow anzusehen, der ungerührt aus dem Fenster starrte.

Der Saal erwachte. Das Leben ging weiter, zumindest für sie.

Jelena saß noch ein paar Minuten zwischen ihren schwatzenden Klassenkameraden, dann ging sie hinaus auf den Hof. Sie verspürte keine Genugtuung, sie war erleichtert, dass es vorbei war. Sie verließ das Gut, weil sie wenig Lust hatte, mit irgendjemandem, und schon gar nicht mit ihrer Mutter, Gefühle zu besprechen, über die sie sich nicht im Klaren war. Sie nahm, wie von unsichtbaren Fäden geführt, den Weg, der an der Kirche vorbei und dann durch das Birkenwäldchen hinunter zum Fluss führte. Den Fluchtweg.

Es war ein schöner Herbsttag, die gelblichen Birkenblätter flirrten im Sonnenlicht. Die Erde war nach einem langen, heißen Sommer fest und trocken. Die Oka glitzerte wie Gold. Jelena lief zum Steg, an dem die Fähre nach Rescheticha anlegte. Sie wollte einen Moment am Fluss sitzen, in dem sie im Sommer zum ersten Mal gebadet hatte, ihr Fluss jetzt, ein Fluss, der nicht so gewaltig wie die Wolga war, aber doch in deren Richtung floss und der sie einmal, da war sich Jelena heute sicherer denn je, aus diesem Leben heraustragen würde.

Als sie den Steg betrat, sah sie, dass dort schon jemand saß und aufs Wasser schaute. Ein Junge in einer dunkelblauen Jacke, die Schirmmütze tief ins Gesicht gezogen. Es war, das erkannte Jelena auch von hinten, Alexander Kusnezow, Sascha, der Sohn des zum Tode Verurteilten. Er ging in ihre Schule und war ein Jahr älter als sie. Vielleicht zwei. Er musste den Gerichtsaal noch früher verlassen haben als sie selbst, und wer sollte es ihm verdenken. Sein Vater würde sterben. Ein, so schien es, anständiger, wenn auch etwas kaltblütiger Mann. Aber vor allem: sein Vater. Jelena dachte daran, auf leisen Sohlen kehrtzumachen, aber dann betrat sie den Steg. Sie trat fester auf als nötig, um Alexander auf ihre Ankunft vorzubereiten, aber der schien sie nicht zu bemerken. Oder wollte sie nicht bemerken. Beides hätte sie verstanden.

»Darf ich?«, fragte Jelena, als sie das Ende des Stegs erreicht hatte.

Es dauerte einen Moment, bis Alexander Kusnezow zu ihr aufsah. Seine Beine baumelten über dem Wasser, die Schuhe zerschlissen und mit dunklem Tuch zusammengehalten. Vor dem Winter brauchte er neue. Er drehte den Kopf langsam in ihre Richtung. Jelena sah keine Tränen, aber sein Blick war leer.

»Du?«, fragte er.

»Darf ich mich einen Moment zu dir setzen?«, fragte sie.

Er nickte.

Jelena setzte sich neben den Jungen auf den Steg, ließ die Beine baumeln, sah ins Wasser, das unter ihnen vorbeizog wie die Zeit. Es war inzwischen sicher zu kalt zum Baden.

»Tut mir leid«, sagte Jelena nach einer Weile.

»Ich will keinen Trost«, sagte der Junge.

»Das trifft sich gut. Ich habe nämlich auch keinen«, sagte sie.

»Ich hätte das nur alles nicht gebraucht.«

Der Junge schwieg. Er hatte eine kurze und sehr gerade Nase, auf der sich ein paar Sommersprossen drängten, die in seltsamem Widerspruch zu dem Todesurteil zu stehen schienen, das gerade über seinen Vater gefällt worden war.

»Aber ich vermisse meinen Vater«, sagte Jelena.

Der Junge sah sie an. Seine Augen waren grün, die Pupillen mit einem feinen braunen Rand umzogen, der zu pulsieren schien. Die einzige Art von Erregung, die man ihm ansah. Sein Blick tastete ihr Gesicht ab, als sehe er es zum ersten Mal, er schien eine Karte davon anzufertigen. Die Karte einer unbekannten Insel, die er überraschend entdeckt hatte und vielleicht erkunden würde, wenn sich die Gelegenheit ergab.

Dann schaute er wieder aufs Wasser.

Sie saßen eine Weile zusammen auf dem Steg, schauten auf den gnadenlosen Fluss. Irgendwann stand Jelena auf und lief in den Ort zurück, zu den anderen. Als sie am Morgen, kurz nach dem Aufwachen, die Gewehrschüsse hörte, wusste sie, dass sie nicht mehr allein war.

★

Es dauerte bis zum Frühjahr, dass Alexander Kusnezow Gelegenheit fand, die unbekannte Insel Jelena zu erkunden.

Der Winter war endlos.

Es war nicht kälter als in Nischni Nowgorod, natürlich nicht, aber es gab weniger Zerstreuung und, zumindest erschien es Jelena so, viel weniger Licht. Während man in der großen Stadt auch nach Sonnenuntergang über die Straßen laufen konnte, saß man in Gorbatow auf der Ofenbank. Die Welt vorm Fenster verschwand im Maul der Nacht, man war allein. Jelena nutzte die Dunkelheit zum Studium, denn Wissen, das sagte ihr Geschichtslehrer Wladimir Iwanow, war der Weg hinaus aus den engen, beschränkten Lebensumständen, Erkenntnis pflastere die Straße in die Welt. Und wer sollte das besser wissen als der wirre Wowa, der noch vor einem Jahr Schiffsbäuche zusammengenietet hatte. Seine Lektüretipps waren sperrig, meist etwas, was er »die Klassiker« nannte, aber nicht immer vollständig verstanden zu haben schien. Einige der Bücher waren gerade erst ins Russische übersetzt worden, hektisch hergestellte, schludrige Ausgaben mit vielen Druckfehlern. Marx, Engels, Hegel, Feuerbach und natürlich Lenin, immer wieder Lenin. Materialismus, Dialektik, Empiriokritizismus. Während Wowa, ihr Geschichtslehrer, wenigstens um Erkenntnis rang, bemühte sich ihr Stiefvater nicht, die Dinge zu verstehen. Hatte sie eine Frage, etwa zu einem der komplizierten dialektischen Gesetze, zum Freiheitsbegriff oder zum Prinzip der Denkökonomie, bügelte sie Alexander Petrowitsch mit einer dummdreisten Bemerkung ab, nicht ohne sich vorher neben sie auf die Ofenbank gedrängelt zu haben. Manchmal sagte er Dinge, die ihm in größerer Runde zum Verhängnis hätten werden können. Engels war für ihn ein Kapitalistenschnösel. Marx ein jüdischer Korinthenkacker. Lenin und Trotzki hielt er für intellektuelle Spinnköpfe, die, wie er behauptete, keinen Nagel in die Wand schlagen konnten. Nur Stalin, der in seiner Jugend viele Postzüge überfallen, Männer getötet und Frauen begattet hatte, achtete er. Auch wenn der nur Georgier war. Alexander Petrowitsch mochte keine Dinge, die größer waren als er selbst. Er glaubte weder an Gott noch an die Weltrevolution. Er wollte, dass kein Haus für die Ewigkeit stand, er wollte Bewegung, er fühlte sich wohl im Ungefähren, ein Hallodri, ein Raufbold, ein Frauenheld. Ein Mann, der die Welt brennen sehen wollte, um sich an ihr die Hände zu wärmen. Es war Jelena ein Rätsel, wie ihre Mutter auf diesen charakterlosen Klotz hatte hereinfallen können. Eine Frau, die mit Viktor Krasnow verheiratet gewesen war, der für seine Ideen gestorben war. Noch schwieriger war es, sich vorzustellen, wie Petrowitsch als Kampfgefährte ihres Vaters gelten konnte.

Jelena war sich sicher, dass ihr Vater diesen grobschlächtigen Dummkopf, der seine Frau geschwängert hatte, seine Tochter begrapschte und sich den Rücken an ihrem Ofen wärmte, längst mit einem Tritt in den Hintern aus dem Haus befördert hätte.

Im Januar wurde ihr kleiner Bruder geboren. Oleg, der mit zweitem Namen Viktor hieß wie ihr Vater. Es war ein Zugeständnis an die gute alte Zeit, aber es bedeutete nichts, der Junge drängte Jelena noch weiter aus der Familie.

Wenn sie an ihre Familie dachte, dachte sie an Pawel, der in Petersburg an der Weltrevolution arbeitete. Sie schrieb ihm lange Briefe, in denen sie von Gorbatow berichtete, vom wirren Wowa, vom verschwundenen Popen, vom nervtötenden Alexander Petrowitsch und natürlich vom großen Prozess, in dem die Mörder ihres Vaters verurteilt worden waren. Sie fragte Pawel nach Petrograd und nach Lenin. Sie bat ihn, ihr zu erklären, wie

Quantität in Qualität umschlug, wie das Kapital akkumulierte und wie er sich an die Winternacht 1905 erinnerte, in der sie aus Gorbatow fliehen mussten.

Pawel schrieb nur einmal, einen Brief, den sie aufbewahrte wie einen Schatz. Er war nicht lang.

Er erklärte ihr, dass Freiheit die Einsicht in die Notwendigkeit war, dass die Revolution lange nicht vorbei sei und viel Kraft und Geduld erfordere, auch von ihr. Er sagte, dass sich die Menschen, seiner Erfahrung nach, nur änderten, wenn sich ihre Lebensumstände änderten und manchmal nicht mal dann. Das Sein, so Pascha, bestimme das Bewusstsein. Es gebe Nächte, in denen er zweifle, schrieb er, und Lenin gehe es, soweit er das sagen könne, nicht anders. Petrograd sei zauberhaft im Sommer, aber im Winter drücke es ihn manchmal nieder. Die Menschen seien härter als zu Hause. Der Ruß aus Hunderttausenden von Öfen vernebele den Blick und verstopfe die Lungen. Er vermisse die Weite des Landes, die Reinheit der Luft, und er vermisse sie.

»Vielleicht schaffe ich es im Sommer zu Euch zu kommen«, schrieb Pascha am Ende seines Briefes. »Dann erzähle ich Dir, was damals passiert ist. Oder wenigstens das, woran ich mich erinnere. Traue den Geschichten nicht, die sie Dir erzählen, Feuerköpfchen. Die Menschen erinnern sich nur an das, was in ihre Lebensgeschichte passt. Niemand ist nur ein Held, Lenuschka. Außer Dir natürlich!«

Jelena las den Brief ihres Bruders immer wieder, oft vor dem Einschlafen, er wurde mit der Zeit trauriger, verzweifelter, vor allem aber: immer geheimnisvoller.

Im Februar beschloss die Stadtverwaltung, die Hauptstraße von Gorbatow in Uliza Krasnowa umzubenennen. Es würde ein wenig dauern, bis die Straßenschilder fertig waren, aber irgendwann würde Jelena über eine Straße laufen können, die den Namen ihres toten Vaters trug. Und damit ihren eigenen. Außerdem sollte, wenn die Erde taute, ein Denkmal für ihren Vater errichtet werden. Romanow, der revolutionäre Werftarbeiter, der eigentliche Aufständische, der damals ebenfalls ermordet worden war, bekam kein Denkmal. Es schien, als sollte die passende Heldengeschichte in Stein gehauen werden. Sie konnte es kaum erwarten, ihren Bruder zu sehen, um zu erfahren, was wirklich passiert war.

»Was schreibt Pascha?«, wollte ihre Mutter wissen.

»Es geht ihm gut«, sagte Jelena.

»Das will ich hoffen«, sagte Alexander Petrowitsch, der noch grimmiger wurde, seit der Beschluss gefallen war, ihrem Vater ein Denkmal zu errichten. »Denen in Petersburg geht es so gut, dass sie vergessen haben, wie es uns geht. Leben in Saus und Braus. Wie die neue Zarenfamilie.«

»Sei still, du saurer Apfel, du«, sagte die Mutter.

»Er schreibt, er kommt uns im Sommer besuchen«, sagte Jelena.

»Ach«, rief ihre Mutter, es klang nicht erfreut. Es klang erschrocken. Die Mutter sah Alexander Petrowitsch an, der nickte. Dann schrie der kleine Oleg und beendete das Thema.

Jelena hätte gern mit Alexander Kusnezow über ihren Bruder geredet, ihren Vater und all die offenen Fragen. Aber Kusnezow war verschwunden. Es hieß, er sei in einem Erziehungslager in Nischni Nowgorod. Angeblich hatte er unmittelbar nach der Hinrichtung seines Vaters angefangen zu trinken und war tagelang nicht zur Schule erschienen.

Aber nach den Winterferien war er wieder da. Er war gewachsen und hatte einen Flaum auf der Oberlippe, so dünn, dass das Bärtchen verschwand, wenn Alexander im Licht stand. Seine blonden Haare waren abrasiert. Er trug neue, schwere Schuhe, eine filzige, braune Hose, die aussah, als habe sie einmal zu einer Uniform gehört, sowie einen verwaschenen blau-weiß gestreiften Pullover, der ihm zu klein war. Er sah nicht hübsch aus, nicht so hübsch wie Kawa aus Nischni Nowgorod, aber er sah aus wie jemand, der etwas erlebt hatte. Ein Junge, der von einer langen Reise zurückkehrte. Sie sah ihn auf dem Schulhof, als sie am ersten Morgen nach den Ferien, mit Tanja Lubowskaja schwatzend, um die Ecke bog. Er stand da, ganz allein und doch im Mittelpunkt.

Jelena fühlte, dass der Winter vorbei war. Die Welt war plötzlich heller, und Tanja Lubowskaja redete nicht mehr, sie sang, auch wenn Jelena nicht hätte sagen können, um welches Lied es sich handelte.

»Guten Morgen, Sascha«, sagte Jelena.

»Guten Morgen, Lena«, sagte er. Seine Stimme klang so tief. Er kannte ihren Namen. Er kannte ihren Namen!

»Bist du zurück?«

»Wie du siehst.«

Er lächelte, etwas schief, nicht verlegen, aber auch nicht selbstbewusst. Schwer zu sagen, was das Lächeln ihr erzählen wollte. Auf jeden Fall sah man, dass an einem Vorderzahn eine Ecke fehlte, die – soweit sich Jelena erinnerte – im Herbst noch da gewesen war. Das verlieh Alexander Kusnezows langer Abwesenheit eine noch abenteuerlichere Note.

»Lena!«, rief Tanja Lubowskaja. Es klang, als rufe sie es aus einem tiefen Brunnen. Jelena drehte sich langsam zu ihrer Klassenkameradin um, die am Schultor auf sie wartete, die Hände in die Hüften gestützt. Die Haltung einer Mutter eher als die einer Freundin. Tanja sah sie mit einem fassungslosen Blick an. Sie schüttelte den Kopf.

»Ich komm schon«, sagte Jelena und lief ihrer Freundin hinterher, die bis zum Klassenraum nicht aufhören konnte, den Kopf zu schütteln.

»Was ist denn?«, flüsterte Jelena.

»Der?«, sagte Tanja.

Nur das eine Wort. Der?

Der Schultag zog sich wie kalt werdender Teer. Als er endlich vorbei war, rannte Jelena hinunter zum Fluss, zur Anlegestelle der Fähre, die ihren Betrieb gerade erst wieder aufgenommen hatte. An den Ufern der Oka hingen noch Eisschollen im Gestrüpp, und das Wasser sah so dick aus, als könne es jede Minute wieder gefrieren. Jelena hockte sich auf den Steg, die Hände um die Knie geschlungen. Es war sehr kalt. Alexander Kusnezow kam nicht. Er kam auch nicht am nächsten Tag und nicht am übernächsten. Sie sah ihn morgens auf dem Schulhof, sie grüßten sich, und dann verschwand er, blieb aber in ihrem Kopf. Sie konnte nicht aufhören, an ihn zu denken. Sie sah aus dem Fenster ins Frühlingslicht, und wenn Wowa ihr eine Frage stellte, sah sie durch ihn hindurch. Es tat dem Lehrer weh, dass ihn ausgerechnet Jelena, die einzige Schülerin, auf die er sich verlassen konnte, das Mädchen, von dem er annahm, dass es gemeinsam mit ihm die Welt entdecken wollte, im Stich ließ. Aber sie konnte nicht anders. Es war einfach kein Platz in ihrem Kopf für den blutigen Petersburger Volksaufstand von 1905, die Probleme der deutschen Sozialdemokratie oder Maxim Gorkis Erzählungen über die Nöte der Arbeiterschaft von Nischni Nowgorod. Nicht das kleinste Plätzchen.

Abends hockte sie auf der Ofenbank und starrte in ihre Bücher, ohne zu lesen. Als sich Alexander Petrowitsch zu ihr setzte, um sich an ihr zu reiben, schlug sie ihm mit solcher Wucht auf den Arm, dass er jaulte und abzog wie ein Hund.

Am vierten Tag kam Alexander.

Jelena wartete auf dem Steg am Fluss, der einzige Platz, an dem ein Wiedersehen hätte stattfinden können, ihr Platz, die Stelle, an der sie sich begegnet waren, weit weg von all den anderen. Sie spürte ihn. Ein winziger Schatten, ein leichtes Zittern der Bohlen und der sanfte, beinahe betörende Geruch, der ihn umwehte wie ein Parfüm. Sein Nachmittagsparfüm. Der Kartoffelschnaps, den er trank, um über den Tag zu kommen. Seine Mutter erwartete ihn bereits mit einer offenen Flasche am Stubentisch, wenn er mit seiner Schulmappe nach Hause kam. Es war der Geruch, den Jelena ihr Leben lang mit dem Jungen verbinden würde, in den sie sich im Frühling des Jahres 1919 verliebte. Sascha.

Er setzte sich neben sie auf den Steg. Sie saßen eine Weile so da. Er ließ die Beine über dem Wasser baumeln. Sie hatte die Hände auf den Knien. Die Oka, kalt, gleichgültig und ewig.

»Endlich«, sagte Jelena irgendwann.

Er lachte. Das Gesicht blass bis auf die Sommersprossen. Die Augen, die im Herbst so klar gewesen waren, dass man den Eindruck hatte, durch sie auf den Grund seiner Seele schauen zu können, wirkten nun ruhiger, ein bisschen trübe, wie ein See am Ende eines sehr warmen Sommers.

»Ich musste mir ein bisschen Mut antrinken«, sagte er.

»Hast du Angst vor mir?«, fragte sie.

Er zuckte mit den Schultern, schaute auf den Fluss. Sie schwiegen.

»Wie war es in dem Lager?«, fragte Jelena.

»Sie haben mir die Haare abrasiert«, sagte er.

»Ja«, sagte Jelena. Sie strich ihm über den Kopf. Er zuckte zusammen. Jelena fühlte die zarten Stoppeln auf dem harten Schädel. Sie sah, wie er die Augen schloss. Wie ein Kater, dachte sie. Ein streunender Kater.

Sie trafen sich nun jeden Nachmittag auf dem Steg, wo sie niemand störte. Die Fähre legte um diese Jahreszeit nur zweimal an. Im Morgengrauen, wenn sie die Arbeiter aufs andere Ufer nach Rescheticha brachte, wo zwei große Fabriken standen, und in der Abenddämmerung, wenn die Arbeiter zurückkamen. Die Tage wurden nur langsam länger, und es war immer noch kalt. Niemand im Ort wusste, dass die Tochter des toten Helden ihren Kopf in den Schoß des Sohns des gerichteten Mörders legte.

In den ersten Tagen redete vor allem Jelena. Sie erzählte ihm von den verblassenden Erinnerungen an ihren Vater, von der Stimme, die sie kaum noch hörte, weil es in ihrer Umgebung so laut war. Von ihrem Stiefvater, der sich in das Leben ihrer Familie gesetzt hatte wie eine Zecke. Von der Mutter, die sich für den Mann entschieden hatte und gegen sie. Ihre Mutter, sagte Jelena, habe nie wirklich um ihren Vater getrauert. Sie habe sich sofort in die Arme des nächsten Mannes geworfen. Hier unten auf dem Steg, den Kopf an der Schulter des schweigsamen Sascha Kusnezow, erschien ihr die Mutter so selbstsüchtig wie nie zuvor. Sie erzählte von Pawel, ihrem Bruder, und brachte an einem Nachmittag den Brief mit. Es war inzwischen Anfang Mai, und die Tage wurden wärmer. Sie las den Brief vor, während Sascha auf dem Steg lag und in die Wolken sah.

»Glaubst du, er kommt wirklich?«, fragte er, als sie fertig war.

»Ich hoffe«, sagte sie.

»Ja«, sagte er.

»Er ist ja alles, was ich noch habe. An Familie«, sagte sie.

»Wieso nennt dich dein Bruder Feuerköpfchen?«

»Die Haare«, sagte sie.

Sie zuckte mit den Schultern. Er grinste.

»Füchslein«, sagte er.

»Oder so.«

»Ähnelt Pascha deinem Vater?«, fragte Alexander.

»Ich weiß nicht«, sagte sie. »Ich habe vergessen, wie mein Vater war, und ich kann mich auch kaum noch an Pascha erinnern. Ich kenne sie beide kaum. Aber mein Herz sagt mir, dass sie zu mir gehören.«

»Dein Herz?«, fragte Sascha, den Blick in die Wolken gerichtet. Jelena lauschte der Frage hinterher, aber sie hörte keinen Spott.

»Mein Herz«, sagte sie.

»Vielleicht ist das alles, was zählt«, sagte Sascha.

»Bist du deinem Vater ähnlich?«, fragte Jelena.

»Nein«, sagte Sascha, so entschieden, dass Jelena nicht wagte nachzufragen.

Eine Minute später sagte Sascha: »Vielleicht doch. Ein bisschen.«

Sie wartete noch einen Moment, und dann fing er an zu reden, so als habe das kleine Zugeständnis einen Riss in die Mauer getrieben, die er um sich errichtet hatte, und nun brach, nach und nach, die ganze Mauer zusammen.

»Ich hätte mich nicht so ergeben wie er, in dieser Gerichtsverhandlung meine ich. Nicht so kapituliert. Und dann vielleicht doch. Ich bin mir nicht sicher, ob das aufrecht war oder nur stur. Davon hängt natürlich alles ab. Er hat bis zum Schluss nicht mit uns geredet. Für Mutter ist es fast noch schlimmer als für mich, aber auch mich bringt es um den Schlaf. Weißt du, er hat nie ein Geheimnis um die Nacht gemacht, in der dein Vater starb. Nicht, dass er darüber geredet hätte, irgendwelche Geständnisse abgelegt hätte. Aber er hat keinen Zweifel daran gelassen, dass es falsch war, dass es das Falscheste war, was er in seinem Leben getan hatte. Ich weiß bis heute nicht, welchen Anteil er wirklich hatte am Tod der Männer. Am Tod deines Vaters. So wie ich ihn kennengelernt habe, passte er nicht in diesen Mob. Er war allerdings ein anderer Mann nach dieser Nacht. Sagt meine Mutter. Ich war noch zu klein damals. Du weißt ja. Er hat sich zurückgezogen, er hat großen Ansammlungen von Menschen misstraut. Vielleicht weil er wusste, was die mit dem Einzelnen machen können. Und ich glaube, so absurd das klingt, das war auch der Grund, warum er sein Schicksal im Prozess so regungslos ertragen hat. Er wollte sich nicht noch einmal gemein machen mit den Halunken, die damals mit Fackeln durch das Dorf zogen und nun alle Schuld auf die Leute abwälzen wollten, die nicht mehr am Leben waren. Er wollte sich aber auch nicht gemein machen mit den neuen Herrschern, die heute sagten, was falsch war und richtig. Die einzige Möglichkeit, ehrlich zu bleiben, gerecht zu sein, die er sah, war zu schweigen. Ich kann das, wie gesagt, nur vermuten. Er hat seine Beweggründe nicht mit uns geteilt. Und meine Mutter möchte jetzt, wo er tot ist, nicht mehr darüber spekulieren. Wenn ich meine Vermutungen ausbreite, schließt sie die Augen. Ich glaube, in diesen Momenten erinnere ich sie zu sehr an meinen Vater, ihren Mann. den späten, veränderten Leonid Kusnezow. Den hat sie auch nicht verstanden. Insofern sind wir uns vielleicht doch ähnlich. Und andererseits fühle ich mich von ihm alleingelassen. Im Stich gelassen. Dafür hasse ich ihn. Ich weiß nicht, wie das alles in deinen Ohren klingt. Verrückt wahrscheinlich.«

Jelena gingen verschiedene Dinge durch den Kopf. Sie glaubte, zum ersten Mal das dialektische Verhältnis des Einzelnen zum Allgemeinen zu verstehen, das ihnen Wowa im Philosophieunterricht zu erklären versucht hatte. Zum anderen empfand sie eine große Genugtuung darüber, dass sie Alexander Kusnezow, den schweigsamen Sascha, zum Reden gebracht hatte. Der Stolz darauf mischte sich mit dem Glück, ausgerechnet jenem Menschen so nahe gekommen zu sein, der ihr am wichtigsten schien. Sie war an jenem Nachmittag am Fluss so glücklich wie nie zuvor in ihrem Leben. Sie sah den Jungen an, der auf dem Steg lag, den Blick in den Himmel. Er trug ein verwaschenes Hemd auf seinem flachen Oberkörper, der auf dem Holz lag wie ein Brett, die Beine in den Militärhosen hatte er angezogen und übereinandergelegt. Die Sommersprossen in seinem Gesicht blühten im Frühlingslicht auf.

Die eleganten Wörter, die der Junge benutzt hatte, seine klaren, leuchtenden Gedanken passten nicht zu der schäbigen Kleidung, die er trug. Sie hatte die Schönheit unter der abgewetzten Fassade freigelegt, sie hatte immer gewusst, dass sie da war, die Schönheit, dachte Jelena. Sie hatte sie aus dem Jungen herausleuchten sehen. Sie beugte sich über ihn. Sie sah die Wolken, die sich in seinen Augen spiegelten, verschwinden. Ihre dicken Haare fielen auf sein Gesicht. Sie spürte den weichen Bart auf der Oberlippe, als sie ihn küsste, sie schmeckte den süßen Alkohol in seinem Mund, sie wollte ihn unter sich begraben, in ihm verschwinden, alles gleichzeitig, ein unbekanntes, berauschendes Gefühl, das sie früher als erwartet aus Gorbatow heraustrug.

4

BERLIN, DEUTSCHLAND
JULI 2017

»Ich habe mich wieder gefühlt wie ein Kind. So ohnmächtig, aber auch so inkompetent und zügellos. Nein, nicht zügellos. Unverschämt«, sagte Konstantin Stein.

»Unverschämt«, sagte Sibylle Born.

Ihre Augen waren halbgeschlossen. Er stellte sich vor, dass sie in einem nachmittäglichen Halbschlaf gelegentlich ein Wort aufschnappte, meist irgendein Attribut, und es wiederholte. Sie erinnerte ihn an ein Krokodil, das am Ufer döste. Er trieb im trüben, warmen Fluss an ihr vorbei.

»Ja, wissen Sie, im Grunde geht es mich ja wirklich nichts an. Es ist die Entscheidung meiner Eltern. Es hat nur Konsequenzen für sie. Ich habe mir eben gewünscht, dass sie es weiter zusammen aushalten. Ich war wirklich kurz davor, die beiden an ihr Eheversprechen zu erinnern«, sagte er.

»In guten wie in schlechten Tagen«, sagte Frau Born.

»Genau.«

»Ein legitimer Wunsch.«

»Für den Sohn? Ich weiß nicht.«

»Kinder haben Wünsche an ihre Eltern. Sie haben sehr konkrete Vorstellungen davon, wie sich ihre Eltern verhalten sollen.«

»Ich bin 43 Jahre alt.«
»Es hört nie auf.«
»Hört denn irgendetwas überhaupt auf?«
»O ja, glauben Sie mir. Manche Sachen hören auf«, sagte Frau Born. Ihre Augen waren jetzt vollständig geöffnet. Sie trank einen Schluck Tee aus einer Schale, in der auch verschiedene Wurzelstücke schwammen, die sie von ihren ausgedehnten Chinareisen mitbrachte beziehungsweise von Einkäufen im Asiamarkt am Alexanderplatz. Konstantin fürchtete, dass sie gleich von ihrem Liebesleben berichten würde.

Sibylle Borns Lebensgefährte lag nach einem Schlaganfall wie ein toter Elefant in ihrer Wohnung, die sich unter der Dachstube befand, in der sie ihre Patienten empfing. Ein Maler, der nicht mehr malen konnte. Ein Glücksumstand, so empfand es Konstantin. Die Bilder waren scheußlich, großformatiger, farbenfroher, oft pornographischer Kitsch. Der Mann hatte sie unaufhörlich produziert, obwohl niemand Interesse daran zeigte. Er hatte für den Tag gemalt, an dem man ihn verstehen, entdecken würde. Ein Tag, der nie kommen würde, es sei denn, die Menschenaffen übernähmen wieder das Zepter. Sein Zeug quoll wie der süße Brei im Märchen und verstopfte jede Ecke der Wohnung und auch das Atelier, das er im Erdgeschoss des Miethauses okkupierte. Der Schlaganfall hatte ihn innehalten lassen, was auch für Frau Born, die ja die Miete für all die Räume erarbeitete, indem sie sich vom Unglück anderer Leute berichten ließ, eine Erleichterung bedeuten musste. Aber sie schien das nicht so zu sehen, und so sickerte ein wenig von ihrem privaten Unglück immer auch in ihre Sitzungen, eingefärbt von Erinnerungen an ein erfülltes Liebesleben. Mitunter hatte Konstantin den Eindruck, dass sie ihre Gespräche in eine Richtung steuerte, die ihr Gelegenheit gab, von ihrem eigenen Schicksal zu berichten.

Diesmal ließ sie die Gelegenheit glücklicherweise verstreichen.

»Sie haben doch angeboten, Ihren Vater bei sich aufzunehmen. Das war gar nicht egoistisch«, sagte sie.

»Doch.«

»Doch?«

»Ich habe nicht wirklich daran geglaubt, ihn bei mir aufzunehmen. Oder sagen wir so: nicht ernsthaft. Es war ein Gedanke. Vor allem aber war es etwas, was ich meiner Mutter entgegensetzen konnte«, sagte er.

»Was hätten Sie denn getan, wenn Ihre Eltern sich auf Ihren ... äh, Gedanken eingelassen hätten?«

»Ich hätte es versucht, glaube ich«, sagte Konstantin.

Die Vorstellung gefiel ihm. Er dachte an seinen Sohn und dessen Mutter. Die Besuche von Theo bei ihm würden wohl erfreulicher werden. Theo mochte seinen Großvater. Konstantin trank einen Schluck Tee und nahm sich eine von den kandierten Früchten, die auf dem Tischchen neben seinem Stuhl lagen. Mangos. Mitunter aß er so viel von dem Zeug, dass ihm die Zahnhälse noch Tage später brannten.

Er besuchte Sibylle Born nun einmal die Woche. Er verband es mit den Besuchen bei seinem Vater, der plangemäß ins Altersheim gezogen war. Erst fuhr er in den Wedding zu Frau Born, dann nach Pankow zu seinem Vater. Es hätte auch gute Gründe gegeben, es andersherum zu tun, aber das wollte er seinem Vater nicht zumuten. So hatte Konstantin bereits Ballast abgeworfen, wenn er ihn sah. Sie konnten unbeschwerte Gespräche führen, in denen es um Füchse und Filme ging und um die Vögel, die sein Vater aus dem Fenster seines Zimmers sah oder zu sehen glaubte.

Meistens schwiegen sie allerdings, schauten aus dem Fenster, sahen verschiedene Welten, die Zeit tickte herunter.

»Sie sagten, Sie hätten sich so unverschämt gefühlt wie als Kind. Warum glauben Sie, ein unverschämtes Kind gewesen zu sein?«, fragte Frau Born.

»Sind nicht alle Kinder unverschämt?«, fragte er zurück.

Frau Born wartete, die Augen jetzt fast geschlossen.

Konstantin sah auf die Papierlaternen, die von der flachen Decke baumelten, als sei von dort mit einer Antwort zu rechnen. Es gab bestimmt dreißig Papierlaternen, es gab auch Klangschalen, Räucherstäbchen, Puppen, Gläser, in denen präparierte Schlangen lagen, sowie einen ausgestopften Schneehasen. Die Dachstube sah aus wie das Arbeitszimmer eines Medizinmanns.

Konstantin wusste nicht, was für eine Art Kind er gewesen war, er erinnerte sich nur daran, was für eine Art Kind sich seine Eltern gewünscht hatten. Er kannte die Geschichten, die seine Mutter von ihm erzählt hatte, wenn die Familie zusammensaß. Anekdoten. Sie behauptete, er habe im Alter von neun Jahren Camus gelesen. Er hatte das nie abgestritten, obwohl er bis heute nichts von Camus kannte. Sie hatte ihn einmal im Wohnzimmersessel überrascht, als er in »Die Pest« blätterte, ein Titel, der ihm gefiel. Er hatte keine Ahnung, was in dem Buch stand. Er spielte die Rolle, die von ihm erwartet wurde. Die Rolle des Wunderkindes. Er spielte sie bis heute.

Seine Mutter hatte die Familienrunden mit den satirischen Gedichten unterhalten, die er verfasste, als er zwölf war, sie las am Kaffeetisch aus frühen, meist sehr blutrünstigen Kurzgeschichten, die er in die Reiseschreibmaschine hämmerte, die sie ihm zur Jugendweihe geschenkt hatte, sie zeigte Fotos, auf denen er – im Alter von neun Jahren – versuchte, ein Perpetuum mobile zu konstruieren, weil er sich nicht vorstellen konnte, dass das nicht machbar sein sollte. Die Konstruktionen aus seinem Optikbaukasten wurden vorgeführt, als habe er eine Anordnung geschaffen, mit der in Kürze das Welträtsel gelöst werden könne. Als er elf war, veröffentlichte eine Jugendzeitung einen Cartoon von ihm, der zu großen Teilen von seiner Mutter gezeichnet worden war. Ein Betrug, der nie aufgeklärt worden war, schon gar nicht von ihm. Die Schwestern seiner Mutter mussten sich die Kurzfilme ansehen, die er als Junge mit der Super-8-Kamera gedreht hatte, in den meisten spielte ihr Kater die Hauptrolle, Fellini. Einmal hielt Konstantin, zufällig, einen Streit seiner Eltern am Frühstückstisch fest, bei dem es um eine bevorstehende Sibirienreise seines Vaters ging und um einen Kollegen seiner Mutter, Herrn Schmitz. Konstantin hatte damals keine Ahnung, dass es einen Zusammenhang zwischen der Abwesenheit seines Vaters und Herrn Schmitz gab. Aber seine Tanten kicherten, und so lachte er mit.

Von Konstantin war viel zu erwarten. Sie warteten immer noch. Außer Tante Lara. Die war tot. Vor seinem großen Durchbruch gestorben.

»Ich weiß noch, wie ich mich geweigert habe, einem Kollegen meiner Mutter die Hand zu geben«, sagte er.

»Das ist alles?«, fragte Frau Born.

»Es war ein ziemlich prominenter Kollege. Jan-Carsten Schmitz«, sagte er.

»Nie gehört«, sagte Frau Born.

»Ja«, sagte Konstantin. Er fühlte die Vergeblichkeit, so wie er sie oft in der Nacht fühlte. Um drei. Wozu das alles?

Schmitz war ein Reporter, dessen Name von seiner Mutter lange Zeit ausgesprochen worden war wie Hemingway oder

Kisch. Er hatte von Kriegen berichtet und Staatsbegräbnissen, von Boxkämpfen und Aufständen und Naturkatastrophen, aber Konstantin erinnerte sich an keinen einzigen Text, er erinnerte sich nicht einmal daran, einen Text gelesen zu haben. Er erinnerte sich an eine Art Schmiss, den Schmitz auf der rechten Wange trug, die Spur einer Verwundung, die er sich irgendwo dort draußen in der wilden Welt zugezogen haben musste. So hatte sich Konstantin das vorgestellt. Machete, Kugel oder Tigerkralle. Er erinnerte sich an einen bleistiftdünnen Oberlippenbart und ein dunkelrotes Barett. Schmitz war verschwunden, ohne eine Spur zu hinterlassen, abgesehen von dem unguten Gefühl, dass er sich einst in die Ehe seiner Eltern gedrängt hatte. Am Ende war er einer der Anrufer gewesen, die seine Mutter grußlos aus der Leitung warf. Konstantin konnte sich vorstellen, dass sich seine Mutter und Schmitz während einer Reise, auf der sie ihn als Fotografin begleitete, nähergekommen waren. Er wollte diesen Verdacht allerdings nicht mit Frau Born teilen. Sie kannte ja nicht mal Schmitz, was ihre Rolle als Ratgeberin in Frage stellte. Er wusste nicht genau, welche Ausbildung Frau Born eigentlich hatte. Sie war ihm von Dr. Spitzer empfohlen worden, einem Internisten, den er von Zeit zu Zeit besuchte, um sich versichern zu lassen, dass er nicht an einer todbringenden Krankheit litt. Spitzer wiederum war ihm von seiner Tante Vera empfohlen worden, bei der Spitzer einst hospitiert hatte. Konstantin hatte sich einen Termin bei Frau Born geholt, weil er gelegentlich, meistens nachts um drei, mit der Überzeugung im Bett lag, er könne seine Probleme nur lösen, indem er aus dem Fenster springe.

»Vielleicht war unverschämt nicht das richtige Wort«, sagte er.

»Nein?«, sagte sie.

»Vielleicht war ich einfach nicht das Kind, das sich meine Eltern gewünscht haben«, sagte er.

»Oh«, sagte Frau Born.

»Ja«, sagte er, auf seltsame Art zufrieden, das Gespräch wieder auf ein Gebiet geführt zu haben, in dem sich Frau Born zurechtfand. Und er auch. Das ungeliebte Kind.

Sie ließ ihn noch ein bisschen über sein aktuelles Projekt reden, die Geschichte der langen Flucht des ehemaligen Tenniswunderkindes Bogdan, die sich in dieser verrumpelten Dachstube anhörte wie eine Metapher für sein eigenes Leben. Eine Analogie, mit der er gut leben konnte. Anders als seine Mutter fragte Sibylle Born nicht nach Fördergeldern und Auftraggebern, sie interessierte sich für den Stoff, für die psychologische Strömung, die unter der Geschichte floss. Er machte eine Art Pitch und genoss es, die europäische, ja globale Komponente dieser Lebensgeschichte darzulegen, die eben viel mehr war als ein Sportlerschicksal, breit, vielfältig und spannend, wie gemacht, um eine dieser neuen Fernsehserien damit zu füllen, nach denen alle lechzten.

Frau Born schien genau zu verstehen, wovon er redete. Sie war, wie er erfuhr, in ihrer Jugend selbst eine vielversprechende Sportlerin gewesen, Leichtathletin, eine Sprinterin und Weitspringerin bei Dynamo Berlin. Der Druck, der in ihrem Verein entwickelt wurde, war unerträglich, sagte sie. Als sie bei einer Junioreneuropameisterschaft in Oslo in einem Staffelrennen den Stab fallen ließ, deutete ihr Trainer an, dass nicht nur ihre Sportlerlaufbahn, sondern ihr gesamtes Leben vorbei war. Sie verließ die Mannschaftsunterkunft in der Nacht, um noch mal anzufangen. Es war sehr dunkel in Norwegen, sagte sie, und sie war erst siebzehn. Sie hatte später noch eine Weile in Westberlin weitertrainiert, aber schnell gespürt, dass der Druck auf der anderen Seite nicht viel geringer war. In den siebziger Jahren war Sport Klassenkampf. Sibylle Born wurde erst Punkerin und dann Buddhistin. Einen Moment lang erschien Konstantin ihre Geschichte spannender, relevanter, historischer als die seines Tennisspielers. Die Berliner Läuferin in der dunklen norwegischen Nacht klang bereits wie die Szene eines großen Spielfilms. Ein zerstörerischer Gedanke. Er kämpfte ihn nieder. Am Ende war Frau Borns Geschichte vor allem dazu gut, seine Geschichte zu verstehen.

Redete er sich ein.

Bevor er ging, schlug Sibylle Born für eine der nächsten Sitzungen eine Hypnose vor, mit der sie zu den verschütteten Erinnerungen seiner Kindheit vordringen könne. Eine Technik, die sie seit kurzem anwende.

Konstantin war bereit.

*

Das Heim hieß nicht mehr »Otto Grotewohl«, aber den Geruch war es nicht losgeworden. Es gab jetzt einen Empfangstresen, es gab vier Wahlessen, und im Saal stand ein riesiger Flachbildfernseher. Die Gewissheit, dass die Reise hier zu Ende war, blieb natürlich, und das roch man. Die Verzweiflung, die Hoffnungslosigkeit, das zerkochte Essen und die vollgepissten Hosen. In den Regalen standen wie zu Babas Zeiten die Bücher, die die Toten gespendet hatten. Es waren nicht mehr Scholochow und Bredel, sondern Danella und Simmel.

Das Heim hieß »Haus am Park«, das Zimmer seines Vaters lag auf der dritten Etage.

Claus Stein saß in dem speckigen Sessel, den ihm seine Frau

mitgegeben und ans Fenster gestellt hatte. Es war der Sessel, in dem sein Vater den Großteil der letzten Jahre verbracht hatte. Sie hatten ihn auf diesem Sessel aus seiner Wohnung getragen wie einen kranken König, dachte Konstantin. Seine Mutter konnte den Sessel nie ausstehen. Ein Regal in seinem neuen Zimmer war mit den Tierbüchern gefüllt. Auf dem schmalen Kinderschreibtisch Globus, Brieföffner und der Panzer einer Schildkröte, den er von einer Bolivienreise mitgebracht hatte. An der Wand hingen drei Plakate seiner Filme. Füchse, Luchse und die Geschichte von Linus, einem Pottwal, der sich im Sommer 1975 in die Ostsee verirrt hatte. Auch das missverstanden, gefeiert als Metapher der sozialistischen Odyssee. Claus Stein war sein Leben lang als großer ostdeutscher Fabelerzähler wahrgenommen worden. Der Äsop des Sozialismus. Der Krylow aus Pankow. Dabei wollte er immer nur Tiere filmen.

»Rabenvögel«, sagte sein Vater zu Begrüßung. »Nichts als Rabenvögel.«

Auch das wäre, hätte es ein Kritiker gehört, als Zeitkommentar interpretiert worden. Zur Finanzkrise, der Immobilienblase, zum Ausverkauf der deutschen Hauptstadt, dem Untergang des Abendlandes, zur Gentrifizierung, wozu auch immer. Es war der Segen der Karriere seines Vaters, dachte Konstantin. Oder der Fluch.

»Wird das der Film?«, fragte er.

Sein Vater drehte sich vom Fenster weg, sah ihn an, erstaunt, der Blick dunkelgrün wie ein Waldsee.

»Es passiert was«, sagte sein Vater.

»Ja«, sagte Konstantin.

»Der Berliner Krähenbestand hat sich verdoppelt«, sagte sein Vater. »Die Elstern auch.«

Konstantin stellte sich zu ihm ans Fenster. Er sah keine Vögel. Nur fette grüne Bäume, eine Wiese, auf der ein paar Heimbewohner herumstanden wie Schachfiguren, und ein kleiner Pavillon, wo zwei Frauen in weißen Schürzen rauchten, Köchinnen wahrscheinlich.

»Was gab's zum Mittag«, fragte Konstantin.

»Klopse«, sagte sein Vater. »Klopse, Kartoffeln, Soße.«

Kindergartenessen. Konstantins Kindergarten war in der Nähe gewesen und hieß »Arkadi Gaidar«. Ein Kindergarten mit verlängerten Öffnungszeiten, weil die Eltern so viel zu tun hatten. Die meisten waren Parteifunktionäre, Betriebsdirektoren, Ärzte, Wissenschaftler und Künstler. Es gab trotzdem nur Klopse zu essen wie in den anderen Kindergärten auch. Arkadi Gaidar, der den sozialistischen Kinderbuchklassiker »Timur und sein Trupp« geschrieben hatte, sollte, wie Konstantin später gelesen hatte, ein revolutionärer Psychopath gewesen sein, ein Kindersoldat, der schon als Junge Blutbäder angerichtet haben sollte. Konstantin hatte vor ein paar Jahren ein Exposé für eine Dokumentation über den durchgedrehten sowjetischen Kinderbuchautor geschrieben, aber niemanden gefunden, der das finanzieren wollte. Alles vergebens. Seine Gedanken strudelten schon wieder Richtung Abfluss.

»Mit Kapern?«, fragte er.

Sein Vater sah aus dem Fenster. Wahrscheinlich hatte er sich einfach ein Gericht ausgedacht, das zu seiner Lage hier passte. Ein Gefangenenessen.

Konstantin wusste nicht, worüber sie reden sollten. Es war alles gesagt. Sein Vater flog mit den Raben. Konstantin stand hier und wackelte mit den Armen. Er hatte keinen Zugang mehr zur Welt seines Vaters. Sie war mit imaginären Wesen bevölkert wie die Welt eines dreijährigen Mädchens.

»Lass uns doch in den Park gehen«, sagte Konstatin.

Er führte seinen Vater durch den Bürgerpark wie einen Hund. Sie gingen sehr langsam, und Konstantin sah den Park mit anderen Augen, mit den Augen eines alten Mannes. Ein schöner Park. Manchmal blieb sein Vater stehen und zeigte auf irgendetwas, das Konstantin nicht sah. Er nickte dann. Eigentlich hatte sich ihre Beziehung in all den Jahren nicht geändert. Sein Vater wurde langsamer, sie setzten sich in ein Café. Er bestellte einen Espresso, sein Vater einen Schwedeneisbecher, der mit all dem gefüllt war, was er eigentlich nicht essen sollte. Fett, Zucker und Eierlikör. Als das Eis kam, sagte sein Vater zur Kellnerin: »Chattanooga Choo Choo.«

Sie lächelte ahnungslos, aber freundlich.

»Chattanooga Choo Choo?«, fragte Konstantin.

»Glenn Miller«, sagte sein Vater.

»Richtig«, sagte Konstantin.

Sein Vater schlang das Eis hinunter wie ein Kind, das etwas Verbotenes tat. Auf dem Weg zurück zum Heim, mitten im Park, rief er: »Ich muss aufs Klo. Dringend.« Er lief schneller. Er rannte regelrecht ins Foyer des Altersheims, bog in einen Gang und verschwand in einem Toilettenraum.

Konstantin wartete in der Lobby, wo ein dicker Mann hinter einem kleinen Tresen saß und lächelte.

»Ich warte auf meinen Vater«, sagte Konstantin.

Der Mann lächelte wie ein Buddha.

»Claus Stein«, sagte Konstantin.

Keine Veränderung im Gesicht des Rezeptionisten.

Hinter einer Glastür, im Esssaal, begann der Kulturnachmittag. Auf der Bühne gestikulierte ein älterer Herr in Richtung des großen Flachbildschirms, vielleicht zeigten sie gleich einen

Märchenfilm. Konstantin schaute den Gang zu den Toiletten hinunter. Er fragte sich, ob er nach seinem Vater sehen sollte, ob er das überhaupt könnte. Er sah auf den Anschlagkasten, wo die Namen der Heimbewohner standen, die im Juni Geburtstag hatten, die Jubilare waren meist in den dreißiger Jahren geboren worden wie sein Vater, es gab ein paar aus den Zwanzigern und sogar einen Mann, der 1958 geboren war. Thomas Heller. Was war mit Herrn Heller passiert? Konstantin studierte den Essensplan. Es hatte tatsächlich Klopse gegeben heute.

Auf dem Gang öffnete sich eine Tür, und ein kleiner Mann erschien, der freudig auf ihn zulief.

»Guten Tag«, sagte der Mann, als habe er auf Konstantin gewartet.

»Guten Tag«, sagte Konstantin. »Ich warte auf meinen Vater, Claus Stein.«

»Herr Stein«, sagte der Mann. »Schön, Sie kennenzulernen. Ich bin Edgar Breitmann, ich leite das Heim.«

Herr Breitmann also. Er sah aus wie ein Mann, der seiner Mutter gefiel. Sie liebte Autoritäten, sie warf sich in ihre Arme, egal wo sie regierten. Vorzimmerdamen, Regisseure, Autoschlosser, Chefredakteure, Hausmeister waren die Helden seiner Mutter. Herr Breitmann war genau ihr Typ. Klein, kahl, aber ohne Zweifel.

»Mein Vater ist auf der Toilette«, sagte Konstantin. Eine seltsame Information, privat und nebensächlich.

»Ja«, sagte Breitmann.

»Seit fünf Minuten«, sagte Konstantin.

»Ein alter Mann ist kein D-Zug«, sagte Edgar Breitmann.

»Richtig«, sagte Konstantin. Er dachte an den Chattanooga Choo Choo, den Zug, dem Glenn Miller einen Song gewidmet hatte. Ein Zug und ein Eis mit Eierlikör. Irgendeinen Zusammenhang gab es sicher. Eierlikör, Glenn Miller.

»Sie müssen lernen, Ihrem Vater Zeit zu geben«, sagte Breitmann.

»Bitte?«, sagte Konstantin.

»Ihre Mutter sagt, Sie seien ungeduldig. Ich weiß selbst, dass es sehr schwer ist, seinen Eltern dabei zuzuschauen, wie sie an Kraft einbüßen. Je stärker die Eltern waren, desto schwieriger ist es«, sagte er.

»Woher wissen Sie denn, wie stark mein Vater war?«, sagte Konstantin und ärgerte sich sofort darüber, weil er sich mit Hilfe von Breitmann auf eine Diskussion mit seiner Mutter einließ.

»Am allerschlimmsten ist es für die Partner. Sie haben lange vor allen anderen die Veränderungen bemerkt. Am Anfang versuchen sie, sie zu tarnen, dann versuchen sie, damit zu leben, bis sie begreifen, dass es nicht mehr geht. Sie wissen alles früher als die Umwelt. Sie kämpfen gleichzeitig gegen den Verfall und die Vorurteile«, sagte Breitmann.

Konstantin atmete ein und aus.

»Die Menschen, die man einmal geliebt hat, verschwinden aus der Person, mit der man täglich zusammenlebt«, sagte Breitmann.

»Ich glaube, das passiert in jeder zweiten Ehe«, sagte Konstantin.

Breitmann hielt für einen Moment den Mund.

»Man heiratet immer einen Fremden«, sagte Konstantin.

»Sie wissen, dass ich nicht davon rede«, sagte Breitmann.

»Mein Vater lebte in einer anderen Welt, solange ich ihn kenne«, sagte Konstantin. »Und ich kenne ihn auch schon sehr lange.«

»Aber kennen Sie auch die Scans von seinem Gehirn und die Prognosen seiner Neurologin?«, fragte Breitmann.

Die Klotür öffnete sich, und sein Vater trat auf den Gang. Er zog ein Bein ein bisschen nach, und als er näher kam, erkannte Konstantin, woran das lag. Die Hose war nass. Er hatte es nicht geschafft. Sein Vater lief an ihnen vorbei zum Fahrstuhl. Konstantin folgte ihm, Breitmann nickte. Ein nachsichtiges Siegernicken. Konstantin schaute ihn mit einem Gesichtsausdruck an, den er für verächtlich hielt. Die Oberlippe schief wie Billy Idol.

»Wir spielen Computerkegeln, Herr Stein«, sagte Breitmann in die sich schließende Lücke zwischen den Fahrstuhltüren. »Kommen Sie doch dazu. Später.«

Konstantin hob die Oberlippe noch ein Stück weiter.

»Das trocknet«, sagte sein Vater, als sie allein waren.

»Ja«, sagte Konstantin.

Sie liefen über die grüne Linie, die sich über den Flur zog. Ein Erkennungszeichen für die Bewohner. Grüne Linie, dritte Etage. Sie waren da. An den Türen hingen weitere Erkennungszeichen, ein Walross, ein Schwan, ein Clown. Eine Schnitzeljagd in die Dunkelheit. An der Tür seines Vaters hing einer der polnischen Luchse. Sein Vater verschwand im Bad. Konstantin öffnete einen der Schränke. Er sah einen kleinen Kühlschrank und ein Fach mit Mützen. Im anderen Schrank hingen Hemden, Hosen, zwei Anzüge, daneben Fächer mit Pullovern, Unterwäsche, Socken, alles sorgsam zusammengelegt. Es war der Spind eines Soldaten. Er nahm eine Boxershorts und eine Cordhose und reichte sie seinem Vater ins Bad. Dann stellte er sich ans Fenster und sah in den Garten. Die Köchinnen rauchten immer noch vor dem kleinen Pavillon, aber die alten Schachfiguren waren verschwunden, zum Computerkegeln wahrscheinlich.

»Papa?«, rief er.

»Gleich«, rief sein Vater zurück.

Nach zehn Minuten ging Konstantin ins Bad. Er brach zum ersten Mal in die Privatsphäre des großen Filmemachers ein, der sein Vater gewesen war. Sein Vater stand am Waschbecken und starrte auf die Knopfleiste seiner Cordhose. Seine Hände zitterten. Er sah ihn an. Konstantin kniete sich auf die Fliesen und schloss seinem Vater die Hose.

»Wann kommt denn Mama endlich?«, fragte sein Vater.

»Ich weiß nicht«, sagte Konstantin. »Wann kommt sie denn gewöhnlich?«

Sein Vater sah auf seine Uhr. Dann sah er ihn an.

»Ich könnte sie anrufen«, sagte Konstantin.

Sein Vater nickte, stand auf, ging ins Zimmer, setzte sich auf seinen Stuhl, sah aus dem Fenster. Konstantin rief seine Mutter an.

»Ich war doch heute Vormittag da«, sagte seine Mutter.

»Ach so«, sagte er.

»Jetzt siehst du ja, was ich meine«, sagte sie.

»Ich weiß nicht, wovon du redest«, sagte Konstantin, drehte sich aber instinktiv von seinem Vater weg, der in die Welt dort draußen schaute wie in einen Film.

»Er hat es vergessen«, rief seine Mutter. Es klang freudig, als habe sie endlich einen Beweis für eine große These gefunden.

»Er hat nicht gesagt, dass du heute Vormittag nicht da warst, er hat nur gefragt, wann du kommst«, sagte Konstantin.

»Wir müssen über verschiedene Sachen reden«, sagte seine Mutter.

»Gut«, sagte Konstantin.

»Nicht am Telefon«, sagte sie. »Komm bitte vorbei, wenn du bei Papa fertig bist.«

»Womit?«

»Bitte?«

»Womit fertig?«

»Ich bin hier.«

Sie legte den Hörer auf. Die Ruhe war angenehm.

Udo Lindenberg hatte aus dem Chattanooga Choo Choo den »Sonderzug nach Pankow« gemacht. Lindenberg bemalte große Leinwände mit Eierlikör. Das Besondere am Schwedeneisbecher? Vanilleeis, Apfelmus und … Eierlikör. Bingo. Alles ergab einen Sinn. Nur würde seine Mutter ihm nicht die Zeit geben, die Zusammenhänge auszubreiten.

»Wann kommt sie denn nun?«, fragte sein Vater, den Blick noch immer nach draußen gerichtet.

»Sie kommt morgen, Papa«, sagte Konstantin. »Sie kommt doch immer am Vormittag?«

»Richtig«, sagte sein Vater. »Aber die Tage sind sehr lang gerade.«

Konstantin spürte das Absurde, aber auch das Poetische ihres Dialoges. Er hatte das Bedürfnis, etwas mitzuschreiben. Glenn Miller und die Berliner Singvögel verschwanden wie der Verstand seines Vaters oder das, was man gesunden Menschenverstand nannte. Vielleicht sollte er einen Film über die Welt seines Vaters machen. Vielleicht war das viel eher sein Stoff, dachte er.

Die fabelhafte Tierwelt des Herrn Stein.

★

Die Wohnung seiner Eltern war noch leerer geworden, noch sauberer. Es war die Stube eines Hauptfeldwebels. Er dachte an den Schrank seines Vaters, die Pullover, die dort geschichtet waren wie Mauerwerk. Er hatte sich als Kind geschämt, weil seine Eltern keine Teppiche besaßen, keine Auslegeware, wie sie in den Wohnungen seiner Klassenkameraden lag. Es gab immer nur den blanken Boden. Dielen, Parkett, Terrazzo oder Linoleum. Seine Mutter hasste herumliegende Kabel, sie hasste Bücherstapel, Schallplatten, die nicht in ihren Hüllen steckten. Sie hasste Küchengeräte, die sich nicht in Schränken verbergen ließen. Sie hasste Schmutz, unabgewaschenes Geschirr, volle Kühlschränke und zerknitterte Wäsche. Seine Mutter bekämpfte das Chaos der Welt mit militärischer Ordnung.

»Kaffee?«, frage sie.

»Danke«, sagte er.

Sie ging über den spiegelnden Flurboden voran, eine Frau, die genau wusste, wohin sie ging, dachte Konstantin. Anders als ihr Mann. Auf ihrem Schreibtisch lag der Rechnungsstapel wie ein Granitblock. Es roch noch sauberer als sonst, eine leichte Zitronennote lag in der Luft, Lavendel, Rosmarin. Er dachte an die Apfelsinenschalen, die in den Wäscheschränken seiner Großmutter gelegen hatten. Baba. Er erinnerte sich nicht, ob sie genauso ordentlich gewesen war wie seine Mutter. Er hatte sie erst kennengelernt, als sie bereits im Chaos versank und andere Menschen ihre Sachen ordneten. Einen Moment lang verstand er seine Mutter, ihre Tragik, ihren Kampf. Aber als sie das Ende des Flurs erreichten, an dem sich das Zimmer seines Vaters befand, war das Gefühl verschwunden und die alte Wut auf den Kontrollwahn seiner Mutter zurück. Sie hatte das Zimmer in den fünf Tagen, die sein Vater im Heim war, komplett leer geräumt. In der Mitte stand eine Art Tapetentisch, auf dem ein paar Blätter und Fotos lagen. An die Wand hatte sie zwei Karten gepinnt. In den Ecken standen Kartons, auf die Zahlen gemalt waren. Jahreszahlen. Bis zu diesem Moment hatte Konstantin daran geglaubt, dass sein Vater zurückkommen könnte, dass sein Heimaufenthalt vorübergehend war. Aber seine Mutter hatte die Brücke gesprengt. Es gab kein Bett mehr, keinen Stuhl, kein Buch, das seinem Vater gehört hatte, nichts erinnerte mehr an den Mann, der hier noch vor einer Woche gelebt hatte. Er stellte sich vor, wie seine Mutter auf den Knien den Geruch seines Vaters aus den Ritzen unter den Scheuerleisten gekratzt hatte.

Eine der Karten, die an der Wand hingen, war ein Stadtplan, ein alter Stadtplan, wie es aussah, die andere war eine historische Landkarte von Mitteleuropa, auf der sich eine rote Linie wand. Die Bilder auf dem Tapetentisch sahen aus wie alte Familienfotos.

Er sagte: »Und?«

»Ich habe den Eindruck, dass du dein Thema nicht findest«, sagte seine Mutter.

»Oh«, sagte er.

»Ja«, sagte sie. »Ich will jetzt nicht deine Filmographie herunterleiern, wenn man denn von Filmographie sprechen kann. Du weißt ja, wovon ich rede. Ich habe gedacht, ich liefere dir ein Thema, das dich mehr angeht als das Leben irgendeines kroatischen Tennisspielers.«

»Er ist Serbe«, sagte er.

»Es ist unsere Familiengeschichte«, sagte sie.

»Unsere?«, fragte er. Konstantin dachte an den Film über seinen Vater, den er vor einer halben Stunde geplant hatte.

»Meine, und damit ja auch deine«, sagte sie.

Konstantin nahm eines der Familienfotos in die Hand. Seine Mutter würde das als Interesse an ihrem Vorschlag deuten, aber es war nur eine Bewegung, irgendetwas, das er tun musste, um nicht im Schmerz zu erstarren. Er hätte lieber geschrien oder den Papierberg angezündet. Aber er wusste, dass er sich so nicht gegen seine Mutter durchsetzen konnte. Seit er ein Kind war, wusste er das. Je hysterischer er wurde, desto beherrschter wurde sie. Sie nährte sich an seiner Verzweiflung.

Auf dem Foto sah man fünf Mädchen, die sich in einem dunklen Zimmer um ein Paar versammelt hatten, seine Großeltern. Die Mädchen hießen Lara, Vera, Maria, Katarina und Anna. Seine Mutter und seine Tanten. Die Silber-Mädchen. Das Bild musste Mitte der vierziger Jahre aufgenommen worden sein. Anna, die Jüngste, war 1944 gestorben, Lara, die Älteste, hatte sich 1986 das Leben genommen. Ob Katarina noch lebte, Tante Katja, wusste er nicht. Sie war das schwarze Schaf der Familie. Sein Großvater, Robert Silber, war kurz nach Annas Tod verschwunden. Um dieses Verschwinden rankten sich Legenden. Robert Silber hatte das Gesicht eines Stummfilmschauspielers, dicke Augenbrauen, Schatten unter den Augen, nach hinten frisierte glänzende, dunkle Haare. Die Frau an seiner Seite, Oma Lena, Baba, schaute nicht unzufrieden, aber leer, sie trug eine hochgeschlossene Bluse und eine aufgetürmte Frisur, ihre Haare, die feuerrot gewesen sein sollten, wirkten auf dem Schwarzweißfoto aschfarben. Auf dem Schreibtisch an der Seite stand eine weiße Figur, die Lenin hätte sein können. Goethe. Puschkin. Oder Hitler.

Konstantin legte das Foto zurück zu den anderen.

»Es gibt ein paar Fragen, und ich dachte mir, ich helfe dir dabei, die zu beantworten, bevor ich auch noch den Verstand verliere«, sagte seine Mutter.

»Ich glaube nicht, dass du die Fragen beantworten kannst, die ich habe«, sagte er und ging.

»Du kennst meine Antworten nicht«, sagte sie in seinen Rücken. Er schloss die Wohnungstür. Sie wollte ihm ihr Leben verkaufen, dachte Konstantin. Die Version eines Lebens, mit der sie ihn alleinlassen konnte.

5

RESCHETICHA, RUSSLAND
1923

Es war immer gut geheizt im Politunterricht.

Die Schulungen fanden montags und donnerstags in der alten Dorfschule statt, die direkt neben der Fabrik stand. Kleine Fenster, dicke Holzwände und ein funktionierender Ofen. Am Tage hätte man von ihrem Platz aus auf den Fluss schauen können, der dort draußen lag, weiß und steifgefroren, aber der Tag war tot, wenn sich die Komsomolzen trafen. Dann war es dunkel und kalt. Jelena hatte Mühe, wach zu bleiben. Es war wichtig, wach zu bleiben, weil jedes Einschlafen von Alexander Iwanowitsch Gurjew als politische Geste gedeutet werden konnte. Wer schlief, ließ revolutionäre Wachsamkeit vermissen, sagte er. Es war ein Scherz, wahrscheinlich. Alexander Iwanowitsch war der Sekretär des WLKSM, des kommunistischen Jugendverbandes, obwohl er selbst bereits dreißig Jahre alt war, wenn nicht älter. Er nahm seine Aufgabe sehr ernst, weshalb Jelena in seiner Nähe vorsichtig war.

An einem Donnerstagabend informierte Gurjew die Komsomolzen der Fabrik über Funktion und Bedeutung einer neuen ökonomischen Politik der kommunistischen Partei. Es war ein komplexes Thema, was man am Hals des Sekretärs sah, auf dem sich, wie immer, wenn Gurjew mit einem komplexen Gegenstand kämpfte, rote Flecken bildeten, die sich schnell ausbreiteten, bis sein Kopf so rot war, als habe man ihn mit kochendem Wasser übergossen. Der Krebs, so nannten sie ihn im Sekretariat heimlich. Rak.

Er begann mit einer Rede von Lenin auf dem Parteitag der Kommunistischen Partei Russlands. In diesen, den grundsätzlichen Abschnitten des Politunterrichtes, war die Gefahr einzudösen am größten. Es gab ewig lange, mit sperrigen Substantiven vollgestopfte Satzketten, mit denen Jelena schon tagsüber im Sekretariat der Fabrik zu kämpfen hatte. Sie kniff sich in die Oberschenkel, um nicht einzuschlafen. Trotzdem klang das, was der Krebs erzählte, wie ein Traum. Lenin wolle, dass die junge Sowjetwirtschaft vom Kapitalismus lerne. Lenin wolle es, sagte der Krebs, und Trotzki wolle es auch. Ausgerechnet vom Kapitalismus.

»Aber was ist denn mit den neuen Produktionsverhältnissen, Genosse Gurjew?«, fragte Wolodja, ein Techniklehrling, von dem es hieß, er werde bald zum Studium nach Nischni Nowgorod geschickt. »Die kapitalistischen sind doch bereits vor sechs Jahren gesprengt worden, in der Oktoberrevolution.«

»Unsere Produktionsverhältnisse bleiben unberührt«, sagte Gurjew und fuhr sich mit dem Finger in den Hemdkragen.

»Unberührt«, wiederholte Wolodja. Er schrieb das Wort in sein Politikheft. Wolodja war ein elendiger Streber, aber er hielt ihnen mit seiner ständigen Nachfragerei den Krebs vom Leib. Die meisten Schüler waren junge Arbeiter, einfache Landmenschen, denen Vorstellungskraft und Interesse fehlten, ihr tristes Leben in großen gesellschaftlichen Zusammenhängen zu betrachten.

»Ebenso die Produktivkräfte«, sagte Gurjew, der sich bei dem

Gedanken an stabile Produktivkräfte zu entspannen schien. »Wir lassen alles, wie es ist, Freunde. Nur ein paar der kapitalistischen Technologien, nämlich genau die, die sich bewährt haben, die nutzen wir für unsere neue ökonomische Politik.«

Der Sekretär wippte leicht auf den Zehenspitzen und lauschte dem Kratzen der Bleistifte auf dem holzhaltigen Papier der Politikhefte seiner Komsomolzen.

»Kann man sagen, dass wir die Kapitalisten mit ihren eigenen Waffen schlagen, Alexander Iwanowitsch?«, fragte Wolodja.

»Sehr gut, Wolodja. Genau so sieht es aus. Wir schlagen sie mit ihren Waffen. Aber sie wissen es nicht, die Kapitalisten. Und wir reden auch nicht darüber. Noch nicht«, sagte Gurjew.

Daraufhin zog er sich wieder auf den festen Boden von Lenins Parteitagsrede zurück. Jelena wurde augenblicklich müde.

Sie war mitten in der Nacht aufgestanden, weil sie gestern an der Gedenkfeier zum zaristischen Meuchelmord ihres Vaters in Gorbatow teilgenommen hatte. Es gab jetzt nicht nur einen festen Begriff dafür, was ihrem Vater vor neunzehn Jahren angetan worden war, es gab auch ein Denkmal. Eigentlich hatte es bereits im Frühjahr 1919 errichtet werden sollen, aber man hatte sich, so hieß es, zunächst nicht auf eine Form und einen geeigneten Bildhauer einigen können. Wahrscheinlicher war, dass lange Zeit nicht klar war, ob es sich lohnte, eine Statue für diesen unbekannten Mann anzufertigen. Das Land schwankte, es blutete, niemand wusste, wer es am Ende gewinnen würde und ob der Gewinner dann Verwendung für das Denkmal eines aufständischen Seilers aus Gorbatow haben würde. Aber dann schlug die Rote Armee die Weißen auf der Krim und am Stillen Ozean, die Sowjetunion wurde gegründet, die Dinge schienen erst einmal entschieden, und der Bildhauer machte sich an die Arbeit. Das

Denkmal stand am Ende der Uliza Krasnowa unter einem Baum. Jelena konnte es kaum ansehen, weil sie fürchtete, das Gesicht aus Stein würde die Erinnerungen an ihren Vater ersetzen. Oder das, was sie inzwischen für ihre Erinnerungen hielt. Sie hätte dann nur noch ein Denkmal. Der Steinkopf sah aus wie der typische Revolutionär, das Kinn gehoben, die Haare im Wind, die Augen in der Zukunft. Der Künstler war aus Nischni Nowgorod angereist und schien betrunken zu sein. Jelena hatte gehofft, dass ihr Bruder Pawel kommen würde, um das Denkmal ihres Vaters mit einzuweihen. Aber er kam nicht. Es kam auch kein Entschuldigungsbrief. Pawel hatte inzwischen eine wichtige Funktion in Moskau, er schrieb nur noch wenig, und wenn, dann kurze, sachliche Mitteilungen, denen die Nachdenklichkeit und die Wärme der frühen Briefe fehlte. Ihre Mutter hatte geweint wie ein Schlosshund. Je länger der Tod ihres Mannes zurücklag, desto trauriger wurde sie. Es hatte, so vermutete Jelena, allerdings weniger mit ihrem ersten als vielmehr mit ihrem zweiten Mann zu tun, Alexander Petrowitsch, der ein Taugenichts war, ein Sprücheklopfer und Weiberheld, vor dem Jelena schließlich auf die Sekretärinnenschule nach Nischni Nowgorod geflohen war. Nach der Lehre wechselte sie direkt in das Vorzimmer des Technischen Direktors der Netzfabrik von Rescheticha, einer Kleinstadt, die im Wesentlichen um die Fabrik herum erbaut worden war. Rescheticha lag am anderen Ufer der Oka, etwas flussabwärts. Jelena war nun näher an der Wolga, dem Strom, auf dem sie irgendwann ihrer Welt entfliehen würde. In Rescheticha wohnte sie zusammen mit drei anderen Sekretärinnen in einem Zimmer im Lehrlingsinternat. Die letzte Nacht aber hatte sie noch einmal zu Hause verbracht, weil es zu spät gewesen war, den Fluss zu überqueren, dessen Eisdecke brüchig war.

Sie hatte im Kinderzimmer geschlafen, zusammen mit Olga, die jetzt acht war, der zweijährigen Tatjana und dem viereinhalbjährigen Oleg. Oleg hatte den Blick eines Frettchens, ängstlich und aggressiv. Sie fühlte sich fremd in dem kleinen alten Haus, zwischen all den Geschichten und Erinnerungen, eingeengt, bedrückt und belagert. In der Nacht mischte sich das schlechtgelaunte Geraune Alexander Petrowitschs mit dem Gekeife ihrer Mutter und dem Gegreine der Zweijährigen. Jelena hatte auf das Knarren der Türen gelauscht wie ein Tier, aber es war still geblieben. Er hatte sie in Ruhe gelassen. Sie hatte sich zerschlagen gefühlt, aber frei, als sie im schwarzen Morgen das Haus verließ. Sie war zum Fluss gelaufen, wo ein Schlitten wartete, der die Pendler in die Fabrik am anderen Ufer brachte, solange die Fahrrinne für die Fähre nicht wieder offen war. Die Arbeiter sahen sie an wie die Dorfberühmtheit, sie war die Tochter des Revolutionärs. Sie lächelte ihnen müde zu, aber das half nichts. Am anderen Ufer war es immer noch dunkel. Beim ersten Tageslicht hatte sie schon vier oder fünf Briefe an verschiedene Häfen im Osten verfasst und zwei Wettbewerbsaufrufe.

»Newod«, so nannten sie ihre Fabrik, das Netz. Sie warfen es über das Land aus, das waren die Worte des Betriebsdirektors Nikolaj Nikolajewitsch Karpow, die dieser wiederum vom Gründer der Fabrik Anatol Schwarz übernommen hatte, der im Jahr der Oktoberrevolution gestorben war und so nicht verjagt und verteufelt werden musste. Sie produzierten Dinge, die zum Fischfang benötigt wurden, von Angelschnüren bis zu großen Schleppnetzen. Die Sowjetunion hatte eine lange Küste, Fischfang war von enormer volkswirtschaftlicher Bedeutung, in den Jahren des Bürgerkriegs waren Millionen Menschen an Hunger gestorben. Fisch enthielt viele lebensnotwendige Eiweiße. Aber er musste natürlich gefangen werden. Der Bedarf an Fisch musste befriedigt werden. Dazu bedurfte es fortschrittlicher Haltung und fortschrittlicher Technik. Sie mussten die Botschaft ins Land tragen. Deshalb arbeiteten im Vorzimmer des Betriebsdirektors drei Sekretärinnen, die unentwegt Briefe schrieben, in denen der Fischfang mit dem Sieg des Sozialismus in Zusammenhang gebracht wurde. Fische gab es immer, würde es immer geben, nun aber schwammen sie in einem anderen gesellschaftlichen Kontext.

»Wir sind ein Volk der Angler und Fischer, wir haben Erfahrung mit dem Fischfang«, sagte nun auch der Krebs. »Wir haben Erfahrungen, was die Seilmacherei angeht. Gerade wir hier am Ufer der Oka wissen, wie man ein Seil knüpft. Was uns noch fehlt, mitunter fehlt, ist die Verknüpfung dieser Fähigkeiten und Fertigkeiten mit den Erfordernissen einer industriellen Großproduktion.«

Er hörte die Stifte kratzen. Alles wurde mit allem verknüpft. So war es gut.

»Da kommen die Kapitalisten ins Spiel beziehungsweise die Technologien der Kapitalisten. Es ist ja nicht so, dass sie ihnen gehören, die Technologien. Sie benutzen sie nur. Es sind keine kapitalistischen Technologien. Es sind einfach nur Technologien«, sagte Gurjew.

»Sie gehören allen«, sagte Wolodja.

»Genau«, sagte Gurjew.

»Wie die Fische«, sagte Wolodja.

»Nun ja«, sagte der Sekretär.

Er schwieg einen Moment, dann straffte er sich und sagte: »Jedenfalls besuchen uns in der nächsten Woche zwei Ingenieure aus kapitalistischen Textilbetrieben, die uns im kommenden Jahr dabei helfen werden, diesen letzten Schritt zu gehen. Sie kommen aus Deutschland.«

»Deutschland«, rief Wolodja.

»So ist es«, sagte Gurjew. »Deutschland ist auf dem Feld der Textilfaser erfahren. Die Männer sind Spezialisten, allerdings werden beide zum ersten Mal zu Besuch in der Sowjetunion sein. Sie brauchen, zumindest in der ersten Zeit, jemanden, der sie an die Hand nimmt. Im übertragenen Sinne. Bei den alltäglichen Dingen. Deswegen wende ich mich an euch. Gibt es Freiwillige, die neben ihrer Arbeit Zeit finden würden, sich um die Deutschen zu kümmern? Freiwillig?«

Er sah in die Klasse. Die Klasse sah ihn an.

Das war nun eine völlig neue, womöglich nicht ganz unproblematische Aufgabe. In wirren Zeiten konnte sich die Nähe zu einem kapitalistischen Ingenieur, selbst wenn er gutwillig war, sehr schnell gegen einen wenden. Gute Genossen waren wegen weit lächerlicherer Verbindungen nach Sibirien oder gleich in den Tod geschickt worden.

Die Klasse atmete.

Eine Hand schnellte nach oben. Es war Jelenas. Vielleicht war es das Wort Deutschland, die Fremde, das Neue. Sie hatte keine Ahnung. Es war ein Reflex, über den sie ihr Leben lang immer wieder nachdenken sollte. Wer sie später fragte, was das wichtigste Ereignis in ihrem Leben gewesen war, dem sagte sie: Als ich damals im Politunterricht die Hand hob, um die neue ökonomische Politik zu unterstützen.

Auch das war natürlich eine Lüge.

»Lena«, sagte Gurjew. »Gut.«

Wolodja drehte sich zu ihr um. Er hatte den Blick eines Hundes.

»Hier ist Fingerspitzengefühl gefordert«, sagte der Krebs. »Aber wenn es jemand mitbringt, dann Jelena, Tochter von Viktor Pawlowitsch Krasnow, Seiler aus Gorbatow.«

*

Am Wochenende richtete ein Trupp Handwerker die Villa, in der Fabrikgründer Anatol Schwarz gelebt hatte, für die Gäste aus Deutschland her. Es war eine kleine zweistöckige Villa, die auf dem Fabrikgelände stand. Es gab einen Salon und eine Bibliothek im Erdgeschoss, ein Bad und zwei Schlafzimmer im zweiten Stock. Schwarz hatte hier während der Woche gewohnt, seine Frau und die Kinder lebten in einem größeren Haus in Nischni Nowgorod. Was aus ihnen geworden war, wusste keiner. Es gab ein Foto, auf dem man Schwarz mit der Familie auf einem Sofa sitzen sah. Ein dicker, schnurrbärtiger Mann, die Frau war deutlich jünger und schlanker. Man sah drei Kinder in Sonntagskleidung, das älteste war vielleicht zehn. Das Bild hatte, wie der Ruf des Mannes, der die Fabrik gegründet hatte, überlebt, weil Anatol Schwarz niemandem im Wege stand. Jelena, die den Handwerkertrupp beaufsichtigte, hatte das Bedürfnis, dem Bild, das in einem der kleineren Zimmer im zweiten Stock versteckt war, einen prominenteren Platz einzuräumen. Sie war sich sicher, dass sich die bürgerlichen Gäste aus dem fernen Deutschland so ein bisschen wohler fühlen würden. Sie trug das Bild in den Salon, wo sie unschlüssig wartete. Im größten Raum des kleinen Hauses hatten sich in den letzten Jahren Delegationen aus entfernten Parteiorganisationen oder aus dem Fischereigewerbe versammelt, um über die Zukunft zu beraten und sich zu betrinken, oft beides. Auf dem Fußboden standen Porträts von Lenin, Trotzki, Stalin sowie von Maxim Gorki, dem berühmten Schriftsteller aus dem nahen Nischni Nowgorod. Sie standen vorsichtig aufgereiht, die Maler hatten sie abgehängt, bevor sie die vergilbten Wände hellblau angestrichen hatten, eine Farbe, die Jelena vorgeschlagen hatte. Trotzki sah am frischesten aus, am wenigsten verblichen, sein Status wechselte, man hängte ihn mal auf, mal ab. Momentan konnte man ihn zeigen, er war ein Vertrauter Lenins, hieß es. Und Lenin war krank. Auf den letzten Bildern, die man in der Zeitung sah, saß er im Rollstuhl auf seiner Datscha bei Moskau, eine Decke auf den Knien, die Wangen hohl.

Jelena hielt das Bild von Anatol Schwarz in den Händen. Wohin damit? Jetzt war das Fingerspitzengefühl gefragt, von dem der Krebs gesprochen hatte. Es war klar, dass sie keinen der Klassiker aus dem Salon verbannen durfte, ohne mit Konsequenzen zu rechnen.

Sie stellte die Bilder nebeneinander, mischte sie und rief irgendwann einen Handwerker, um die Nägel für die Porträts einschlagen zu lassen.

Am Ende hingen Maxim Gorki und Anatol Schwarz zusammen, die unproblematischste Kombination, die ihr einfiel. Zwei lokale Größen. Lenin, Trotzki und Stalin hingen über dem Sofa, Lenin in der Mitte, zwischen den beiden Hitzköpfen. Man sah sie gleich, wenn man den Raum betrat. Saß man aber auf dem Sofa, sah man Schwarz und Gorki. Aus irgendeinem Grund konnte sich Jelena die deutschen Gäste am besten auf dem Sofa sitzend vorstellen. Es war ein großes, weinrotes Samtsofa, genau das, auf dem Anatol Schwarz für sein Familienfoto posiert hatte.

So ging es.

★

Es kam dann nur ein Deutscher, der andere hatte, so sagte man, nicht die nötigen Papiere beibringen können.

Der Deutsche hieß Robert F. Silber und sah nicht so aus, wie sich Jelena einen Deutschen vorgestellt hatte. Er hatte dunkle Haare, dunkle Augen und roch phantastisch. Er roch nach Süden, dachte Jelena. Der Mann schien einem Abenteuerroman entstiegen zu sein – ein Georgier eher oder ein Spanier –, er war jünger und kleiner als der deutsche Ingenieur, den sie erwartet hatte. Er erschien in Begleitung von zwei Kofferträgern und einer Dolmetscherin aus Moskau, was seinen glamourösen Auftritt unterstrich.

Eine zehnköpfige Gruppe von Direktoren und Parteisekretären nahm im Salon des Hauses Aufstellung, um den Gast zu empfangen. Jelena stand am Rand. Robert F. Silber lächelte, als er das Empfangskomitee sah, er nickte.

»Sehr schön«, sagte er. Auf Russisch. Otschen Choroscho.

Die Versammlung lachte, etwas zu laut.

Dann schüttelte der deutsche Gast Hände, Jelenas ganz zum Schluss. Er hatte kleine, weiche Hände mit gepflegten, glänzenden Fingernägeln. Jelena wurde ihm als seine persönliche Assistentin vorgestellt, eine der besten Sekretärinnen der Fabrik. Er lächelte, sie wurde rot. Sein Geruch schlug ihr entgegen wie eine karibische Brise. Sein Parfüm stammte aus Frankreich und hieß »Mystique«. Das wusste sie nicht, aber es hätte sie nicht überrascht.

Nikolaj Nikolajewitsch, der Betriebsdirektor, hielt eine kurze Begrüßungsrede, in der erstaunlich wenig von Lenins neuer ökonomischer Politik und der Erfüllung des Fünfjahrplanes die Rede war, aber viel von modernen Technologien und internationaler Zusammenarbeit. Außerdem erwähnte er Anatol Schwarz, dessen Familienwurzeln, wie sich herausstellte, bis nach Deutschland reichten, was Nikolaj Nikolajewitsch als gutes Omen für eine erfolgreiche Zusammenarbeit mit dem deutschen Ingenieur deutete. Er zeigte auf das Porträt des Firmengründers. Alle sahen zum Bild, das Jelena dort hatte anbringen lassen. Seltsamerweise fühlte sie keinen Stolz, als sie die Direktoren und Parteisekretäre in eine Richtung starren sah, sondern Angst.

Dann redete der Deutsche. Die Moskauer Dolmetscherin übertrug.

Er entschuldigte sich zunächst dafür, dass sein Russisch noch nicht gut genug sei, um mit ihnen in ihrer Muttersprache zu reden, aber er werde daran arbeiten. Er erzählte, dass er sich freue, in die Fußstapfen von Herrn Schwarz zu treten, sein Vater habe selbst eine Textilfabrik gegründet, in Schlesien, sie sei allerdings bei weitem nicht so groß wie diese. Er erklärte, wie gut der Ruf sei, den die junge Sowjetunion als Handelspartner in Deutschland genieße. Er zitierte aus einem Schreiben, das ihm die deutsche Handelskammer ausgestellt habe, bei der er sich die Erlaubnis für dieses Engagement im Ausland eingeholt habe. Die Sowjetunion wurde darin als zuverlässig beschrieben. Er hielt das Schreiben in die Höhe, eine Art Urkunde. Die anwesenden Funktionäre klatschten, obwohl die Sowjetwirtschaft hierzulande weitaus euphorischer gelobt wurde als in der Urkunde des Deutschen, die eher sachlich klang. Am Ende bedankte sich der Ingenieur für diese luxuriöse Unterkunft und auch dafür, dass er eine so charmante und gut ausgebildete Assistentin an die Seite gestellt bekomme.

Er schaute Jelena an und lächelte. Alle schauten sie an.

Sie sah die freudig geröteten Gesichter der Funktionäre, die nicht nur für ihre Volkswirtschaft gelobt worden waren und für ihre Fabrikantenvilla, sondern auch für ihr Mädchen, sie sah den kleinen, wohlriechenden jungen Mann, der so eine weite Reise hinter sich hatte, sie sah das säuerliche Gesicht der Moskauer Dolmetscherin, die das Kompliment übersetzt hatte. Alles sah sie gleichzeitig.

Was sie fühlte, war schwer auf den Punkt zu bringen. Glück und Scham mischten sich. Nie im Leben hatte sie so sehr im Mittelpunkt gestanden. Sie fühlte das Bedürfnis zu fliehen, und gleichzeitig wäre sie gern für immer im Zentrum der Zuneigung geblieben. Sie dachte, dass ihre Mutter im Publikum hätte stehen müssen, um das Lob zu hören, das sie nie würde übersetzen können, zu Hause in Gorbatow. Sie fragte sich, was ihr Vater wohl sagen würde, wenn er sie hier stehen sehen könnte, was Pascha dachte und natürlich Sascha. Und dann fragte sie sich noch, ob erwartet würde, dass sie irgendetwas erwiderte.

Aber schnell wandten sich alle wieder von ihr ab und lauschten den Schlussworten, die der deutsche Ingenieur in einem erstaunlich akzentfreien Russisch vortrug.

*

Als Robert F. Silber drei Monate in Rescheticha war, küsste er Jelena zum ersten Mal. Weitere zwei Wochen später folgte sie ihm in sein Schlafzimmer, dessen Wandfarbe sie einst ausgesucht hatte. Dunkelgrün.

Silber sprach inzwischen gut Russisch. Er hatte ein Talent für Fremdsprachen, was sicher damit zusammenhing, dass seine Mutter Italienerin war. Er hatte ihr Fotos der Frau gezeigt, die Jelena an eine Zigeunerin erinnerte. Neben Italienisch beherrschte er auch Französisch, Spanisch und ein wenig Japanisch. Er hatte jeden Abend drei Stunden lang mit der Dolmetscherin geübt, bis sie überflüssig war und nach Moskau zurückkehrte.

Jelena hatte eine große Erleichterung verspürt, als die Frau verschwand. Sie war zehn Jahre älter als sie und nicht besonders ansehnlich, aber sie kleidete sich gut und sprach Deutsch. Sie hatte zwischen ihr und Robert F. Silber gestanden wie eine Wand.

Silber hatte auf unaufdringliche, aber effiziente Art die Produktion umgestellt. Er hatte zwei neue Webstühle aus einer schlesischen Textilfabrik in ihren Maschinenpark integriert, im Wesentlichen aber war er mit der vorhandenen Technik ausgekommen, was den Funktionären das Gefühl gab, es seien ihre ureigenen, sozialistischen Produktivkräfte, die Schwung aufnahmen. Die Produktionszahlen schnellten in die Höhe, die Wettbewerbswandzeitungen glühten vor Stolz. Jelena wusste nicht genau, wie Alexander Iwanowitsch, der Krebs, die Entwicklung in seinen Politseminaren interpretierte, konnte es sich aber vorstellen. Sie war bis auf weiteres von den nachmittäglichen Schulungen befreit.

Jelena genoss es, an der Seite des Ingenieurs durch die Fabrik zu laufen. Es verlieh ihr eine unbekannte Autorität. Sie lernte, sich in zwei Welten zu bewegen. In der kleinen, wohlriechenden und geordneten Welt von Robert F. Silber einerseits und in der lauten, rauen und widersprüchlichen Welt der sozialistischen Fabrik andererseits. Anfangs, als die Moskauer Dolmetscherin noch im Wege stand, war sie eine Art Haushälterin. Sie besorgte die Lebensmittel und Getränke, die er sich wünschte – wenn sie denn zu bekommen waren –, kümmerte sich um die Reinigung der Wohnung und der Wäsche. Sie kannte die Anzüge und Hemden des Mannes aus dem Westen, seine Bücher, sein Briefpapier, seinen schweren Füllfederhalter und auch die exotischen Kosmetikartikel, die er benutzte. Doch je länger er da war, desto mehr verstand sie ihre Aufgabe als eine Vermittlerin der unterschiedlichen Temperamente. Sie musste den Funktionären die Art des nützlichen Deutschen nahebringen und erklärte Robert F. Silber die seltsamen Gebräuche seiner neuen Arbeitgeber, in denen sich das Russische mit dem Sowjetischen mischte, das Bäuerliche mit dem Bürokratischen. Sie profitierte von der Unsicherheit auf beiden Seiten. Manchmal fühlte sie sich wie eine Agentin. Sie sagte immer nur das, was sie der jeweiligen Seite zumuten wollte. Der Rest, das Unausgesprochene, war ihr Vorsprung und ihr Versteck. Sie war das Scharnier zwischen den Gesellschaftssystemen. Sie setzte Lenins neue ökonomische Politik im Konkreten um. Konsequenterweise führte sie diese Politik, auch wenn Lenin das sicher nicht so konkret vor Augen gehabt hatte, ins Schlafzimmer des Kapitalisten.

Der erste Kuss folgte einer mehrstündigen Beratung mit der Betriebs- und Parteileitung im Salon der Fabrikantenvilla, bei der reichlich Wodka geflossen war. Silber und sie hatten gemeinsam die Gläser abgeräumt und in die Küche gebracht, wie ein Paar, das eine Feier ausgerichtet hatte, beide müde, erschöpft von den Gesprächen und dem Alkohol. Ein, zwei Berührungen am Abwaschbecken, ein Innehalten, ein Blick, mit dem sie ihm zu verstehen gegeben hatte, dass sie bereit war. Sie waren etwa gleich groß, was seltsam war, aber praktisch. Sie roch sein Parfüm, den Rauch und schmeckte den Alkohol im Kuss, der anders schmeckte als der Alkohol in Saschas Küssen geschmeckt hatte, klarer, herber und schärfer. Das Eis war gebrochen. Als zwei Wochen später die nächste Besprechung im Salon begann, wusste sie, wie sie enden würde. Er wusste es nicht, sie sah es in seinem

Blick. Sie war es, die die Dinge in der Hand hatte, und das gefiel ihr. Er schien unter ihrem Blick zu erröten. Die Versammlung mit den Funktionären, die Zahlen, die Wettbewerbskurven, der Alkohol, all das war nur das Vorspiel. All die Wichtigtuerei, das Wortgerassel, die Trinksprüche waren nur Hintergrundgeräusche, sie waren unbedeutend im großen Zusammenhang dieses Abends, und je mehr sich jemand aufblies, desto lächerlicher erschien er.

Als alle gegangen waren, trugen sie das Geschirr zur Spüle. Sie sahen sich an. Sie nahm seine Hand und führte ihn in die zweite Etage.

Vielleicht irritierte ihn ihre Selbstsicherheit, er brauchte eine Zeit, und auch dann war es nicht so selbstverständlich wie in den Nächten mit Sascha, als ihre Bewegungen Instinkten folgten und nicht Plänen, als sie an Fäden zu hängen schienen, Fäden eines Gottes oder der Natur. Nicht einen Augenblick hatte Jelena damals darüber nachgedacht, wer sich wem ergab, wer wen verführte, wer die Initiative ergriff. Drei Nächte nur. Sie dachte an Sascha, als sie sich um den Deutschen bemühte, der sich unterm Bettenberg drehte und wendete, sie mit seinen zarten Händen streichelte, kniff und sie dann wieder zurückzog, der schnaufte und sprach, deutsche Sätze, die manchmal klangen wie Entschuldigungen und manchmal wie Befehle.

Sascha hatte nicht geredet. Er hatte geseufzt, gestöhnt, gelacht, und einmal hatte er geweint. Dann hatte auch sie geweint. Sie waren unter Tränen wieder ineinandergekrochen. Sie hatten sich ineinander vor der Welt versteckt.

Zwei Sommer nachdem sie seinen Vater erschossen hatten, war Saschas Mutter in den Fluss gegangen. Sie hatten sie kurz vor Nischni aus dem Wasser gezogen, noch aus der Oka, ihrem Fluss. Es war ein tragischer Unfall, hieß es, aber natürlich wussten alle, dass das nicht stimmte. Sascha, der siebzehn war, besuchte damals eine Oberschule in Wladimir, die auf Mathematik spezialisiert war. Er war der beste Mathematikschüler von Gorbatow und ein guter Schachspieler, aber sie hatten ihn wohl vor allem dorthin delegiert, weil sie ihn aus seinem Umfeld lösen wollten, aus einer Gemeinschaft, die für ihn vergiftet war, seit sie den Vater gerichtet hatten. Er schrieb Jelena Briefe und Karten, die so klangen, als erhole er sich. Aber seine Mutter war nun völlig allein. Man sah sie manchmal über die Hauptstraße laufen, die nach Jelenas Vater benannt worden war, für dessen Tod ihr Mann gebüßt hatte. Man wusste nicht, ob sie tanzte oder wankte, sagten die Frauen. Sie redete, hieß es, mit den wilden Hunden. Jelena selbst sah sie nicht, sie sah auch Sascha nicht mehr, seit sie in Rescheticha lebte und er in Wladimir, einem Juwel aus dem Goldenen Gürtel, wie er ihr schrieb. Er kam zur Beerdigung der Mutter. Jelena schaffte es nicht, weil sie an dem Tag eine wichtige Klassenarbeit schrieben. Sie hätte sich um eine Freistellung bemühen können, die sie wahrscheinlich nicht bekommen hätte, aber sie bemühte sich nicht. Danach hörte Sascha auf zu schreiben. Sie stellte sich vor, wie er ganz allein am Sarg seiner Mutter stand, der letzten Verwandten, die er noch hatte. Sie weinte, wenn sie daran dachte, doch sie wusste, dass sie nicht die Kraft gehabt hätte, neben ihm zu stehen. Sie hatte an seiner Seite gemerkt, wie sie fiel. Auch in den Nächten, gerade in denen. Drei Nächte nur, die sie nie vergessen und über die sie nie reden würde. Sie waren so jung, aber sie hatte mit ihm nicht in die Zukunft sehen können.

Sie ertrug das ungelenke Gerangel mit dem weichen, wohlriechenden Deutschen gern. Sie weinte nicht. Sie führte ihn durch die Nacht, am Ende stöhnte er erleichtert und schlief, irgendeine weitere deutsche Entschuldigung murmelnd, ein.

Jelena wusch sich mit einem seiner weichen Lappen. Dann ging sie in die Küche und spülte das Geschirr.

Im Morgengrauen lief sie über den Fabrikhof zu ihrem Mädcheninternat. Es war noch tiefer Winter, Ende Januar, aber die Tage wurden schon länger. Die Sonnenaufgänge zogen sich nicht mehr über Stunden hin, das Licht trug, jedenfalls an manchen Tagen, schon einen Hoffnungsschimmer. Jelena war müde und nicht so glücklich, wie sie es sich vorgestellt hatte, aber doch erleichtert. Sie sah auf die roten Mauern der Fabrik bereits mit einem Abschiedsblick. Sie erschienen ihr an diesem Morgen wie etwas, das in ihrer Vergangenheit herumstand, historische Gebäude, die Kulissen einer unglücklichen Jugend. Die Frauen, die in den Doppelstockbetten ihres Internatszimmers schliefen, Nadja, Larissa, Valentina, ihre Sekretärinnenkolleginnen, sahen aus wie kleine Geschwister, die sie bald zurücklassen würde. Niemand von ihnen wusste zu diesem Zeitpunkt, dass es der Tag sein würde, an dem Lenin starb, aber Jelena erzählte später gern, dass sie es gefühlt habe. Sie erwähnte die Nacht nie, sie berichtete nur vom morgendlichen Spaziergang über den Hof der Netzfabrik von Rescheticha, wo sie das Schicksal sah, das im zarten, eisigen Nebel vor den alten Backsteinen spielte.

»Der Tag, an dem ich euren Vater kennenlernte, war der Tag, an dem Lenin starb«, erzählte Jelena ihren Töchtern, die eine klarere Vorstellung von Lenin hatten als von ihrem Vater.

6

BERLIN

JULI 2017

Sie saßen auf den weißen Plastikstühlen wie die Tenniseltern. Auf dem Platz trainierte Bogdan einen Jungen. Lukas, der vielleicht acht Jahre alt war oder neun. Neben Konstantin saß die Mutter des Jungen, die er auf Ende vierzig schätzte. Sie war schlank, groß und knochig. Sie trug einen beigen, engen Trenchcoat und ein blaues Seidentuch am Hals, obwohl es ziemlich warm war. Sie nannte ihren Sohn Luke.

Lukas hatte lange Haare, die seinen Kopf umwirbelten, wenn er zu einem Schlag ausholte. Es schien so, als schaue er seinen Haaren beim Wirbeln zu, als sei ihm die Art und Weise, wie seine Haare flogen, wichtiger als der Schlag. Der Junge wirkte lustlos, kraftlos, genervt von der Anwesenheit seiner Mutter, vielleicht fragte er sich auch, was der Typ mit dem Notizblock wollte.

Konstantin schrieb das alles auf, ohne zu wissen, was er damit anfangen würde. Seine Mutter hatte eine ihrer langen Nadeln in den Ballon seines Filmprojektes gestochen. Die Luft wich aus der Miniserie, die er über die ewige Flucht des serbischen Tennisspielers Bogdan schreiben wollte. Die Reise verlor an Schwung, bevor sie angefangen hatte. Das passierte selbst bei Filmen, die später erfolgreich wurden. Lange Zeit war ein Filmprojekt nichts weiter als ein Ballon, der immer wieder aufgeblasen und manchmal auch geflickt werden musste, wenn irgendjemand – ein Kritiker, ein Geldgeber oder eben die Mutter des Autors – eine Nadel in den Ballon gestochen hatte.

Konstantin klappte das Notizbuch zu und dachte an das bevorstehende Gespräch mit dem Netflix-Mann, das ihm eine Freundin vermittelt hatte. Sidney Rosenblatt. Einatmen. Ausatmen. Nach vorn schauen.

Hinter den hohen Tenniszäunen liefen Menschen durch den Park. Manchmal blieb jemand stehen und sah durch den Maschendraht wie in einen Käfig. Es gab drei Plätze, auf einem spielten vier ältere Damen ein Tennisdoppel. Sie stritten sich immer wieder darüber, ob ein Ball im Aus war oder nicht. Eine der Frauen drehte sich nach einem misslungenen Aufschlag weg von den anderen, sah in die Bäume. Eine Geste, die er von zickigen Weltklassespielerinnen wie Marija Scharapowa kannte. Auf dem dritten Platz spielte ein Teenager gegen einen Fünfzigjährigen. Der Fünfzigjährige war klein, grauhaarig und drahtig, er stöhnte bei seinen Aufschlägen wie Andre Agassi. Sie vergaßen, wer sie waren, ihr Alter, ihre Lächerlichkeit. Darum ging es. Konstantin hatte als Junge Fußball auf die Teppichstange im Hof seines Elternhauses gespielt, ganz allein, in seinem Kopf der Kommentar eines Europacup-Spiels. Oft wurde er spät eingewechselt und sorgte für die Entscheidung. Tennis eignete sich noch besser für ein solches Drama. Ein klassisches Duell. Dazu kamen die Pausen, die Marotten, die Kleidung, die Schiedsrichter, das Dünkelhafte, der Klassenkampf.

»Der weiße Sport«, schrieb er in sein Notizbuch. Er musste sich stark schreiben. Er wusste, dass der Netflix-Mann sofort spüren würde, ob er an das Projekt glaubte oder nicht. Produzenten rochen so was.

Lukas drosch eine Rückhand nach der anderen ins Netz. Er spielte sie einhändig, was seltsam war. Die einhändige Rückhand starb aus. Vielleicht wollte er Roger Federer sein oder Dominic Thiem.

»Komm, Lukas. Ich will mindestens noch drei gute Bälle sehen«, rief Bogdan. »Vorher hören wir nicht auf.«

Lukas feuerte Rückhände mit der Regelmäßigkeit einer Ballmaschine ins Netz. Bogdans Korb leerte sich. Es war fünf vor zwei. Konstantin sah, wie Lukas' Mutter ihre Hände knetete. An einem Finger steckte ein breiter Ehering. Bogdan spielte einen leichteren Ball, langsamer, höher abspringend. Lukas traf ihn, nicht optimal, aber doch so, dass er übers Netz segelte.

»Das meine ich«, rief Bogdan. Man hörte einen leicht hessischen Akzent, keine Spur mehr von Osteuropa oder Amerika. »Noch zwei davon.«

Die nächste Rückhand berührte die Netzkante und fiel von dort wie ein Stein ins Feld, unerreichbar für Bogdan. Lukas entschuldigte sich nicht, er lachte.

»Höher übers Netz«, rief Bogdan. »Spin, Lukas. Spiel sie lieber ins Aus als ins Netz. Einen noch.«

Die Mutter sah auf die Uhr, den Körper des Jungen verließ jede Spannung, aber den nächsten Ball traf er gut, vor dem Körper, richtige Distanz und Schlägerkopföffnung, vor allem aber zog er sein Racket mit Entrüstung über den anspringenden Ball. Der Ball flog in hohem Bogen über das Netz, landete nahe der Grundlinie und sprang gefährlich ab.

»Genau das meine ich«, rief Bogdan. »Das ist der Schlag.«

Lukas lächelte, stolzer als er wollte, seine Mutter nestelte am Portemonnaie, stand auf und steckte, während ihr Sohn die letzten Bälle einsammelte, Bogdan seinen Lohn zu. Hinterm Zaun näherten sich die nächsten Schüler, ein mittelaltes Paar, dem man auch aus hundert Meter Entfernung ansah, dass sie sich gestritten hatten.

»Fuck!«, schrie der Fünfzigjährige vom Nebenplatz. »Fuck, Fuck, Fuck.«

Die alten Frauen sahen sich an.

Lukas starrte zu dem grauhaarigen Tennisspieler, die fünf letzten Bälle seines Trainings in den Händen.

»War gut heute. Die letzte Rückhand, denk an die, bevor du einschläfst«, sagte Bogdan. Er nickte Lukas' Mutter zu, sie nickte zurück.

Das Paar wühlte sich durch den Vorhang, der die Plätze voneinander trennte. Der Mann musste auf seine Frau warten, er hielt den Vorhang, sie ließ sich Zeit. Konstantin kannte den Mann. Ein Werbefilmproduzent. Der hatte ihn vor fünf oder sechs Jahren gefragt, ob er das Drehbuch für die Verfilmung einer Kurzgeschichte schreiben wollte. Es ging um ein junges Paar, das eine Laube in einer Berliner Kleingartenkolonie pachtete. Damals war gerade ein Film, den Konstantin geschrieben hatte, für einen Fernsehpreis nominiert worden. Der Mann wollte heraus aus der Werbebranche, es war ein erster Schritt. Es gab ein paar Abendessen mit einem jungen Regisseur, der einen schönen Abschlussfilm auf der Hochschule gemacht hatte. Sie hatten sich den Lauben-Stoff großgeredet. Eine Parabel auf den wachsenden Fremdenhass. Ein deutscher Horrorfilm. Ein Haneke-Stoff. Undsoweiterundsofort. Konstantin hatte ein Exposé geschrieben, ein Treatment und zwei Drehbuchfassungen. Es hatte sich über ein halbes Jahr hingezogen, in der Zeit bekam der Jungfilmer das Angebot, einen Tatort zu drehen, und verschwand aus seinem Leben. Kurz darauf hatte der Werbefilmproduzent Konstantin erklärt, er wolle sich jetzt wieder auf den Werbefilm konzentrieren. Sein Kerngeschäft. Er hatte ein Messer in den Ballon gestochen. Er hieß Florian, den Nachnamen hatte Konstantin vergessen.

In seinem Kopf sagte seine Mutter: Ich habe das Gefühl, du findest dein Thema nicht.

Konstantin zog sich ins Klubhaus des Vereins zurück, einen Container mit Kaffeeautomaten, Kühlschrank und Chemieklo. Er sah durch ein kleines Fenster, wie sich das Paar warm spielte. Sie war – das sah man schon auf dem Kleinfeld – talentierter als ihr Mann. Weiche, schwingende Bewegungen hier, hackende, verkrampfte dort. Bei den langen Bällen ließ sie ihn laufen, trieb ihn mit ihrer beidhändigen Rückhand wie ein Tier an den Maschendrahtzaun, bis Bogdan eingriff. Das Ehepaar übte Volleys, einen schmetterte Florian seiner Frau auf den Körper, bestimmt aus Unvermögen, aber das half ihm nicht. Sie sank zu Boden, die Hand an der Brust. Ein sterbender Schwan. Bogdan kümmerte sich um sie, der Mann stand festgefroren und nutzlos auf der anderen Seite des Netzes.

Konstantin stand am Containerfenster und dachte an seine Mutter.

*

Am Nachmittag trank er einen Kaffee mit Bogdan. Sie saßen draußen, damit Bogdan rauchen konnte. Er trug seine Trainingskleidung, der Eimer mit den Übungsbällen stand neben dem Tisch, er musste heute Abend noch eine Jugendgruppe am Jahn-Sportpark trainieren.

Sie redeten über das Treffen bei Netflix in der Friedrichstraße, das morgen stattfinden sollte. Sie hatten zwanzig Minuten, um eine Serie zu pitchen.

»Wenn Mr Rosenblatt interessiert ist, kann eine halbe Stunde daraus werden«, hatte die Assistentin am Telefon gesagt. Nancy.

»Glücklicherweise ist es nur eine Miniserie«, sagte er zu Bogdan. »Das sollte in einer halben Stunde zu machen sein.«

Bogdan lächelte, aber seine Augen lachten nicht. Sie sahen unglaublich müde aus. Konstantin wusste nie genau, was Bogdan von ihm hielt. Was er wirklich dachte. Als Tennistrainer machte er nur das, was die anderen erwarteten. Bogdan sah keine Serien, auch keine amerikanischen, er wusste sicher auch nicht, was eine Miniserie ist. Er kannte die Filme von Buñuel, Jim Jarmusch und Emir Kusturica. Sein Landsmann. Arizona Dream. Schwarze Katze, weißer Kater. Die Zeit der Zigeuner. Die Sachen, die Konstantin gemacht hatte, kannte er nicht, und es war nicht sehr wahrscheinlich, dass er sie mögen würde. Es war unklar, ob er überhaupt irgendetwas mochte. Bogdan hatte eine sehr kurze Kindheit gehabt, dann den Krieg, den Tennisstress, wieder Krieg, und nun das hier. Verzogene Kinder, zerstrittene Paare, ehrgeizige alte Männer. Er würde ein Stück vom Kuchen nehmen, wenn es einen Kuchen gab. Konstantin hatte ihm von einem Beraterhonorar erzählt, ohne zu wissen, ob die bei Netflix überhaupt so etwas kannten. Bogdan stellte keine Forderungen, er hörte zu und rauchte, sah immer wieder auf sein Handy, manchmal lachte er nervös. Konstantin war sich nicht sicher, ob es eine gute Idee war, Bogdan zu dem Netflix-Mann mitzunehmen. Rosenblatt. Aber Bogdan hatte in Kalifornien gelebt, er war mal die Nummer 250 der Juniorenweltrangliste, er war ein Jugendfreund eines Weltklassespielers und Ehemann einer Jüdin aus Odessa, er war Fahrradriksha in Berlin gefahren und gab

Tennisunterricht für gelangweilte Prenzlauer-Berg-Kinder, um seine Familie zu ernähren, er war Soldat in einer der verhasstesten Armeen Europas gewesen und hinkte zur Zeit ein bisschen, weil er sich bei einem Showmatch mit einem russischen Oligarchen in Monte Carlo das Knie verdreht hatte.

Bogdan war der Zugang zum Stoff. Er war das Leben.

*

»Tennis, right?«, sagte Rosenblatt.

Er war deutlich jünger, als Konstantin erwartet hatte. Dreißig, vielleicht fünfunddreißig. Er trug einen hellblauen Leinenanzug und ein rotes T-Shirt mit einem schwarzen Schriftzug, von dem man die Buchstaben »oman« lesen konnte. Sie sollten ihn Sid nennen.

»Yessir«, sagte Konstantin und verachtete sich sofort dafür.

»Sport ist schwierig im Film«, sagte Sid. »Es sieht fast immer schlecht aus, falsch. Es muss mit dem richtigen, echten Sport mithalten. Allein die jubelnden Zuschauer sehen immer – excuse my French – scheiße aus.«

Sein Schreibtisch war klein und leer. Kein Memo. Und schon gar nicht das zwanzigseitige Treatment, das Konstantin geschrieben, ins Englische übersetzt und von Stan hatte korrigieren lassen, einem Australier, der bei ihm im Haus wohnte. Vielleicht hatte Rosenblatt ein fotografisches Gedächtnis. Wie Truman Capote, der sich angeblich ein dreitägiges Interview hatte merken können, das er in den fünfziger Jahren mit Marlon Brando geführt hatte.

Bei den Dreharbeiten zu welchem Film?, hörte Konstantin seinen Vater am Lenkrad ihres Lada Niva fragen.

Er bezweifelte, dass Sid Truman Capote kannte. Oder Marlon

Brando. Konstantin hatte die Stoppuhr auf seinem Handy angeschaltet, als Sid sie ins Zimmer rief. Er glaubte, ihr Ticken zu spüren.

»Es geht ja wirklich nur am Rande um Sport, es geht um die Fluchtbewegungen des Jahrtausends. Kriege, die Menschen um die Welt jagen. Entwurzelte. Bogdan hier wurde in Jugoslawien geboren. Ein Land, das es nicht mehr gibt. Er war ein Kind, als der Krieg ausbrach, ist nach Österreich geflohen, nach Deutschland, er hat in Amerika studiert und dann in einer Armee gedient, die noch nicht existierte, als er ein Kind war.«

»Moment«, sagte Sid.

»Ja«, sagte Konstantin. Er sah zu Bogdan, der einen Anzug trug, der ihm zwei Nummern zu groß war, ein kariertes Hemd und eine Westernkrawatte. Er hatte seine wilden Locken mit viel Gel zu einer Art Seitenscheitel verschmiert. Er sah aus, als spreche er für Willy Loman in »Tod eines Handlungsreisenden« vor. Erstaunlich, dass er nicht seinen Eimer mit den Übungsbällen mitgebracht hatte. Sie saßen sehr eng zusammen, das Büro war nicht groß. Konstantin roch den Zigarettenrauch in Bogdans Kleidern. Durch die Fenster sah man eine Baustellenplane auf der anderen Seite der Friedrichstraße.

»Das sind ziemlich viele Drehorte«, sagte Sid und rieb Daumen und Zeigefinger aneinander.

»Klar, aber wir sind ja nicht überall dabei. Es ist so, dass ihm diese Geschichte in den Gliedern steckt«, sagte Konstantin. »Aber du siehst ja in meinem Papier, dass die Serie nur in Berlin spielt und in Monaco.«

»Monaco«, sagte Sid. Und dann noch mal: »Monaco.«

»Ich spiele da Tennis mit russischen Oligarchen«, sagte Bogdan. Er lächelte, aber seine Augen waren ernst.

Rosenblatt sah Bogdan an, als bemerke er ihn erst jetzt. Man hörte den Verkehr rauschen. Bogdan hob die Schultern. Sids Blick wurde trübe, weicher, als spiele er eine Möglichkeit durch.

Irgendwann sagte er: »Richtig.«

»Die Fluchtbewegung ist das, was Europa zurzeit definiert, all die Wahlen werden dadurch entschieden. Die populistischen Bewegungen sind so entstanden«, sagte Konstantin. Was redete er da? Die Worte verklumpten in seinem Mund. Die Energie verließ den Raum.

»Aber geht's da nicht mehr um die Leute aus dem Nahen Osten?«, sagte Sid, ein verhuschter Blick auf seine Uhr. Sie würden unter zwanzig Minuten bleiben, dachte Konstantin.

»Ja, heute. Aber vor fünfzehn Jahren war der Krieg in Jugoslawien, und in zehn Jahren wird er in einem anderen Land sein, aus dem die Flüchtlinge dann kommen«, sagte Konstantin.

Rosenblatt wischte mit dem Finger der rechten Hand die Tischkante ab.

Konstantin hörte die Luft aus seinem Ballon strömen. Er hörte das Zischen, während er redete. Seit drei Monaten beschäftigte er sich mit dem Stoff. Er hatte Bogdan kennengelernt, weil der Theo trainierte. Trainiert hatte. Sein Sohn hatte keinerlei Interesse an Sport. Er kam da nach ihm. Theos Mutter Lisa hatte geturnt, getanzt und später Hockey gespielt. Sie konnte ihn am Ende nicht mehr ernst nehmen. Es war ja nicht nur so, dass seine Filme nicht liefen, er spielte auch schlecht Tischtennis.

Konstantin hatte mindestens zehn Moleskine-Notizbücher mit den Erlebnissen des serbischen Tennisspielers gefüllt. Und jetzt redete er, als sei er ein Europaabgeordneter der Grünen. Die schwarzen Wolken schoben sich zusammen. Er wollte lieber bei Sibylle Born sitzen und auf ihre Lampions schauen als auf die Baustellenplanen vor dem Fenster.

»Wie gesagt, Sport läuft nicht«, sagte Sid.

»Wie gesagt, es geht nur am Rande um Sport«, sagte Konstantin.

»Kennt ihr Borg gegen McEnroe?«, fragte Sid.

»Den Film oder das Spiel?«, fragte Konstantin, der weder das eine noch das andere kannte. Aber darum ging es nicht. Er wollte ein bisschen Zeit schinden, er wollte wenigstens Nancy beeindrucken, die dort draußen im Vorzimmer auf sie wartete.

»Das Spiel haben hundert Millionen gesehen, den Film hat kein Mensch gesehen. Obwohl Shia LaBeouf mitgespielt hat. Transformers. Ihr wisst schon«, sagte Sid.

»Klar«, sagte Konstantin. Bogdan lächelte. Transformers. Tick. Tick. Tick.

»Ich habe vor sechs oder sieben Jahren mal an einem Skript mitgearbeitet, das die Liebesgeschichte zwischen Che Guevara und einer deutschen Anarchistin erzählen sollte, die im bolivianischen Dschungel spielte«, sagte Konstantin zu seiner eigenen Überraschung. Es stimmte nicht. Er hatte irgendwo von dem Filmprojekt gelesen. Tamara Bunke und Che. Er wollte nicht mit den Transformers aus diesem Gespräch gehen. »Warner wollte das machen. Sie hatten den Film schon besetzt. Antonio Banderas als Che und Winona Ryder als die deutsche Revolutionärin.«

»Winona?«, sagte Rosenblatt.

»Ja«, sagte Konstantin. Es ärgerte ihn, wie achtlos Sid »Winona« sagte, so wie es ihn geärgert hatte, dass seine Mutter »seinen Panzerkreuzer« gesagt hatte, als es um Odessa und Eisenstein gegangen war. Es war respektlos und anmaßend. Konstantin hatte

Winona Ryder bewundert, geliebt. Sie war eine der wenigen Frauen, in die er sich im Kino verliebt hatte.

»Dann ist es wohl eher sechzehn Jahre her. Oder siebzehn«, sagte Rosenblatt und sah auf seine Fingernägel.

»Sie hatten schon mehrere Millionen ausgegeben, aber irgendwann stellte jemand von Warner fest, dass Südamerika nicht läuft, weil ein Entführungsdrama mit Meg Ryan gefloppt war, das in Kolumbien spielte. Nicht Bolivien«, sagte Konstantin. »Kolumbien.«

»Meg Ryan«, sagte Sid. »Dann ist es definitiv zwanzig Jahre her.«

»Den Film hat dann später Soderbergh gemacht. Mit Benicio del Toro als Che.«

»Nie davon gehört«, sagte Sid. Er hob die Augenbrauen, bedauernd, dann schlug er mit beiden Händen leicht auf die Tischkante. Es war vorbei.

»Was steht eigentlich auf deinem T-Shirt?«, fragte Konstantin.

Sid öffnete das Jackett.

The Romanoffs stand da.

»Die Romanows?«, fragte Konstantin.

»Gewissermaßen. Es geht, soweit ich weiß, um die Nachfahren. Was würden die, die entkamen, heute machen. Was macht das blaue russische Blut mit ihnen. Ich habe nichts gesehen, aber es klingt gut«, sagte Sid. »Der große russische Roman in der Gegenwart. Nicht von uns, leider.«

»Tolstoi schreibt für HBO«, sagte Konstantin.

»Amazon«, sagte Sid.

»Wenigstens ein Thema aus dem Osten«, sagte Konstantin.

»Wie ich höre, spielen die ersten Episoden auf einem amerikanischen Kreuzfahrtschiff, in Österreich und in Paris«, sagte Sid.

Er lächelte schief. Seine Zähne waren weiß, aber er war nicht dumm. Er war sicher kein schlechter Mann. Er war einfach in der Fremde.

Sie standen bereits an der Tür. Sid legte Konstantin die Hand auf die Schulter und redete von Berlin, Energie, Authentizität und davon, dass sie unbedingt in Kontakt bleiben müssten. Bogdan verschwand fast in seinem Anzug. Konstantin hätte noch schnell die Parallelität zwischen seinem serbischen Tennisspieler und der Zarenfamilie herleiten können. Fluchtgeschichten und so weiter und so fort, entschied sich aber dagegen.

Im Vorzimmer lächelte er Nancy an und sah auf seine Stoppuhr. 23 Minuten, 28 Sekunden. Er kam sich vor, als habe er so lange die Luft angehalten. Im Fahrstuhlspiegel sahen er und Bogdan aus wie zwei Trickbetrüger. Der Fuchs und der Kater aus Pinocchio. When You Wish Upon A Star. Oscar für den besten Filmsong, Papa. 1941. Bogdan lächelte immer noch, schwer zu sagen, worüber. Konstantin dachte an seine eigene Zarenfamilie. Vielleicht hatten sie beide recht, Sid Rosenblatt und seine Mutter.

»Wollen wir noch einen Kaffee trinken?«, fragte er, als sie wieder auf der Friedrichstraße standen.

»Ich habe noch Training im Friedrichshain«, sagte Bogdan.

»Fahr mal besser hin«, sagte Konstantin. »Ich glaube, mit Netflix wird das erst mal nichts.«

*

Sein Vater saß im Garten. Er war jetzt eine der Schachfiguren, die Konstantin bei seinem ersten Besuch aus dem Fenster beobachtet hatte. Sie saßen auf Stühlen und Bänken in dem kleinen Garten des Altersheims. Es gab keinerlei Interaktion zwischen den Figuren, jede schien in ihrer eigenen kleinen Welt gefangen zu sein. Dort, wo das Personal die Stühle zu einer Sitzgruppe arrangiert hatte, wurde das nur noch deutlicher. Sie waren nicht hier, um noch mal jemanden kennenzulernen. Sie hatten genug damit zu tun, die Menschen, die ihnen wichtig waren, nicht zu vergessen.

Es war warm.

Konstantin war von der Friedrichstraße direkt hierhergefahren. Sein Vater war der Einzige, den er im Moment ertragen konnte. Er nahm sich einen der Gartenstühle und stellte ihn neben den seines Vaters. Sein Vater sah auf.

»Kostja«, sagte er. »Schön.«

Es schien fast so, als habe er mit ihm gerechnet.

»Papa«, sagte Konstantin.

Sie schwiegen eine Weile, dann sagte sein Vater: »Wie kommst du voran?«

»Womit?«, fragte Konstantin.

»Keine Ahnung«, sagte der Vater. »Womit du beschäftigt bist.«

»Es geht so«, sagte Konstantin.

Er dachte an Sid und Bogdan und natürlich an seine Mutter.

»Mama sagt, ich habe mein Thema noch nicht gefunden«, sagte er.

»Ach, das ist so ein Spruch«, sagte sein Vater. »So was sagt sich schnell.«

»Ja«, sagte Konstantin. »Aber es ist jetzt in meinem Kopf. Ich denke die ganze Zeit, sie könnte recht haben.«

»Sie hat immer recht«, sagte sein Vater.

Konstantin sah ihn an. Er lachte nicht. Er meinte, was er sagte. Der Mann war hier, weil seine Frau recht behalten wollte.

»Ich denke viel über die Vögel nach zurzeit. Rabenvögel. Insekten auch. Die Landwirtschaft. Es gibt weniger Insekten, es gibt weniger Vögel und so weiter«, sagte sein Vater.

»Ist das dein Thema?«

»Ich habe mich eigentlich immer mehr für Sport interessiert als für Tiere.«

»Sport läuft nicht im Film«, sagte Konstantin.

»Wer sagt denn das?«

»Ein amerikanischer Produzent, mit dem ich mich gerade getroffen habe.«

»Le Mans mit Steve McQueen. Gary Cooper in Der große Wurf. The Natural mit Robert Redford. Alles schöne Sportfilme.«

»Kevin Costner in Bull Durham.«

»Kenn ich nicht«, sagte sein Vater. »Any Given Sunday. Von?«

»Oliver Stone«, sagte Konstantin.

»Richtig«, sagte sein Vater.

War das noch ein Quiz oder schon das Vergessen? Das Langzeitgedächtnis funktionierte am Ende besser, hieß es. Galt das auch für Filme? »Der große Wurf« mit Gary Cooper. Er fragte sich, wie Sid Rosenblatt darauf reagiert hätte. Gary Cooper? Oh, da hätte ich besser meinen Urgroßvater nach Berlin geschickt.

»Hast du Baba hier manchmal im Heim besucht«, fragte Konstantin.

»Baba?«

»Sie war auch hier im Heim.«

»Richtig. Seltsamer Zufall, oder?«

»Ich glaube nicht, dass es ein Zufall ist.«

»Nein, vielleicht nicht.«

»Was war sie für eine Frau?«

»Ich weiß nicht«, sagte sein Vater.

»Aber ihr kanntet euch doch mindestens dreißig Jahre.«
»Dreißig Jahre?«
»So ungefähr.«
»Mit ungefähr ist mir nicht geholfen.«
»Gut, dann sagen wir, genau dreißig Jahre.«
Sein Vater nickte.
»Wie war Baba?«
»Sie war hart. Hart und dann auch wieder weich. Ich habe das oft erlebt bei den Russen. Diese Härte und dann die Tränen. Der Alkohol hat das immer schlimmer gemacht. Wir wollten in den Fünfzigern mal einen Film über ein Mammutskelett machen, das in Kamtschatka aus dem Eis taute, aber wir sind mit dem Flugzeug nie bis dahin gekommen, weil immer irgendjemand betrunken war. Ständig zwischengelandet. Einöde. Der Pilot verschwand kurz, und als er wiederkam, war er betrunken.«
»In den Fünfzigern?«
»Vielleicht auch in den Achtzigern.«
»Und Baba?«
»Was?«
»Hat die denn getrunken?«
»Nie, wie kommst du darauf? Ich habe sie nie trinken sehen. Nicht mal Schampanskoje.«
»Was?«
»Manchmal muss es eben Mumm sein.«
»Du sagst, sie war hart?«
»Sieh dir die Töchter an, dann weißt du viel über die Mutter. Sie reden nicht miteinander. Deine Mutter war in psychiatrischer Behandlung, als ich sie kennenlernte.«
»Weshalb?«
»Keine Ahnung. Wir haben darüber nie geredet.«

»Du hast sie nicht gefragt? Deine Frau?«

»Sie wollte nicht darüber reden. Und ich hab ihr das gelassen. Du solltest sie nicht immer so bedrängen, Kostja.«

»Findest du?«

»Du weißt nicht, was sie erlebt haben.«

»Was denn?«

»Ich weiß es auch nicht. Ich glaube, sie haben viel aufgeben müssen, damals nach dem Krieg. Sie hatten ja ein gutes Leben da in Schlesien. Sorau.«

»Sorau?«

»Das heißt heute anders. Habe vergessen, wie. Deine Mutter ist mal mit mir hingefahren. Die Villa, von der sie immer geredet haben, war natürlich kleiner als in ihrer Erinnerung. Manche Dinge werden kleiner, manche größer. Die meisten aber kleiner.«

Sein Vater sah aus dem Fenster, interessiert, als habe er irgendetwas entdeckt.

»Papa?«

»Ja.«

»Du hast eben von deinem Besuch in Sorau erzählt.«

»Ja. Wir waren da auf dem Friedhof der Urgroßeltern deiner Mutter, aber da war nichts mehr, keine deutschen Grabsteine, als hätten sie nie da gelebt. Die jüngste Schwester deiner Mutter, Anna, ist in Sorau gestorben, mit drei oder vier. Es gab einen Grabstein, sagt deine Mutter, direkt an der Kirche. Aber auch der war weg. Aber einmal habe ich ihn gesehen. Einen Engel. Weißer Engel. Wir müssen zweimal da gewesen sein. Beim ersten Mal war das Grab da, beim zweiten Mal nicht. So muss es gewesen sein.«

Sein Vater starrte in die Vergangenheit. Ein Gestrüpp sich widersprechender Erinnerungen. Bilder, Jahreszahlen.

»Papa?«
»Ja.«
»Wir waren gerade auf dem Friedhof.«
»Schönen Schrank auch. Noch lebe ich.«
»Annas Grab in Sorau.«
»Ich weiß gar nicht, wie das heute heißt«, sagte sein Vater.
»Das ist auch nicht wichtig«, sagte Konstantin.
»Doch, doch. Es ist wichtig. Es ist das Wichtigste überhaupt«, sagte sein Vater. Laut. Fast wütend, dass sein Sohn nicht verstand, worum es ging. Konstantin fühlte sich, als habe er eine Testfrage falsch beantwortet. Nach all den Jahren.
»Manchmal lebt deine Mutter immer noch da, mit all den Kindermädchen, dem Vater und dieser Mauer.«
»Welche Mauer?«
»Frag sie selbst. Wann kommt sie überhaupt? Sie war schon tagelang nicht mehr da.«
»Sie kommt doch immer vormittags, Papa. Morgen wieder.«
»Gut.«
»Welche Mauer meinst du denn?«
»Ist das eine Testfrage? Soll ich eine Uhr aufmalen? Soll ich sagen, wie alt ich bin? Soll ich dir sagen, was es zum Mittag gab?«
»Nein, ist gut, Papa. Wir können später drüber reden.«
»Später ist gut«, sagte sein Vater. Er strich sich die Hose an den Oberschenkeln glatt. Eine seiner Cordhosen. Moosgrün. Er atmete aus. Er schien all seine Energie verloren zu haben. Zwanzig Minuten Konzentration. Oliver Stone, Marlon Brando, Schlesien und die Geschichte einer Ehe.

Er würde die wachen Momente seines Vaters nutzen müssen, dachte Konstantin. Auch wenn sie nur kurz waren, führten sie ihn dichter an die Geschichte als alles, was seine Mutter erzählte.

Sein Vater war die einzige klare Quelle, die er noch hatte, und die versiegte. Er war seiner Mutter bereits auf den Leim gegangen, dachte Konstantin.

»Gehen wir?«, fragte sein Vater irgendwann.

»Wohin denn?«

»Nach Hause«, sagte sein Vater.

»Aber das ist jetzt dein Zuhause, Papa. Du wohnst hier.«

»Richtig«, sagte sein Vater. Er sah sich um. Alte Leute in Liegestühlen. Schachfiguren. »Ich hätte es nicht besser treffen können. So ein Heim ist Gold wert.«

»Ja«, sagte Konstantin.

Sein Vater brachte ihn noch zur Tür. Sie standen einen Moment auf der Schwelle, die Nachmittagssonne schien in die grünen Augen des alten Mannes. Er gab ihm die Hand zum Abschied, aber als Konstantin zehn Meter in Richtung Parkplatz gegangen war, sah er, wie sein Vater ihm hinterhertippelte. Er brachte ihn zurück wie einen Fußball, der auf die Straße gerollt war.

7

MOSKAU
MÄRZ 1934

Als Jelena von einem ihrer vormittäglichen Spaziergänge an die Moskwa nach Hause kam, saß Robert F. Silber mit zwei Männern am Tisch ihres Wohnzimmers, denen man ansah, dass sie nicht im Flachsspinnereigeschäft tätig waren. Die drei Männer drehten sich zu ihr um, als sie die Diele betrat. Ihr Mann nickte, die beiden anderen starrten sie an, nicht unfreundlich oder gar feindselig, interessiert eher. Es schien sich nicht um eine Vernehmung zu handeln, obgleich Jelena keine Erfahrungen mit Vernehmungen hatte. Sie kannte solche Männer aus der politischen Abteilung ihrer Fabrik in Rescheticha, Männer, die einem das Gefühl gaben, sie wüssten mehr als man selbst. Männer, die einen reden ließen, schwiegen, so lange, bis die Worte, die man sagte, falsch klangen, unaufrichtig, widersprüchlich. Männer, die Mäntel trugen wie die, die jetzt in ihrer Garderobe hingen, schwarz, lang und steif.

Es war ein sonniger, aber kühler Frühlingstag, Jelena trug Schal, Mantel und Mütze. Sie sammelte sich in der Diele, während sie die Sachen ablegte, und betrat dann vorsichtig den Salon, um die Gäste zu begrüßen.

»Jelena«, sagte ihr Mann und erhob sich. Auch die beiden anderen Männer erhoben sich, wenn auch etwas widerwillig, wie ihr schien. Sie sah den Aschenbecher, die Teegläser und auch den Schnaps, sie hörte die Namen der beiden Männer, die sie sich nicht merken würde, weil sie ahnte, dass es besser war, sie gleich zu vergessen. Die Männer würden sie nicht bitten, sich zu ihnen zu setzen. Sie fragte der Form halber, ob sie etwas vermissten.

Sie schüttelten die Köpfe.

»Ein wenig Zucker vielleicht?«, fragte Jelena.

»Zucker«, sagte einer der Männer, der ältere.

»Für den Tee«, sagte sie.

Sie lächelten.

»Ich komme von meinem Spaziergang vom Fluss«, sagte sie und fühlte sich seltsam privilegiert, fast wie eine der vornehmen, gelangweilten Damen aus den Erzählungen von Tschechow und Turgenjew, mit denen sich ihr Ehemann bemühte, das Wesen der Russen zu ergründen.

»Ja, der Winter ist vorbei, Jelena Silberowa«, sagte der ältere der beiden Männer, als entstamme auch er einem vorrevolutionären Stück über den untergehenden Adel.

»Glücklicherweise«, sagte sie. »Kein Zucker, dann?«

»Danke, Jelena«, sagte Robert, ihr Mann, und es klang, als sei er ihrer Gegenwart überdrüssig. Es kränkte sie nicht, weil es eine Rolle war, die er spielte, die Rolle, die von ihm erwartet wurde. Er spielte seine Rolle, sie spielte ihre. Die beiden anderen Männer am Tisch waren ihr Publikum.

»Ich werde nach Laruschka sehen, unserem Töchterchen. Sie entschuldigen mich.«

Sie lächelte, es hätte nicht viel gefehlt, und sie hätte einen Knicks gemacht.

Die Männer nickten und griffen nach den Zigaretten.

Jelena verließ das Zimmer und schloss die Tür.

Sie stand einen Moment im Flur, atmete durch und öffnete, jetzt in einer neuen Rolle, die Tür zum Zimmer von Nadja, ihrem Kindermädchen, und Lara, ihrer Tochter.

Jelena war jetzt Hausherrin und Mutter.

Sie hatte lange gewartet, erst auf die Hochzeit, dann auf das Kind. Ihren ersten Liebesnächten, die im schweren Schatten der Staatstrauer um den Revolutionsführer stattfanden, folgte eine Phase des Rückzugs, in der Robert F. Silber immer wieder nach Deutschland reiste. Manchmal war er monatelang weg, und Jelena, die in der Netzfabrik Rescheticha weiterhin seine Korrespondenz und den Haushalt organisierte, zweifelte öfter daran, dass er zurückkehrte. Je länger er fort war, desto mehr schien ihre Autorität in der Fabrik zu schwinden. Es gab einen Zusammenhang zwischen Robert F. Silbers Anwesenheit und der Anerkennung, die sie in Rescheticha genoss. Es schien ihr sogar, dass sie in seiner Abwesenheit nun verletzlicher war, als sie es vor seiner Ankunft in Rescheticha gewesen war.

Sie vermisste ihn auch aus diesem Grund.

Ab und zu schickte Robert einen Brief, in dem er ihr in seltsam steifem Russisch versicherte, wie sehr er ihre Dienste schätze, die beruflichen. Später erklärte er ihr, den offiziellen Ton habe er gewählt, um sie zu schützen. Jeder Brief aus dem kapitalistischen Ausland werde unter Wasserdampf geöffnet und gelesen. Sie glaubte ihm. Es blieb ihr nichts weiter übrig, und es sprach manches dafür, dass er recht hatte.

In jenen Tagen hatte in Moskau ein erbitterter Kampf um die Nachfolge Lenins stattgefunden. Auf der einen Seite stand Stalin, der Hitzkopf aus dem Süden, auf der anderen der Genosse Trotzki, ein Jude aus der Ukraine. Die Auseinandersetzung zwischen den beiden hatte auch ihren Politlehrer und Jugendführer

Gurjew, den Krebs, vor große Probleme gestellt. War Robert längere Zeit weg, musste Jelena wieder die Politschulungen besuchen. Wenn sie es richtig verstand, wollte Stalin die Sowjetunion stärken, während Trotzki den Sozialismus in die ganze Welt tragen wollte. Stalin glaubte an die Diktatur des Proletariats, Trotzki an einen neuen Menschen, die sozialistische Persönlichkeit, die aus dem Gebirge der anderen Persönlichkeiten herausragte wie ein Gipfel. Das waren die Worte. Beide Positionen klangen vernünftig, was es für Gurjew schwermachte. Stalin gewann den Kampf schließlich, Trotzki wurde aus dem Zentralkomitee und aus der Partei ausgeschlossen, er wurde erst nach Kasachstan und dann in die Türkei abgeschoben. Heute lebte er, wie es hieß, in Frankreich.

In den Zeiten des Zweifels war es Jelena erschienen, als sitze ihr deutscher Geliebter den Machtkampf an der Spitze der kommunistischen Partei in seiner Heimat aus. Als er endgültig entschieden war und Trotzki in einer Villa mit Blick auf den Bosporus saß, kehrte Robert Silber in die Sowjetunion zurück.

Er lebte noch ein halbes Jahr in Reschiticha, dann bekam er das Angebot, die technische Direktion einer großen Moskauer Flachsspinnerei zu übernehmen. Er hatte Jelena wenige Tage vor der Abreise gefragt, ob sie ihn begleiten wolle. Es war nicht der romantische Moment gewesen, von dem sie geträumt hatte. Kein Prinz auf einem weißen Pferd erschien, sondern ein kleiner, zur Korpulenz neigender Mann im Dreiteiler. Es war eine lakonische, fast geschäftlich klingende Anfrage gewesen, aber sie wussten beide, dass es eine Lebensentscheidung war.

Jelena war ein letztes Mal nach Gorbatow gefahren, um sich von der Mutter und den Halbgeschwistern zu verabschieden. Die Mutter hatte geweint und sie gebeten, sie nicht zu vergessen. Sie war 54 Jahre alt und sah aus wie die Großmutter ihrer Kinder. Alexander Petrowitsch hatte Jelena mit glühenden Augen hinterhergeschaut.

Sie war mit einem Schiff flussabwärts gefahren, bis die Oka in der Wolga verschwand, dann mit dem Zug Richtung Westen.

Sie lebten jetzt fast zwei Jahre in Moskau.

Als Jelena die Tür zu Laras Zimmer öffnete, saß Nadja, das Kindermädchen, neben Laras Bett und schaute durch das schmale hohe Fenster in den Hof. Sie stammte aus einem Dorf in der Nähe von Charkow und hatte eine Kindergärtnerinnenausbildung in Moskau absolviert. Sie war neunzehn Jahre alt, und es war Jelena nicht ganz klar, wie es Robert geschafft hatte, sie aus dem staatlichen Betreuungsbetrieb herauszulösen. Viele Dinge, die er erledigte, waren ungewöhnlich, er war ganz offensichtlich ein Mann mit Einfluss. Sie bewohnten eine große Wohnung in der Poljanskaja 42, mit Decken, die so hoch waren wie die der Kirche von Gorbatow. Ein Salon, drei Schlafräume, einer für sie, einer für Robert und einer für das Kindermädchen. Dort schlief meistens auch Lara.

Ein leicht säuerlicher, pulvriger Geruch lag in der Luft.

Nadja drehte langsam den Kopf zur Tür, der Blick noch verhangen, verträumt. Ein leichtes Lächeln. Schimmernde Zähne, elfenbeinfarbene, makellose Haut, beinahe selbst noch ein Kind. Jelena mochte Nadja, aber sie konnte ihr nicht trauen. Sie war hübsch, und sie kam aus der Provinz. Mädchen, die es bis hierher, in die Hauptstadt, geschafft hatten, wollten weiter. Niemand wusste das besser als Jelena. Robert war vorsichtig, aber angeschlagen. In seinem Zustand konnte er jede Art von Trost gebrauchen, Trost, den Jelena nur bedingt zu spenden in der Lage war.

Robert F. Silber war ein guter Mann, aber die Zeiten waren nicht gut.

Er hatte sie nie bedrängt, über die Männer zu berichten, die sie vor ihm kannte. Umgekehrt wollte sie nichts von seinen ausgedehnten Ausflügen nach Deutschland wissen. Von seiner Familie kannte sie nur Fotografien. Die Hochzeit hatte auf dem Standesamt in Rescheticha stattgefunden, ihre Trauzeugen waren Larissa, eine ihrer Kolleginnen, und der zweite technische Direktor der Fabrik, eine kirchliche Trauung würde folgen, sagte ihr Mann. Die erste, die staatliche, wurde mit reichlich Wodka begossen, in den Reden ging es weniger um Mann und Frau und schon gar nicht um Gott, es ging um Staaten, Politik, die Sowjetmacht und den Weltfrieden.

Sie lebten in einer Übergangszeit, einer Zwischenwelt. Eine Welt, in der jeder von ihnen Rückzugsmöglichkeiten behielt, Inseln. Sie wusste nicht, wie lange diese bleierne Zeit dauern würde, sie wusste nicht, was ihr Mann eigentlich tat in Moskau. Sie wusste nicht, wer die Männer waren, mit denen er sich traf, sie ahnte, dass es Zugeständnisse an diese Übergangsphase war. Sie spürte, wie viel Kraft es ihren Mann kostete, in zwei Welten zu leben.

Als er in Rescheticha ankam, musste man ihn zum Trinken überreden. Wodka ekelte ihn. Inzwischen trank er ihn, so vermutete sie, um sein Leben zu ertragen. Ihre körperlichen Begegnungen wurden nicht mehr von ihr eingeleitet und gesteuert, sie ergab sich ihnen. Oft aber schlief ihr Mann im Salon ein, auf dem Diwan über einem Buch. Er las nun Dostojewski, Gogol und Tolstoi, nichts spendete ihm Trost, wie auch. Die Mörder, die Bürokraten, die Nichtsnutze und Verräter begleiteten ihn in den Schlaf. Sie räumte dann die Flasche weg und deckte ihn zu.

Manchmal murmelte er etwas auf Deutsch, aber es klang nicht wie ein Dank, eher wie eine Beichte. Da sie nicht an sie gerichtet zu sein schien, verfolgte sie diese nächtlichen Geständnisse nicht weiter.

Sie schlief besser allein.

Jelena sah in das Kinderbett, die Wangen ihrer Tochter waren schlafrot. Alles war gut. Sie hatte seltsamerweise nie Angst um das Kind, sie empfand auch kein schlechtes Gewissen, wenn sie ohne das Mädchen zu ihrem Spaziergang an die Moskwa aufbrach. Sie genoss die Freiheit.

Es war ihr nicht klar, ob sie das Kind nur wollte, weil es Teil des Weges war, der aus ihrem alten Leben herausführte. Was sie hätte sagen können, war, dass sie einen Jungen bevorzugt hätte. Jungen hatten es einfacher. Immerhin schien Lara, die bald ein Jahr alt wurde, ein folgsames, stilles Mädchen zu sein. Sie würde sich unterordnen können. Jelena zupfte ein wenig an der Bettdecke ihrer Tochter herum, nickte und setzte sich dann in den Sessel, in dem sie Lara sechs Monate lang gestillt hatte.

Vielleicht, dachte sie, während sie eine plötzliche Müdigkeit überfiel, würde sie Lara und Nadja auf einen ihrer nächsten Vormittagsspaziergänge mitnehmen.

Aber auch am nächsten Tag ging sie wieder allein zum Fluss.

★

Die Moskwa hatte nicht die Gewalt der Ströme ihrer Jugend. Sie war beinahe lieblich, verglichen mit der Wolga. Nie wäre Jelena auf die Idee gekommen, die Moskwa könne sie aus ihrem Leben hinaustragen, aber es zog sie trotzdem an ihre Ufer, täglich.

Wenn Lara versorgt war, spazierte sie die Poljanskaja in Richtung Zentrum. Oft überquerte sie nur die erste Brücke und setzte sich in den kleinen Park am Fluss, manchmal lief sie weiter über die zweite Brücke bis zum Roten Platz und sah der Straßenbahn zu und den Menschen vorm Mausoleum, bis sie zurückging, um Lara zu füttern.

Als sie an diesem Tag den Mantel in die Garderobe hängte, sah sie ihren Bruder im Salon. Er saß vor einer Tasse Tee und rauchte.

Zu den angenehmen Seiten von Moskau gehörte, dass Pawel in der Stadt lebte. Er war inzwischen 38 Jahre alt. Er hatte eines Mittags vor ihrer Tür gestanden, sie hatte ihn nicht erkannt. Natürlich nicht. Sie hatte ihn fast dreißig Jahre lang nicht gesehen. Er war ein fremder Mann, mittelgroß, blond und ein wenig müde, verlegen lächelnd. Er trug einen Anzug, modern geschnitten, aber aus billigem Tuch, und schlechte Schuhe. Er sagte ihr seinen Namen. Pawel Krasnow. Aber sie verstand ihn nicht mehr nach all den Jahren.

»Wie kann ich Ihnen helfen?«, hatte sie gefragt.

»Wie rot deine Haare sind«, sagte er.

»Bitte?«, fragte sie.

»Lena!«, sagte er. »Ich bin's, Pascha.«

Ein leichtes Schwindelgefühl hatte sie gepackt, sie spürte, wie ihr die Tränen in die Augen traten, aber sie fühlte sich nicht imstande, zu weinen oder gar in Ohnmacht zu fallen.

Weil er ihrer Mutter nicht ähnelte, beschloss Jelena, dass er aussah wie ihr Vater. Sie hatte nach all den Jahren endlich wieder ein Bild von ihm.

Pawel arbeitete im Kreml. Was genau er dort machte, wusste sie nicht. Sie hatte einmal gefragt, er hatte ausweichend geantwortet. Sie hatte ihn nicht weiter bedrängt. Sie hatte gelernt, dass es gut war, bestimmte Dinge nicht zu wissen. Männer, die schweigen konnten, boten Schutz. Wenn Pascha zum Essen bei ihnen war, umtanzten sich ihr Mann und ihr Bruder wie zwei Fechter. Sie gaben nie vollständig ihre Deckung auf. Ihre Gespräche drehten sich um das Wetter, das Essen, die Stadt, den Verkehr, den Ausbau der Metro, manchmal ging es um Deutschland, aber immer auf eine sehr allgemeine Weise, und oft um die Fortschritte von Lara. Pawel hatte keine Familie. Es musste Frauen in seinem Leben geben, vermutete Jelena, denn ihr Bruder war ein gutaussehender Mann in gehobener Position. Aber wenn es sie gab, hinterließen sie keine Spuren. Sie hatte Pawel einmal in seiner Wohnung besucht, eine Höhle, vollgestopft mit Büchern und Papierstapeln. Sie hatte sofort die Fenster aufgerissen, um Luft zu bekommen. Seitdem kam er zu ihr.

»Pascha«, sagte sie.

»Lena«, sagte er.

»Hast du alles, was du brauchst?«, fragte sie.

Er lachte.

»Ich geh kurz nach Laruscha sehen«, sagte sie.

Sie sah ins Kinderzimmer, nickte Nadja zu, die munterer wirkte als gestern, wie sie immer munterer, blutvoller wirkte, wenn Pawel zu Besuch war, dann holte sie sich einen Tee und setzte sich zu ihrem Bruder in den Salon.

»Wie geht's meiner Nichte?«

»Sie schläft. Was macht die Revolution?«, fragte sie.

»Sie ist hellwach«, sagte er.

Er lächelte, ein kontrolliertes, gequältes Lächeln.

Sie hatte es aufgegeben, ihn nach seinen Aufgaben zu fragen, aber sie kannte auch seine Haltungen nicht. Sie würde nicht erfahren, was er dachte, was er hoffte, wofür er kämpfte. Sie fragte sich oft, ob sie eine Gefahr für ihn darstellte. Ihr Mann, dessen Land, die Wohnung, die Privilegien.

»Mutter hat geschrieben«, sagte er.

»Was will sie?«, fragte sie.

»Was sie immer will. Besuch, Zuneigung«, sagte er.

»Deinen Einfluss will sie«, sagte Jelena. Auch sie bekam diese Briefe, in denen die Mutter ihre Lage schilderte, ein langer Klageteil, gefolgt von einem Bettelteil. Sie antwortete, kurz, zurückhaltend, sachlich. Manchmal schickte sie ein Paket.

»Auch das«, sagt er.

»Wieso fährst du nicht einfach mal hin?«, fragte sie.

»Es ist zu lange her«, sagte er. »Ich würde mich nicht mehr zurechtfinden. Ich will auch nichts durcheinanderbringen. Sie haben ihr Leben. Ich gehöre nicht dazu.«

Er rührte im Tee, steckte sich eine neue Zigarette an. Er sah sie nicht an.

»Und du?«, fragte er.

»Ich will nicht mehr«, sagte sie.

Er nickte.

Sie redeten ein wenig über die Unterschiede zwischen dem Leben auf dem Land und dem in der Stadt, sehr allgemein über Bauern und Arbeiter, früher und heute und morgen, die Eisenbahn und die Kirche. Nischni Nowgorod hieß jetzt Gorki wie der Schriftsteller, dessen Bücher sie in der Schule gelesen hatten, beim wirren Wowa. Sie hätte nicht sagen können, ob sie die Umbenennung begrüßte oder ablehnte, sie fand sie überraschend. Pascha redete über die Verdienste von Maxim Gorki, wenn sie ihn um seine Meinung bat. Jelena fragte sich, was das Geheimnis ihres Bruders war. Sie erinnerte sich nur dunkel an ihre gemeinsame Zeit in Nischni Nowgorod. Es waren vor allem die ersten Nächte, die sie vor Augen hatte. Sie schliefen zu dritt in dem kalten, lauten Zimmer, das sie mit Alexander Petrowitsch teilten. Der Gestank, das Geschnaufe, die Fremde. Sie wusste nicht, ob es das erste, zweite oder dritte Jahr war, nur, dass es Winter war, kalt und dunkel. In den klareren Bildern kam Pawel schon nicht mehr vor. Er war mit vierzehn ausgezogen, eine Matrosenschule der Schwarzmeerflotte in Sewastopol. Später wurde er an die Ostsee verlegt und gehörte zur Besatzung der Aurora, die im Oktober 1917 den Sieg der Revolution mit einem Kanonenschuss verkündete. Teile der Besatzung waren schon in der Februarrevolution aufseiten der Bolschewiki gewesen. Pawel hatte beim Aufbau der sowjetischen Streitkräfte mitgeholfen und war von da in ein Ministerium gewechselt, das Verteidigungsministerium, glaubte Jelena. Es war eine Bilderbuchkarriere, die sie sich aus Briefen ihres Bruders, Erzählungen ihrer Mutter und Pawels kärglichen Auskünften zusammengesetzt hatte. Eine Figur wie aus einem der Romane des sozialistischen Realismus. Ein Mann, den sich Arkadi Gaidar ausgedacht hatte oder Nikolai Ostrowski.

»Wie geht es Robert?«, fragte er jetzt.

»Ich weiß nicht«, sagte sie.

»Du bist seine Frau«, sagte er.

»Ich glaube, er hat Sehnsucht nach zu Hause.«

»Wirklich?«, fragte Pascha.

»Ich weiß auch nicht. Er wirkt nicht glücklich. Er trinkt zu viel«, sagte sie.

»Das machen alle«, sagte er.

»Unsere Männer vielleicht, aber Robert hat nicht getrunken, als er hier ankam. Wir haben ihn zum Trinker gemacht.«

»Es ist der Preis, Lenusch.«

»Wofür, Pawel?«
»Dass er dazugehört. Er spielt mit uns, wir spielen mit ihm.«
»Wir?«
»Du weißt, was ich meine.«
»Wir hatten gestern Besuch von Leuten, die aussahen, als arbeiten sie für die Sicherheit.«
»Nun gut.«
»Was heißt denn ›nun gut‹?«
»Das gehört dazu. Er ist ein Ausländer. Ein Deutscher. Was hast du gedacht?«
»Lenin hat ihn ins Land geholt, Pawel. Hast du das vergessen?«
»Lenin ist tot«, sagte er. Sein Blick war mitleidlos. Er war ihr oft fremd. Öfter fremd als nah. Nichts erinnerte an den großen Bruder, dem sie vertraut hatte. Diesen Pawel kannte sie nicht. Es fiel Jelena zunehmend schwer, ihn Pascha zu nennen.
»Was zum Teufel willst du eigentlich? Du. Nicht sie. Nicht wir. Du. Was denkst du?«
»Ich glaube, ich hätte jetzt gern noch etwas Tee«, sagte Pawel. Er griff nach den Zigaretten.

Später stand sie am Fenster und sah ihn die Straße entlanggehen, langsam. Sie fragte sich, warum er sie eigentlich besuchte. Sie war die einzige Familie, die er hatte, sicher. Aber sie wusste nicht, ob Familie ihm überhaupt etwas bedeutete. Er war so lange weg gewesen. Er war nicht mal zum Prozess gegen die Mörder seines Vaters nach Hause gekommen. Nicht zur Einweihung des Denkmals. Nicht, um seine Halbgeschwister zu sehen, und auch nicht für sie. Um ihr zu helfen. Sie aus ihrer Einsamkeit und ihrem Schmerz zu befreien. Sie hatte all seine Briefe aufbewahrt. Einige waren fleckig geworden, weil sie sie so oft in den Händen gehalten hatte. Wenn sie sie heute las, in ihrem vornehmen Moskauer Salon, klangen sie wie Anleitungen für die zweifelnde Revolutionärin.

★

Ein paar Tage später erzählte sie Pawel von dem Nachmittag, an dem Alexander Petrowitsch im Stall über sie hergefallen war. Es war der Stall, in dem die Maschine ihres Vaters gestanden hatte.

»Du erinnerst dich doch noch an die Maschine, Pascha«, sagte Jelena.

»Ja«, sagte ihr Bruder, die Augen leer. »Die Maschine.«

Sein Mund schien trocken, die Lippen klebten aufeinander.

»Sie war ja nicht mehr da, als wir zurückkamen«, sagte Jelena, als spiele das eine Rolle. Diese verdammte Maschine, die ihren Vater am Ende das Leben gekostet hatte, wahrscheinlich. Die Maschine gehörte zu den Produktivkräften, die gegen die Produktionsverhältnisse aufbegehrten. Ein wütender Bär, der an seinen Ketten zerrte. Sie hatte nie über den Nachmittag gesprochen. Nicht mit ihrer Mutter, nicht mit ihrem Mann. Und Sascha war zu unschuldig gewesen, um ihm von dem Überfall zu erzählen.

Es war nicht so, dass ihr das Geständnis guttat. Sie ging nicht ins Detail. Sie hätte es gar nicht in Worte fassen können. Den Geruch, die Geräusche und den Schmerz. Den Schmutz, die Schuldgefühle und die schreckliche Einsamkeit. Von ihrer Mutter hatte sie keine Hilfe erwartet. Sie wusste, dass sie es wusste oder wenigstens ahnte. Ihre Mutter sah sie an wie eine Konkurrentin. An den Tagen danach war es am schlimmsten. Jelena führte ihr und ihm täglich vor Augen, wie sie verfiel. Ihre Mutter keifte den ganzen Tag, aber wenn es hart auf hart kam, verteidigte sie diesen Nichtsnutz von Mann bis aufs Blut. Jelena erzählte Pawel nicht von der Mutter und auch nicht von Sascha, dem unglücklichen Sohn des hingerichteten Pogromisten Kusnezow. Sie hoffte, dass ihr Bruder den Schrecken auch so verstand, im Allgemeinen. Sie redete, weil sie den Eindruck hatte, ihrem Bruder etwas aus ihrem Leben zu geben, um etwas aus seinem zu erfahren. Es war ein Handel. Aber er löste seinen Teil nicht ein.

Jedenfalls nicht gleich.

Er stand auf, ließ seinen Tee stehen und ging. Er berührte sie nur leicht an der Schulter.

*

Vier Wochen später kam ein Brief ihrer Mutter.

Jelena, mein Töchterchen, heute bitte ich dich um Hilfe. Wirkliche Hilfe, Lenuschka.
Am Morgen waren drei Männer hier, von der Partei, aus dem Rathaus, ich weiß nicht. Gorbunow, der rote Fjodor, wir haben ihn ein paarmal in Nischni Nowgorod getroffen, als du ein Kind warst. Er hat eine hohe Funktion jetzt. Die Männer waren sehr ernst. Sie sagten, dass wir aus Gorbatow wegziehen müssen. Alexander Petrowitsch hat versucht, mit ihnen zu reden. Er kennt den roten Fjodor seit Jahren. Sie waren Kampfgefährten, auch dein Vater gehörte dazu. Aber sie waren wie Steine, sie sagen, wir müssen bis zum Ende des Monats gepackt haben. Das sind drei Wochen. Wie soll das gehen? Ich habe drei Kinder, du weißt, deine Geschwister. Tatjana ist nun elf Jahre alt, Tanka. Sie sagen, sie kümmern sich um den Umzug. Wo es hingeht, wollte ich wissen, und sie sagten, wir würden schon sehen. Wie soll man so leben, Lenka? Sie schicken uns nach Sibirien wie Verbrecher, ich weiß es. Ich war mein Leben

lang anständig, du weißt es. Ich bin die Witwe eines Revolutionärs. Alexander Petrowitsch vermutet, dass es mit den U-Booten zu tun hat, die sie in Nischni Nowgorod bauen. Die Stadt wird geschlossen, sagt er. Aber was habe ich mit U-Booten zu tun? Ich habe mein ganzes Leben in Gorbatow verbracht. Das Haus haben meine Großeltern gebaut. Wir hatten Tiere hier. Ich bin hier geboren, du bist hier geboren, Pascha ist hier geboren. Dein Vater wurde hier geboren und getötet. Viktor Pawlowitsch. Er ist Revolutionär. Aber all das zählt nicht mehr. Ich glaube, es ist ein Fehler passiert, irgendetwas muss durcheinandergeraten sein. Ein schrecklicher Irrtum. Aber von hier aus kann man nicht sehen, was es ist. Sie hören nicht zu. Sie setzen doch nur Befehle um. Darum bitte ich dich heute, mir zu helfen. Von Pawel, deinem Bruder, erwarte ich nichts. Pascha antwortet nie auf meine Briefe. Er hat uns nie besucht. Manchmal glaube ich, dass er gar nicht mehr am Leben ist. Aber du bist mein Täubchen, die Älteste, die fleißige, tapfere Lenka. Ich weiß, dass es nicht einfach für dich war, Lenotschka, aber nun musst du mir helfen. Du bist in Moskau, du kennst Leute. Dein Mann ist Direktor. Ich bitte dich, von ganzem Herzen, hilf uns, deinen Geschwistern und mir.
Mama.

Jelena las den Brief dreimal. Dann hatte sie verstanden, was sie am Schreiben ihrer Mutter so verstörte. Es war nur ein Satz, aber er brachte ihre Welt ins Wanken.

»Manchmal glaube ich, dass er gar nicht mehr am Leben ist«, hatte ihre Mutter über Pawel geschrieben. Wenn das stimmte, hatte ein anderer Mann an ihre Tür geklopft. Das würde die Fremdheit erklären, dachte Jelena. Noch aber war der Verdacht ihrer Mutter für sie nur eine Metapher für das, was die Zeiten mit ihrer Umgebung gemacht hatten. Wie sie alles veränderten. Man konnte einen Menschen doch nicht einfach so austauschen, dachte Jelena. Hoffte Jelena.

»Rote Haare«, hatte Pawel gesagt, als er das erste Mal vor ihrer Tür stand.

»Natürlich«, hatte sie gesagt, aber seine Überraschung nie vergessen.

Sie legte den Brief in ihren kleinen Sekretär und verschloss das Fach. Drei Tage später holte sie ihn wieder heraus, zündete ihn an, steckte ihn in den Ofen in der Küche und schaute so lange zu, bis er vollständig verbrannt war.

Dann setzte sie sich ans Küchenfenster, lauschte dem Stampfen der Stadt und wartete auf die Rückkehr ihres Mannes, der sie aus dieser irrsinnigen Welt retten musste.

Vielleicht noch ein Kind, dachte sie. Einen Jungen bitte.

8

BERLIN
SOMMER 2017

Theo betrat das Altersheim so vorsichtig wie einen gerade zugefrorenen See. Vielleicht erinnerte es seinen Sohn an den Kindergarten in Berlin-Mitte, wo es auch nach Windeln, Desinfektionsmitteln und zerkochtem Gemüse gerochen hatte, dachte Konstantin. Vielleicht hatte ihm auch seine Mutter eine traurige Geschichte mit auf den Weg gegeben. So etwas wie, Oma hat deinen Opa in den dunklen Wald geschickt.

Lisa hatte Konstantins Mutter nie ausstehen können. Konstantin hatte sich gefühlt wie im Kaukasischen Kreidekreis, wenn er mit beiden Frauen zusammen war. Andeutungen. Blicke, Messerwetzen. Wenn sie von den Besuchen in Pankow nach Hause fuhren, warf ihm seine Freundin vor, dass er sich immer noch nicht von seiner Mutter gelöst habe. Er saß dann schweigend im Auto wie unter einer Dusche. Lisa hielt stundenlang die Luft an und spuckte, wenn sie wieder zu zweit waren, alles aus. Die Wut, die Ohnmacht, den Kontrollverlust. Später rief seine Mutter an und erklärte, er habe sich von Lisa zu einem charakterlosen, meinungslosen Mann machen lassen. Darunter leide sein Schaffensprozess. Lisa wiederum glaubte, am Ende ihrer Beziehung zu Konstantin herausgefunden zu haben, dass er keinen großen Film machen könne, ohne sich von seiner Mutter zu befreien.

Jetzt war er von beiden getrennt, hatte aber immer noch keine Idee. Für seinen Film nicht und auch nicht für sein Leben.

Die alten Frauen, die im Foyer herumsaßen, strahlten Theo an, als könne er sie erlösen. Ein Messias aus Treptow. Theo trug kurze Hosen und ein rotes T-Shirt mit einem blauen Stern, er war zwölf Jahre alt, sah aber jünger aus. Er kam nach ihm, zumindest in dieser Hinsicht, ein Spätentwickler. Konstantin war erst mit siebzehn in den Stimmbruch gekommen, zu dem Zeitpunkt hatte seine Mutter bereits überall herumerzählt, sie habe einen Oskar Matzerath geboren.

Eine der alten Frauen streckte die Hand nach dem Jungen aus. Theo zuckte zurück.

»Herr Stein ist im Lesezirkel«, sagte der Buddha an der Rezeption.

»Lesezirkel«, sagte Konstantin.

»Lesezirkel«, sagte der Buddha.

»Und wo ist der Lesezirkel?«

»Der Lesezirkel findet im Park statt«, sagte der Buddha.

Konstantin hatte keine Kraft, weitere Fragen zu stellen. Wenn man nicht vorher den Verstand verloren hatte, verlor man ihn hier. Er schüttelte den Kopf und ging zum Ausgang.

»Lass uns in den Park gehen, Opa suchen«, sagte er zu Theo.

»Warum schreist du so, Papa?«, fragte Theo.

»Weil mich keiner hört«, sagte Konstantin.

Der Lesezirkel saß im Rosengarten, vier Frauen, sein Vater und ein Pfleger, der etwas vorlas. Es war ein Buch von Roda Roda, wie Konstantin erkannte, als sie näher kamen, ein österreichischer Humorist, den er aus der Bibliothek seiner Mutter kannte. Es war die ostdeutsche Ausgabe, die auch seine Mutter besessen hatte, der Name des Autors tanzte in riesigen bunten Buchstaben auf dem Schutzumschlag. Roda Roda. Frank Wedekind. Kurt Tucholsky. Christian Morgenstern. Autoren, die Konstantin immer wieder mal ausprobiert hatte, als er ein Junge war, weil es hieß, sie seien lustig. Er hatte den Humor nie verstanden. Vermutlich hatte der Pfleger das Buch wahllos aus einem der Regale gezogen, in denen die Bücher standen, die die Heimbewohner zurückließen, wenn sie starben. Die Bibliothek der Toten. Konstantin hatte nie jemanden ein Buch lesen sehen, wenn er hier war. Die Verwandten entrümpelten die Bücher zusammen mit den lästigen Alten. Roda Roda starb hier wirklich. Der Pfleger las mit Betonung vor, aber es klang nicht so, als würde er verstehen, was er las. Das galt auch für den Rest des Lesezirkels. Eine Frau war eingeschlafen. Sein Vater hatte den leeren Gesichtsausdruck der anderen. Keine hochgezogene Augenbraue, kein ironisches Grinsen. Konstantin winkte, aber er schien sie nicht zu sehen. Claus Stein steckte im Rosengarten fest wie eine Pflanze, eine Rübe. Theo griff die Hand seines Vaters. Er hatte seinen Opa noch nie so gesehen, so leblos, so blind. Es war eine Lektion fürs Leben, dachte Konstantin, aber das war nur die Stimme seiner Mutter in seinem Kopf.

»Gusti war immer noch nicht zufrieden. Er nahm zeitig morgens eine altbackene Semmel, kleidete sich in sechsfache Wolle und ritt bis Mittag«, las der Pfleger. Sätze, die zum letzten Mal auf dieser Welt laut vorgelesen wurden. »Mittags ein Viertelpfund gedörrten Hammelbraten und ein Gläschen leichten Weißwein, dann Massage bis drei.«

Ein Flugzeug donnerte über den Park. Sein Vater zuckte nicht mal mit der Augenbraue. Konstantin strich seinem Jungen über den Kopf.

»Scheint eine spannende Geschichte zu sein«, sagte Konstantin. Er merkte, wie seine Stimme kippelte. Ihn rührte sein Sohn mehr als sein Vater.

»Wir holen uns ein Eis und kommen zurück, wenn sie fertig sind.«

★

Als sich der Lesekreis auflöste, kehrte das Leben in seinen Vater zurück. Sein Blick klärte sich. Er schaute den wegwackelnden Alten nach, wie einem Ufer, das er hinter sich ließ. Konstantin hatte Angst vor dem Moment, an dem ihn sein Vater nicht mehr erkennen würde. Oder Theo nicht mehr erkennen würde. Die Frage war, wen er zuerst vergaß und warum.

»Der Theodor, der Theodor, der steht bei uns im Fußballtor«, sagte sein Vater, wartete, wackelte mit dem Kopf.

»Wie der Ball auch kommt, wie der Schuss auch fällt, der Theodor der hält, der Held«, sagte Theo. Er schwenkte die Arme, er lachte. Opa war zurück.

Das Kinn des Alten zitterte, seine Augen füllten sich mit Tränen.

Konstantin wusste nicht, was der Junge an seinem Opa mochte. Sein Vater war zu Theo nicht anders, als er früher zu ihm gewesen war. Nicht zugewandter, interessierter, liebevoller. Er machte Sprüche, er stellte kleine Rätselaufgaben. Ansonsten saß er in seinem Arbeitszimmer oder auf Hochständen im Wald herum. Vielleicht war es das. Er war ein Verwandter, der nicht an Theo herumzerrte. Ein Mann, der ihn bedingungslos mochte.

Einmal hatte sein Vater Theo zu einer Exkursion in die Schorfheide mitgenommen. Hirschbrüllen oder irgendwas. Sie waren erst nach Mitternacht auf den Parkplatz zurückgekehrt, wo Konstantin auf sie gewartet hatte. Er war kurz davor gewesen, seine Mutter oder seine Frau anzurufen. Die eine hätte den Notarzt geholt, die andere einen Polizeihubschrauber. Theo schien sorglos, aber müde, sein Großvater hatte so getan, als laufe alles nach Plan. Konstantin aber hatte die Hilflosigkeit in seinem Blick gesehen, vielleicht zum ersten Mal. Es war vier Jahre her oder fünf. Die frühe Phase der Krankheit, hätte seine Mutter gesagt, wenn sie davon gewusst hätte. Sie hatten nie darüber geredet, er nicht, Theo nicht, sein Vater sowieso nicht. Theo hatte ihm von den Hirschen erzählt und war noch im Auto eingeschlafen.

»Wer singt das?«, fragte Theo nach einer Weile.

Claus Stein runzelte die Stirn, er schien zu überlegen.

Konstantin öffnete seinen Mund, um seinem Vater zu Hilfe zu kommen. Wir verschleiern die Krankheit, weil wir sie nicht wahrhaben wollen, sagte seine Mutter in seinem Kopf.

»Der Lingen, Theo«, sagte sein Vater.

»Check«, sagte Theo.

»Er war mit einer Jüdin verheiratet«, sagte sein Vater. Laut. Er bellte es in den Park.

Es klang wie ein Vorwurf. Vielleicht legte die Krankheit alte Haltungen frei. Vielleicht wurde sein Vater gerade zum Hitlerjungen Stein. Vielleicht war er immer einer gewesen. Er hatte ja viel Zeit im deutschen Wald verbracht. Vielleicht zog ihn seine Mutter in ihre Familiengeschichte, um von der ihres Mannes abzulenken. Ein Akt der Barmherzigkeit. Konstantin wusste kaum etwas von den Eltern seines Vaters. Sie hatten eine kleine Nähmaschinenfabrik im Erzgebirge gehabt und waren nach dem Krieg enteignet worden. In Schwarzenberg. Die Steins. Sie waren schon sehr alt gewesen, als er sie kennenlernte, klein, in sich zurückgezogen. Sie hatten einen Dialekt gesprochen, den er kaum verstand. Er hatte sie selten besucht und nicht gern. Seine Mutter hatte es nicht befördert, sie fühlte sich nicht anerkannt, als Tochter einer Russin. Und sie wollte ihre Anerkennung auch nicht, die Achtung der Zwerge. Sie hatte die Verbindung in den Teil der Familie gekappt. Sie hatte sich ihren Mann einverleibt, isoliert und entmündigt, offenbar ein Familienkonzept. Sein Vater war allein zu den Beerdigungen seiner Eltern nach Schwarzenberg gefahren.

Die Geschichten tanzten in Konstantins Kopf. Er fand sein Thema nicht. Kein einziger klarer Gedanke. Er würde bald ein Fall für den Lesezirkel sein, früh vergreist. Der alte und der junge Herr Stein sitzen im Park und hören Gedichte von Christian Morgenstein.

Claus und Kostja.

»Die beiden haben sich noch nie so gut verstanden wie hier«, würde seine Mutter zu ihren Schwestern sagen. »Tolles Heim. Ich stell euch irgendwann mal Herrn Breitmann vor. Den Direktor. Der weiß, was er macht.«

»Wieso hat er dann diese UFA-Durchhaltefilme gemacht?«, fragte Konstantin seinen Vater jetzt, obwohl er gar nicht wusste, was Theo Lingen in der Nazizeit gedreht hatte. Sein Kopf war leer, er war dumm und alt, er hatte das Wissen eines Schulkindes. Er erinnerte sich an den »Tiger von Eschnapur«, einen Film, den er als Kind zu Weihnachten gesehen hatte.

»Was glaubst du, warum ich Tierfilme gedreht habe?«, sagte sein Vater.

Konstantin lächelte.

»So«, sagte sein Vater zu Theo. »Dann wollen wir mal sehen, was Oma gekocht hat.«

Theo sah Konstantin an, ängstlich. Konstantin nickte. Sie verloren ihn wieder.

Sie gingen langsam ins Heim zurück, sein Vater verschwand für längere Zeit auf dem Klo, Theo blätterte in einem Buch aus der Tierbuchsammlung des alten Mannes, Rikki-Tikki-Tavi von Rudyard Kipling, das Konstantin aus seiner Kindheit kannte, aber nie gelesen hatte. Er mochte die Illustration auf dem Titelbild. Ein Mungo kämpfte mit einer Kobra. Er ging irgendwann ins Klo und schloss seinem Vater die Cordhose. Sie spielten vier Partien »Mensch-ärgere-dich-nicht«, aßen Kuchen und warteten darauf, dass sich der Blick seines Vaters wieder klärte. Aber er hatte sein Pulver verschossen. Der Preis, den Künstler wie Theo Lingen und er für das Leben in einer Diktatur zahlten, in einen Satz fließen zu lassen kostete seinen Vater wahrscheinlich so viel Kraft wie ein Zehnkampf. Er konnte sich nicht mehr auf das Konzept eines einfachen Brettspiels einlassen, obwohl jeder mit nur einer Figur spielte. Sie hatten mit vier angefangen und dann reduziert. Sein Vater würfelte, hatte aber keinerlei Interesse an der Augenzahl. Er sagte »Glück im Spiel, Pech in der Liebe«, er sagte »Ich nehme die Risikofrage«, er sagte »Alle neune«, er sagte »Wenn einem so viel Gutes wird beschert«. Er würfelte eine Sechs, sagte »Haie der Großstadt« und sah Konstantin an.

»Dafür hätte Paul Newman den Oscar kriegen müssen, nicht für die Farbe des Geldes«, sagte Konstantin.

Sein Vater nickte, dann sah er auf das Spielbrett wie ins Weltgetriebe.

Als sie gehen wollten, dauerte es eine halbe Stunde, bis sie ihn davon überzeugt hatten, dass er im Heim bleiben musste. Er hätte sie gern begleitet, wusste aber nicht, wohin.

Im Auto weinte Theo. Konstantin war nicht in der Lage, ihn zu trösten.

★

Es war ein schwüler Nachmittag. Konstantin wäre mit seinem Sohn gern noch an einen See gefahren, um ihn mit leichterem Herzen nach Hause zu schicken. An den Liepnitzsee vielleicht, wo er früher mit seinen Eltern gebadet hatte, aber Theo hatte keine Badehose dabei und er auch nicht. Sie fuhren ins Kino, sahen irgendeine neue Spiderman-Verfilmung mit einem Schauspieler, den er nicht kannte. Sie waren die einzigen Zuschauer. Es war warm und noch hell, als sie das Kino verließen. Dann fuhr er Theo nach Hause.

»Wie war's?«, fragte Lisa.

»Gut«, sagte Theo und schlüpfte unter ihrem Arm vorbei in die Wohnung.

Lisa sah Konstantin an. Riesige blaue Augen, in die er sich einst verliebt hatte, bevor er merkte, wie kalt die werden konnten. Eine falsche Bemerkung, und sie froren zu. Nicht jetzt. Jetzt sah sie ihn an, als täte er ihr leid.

»Und wie geht's deinem Vater?«, fragte sie.

»Mal so, mal so«, sagte er.

»Ich habe ihn immer gemocht«, sagte sie.

»Er lebt ja noch, besuch ihn doch mal«, sagte er.

»Diese Heime deprimieren mich. Waisenheime für alte Menschen. Deine Mutter hat so eine große Wohnung.«

Konstantin dachte, dass auch er allein am Grab seines Vaters stehen würde. Wie sein Vater allein am Grab seines Vaters gestanden hatte. An Theo wollte er nicht denken.

»Willst du wissen, wie es meiner Mutter geht?«, fragte er.

»Ich glaube nicht, dass du das weißt«, sagte sie.

Er lächelte. Dafür hatte er sie geliebt. Erst geliebt und dann gefürchtet. Am Ende hatte sich ihr schneller Spott gegen ihn gewandt. Sie hatte einen guten Blick für die Schwachstellen ihrer Mitmenschen. Die Stellen, an denen es am meisten weh tat.

»Lisi?«, rief eine Männerstimme aus der Wohnung.

»Lisi?«, sagte Konstantin.

Sie zuckte mit den Schultern.

»Willst du noch reinkommen? Auf einen Tee?«

»Ich bin kein Teetrinker, erinnerst du dich?«

»Kaum«, sagte sie.

Er lachte.

Ein Mann tauchte am Ende des Flurs auf, lange, graue Haare, Kapuzenshirt, skinny Jeans. Wie ein vergreistes Kind. Er winkte. Konstantin winkte zurück.

»Ludwig«, sagte Lisa und sah ihn prüfend an, als erwarte sie eine kleine, erste Bewertung für den neuen Freund. Ludwig sah nicht so aus, als würde er Theo verprügeln, und er sah nicht so aus, als würde er Theo beeindrucken. Das genügte Konstantin.

Er nickte.

Theo war neun Jahre alt gewesen, als er auszog. Konstantin hatte Angst gehabt, dass er ihn verlor. Er hatte dem Jungen nicht sagen dürfen, dass es Lisa war, die wollte, dass er ging. Es war ihre Absprache gewesen, natürlich war es komplizierter. Theo hatte ihn gehen sehen, das war alles, worauf es ankam. Sein Vater hatte sich weg bewegt, er hatte ihn zurückgelassen. Konstantin zog in den Prenzlauer Berg, weit weg von Treptow, wenn man neun war. Theos Großeltern lebten in Pankow, noch weiter weg.

Sein Opa Claus verlor den Verstand, seine Oma Maria hatte kein Spielzeug in der Wohnung, nur Rechnungen, außerdem kannte Theo von Lisa bestimmt jede Menge furchtbare Geschichten über seine Oma. Lisas Eltern lebten in Karlshorst, um die Ecke. Sie hatten einen Hund und eine Tischtennisplatte. Theo hatte aufgehört, Tennis im Jahn-Sport-Park zu spielen. Konstantin hatte nicht mehr gewusst, was er an den Nachmittagen mit ihm machen sollte. Sie waren viel im Kino gewesen, viel Eis essen. Er hatte angefangen, mit seinem Sohn Filmquiz zu spielen, wie sein Vater mit ihm. Es gab Nachmittage, die nicht enden wollten. Nachmittage, an deren Ende Theo in seine Wohnung zurückgehüpft war wie in die Freiheit. Aber es hatte ihrer Beziehung nicht geschadet. Was immer Theo für ihn empfand, er schien sich auf die Zeit mit ihm zu freuen. Ihm ging es genauso. Wahrscheinlich war sein Sohn der wichtigste Mensch in seinem Leben. Womöglich lag es daran, dass er selbst sich nicht weiterentwickelt hatte, seit er dreizehn war.

»Ludwig ist auch beim Film«, sagte Lisa. »Cutter.«

»Ein Handwerk, immer gut«, sagte Konstantin.

»Er hat schon zwei deutsche Filmpreise gewonnen«, sagte Lisa.

»Herzlichen Glückwunsch.«

»Hör auf. Und du?«

»Ich hab noch nichts gewonnen.«

»Das meine ich nicht. Woran arbeitest du?«

»Ich finde mein Thema nicht«, sagte er.

Sie sah ihn an.

»Sagt meine Mutter«, sagte Konstantin.

»Sie ist dein Thema. Weißt du doch.«

»Ich werde dich immer lieben, Lisa«, sagte Konstantin.

Sie machte einen Knicks. Vom Ende des Korridors näherte

sich nun doch der Filmpreisgewinner. Ludwig hatte ein ziemlich glattes Gesicht für einen grauhaarigen Mann, seine Haut sah aus, als habe er gerade eine Gurkenmaske abgelegt, dachte Konstantin, ohne dass er hätte sagen können, warum. Banker hatten manchmal diese Art von Haut, Top-Manager, aber keine Cutter.

»Ludwig«, sagte Ludwig.

»Konstantin«, sagte Konstantin.

»Willst du nicht reinkommen«, sagte Ludwig, und Konstantin fielen mehrere Entgegnungen ein. Kennen wir uns, oder wieso duzt du mich? Ist das deine Wohnung? Besiegst du Lisa im Tischtennis?

Er schwieg.

»Habe ich ihm auch schon angeboten«, sagte Lisa. »Er sagt, er ist kein Teetrinker.«

»Wir haben auch andere Sachen im Haus«, sagte Ludwig. »Stärkeres.« Lächeln. Auch die Zähne makellos. Peeling im Gesicht. Bleaching fürs Gebiss. Bestimmt rasierte er sich die Achseln, dachte Konstantin. Und den Sack.

»Das ist nett, aber ich bin verabredet«, sagte Konstantin.

»Ach, mit wem denn?«, sagte Lisa.

»Tante Vera.«

Seltsam, dass ihm seine älteste Tante einfiel, wenn er sich eine Verabredung ausdachte. Er wollte wirklich unbedingt mit Vera reden. Er wollte mit ihr reden, weil er nicht mit seiner Mutter reden wollte, dachte er. Er suchte sein Thema, das sich unter den Röcken dieser alten Frauen versteckt hielt. Tante Vera.

»Sie wohnt gleich um die Ecke«, sagte Lisa zu Ludwig, als wolle sie ihm Konstantin erklären.

»Sie ist Ärztin«, sagte Konstantin.

»Gastroenterologin«, sagte Lisa.

»War Gastroenterologin«, sagte Konstantin.

»Sie ist jetzt Rentnerin«, sagte Lisa und lachte.

Sie konnte nicht mehr aufhören zu lachen. Auch Konstantin musste dann lachen. All die Details. Sie waren in die Gedärme der Menschheit vorgedrungen. Er lachte Tränen. Ludwig sah sie an, Lisa und ihn. Dann lächelte er ein bisschen, aber man sah, dass er nicht verstanden hatte, worüber Lisa und Konstantin lachten. Sie hätten es nicht erklären können.

Konstantin fühlte sich besser, als er die Treppen hinunterhüpfte, die er viele Jahre lang so schweren Schrittes hinaufgestiegen war.

*

Konstantin kaute das Brot, so langsam er konnte. Seine Tante Vera schaute zu. Trockenes Brot, sagte Vera, schmecke mit der Zeit so süß wie Schokolade. Noch drei Stückchen. Konstantin fühlte sich wie ein Kaninchen.

»Langsamer, Kostja«, sagte Vera. »Du bist so ungeduldig. Warst du immer schon.«

Vor dem Brot hatte Konstantin sich einen halbstündigen Vortrag über Nahrungsergänzungsstoffe und Vitaminmangel angehört. Sie hatte ihm drei Faltblätter gegeben, die aussahen, als habe sie ihr die Scientology-Sekte dagelassen. Seine Tante Vera verwandelte sich in eine Quacksalberin. Sie war, soweit Konstantin wusste, eine gute Gastroenterologin gewesen, Stadtbezirksärztin von Treptow mit erstklassigen Beziehungen in die Ostberliner Kulturszene. Künstler hatten nervöse Mägen, im Stalinismus war das noch mal schlimmer. Jetzt verhielt Vera sich wie eine Schamanin. Sie sah, das musste er allerdings zugeben, deutlich jünger aus, als sie war, auch jünger als seine Mutter. Sie betrachtete ihn, als läge er unterm Mikroskop. Das Brot begann wirklich ein wenig süß zu schmecken.

»Das machst du jetzt jeden Tag«, sagte sie. »Statt Schokolade.«
Er nickte.
»Trinkst du Alkohol?«, fragte sie.
»Gelegentlich«, sagte er.
Sie schüttelte den Kopf.
»Deine Mutter hatte eine Phase, in der sie deutlich zu viel getrunken hat. Du weißt das.«
»Ich weiß es nicht, und ich trinke auch nicht deutlich zu viel. Ich trinke mal ein Glas Wein zum Essen«, sagte er.

Das stimmte nicht. Aber er wollte sich nicht von seiner Tante vor sich hertreiben lassen. Sie klopfte so lange auf einem herum, bis man sich nicht mehr wehrte, wenn sie ihre Versionen der Wirklichkeit zum Besten gab. Sie hatte nicht gefragt, warum er mitten in der Woche unangemeldet bei ihr vorbeikam. Abends. Er hatte sie ein halbes Jahr nicht gesehen, und jetzt stand er einfach so vor ihrer Tür. Sie tat so, als habe sie mit ihm gerechnet. Kein Vorwurf, keine Frage. Seine Tante rechnete jederzeit mit Besuch. Sie erwartete ihn geradezu. Es war selbstverständlich, dass man sich für sie interessierte.

Sie war seiner Mutter, ihrer Schwester, nicht unähnlich und dann doch wieder völlig anders.

Vera war dreimal verheiratet gewesen. Ein Pilot. Ein Arzt. Ein Maler. Heute lebte sie allein in einer zu großen Wohnung am Treptower Park. Vier Zimmer, hohe Decken, Stuck, Flügeltüren und vor dem Fenster die Jahreszeiten. Die Wohnung war vollgestopft mit Zeug, das sie in ihrem Leben angesammelt hatte. Signierte Bücher, seltene Schallplatten. Geschenke von ihren Patienten, Schuhe, Mäntel und Hüte, die sie von unter dem Ladentisch bekommen hatte, wie es damals hieß. Sie lebte immer noch in dieser Welt der Gefälligkeiten. Sie hatte einen Herrn Schulz oder Dr. Beckmann, einen Ingenieur, Urologen, Fernsehverkäufer, Gärtner oder Automonteur, der ihr das Gefühl gab, Dinge für sie zu tun, die er für niemanden anderes tun würde. Sie hatte einen Gärtner namens Ralph, der sich um ihren Balkon, ihre Zimmerpalmen und die Bepflanzung ihres Landsitzes in der Uckermark kümmerte, sowie Hermann, der sie mit ihrem zwanzig Jahre alten Audi durch die Gegend fuhr wie ein Chauffeur.

Außerdem hatte sie Juri, einen Sohn, der aus der Ehe mit Max übrig geblieben war, dem Piloten.

Max war vor fünfzig Jahren bei Militärübungen in Kasachstan mit seiner MIG verschollen, verschwunden wie zuvor bereits Veras Vater verschwunden war. Ihr Sohn war noch da. Juri lebte in Prenzlauer Berg, in der Wohnung, in der auch Baba gelebt hatte. Vera hatte ihrer Mutter den Platz im Heim am Park besorgt, wodurch eine Wohnung frei wurde, in die ihr Sohn ziehen konnte. Das war Ende der achtziger Jahre gewesen, soweit er sich erinnerte. Konstantins Mutter behauptete noch heute, dass es ihrer großen Schwester damals vor allem darum gegangen war, ihren hochbegabten, aber schwermütigen Sohn Juri unterzubringen.

Juri hatte Romanistik studiert und eine Zeitlang als Dolmetscher für afrikanische Gastarbeiter in Ostberlin gearbeitet, Mosambikaner, Angolaner. Ende der Achtziger hatte er zwei Karikaturen für ein Flugblatt beigesteuert, das in der Zionskirche verteilt wurde, im Revolutionsjahr hatte er ein paar Monate an verschiedenen Runden Tischen gesessen und Anfang der Neunziger eine algerische Liedermacherin geheiratet, die fünfzehn Jahre älter war als er und – wie sich wenig später herausstellte – bereits mit zwei anderen Männern verheiratet war, einem Ungarn und einem Schweizer. Heute arbeitete Juri, der Spanisch, Italienisch, Russisch, Englisch und ein wenig Arabisch sprach, der eine Schachkolumne im Internet hatte und einen IQ von 150 besaß, als Bürobote in einer großen Charlottenburger Rechtsanwaltskanzlei.

Konstantin hatte seinen Cousin seit zehn Jahren nicht gesehen.

Als Junge hatte Konstantin viel Zeit in der Treptower Wohnung seiner Tante und auf deren Suckower Bauernhof verbracht. Wenn seine Eltern zu Weltreisen aufbrachen, warfen sie ihn bei Vera ab, die allerdings meistens auch nicht da war. Juri und er wurden von Ursula bewacht, einer Haushälterin mit riesigen Brüsten, die Juri behandelte wie ihren Geliebten. Konstantin hatte die verkramte, ungeordnete Welt immer gemocht und auch die Gesellschaft seines Cousins, der zwar zehn Jahre älter war als er selbst, aber dennoch weder bedrohlich noch sonst irgendwie einschüchternd. Juri hatte sich all den Anforderungen, die aus seinen Talenten erwuchsen, sowie dem Ehrgeiz und der Geschäftigkeit seiner Mutter entzogen. Er lief einfach in die entgegengesetzte Richtung. Weg vom Krach, weg von der Karriere, weg von seinen Möglichkeiten.

Er war ein Exzentriker, das war alles, was ihn noch mit seiner Mutter verband.

Heute wirkte Veras Welt nicht mehr schöpferisch, sondern ratlos und verkramt. Es roch auch nicht mehr so exotisch wie damals, als in jeder Ecke riesige Blumensträuße standen, die Patienten und Verehrer seiner Tante abgaben. Rudolf, der Malermann seiner Tante, war ein experimentierfreudiger Koch gewesen, die Gerüche seiner Gerichte hingen tagelang in der Wohnung. Die Männer waren weg, das Leben seines hochbegabten Cousins versandete, und seine Tante Vera wirkte körperlich gesund, aber seltsam haltlos. Er spürte in diesem Chaos keinen Anfang, an dem er die Geschichte packen könnte, mit der er sein eigenes Leben besser verstehen würde. Ein Stoff.

Deswegen aber war er hier. Er wollte wissen, ob er diese Geschichte erzählen konnte. Ob es eine Geschichte gab.

Immerhin musste er keine Fragen stellen.

Seine Tante hüpfte von einem Stöckchen aufs nächste, gerade erzählte sie, wie sie irgendwann in den siebziger Jahren mit Yehudi Menuhin zwei Stunden lang in einem Fahrstuhl im Hotel »Unter den Linden« feststeckte. Menuhin habe die Zeit für verschiedene Yoga-Übungen genutzt, bis dahin habe sie nichts von Yoga gewusst. Aber sie kannte natürlich Menuhins Arbeit, sie liebte ihn für Bartóks Violinsonate 117, Bachs Konzert für zwei Violinen, sagte sie. Sie stand auf, legte sich bäuchlings auf den Teppich, hob Arme und Beine, atmete ein und aus, ein und aus. Dann stand sie wieder auf.

»Die Heuschrecke«, sagte Vera. »Kräftigt Rücken und Gesäßmuskulatur.«

Konstantin wusste nicht, wie groß Yehudi Menuhin gewesen war, bezweifelte aber, dass im Fahrstuhl des Hotels »Unter den Linden« genug Platz war, um diese Übung korrekt auszuführen. Inzwischen waren sowohl das Hotel als auch der Geiger verstorben, seine Tante redete auch schon wieder über ein Streichquartett, das sie betreute, vier albanische Jungs, drei Brüder und ihr Cousin. Hochtalentiert, allerdings hätten die Eltern kein Gefühl für die Begabung ihrer Söhne. Konstantin hatte das Gefühl, langsam vom Tisch aufzusteigen und wegzusegeln, angetrieben vom unentwegten Gerede seiner Tante.

»Noch Brot?«, fragte sie.

»Danke«, sagte er. »Wie ist eigentlich euer Vater verschwunden?«

Seine Tante hielt inne, sie war nicht groß, aber schien sich in diesem Moment noch zu verkleinern, eine Maus, die sich bei Gefahr in sich zurückzog. Sie verstand nun den Grund für seinen Überraschungsbesuch, vielleicht hatte sie ihn auch von Anfang an verstanden. Instinktiv. Sie hatte ihn gefüttert und unterhalten, um nicht von ihm überrumpelt zu werden.

»Das weißt du doch«, sagte sie.

»Ich kenne eure Geschichte.«

»Welche Geschichte?«

»Baba hat ihn in Sorau einem russischen Lazarettzug anvertraut, der von Schlesien nach Berlin aufbrach, wo er allerdings nie ankam. Sie hat ihm den Familienschmuck und ein paar Pelze mitgegeben, und vermutlich haben ihn die Soldaten deshalb auf der Reise umgebracht«, sagte er.

»Erzählt das Maria?«

»Ich dachte, das sei die Version der Familie. Eure Version.«

»Unsinn«, sagte Vera und wuchs wieder. »Papa ist in Berlin angekommen. 1946.«

»Wieso erst '46?«

»Er ist ja auch erst '46 losgefahren. Wir waren bis 1947 in Sorau, weil Mama für die Stadtkommandantur der Roten Armee übersetzt hat.«

»Das wusste ich nicht.«

»Du weißt einiges nicht, wie mir scheint«, sagte sie. Größer als zuvor, Herrscherin über die Familiengeschichte.

»Deswegen bin ich ja hier«, sagte Konstantin, der jetzt mausegroß war.

»Weshalb bist du hier?«

»Um diese Dinge herauszufinden.«

»Und was willst du damit?«

»Ich will sie wissen. Es ist ja auch irgendwie meine Geschichte«, sagte Konstantin. Von einem Filmprojekt erzählte er nichts. Er hatte keine Ahnung, ob es eines geben würde, und er wusste nicht, ob seine Tante unter diesen Umständen weiterreden würde. Wenn es eine Gemeinsamkeit zwischen den Schwestern gab, dann war es ihre Paranoia. Sie misstrauten jedem, vor allem aber einander. Wenn sie miteinander sprachen, am Telefon, klang es, als redeten sie mit dem Verteidigungsministerium einer dunklen Weltmacht.

Vera stand auf, öffnete die Tür zu einem schmalen Schrank, der mit Plastikdosen und -tüten gefüllt war, nahm zwei Dosen heraus und schüttete aus jeder etwas in eine Schale, vermischte es und stellte es auf den Tisch. Es sah aus wie Vogelfutter.

»Das sind Leinsamen und Paranusssplitter«, sagte sie. »Gut für die Verdauung.«

»Genau das, was ich jetzt brauche«, sagte er.

»Beobachtest du deinen Stuhl?«, fragte sie.

»Stundenlang«, sagt er. »Ist es nicht das, wofür wir Deutschen bekannt sind? Autos, Kriege, Stuhlbeobachtung.«

»Ich bin in Leningrad geboren«, sagte Vera.

»Darüber können wir später reden. Was ist denn mit deinem Vater passiert in Berlin, 1946?«

»Er ist dein Großvater«, sagte sie.

»Ja«, sagte er.

»Nicht nur mein Vater.«

»Ja, aber ich kenne ihn nicht. Deswegen frage ich ja.«

»Was denkst du denn?«, fragte sie. »Wahrscheinlich ist er ein bisschen rumgelaufen, hat sich das Chaos angesehen und hat sich dann aus dem Staub gemacht.«

»Und wohin?«

»Wenn ich das gewusst hätte, hätte ich ihn zurückgeholt.«

»Aber er hatte doch eine Frau und fünf Töchter«, sagte Konstantin.

»Eben«, sagte sie.

Sie rührte mit einem Teelöffel in den Körnern herum.

»Seine Frau war Russin«, sagte sie. »Die Russen hatten den Osten besetzt, und es war abzusehen, dass er im Westen mehr Perspektiven haben würde. Er war Nazi, weißt du, oder jedenfalls Mitglied der NSDAP. Und es waren auch nur noch vier Mädchen, Anna war ja '44 gestorben. Er war krank und schwach und allein, was weiß ich. Und seine Familie hat Sorau ja schon '45 verlassen. Keine Ahnung, wo die hingegangen sind. Vielleicht nach Amerika oder Argentinien. Vielleicht ist er ihnen gefolgt. Auf jeden Fall ist er in den Westen gegangen.«

»Und woher weißt du das?«, fragte Konstantin.

»Von einer Patientin. Sie hat ihn gesehen«, sagte Vera.

»Wo denn und wann?«

»Ich weiß nicht, ich hab's vergessen. Es ist auch egal. Es ist vorbei. Ich habe lange gebraucht, aber irgendwann habe ich verstanden: Er ist es nicht wert. Alles, was du wissen musst, findest du in der Geschichte von Baba.«

»Weil wir dann keine Nazis in der Familie haben, oder was?«

»Vater hat mich mal ein jüdisches Kuckuckskind genannt, weißt du. Wir saßen in der Badewanne, und ich sah ja anders aus als meine Schwestern. Dunkler. Und da hat er uns angesehen und gesagt: Du bist mir untergeschoben worden.« Sie sah ihn an. Ihre Augen füllten sich mit Tränen. Er dachte an den gestiefelten Kater aus dem Disneyfilm. Vera, so hieß es, war in ihrer Jugend eine begnadete Schauspielerin gewesen. Die Schauspielschule soll Baba angefleht haben, sie freizugeben. Aber Baba wollte eine Ärztin.

Er nahm einen Löffel Körner und schüttete sie in seine Handfläche. Es schmeckte auch wie Vogelfutter. Man konnte schön darauf herumkauen. Man musste nicht reden. Seine Tante nickte ihm zu. Ein Lächeln unter Tränen. Er glaubte nichts. Sie hatte ihren Vater aus dem Familienfoto geschnitten wie verbitterte geschiedene Frauen ihre Männer.

»Wenn Leute mir erzählen wollten, wie einfach das Leben ist, wie geradlinig, habe ich ihnen gesagt: Das Leben ist nicht geradlinig. Niemand ist einfach. Mein Vater war Mitglied der NSDAP, meine Mutter war im sowjetischen Komsomol«, sagte Vera und wackelte mit dem Kopf wie ein Buddha.

Er nickte und kaute.

»Baba war im Komsomol?«, fragte er.

»Selbstverständlich«, sagte Vera und lächelte. Sie sah sich eher in dieser Tradition, die ganze Familie hatte sich in dieser Tradition gesehen. Er selbst eingeschlossen.

»Warte«, sagte seine Tante, sie verließ den Tisch, lief durch eine der Flügeltüren davon. Er hörte es im Bauch der Wohnung rumpeln. Mein Opa war ein Nazi, dachte Konstantin.

Vera kam mit einem klobigen Kassettenrekorder und einem Pappkarton zurück.

»So«, sagte sie.

Konstantin kaute. Die Körner in seinem Mund schienen sich auf wundersame Art zu vermehren.

»Ich hatte ja auch das Gefühl, dass ich zu wenig weiß, dass ich keine Fragen gestellt habe. Man merkt das ja oft zu spät. Deshalb habe ich ein paar Gespräche mit Baba aufgenommen. Am Ende«, sagte sie.

»Du hast deine Mutter interviewt?«, sagte Konstantin.

»Interviewt ist zu viel gesagt. Ich habe ihr ein paar Fragen gestellt.«

Sie nahm eine Kassette aus dem Pappkarton und schob sie in den Rekorder. Die Kassette lag ganz oben in der Schachtel. Sie hatte sich vorbereitet. Vera wusste immer, was sie tat. Sie war immer einen Schritt voraus, dachte Konstantin.

Man hörte ein Knistern, ein Seufzen.

»Und, tut das gut, Mama?«, fragte eine Frau, seine Tante Vera.

»O ja, sehr gut«, sagte eine zweite Frauenstimme. Das rollende R. Babas Stimme.

Vera stoppte das Band.

»Ich habe ihr damals die Füße gewaschen. Sie liebte das«, sagte Vera. Sie lächelte. Dann ließ sie das Band weiterlaufen.

»Du hast ganz zarte Füße. Wie eine junge Frau«, sagte Vera.

»Jaja«, sagte Baba. »Man muss auf die Füße achten. Sie tragen dich durch ganzes Leben.«

Vera lachte, Konstantin fühlte sich unwohl, als belausche er ein Frauengespräch, das in Bereiche vordringen würde, die er nicht kennenlernen wollte, schon gar nicht bei seiner Großmutter.

Es plätscherte.

Baba sagte: »Du bist meine beste Tochter, du weißt es.«

Vera gurrte.

»Ich liebe alle meine Kinder, aber du bist die Beste. Du bist Ärztin. Du kümmerst dich um Patienten, ich weiß das, aber du vergisst nie deine Mutter.«

»Niemals, Mama«, sagte Vera.

Konstantin sah seine Tante an, die versonnen lächelte. Keine Scham, keine Verlegenheit. Womöglich wollte sie ihm beweisen, wie gut sie sich um ihre Mutter gekümmert hatte. Vielleicht war das alles, was sie an der Familiengeschichte interessierte.

»Was ist das für Gerät?«, fragte Baba.

»Ein Kassettenrekorder. Ein Tonband. Ich würde gern ein paar Erinnerungen haben«, sagte Vera.

»Wofür?«, fragte Baba.

»Für später«, sagte Vera.

»Erinnerungen lügen«, sagte Baba. Dann war ein paar Sekunden Ruhe. Konstantin überlegte, ob seine Tante das Band manipuliert hatte. Aber im Hintergrund plätscherte es weiter. Der Satz hing in der Luft. Ein wahrer Satz, ein klärender Satz auch. Ein Strich unter die Geschichte.

»Was willst du wissen?«, fragte Baba.

»Zum Beispiel, wie du Papa kennengelernt hast«, sagte Vera.

»Oh«, sagte Baba. »Ich habe ihn mir genommen. Es war in Rescheticha, in Netzfabrik. Ich war Sekretärin dort. Eines Tages sagte Direktor, ein Deutscher kommt, und du bist zuständig, Jelena Viktorowna. Ich war ja die Tochter von Viktor Krasnow, ein Revolutionär. Du weißt ja, was mit meinem Papa passiert ist. In Gorbatow?«

»Ja«, sagte Vera. Ihre Stimme klein, wie die eines Kindes, Enkeltochter eines Freiheitskämpfers. Sie trug den Staffelstab der Revolution in eine Zukunft. »Sie haben ihm einen Holzkeil ins Herz geschlagen.«

»War erste Erinnerung in meinem Leben.«

Wieder war für einen Moment Ruhe, wahrscheinlich musste

sich Baba sammeln. Ihre Geschichte zusammenzurren. Erzählbar machen für ihre Tochter, die beste Tochter von allen. Eine Geschichte, die sie ihr zumuten konnte.

»Nun, ich habe die Zimmer vorbereitet, in denen Robert F. Silber unterkam. Er schlief in der Fabrikantenvilla des Werkes. Ein schönes Haus.«

»Mutti?«

»Ja.«

»Wofür stand eigentlich das F. in Papas Namen?«

»Weißt du, ich habe nie gefragt. Jedenfalls war Villa sehr schön, aber schlecht eingerichtet. Ich habe renoviert, gesäubert, neue Gardinen gekauft. Es sah aus wie Schmuckstück. Ich glaube, in dem Moment habe ich gedacht, ich will auch so leben.«

»Ja«, sagte Vera.

Konstantin sah seine Tante an. Sie zuckte mit den Schultern. Wahrscheinlich hoffte sie auf eine romantischere Geschichte. Es klang so, als habe sich ihre Mutter in ein Haus verliebt und nicht in einen Mann. Vielleicht merkte Baba das selbst.

»Als er dann erschien auf Fabrikhof, ich habe gedacht, den hole ich mir. Und das habe ich gemacht. War historische Nacht, weißt du?«

»Lenin starb«, sagte Vera. Es klang wie eine Zeile aus einem Pioniergedicht.

»Ja«, sagte Baba. »In Nacht, als Lenin starb. Er war sehr gepflegter Mann, dein Vater, roch auch gut.«

»Was hat deine Familie gesagt?«

»Sie hatten eigene Sorgen. Mutter hatte neuen Mann, neue Kinder. Sie zogen später um. Nach Perm. Ist in Ural. Und Pascha, mein Bruder, war ja schon weggezogen. Und wir zogen ja dann auch um. Nach Moskau, wo Larisska geboren wurde.

Schöne Wohnung an Poljanskaja-Straße. Später zogen wir dann nach Leningrad, wo du geboren bist, Verotschka. Vater hat in große Textilfabrik gearbeitet. Hieß Rotes Banner.«

»Ich war doch da, Mama, mit dem Freundschaftszug«, sagte Vera.

»Aber wann war das?«

»Mitte der fünfziger Jahre.«

»Nun, war andere Zeit in dreißiger Jahre.«

Konstantin hätte interessiert, was sie damit meinte. Ob es besser war in den Dreißigern oder schlimmer, aber sie gingen nicht darauf ein.

»Hast du sie denn wiedergesehen, deine Familie?«

»Ich hab Antrag gestellt und hatte auch, wie sagt man, Bürgen, aber ich durfte nicht mehr zurück. Nicht nach Perm und nicht nach Gorki. Waren beide gesperrte Städte. Wegen Waffenproduktion. Ich habe Familie von Oleg gesehen, jüngere Halbbruder. Das war in sechziger Jahren. Er war Trinker. Kein guter Mann mehr.«

»Und deine Mutter? Sina? Hast du die wiedergesehen, Mama?«

»Nein. Nie. Sie ist ja mit Familie und diesem Mann nach Osten gezogen. Dort ist sie gestorben. Hat Oleg gesagt, als ich ihn sah. Das war in Moskau. Oleg lebte in Moskau. Er arbeitete mit Flugzeugen. Und, sagte ich schon, trank viel. Wie sein Vater.«

»Kanntest du denn seinen Vater gut?«

»Mehr als gut. Furchtbarer Mann. Alexander Petrowitsch. Taugenichts. Faulpelz. Lump.«

»Und Pascha, dein Bruder, was ist aus dem geworden?«

»Nun Pascha. Pascha verschwand später.«

»Aber er hat uns doch besucht in Berlin«, sagte Vera.

»Ja?«

Konstantin hörte das Band knattern. Es raschelte und knisterte, er stellte sich vor, wie seine Großmutter aus dem Fenster sah, auf die Bäume, die die kleine Prenzlauer Berger Straße säumten, ihre müden, aber gepflegten Füße im Wasserbad. Sie hatte kleine Füße, soweit er sich erinnerte, kleine, weiße Füße, die in farbenfrohen Hausschuhen steckten, die sie unentwegt strickte. Hausschuhe und Topflappen hatte sie gestrickt. Und Eierwärmer. Er hörte die Stille und dachte, dass Baba versuchte, sich an den Besuch ihres Bruders Pawel in Berlin zu erinnern. Oder ihn zu vergessen. Er hatte nie von Pawel gehört, nie von Alexander Petrowitsch. Seine Großmutter war aus einem schwarzen Wald in sein Leben getreten. Er hatte keine Ahnung, was sie hinter sich gelassen hatte. Alexander Petrowitsch, der Taugenichts. Oleg, der Trinker. Figuren, die klangen, als entstammten sie einem Roman von Dostojewski. Er hatte Schwierigkeiten, sich auf das Tonband zu konzentrieren. Wie sollte er eine Geschichte erzählen, die in dieser fremden Welt spielte. Die Müdigkeit zog an ihm. Er wäre gern ins Kino gegangen, um einen Film zu sehen, der ihn in eine andere, überschaubare Welt entführte, er hätte gern einen Schnaps getrunken oder eine Zigarette geraucht.

»Pascha hat mit uns ein Baumhaus gebaut in Dahlem. Im Krieg«, sagte dann Veras Stimme von der Kassette.

»Muss kurz vor Krieg gewesen sein«, sagte Baba.

»Es war in Dahlem, wir hatten diesen großen Garten. Unsere Kindermädchen hießen Rosalind und Traudl.«

»Ich weiß. Kurz vor Krieg oder am Anfang. Wir sind dann zurück nach Sorau. Es war das letzte Mal, dass ich ihn sah«, sagte Baba.

»Weißt du denn, was aus ihm wurde?«, fragte Vera.
»Nein«, sagte Baba.
»Aber er war doch der einzige Bruder, den du hattest.«
»Ja«, sagte Baba, machte eine Pause und sagte: »Pascha kannte Lenin, weißt du.«
»Ja, Mama«, sagte Vera. Die Stimme klein und andächtig. Das Band knisterte.
Sie sah ihn an, zuckte mit den Schultern. Lenin. Konstantin begann, das Prinzip zu verstehen, mit dem seine Großmutter ihre Familiengeschichte in die Zeiten einordnete. In den Zeiten verschwinden ließ. Man kann nicht alles verstehen. Man muss nicht alles wissen. Manche Dinge sind zu groß für euch.
Danach führte Baba das Gespräch zu Veras Schwestern. Sie klagte über die Stimmungsschwankungen und den Eigennutz von Maria, Konstantins Mutter. Sie wunderte sich darüber, wie Lara, die Älteste, Egon ertrug, ihren furchtbaren Ehemann. Sie bejammerte das unstete Leben von Katarina, Katja, Katinka. Die verheirateten Männer an ihrer Seite. die Kinderlosigkeit, der Eigensinn. Konstantin fühlte sich unbehaglich, illoyal seiner Mutter gegenüber, was ihm nicht oft passierte. Er hatte auch Tante Katja immer gemocht, die hier so schlecht wegkam. Vera schnatterte in die Klagen ihrer Mutter hinein wie ein Mädchen, das sich ein Kleid aussuchen darf. Sie sang mit ihr. Sie war das Lieblingskind und genoss es.
Am Ende verstaute seine Tante die Kassette wie eine Kostbarkeit.
»Was hat Pascha denn kurz vor dem Krieg in Berlin gemacht. Ein Kampfgefährte von Lenin bei den Faschisten?«, fragte Konstantin.
»Ich habe keine Ahnung. Ich weiß es einfach nicht. Ich kann

höchstens fünf gewesen sein oder sechs. Was es noch unerklärlicher macht, ist, dass er in meiner Erinnerung eine deutsche Uniform trug. Er sprach russisch mit meinen Eltern, aber die Uniform war deutsch. Sicher bilde ich mir das nur ein. Weil ich mir das alles selber nicht erklären konnte. Ich war ja erst drei, als der Krieg begann.«

»Das passt doch alles nicht zusammen«, sagte Konstantin.

Vera sah ihn an.

Draußen rollten Autos auf drei Spuren Richtung Südosten.

»Mein erster Mann, Max, Juris Vater, hat die Familie in Moskau besucht. Oleg und seine Schwester. Er wollte auch Pascha besuchen und Sina, meine Großmutter in Kasachstan. Aber dann ist er ja dort abgestürzt«, sagte sie.

»Hat Baba nicht gesagt, ihre Mutter sei nach Perm gezogen?«

»Ja, aber sie war auch ein paar Jahre in Kasachstan, glaube ich. Sonst hätte Max sie ja nicht dort besuchen wollen.«

»Hat er sie denn vorher noch sehen können, Pascha und Sina und diesen Taugenichts, Alexander Petrowitsch?«

»Keine Ahnung. In seinem letzten Brief stand nichts davon«, sagte Vera.

»Wenn es denn der letzte Brief war«, sagte Konstantin.

»Was meinst du denn damit?«

»Sie haben doch Max und seine Maschine nie gefunden«, sagte er.

»Kasachstan ist riesig«, sagte Vera. Sie fegte Krümel auf der Tischdecke zusammen, nun selbst bemüht, die unerklärbare Geschichte zu befrieden, in der auch Max verschwunden war.

»Wie geht's eigentlich Juri?«, fragte Konstantin.

»Wenn ich das wüsste«, sagte Vera. »Er redet seit einem Jahr nicht mehr mit mir, weil ich zwei Pappeln in Suckow habe absägen lassen.«

»Pappeln«, sagte Konstantin.

»Ja, du hättest sehen müssen, wie windschief die bereits waren. Herr Kretzschmar hat mir mehrfach gesagt, dass die Bäume eine Gefahr für unser Haus darstellen. Die Stürme werden ja schlimmer, du weißt. Wir hatten im letzten Jahr die schlimmsten Stürme, seit ich denken kann. Und sie kommen früher. Die Umweltpolitik versagt, da bin ich mir ja einig mit Juri, aber die Pappeln waren nicht zu retten.«

»Wer ist denn Herr Kretzschmar?«, fragte Konstantin.

»Oh, er hat früher beim Rat des Kreises gearbeitet, ein netter Mann. Ich habe seine Frau behandelt.«

»Frau Kretzschmar.«

»Ja. Sie ist vor ein paar Jahren verstorben. Bauchspeicheldrüse. Es ging ganz schnell. Er hilft manchmal im Garten, er hat einen Geländewagen und kennt Leute im Forst. Sie haben die Bäume zerlegt. Ich benutze sie als Feuerholz.«

»Und was hat Juri dagegen?«

»Er hängt an jedem Baum Er ist mit den Bäumen groß geworden, sagt er. Er sagt, man kann die Verantwortung nicht an die Politik delegieren, es fängt bei uns selbst an. Ich finde, er hat recht. Grundsätzlich. Aber ich will mich nicht von einem Baum erschlagen lassen, nur um meiner Verantwortung für die Weltgesundheit gerecht zu werden. Er hat mich eine Baummörderin genannt.«

»Oh«, sagte Konstantin.

»Ja«, sagte Vera. »Du hast ihn lange nicht gesehen, oder?«

»Das letzte Mal war er noch mit Hanin zusammen, glaube ich.«

»Es ist nicht besser geworden. Er hat jetzt ein Hausboot mit Elektromotor. Ich habe ihm das Geld gegeben. Wenn ich könnte, würde ich ihm das Ding wieder wegnehmen. Er verbringt jede freie Minute auf dem Boot. Meistens in Mecklenburg. Er kam sowieso kaum noch nach Suckow, auch nicht, als die Pappeln noch standen, er fährt ja kein Auto. Er läuft, oder er fährt mit dem Elektroboot. Stundenlang läuft er. Oft barfuß. Wie ein Wilder. Er redet viel von Wasservögeln.«

»Aber er arbeitet noch in der Kanzlei?«

»Jaja. Reinhardt & Fiedler. Gute Leute. Sie wollen ihn fördern, weil sie ja sein Potential sehen. Er spricht jetzt auch Hebräisch. Spanisch, Französisch, Russisch, Englisch. Und jetzt auch Hebräisch. Herr Reinhardt war schon zweimal bei mir, um zu beraten, was sie mit diesem hochbegabten Boten machen können. Aber Juri verweigert sich allem. Er hat eine Schachkolumne im Internet. Wusstest du das?«

»Ja«, sagte Konstantin. »Erstaunlich.«

»Und du?«, fragte Vera.

»Ich spiele nicht mal Schach.«

»Hör doch auf.«

»Womit?«

»Ich hatte einen spöttischen Ehemann. Das war der schlimmste von allen.«

»Du musst mich ja nicht heiraten.«

»Redest du noch mit deiner Mutter?«

»Ich versuche es«, sagte Konstantin. »Papa ist im Heim, weißt du?«

»Ach«, sagte Vera. »Warum?«

»Ich weiß nicht. Er hat Schwierigkeiten, sich zu orientieren. Mama nennt es *die* Krankheit.«

»Es gibt verschiedene Stufen, Kostja. Das, was du siehst, ist nicht das, was der Mensch sieht, der mit dem Dementen zusammenlebt. Glaub mir. Es ist schwer für deine Mutter. Dein Vater war ja nicht mal als gesunder Mann eine große Hilfe. Er war doch ständig in irgendwelchen Fuchsbauen.«

»Habt ihr denn mal darüber geredet? Hat sie dich um Rat gefragt?«

»Deine Mutter fragt niemanden um Rat, schon gar nicht mich«, sagte Vera.

»Er ist in Babas Heim, am Bürgerpark.«

»Ein erstklassiges Haus«, sagte Vera, als sei ihre Mutter am Ende ihres Lebens im Waldorf Astoria abgestiegen.

Sie hat ein schlechtes Gewissen, dachte Konstantin. Vera lächelte. Er mochte seine Tante. Sie würde hundert Jahre alt werden, aber nicht ruhig.

»Du kannst ihn ja mal besuchen«, sagte er.

»Ich würde ihn lieber so in Erinnerung behalten, wie er war«, sagte sie.

»Wie war er denn?«

»Außerdem würde ich ungern erklären, wer ich bin«, sagte Vera.

Konstantin fühlte sich seinem Cousin Juri plötzlich sehr verbunden. Sein Vater spielte in seinem Leben die Rolle, die die Pappeln im Leben seines Cousins spielten. Seine Mutter hatte ihren Mann gefällt, bevor er ihr auf den Kopf fallen konnte. Ihre Mütter kontrollierten ihr Leben, und sie wollten, dass sie das spürten. Sie wollten, dass es weh tat. Es floss ein Gift durch die Adern der Frauen. Niemand redete miteinander, jeder hockte in seinem Schützengraben. Er sollte sich mit Juri treffen, dachte Konstantin.

Auf der Straße kaufte er sich bei einem Vietnamesen eine Schachtel Zigaretten. Rote Marlboro. Die hatte er früher geraucht, vor zwanzig Jahren. Er riss die Packung noch nicht auf. Er wollte sie nur dabeihaben, wenn er sie brauchte.

9

LENINGRAD
SOMMER 1936

Jelena saß bei ihren Töchtern, als sie einen Schuss hörte. Lara sah sie an, die Augen blau und voller Angst. Veras Augen waren braun und ahnungslos. Vera war ein Jahr alt, sie wusste zu wenig, um Angst zu haben. Es fiel ein weiterer Schuss. Dann ein dritter.

Vera war ein dunkler Typ. Die Augen, ihre Haare, auch ihre Haut. Dunkler als Jelena sowieso, aber auch dunkler als Robert. Jelena sagte allen, dass die Farbe in Italien angemischt worden war, dem Land, aus dem Roberts Mutter stammte und von dem Jelena nur vage Vorstellungen hatte. Veras Haut war so dunkel wie die von Roman, der aus Georgien kam und Jelena im Tennis unterrichtete. Ein Sport, den sie nicht mochte und auch nicht beherrschte, aber benötigte, wie Robert ihr mehrfach erklärt hatte. Tennis war der Sport, der ihrem gesellschaftlichen Status entsprach, sagte ihr Mann, ein Sport, bei dem sich Leute aus verschiedenen Systemen treffen konnten, ohne Aufsehen zu erregen. Ein Diplomatensport, ein Agentensport wahrscheinlich. Jelena wusste nicht, wie der gesellschaftliche Status genau aussah, dem sie entsprach, und sie hatte die Hoffnung aufgegeben, es je zu erfahren.

Sie mochte Tennis nicht, aber sie mochte Roman. Ein Mann,

der ihren Vorstellungen von Italien am nächsten kam. Romans Haut war braun und glatt. Genau wie die von Vera.

Wieder ein Mädchen, aber ein anderes.

Jelena hörte Schritte, die sich auf dem langen Flur näherten. Die Schritte eines Mannes, der in Eile war. Es war vormittags, sie war mit den Mädchen allein. Nadja war in Moskau geblieben. Hier in Leningrad hatten sie kein Kindermädchen, das bei ihnen wohnte. Sie hatten eine Haushaltshilfe, die zweimal in der Woche kam, und Ludja, eine Sechzehnjährige, die an den Nachmittagen half. Robert hatte ihr erklärt, dass es besser so war. Jelena hatte nicht nachgefragt, weil sie ihn nicht beschämen wollte. Vielleicht reichte das Geld nicht mehr für eine volle Kraft. Sie hatte keine Ahnung, wie sie standen, finanziell gesehen. Robert arbeitete jetzt bei »Rotes Banner«, einer der bekanntesten Textilfabriken des Landes. Ihre Wohnung aber war kleiner als die in Moskau. Robert trank noch mehr, sein ganzes Wesen wurde russischer, derber. Sein Parfüm machte ihn nicht mehr aus, es tarnte ihn, notdürftig. Sie roch den Schweiß und den Schnaps und das schwere Essen unter der Hülle. Robert fragte nicht mehr, was sie wollte, er nahm sich, was er wollte. Früher war er unsicher gewesen, tapsig, jetzt war er mechanisch und wütend. Er tat ihr weh. Er entschuldigte sich, wenn er es merkte, auf Russisch. Sie schob es auf die Männer, die ihn umgaben, Männer, die keine Ingenieure waren, das stand fest. Robert selbst wirkte nicht mehr wie ein Ingenieur.

Als sie ihn nach seiner Arbeit in der Fabrik fragte, erzählte er ihr, dass »Rotes Banner« von einem deutschen Architekten gebaut worden war, der auch schon in Deutschland große Textilfabriken gebaut hatte. Mendelsohn. Sie kannte Mendelsohn nicht, den berühmten Architekten, sie wusste so wenig. Sie sehnte sich manchmal nach ihrer Arbeit zurück. Sie hatte keine Kollegen mehr. Nur noch die Mädchen. Und Robert. Er war ihr Zugang zur Welt. Er redete nicht über Details, er redete über Symbole, Zusammenhänge, Verhältnisse. Er redete lieber über die Zukunft und die Vergangenheit als über die Gegenwart. Er redete wie die Parteisekretäre. Wir schaffen die moderne sozialistische Fabrik, sagte er. Wegen der, so schien es, waren sie überhaupt nach Leningrad gezogen. Sie hatte schon in Rescheticha von »Rotes Banner« gehört, dem märchenhaften Zukunftswerk am Ufer der Newa. Seit damals wusste sie auch, dass man nicht fragte, wenn es um das Große und Ganze ging. Man verstand. Man ertrug den Druck.

Das Haus, in dem sie lebten, war kein Ort des Rückzugs. Es war ein Ort, an dem man spürte, dass man etwas zu verlieren hatte. Ein Haus wie ein untergehendes Schiff. Es gab hohe Decken, lange Flure, ein Foyer wie in einem vornehmen Hotel. Künstler wohnten hier, Musiker, Schriftsteller, Direktoren und Professoren. Menschen, die alte, aber elegante Mäntel trugen und gute Schuhe, die den Zeiten trotzten. Menschen, deren Kleider in einem Maße fadenscheinig wurden, in dem ihr Einfluss nachließ. Manchmal verschwand jemand. Die Nachbarn taten so, als sei er nie da gewesen.

Jelena und Robert wohnten mit ihren Töchtern in der zweiten Etage, wo die Decken am höchsten waren. Im vierten Stock, wo es kleinere Wohnungen gab und niedrigere Decken, hatte bis vor kurzem ein deutscher Schriftsteller gewohnt, ein geflohener Kommunist, mit dem sich Robert gelegentlich unterhalten hatte. Robert kannte kein Buch des Mannes, sagte er, und er mochte ihn auch nicht. Aber er vermisste die deutsche Sprache. Er war ein anderer Mann, wenn er seine Muttersprache sprechen konnte, ein vollständigerer und auch gelassenerer Mann. Der Schriftsteller, Walter, war seit drei Wochen weg.

Vielleicht ist er nach Hause gefahren, hatte Jelena gesagt.

Ja, hatte Robert geantwortet.

Zwei Buchstaben, die auf ihre Sorgen gefallen waren wie eine Grabplatte. Er verhielt sich wie die Nachbarn, ihr eigener Mann. Es war kein Gespräch mehr möglich, nicht mal in ihrer Wohnung. Er will mich schützen, sagte sich Jelena. Je weniger man wusste, desto besser.

Die Schritte auf dem Flur stoppten vor ihrer Zimmertür. Der Mann war da. Er wartete einen Moment, als wolle er Jelena daran erinnern, wie lebensentscheidend es für sie war, wer die Tür öffnete. Sie spürte die Eile des Mannes durch die Tür, selbst jetzt, da er stand. Sie spürte das Zittern seiner Hand auf ihrer Klinke.

Jelena sah ihre Töchter an. Ihre Töchter sahen sie an. Sie verstand ihre Rolle als Mutter so deutlich wie nie. Sie war der einzige Halt, den die Mädchen hatten. Sie würde sie nicht der Angst überlassen, der Ohnmacht, der Ahnungslosigkeit, die sie umhüllte wie Nebel. Sie würde ihnen ein Halt sein. Sie würde ihnen eine Geschichte erzählen, die sie verstehen und mit der sie leben konnten. Darum ging es: Teil einer Erzählung zu sein, die man nachvollziehen konnte. Sich einzureihen in eine Familie, die einen Sinn ergab, umgeben von Figuren, die einem vertraut waren.

Die Tür ging auf.

Ein Mann, natürlich. Es war der Mann, der behauptete, Pascha zu sein. Der Mann, der Jelenas Erinnerungen an ihren Bruder nicht entsprach und natürlich dennoch ihr Bruder hätte sein können. Jelena entschied sich noch einmal dafür, diesem Mann zu vertrauen. Es war ihr Bruder, sagte sie sich, als die Tür aufging. Der Junge, der sie einst durch einen finsteren Wald geführt hatte. Sie hatte ihn seit Monaten nicht gesehen. Das letzte Mal hatten sie sich in Moskau getroffen, wo er arbeitete, wie er sagte. Wie Robert sagte. Er trug einen seiner schlechtsitzenden Anzüge, ein Parteiabzeichen am Revers und eine Pistole in der Hand. Jelena glaubte, Pulverdampf zu riechen. Lara weinte, Vera schaute interessiert.

»Pascha«, sagte Jelena.

»Es ist so weit«, sagte der Mann.

»Gut«, sagte Jelena, obwohl sie nicht wusste, was der Satz bedeutete. Sie hatte mit niemandem über einen Ernstfall geredet. Sie musste irgendjemandem vertrauen. Sie vertraute ihm. Pascha. Es war soweit.

Pascha nahm Lara auf den Arm, sie weinte leise. Jelena hob Vera aus ihrem Kinderbett. Sie liefen den langen Flur hinunter, vorbei an den Fotografien, die dort hingen. Die Bilder zogen vor Jelenas Augen vorbei, als würde sie ertrinken. Die meisten zeigten die Oka. Im Sommer, im Frühling, im Herbst und im Winter. Robert war ein begeisterter Fotograf. Eine Leidenschaft, die erloschen war. Sie versuchte, sich die Bilder einzuprägen, es war der Fluss, der sie aus ihrem alten Leben hinausgetragen hatte. Herausgespült, so schien es ihr nun. Nur die Gebeine ihres Vaters lagen noch in Gorbatow. Ihre Mutter und ihre Halbgeschwister lebten im Ural. Jelena öffnete die Briefe der Mutter nicht mehr. Sie ahnte, was darin stand. Auf einem Bild sah man Jelena im Fluss baden. Sie erinnerte sich daran, wie Robert mit seiner Kamera auf dem kleinen Strandstück gestanden hatte, zu dem sie im Sommer fuhren. Alexander Iwanowitsch Gurjew, der Krebs, hatte ihnen Schwimmen beigebracht. Sie hatten die historische

Mission der Arbeiterklasse bei ihm gelernt und wie man im Wasser überlebte.

Am Ende des Flurs trafen sie einen Mann, der zwei Koffer aus der Ankleidekammer trug, in der Diele standen ein weiterer Mann mit einem schmalen Aktenkoffer, sowie zwei Kisten, die mit Papieren gefüllt waren. Obenauf erkannte Jelena die Urkunde, die ihr Mann Robert damals mit nach Rescheticha gebracht hatte, die Urkunde der deutschen Handelskammer, auf die die Genossen der Netzfabrik so stolz gewesen waren, weil sie der jungen Sowjetmacht bescheinigte, ein verlässlicher Partner zu sein. Jelena sah nicht, wo die Schüsse gefallen waren und wen sie getroffen hatten, und sie wollte es auch nicht wissen. Je weniger sie wusste, desto größer war ihr Spielraum. Vielleicht hatte sie sich alles nur eingebildet.

Sie fragte nicht nach ihrem Mann.

Sie verließen die Wohnung. Pascha steckte die Pistole in ein Halfter, das er unterm Jackett trug. Jelena lief auf den Fahrstuhl zu, aber Pascha nickte zum Treppenhaus. Sie folgte ihm, wortlos. Auch die Mädchen schwiegen. Im Foyer stand ein weiterer Mann, der offenbar zu ihnen gehörte. Er öffnete die Tür zur Straße, wo ein Wagen auf sie wartete. Die Männer verstauten das Gepäck im Kofferraum. Jelena setzte sich mit Vera in den Fond des Wagens. Pascha lud Lara an ihrer Seite ab, redete mit den Männern, dann kam er zu ihnen nach hinten. Der Mann, der im Foyer auf sie gewartet hatte, nahm auf dem Fahrersitz Platz und startete das Auto. Auf dem Bürgersteig näherte sich das ältere Ehepaar aus dem dritten Stock, die Kafelnikows. Er, Fjodor Iwanowitsch, war Musiker, Pianist. Jelena hörte ihn manchmal spielen, tagsüber. Kafelnikow sah die Männer auf dem Bürgersteig, das fremde Auto, er schaute zu ihnen in den Wagen, sein

Blick war unergründlich. Seine Frau nickte ihnen freundlich zu, als verabschiede sie Jelena und die Kinder in die Sommerfrische.

Sie fuhren. Jelena fragte nicht, wohin.

Vera sah interessiert aus dem Fenster. Pascha legte eine Hand auf die Schulter von Lara, die zwischen ihm und Jelena saß, die andere nestelte an seinem Jackett, auf Pistolenhöhe. Sie fuhren auf schmalen Straßen ans Wasser, bogen am Ufer links ab und fuhren flussabwärts den Primorski Prospekt entlang. Jelena schaute in die Augen des Fahrers im Rückspiegel, wachsame Augen, der Blick eines Tieres auf der Flucht. Sie drehte sich um, sah aber niemanden, der sie verfolgte. Paschas Hand ruhte auf dem Jackett. Wenn er sich einer Brücke näherte, drosselte der Fahrer das Tempo, sah sich um, fuhr weiter, irgendwann machte er kehrt und begleitete die Newa flussaufwärts. Er sucht eine passende Überfahrt, dachte Jelena.

Sie würden die Stadt verlassen.

Jelena sah auf den Fluss. Auch die Newa war nicht so groß wie die Flüsse ihrer Kindheit, aber sie war ernstzunehmender, beeindruckender als die Moskwa, unabhängiger. Ein Fluss, dem man ansah, dass er ins Meer mündete, ein Fluss in die Welt. Sie sahen schon einen Zipfel der Ostsee, dann drehte der Fahrer wieder um, schnell diesmal, der Wagen schlitterte ein bisschen, kippelte. Sie konnte nicht erkennen, vor wem sie flohen, wovor sie wegrannten. Es war ein vertrautes Gefühl.

Es ging wieder flussaufwärts.

Draußen wischten die Fassaden der Stadtpaläste vorbei, hinter denen das Getriebe der Gesellschaft mahlte. Die Mörder und ihre Opfer. Sie war nie richtig angekommen in Leningrad. Die Stadt schüchterte sie ein, die Mischung aus alter und neuer Aristokratie. Die Räte und der Adel. Jede Frau, mit der sie sprach, gab ihr das Gefühl, ein Landei zu sein. Jeder Mann, den sie traf, schien ihr zu sagen: Du verstehst die Zusammenhänge nicht, Mädchen. Sie vergaß das große Ganze, sie sah nicht über den Tellerrand hinaus, sie war nicht in der Lage, ihre persönlichen Interessen mit den gesellschaftlichen abzugleichen. Sie fühlte sich wie ein Kind im wichtigtuerischen Gerede im dichten Zigarettenrauch. Nischni Nowgorod hieß jetzt Gorki, Sankt Petersburg hieß Leningrad.

»Piter« nannten sie ihre Stadt und lächelten vielsagend. Auch Robert sagte Piter, als würde er dazugehören, sie aber konnte das nicht.

Jelena hatte immer gewusst, dass sie nicht hierbleiben würden. Die Abreise war folgerichtig, aber sie begriff nun, während sie am Ufer der Newa entlangschlichen, dass sie kein Ziel hatte. Sie rannte weg. Ihr Leben war eine einzige Flucht. Die Oka. Die Wolga. Die Moskwa. Die Newa. Sie trieb nach Westen. Der Fahrer schlich sich an die nächste Brücke. Die Tutschkow-Brücke. Ganz in der Nähe war die Sportanlage mit den Tennisplätzen.

»Hier«, sagte Pascha.

Sie überquerten den Fluss, die Vormittagssonne tanzte auf dem Wasser. Wenn sie etwas vermissen würde, dann die langen Sommernächte. Sie hatten manchmal spätabends im weichen, milchigen Licht Tennis gespielt. Robert sah seltsam aus in kurzen Hosen, er erinnerte mit seinem gedrungenen, kurzen Oberkörper, aus dem dünne Arme und Beine wuchsen, an ein Insekt. Eine Hummel in weißen Turnhosen. Er bewegte sich nicht viel, aber er ahnte, wohin sie den Ball spielen würde, weshalb er am Ende nie so erschöpft war wie sie, obwohl er die meisten Punkte gewonnen hatte. Manchmal spielten sie zusammen gegen ein anderes Paar. Sie fühlte sich Robert dadurch nicht näher. Beim Doppel mit Kollegen spürte sie den diplomatischen beziehungsweise geheimdienstlichen Charakter des Tennissports. Die Emotionen ihres Ehemanns waren getarnt. Er unterdrückte dann seine Enttäuschung, seine Ungehaltenheit, aber auch seine Schadenfreude. Er nahm ihr Bälle weg, und es fühlte sich so an wie die Unterhaltungen, bei denen er ihr ins Wort fiel. Lieber spielte sie mit Roman, der geduldig war, geschmeidig, schläfrig wie die Abendsonne und nichts von der kalten Arroganz der Einheimischen hatte.

Sie würde ihn nicht wiedersehen, dachte sie, und wahrscheinlich war es besser so. Männer wie Roman konnten ihr nicht helfen. Wenn es darauf ankam, würde er lautlos verschwinden, wie ein Kater.

Der Fahrer wirkte erleichtert, als sie das andere Ufer erreichten, er schlüpfte mit seinem Wagen nach links, ins Häusermeer, ins Versteck. Laras kleiner Kopf lehnte an Jelenas Arm. Vera kämpfte noch gegen den Schlaf. Sie schlichen durch schmale Straßen, ein Zickzackkurs über die Wassilenski-Insel bis zur Leutnant-Schmidt-Brücke, benannt nach einem russischen Marineoffizier mit deutschem Namen. Schmidt war als Aufständischer in der Februarrevolution hingerichtet worden, wie sie von Robert wusste. Pjotr Petrowitsch Schmidt schien so gleich zweimal ihr Schicksal zu berühren. Den deutschen Teil und den revolutionären.

Auf dem Festland schlugen sie noch ein paar Haken, fuhren dann aber geradeaus. Der Fahrer beschleunigte das Auto, Pascha nahm die Hand von der Pistole. Die Mädchen schliefen. Jelena konnte sich nicht vorstellen, wer ihnen auf den Fersen hätte sein können. Pascha war für sie der Mann, der das System verkörperte.

Seine Biographie war verlaufen wie die Revolution. Ein aufstrebender Weg ans Licht. Der Schmerz, der Kampf, die Sonne. Jetzt hatte auch er Angst. Alles war sinnlos, dachte Jelena. Die Angst hielt es zusammen.

Die größte Maschinenfabrik der Stadt trug nun den Namen Kirow, nach dem Mann, der vor zwei Jahren unter seltsamen Umständen ermordet worden war. Sergej Mironowitsch Kirow. Erschossen in einer Dezembernacht, kurz bevor Jelena Leningrad erreichte. Sie hatten mehrere Städte nach ihm benannt. Ein Mann, der, so hieß es, beliebter gewesen war als Stalin. Robert hatte einmal, als er sehr betrunken gewesen war, angedeutet, dass genau das Kirow zum Verhängnis geworden war. Als Jelena ihn gefragt hatte, was er damit meine, hatte er gelacht, als sei sie ein Kind, das die Zusammenhänge nicht verstehen könne.

Wieso sollten sie das Leningrader Opernhaus nach einem Feind benennen? Wieso sollte Stalin einen Gegner in einem Festakt an der Kreml-Mauer bestatten lassen? Studiere die Geschichte Roms, mein Kind!

Jelena hatte keine Lust, sich vorzustellen, wer hinter ihnen her war. Wer auch immer sie verfolgt haben könnte, sie hatten ihn abgehängt. Sie surrten aus der Stadt, und Jelena lehnte sich in die Polster. Sie fuhren nach Süden, in Richtung Moskau. Die Allee war breit. Es war die Zwischenzeit, in der sich Jelena wohlfühlte. Sie war abgereist, aber noch nicht angekommen. Wie in den frühen Morgenstunden in ihrer Jugend, an denen sie mit der Fähre von Gorbatow nach Rescheticha über die Oka schaukelte. Nicht mehr in ihrem engen Haus, noch nicht in der hektischen Fabrik. Auf dem Wasser, treibend. Unterwegs.

Sie verließen die Straße nach Moskau am Leningrader Flughafen Schossenaja. Pascha kurbelte sein Fenster herunter und zeigte dem Wachsoldaten, der sich zu ihm beugte, ein Papier. Der Soldat nahm das Papier und verschwand in einer Baracke. Der Fahrer drehte sich um, Pascha nickte. Er knöpfte sich das Jackett auf, zog die Pistole und legte sie auf den Sitz, direkt neben die schlafende Lara. Paschas Hand ruhte auf der Waffe. Der Soldat kam mit einem zweiten Soldaten zurück. Es gab noch ein paar Fragen. Pascha folgte ihnen wie ein Gefangener in die Baracke. Der Fahrer fuhr das Auto an die Seite. Die Pistole lag auf dem Sitz. Neben Lara. Sie warteten. Wahrscheinlich war es ein gutes Zeichen, dass Pascha die Pistole zurückgelassen hatte. Er konnte sie nicht gebrauchen dort drin. Wer auch immer er war, er war auf ihrer Seite, dachte Jelena. Sie brauchte ihn, so wie sie ihren Bruder gebraucht hatte. Der Fahrer drehte sich nicht zu ihr um, sie hörte ihn atmen. Jelena saß ganz still, weil sie nicht wollte, dass die Mädchen wach wurden. In der Ferne begann ein Flugzeug zu heulen. Jelena beobachtete die flatternden Lider von Lara. Wenn Pascha es hinbekam, würden sie vielleicht fliegen, zum ersten Mal in ihrem Leben. Lara, Vera und auch sie. Fliegen.

Nach einigen Minuten, vielleicht war es auch eine halbe Stunde, öffnete sich die Barackentür, und Pascha erschien, hinter ihm nun drei Soldaten. Es wurden immer mehr. Ein gutes Zeichen. Oder ein schlechtes. Jelena legte ein Tuch auf die Pistole. Lara zuckte. Jelena schob die Hand unter das Tuch, berührte die Waffe, umschloss sie. Der Fahrer spannte seinen Rücken. Lara schmatzte, maulte, gleich würde sie husten und dann weinen. Vera schlief. Jelena fühlte sich Vera näher als Lara. Sie sollte so etwas nicht fühlen als Mutter, aber sie schien Vera besser zu verstehen, instinktiv. Man sah den vier Männern das Ergebnis ihrer Unterredung nicht an. Sie näherten sich dem Auto in einer Choreographie, einer der Soldaten lief zum vorderen Teil, Pascha und zwei Soldaten zum hinteren. Ein Soldat öffnete die Tür und Pascha stieg ein. Er legte die Hand auf die Waffe, spürte ihre Hand unter dem Tuch. Er sah sie an, zog seine Hand zurück. Der Soldat schloss die Tür. Der Soldat, der nach vorn gelaufen war, setzte sich neben den Fahrer. Er nickte dem Fahrer zu. Der Fahrer startete den Wagen, die beiden Soldaten draußen salutierten, Lara begann zu weinen. Der Soldat im Wagen drehte sich zu ihr um. Er lächelte.

»Golubuschka«, sagte er.

Täubchen.

Jelena atmete aus und ließ die Waffe los. Sie würden fliegen.

*

Das Flugzeug sah schwer aus, kaum vorstellbar, dass es in den Himmel kam, dachte Jelena. Sie trug Vera auf dem Arm, die fest schlief, vor ihr liefen Pascha und Lara. Am Fuß einer Leiter, die nach oben in den Bauch des Flugzeugs führte, standen zwei Männer in blauen Uniformen, einer trug einen blonden Schnurrbart. Sie sahen nicht russisch aus, waren es aber.

»Willkommen«, sagte einer der Männer, der ältere. »Schön, Sie an Bord begrüßen zu dürfen, Jelena Viktorowna.«

Jelena nickte und streckte ihm die Hand entgegen, als rechne sie mit einem Handkuss.

Robert saß bereits im Flugzeug. Er hatte ein Glas in der Hand, und so wie er aussah, war es nicht das erste. Er wirkte nicht besorgt, sondern ungeduldig.

»Endlich«, sagte er.

»Es gab Probleme am Tor«, sagte sie.

Sie setzte sich neben ihn, als hätten sie sich hier verabredet. Die

Wahrheit aber war, dass sie nicht mehr mit ihm gerechnet hatte. Sie wäre auch ohne ihn abgereist. Mit den Kindern und Pascha und dem schnurrbärtigen Piloten. Es war eine seltsame Erkenntnis, bestürzend und beruhigend zugleich.

Sie fühlte sich, als spiele sie eine Rolle in einem Stück, das sie noch nicht ganz verstand. Sie fragte sich, ob die Verfolgungsjagd Teil der Inszenierung gewesen war. Die Schüsse, die Pistole, die Eile. Gründe für ihren überstürzten Abgang. Fluchtmotive aus Leningrad. Sie hatte keine Toten gesehen, kein Blut und keine Verfolger, fühlte sich aber, als sei sie noch einmal davongekommen. Der Sitz war weich und geräumig. Es war der erste Flugzeugsitz in ihrem Leben. Robert stellte sein Schnapsglas auf das Tischchen zwischen ihnen und tätschelte der schlafenden Vera den Kopf. Pascha setzte Lara auf den gegenüberliegenden Sitz. Dann verabschiedete er sich.

»Gute Reise«, sagte er.

Tschasliwowo Puti.

Robert nickte nur, schläfrig, angetrunken.

»Wohin führt sie uns denn?«, fragte Jelena.

»Nach Hause«, sagte Robert.

Pascha sah Robert an, er hatte den Kopf eingezogen, die Kabine des Flugzeugs war eng. Pascha schaute herablassend, aber da war noch etwas anderes in seinem Blick, das Jelena nicht deuten konnte. Er drehte sich um und ging. Sie würde ihn nie wiedersehen, dachte sie, aber er hatte sie noch einmal gerettet. So würde sie es erzählen. Die Geschichte eines Bruders, auf den auch ihre Kinder stolz sein konnten. Der treue Onkel Pascha. Eine Familienfigur, die jeder begriff.

»Danke«, sagte sie.

»Bitte«, sagte Pascha.

Robert hob den Kopf und rief etwas auf Deutsch, was Jelena nicht verstand. Pascha aber lachte. Es war ein lautes, aber kein herzliches Lachen. Vielleicht würden sie sich doch wiedersehen, dachte Jelena.

Lara krallte sich in ihren Sitz, als das Flugzeug vom Boden abhob, die Augen weit. Vera kicherte, es kribbelte im Bauch, sie schaute aus dem runden Fenster in den Himmel wie in ein Aquarium, in dem man eine Welt sehen konnte, die sich vergrößerte und verkleinerte, beides zugleich. Jelena teilte die sich widersprechenden Gefühle ihrer Töchter, die Angst und die Freude. Ihr Mann schlief. Sein Mund war leicht geöffnet, der Kopf klebte an der Kabinenwand. Unter ihnen schlängelte sich die Newa. Jelena sah noch, wie sie im Meer verschwand. Dann sah sie nur noch Wasser.

Sie hätte geschossen, dachte Jelena. Sie wusste, wozu sie fähig war.

*

Sie wurde wach, als die Maschine aufsetzte. Noch ein unbekanntes Gefühl. Sie hatte geträumt, wusste aber nicht mehr, was. Die Mädchen schliefen. Robert sah sie an. Er wirkte straffer, nüchterner als in Leningrad. Ein wenig erinnerte er sie an den Mann, der vor vielen Jahren den Fabrikhof in Rescheticha betreten hatte. Aber die Unschuld war weg. Er sah sie an. Atmete aus.

»Sind wir da?«, fragte Jelena.

»Fast«, sagte Robert.

Draußen eine endlose Betonfläche, auf der ein paar andere Flugzeuge herumstanden. Manche waren grün, manche silbern.

Im Hintergrund sah man eine große Baustelle. Und Fahnen. Lange Fahnen, die an hohen Masten hingen.

Die Tür zum Cockpit öffnete sich. Der schnurrbärtige Pilot trat heraus und sagte lächelnd: »Willkommen in Berlin.«

»Danke«, sagte Robert, und es war für sehr lange Zeit das letzte, selbstverständliche russische Wort, das er in ihrer Gegenwart sprach. Russisch war ab jetzt eine Sache, die sie an die Vergangenheit erinnerte und an ihre Unzulänglichkeit. Neben der Geschichte Roms und dem Tennisspiel gab es noch eine weitere entscheidende Sache, die sie nicht beherrschte. Die deutsche Sprache.

Spasibo.

Im Wagen saß Robert vorn neben dem Fahrer, Jelena saß mit den Mädchen hinten. Ein weiterer Wagen würde die Koffer bringen. Robert redete mit dem Fahrer. Sie verstand nichts. Sie hatte nie Deutsch gelernt, weil Robert Russisch lernte. Sie hatte nicht daran geglaubt, dass er sie einmal mit nach Deutschland nehmen würde. Die Sprache klang hart, seltsam unpoetisch, obwohl doch so große Dichter sie benutzten. Vera schlief immer noch, Lara aß eine Schokoladenwaffel, die sie ihr in der Halle des Flughafens an einem Stand gekauft hatten.

»Es sind Olympische Spiele in der Stadt«, sagte Robert nach hinten. »Vielleicht sehen wir uns einen Wettkampf an.«

Sie nickte. Sie fühlte sich wie ein Kind, dem man ein Eis versprach, damit es die fremden Verwandten besser ertrug.

Berlin, das konnte sie sagen, roch anders als Leningrad, anders als Moskau. Es roch besser. Sie hätte gar nicht genau sagen können, woran das lag. Es sah sauberer aus, geordneter und bunter. Die Geschäfte und Restaurants trugen große Schrifttafeln, es gab Plakate, die für Dinge warben, die ihr unbekannt waren. Die

Autos glänzten. Die Hüte der Frauen sahen vornehmer aus als zu Hause, die Männer waren sorgfältiger rasiert. Es gab weniger Pferdefuhrwerke, mehr Straßenbahnen. Überall Fahnen und Plakate und Männer in schnittigen Uniformen. Auf vielen Fahnen sah man das Hakenkreuz, das Symbol der Nationalsozialisten, von denen sie in der Zeitung gelesen hatte, ohne dass es sie wirklich interessierte. Walter, der Schriftsteller aus ihrem Haus, war vor den Nationalsozialisten nach Moskau geflohen.

»Es hat ihm offensichtlich nichts genutzt«, hatte Robert gesagt.

Ein Satz, der beruhigen sollte, wahrscheinlich auch ihn. Jetzt, da er da war, schien Robert ausgelassen. Die Leute dort draußen wirkten vielleicht ein bisschen ernster und berechenbarer als die Leute in ihrer Heimat, aber das war nicht schlecht. Jelena jedenfalls fand diese Autofahrt angenehmer als das Gehetze durch Leningrad. Berlin hieß Berlin, es änderte seinen Namen nicht. Als sie an einer Kreuzung stoppten, sah sie ein Plakat, das für die Olympischen Spiele warb. Ein Turmspringer, der mit angezogenen Beinen in der Luft schwebte wie ein Gott. An der Seite, im Himmel, die fünf bunten Ringe.

Auf dem Bürgersteig stand ein Mann in einer engen, braunen Uniform. Er sah in den Wagen, den Kopf schiefgelegt wie ein Reptil. Als er die Mädchen entdeckte, lachte er. Jelena lachte zurück, spürte aber, wie es ihr Mühe machte. Dann fuhr das Taxi weiter durch die aufgeräumte Stadt. Mit der Zeit wurden die Abstände zwischen den Läden und Restaurants größer, der Verkehr wurde leichter und die Häuser niedriger. Es wurde stiller, es gab mehr Bäume und weniger Menschen.

Das Taxi hielt vor einem zweistöckigen Haus, das in einem großen Garten stand, ein Park fast. Die Mädchen waren wach. Robert bezahlte den Fahrer, nahm Lara an die Hand und lief zum Gartentor. Jelena folgte mit Vera. Vom Haus näherte sich ein Mann in einem gutgeschnittenen Anzug, der eine Mappe in der Hand hielt. Er begrüßte Robert wie einen Vorgesetzten. Dann führte er sie durchs Haus. Die Sohlen seiner hübschen Lederschuhe schnalzten auf dem Parkett. Das Haus war riesig, zu groß für sie, aber Robert zeigte das nicht. Zum ersten Mal verstand Jelena den gesellschaftlichen Status ihres Mannes, ein Status, der ihm und sogar seiner Ehefrau nahelegte, Tennis zu spielen. Sie spürte, was ihm angemessen war, beziehungsweise das, was er für angemessen hielt. Es schüchterte sie ein. Sie hatte das Gefühl, nicht mithalten zu können. Ein Gefühl, das sie zu Hause nie gespürt hatte, wahrscheinlich weil es dort Dinge gegeben hatte, die es ausglichen. Die Sprache, die Umstände, die Produktionsverhältnisse. Hier im Kapitalismus zählte das Geld. Gurjew, den Krebs, hätte es nicht gewundert.

Sie mochte das Haus, die Freitreppe, die riesige Küche, den Salon, die Bäder, vor allem mochte sie den Garten.

Später saß sie auf einem Sessel in einem der vielen Wohnzimmer, stillte Vera und hörte durch das leicht geöffnete Fenster die deutschen Vögel zwitschern und ihre Tochter Lara schnattern.

Sie hatte keinen Fluss gesehen, dachte Jelena. Vielleicht bedeutete das, dass sie angekommen war.

10

BERLIN
SOMMER 1984

Am Ende kotzte Konstantin dann doch noch das Auto voll. Seine Eltern sagten, es sei nicht schlimm. Später sagten sie das. Er könne nichts dafür, dass ihm schlecht wurde. Er solle nur einfach Bescheid sagen, um die Sauerei zu vermeiden. Aber natürlich war es komplizierter. Er wollte durchhalten, er wollte keine Schwäche zeigen, er war elf Jahre alt. Er erinnerte sich an Autofahrten, bei denen er die Übelkeit niederkämpfen konnte. Aber es war ein Spiel mit dem Feuer. Sein Magen verhielt sich wie ein wildes Tier.

Es war nur eine kurze Fahrt zu Baba. Gerade und breite Straßen, lange Grünphasen. Auf der Prenzlauer Promenade aber fuhren sie in einen Stau. Konstantin war schon ein bisschen schwummerig geworden, als er die Rücklichter der Autos sah.

Sein Vater war ein unkonzentrierter Autofahrer. Er bremste, als sprängen ihm Rehe vor die Motorhaube. Er startete, als schrecke er aus einem Nachmittagsschlaf auf. Das Anfahren war am schlimmsten. Konstantins Magen hob sich jedes Mal. Sie hatten seit kurzem einen Niva, eine Art Jeep, mit dem sein Vater zu seinen Tierbeobachtungen aufbrach. Er roch neu, nach Gummi, Plaste, sein Vater war unglaublich stolz auf das Auto. Er fuhr es auch in der Stadt, als müsse er durch Treibsand.

Konstantin sah zwischen seinen Eltern nach vorn, geradeaus. Das war ein Tipp, den er von seiner Tante Vera bekommen hatte, sie war Magenärztin. Die behaarte Hand seines Vaters lag auf dem Knüppel der Gangschaltung, die Finger trommelten auf dem Knauf. Das Rasierwasser seines Vaters mischte sich in den Gummigeruch des Autos und alten Zigarettenrauch. Auf dem Armaturenbrett lag die Schachtel »Club«. Er rauchte nicht, wenn Konstantin mit im Auto saß. Das war die Abmachung.

»Hab ich das Gas ausgemacht?«, fragte seine Mutter.

»Sicher, Maria«, sagte sein Vater und fuhr zwei Meter, als wolle er dieser Welt entfliehen. Er stoppte. Startete. Stoppte. Die Bremslichter des Wartburgs vor ihnen flatterten nervös. Konstantins Magen auch.

»Woher weißt du das?«

»Weil du es immer ausmachst, Schatz.«

Start. Stopp. Start. Vollbremsung.

»Claus«, rief Konstantins Mutter.

»Was denn?«, fragte sein Vater.

»Ich weiß nicht, wie wir so bis in den Kaukasus kommen wollen«, sagte seine Mutter.

»Genau so«, sagte sein Vater. »Was denkst du denn, wie der Armenier fährt. Oder der Georgier.«

Er lachte und griff nach den Zigaretten, zog seine Hand dann aber wieder zurück. Konstantins Mutter nickte. Ihre Finger spielten mit dem Verschluss ihrer Handtasche. Es war noch nicht vorbei.

»Ich bin mir nicht sicher«, sagte sie.

»Was?«

»Das Gas«, sagte sie. »Wir sind fünf Wochen weg.«

Fünf Wochen. Die Zahl war Konstantin neu. Sie hatten immer

von vier Wochen gesprochen. Fünf Wochen bei seiner Oma. Es war eine Ewigkeit. Es war mehr als die Hälfte der Sommerferien. Schon die Wochenenden bei Baba nahmen kein Ende. Baba schwebte durchs Haus, buk Eierkuchen und erzählte pausenlos, dass sie bald sterben würde. Er gab keine anderen Kinder in Babas Haus. Baba hatte kein Vertrauen zu den Nachbarn. Vielleicht würde Juri zu Besuch kommen, sein Cousin. Er mochte Juri, weil er kein Angeber war, aber er wusste nicht, was er mit ihm anstellen sollte. Juri spielte weder Tischtennis noch Fußball, war aber viel älter.

Sein Vater fuhr an, Konstantin schmeckte die Magensäure.

»Ihr habt vier Wochen gesagt«, sagte Konstantin.

»Vier oder fünf«, sagte seine Mutter.

»Weißt du, wie weit es bis nach Aserbaidschan ist. Das ist praktisch Asien«, sagte sein Vater.

»Asien«, sagte Konstantin.

»Ja«, sagte sein Vater. »Fast.«

»Lass uns noch mal kurz vorbeifahren, wenn wir Kostja bei Baba abgegeben haben. Ich spring kurz hoch und mach das Gas aus.«

»Aber du weißt doch gar nicht, ob du es angelassen hast.«

»Eben«, sagte seine Mutter.

Sein Vater schüttelte den Kopf, seine Hand zuckte wieder nach der Zigarettenschachtel.

»Wieso eigentlich immer ich?«, fragte seine Mutter. »Wieso guckst du nicht, ob das Gas aus ist?«

»Vielleicht weil ich weiß, dass es aus ist.«

»Das ist deine Haltung zu allem.«

»Bitte?«

»Du weißt es bereits.«

»Ich kenne niemanden, der sich jedes Mal davon überzeugt, dass der Hauptgashahn geschlossen ist, jedes Mal, bevor er die Wohnung verlässt«, sagte sein Vater.

»Du kennst ja auch mich nicht«, sagte seine Mutter.

»Da bin ich mir ganz sicher«, sagte sein Vater.

»Das ist es wieder. Du weißt einfach schon alles«, sagte seine Mutter.

Sein Vater lachte, aber es war kein freundliches Lachen. Er bremste, fuhr an, bremste. Mehr Säure sammelte sich in Konstantins Mund, ein Teelöffel Säure. Er sah nicht mehr nach vorn, es war egal. Vor dem Fenster verstaubte Bäume in frühem Juligrün, Autos und die weiße Sonne, links Kleingärten und rechts bereits Häuserblöcke, die so aussahen wie der von Baba. Sie waren fast da, dachte Konstantin, er könnte laufen von hier. Wie schön wäre es, dort draußen zu laufen. Runter von diesem furchtbaren Schiff, weg vom Gummi-Rasierwasser-Geruch und dem Gestreite. Aber er saß wie festgeschnallt. Er konnte auch nicht mehr reden. Es war zu spät für eine Warnung an seine Eltern. Mir ist schlecht. Er hatte nicht die Kraft, sie auszusprechen. All seine Sinne waren auf das wütende Tier in seinem Bauch konzentriert. Er spürte den kalten Schweiß auf der Stirn.

»Bevor ich dich traf, wusste ich noch nicht mal, dass es einen Haupthahn fürs Gas gibt«, sagte sein Vater. Er riss das Lenkrad herum und quetschte den Wagen in eine Lücke auf der linken Spur, von der sie in Babas Straße abbiegen würden.

Dann kotzte Konstantin. Fünfhundert Meter vorm Ziel.

Der Wagen stand, seine Eltern drehten sich zu ihm um, beide gleichzeitig. Sie waren still. Sein Versagen stoppte ihren Streit, sie versöhnten sich auf seine Kosten. Sein Vater schaute genervt, noch genervt vom Streit mit der Mutter und bereits genervt von der neuen Situation. Der Mund seiner Mutter war leicht geöffnet, wahrscheinlich steckte noch die Entgegnung darin, die sie für die letzte Bemerkung ihres Mannes vorbereitet hatte. Eine Gashauptahn-Entgegnung. Ihre Augen waren weit. Konstantin sah auf die Polster vor sich, besprenkelt mit seinem Mageninhalt, genau wie die Taschen, die sie hinter die Sitze gestopft hatten. Konstantin erinnerte sich, was sie gestern gegessen hatten, eine Kartoffelsuppe mit Würstchen. Die Notizbücher der Mutter waren befleckt, die Notizbücher des Vaters, das Foto- und das Filmzubehör, die Ferngläser und Taschenlampen, die Moskitonetze und Gummistiefel, die kurzen und die langen Hosen. Der Geruch würde sie begleiten. Bis fast nach Asien.

»Tut mir leid«, sagte Konstantin.

»Warum sagst du denn vorher nichts?«, sagte seine Mutter.

»Es ging nicht.«

Sein Vater nahm sich die Schachtel, klopfte eine Zigarette heraus und zündete sie an. Sie kurbelten ihre Fenster herunter, als hätten sie das schon hundertfach gemacht. Auf dem Bürgersteig lachten ein paar Jungs.

»Jetzt kannst du ja nachsehen, ob der Gashahn zu ist«, sagte sein Vater und lenkte das Auto in die schmale Straße, in der Baba wohnte. »Während ich die Sauerei beseitige.«

Sie standen vor der Tür, ein versprengter Trupp, jetzt schon geschlagen, am Anfang der Reise. Konstantin sah auf den Steinfußboden des Hausflurs, bis er Muster im Terrazzo erkannte. In seinem Kopf tickte eine Uhr. Eine sehr langsame Uhr. Er bekam ein Gefühl für das Tempo, in dem seine Sommerferien ablaufen würden. Baba näherte sich der Tür mit der Geschwindigkeit eines Faultiers. Sie öffnete die Schlösser wie in Zeitlupe. Drei Schlösser, dazu die Kette. Ein misstrauischer Blick, das Tageslicht in ihren Augen, das Gesicht rund, weiß und weich. Wie ein Schneeball. Sie trug eine Schürze, blau, weiß, rot waren die Farben. Der Geruch ihrer Wohnung schwappte in den Flur. Bittersüß und sauber. Herztropfen, Toilettenreiniger und Eierkuchen. Ein Geruch, der ihn fünf Wochen umhüllen würde, dachte Konstantin, aber wenigstens schwankte die Wohnung nicht. Er hatte zwei Wolkow-Bücher mitgenommen. »Die sieben unterirdischen Könige« und »Der gelbe Nebel«. Juri könnte ihm Bücher borgen, wenn er die ausgelesen hatte, oder »Mosaike«. Juri hatte unendlich viele Bücher und stapelweise »Mosaike«, selbst die ganz alten. Aus der Ritterzeit, aus dem Wilden Westen, aus der Zukunft.

»Kostjek«, sagte Baba.

»Wir hatten einen kleinen Unfall«, sagte seine Mutter.

»Nicht schlimm, Kostjenka«, sagte Baba.

»Du musst ja auch nicht weiter bis nach Aserbaidschan«, sagte sein Vater und drückte seine Zigarette in der Hand aus. Er packte die Glut zwischen Zeigefinger und Daumen wie den Kopf einer giftigen Schlange. Ein paar Funken segelten auf den Steinfußboden.

»Aserbaidschan, oh oh«, sagte Baba.

»Ganz genau«, sagte Konstantins Vater stolz. Er würde es weiter nach Osten schaffen als seine Schwiegermutter.

»Max war in Aserbaidschan«, sagte Baba.

»Er war in Kasachstan«, sagte Konstantins Vater.

»Zum Schluss Kasachstan. Vorher Aserbaidschan. Baku«, sagte Baba. Sie wackelte mit dem Kopf, lächelnd. Max war ihr Lieblingsschwiegersohn gewesen, behauptete seine Mutter. Der stolze Flieger. Der Mann ihrer Lieblingstochter Vera. Max hier, Max da. Der Heilige der Familie. Baba sprach seinen Namen aus, als habe er fünf A in der Mitte.

»Max ist tot«, sagte Konstantins Mutter.
»Weiß man nicht«, sagte Baba.
»Zumindest haben wir ihn seit zwanzig Jahren nicht mehr gesehen«, sagte seine Mutter.
»Länger«, sagte sein Vater.
»Vera hat danach einen neuen Mann geheiratet, Georg. Und sich wieder von ihm scheiden lassen. Du erinnerst dich«, sagte seine Mutter. »Er war Arzt.«
»War er nicht Koch?«, sagte sein Vater, die Nasenflügel aufgebläht wie ein Pferd.
»Kommt doch rein«, sagte Baba. Sie sah ins Treppenhaus wie in den Höllenschlund und zog sich dann zurück. Sein Vater steckte die Kippe in die Hosentasche.
»Wir sind spät dran, Mama«, sagte Konstantins Mutter. »Wir müssen noch mal nach Hause.«
»Das Gas«, sagte sein Vater.
»Oh«, sagte Baba.
»Wahrscheinlich steht das Haus gar nicht mehr«, sagte sein Vater.
Baba sah ihn fragend an.
»Bring mal lieber die Taschen rein, Claus«, sagte Konstantins Mutter.
Sein Vater trug Konstantins Koffer in den Flur, wo die Erwachsenen noch ein wenig weiterredeten. Konstantin ging ins Wohnzimmer, zum Radio mit dem pulsierenden grünen Auge. Hier standen die Regale mit Zeitschriften und Büchern und die Keksdose. Er öffnete die Dose, nahm sich einen der Kekse, es waren immer die gleichen, krümelige, runde Kekse mit einem Marmeladenklecks in der Mitte. Er aß den Keks gegen die Übelkeit. Es gab ein bisschen Abschiedsgeplänkel, und dann waren

seine Eltern plötzlich weg. Fünf Wochen. Sein Vater hatte ihn noch gefragt, wer den Bösewicht in »Das Versprechen« spielte und wo er herkam. Wie er darauf kam, hatte Konstantin nicht verstanden, aber er kannte die Antworten. Gert Fröbe und Sachsen. Zwickau. Konstantins Mutter hatte ihren Mann angesehen wie ihren schlimmsten Feind. Manchmal fing sie nach diesen Blicken an zu schreien und hörte lange nicht auf. Konstantin sah seinem Vater an, dass der wusste, welchen Knopf er gedrückt hatte. Sein Vater sah aus wie jemand, der zu weit aufs Meer hinausgeschwommen war. Ein Riss lief quer durch sein selbstgewisses, gutgeschnittenes Gesicht. Er lächelte seine Frau schief an. Er wartete auf den Schrei. Aber sie standen im Flur ihrer Mutter. Sie kämpfte den Schrei nieder.

Ihre letzten Worte waren: »Setz dir einen Hut auf, wenn du in die Sonne gehst, Konstantin. Und schreib Tagebuch.«

Dann war er allein mit Baba.

»Eierkuchen, Kostjek?«, fragte seine Oma.

Konstantin nickte und setzte sich in die Küche. Baba öffnete den Schrank, wo das Mehl stand und das Apfelmus.

»Bis deine Eltern zurück sind, bin ich tot«, sagte sie.

Er sah aus dem Fenster in den Hof, der dort draußen wartete wie ein kühler, aber leicht modriger See. Er hatte keine Ahnung, was er sagen sollte. Er musste sich eine Antwort zurechtlegen. Widersprach er, würde seine Großmutter ihm die möglichen Todesursachen ausbreiten, widersprach er nicht, sah es so aus, als rechnete er ebenfalls mit ihrem Tod. Vorläufig schwieg er. Dann aß er. Die Eierkuchen taten gut.

Konstantin räumte seine Sachen in die Schrankfächer, die seine Großmutter in ihrem Kleiderschrank freigemacht hatte. Es war kein großer Schrank, vor allem wenn man ihn mit den Schränken verglich, die seine Eltern mit ihren Sachen füllten. Es war erstaunlich, dass sich dort noch Platz für Konstantins Hosen und Nickis fand. Der Schrank roch nach Seife und leicht nach den vertrockneten Apfelsinenschalen, die seine Oma dort auslegte. Die Seife war aus dem Westen, sie hieß Lux und war sicher ein Mitbringsel von Tante Vera, die von ihren Patienten mit diesen Dingen überhäuft wurde. Kaffee, Schokolade, Seife und Magazine. »Stern«, »Quick«, aber auch »Praline« und »Wochenend«. Konstantins Familie hatte keine Westverwandtschaft. Sie hatten Peter gehabt, den »Langen«, einen Studienfreund seines Vaters, der in den Westen geflüchtet war, bevor Konstantin geboren worden war. Der »Lange« lebte in Düsseldorf und hatte ihm ein T-Shirt mit dem Maskottchen der Fußball-WM in Spanien geschickt. Sein Vater hatte den Kontakt zu ihm abgebrochen. Der stellvertretende Filmminister hatte es so gewollt, der Silberrücken, wie ihn sein Vater nannte. Nur deshalb durfte er in den Westen fahren, zu einem Tierfilmfestival nach Finnland, zu Premieren seines Luchs-Films in den DDR-Kulturzentren in Paris, London und Amsterdam. Die Postkarten, die er von dort geschickt hatte, klebten an Konstantins Kinderzimmerwand. Er hatte Konstantin einen Walkman aus Holland mitgebracht, der aber leider nicht mehr funktionierte.

Konstantin brachte den Koffer, in dem noch die Bücher lagen und der Optikbaukasten, ins Wohnzimmer, wo er schlafen würde. Fünf Wochen lang.

Er wollte nicht weinen. Er hörte Baba in der Küche herumwerkeln. Er legte den Optikbaukasten auf das Tischchen neben das Radio. Er stellte die Bücher ins Regal. Er sah durch die Gardine auf die schmale Straße. Es war Sommer. Er sah niemanden. Er nahm sich einen »Sputnik« aus dem Regal mit den Zeitschriften.

Er hatte die Größe des »Magazin«, einer Zeitschrift, die es bei Tante Vera gab, war aber längst nicht so unterhaltsam. Außerdem gab es keine nackten Frauen im »Sputnik«. Vielleicht brachte Juri eine »Praline«-Zeitschrift mit. Allein der Gedanke daran machte Konstantin ganz kribbelig.

Er las einen Text über einen sowjetischen Hochspringer namens Waleri Brumel, der Weltrekordler und Olympiasieger gewesen war, bevor er in einen Verkehrsunfall geriet, der ihm sein Bein zertrümmerte. Der Text beschrieb die Energie, mit der sich Brumel aus dieser ausweglosen Situation zurück ins Leben arbeitete. Der Sportler entwickelte eine medizinische Apparatur, die sein verkürztes Bein streckte. Es gelang ihm, noch einmal über zwei Meter hoch zu springen. Zwei Meter sechs. Später schrieb er einen Roman und das Libretto für eine Oper. Brumel schien ein Universalgenie zu sein. Sein Leben klang zu gut, um wahr zu sein. Dennoch heiterte der Text Konstantin ein bisschen auf. Er brachte ihn durch den Tag. Es gab schlimmere Schicksale, als die Ferien bei seiner Großmutter in Prenzlauer Berg verbringen zu müssen.

Er weinte erst nachts.

Baba hatte ihren unmittelbar bevorstehenden Tod angekündigt und sich in ihr Schlafzimmer zurückgezogen. Konstantin lag auf der Wohnzimmercouch, sah den tiefblauen Sommernachthimmel durch die Gardinen scheinen und stellte sich vor, wie seine Eltern ihr Zelt auf einem tschechoslowakischen Campingplatz aufschlugen. Sein Vater hatte ihm die Karte gezeigt. Die erste Nacht wollten sie in Brno verbringen.

*

Baba misstraute den Nachbarn, das Gebiet außerhalb der Wohnung war Feindesland. Wenn er im Dschungel ihres Hinterhofs verschwand, saß Baba auf dem Balkon wie auf einem Hochstand, als sei sie überzeugt, dass dort unten wilde Tiere lebten. Es schienen kaum Kinder in den Blöcken zu wohnen, die den Hof einrahmten. Oder sie waren alle verreist. Manchmal traf Konstantin zwei Mädchen, die etwa in seinem Alter waren. Beim ersten Mal sagte er Hallo, aber die Mädchen antworteten nicht, sie sahen sich nur an und kicherten. Er suchte sich ein Versteck unter einer Akazie, von wo aus er die Mädchen hören, aber auch beobachten konnte, wie Baba regungslos auf dem Balkon saß. Sie schien in den Garten zu sehen, aber ihr Blick wirkte leer. Sie sah aus wie eine Puppe. Sie erinnerte Konstantin an die tote Motel-Wirtin aus »Psycho«, einem Film, den er mit seinem Vater gesehen hatte, als seine Mutter mit Herrn Schmitz, dem berühmten Reporter, in der Mongolei war. Alfred Hitchcock, Anthony Perkins, Janet Leigh. Die berühmteste Duschszene der Filmgeschichte. Es war ein Geheimnis, das er mit seinem Vater teilte. Seine Mutter hätte es verboten. Sie wusste, warum. Er war elf Jahre alt. Sie wollte nicht, dass ihn seine Oma an Mrs Bates erinnerte. Und Konstantin wollte es auch nicht. Seinem Vater war es egal.

Der kurze Weg zur Kaufhalle führte für seine Oma durch ein Kriegsgebiet. Baba machte Tippelschritte über die schmale Straße, auf der nur selten ein Auto fuhr. Dann lief sie Gänge ab und nahm die immer gleichen Dinge aus den Regalen. Eier, Mehl, Milch, Quark, Öl, Kartoffeln, Graupen, Suppengrün. Sie aßen Eierkuchen, Kartoffeln mit Quark, Pelmeni in Brühe. Sie tranken Leitungswasser. Manchmal mit Sirup, meistens ohne. Manchmal kam Frau Schneider, die in der Wohnung über ihnen wohnte, zu Besuch. Sie hatte melonengroße Brüste, die

Konstantins Blick anzogen wie Magneten. Sie lächelte, wenn sie das bemerkte, aber er konnte nicht anders. Frau Schneiders Besuche waren die Höhepunkte in seinem Klosterleben, sie brachte Kuchen mit und erzählte unentwegt Dinge aus ihrem Betrieb, die weder ihn noch Baba interessierten. Er hatte alle Zeit, sich auf ihren Busen zu konzentrieren. Frau Schneider arbeitete in einem Exportunternehmen für chemische Produkte. Er erfuhr von Rechnern, die exotische Namen trugen, und Kollegen, die nett und weniger nett waren, während er ihr auf die Brüste starrte. Er aß Bienenstich, schaute sich satt und hörte im Hintergrund die Balladen vom fiesen Dr. Kuczinsky aus der EDV und der netten Frau Walters von der BGL plätschern. Frau Schneiders Parfüm hing noch stundenlang nach ihrem Abschied in der Wohnung von Baba. Man roch es auch im Hausflur. Nachts, wenn er nach ihren Besuchen auf dem Sofa im Wohnzimmer lag, suchte er mit der Nase nach den letzten Spuren ihrer Anwesenheit, er dachte an ihre Brüste und die Körper der Frauen in »Wochenend« und »Praline«. Der andere Höhepunkt war die Sendung »Schlager der Woche« auf Rias Berlin, die er hörte, wenn sich Baba zum Sterben verabschiedet hatte.

»Morgen bin ich tot«, sagte Baba. Dann: Big In Japan, Männer, Such A Shame, Relax, 1000 und 1 Nacht, I Want To Break Free, Neverending Story, Footlose. Und Smalltown Boy, sein Lied.

Er übersetzte den Text mit Hilfe des alten Englisch-Wörterbuchs, das in Babas Regal stand.

You leave in the morning with everything you own in a little black case.

Alone on a platform, the wind and the rain on a sad and lonely face.

Montags und mittwochs kam Tante Katarina, Katja.

Katjuscha nannte seine Mutter ihre kleine Schwester, und es schwang immer ein wenig Herablassung mit. Tante Katja brachte Blumen. Sie war Gärtnerin von Beruf. Sie schrubbte das Bad und die Küche, räumte den Kühlschrank aus, taute ihn ab, räumte ihn wieder ein, brachte Laken und Tischdecken in die Wäscherei. Sie war die Tante, die am besten aussah und am elegantesten gekleidet war. Sie war groß, schlank und hatte schneeweiße Zähne. Sie brachte ihm teure Schokolade mit und die AMIGA-Schallplatte von Fleetwood Mac. Baba hatte keinen Plattenspieler. Sie hatte auch keinen Fernseher. Er stellte die Platte zu den Wolkow-Büchern ins Regal. Die Frau auf dem Cover tanzte selbstvergessen, es war die schönste Frau, die Konstantin in seinem Leben gesehen hatte. So eine Frau wollte er einmal heiraten. Eine Frau, die aussah wie Stevie Nicks, gefangen in dieser traumtänzerischen Pose. Konstantin mochte Tante Katja, Baba aber behandelte ihre Tochter wie eine Putzfrau. Wenn der Kühlschrank wieder eingeräumt war, fand sie noch eine Stelle, die nicht richtig sauber war. Sie beschwerte sich über Druckstellen an den Äpfeln, die Katja mitbrachte. Und wenn Katja ihre Mutter fragte, ob sie ihr neues Kleid mochte, fragte Baba: »Ist neu?«

Wenn hingegen ihre Tochter Vera kam, war sie wie ausgetauscht. Sie wurde schneller, sie schien durch die kleine Wohnung zu tanzen. Vera räumte nicht auf, Vera redete. Sie redete von Patienten, die berühmt waren oder wenigstens interessant. Tante Vera erschien Konstantin weniger Ärztin als Gesellschaftsdame zu sein. Er wusste von seiner Mutter, dass sie eigentlich Schauspielerin hatte werden wollen. Sie hatte in allen möglichen Schüler- und Amateurtheatern gespielt, aber Baba, sagte seine Mutter, wollte keine Schauspielerin. So wie sie keine Fotografin wollte. Sie wollte Mädchen mit ordentlichen Berufen. Vera hatte versucht, beides zu bekommen. Sie wollte immer alles, sagte seine Mutter. Zum Beispiel Schuhe, die für fünf Leben reichen. Einer von Veras Patienten war ein berühmter amerikanischer Geiger, der gerade ein paar Konzerte in Berlin spielte. Vera war die Ärztin, die ihn betreute. Sie wurde von der Kulturbehörde zugeteilt, wenn berühmte Leute zu Gastspielen in der Stadt waren. Sie kannte Schauspieler aus aller Welt. Wenn Vera kam, setzte sie sich an den Wohnzimmertisch, redete und redete. Dabei aß sie die Schokoladenkekse aus dem Delikat-Geschäft, die Tante Katja für Baba mitgebracht hatte. Nach einer Weile schien der amerikanische Geiger an ihrem Tisch zu stehen und ein Ständchen zu spielen. Baba rannte mit der Teekanne umher, als sei sie Personal.

»Was hast du gegen Tante Katja?«, fragte Konstantin seine Oma an einem verregneten Nachmittag. Sie saßen im Wohnzimmer, im Radio lief ein langweiliges Sprechprogramm, so leise, dass man kaum etwas verstehen konnte. Es klang, als stünde ein alter Mann hinter der Gardine, der flüsternd aus der Zeitung vorlas. Baba häkelte einen ihrer Topflappen, die sie zu Weihnachten und Geburtstagen verschenkte.

»Ich liebe meine Töchter, alle«, sagte sie.

»Ich finde, du bist nicht so nett zu ihr wie zum Beispiel zu Tante Vera«, sagte Konstantin.

»Wer sagt? Deine Mutter? Maschka? Sie war immer bisschen eifersüchtig auf Veroschka. Schau. Vera war begabte Schauspielerin. Deine Mama gute Zeichnerin. Aber hat nie Sachen zu Ende gemacht. Der Professor von Kunsthochschule war hier und hat mich angefleht, sie in seine Schule zu schicken. Frau Silber, wissen Sie, wie begabt Tochter ist? Nun, ich habe nichts dagegen. Aber deine Mutter, Maschka, sie hatte Angst vor eigene Courage. Sie hat dann lieber gar nichts gemacht.«

»Sie ist Fotografin«, sagte Konstantin.
»Nun. Ist Hobby, kein Beruf«, sagte Baba. Sie strich den halbfertigen Topflappen glatt. Er war gelb und rot. Sie wackelte leicht mit dem Kopf. Es sah aus, als würde sie lächeln.
»Vera ist nicht Schauspielerin geworden. Ist kein Beruf. Ist Vergnügen. Aber Veroschka hat nicht Anfall bekommen wie Mascha. Hat nicht rumgeschrien und gebockt. Ist Ärztin geworden, jüngste Medizinstudentin in ganze Stadt. Wusstest du? Lara ist Lehrerin, Katja immerhin Gartenbauingenieur. Anjuschka ist gestorben. Schreien hilft nicht. Es gab keinen Mann in Familie, kein Geld. Alle mussten Geld verdienen. Ich bin Mutter. Meine Aufgabe ist, Familie durchzubringen. Fünf Mädchen, weißt du.«

Ihre Augen füllten sich mit Tränen. Konstantin glaubte, dass er seine Oma zum Weinen gebracht hatte. Er wollte das nicht. Er hatte das Gefühl, sich in Dinge eingemischt zu haben, die ihn nichts angingen. Vielleicht war es unmöglich, fünf Töchter gleich zu behandeln. Alle zu lieben. Er wusste, dass seine Mutter schlecht mit Problemen umgehen konnte. Er hatte sie schreien hören. Es verletzte ihn, dass ihre Mutter sie nicht in Schutz nahm. Er hätte gern ein anderes Thema angeschnitten, aber ihm fiel nichts ein.

Nach ein paar Minuten zog Baba eines ihrer Taschentücher aus dem Ärmel und schnaubte.

»Weißt du, Kostjenka, ich habe Vater früh verloren«, sagte sie.

Konstantin nickte. Er hatte die Geschichte oft gehört und immer wieder vergessen. Die Details waren nur schwer zu ertragen. Er suchte nach einer Melodie im Kopf. Eine Hintergrundmusik. Ein Summen.

»Ich war nicht mal drei Jahre alt. Sie haben ihm Holzpfahl in Brust geschlagen und durch kleine Stadt geschleift, in eigenem Blut«, sagte Baba.

»Mmmh«, sagte Konstantin. In seinem Kopf sang Boy George. Do you really want to hurt me. Do you really wanna make me cry.

»Er war Kamerad von Lenin. Kampfkamerad. Ein Held. Viktor Pawlowitsch. Aber tot. Meine Mutter war ganz allein. Zwei Kinder. Kein Mann. Kein Essen. Kein Haus. Wir mussten in der Nacht fliehen. Schnee und Eis. Immer am Fluss entlang. Fluss mit dem Namen Oka. Bis nach Nischni Nowgorod. Heißt Gorki heute. Ich, Mama, Pascha. Großer Bruder, so alt wie du, Kostjek.«

Es klang wie ein russisches Märchen. Vielleicht sollte es eine Fabel sein. Die Russen waren ja große Fabelerzähler. Sie hatten in Deutsch über den Fuchs und den Igel geredet. Lass dir erst deine Zähne brechen, dann werden wir uns wieder sprechen. Wilhelm Busch. Bewaffneter Friede. Frau Gaedicke, ihre Deutschlehrerin, hatte das alles mit den Atomraketen der Amerikaner verbunden. Vielleicht wollte Baba ihm mit der alten, schrecklichen Geschichte erklären, warum sie Vera lieber hatte als Katja. Und auch lieber als Mascha, seine Mutter.

★

Er baute das Mondfernrohr aus seinem Optikerbaukasten zusammen und versuchte, vom Balkon aus den Vollmond zu sehen. Er musste dazu durch Babas Schlafzimmer, die sich spätestens um halb zehn ins Bett legte. Sie lag da mit offenem Mund, eine Stirnfalte zusammengezogen, selbst im Schlaf. Er prüfte ihren

Atem mit einem Blatt Löschpapier, wie er es im Sanitätsunterricht gelernt hatte. Sie atmete. Der Mond sah durch das Fernrohr nicht viel größer aus als ohne. Als er zurückkam, schnarchte seine Oma.

*

Sein Cousin Juri kam für ein Wochenende. Sie schliefen zusammen im Wohnzimmer ihrer Großmutter. Juri mit dem Schlafsack auf der Luftmatratze, die ihm Martin aufgeblasen hatte, irgendein Freund seiner Mutter, der ihn auch hergefahren hatte.

Juri war fast ein Mann. Im Herbst musste er zur Armee. Er erzählte Konstantin, dass bei Manövern regelmäßig Soldaten starben. Er rechne mit seinem Tod. Deswegen arbeitete er an einer autobiographischen Erzählung. Eine Liebesgeschichte zwischen einem sechzehnjährigen Jungen und seiner fünfzigjährigen Deutschlehrerin. Als Konstantin ihm sein Mondfernrohr zeigte, erzählte Juri, dass er unter dem Mikroskop seines Optikerbaukastens vor vielen Jahren seinen Samen untersucht hatte. Konstantin hatte keine Ahnung, wovon er redete, fragte aber nicht nach.

Juri erzählte ihm, dass Tante Katja wegen hysterischer Anfälle mehrere Jahre in einem Kinderheim gewesen sei. Es war ein Heim für Diplomatenkinder, den Platz hatte sein Vater organisiert, Max, der verschwundene Pilot. Vielleicht kamen die hysterischen Anfälle aber auch erst nach dem Heimbesuch. Er hatte es vergessen. Jedenfalls war der Heimaufenthalt der Riss im Leben ihrer Tante Katja, behauptete Juri. Sie blieb zwei Jahre im Heim. Oder drei. Er mochte ihre Tante Katarina auch. Sie hatte ihm die AMIGA-Platten von Johnny Cash, Billy Bragg und Vangelis besorgt, Musiker, die Konstantin alle nicht kannte.

Juri erzählte ihm, dass »Smalltown Boy« die Flucht eines schwulen Jungen aus seiner Kleinstadt beschreibt. Für Konstantin war das ein Schock. Er war also schwul. Es musste so sein. Frau Schneiders Brüste hin oder her, aber das Lied beschrieb ganz eindeutig seine Gefühle. Er würde also später mit Männern zusammenleben. Er könnte seinen Eltern ein Telegramm schicken nach Jerewan oder wo immer sie waren. Rechnet bitte nicht mit Enkelkindern.

Als sie im Hof unter der Akazie saßen, erzählte Juri, wer der Architekt dieser Häuser war, die in den dreißiger Jahren gebaut worden waren, dass Martin mit seiner Mutter schlief, obwohl er verheiratet war und mehrere Kinder hatte, und dass es in einem russischen Städtchen ein Denkmal für ihren Urgroßvater gab, der von den Zarentruppen getötet worden war. Juri hatte im Deutschunterricht ein Gedicht geschrieben, das sein Verhältnis zu ihrem Uropa beschrieb, dem Helden.

Ich stehe auf unserem Appellplatz
Thälmann-Schule, Berlin
Singe die Kampflieder, die von Kämpfen berichten
Die ich nie gekämpft habe
Die Gefahren beschwören
Die ich nie gespürt habe
Die im Blut baden
Das ich nie vergossen habe
Nehmet und trinket alle davon
Denn dies ist sein Blut
Das für Euch und für alle vergossen wurde

Er stand, während er das aufsagte. Die Mädchen aus dem Nachbarhaus kicherten. Aber es war ein anderes Kichern als das Kichern, das Konstantin bekommen hatte. Juri sah gut aus. Er hatte schwere dunkle Locken, und seine Augen waren blau.

»Baba sagt, er war ein Kampfgefährte von Lenin«, sagte Konstantin.

»Sie meint es sicher im übertragenen Sinne«, sagte Juri. »Unser Urgroßvater hat ja in einer ganz anderen Gegend gewohnt als Lenin. Lenin war im Exil, als er starb. Aber sie kämpften für eine gemeinsame Sache, Kostja.«

Konstantin schien es, als entferne sich sein Urgroßvater durch diese Informationen noch weiter von ihm.

Am Montag fuhr Juri in ein Schach-Trainingslager im Vogtland, an dem auch ein Juniorenmeister aus der kirgisischen Sowjetrepublik teilnahm. Er hatte keine »Praline« mitgebracht und kein »Wochenend«. Nur die biographische Liebesgeschichte zwischen einem sechzehnjährigen Abiturienten und seiner fünfzigjährigen Deutschlehrerin. Konstantin faltete sie zusammen und versteckte sie zwischen den »Sputnik«-Heften.

*

In der dritten Woche trafen zwei Postkarten ein. Eine kam aus Klingenthal im Vogtland. Man sah eine Sprungschanze im Winter.

Juri schrieb: »Kostjek, habe über Lenin und Viktor Krasnow nachgedacht. Die Entfernung zwischen Gorbatow (wo unser Urgroßvater lebte und starb) sowie Kasan (wo Lenin studierte) ist 400 Kilometer (weitere 200 sind es bis nach Uljanowsk, wo Lenin geboren wurde und aufwuchs). Es ist also möglich, dass sie sich begegnet sind!!! Ich behalte es im Auge. Grüße an die Tochter des Revolutionärs. Salute Juri.«

Die zweite Karte kam von seinen Eltern. Sie war aus Odessa. Das Material der Karte war dünner und weicher, das Bild war verwaschen. Es zeigte eine breite Treppe, auf der Matrosen standen.

»Lieber Kostja, wir sind nach langer Fahrerei durch die ČSSR, durch Ungarn, Rumänien (Papa hat in den Karpaten nach Braunbären gesucht, aber keine gesehen!) und Moldawien am Schwarzen Meer angekommen. Odessa ist prächtig! Es gibt Märkte mit Orangen, Nektarinen und Pfirsichen und riesigen Fischen. Heute fahren wir übers Schwarze Meer nach Batumi. Das Auto ist schon auf dem Schiff. Die Wellen sind hoch, ich werde sicher seekrank. Sei froh, dass du nicht dabei bis, mein kleiner Seefahrer. Viele Grüße an Baba. Iss nicht so viele Eierkuchen! Mama.«

Darunter stand in der eckigen kleinen Handschrift seines Vaters: »In welchem Film spielte die Treppe auf der anderen Seite der Postkarte eine wichtige Rolle?«

Konstantin stellte die Karten zu »Rumours« von Fleetwood Mac ins Regal. Er streichelte Steve Nicks mit dem Finger.

»War Lenin jemals in Gorbatow?«, fragte er Baba, die in ihrem Sessel saß, ein Buch auf den Knien.

Sie hatte oft ein Buch auf den Knien, wenn sie dort saß. In einigen der alten Bücher war mit Tinte der Name des Besitzers vermerkt, Robert F. Silber. Der Name seines Großvaters, den er nie kennengelernt hatte. Es gab kein Bild des Mannes in der Wohnung. Er konnte sich keinen Mann an Babas Seite vorstellen.

»O nein, Kostja«, sagte Baba. »Gorbatow war nur kleine Stadt. Lenin war großer Mann.«

Sie ließ ihren Blick wieder in das Buch fallen. Ein Buch, das einem Mann gehört hatte, den die Vergangenheit verschluckt hatte wie ein gefräßiges Monster. Babas Sätze lagen vor dem Tor zur Geschichte wie große, schwere Steine. Konstantin hatte nicht die Kraft, sie anzuheben.

11

BERLIN
SOMMER 2017

… nicht die Kraft. Nicht die Kraft.

Konstantin lag auf einem Sofa, wusste im Moment aber nicht, wo das Sofa stand. Er hörte ein Summen, das wahrscheinlich aus dem Radio kam. Er liebte das Radio in Babas Wohnzimmer, das alte Radio mit dem pulsierenden grünen Herzen, die exotischen Orte, die auf der Skala standen. London, Kopenhagen, Breslau, Paris. Er war dem kleinen Wohnzimmer in Prenzlauer Berg entflohen, er war auf dem Zeiger der Radioskala in die Welt gereist. Die Uhr, die er an seinem Handgelenk spürte, sprach allerdings dagegen, dass er ein Kind war. Die Omega Seamaster, die er von Lisa zum 35. Geburtstag geschenkt bekommen hatte. Lisa hatte sie gebraucht gekauft. Er hatte mehrfach versucht herauszubekommen, wie viel sie dafür bezahlt hatte, weil er glaubte, dadurch ermitteln zu können, wie viel er ihr wert war. Aber darum ging es nicht. Es ging nicht um den Preis der gebrauchten Uhr. Es ging auch nicht um Lisa, die ihre Uhren inzwischen anderen Männern schenkte. Erfolgreicheren Männern. Filmpreisgewinnern. Er war aus Lisas Leben verschwunden, wie die Männer vor ihm aus den Leben ihrer Frauen verschwunden waren. Wie sein Vater aus dem Leben seiner Mutter verschwand. Claus. Max.

Viktor Krasnow. Der berühmte ostdeutsche Reporter Jan-Carsten Schmitz mit seinem bleistiftdünnen David-Niven-Bärtchen. Die Maler, Piloten, Ärzte und die Köche im Leben von Tante Vera. Und vor allem Robert F. Silber.

»Baba«, sagte eine Frauenstimme.

Oder war es eine Frage? Hatte sie gesagt: »Baba?«

Konstantin versuchte, sich auf die Seite zu drehen. Es ging nicht. Er sah nur die Beine der Frau im Sessel. Babas Beine wahrscheinlich, andererseits war Baba tot. Er hatte sie im Kühlraum des Altersheims gesehen, das Heim, in dem nun sein Vater war. Ein Engel. Federleicht. Befreit von all der Last, die sie ein Leben lang mit sich herumschleppte. Er war auf ihrer Beerdigung gewesen. Wer war die fremde Frau im hellen Mantel, an die sich später niemand erinnern konnte? Wer war die Frau im Sessel? Es war warm, und die Luft stand schwer und dick. Er schlief nicht, und er war nicht wach. Er hatte einen süßen Geschmack im Mund, der von Babas Keksen stammte, dem Konfekt, das Tante Vera von ihren Patienten bekam, oder dem trockenen Brot, das er in ihrer Gegenwart kauen musste.

Du bist zu ungeduldig, Konstantin. Immer schon.

Er wollte etwas sagen, aber es ging nicht. Er konnte nicht sprechen. Er fand sein Thema nicht. Er stellte die falschen Fragen. Er wusste nicht, welche Geschichte er erzählen sollte.

»Was hat sie gesagt?«, fragte eine Stimme, die aus dem Sessel kam.

»Wer?«, fragte er.

Die Frage quoll aus seinem Mund wie das zerkaute Schwarzbrot von Tante Vera. Er fühlte den krümeligen Keksgeschmack im Mund, der sich mit dem harten Marmeladenklecks mischte. Die Häuser hatte Bruno Taut gebaut, die Decken waren niedrig, aber er mochte die Fensterstreben und die grüne Hölle im Hof. Die Schlager der Woche. Tausendmal ist nix passiert. Auf dem kleinen Balkon in der Nacht, der Mond über den Giebeln der Bruno-Taut-Häuser, seine Krater nur leicht vergrößert durch das Fernrohr aus seinem Optikerbaukasten, im Rücken die schlafende Tochter des Revolutionärs, Baba. Ihr Tod, angekündigt, seit Jahren. Und dennoch hatte sie nie jemand befragt nach den Geheimnissen ihres Lebens. Weder ihre Töchter. Noch er.

»War Lenin jemals in Gorbatow?«, fragte Konstantin in Richtung des Radios.

Es war nicht die Frage, die er stellen sollte.

Die Süße in seinem Mund kam nicht von damals, nicht von der Trumpf-Schokolade, die Tante Katja aus dem Delikat mitgebracht hatte, sie kam von den kandierten Früchten, die er eben gegessen hatte. Er spürte das Licht der Lampions durch seine geschlossenen Lider.

Konstantin schlug die Augen auf. Über ihm an der Decke ein Wasserfleck in den Umrissen von Madagaskar. Beziehungsweise Korsika. Ein verwaschener Zahn. Vielleicht musste Frau Born ihren Malerfreund aus der Wohnung werfen, seine vollgestellte Galerie entrümpeln und vermieten, um die Mansarde renovieren lassen zu können. Konstantins Segen hatte sie.

Er lag auf dem Sofa. Er hörte seine Therapeutin summen, eine Ballade. Er versuchte, eine Melodie zu erkennen. I will always love you? Mister Paul McCartney? Dream on? Whitney Houston? Marianne Rosenberg? Aerosmith? Er drehte den Kopf in Richtung Sessel. Sibylle Borns Augen waren geschlossen. Vielleicht war sie Opfer ihrer eigenen Hypnose geworden und irrte gerade durch eins der farbenfrohen Porno-Gemälde ihres gelähmten Lebensgefährten. Oder durchs dunkle Oslo, in das sie aus dem dunklen Ostberlin geflohen war. Vom Regen in die Traufe. Kratzten ihre Spikes gerade über eine verlassene norwegische Straße?

Konstantin fühlte sich, als erwache er aus einer dieser Kurzzeitnarkosen, die er für seine Darmspiegelungen bekam. Er hatte damit vor ein paar Jahren angefangen, in einer Magen- und Darmklinik in Mitte, vermittelt durch Tante Veras Bekannten Dr. Spitzer, der ihm auch Sibylle Born empfohlen hatte. Fünf oder sechs Darmspiegelungen in immer kürzeren Abständen. Bis der Gastroenterologe einen Schlussstrich gezogen hatte. Kommen Sie in fünf Jahren wieder, Herr Stein. Frühestens.

Andere Geschichte.

Konstantin räusperte sich. Frau Born öffnete die Augen. Halb. Coach, das schläfrige Krokodil.

»Und?«, fragte sie.

»Ich war im Wohnzimmer meiner Großmutter«, sagte er.

»Baba?«

»Baba.«

»Und?«

»Nichts. Ich konnte mich gut an die Inneneinrichtung erinnern. Das Radio, die Brüste der Frau, die über meiner Oma wohnte, den Geschmack der Pralinen, die meine Tante mitbrachte, aber kaum an ein Gespräch, das wir geführt haben. Vielleicht haben wir nicht viel geredet. Und sicher nicht über meinen verschwundenen Großvater«, sagte er.

»Ihr Großvater?«

»Robert F. Silber. Der Mann meiner Großmutter Baba. Der Vater meiner Mutter. Er ist in den Nachkriegswirren verschwunden. Keiner weiß, wohin.«

»Wir haben noch nie über Ihren Großvater geredet.«

»Haben wir über meinen Urgroßvater geredet?«
»Den gepfählten Revolutionär? Über den schon.«
»Man erinnert sich lieber an die Helden«, sagte Konstantin.
»Mmhh«, machte Frau Born.
Ihre Augen klappten wieder zu.
Konstantin sah auf die Uhr. Sie hatten noch eine gute Viertelstunde. Er war zehn Minuten im Halbschlaf gewesen und hatte in der Zeit einmal die Welt umkreist. Er wusste nicht, ob das ein Erfolg war, und von Frau Born war nicht mit einer Antwort zu rechnen. Wahrscheinlich hatte sie die Hypnose mehr erschöpft als ihn. Sein Handy summte, Frau Born schlief.

Es war eine Nachricht von Miriam, seiner Agentin. Zwei Worte. Good news. Er schlich aus der Mansarde. Kurz bevor er die Tür hinter sich schloss, sagte Frau Born vom Sofa: »War Ihr Großvater kein Held?«

»Das weiß ich eben nicht«, sagte Konstantin.

»Wir kommen voran«, sagte Frau Born, die Augen geschlossen.

»Ja«, sagte Konstantin und zog die Tür zu.

★

Auf der Straße rief er Miriam zurück. Er stand vor dem Schaufenster, hinter dem sich die Produktion des gelähmten Malers stapelte. Frauen mit drei Brüsten und einem Auge, abgetrennte Hände, riesige Penisse in lila, orange und schwarz, Papierboote, die auf blutroten Pfützen segelten, ein glatzköpfiger Mann, der durch einen Schamhaarwald strich.

»Mister Stone«, sagte Miriam.

»Gute Nachrichten?«, sagte Konstantin.

»Klein interessiert sich für Sommerfrische«, sagte Miriam.

»Interessiert sich?«, fragte Konstantin.

»Er ist morgen und übermorgen in der Stadt und will essen gehen. Ich bestelle einen Tisch im Grill. Wann kannst du?«

»Ich kann immer, weißte doch. Seit wann macht Klein Kino?«

»Fernsehen ist das neue Kino, Stone.«

»Kann schon sein, aber Klein bleibt Klein.«

»Das ist gut. Darf ich das gelegentlich benutzen?«

»Gern.«

»Also?«

»Bitte nicht das Grill. Der aufgeblasene Sack ist an sich schon schwer genug zu ertragen.«

»Okay. Stone. Keep you posted.«

Konstantin drehte sich von den Bildern weg und atmete aus. Er hasste es, wenn sie ihn Stone nannten. Es gehörte zu dem Selbstbetrug, mit dem sie sich gegenseitig einredeten, ihre Projekte seien vielversprechend und international konkurrenzfähig. Er konnte sich kaum noch an das Treatment für »Sommerfrische« erinnern, das er vor einem Jahr geschrieben hatte, vielleicht auch vor zwei Jahren. Es war immer dasselbe. Noch ein Film über eine dysfunktionale Familie, die sich auf dem Landsitz der Eltern trifft, um alte Rechnungen zu begleichen. Den Patriarchen sollte Thomas Thieme spielen, soweit er sich erinnerte. Das Landhaus stand in der Uckermark, aber natürlich konnte man es auch ins Bergische Land bewegen, wenn Kleins Sender es finanzierte. Oder in die Eifel.

Es gab sicher einen langen Tisch im Schatten einer alten Eiche, das Tischtuch war weiß und steif, am Anfang jedenfalls, es gab die stille Gattin des Patriarchen, den Karrieresohn, der zu verheimlichen suchte, dass auch seine dritte Ehe scheiterte, den jüngeren Sohn, den die Mutter als eine Künstlerseele, zartbesaitet, in Schutz nimmt und den der Vater als Versager und Schmarotzer beschimpft, die betrunkene, sexy Tochter, Kinder, Lebensgefährten, Ehefrauen, es gab das Sommergewitter, das sie alle aufscheuchte, den Überraschungsgast und die hysterische Rede der Patriarchengattin als Schlussplädoyer. Am Ende reiste einer nach dem anderen ab, der Patriarch schaute über sein Land, aber nichts war mehr wie früher.

Konstantin hörte das Cello spielen, sah, wie sich das uckermärkische beziehungsweise bergische Augustgelb in den Augen von Thomas Thieme brach.

Good news? Ganz und gar nicht. Nicht sein Thema, nicht seine Familie.

Er hielt sich an der Hauswand fest. Es war früher Nachmittag, aber er hatte keine Ahnung, wie er von hier aus weitermachen sollte. Vor dem Spielsalon auf der anderen Straßenseite standen drei dunkelhaarige Jungs und rauchten. Sie sahen träge zu ihm herüber. Er nickte. Sie schnippten die Kippen weg, lachten und verschwanden wieder im Salon.

Er fühlte sich von ihnen verstoßen, abgelehnt und alt.

Er wusste, wie das Abendessen mit Klein ablaufen würde. Man tastete sich ein bisschen ab, besetzte den nichtfinanzierten Phantasiefilm, sah ihn, feierte ihn. Thieme als Patriarch und Eidinger als durchgedrehter, aber zartbesaiteter Versagersohn holten Preise ab, er und Klein verbrüderten sich auf dem Rücken der Kollegen. Dazu Wein. Später Schnaps, zur Verdauung. Schnäpperkin. Ein Zigarettchen oder zwei. Vielleicht noch einen Absacker woanders.

Am nächsten Morgen nur die eine Frage: What the fuck?

Er dachte an seine eigene Familiengeschichte. Eine Geschichte, die ihm kein Redakteur abnehmen würde, weil sie zu große Löcher hatte. Sein Cousin Juri, das alte Kind, lebte immer noch in Babas Wohnung, sah vom Balkon in den wilden Garten, wo er die Ballade von seinem Urgroßvater vorgetragen hatte. Die kichernden Mädchen waren inzwischen bittere Frauen. Was machte eigentlich Tante Katja? Lebte Onkel Egon noch, der Witwer von Tante Lara, Egon, der Affenarsch, wie sein Vater ihn genannt hatte. Egon hatte noch in der Nacht, als Tante Lara starb, die gemeinsame Wohnung verlassen und war zu einer Frau gezogen, mit der er seit Jahren ein Verhältnis hatte und auch ein Kind, das genauso alt war wie seine Tochter Natascha. Tascha, Konstantins Cousine, die immer lachte, aber nie redete. Was war aus Natascha geworden? Wer war die Frau im weißen Mantel auf Babas Beerdigung, die niemand kannte? Die Frau, die noch Jahre nach dem Mauerfall ausgesehen hatte wie der Westbesuch. Man könnte Max in Kasachstan suchen oder wenigstens sein Flugzeug. Man könnte nach Sorau und nach Gorbatow reisen, zu den Orten, an denen sein Großvater und sein Urgroßvater verschwunden waren.

Konstantin fühlte sich, als stecke er immer noch tief in Sibylle Borns Hypnose, er träumte einen Familienalbtraum.

Er riss die Zigarettenschachtel auf, rauchte, bis ihm schwindlig wurde. Dann ging er zu seinem Auto und fuhr nach Pankow ins Altersheim. Es begann zu regnen, im Autoradio spielten sie die hundert schönsten Liebeslieder der Popgeschichte. Auf Platz 51 war Jeff Buckley. Halleluja. Dieses Atmen am Anfang.

Hhhhhhh.

Der letzte Atemzug oder der erste.

Sein Vater saß im Speisesaal, allein an einem Tisch, vor sich einen Windbeutel und eine Tasse Kaffee. Auf der Bühne las einer der Pfleger Gedichte von Morgenstern aus der Totenbibliothek des Heims. Konstantin setzte sich an den Tisch seines Vaters. Der schaute kurz auf, nickte, aber sein Blick blieb leer.

»Drei Hasen tanzen im Mondenschein«, las der Pfleger. »im Wiesenwinkel am See. Der eine ist ein Löwe, der andre eine Möwe, der dritte ist ein Reh.«

Sein Vater nickte, lachte aber nicht. Er grub die Kuchengabel in den Windbeutel und hielt inne. Er schien zu überlegen, was er da eigentlich machte.

Konstantin blieb eine Stunde.

Es regnete weiter. Auf der Rückfahrt waren sie in der Liebesliederhitparade bei Platz 33 angekommen. Death Cab for Cutie. I Will Follow You Into The Dark. Das Radio spielte den Soundtrack zu seinem Leben. Nie ein gutes Zeichen.

12

SORAU
WEIHNACHTEN 1941

»Was isst man denn so zu Weihnachten, dort unten?«, fragte Teofila Silber.

»Dort unten?«, fragte Robert.

»Bei ihnen«, sagte Teofila und nickte in Jelenas Richtung.

»Wenn du eine Linie von Sorau nach Moskau ziehst, liegt Moskau oben, Mama.«

»Du weißt, was ich meine, Roberto«, sagte Teofila.

»Ich fürchte, ja«, sagte Robert.

Seine Mutter zuckte mit den Schultern. Roberto. Jelena lächelte und schwieg. Ihrer Erfahrung nach war das besser so.

Teofila Silber war das natürliche Zentrum der weihnachtlichen Abendgesellschaft in Jelenas und Roberts Wohnzimmer. Ihre Stimme war tief und voll, ihre dicken Haare hatte sie zu einer silbrigen Krone arrangiert. Heinrich, ihr Mann, besaß das Geld und die Macht, wirkte an ihrer Seite aber immer, als habe er ihr nur die Koffer hochgetragen. Selbst ihr Oberlippenbart war prächtiger als seiner. Teofila und Heinrich Silber saßen auf der einen Seite des Tisches, ihnen gegenüber Jelena und Robert, wie Verhandlungspartner. Links und rechts hatten Roberts Tante Elisabeth und seine Schwester Liselotte Platz genommen. Durch das Glas zur Schiebetür in die Bibliothek sah man den Baum leuchten. Ein gewaltiger Baum, darunter die Geschenke für die Mädchen und Liselottes Söhne, Gerd und Thomas.

Teofila hatte einen leichten Akzent und redete schnell, so schnell, vermutete Jelena, wie sie in ihrer Muttersprache redete. Die war Italienisch. Jelena, die nun seit fünf Jahren in Deutschland lebte, hatte Schwierigkeiten, ihre Schwiegermutter zu verstehen. Außerdem hatte sie ein Stück Gans im Mund, etwas Zotteliges, Gummiartiges, Graues. Die Mädchen hatten eine Suppe aus den Innereien der Gänse gekocht, die es morgen geben würde. Vielleicht aß man die Innereien nicht mit, oder man fischte sie vorher aus der Suppe. Jelena hatte keinerlei Erfahrungen mit der Zubereitung von Gänsen, wie sie überhaupt wenig Erfahrungen beim Kochen hatte, und auch die beiden Mädchen, die in der Küche arbeiteten, kannten sich nicht mit Gänsen aus. Jelena hatte sie aus dem Arbeitslager geholt, das irgendwo dort draußen, vor den Toren von Sorau aufgebaut worden war. Jeden Tag liefen Kolonnen von Sträflingen durch die Stadt, meistens Frauen. Jelena hatte bei einem Einkauf auf dem Markt eine Gruppe Russisch sprechen hören. Es gab ein Lager irgendwo im Wald, sagte Heinrich, ihr Schwiegervater, der ein einflussreicher Mann in Sorau war. Sie stellte keine Fragen. Sie bekam zwei belorussische Mädchen, Irina und Klawdia. Irina stammte aus Minsk und hatte einen Blick, als habe sie vor nicht allzu langer Zeit in einen sehr tiefen Abgrund gesehen. Sie halfen mit den Kindern und dem Kochen. Wahrscheinlich hatten sie in ihrer Kindheit immer nur Buchweizenbrei und Kohlsuppe gegessen wie Jelena in der Fastenzeit. Und am Solchenik, ihrem Heiligen Abend, die Kutja, den süßen Brei. Vielleicht war auch die Gans schon zu alt gewesen, dachte sie. Das wäre schlecht für morgen. Sie schluckte das zerkaute Gänsestück herunter wie eine Kröte.

Dann sprach sie doch.

»Wir nicht feiern Weihnachten wie ihr«, sagte Jelena.

»Warum wundert mich das nicht?«, fragte Teofila.

»Weiß nicht«, sagte Jelena.

»Das war keine Frage«, sagte Teofila. Sie tupfte sich den Mund ab und warf die Serviette mit einer königlichen Geste auf den Tisch. Sie trank einen Schluck Rotwein, vorsichtig, mit spitzen Lippen, als rechne sie damit, am Tisch ihrer Schwiegertochter vergiftet zu werden.

Robert berührte Jelena unterm Tisch, er strich ihr über den Oberschenkel. So, wie man einem nervösen Pferd über den Hals streicht, dachte Jelena.

Sie hatten den Esstisch verlängert und mit dickem weißem Tuch belegt, er glich jetzt eher einer Tafel als einem Tisch. Es war ihr Tisch, es war ihr Wohnzimmer, es war ihr Haus. Eine Villa aus rotem Backstein, die gegenüber der Spinnerei stand, die Roberts Großvater vor 75 Jahren gegründet hatte. Am Giebel stand »FST«. Friedrich Silber Tuchmanufaktur. Robert hatte das Haus von seinen Großeltern geerbt und mit seiner Familie vor anderthalb Jahren bezogen, aber an solchen Feiertagen schien es, als sei er hier nur zu Gast. Die Kerzenständer auf dem Tisch waren aus dem Familiensilber, die Kugeln und Sterne am Weihnachtsbaum in der Bibliothek hatten schon am Baum seiner Großeltern gehangen. Auch der Baum hatte, wie Jelena von Familienfotos wusste, immer in der Bibliothek gestanden. Sie aßen vom alten, guten Familienporzellan, sie tranken aus den Kristallgläsern seiner Vorfahren, in die Servietten waren die Initialen seines Großvaters gestickt. F. S. Friedrich Silber. An Abenden wie diesen verstand

Jelena, warum Robert in den Osten gegangen war. Er war aus diesem Familienmuseum geflohen. Er wollte atmen, neu anfangen, ein eigenes Leben führen. Sie kannte diese Wünsche, ahnte inzwischen aber auch, dass man nicht fliehen konnte. An Abenden wie diesen verstand sie ihren Mann besser, seine Sehnsüchte, seine Ohnmacht. Robert hatte darauf bestanden, den Weihnachtsbaum beim Enkelsohn des Försters zu bestellen, der schon die Bäume seines Großvaters geschlagen hatte.

Jelena fischte ein Stück Gänseklein aus der Suppe, obwohl sie das letzte noch im Hals spürte. Sie war die Gastgeberin. Es war ihr Wohnzimmer. Es war ihre Suppe. Es war ihr Leben.

»Sie feiern das Neujahrsfest«, sagte Robert.

»Jolkafest. Mit kleiner Vater Frost«, sagte Jelena. Sie lachte, sie gab nicht auf. Das Gänsestück war wieder zäh. Natürlich, es war dieselbe Gans.

»Väterchen Frost«, sagte Robert.

»Und Schneeflocke«, sagte Jelena.

»Das sind die Bräuche von Heiden«, sagte ihre Schwiegermutter.

»Teofila!«, rief Heinrich Silber, ihr Schwiegervater.

Heinrichs Schwester Elisabeth, mann- und kinderlos, und seine Tochter Liselotte, deren Mann Georg im Kriegseinsatz in Frankreich war, warfen sich belustigte Blicke zu.

»Was denn? Die Iwans brennen die Kirchen nieder, und du weißt es, Heinrich«, sagte Teofila. Sie angelte sich die Serviette und tupfte sich den Bart.

Jelena wäre gern aufgestanden und gegangen. Vielleicht zu den Kindern, die mit dem Personal im zweiten Stock Kartoffelsalat aßen, um die Konversation der Älteren nicht zu stören. Ebenfalls ein Brauch, an den Jelena sich nur schwer gewöhnen konnte.

Die Kinder aßen im Hause Silber nie mit den Erwachsenen. Sie redeten kaum mit den Erwachsenen. In Jelenas Kindheit hatte es gar keinen Platz für verschiedene Tische gegeben. Manchmal war es erleichternd, die Mädchen abgeben zu können, manchmal fühlte sie sich ohne sie schlecht, allein, gelangweilt, verantwortungslos auch. Sie versuchte, sich daran zu erinnern, welche Geschenke sie für die Mädchen ausgesucht hatte. Bücher, Kleider, ein Opernglas für Vera, eine Kinderstaffelei für Maria. Es war so viel. Klawdia und Irina hatten die Geschenke verpackt, es hatte ausgesehen, als säßen sie in einer Werkstatt. Ihr fiel ein, dass sie sich schon in Gorbatow um Väterchen Frost gestritten hatten. Der Pope hatte bereits das Dorf verlassen, die Kirche stand leer. Großväterchen Frost und seine Gefährten füllten die Lücke. Es gab keinen stundenlangen Gottesdienst mehr am Solchenik, keine Lichterprozession, keinen Buchweizenbrei den ganzen Dezember lang. Lenin hatte Gott ersetzt. Die Männer soffen nun auch in der Fastenzeit. Jelenas Mutter behauptete, sie wollten ihnen mit den Märchenfiguren auch noch das kirchliche Weihnachtsfest stehlen.

»Wer sind denn sie? Wer will uns Weihnachten stehlen?«, hatte Alexander Petrowitsch Jelenas Mutter gefragt. Wie ein Politkommissar hatte er es gefragt.

»Du weißt es ganz genau, du gottloser Trampel«, hatte ihre Mutter gerufen.

Aber am Ende hatte sie sich dem Trampel gebeugt, dem Politkommissar an ihrem Tisch. Den Zeiten. Und natürlich den Kindern, die das Schneemädchen Snegurotschka mehr mochten als den Popen Andrej Andrejewitsch und vor allem lieber als die ewige Fastenzeit vor Weihnachten, in der man keine Süßigkeiten essen durfte. Jelena war aus einer gottesfürchtigeren

Umgebung angereist, als ihre Schwiegermutter ahnen konnte. Nach der Messe in Nischni Nowgorod hatten ihre Haare tagelang nach Weihrauch gerochen. Sie hatte geträumt, wie sie im Weihrauchnebel des Popen verlorenging wie in einem verwunschenen Wald. Wahrscheinlich hätte sich ihre Mutter prächtig mit Roberts Mutter verstanden, vereint in ihrer Verachtung der unchristlichen Welt. Jelena hätte das erzählen können, aber sie wusste, dass sie das Herz von Teofila Silber nicht erreichen würde.

Ihre Schwiegermutter arrangierte ungenießbare Gänsestücke und Gemüsereste am Tellerrand wie Vorwürfe.

Teofila hatte sie schon bei ihrer ersten Begegnung angesehen wie eine Hündin, die ihrem Sohn in der Wildnis zugelaufen war. Teofilas Augen waren zwei schwarze Steine gewesen, die Augen einer Schlange. Fünf Jahre war das her.

Drei Tage nachdem sie in Berlin gelandet waren, erschienen Teofila und Heinrich Silber zu einem Antrittsbesuch in Dahlem. Noch während der Olympischen Spiele, bei denen sie sich Schwimmwettkämpfe angeschaut hatten. Die Schwimmstaffel der deutschen Frauen war knapp von den Holländerinnen geschlagen worden. Darüber hatten sie den ganzen Nachmittag geredet, vor allem über eine junge deutsche Schwimmerin namens Gisela Arendt, eine Berlinerin, die – wie Teofila Silber nicht müde geworden war zu betonen – ihrem Sohn Robert besonders gut gefallen hatte. Jelena hatte keine Eintrittskarte bekommen, sie hatte in dieser Zeit das Haus auf den Besuch ihrer neuen Familie vorbereitet. Es war das erste Mal, dass sie jemanden aus Roberts Familie zu Gesicht bekam. Sie hatte sich am allermeisten auf den Besuch ihrer Schwiegermutter gefreut. Mit einer Italienerin hatte sie mehr Hoffnung verbunden als mit einer Deutschen. Teofila aber hatte sie behandelt wie eine Hausangestellte. Es gab Kaffee und Erdbeerkuchen und eine Unterhaltung, von der Jelena nichts verstand außer dem abschätzigen Blick ihrer Schwiegermutter, dem gütigen Gebrummel ihres Schwiegervaters Heinrich und dem immer wieder auftauchenden Namen Gisela Arendt. Robert hatte ihr später – als sich seine Eltern auf der Rückreise nach Sorau befanden – zu erklären versucht, dass er die Schwimmerin kaum wahrgenommen hatte. Sie sei noch ein Mädchen, nicht einmal halb so alt wie er. Er verteidigte sich gegen einen Verdacht, den Jelena gar nicht hatte. Das war es, was Teofila Silber wollte. Unfrieden.

Sie hatte den Erdbeerkuchen, den Jelena besorgt hatte, nicht angerührt.

Teofila Silber hatte sich für ihren einzigen Sohn eine bessere Partie gewünscht. Der Umzug von Berlin nach Sorau in Schlesien, die kirchliche Hochzeit in der Stadtpfarrkirche von Grünberg und zwei weitere Töchter, Maria und Katarina, ordnungsgemäß getauft in St. Mariä Himmelfahrt, der einzigen katholischen Kirche von Sorau, deren Bau Roberts Großvater zu großen Teilen finanziert hatte, hatten daran nichts geändert. Jelena hatte keine Flöhe mehr, aber sie blieb eine Hündin.

Die Bräuche von Heiden, hatte ihre Schwiegermutter gesagt.

»Das kann man so nicht sagen, Mama«, sagte Robert. »Sie haben den Julianischen Kalender in der russisch-orthodoxen Kirche. Sie feiern erst im Januar. In gewisser Weise sind sie traditioneller als wir.«

»Meine Großmutter ist Römerin«, sagte Teofila.

»Ja«, sagte Robert.

»Traditioneller geht es nicht«, sagte Teofila.

Sie selbst kam aus dem Norden des Landes, wie Robert Jelena

erklärt hatte, ihr Vater war Arbeiter in einer Maschinenbaufabrik gewesen, ihr Name war eher kroatisch als italienisch.

»Das würde manches erklären«, hatte Jelena gesagt. Es war an einem Abend in ihrem Schlafzimmer. Jelena hatte bereits die Frisur geöffnet.

»Bitte?«, hatte Robert gefragt.

»Der Eifer der Hochstaplerin«, hatte Jelena gesagt.

Robert hatte ihr ins Gesicht geschlagen, mit seiner kleinen Hand. Nicht stark, aber immerhin. Seitdem wusste sie, wie weit er für seine Mutter zu gehen bereit war. Er verteidigte Jelena in den Gesprächen um seiner selbst willen. Er begründete seine Wahl. Er zweifelte nicht an seiner Mutter, er wollte, dass seine Mutter verstand, wieso er sich für diese Frau entschieden hatte. Später in der Nacht hatte er sich auf sie geworfen, wahrscheinlich in dem Versuch, den Schlag irgendwie zurückzunehmen. Sie hatte nicht gefragt, sie hatte es über sich ergehen lassen. Das Ungelenke, Zappelige seiner frühen Liebesbemühungen war einem mechanischen Ritual gewichen. Als würde er sich die Schulter kratzen oder Liegestütze machen.

Heinrich Silber, Roberts Vater, trank sein Rotweinglas in einem Zug aus und sah sich nach der Flasche um. Was das Trinkverhalten anging, kam Robert nach seinem Vater, vom Aussehen her erinnerte er an seine Mutter. Das Kleine, Gedrungene, Käferhafte, die winzigen Hände mit den manikürten Fingernägeln, die Nase, die wie ein Schnabel in seinem herzförmigen Gesicht saß, vor allem aber die geschwungenen, gezupft wirkenden Augenbrauen, die ihn dramatisch aussehen ließen, als würde er gleich anfangen zu singen. Sein Vater sah schlicht aus, eckig, er hatte einen buschigen Schnurrbart, buschige Augenbrauen und den Blick eines müden Hundes. Er wirkte, anders als sein Sohn, wie ein Mann ohne Geheimnisse und Abgründe.

Jelena suchte den Blick von Klawdia, die am Türrahmen wartete, und formte mit den Lippen die Worte: »Wino. Krasnoje Wino.«

Ihre Schwiegermutter sah sie an, als habe sie einen Fluch ausgesprochen. Als sei sie eine Hexe. Die russische Sprache erschien Teofila wie Teufelszeug. Irgendwann, nachdem sie sich ein bisschen besser kannten, hatte Teofila Jelena in die Haare gegriffen und eine Strähne zwischen Zeigefinger und Daumen gerieben, als prüfe sie einen Kleiderstoff. Rote Haare.

Jelena lächelte es weg.

Klawdia kam mit der Flasche zurück, schenkte nach.

Elisabeth streckte ihr Glas aus wie eine Ertrinkende den Arm. Roberts Tante war einfältig und hässlich, aber nicht garstig. Sie hatte jahrelang irgendwelche Schulen in der Schweiz besucht, ohne zu einem Abschluss zu gelangen oder einen Mann zu finden. Sie bewohnte einen Pavillon auf dem Anwesen ihres Bruders Heinrich wie eine Kranke, der man ein Gnadenbrot gewährte. Sie trank wie ihr Bruder. Sie dämmerte durch ihr Leben.

Jelena hatte gehofft, Robert in seiner Heimat besser kennenzulernen, umgeben von seiner Familie, aber er schien ihr heute noch rätselhafter. Obwohl er in die väterliche Fabrik eingestiegen war, verbrachte er dort kaum Zeit. Er unternahm längere Reisen, um, wie er sagte, andere Betriebe aufzubauen und umzugestalten. Wie damals in Rescheticha. Manchmal war er monatelang nicht da. Wenn er wiederkam, war er erschöpft und wortkarg.

In Leningrad und Moskau hatten sie das Jolkafest gemeinsam gefeiert, Vera, Lara, Robert und sie. Alle an einem Tisch. Sie dachte an Väterchen Frost und Snegurotschka, seine Enkeltochter, an den Schlitten mit den drei Pferden, die Troika. Es war ein heidnischer Brauch, sicherlich, aber Jelena war mit den Figuren aufgewachsen, die Kinder mochten sie, und Robert hatte herausgefunden, dass sie älter waren als die Oktoberrevolution, und so ließ er sie ins Haus. Eine warme Woge fuhr durch Jelenas Körper, sie wusste nicht, ob es Liebe war, Heimweh oder Mitleid mit ihrem Mann, dessen Autorität in Gesellschaft seiner Mutter stark nachließ. Er saß in seinem eigenen Wohnzimmer und ließ sich von dieser italienischen Matrone die Welt erklären.

Robert hatte ihr gesagt, dass sich seine Mutter durch sie immer an ihre eigene Fremdheit unter den Deutschen erinnert fühle. Sie bekämpfe ihre Unsicherheit, indem sie Jelena bekämpfe.

Es half Jelena nicht. Es machte ihre Lage aussichtslos.

Im Sommer hatten die Deutschen die Sowjetunion angegriffen, und Teofilas Ton ihr gegenüber war, wenn es irgend ging, noch frostiger geworden. Robert hatte seiner Mutter mehrfach erklärt, dass sie ja aus dem Land geflohen waren, weil es eben nicht mehr Jelenas Heimat sein konnte. Im Grunde wollte er wohl sagen, die Deutschen kämpften dort auch für sie, Jelena. Aber sie empfand das nicht so, überhaupt nicht. Der Feind eines Feindes war kein Freund. Jelena war froh, dass sie nicht mehr in Leningrad lebte, der eingekesselten Stadt, aber jede Meldung über weitere deutsche Erfolge im Osten tat ihr weh. Sie hatte die Leningrader nie gemocht, hoffte aber, dass sie durchhielten.

Robert schaltete – wenn er da war – jeden Abend das Radio ein, und die Familie versammelte sich vor dem Gerät wie an einem Lagerfeuer. Sie hatten jetzt vier Mädchen. Zwei waren in der Sowjetunion geboren, zwei in Deutschland. Lara und Vera freuten sich über die deutschen Kriegserfolge, Maria war noch zu klein, Katja schrie.

Jelena hatte noch kein Kind gehabt, das so sehr schrie. Es lag bestimmt daran, dass sie noch nie so unglücklich gewesen war wie in dieser Schwangerschaft. Sie hatte zwei Monate im Krankenhaus in Grünberg gelegen, es war keine einfache Geburt gewesen. Jelena war 38 Jahre alt, fast 39. Vor den Fenstern rumpelten die Deutschen ihr Kriegsgerät in Richtung Osten. Robert war vier Monate lang in Niederschlesien gewesen, um irgendeine Fabrik umzubauen. Er schickte ein Telegramm, als Katja schließlich auf der Welt war. Am Wochenbett erschien nur seine Schwester Liselotte und brachte einen Blumenstrauß der Schwiegereltern. Lara, Vera und Maria wurden von Kindermädchen großgezogen. Zwei Monate nach Katarinas Geburt hatten die Deutschen angegriffen und Jelena zu einem Feind im eigenen Land gemacht. Sie war deutsche Staatsbürgerin, aber sie würde nie Deutsche werden. Das wusste sie jetzt. Sie fühlte sich ihrer Mutter und ihren Halbgeschwistern nah wie nie zuvor. Sie hatte keine Ahnung, wie es ihnen dort ging, im Ural. Sie wusste nicht, wie weit die Deutschen noch weg waren. Und nachts, wenn sie versuchte, die wütende Katja zu beruhigen, fragte sie sich, ob ihre Familie dort draußen darunter leiden musste, dass sie einen Deutschen geheiratet hatte. Niemand traute dem anderen. Das war in ihrer alten Heimat nicht viel anders als in der neuen.

Am Tisch wurde jetzt über das Weihnachtsfest an der französischen Front geredet. Georg, Liselottes Mann, hatte in einem Brief aus Paris Grüße ausgerichtet und vom Essen geschwärmt. Liselotte hatte den Brief beim Kaffee am Nachmittag vorgelesen wie die Weihnachtsbotschaft. Georg war befördert worden, er war jetzt Hauptmann. Zur Erstkommunion von Gerd, ihrem Sohn, würde er auf Heimaturlaub kommen. Lauter gute Nachrichten. Eine Fotografie wurde herumgereicht, auf der der Eiffelturm zu sehen war.

»Stopfleber und Bordeaux«, sagte Liselotte.

»Der Glückliche«, sagte Teofila und schob ihren Teller weg. Ihr Schlangenblick streifte Jelena. Ihre Tochter Liselotte hatte die richtige Wahl getroffen. Es ging doch. Robert trank und schwieg und starrte in seinen Suppenteller wie in den Mahlstrom.

Jelena spuckte das zerkaute Gänsestück in die Serviette und legte sie in den Schoß.

»Wir essen Pelmeni«, sagte sie. »Wir essen Fisch. Und am Heiligen Abend essen Kutja. Speise aus Honig und Mohn und Mandel.«

Ihre Schwiegermutter sah sie an wie ein vorlautes Kind.

»Wir essen nicht Gans«, sagte Jelena.

»Aber jetzt bist du nicht mehr zu Hause, bei euch. Jetzt bist du in Deutschland. Wir essen Gans, allerdings nicht am Heiligen Abend. Und wir essen sie weich.«

»Das ist unser Haus, und du bist Gast«, sagte Jelena und warf die Serviette mit dem zerkauten Gänsestück auf den Tisch, wobei ihr noch gut gefülltes Weinglas umfiel.

»Wilde«, rief Teofila. »Wie ich schon sagte.«

Heinrich trank sein Glas aus. Robert trank sein Glas aus. Elisabeth trank ihr Glas aus. Als hätte Teofila einen Trinkspruch gemacht. Jelena nickte Klawdia zu. Klawdia betupfte den Rotweinfleck mit einer Serviette. Liselotte nahm die Postkarte ihres Mannes vom Tisch und drückte sie sich an die Brust.

»Wir essen eigentlich immer Kartoffelsalat mit Würstchen. Lausitzer Kartoffelsalat«, sagte Elisabeth Silber, die Worte schlurrten schon ein wenig trunken. »Mit Äpfeln und Karotten.«

»Kommt gleich«, sagte Jelena.

»Und Sauerrahm«, sagte Elisabeth.

»Noch Wein, Lieschen?«, fragte Heinrich.

»Klawdia, Wino«, sagte Jelena.

»Vielleicht bekommen sie wenigstens den Kartoffelsalat hin«, sagte Teofila. »Kartoffeln gibt's ja sicher auch dort unten. Oder oben. Bald ist es ja auch egal. Wir werden es ihnen schon beibringen.«

Es gab kein Zurück. Jelena dachte an die tratschende Nachbarin auf der Straße in Gorbatow. Die Wut. Die Ungerechtigkeit. Die Einsamkeit.

»Unten ist Italien, nicht Sowjetunion«, sagte Jelena und stand auf.

»Lena«, sagte Robert. »Bitte!«

Sie verließ das Wohnzimmer durch die Tür zum Musikzimmer, lief am Flügel vorbei, an dem sich Vera und Lara quälten. Niemand hatte die musikalische Ader ihres Vaters geerbt, die aus Italien stammte oder Kroatien und hier versiegt war. Sie stieg die Treppe zum kleinen Esszimmer des Personals empor, wo die Mädchen zusammen mit ihren Cousins, Irina, dem traurigen Mädchen aus Minsk, und dem deutschen Kindermädchen Annegret saßen und auf die Bescherung warteten. Sie spielten ein Brettspiel. Maria und Vera knieten auf ihren Stühlen, die Ellbogen auf dem Tisch und starrten aufs Brett, Annegret und Lara sahen Jelena an, Katarina schlief in den Armen von Irina, die so hoffnungslos schaute, als sei das Mädchen tot.

»Mama«, sagte Lara. Sie war jetzt sechs, schien Jelena aber weitaus älter zu sein. Vera war beweglich, Maria entschieden und Katarina wütend. Lara aber war besorgt. Ihre jüngeren Schwestern lebten im Augenblick, Lara dachte ständig darüber nach, was gestern war und was morgen passieren würde. Sie hatte die längste Reise hinter sich. Das machte es schwerer für sie. Das Mädchen sah die Sorgen im Gesicht ihrer Mutter. Es waren auch ihre Sorgen.

»Wer ist Sieger?«, fragte Jelena.

Maria und Vera sahen sich kurz an, die Gesichter gerötet von der Spannung. Sie waren zu erregt, um zu antworten. Vielleicht stimmte auch die Frage nicht.

Jelena setzte sich zu ihnen an den Tisch und fragte Irina: »Kak dela?«

»Deutsch«, sagte Vera, ohne den Blick vom Brett zu nehmen.

Jelena spürte das Wort wie eine Backpfeife. Irina, die oft ohne erkennbaren Grund weinte und deswegen nicht wie die eher stoische Klawdia für den Tischdienst eingesetzt werden konnte, öffnete den Mund und schloss ihn wieder.

»Wie geht es?«, fragte Jelena.

Eine Weile hatte sie noch mit ihren Töchtern Russisch gesprochen, aber sie hatten es nie wirklich gewollt. Sie wollten ankommen, so sein wie die anderen. Die Umzüge waren schon schwer genug für sie. Von Berlin aus waren sie nach Christianstadt am Bober gezogen, eine Kleinstadt zwischen Sorau und Grünberg, wo Roberts Schwester Liselotte mit ihrem Mann in einer ehemaligen Wassermühle lebte. Das Haus war riesig, und sie hatten eine eigene Etage bewohnt. Im Sommer badeten sie im Fluss. Robert, der in seinem schwarzen Badeanzug noch mehr aussah wie ein Käfer, brachte Vera und Lara bei, wie man schwamm. Ein Jahr lang wurde die kleine Fabrikantenvilla, in der vorübergehend die Verwaltung der Spinnerei untergebracht war, für sie renoviert. Ständig lernten ihre Töchter neue Kinder kennen, das Einzige, was blieb, war die Sprache. Es war einfacher, dass Jelena Deutsch lernte. Sie hatte, wie sich herausstellte, keine

Begabung für Fremdsprachen. Vielleicht war sie schon zu alt. Maria, die ihre ersten Worte in Christianstadt sprach, lernte gar kein Russisch mehr. Und jetzt war es die Sprache des Kriegsgegners. Jelena hatte den Eindruck, dass manche Leute sie auf der Straße ansahen wie den Feind, aber vielleicht bildete sie sich das auch nur ein. Die Silbers waren angesehene, einflussreiche Leute in Sorau. Der Bober war der letzte Fluss gewesen, an dessen Ufer sie gelebt hatte. Ein freundlicher, gutmütiger Fluss, der einen beim Baden im Sommer manchmal an den Füßen zog, aber nur leicht. Die Flüsse waren immer kleiner geworden. Wolga, Oka, Moskwa, Newa, Spree, Bober.

In Sorau gab es gar keinen Fluss mehr, das einzige Gewässer war der Feuerlöschteich. Jelena war ein Fisch auf dem Trockenen, selbst hier zwischen ihren Töchtern. Sie vermisste eine Heimat, von der sie – bis sie sie verlassen hatten – nicht einmal wusste, dass es sie überhaupt gab. Sie hätte auch jetzt nicht beschreiben können, wie sie aussah, ihre Heimat. Sie spürte nur die Sehnsucht. Jelena verlor ihre Töchter an dieses Land und seine Sprache. Zu ihrer Mutter und den Halbgeschwistern hatte sie den Kontakt verloren. Pawel hatte sie noch einmal in Berlin besucht. In den Zeiten, in denen ihre Länder gemeinsame Sache zu machen schienen. Er war eine Woche geblieben, er hatte ein Baumhaus für die Mädchen gebaut. Er hatte Deutsch mit ihnen gesprochen und Russisch mit ihr. An einem Tag trug er eine deutsche Uniform. Sie hatte keine Ahnung, wer er war und was er machte, aber auch ihn vermisste sie jetzt. Ihren unbekannten Bruder.

»Was ist denn, Mama?«, fragte Lara, die Augen sorgenvoll und groß.

»Bin ich glücklich hier bei euch«, sagte Jelena.

Lara schaute ratlos. Maria fegte mit Eifer einen Spielstein ihrer Schwester vom Brett.

Unten im Wohnzimmer begann jemand, Klavier zu spielen, Robert, nahm sie an, und die volle, dicke Stimme ihrer Schwiegermutter erklang. Ave Maria. Teofila Silber tanzte auf dem Schlachtfeld, sie jubelte auf dem Grab ihrer Schwiegertochter. Katja wurde wach und schrie. Irina, die Augen rot und geschwollen, streckte ihr das Mädchen entgegen. Jelena nahm ihre zappelnde Tochter, sie war froh, etwas Warmes im Arm zu haben.

*

Nach der Bescherung bereiteten die Kinderfrauen die Mädchen auf den Kirchgang beziehungsweise das Bett vor. Vera, Lara und Maria würde sie begleiten, Katja blieb mit Irina zu Hause. Die Schwiegereltern saßen mit Elisabeth und Liselotte im Wohnzimmer, tranken Kaffee und Schnaps, Jelena stand mit Robert im Ankleidezimmer. Robert hatte sein Parteiabzeichen in der einen Hand, in der anderen hielt er das Revers seines Jacketts.

»Soll ich dir helfen?«, fragte sie.

Er lachte.

»Was ist?«, fragte sie.

»Ausgerechnet du willst mir dieses Ding anstecken?«, sagte er.

»Es ist nur ein Abzeichen«, sagte sie.

»Wenn du wüsstest«, sagte Robert.

Sie ging auf ihn zu, streichelte seinen Nacken.

»Wir gehen doch nur in die Kirche«, sagte Robert.

»Genau«, sagte sie.

»Ich habe den Mantel an«, sagte er.

»Und Schal«, sagte sie.

Er lachte und warf das Parteiabzeichen in die Kassette mit seinen Manschettenknöpfen. Dann küsste er sie. Es war ein gieriger Kuss. Er wollte sich die Frau zurückholen, die er in den Tischgesprächen mit seiner Mutter verloren hatte, dachte Jelena. Robert würde heute Nacht auf ihre Seite des Bettes kommen, wo er lange nicht mehr gewesen war. Sie schmeckte den Wein, den Kartoffelsalat und das Gänsefett. Er griff ihr an die Brust, Jelena seufzte.

Dann gingen sie zu den anderen.

★

Sorau war eine Kleinstadt zwischen der Lausitz und Schlesien. Es gab ein Schloss, eine Textilfachschule, an der Heinrich Silber eine Ehrenprofessur hatte, es gab ein ehemaliges Franziskanerkloster und ein paar Kirchen. Die nächstgrößeren Städte waren Cottbus im Westen und Grünberg im Osten. Den Krieg hörte man in Sorau nicht. Aber man spürte ihn, auch auf diesem weihnachtlichen Kirchgang. Es nieselte, die Menschen trugen Schirme, aber es lag nichts Niedergeschlagenes, Demütiges in der Prozession zur Kirche. Mariä Himmelfahrt. Es schien Jelena so, als dächten die Kirchgänger an ihre großen Weihnachtsgeschenke, die ihnen der Führer beschert hatte. Polen, Frankreich, Belgien, Holland, Tschechien und die Sowjetunion. Alle hatten etwas bekommen, nur sie nicht. Sie wollte nicht, dass man ihr es ansah. Sie drückte den Rücken durch, unter dem großen schwarzen Schirm, den Robert trug.

Die Spitze der Familienabordnung bildeten Teofila und Heinrich, dahinter gingen Robert und sie, gefolgt von Lara, Vera,

Maria, begleitet von Annegret, dahinter Liselotte, ihre beiden Söhne und Elisabeth. Der Silber-Zug. Sie hatten es nicht weit.

Die Kirche war praktisch am Gartenzaun ihres Grundstücks errichtet worden. Friedrich Silber, Heinrichs Vater, hatte den Bau initiiert und bezahlt. Die Kirche hieß Mariä Himmelfahrt, aber in Sorau wurde sie nur »die rote Kirche« genannt. Sie war aus dem Backstein gebaut, aus dem auch die Familienvilla gebaut worden war. Sie sah aus, als gehöre sie zum Anwesen der Silbers. Eine Art familieneigene Kapelle. Allerdings war die Kapelle höher als die bis dahin größte und älteste Kirche der Stadt, die Pfarrkirche, die in der Reformation den Protestanten der Lausitz in die Hände gefallen war. Vierhundert Jahre lang hatten die Katholiken Soraus keine eigene Kirche gehabt. Zuletzt besuchten sie Gottesdienste in der Schlosskapelle. Friedrich Silber machte dem ein Ende. Seine Kirche war im Ersten Weltkrieg nach den Plänen eines befreundeten Berliner Architekten gebaut worden und wurde 1917 in einem hochemotionalen Akt vom Kardinal eingeweiht. Das Ende des Krieges verschmolz in den Worten des Kardinals mit dem Bau der Kirche. Man sah den Turm, wenn man aus Naumburg an der Breslau anreiste, wo Friedrich Silber geboren worden war. Der Turm bestimmte das Stadtbild von Sorau. Das war eine Vorgabe des alten Silbers an den Berliner Architekten gewesen, eine andere war die Szene, die in einem der bunten Mosaikfenster des Seitenaltars dargestellt wurde. Jesus übergab seinem Volk eine Kirche, die aussah wie ihre. Auch der erste und bislang einzige Pfarrer, Karl Roth, war vom alten Silber persönlich ausgesucht worden. Es war seine Kirche, Roth war sein Pfarrer. So sah er das. Er hatte die Fabrik, und er hatte die Kirche. Je älter F. S. wurde, wie sie ihn in Sorau nannten, desto wichtiger wurde die Kirche. Es hatte ihn sehr gefreut, hieß es, dass sich sein Sohn Heinrich eine italienische Katholikin zur Frau genommen hatte. Eine Geschichte, die vor allem von Teofila selbst ins Volk getragen wurde. Der alte Silber hatte keine Gelegenheit gehabt, die Braut seines Enkels und Erben Robert zu bewerten. Und Jelena war froh darüber.

Friedrich Silber starb 1925 und wurde direkt neben der Sakristei an der Kirchenmauer beerdigt wie ein Heiliger. Der Wunsch seiner Frau, dem sich Teofila, die Abgesandte der Heiligen Kirche aus Rom, angeschlossen hatte, war eigentlich gewesen, F. S. in der Kirche neben dem Altar in die Erde zu lassen, aber das war selbst Karl Roth, der mit dem Tod des Alten eine Art Unabhängigkeit erreicht hatte, zu viel.

Vorm Eingang der Kirche empfingen zwei ältere Ministranten und der Kaplan die Katholiken Soraus. Der Kaplan hieß Engel, ein Name wie gemacht für einen Geistlichen. Engel besaß nicht die eiserne Entschlossenheit, die Pilgermentalität von Roth, der manchmal auftrat wie der Moses der Niederlausitz. Engel war dick und weich und bewegte sich wie eine Frau auf dem Weg zur Konditorei. Jelena hatte im letzten Jahr viel Zeit mit ihm verbracht, um den Beichtunterricht und die Erstkommunion von Lara zu besprechen, die im nächsten Jahr anstand. Engel war an Details interessiert – welches Kleid sollte wo ausgesucht werden, wie würde die Kommunionskerze aussehen – und weihte sie in die Pläne ein, die er für die Dekoration der Kirche hatte. Jelena hatte nie einen Mann wie Engel kennengelernt, sie mochte ihn. Er schien keinerlei Interesse am Krieg zu haben und machte ihr mehr Komplimente als alle anderen deutschen Männer zusammen. Er liebte ihre dicken, roten Haare, er schlug ihr Frisuren vor. Er war, auch wenn Jelena das nie ausgesprochen hätte, die einzige Freundin, die sie in der Fremde hatte. Wenn sie zur

Beichte ging, hoffte sie, ihn im Beichtstuhl anzutreffen und nicht den ernsthaften Roth. Sie gestand auch Engel nicht die Dinge, die sie tief im Herzen bewegten. Sie hatte keine Worte dafür, keinen Zugang zu dem überwältigenden Schuldgefühl, das sie niederhielt. Aber für die alltäglichen kleinen Sünden war Engel der richtige Mann.

»Jelena«, sagte er. »Frohe Weihnachten.«

Er rollte das R, er versuchte, ihren Akzent nachzumachen. Nicht, um sich lustig zu machen, es war Empathie. Er nahm ihre rechte Hand mit beiden Händen. Seine Hände fühlten sich an wie warme Pfannkuchen. Jelena spürte, wie die Tränen in ihr aufstiegen. Engel sah sie an wie ein dicker Kater, der um einen Wurstzipfel bettelte. Sie wollte sich dem nicht ergeben. Aber wie schön wäre es, schluchzend in die Arme dieses weichen Mannes zu sinken.

»Frohe Weihnachten, Kaplan Engel«, sagte sie. Ihre Stimme kippelte bedenklich.

Robert griff sie am Arm und schob sie weiter, in die Kirche.

Karl Roth bat seine Gemeinde, »an diesem Freudentag« an das Schicksal des Fliegergenerals Werner Mölders zu denken, der vor einem Monat ganz in der Nähe abgestürzt und gestorben war. Mölders war ein deutscher Kriegsheld, und es war Jelena nicht klar, was sein Tod mit dem Heiligen Abend zu tun hatte. Es schien ihr ziemlich unpassend, einen Militär, der von den Nazis geliebt wurde, in einer heiligen Messe zu erwähnen. Vielleicht wollte Roth seine Bestürzung über all das Blutvergießen zum Ausdruck bringen. Der Pfarrer erzählte von einer katholischen Jugendgruppe in Norddeutschland, zu der Mölders gehört hatte, Jelenas Gedanken drifteten in ihre eigene Kindheit. Die goldenen Kuppeln der Kirchen von Nischni Nowgorod, die endlosen Gottesdienste, die sie in einer Art Trance überstand, und der ansatzlose Wechsel von einem Glauben zum anderen. Nur ihre Mutter hatte sich ein wenig gewehrt, aber nicht sehr. Sie lebte nun unter Ungläubigen im Ural, während Jelena zurück bei den Weihrauchschwenkern war. Vier Töchter, alle getauft, der Familie ihres Mannes gehörte die höchste Kirche im Ort. Ihr Land führte Krieg gegen das Land ihrer Mutter. Einen Glaubenskrieg auch. Wenn die Soldaten dort draußen auf einem Kreuzzug waren, ergaben Roths Gedenkworte für den verunglückten Fliegergeneral einen Sinn, auch am Heiligen Abend.

Als sie die Hostie schluckte, die ihr Pfarrer Roth auf die Zunge legte, dachte Jelena noch einmal an die Gans. Robert ließ einen großen Geldschein in den Kollektekorb segeln, beobachtet vom Ministranten am Bankende. Kommet ihr Hirten, ihr Männer und Frauen. Die ganze Messe über sang und betete ihr die laute, tiefe Stimme ihrer Schwiegermutter in den Nacken, Jelena spürte sie wie den Atem eines Raubtiers. Bei »Stille Nacht«, dem letzten Lied der Christmesse, versuchte sie dagegenzuhalten.

Dann fuhr der Silber-Zug durch die Heilige Nacht nach Hause.

Klawdia und Annegret brachten die Mädchen ins Bett. Die Männer tranken Cognac und rauchten Zigarren in der Bibliothek, die Frauen tranken Portwein im Musikzimmer. Es wurde langsam still. Der schwere Wein beruhigte Jelenas Nerven. Sie trank nicht gern Alkohol, weil er sie schutzlos machte, unachtsam gegenüber der Gefahr, in der sie sich befand. Aber jetzt fühlte sie sich gut. Behütet, friedlich. Die Mädchen schliefen und die Kindermädchen auch. Elisabeth erzählte irgendeine Geschichte aus ihrer Kindheit in Sorau, Jelena ging in die Speisekammer, um neuen Wein zu holen, und wusste, dass sie nichts verpassen würde. Sie stellte die leere Flasche weg. Der Portwein stand oben im Regal. Sie holte eine Stiege aus dem Abstellraum, trug sie in die Speisekammer und reckte sich nach dem Portwein.

Sie hörte ein Geräusch in ihrem Rücken und drehte sich um. Es war Heinrich, ihr Schwiegervater, das Gesicht gerötet, zufrieden, auf dem Weg zur Toilette, nahm sie an.

»Ich hole neuen Wein«, sagte sie.

»Kann ich helfen?«, fragte Heinrich. Er kam ein Stück näher.

»Geht schon«, sagte Jelena, streckte sich nach dem Wein. Sie stellte sich auf die Zehenspitzen. Die Stiege kippelte.

»Warte doch«, sagte Heinrich.

Sie spürte ihn jetzt. Sie roch ihn, die Zigarre, das Rasierwasser darunter und diesen Männergeruch, den sie aus ihrer Kindheit kannte. Sie machte ihre Finger ganz lang, als würde sie auf einen rettenden Felsvorsprung klettern, sich an Land ziehen. Sie fühlte den Alkohol in den Gliedern, der ihre Kräfte lähmte. Heinrich war jetzt direkt hinter ihr. Seine rechte Hand streckte sich an ihrem Arm entlang ins Regal, streifte ihre Hand, die linke schob sich unter ihr Kleid und glitt an der Innenseite ihrer Oberschenkel nach oben, mit einer unerklärlichen Selbstverständlichkeit, als hätte sie es oft getan. Jelena schien es, als sei genau das der Fall, als sei diese Szene eine weihnachtliche Routine, etwas, was sie nicht überraschen sollte. Die linke Hand grub sich in ihre Unterwäsche, die rechte bekam den Flaschenhals zu greifen. Jelena befand sich zwischen beiden Händen, hilflos ausgestreckt, wie von einem Raubtier mitten im Sprung gefangen. Sie verharrte einen Moment wehrlos, die rechte Hand des Raubtiers hielt den Hals der Portweinflasche, die linke kroch unter den Saum ihrer Unterhose wie eine Eidechse. Sie wusste nicht, wie sie sich wehren sollte. Sie hatte keine Waffe. Sie ließ sich schließlich fallen. In dem Moment drückte sich Heinrichs Leib noch dichter an das Regal, um sie aufzufangen und ihn seine Erregung spüren zu lassen. Beides, vermutete sie. Sie war von dem Mann angegriffen worden, in dessen Gegenwart sie sich am sichersten gefühlt hatte. Vielleicht hatte er es missverstanden.

»Heinrich«, sagte sie. »Nicht.«

»Du musst nicht alles so ernst nehmen, Lena«, sagte er.

Er hielt den Portwein wie einen Siegerpokal in der Hand. Sein Gesicht war gerötet, der Blick trübe. Sie ordnete das Kleid und trat auf den Flur. Er folgte mit der Flasche. In der Tür zum Musikzimmer stand Teofila, in ihrem Blick ein Schmerz, von dem Jelena lange zehren würde. Sie sah die Unsicherheit der Fremden in den Augen ihrer Schwiegermutter, die Demütigungen, die sie erlebt hatte. Zum ersten Mal begegneten sich die beiden Frauen auf Augenhöhe.

»Danke«, sagte Jelena. Sie nahm Heinrich die Flasche ab und trug sie vorbei an Teofila ins Musikzimmer, wo Elisabeth immer noch die Geschichte erzählte, die in ihrer Kindheit spielte.

Später in der Nacht brachte Robert zu Ende, was sein Vater in der Speisekammer begonnen hatte.

13

ZARY, POLEN
JULI 2017

Als sie den Kirchturm sahen, veränderte sich seine Mutter. Sie wurde jünger, sie wurde selbstbewusster, sie sah plötzlich so selbstbewusst aus, dass sie beinahe hochnäsig wirkte. Es schien, als würde sie ihren gesellschaftlichen Stand wechseln. Sie entstieg dem schweren Leben, das sie zu guter Letzt noch mit einem von »der Krankheit« gezeichneten Ehemann geschlagen hatte, der auf der Rückbank des Wagens hockte wie ein alter Hund. Konstantin konnte sich vorstellen, was für eine Art Mädchen seine Mutter gewesen war.

»Unsere Kirche«, sagte sie. Ihr Rücken war gerade, sie saß auf dem Beifahrersitz, als würde sie chauffiert.

»Eure Kirche«, sagte Konstantin.

»Mein Urgroßvater hat sie bauen lassen«, sagte seine Mutter und strich die Landkarte auf ihren Knien glatt wie einen Rock. Es war eine alte Karte, eine ostdeutsche Karte, ausgeblichen von der Sonne vieler Ausflüge. Polen hieß dort »Volksrepublik Polen«. Konstantin hatte sich für die Reise einen Mietwagen mit Navigationssystem geliehen, aber seine Mutter hatte auf der Karte bestanden und sie auseinandergefaltet wie eine Schatzkarte. Diese Systeme führten dazu, dass man verblödete, sagte sie und sah ihn an, als sei er das beste Beispiel für diese These. Niemand denke mehr nach, sagte seine Mutter. Konstantin fand sein Thema nicht und hörte nun zwei Stimmen, bevor er abbiegen musste. Die schmeichelnde aus dem Navigationssystem und die schneidende seiner Mutter.

»Ich entstamme einer Familie, die Kirchenbauten in Auftrag gab«, sagte Konstantin.

»Er hieß Friedrich Silber«, sagte seine Mutter.

»FST«, rief sein Vater von der Rückbank.

Seine Mutter drehte sich um. Ihr Hals war steif, der Blick verärgert, die Hände auf die Karte gepresst. Vermutlich erinnerte sich sein Vater an irgendetwas, an das er sich eigentlich nicht hätte erinnern dürfen, wenn man den weißen Flecken auf den Computer-Scans seines Gehirns traute. Und das tat seine Mutter, auf diesen Scans hatte sie ihr neues Leben errichtet.

»FST?«, fragte Konstantin.

»Nun ja«, sagte seine Mutter.

»Wofür steht denn das T?«

»Tuchmanufaktur«, sagte seine Mutter schnell, bevor ihr Mann, der lediglich in ihre blaublütige Familie eingeheiratet hatte, weitere Punkte sammeln konnte.

»Schenkuje«, rief sein Vater von der Rückbank.

»Sein Polnisch kommt zurück«, sagte seine Mutter, die nicht mehr auf dem Beifahrersitz, sondern auf einem Pferd zu sitzen schien.

»Wenn das Herr Breitmann wüsste«, sagte Konstantin.

»Breitmann ist ein Bingo-Mann«, sagte sein Vater.

»Sie haben sie die rote Kirche genannt«, sagte seine Mutter.

»Welcher Teil?«, rief sein Vater.

Seine Mutter seufzte.

»Welcher Teil? Kleiner Tipp: Kieslowski.«

Konstantin lächelte. Es war fast wie früher, das Trommelfeuer der Besserwisser, der Funkenflug der Cineasten auf sommerlichen Ausfahrten. Seine Eltern und er und das nie endende Familienspiel, das sie von der profanen Welt dort draußen trennte, von den Barbaren. Er war immer noch glücklich, wenn er eine Antwort im Filmquiz des Lebens wusste, vielleicht noch glücklicher als früher, jetzt, da der große alte Quizmaster angeschlagen war.

»Der dritte, Papa«, sagte er.

Seine Mutter sah ihn ratlos an.

»Rote Kirche, Mama. Drei Farben Rot. Dritter Teil«, sagte Konstantin.

Seine Mutter schüttelte den Kopf. Konstantin sah in den Rückspiegel, um die Zustimmung seines Vaters einzuholen, aber der hatte seine Frage vergessen. Er guckte aus dem Fenster, ein Kind, das der vorbeifliegenden Welt zuschaute wie einem Güterzug. Das Licht wischte im Takt der Alleebäume über das Gesicht des alten Mannes. Sie hatten ihn nach dem Frühstück aus dem Heim abgeholt. Er hatte in einem gebügelten Hemd in der Lobby gesessen, glattrasiert und eingecremt. Glänzend. Fertig gemacht, wie ein Anzug, den man aus der Reinigung holte. In seinen grünen Augen Freude und Ahnungslosigkeit. Es war Konstantins Idee gewesen, ihn mitzunehmen.

»So«, hatte sein Vater gesagt, als er sie erkannte. Sein neues Lieblingswort. Das Wort, das immer passte. So.

Sein Vater schaute vom Rücksitz dem Spiel des Lichtes zu, seine Mutter sah durch die Frontscheibe ihre Kindheit auf sich zurollen. Schwer zu sagen, wem von beiden das Alter leichter fiel.

Sie waren das letzte Mal in den achtziger Jahren hier gewesen, Anfang der Achtziger, auf der Durchreise in den Kaukasus. Schon damals waren, soweit Konstantin sich erinnerte, die Spuren verwischt, die die Familie seines Großvaters hier hinterlassen hatte. Seine Mutter hatte die Grabsteine ihrer Urgroßeltern gesucht und nicht gefunden, aber sie waren auch sehr in Eile gewesen. Sie mussten noch bis Aserbaidschan, und sein Vater war ein anderer, ungeduldigerer Mann damals.

Jetzt hatten sie Zeit. Die Fahrt von Pankow hierher hatte nicht mal anderthalb Stunden gedauert. Seltsam, dass sie dreißig Jahre nicht mehr hier gewesen waren. Und dann auch wiederum nicht seltsam. Seine Mutter war kein sentimentaler Mensch, soweit Konstantin wusste. Und sein Vater verlor das Interesse an Dingen.

Sie fuhren am Ortseingangsschild vorbei. Zary.

»Sie haben Ihr Ziel erreicht«, sagte die Stimme aus dem Navigationsgerät.

»Da wären wir«, sagte seine Mutter. Sie faltete die Karte behutsam zusammen. Dann sagte sie, als habe sie gründlich darüber nachgedacht und entschieden, dass es in Ordnung war: »Sorau.«

»Wild ist der Westen, schwer ist der Beruf«, sagte sein Vater.

»Ich fahr erst mal ins Zentrum«, sagte Konstantin.

Zary sah auf den ersten Blick aus wie eine deutsche Kleinstadt. Es hätte Sorau heißen können. Es war ein wenig verstaubt, nicht ganz fertig, und die Geschäfte brüllten einen nicht so an wie zu Hause. Eine Reise in die Kindheit. Konstantin entspannte sich augenblicklich. Er parkte auf einem großen, leeren Parkplatz, der zwischen Schloss und Altstadt lag. Seine Mutter sprang aus dem Auto und lief ein paar Schritte auf dem Parkplatz herum, die Nase in die Luft gereckt, als wolle sie Witterung aufnehmen.

»Wir sind da, Papa«, sagte Konstantin.

»Sind wir das nicht immer?«, sagte sein Vater.

»Ich weiß nicht«, sagte Konstantin.

»Ich auch nicht, mein Junge«, sagte sein Vater. Seine Augen füllten sich mit Tränen. Vielleicht hätten sie ihn im Heim lassen sollen, dachte Konstantin. Seine Mutter hatte behauptet, jede Art von Veränderung sei eine Quälerei für ihn. Sie hatte Konstantin nicht sagen können, woher sie das wusste. Aber vielleicht hatte sie recht.

»Komm, wir laufen ein Stück, Papa.« Konstantin stieg aus, ging um den Wagen und öffnete dem Vater die Tür. Sein Vater war zur Seite gebeugt und versuchte, den Gurt zu öffnen. Konstantin sah seinen Arm zittern. Seine Mutter beobachtete die Versuche von der anderen Seite des Autos wie ein Experiment.

»Ich hab's gleich«, sagte sein Vater.

»Lass dir Zeit«, sagte Konstantin.

Nach einer Minute beugte er sich in den Wagen und versuchte, die alte große Hand seines Vaters, die sich um die Schnalle des Gurtes gekrallt hatte, zu lösen. Sein Vater ließ nicht los, und Konstantin verstand das. Er dachte daran, wie sein Vater ihm den Vergaser seines ersten Mopeds gereinigt hatte, wie er die Wasserpumpe in Tante Veras Landhaus repariert hatte. Sein Vater war handwerklich begabt gewesen. Konstantin hingegen hatte zwei linke Hände, wie seine Mutter nicht müde wurde zu betonen. Gern verkündete sie das in großen Familienrunden. Der Junge muss ja schreiben. Er kann nichts anderes. Konstantin roch das Modrige, das Seifige, das Desinfizierte und Muffige, das der Garderobe des alten Mannes entströmte, und wartete darauf, dass der bereit war, sich helfen zu lassen.

Es verschaffte ihm eine seltsame Genugtuung, seinem Vater den Gurt öffnen zu können. Am Ende war es egal, ob man einmal eine Kreiselpumpe hatte reparieren können. Am Ende war es nur wichtig, seinen Gurt aufzubekommen.

»So«, sagte Claus Stein. Er stieg aus dem Wagen, sah in den Himmel, dann sagte er: »Kaiserwetter.«

»Können wir dann?«, fragte seine Frau.

Sie lief los. Bis Konstantin den Wagen verriegelt hatte und sein Vater auf festen Beinen stand, hatte sie bereits zwanzig Meter Vorsprung. Sie trug einen kleinen Rucksack und eine ihrer alten Kameras, sie hatte ein Barett auf dem Kopf. Sie sah aus, als wolle sie die Stadt zurückerobern.

»Mama macht Tempo«, sagte Konstantin.

Sein Vater lächelte. Es war ein verständiges Lächeln, es kam aus den klaren Tiefen seiner Seele. Sie folgten der Frau mit dem Barett in gehörigem Abstand. Seine Mutter fegte über den Marktplatz, die Entfernung zu ihr wuchs. Konstantin ärgerte, wie langsam sein Vater geworden war. Er hätte ihn gern angetrieben wie einen störrischen Esel. Er wollte ihn nicht so sehen. So schwach.

Als sie die Marktmitte erreicht hatten, war seine Mutter verschwunden. Sie standen in der Sonne, sein Vater atmete schwer. Seine Mutter redete seit Wochen von einem Rollator. Er brauche eine Gehhilfe. Sie hatte schon einen Katalog, ein Faltblatt mit verschiedenen Gestellen, das ihr Schwester Magda besorgt hatte. Sie redete von Schwester Magda wie von einer Schulfreundin und von der Broschüre, als habe sie die unterm Ladentisch bekommen. Sie hatte zwei Rollatoren eingekreist, im mittleren Preissegment. Bestimmt hatte sie alles durchgerechnet. Konstantin wollte keine Gehhilfe für seinen Vater. Sie war nur ein weiterer Beweis für die These seiner Mutter: Es geht mit Claus Stein zu Ende. Sie würde den alten Mann in den Wahnsinn treiben, in den Tod. »Gaslight« war der Film, über den sie reden sollten. Sein Vater war Ingrid Bergman, seine Mutter Charles Boyer. Er selbst würde die Rolle von Joseph Cotton übernehmen.

Die Sonne brannte auf den Markt. Es war ein hübscher kleiner Marktplatz. Ein Hotel, ein Café, ein Reisebüro. Viel Fachwerk, die Polen waren ja gute Restaurateure, hieß es. Konstantin hatte das in Danzig gelernt, wo sie seinen Vater Ende der siebziger Jahre besucht hatten, während einer Drehpause in seinem großen Film über die Streifzüge der polnischen Luchse. Damals waren sie ihm hinterhergereist, heute schleppten sie ihn mit. Die Polen sind ja gute Restaurateure. Es war sein Vater gewesen, der den Satz gesagt hatte, als sie sich die hübsche Altstadt von Gdansk ansahen.

Konstantin sagte: »Die Polen sind ja gute Restaurateure.«

Er probierte es einfach. Er ließ den Satz steigen wie einen Testballon. Er kam nicht an. Sein Vater horchte in sich hinein. Der rasselnde Atem. Es war das Herz, sagte seine Mutter.

»Ich muss dann irgendwann mal pinkeln«, sagte sein Vater.

»Wollen wir in das Café gehen?«, fragte Konstantin.

»Irgendwann«, sagte sein Vater.

»Sag einfach Bescheid«, sagte Konstantin.

»Soll ich eine Uhr aufmalen oder was? Ist das schon wieder ein Test?«, sagte sein Vater, sehr ärgerlich plötzlich.

Konstantin sah, wie seine Mutter aus einer Seitenstraße winkte.

»Mama will, dass wir da rüberkommen«, sagte er.

»Da bleibt uns wohl nichts Walter Ulbricht«, sagte sein Vater, der Zorn augenblicklich verraucht, vergessen. Der Segen der Krankheit. Nur sein Sohn fühlte den Schmerz.

»Ja«, sagte Konstantin.

Seine Mutter führte sie zu einem Mauerstück.

»Hier ist es«, sagte sie.

»Was?«, fragte Konstantin.

»Na, die Mauer, von der ich dir erzählt habe«, sagt sein Vater. »Hörst du denn gar nicht zu?«

»Sei bitte still, Claus«, sagte seine Mutter.

Konstantin war ihr dankbar, zum ersten Mal an diesem Tag. Ein kleines Licht fiel auf ihre Beziehung, ihre Familie. Die Frage war, wer wen in den Irrsinn trieb. Seine Mutter faltete die Hände auf dem Rücken und senkte den Kopf, als stünden sie vor einem Denkmal. Sein Vater machte es ihr nach. Man hörte Baulärm, auf der anderen Seite der Mauer, ziemlich nah, ein Mann schrie irgendwas. So standen sie etwa eine Minute. Drei Deutsche an einer Mauer. Konstantin dachte daran, wie seine Mutter ihn beschützt hatte, als er ein Kind war. Oft gegen seinen Willen, aber immerhin. Sie hatte Balladen mit ihm geübt und das Zehnfingersystem auf der Schreibmaschine. Sie hatte ihm in Gemäldegalerien die biblische Geschichte erklärt. Sie hatte ihn in ihrer Dunkelkammer Bilder vergrößern lassen. Sie hatte ihn nach dem Baden eingeölt wie einen wertvollen Gegenstand. Allerdings war sie, soweit er sich erinnerte, auch die Einzige, die ihn jemals geschlagen hatte. Kleine Backpfeifen. Botschaften mit der flachen Hand. Er fühlte sich wie in einer Familienaufstellung.

»Sie hat mir nicht geglaubt, wenn ich ihr später davon erzählt habe«, sagte seine Mutter.

»Was?«, fragte Konstantin.

»Ich hatte so viele Fragen, aber sie hat immer gesagt, ich hätte es nur geträumt.«

»Ich weiß nicht, wovon du redest, Mama.«

Er drehte sich zu seinem Vater um, dessen Kontakt zu ihrer Wirklichkeit wieder abgerissen war. Der Blick des alten Mannes schien einem Insekt zu folgen, das nur er sah. Die Augen seiner Mutter waren geschlossen. Die Geschichte entwich ihr wie einem Medium.

»Sie weckte mich mitten in der Nacht. Die anderen schliefen.

Ich habe mich immer gefragt, warum sie ausgerechnet mich mitnahm. Es muss am Alter gelegen haben. Lara und Vera waren zu alt, Katja war zu jung und zu wild auch, sie hätte die ganze Zeit geschrien. Und Anna war ja schon gestorben. Ich war im richtigen Alter, ich war acht, aber ich sah ja immer jünger aus. Darum ging es. Sie wollte ein Mädchen, das sie beschützen musste. Das den Soldaten zeigte: Sie ist Mutter. Mutter eines Kindes, das sie noch braucht. Das ist meine Erklärung. Sie hat später immer abgestritten, dass es überhaupt passiert ist. Zieh dich an, Maria, sagte sie, wir müssen los. Es war dunkel, aber es war nicht kalt. Draußen haben zwei Männer mit Gewehren gewartet. Sie haben mich angesehen, als wollten sie mich nicht dabeihaben. An den Blick kann ich mich noch erinnern. Mama sagte irgendwas auf Russisch. Wahrscheinlich: Das Mädchen kommt mit. Oder irgendetwas in der Art. Ich habe ja kein Russisch gesprochen, leider. Die Männer sahen sich an, zuckten mit den Schultern. Mama konnte sehr überzeugend sein, sehr energisch. Wahrscheinlich wollten sie sich nicht mit dieser rothaarigen Frau anlegen. Sie wussten ja auch, dass sie ein gutes Verhältnis zum Stadtkommandanten hatte. Wir gingen los. Mama hatte meine Hand so fest im Griff, als wolle sie mich nie wieder loslassen. Ich war natürlich müde und ahnungslos, aber auch stolz, dass sie ausgerechnet mich mitgenommen hatte. Vera war ja ihre Lieblingstochter, und Lara war die Vernünftige. Ich lag immer so dazwischen. Papa mochte mich, aber das half ja nicht lange. Die Straßen waren dunkel und leer, nur auf dem Marktplatz war Betrieb. Man hörte das schon von weitem, vor allem die Frauen. Das Gezeter der Frauen, die auf die Soldaten einredeten.«

Konstantin verstand noch immer nicht, worum es ging, wollte aber seine Mutter nicht unterbrechen. Sie sprach mit einer veränderten Stimme. Es war die Stimme eines Mädchens, aber nicht die des Mädchens, das vor einer Stunde auf seinem Beifahrersitz gethront hatte wie eine Prinzessin. Es war die Stimme eines Mädchens, das mitten in der Nacht geweckt worden war und nun von seiner Mutter durch die Dunkelheit geführt wurde. Obwohl seine Mutter eine ähnlich gute Schauspielerin war wie ihre Schwester Vera, schien das hier eine ungefilterte Stimme aus der Vergangenheit zu sein.

Konstantin überlegte, ob er vorsichtig den Rekorder seines Telefons einschalten sollte, um sie aufzunehmen. Er entschied sich dagegen. Er wollte diesen intimen, familiären Moment nicht entweihen. Und er wollte seiner Mutter nicht das Gefühl geben, er habe ihre Geschichte als seine Geschichte akzeptiert. Zwei Beweggründe, die sich zu widersprechen schienen. Aber so war es.

»Die Frauen flehten die Sowjetsoldaten an, ihre Männer freizugeben, aber den Zusammenhang verstand ich damals noch nicht«, sagte seine Mutter.

»Was war denn der Zusammenhang?«, fragte Konstantin, ganz leise, um sie nicht aus ihrer Trance zu wecken.

Sie öffnete die Augen und sah ihn an, der Blick verwaschen.

»Es hatte einen Anschlag auf eine Gruppe sowjetischer Soldaten gegeben, die die Stadt befreit hatten. Sie waren jetzt seit ein paar Wochen da, vielleicht auch schon Monate, ein halbes Jahr. Ich weiß nicht. Ich war ein Kind. Aber es kann nicht sehr lange her gewesen sein, es lag noch diese Untergangsstimmung in der Luft. In Grünberg hatten sich massenhaft Frauen umgebracht, bevor die Rote Armee eintraf. Hier in Sorau jedenfalls waren zwei oder drei sowjetische Soldaten von Deutschen getötet worden, ›meuchlings‹ – ein Wort, das ich damals lernte. Und nun waren die Verdächtigen eingesammelt worden und wurden im Rathaus verhört, in das die sowjetische Stadtkommandantur eingezogen war. Mama, also Baba, hatten sie geholt, weil sie übersetzen sollte. Sie arbeitete ja immer wieder als Dolmetscherin für die Rote Armee, aber das war natürlich gefährlich. Sie wurde Zeugin einer Vergeltungsaktion, und die Sowjetsoldaten waren wütend, im Blutrausch. Deswegen hat sie mich wohl mitgenommen.«

»Wo war denn dein Vater?«, fragte Konstantin.

Seine Mutter sah ihn an. Sie hatte den Kopf leicht schief gelegt. Ihr Blick war prüfend, so als habe er ihr eine Fangfrage gestellt. Sie schien einen Moment nachzudenken.

»Papa war ja schon weg«, sagte sie.

»Und wo?«, fragte Konstantin.

»Ich hab noch einen Koffer in Berlin«, sagte sein Vater.

Seine Mutter nickte leicht.

»Mama hat ihn diesem sowjetischen Lazarettzug anvertraut, der nach Berlin fuhr. Papa war nicht gesund. Eine Beinverletzung. Sie hat ihm die Pelze und den Familienschmuck mitgegeben. Aber er ist nie in Berlin angekommen. Du kennst doch die Geschichte, Kostja«, sagte seine Mutter.

»Ich weiß aber nicht, ob sie stimmt«, sagte er.

»Je mehr wir lernen, desto weniger wissen wir«, sagte sein Vater.

»Claus, bitte«, sagte seine Mutter.

Sein Vater hob die Arme.

»Wir wissen alle nicht, was wirklich mit Papa passiert ist«, sagte seine Mutter. »Auch nicht Vera, obwohl sie das Gegenteil behauptet. Er war weg. Wir sind in Sorau geblieben, weil Mama übersetzen sollte. Es war ihre Arbeit, es war ihre Pflicht. Ich weiß nicht, ob sie sich das ausgesucht hat. In dieser Nacht sicher nicht. Da musste sie. Da wurde sie selber abgeholt wie eine Gefangene.«

Konstantin spürte, wie seine Mutter in die Geschichte zurückschlüpfte.

»Wir liefen also über den Markt auf das Rathaus zu. Im Rathaus waren weitere deutsche Frauen. Sie saßen auf dem Fußboden in der Lobby. Manche schliefen. Wir gingen die Treppen nach oben. Da waren das Bürgermeisterzimmer und der Ratssaal. Die Tür zum Saal stand offen, und man sah die deutschen Männer. Sie saßen auf dem Boden, mit dem Rücken zur Wand. Manche schienen geschlagen worden zu sein, manche weinten, die meisten aber starrten einfach vor sich hin. Wir gingen dann ins Zimmer des Stadtkommandanten, es saß aber nicht der Stadtkommandant drin, den kannte ich ja. Er war oft bei uns zu Besuch. Es waren andere Männer da, die waren nicht so freundlich wie der Stadtkommandant, gar nicht freundlich. Einer trug eine Uniform, die beiden anderen nicht. Einer der nicht Uniformierten schien der Chef zu sein, er schrie Mama regelrecht an. Was er sagte, weiß ich natürlich nicht. Aber ich verstand schon, dass sie ziemliche Angst hatte. Ich sollte mich auf ein kleines Sofa an der Seite setzen. Draußen war es dunkel, aber man hörte die Stimmen vom Markt. Die um Gnade bettelnden Frauen. Dann wurde der erste Gefangene hereingeführt. Die Russen stellten Mama Fragen, sie übersetzte, und die Gefangenen antworteten. Im Wesentlichen ging es immer um dasselbe, soweit ich mich erinnere. Die Männer wollten wissen, wo die Gefangenen zum Tatzeitpunkt waren. Die Gefangenen antworteten, die Russen fragten nach. Mama übersetzte. Auf einem Tischchen stand ein Glas mit einem Goldfisch. Ich glaube nicht, dass ihn die Russen mitgebracht hatten. Der war bestimmt schon vorher da. Sie haben ihn gefüttert. Ich habe dem Fisch zugeschaut, der in dem Glas hin und her schwamm, unbeeindruckt von der Zeit. Ich habe mir vorgenommen, später auch mal so einen Goldfisch zu kaufen. Er hat mich sehr beruhigt. Irgendwann bin ich auf meinem Sofa eingeschlafen. Mama machte mich wach, ich war natürlich immer noch todmüde, aber draußen war es nicht mehr stockdunkel. Es war graues Morgenlicht. Es schien mir fast ein bisschen neblig. Ich war sehr müde. ›Komm, Mascha‹, sagte Mama. Ich weiß noch ganz genau, dass sie mich Mascha nannte, weil es so ungewöhnlich war. Sie hat mich nur ganz selten Mascha genannt, weil Papa das nicht wollte. Aber jetzt, in dieser Umgebung, schien es ihr wichtig zu sein. Und ich verstehe natürlich, warum, heute verstehe ich das. Es war der entscheidende Moment der Nacht. Für sie. Sie sah müde aus, schrecklich müde, ihre Augen waren rot. Später dachte ich, dass sie vielleicht geweint hatte. Ich bedauere wirklich, dass ich das verschlafen habe. Ich habe sie nie weinen sehen. Nie. Sie sagte etwas zu einem der Männer, und es klang so, als würde sie darum bitten, jetzt nach Hause gehen zu dürfen. Die Männer berieten sich kurz, dann schüttelte der Chef den Kopf. Mama nahm mich an die Hand, und wir verließen gemeinsam mit den Männern das Büro. Die Tür zum Ratssaal stand jetzt noch weiter offen. Der Saal war leer. Auch das Foyer des Rathauses war verlassen. Draußen auf dem Marktplatz standen noch ein paar Frauen, aber die sowjetischen Soldaten vertrieben sie. Eine schreiende Frau wurde mit einem Gewehrkolben geschlagen, bis sie schwieg. Ich höre heute noch dieses knackende Geräusch. Es war schlimmer als die Schüsse. Schmerzhafter. Ich konnte es regelrecht fühlen. Wie ein Schuss sich anhört, wusste ich ja nicht. Das war zu weit weg von meiner Vorstellungskraft. Die Frau fiel, und dann war es still. An der Mauer standen etwa zwanzig Männer, vielleicht auch nur fünfzehn. Nicht so viele, wie ich im Ratssaal gesehen hatte, und später dachte ich: Die anderen hat Mama retten können. Die

Männer, die an der Mauer standen, hatte sie nicht retten können. Ich glaube, daran hat sie oft gedacht. Sie konnte einfach nicht darüber reden. Die Männer standen mit dem Rücken zu uns. Ich sah kein Gesicht. Hinter ihnen standen russische Soldaten mit Gewehren. Der Mann in der Uniform sagte etwas zu Mama, und Mama rief den Männern an der Mauer etwas zu. Ich habe vergessen, was es war. Wahrscheinlich sollte sie noch einmal fragen, ob jemand gestehen würde und damit die anderen retten. Ich bin mir sicher, dass es kein Geständnis gab. Es hätte auch nichts geholfen. Es ging um Rache. Die Männer schwiegen. Einer brüllte irgendwas, aber auch das konnte ich nicht verstehen. Es klang nicht wie ein Geständnis, es klang wie ein Fluch. Dann fielen die Schüsse, aber ich sah nichts. Mama kniete sich neben mich, umarmte mich, versperrte mir den Blick. Wir hockten eine Weile so. Es roch nach diesen Schüssen. Es war jetzt fast hell, aber die Stadt war still. Ganz still bis auf die Schüsse, die in meinen Ohren hallten. Als wir aufstanden, sahen wir in die andere Richtung. Dann liefen wir los. Ich kann mich nicht erinnern, dass sich Mama von irgendjemandem verabschiedet hat. Wir redeten nicht auf dem Heimweg. Ich war müde, und ich fühlte, dass Mama keine Lust hatte zu reden. Wir gingen einfach schweigend durch die Stadt. Wir begegneten keinem Menschen. Ich nehme an, die meisten hatten Angst. Aber vielleicht war es auch ein Sonntagmorgen. Für mich sah die Stadt aus wie eine Stadt am Sonntagmorgen. Bei uns zu Hause schliefen noch alle. Ich hatte damals mein eigenes Zimmer. Es war ganz still im Haus. Mama deckte mich zu. Sie sah wirklich unglaublich müde aus. ›Schlaf, Maschenka‹, sagte sie. Sie hat mich nie wieder Maschenka genannt. Es war wie eine Beschwörung. Ich schlief bis mittags. Und als ich wach wurde und endlich Fragen stellen wollte, sagte Mama: Du hast schlecht geträumt. Und je mehr ich darauf beharrte, keinesfalls geträumt zu haben, desto entschiedener wurde sie. Meine Schwestern hielten zu unserer Mutter. Und Papa war nicht mehr da. Ich musste mit der Geschichte leben. Mit all den Fragen.«

»Puh«, sagte Konstantin.

»Mein ganzes Leben lang«, sagte seine Mutter.

Es war die erstaunlichste Geschichte, die Konstantin je von seiner Mutter gehört hatte. Erstaunlich nicht in ihrer Detailfreude und Tragik, sondern in ihrer zweifelhaften Moral. Sie war eine große Geschichtenerzählerin. Maricchen hat immer schon die besten Räuberpistolen erzählt, sagte Vera. Vielleicht war es das, was ihr Baba eingebläut hatte. Ein Glaubenssatz. Maria erzählt viel, wenn der Tag lang ist.

Konstantin überlegte, ob er seine Mutter in den Arm nehmen sollte, aber er konnte das nicht. Er stand wie versteinert vor der Mauer. Und dann war die Gelegenheit auch verstrichen.

»Was glaubst du, warum sie nicht darüber reden wollte?«, fragte er.

»Ich nehme an, es war einfach zu gefährlich«, sagte seine Mutter. »Sie war Zeugin. Vielleicht hat ihr einer der Kommissare gesagt: Was du heute gesehen hast, ist nie passiert. Ich nehme an, so war es. Baba hat zu viel erlebt, um solche Warnungen zu missachten. Ich verstehe sie schon. Heute.«

»Ja«, sagte Konstantin.

»Wo ist eigentlich dein Vater?«, fragte sie.

Sie sahen sich um. Der Alte stand am Ende der Mauer und pinkelte auf den Exekutionsplatz.

»Gott«, sagte seine Mutter.

»Er hat mir vorhin schon gesagt, dass er mal auf Toilette muss«, sagte Konstantin.

»Du kennst ihn nicht mehr«, sagte sie. »Ihr kennt ihn alle nicht mehr.«

Konstantin schüttelte den Kopf. Er hatte als Kind im Auto nicht sagen können, wann er sich übergeben musste. Es war so plötzlich gekommen, und er hatte bis zum Schluss die Hoffnung gehabt, es unterdrücken zu können. Er ging zu seinem Vater hinüber, sah das kleine Rinnsal, das von dessen Schuhen weglief. Sein Vater pfiff, leise zwar, aber er pfiff.

»Papa«, sagte Konstantin.

»Gleich«, sagte sein Vater.

Konstantin schirmte ihn vor den Blicken der Mutter ab.

»So«, sagte der Vater. Er drehte sich um, sah an sich hinunter. Die Hose war offen, aber trocken geblieben, die Schuhe bepinkelt. »Eine alte Flinte streut.«

»Dein Hosenstall ist offen«, sagt Konstantin.

Seine Mutter lief los, sein Vater fummelte am Reißverschluss.

»Kanntest du die Geschichte?«, fragte Konstantin.

»Welche Geschichte?«, fragte sein Vater, all seine Aufmerksamkeit auf dem Reißverschluss. Die riesigen, silbrigen Hände arbeiteten an dem Hosenstall. Sie schafften es irgendwie, der größte Sieg des Tages. Sein Vater strahlte ihn an.

Seine Mutter blieb vorm Rathaus stehen, wie sie vor der Mauer gestanden hatte, andächtig, die Hände auf dem Rücken. Im Museum ihres Lebens. Sie hatte auf der kurzen Strecke zweihundert Meter gutgemacht. Seine Mutter stand auf der einen Seite des Platzes, sie auf der anderen. Sein Vater schnaufte. Seine Stirn war nass, die Lippen dunkel, fast blau.

»Warte einen Moment«, sagte Konstantin.

»Ziemlich heiß«, sagte sein Vater.

Seine Mutter drehte sich zu ihnen um. Als sie sie am Rand des

Platzes stehen sah, nahm sie ihre Kamera von der Schulter. Sie sah sie durch das Teleobjektiv, ein schweres, schwarzes Zeiss-Objektiv, das Konstantin seit seiner Kindheit kannte. Vater und Sohn. Eines seiner Lieblingsfotos zeigte ihn gemeinsam mit seinem Vater. In Schwarzweiß. Sie überquerten eine Fußgängerbrücke über die Berliner S-Bahn an einem Herbst- oder Wintertag. Er trug darauf eine Mütze und war vielleicht vier Jahre alt. Sein Vater hatte einen schwarzen Mantel an, der sich im Wind aufblähte. Er beugte sich zu Konstantin hinunter, der, die Augen gegen den Wind zusammengekniffen, irgendetwas erzählte. Er hielt die Hand seines Vaters, und man sah, wie er die Aufmerksamkeit des Mannes genoss, vielleicht, weil er sie nicht oft hatte. Es war ein wunderbares Bild. Es zeigte das Auge seiner Mutter, aber auch ihr Herz.

Er nahm seinen Vater in den Arm und lächelte in die Kamera, durch die seine Mutter sie von der anderen Seite des Platzes beobachtete.

»Die Geschichte mit dem Rathaus war mir neu«, sagte sein Vater. »Die Männer im Ratssaal. An manche Sachen kann man sich im Alter besser erinnern.«

»Ja«, sagte Konstantin und drückte die knochige Schulter seines Vaters. Wahrscheinlich könnte er ihn über den Platz zum Rathaus tragen, so dünn und leicht war er geworden.

»Anderes vergisst man«, sagte sein Vater. Sein Kinn zitterte. Als die Frau mit dem Barett die Kamera sinken ließ, gingen sie weiter.

★

Die Silber'sche Familienvilla war unspektakulär. Hier waren weniger talentierte polnische Restauratoren am Werk gewesen als am Marktplatz von Sorau. Der rote Backstein, von dem seine Mutter immer erzählt hatte, war von grauem Rauputz verdeckt. Die goldenen Initialen über der Eingangstür waren zugeschmiert oder abgeschlagen worden. Am Klingelbrett standen sechs polnische Namen. Im Garten gab es verschiedene Garagen und Schuppen und ein paar Gemüsebeete. Seine Mutter umkreiste das Grundstück nervös. Konstantin und sein Vater standen vor dem Tor wie zwei Zeugen Jehovas. Als jemand das Haus verließ, schlüpfte Konstantin hinein und hielt die Tür für seine Eltern auf. Es roch feucht und schimmelig, wie es im Haus der Eltern seines Vaters in Schwarzenberg gerochen hatte. Aber das sagte er nicht. Es war so schon schwierig genug. Sie standen in einem dunklen Hausflur. Der Blick seiner Mutter tastete Wände und Treppen ab. Sie trampelten in ihren Kindheitsträumen herum. Konstantin hätte sie gern aufgeheitert, wusste aber nicht, wie.

»Das sah natürlich alles ganz anders aus«, sagte seine Mutter irgendwann.

»Klar«, sagte Konstantin.

»Größer und herrschaftlicher. Ich mach dir mal einen Plan, wenn wir wieder in Berlin sind. Es ist schwer, sich das vorzustellen jetzt. Die Türen zu den verschiedenen Wohnungen gab es nicht. Wir waren ja die Einzigen, die hier wohnten. Da muss das Musikzimmer gewesen sein, da die Bibliothek und dazwischen der Salon, das Wohnzimmer. Hier gab es die Empfänge, am Ende mit dem sowjetischen Stadtkommandanten. Richtige Bälle fanden hier statt. Unsere Zimmer waren oben in der zweiten Etage. Die Mädchen wohnten in der dritten.«

»Die Mädchen?«, fragte Konstantin.

»Die Dienstmädchen, die Kindermädchen. Klawdia und die traurige Irina, die Baba eingestellt hatte, und dann gab es noch zwei deutsche Mädchen. Die Namen hab ich vergessen.«

Beim Rausgehen sagte sie: »Die Tür da ging zum Keller. Es war ein großer Keller. Da haben wir gehockt, als die Sowjetarmee in die Stadt kam. Alle. Auch die Nachbarn.«

Konstantin nickte, sie standen einen Moment vor der Kellertür wie vor einem Altar. Seine Mutter schaute ungläubig und enttäuscht, wie ein Kind, dem man nicht die Wahrheit erzählt hatte. Sein Vater sah blass aus, erschöpft, als könne er keinen Meter mehr gehen. Niemand profitierte von dieser Reise. Konstantin verließ das Geisterhaus. Er atmete ein, als er wieder unter dem klaren Sommerhimmel stand.

Auf der anderen Straßenseite war ein polnischer Betrieb. Alte, ramponierte, in einem sozialistischen Grün gestrichene Fabrikmauern, ein Pförtnerhäuschen, ein Eisentor. Hier hatte die Tuchmanufaktur seiner Vorfahren gearbeitet. Es sah nicht so aus, als würden die Geschäfte besonders gut gehen. Sie stiegen langsam, dem Tempo seines Vaters folgend, den kleinen Hügel hinauf, auf dem die rote Kirche stand. Sie war immer noch rot und wirklich hoch. Das Innere war schlicht, es gab ein paar schöne bunte Glasfenster an der Seite, die im Sommerlicht leuchteten. Es war angenehm kühl. Sein Vater setzte sich auf eine Bank und ruhte sich aus. Konstantin und seine Mutter liefen die Stationen des Kreuzweges ab, es waren schlichte Holzreliefs. Am Eingang gab es eine Kirchenchronik in Polnisch, Englisch und Deutsch. Nichts erinnerte an Friedrich Silber, seinen Urgroßvater, der, wie seine Mutter behauptete, die Kirche hatte bauen lassen.

»Der Pfarrer, den sie da in der Chronik erwähnen, Roth, der

hat mich getauft«, sagte seine Mutter. »Katja, Anna und mich. Karl Roth war der erste Pfarrer der Kirche, den hat der alte Silber persönlich ausgesucht, hieß es immer. Alles für die Katz. Sie haben meinen Großvater draußen neben der Kirche bestattet. Auch Anna lag da. Aber das ist alles weg. Das haben die Polen alles geschleift.«

Ihre Lippen waren schmal. Ihre Erinnerungen ausgerottet. Eine späte Heimatvertriebene. Sie fühlte etwas, das nichts mit der Haltung zu tun hatte, die sie sich verordnet hatte, etwas, das dieser Haltung widersprach.

Am Ausgang griff seine Mutter in das Gefäß mit dem Weihwasser, das neben der Tür hing, und bekreuzigte sich. Sie war aus der Kirche ausgetreten, bevor er geboren wurde. Aber wahrscheinlich konnte man gar nicht richtig aus der Kirche austreten, dachte Konstantin. Er war nie getauft worden, aber mit dem Gefühl aufgewachsen, dass ihm etwas vorenthalten worden war. Das Gefühl musste ihm seine Mutter vermittelt haben. Sein Vater war ein erzgebirgischer Heide. Er saß in seiner Kirchenbank, als warte er auf den Bus. Da war keine Hoffnung auf Erlösung, nur Müdigkeit, Erschöpfung und die gelegentliche Bosheit. Konstantin ließ ihn in Ruhe und folgte seiner Mutter in den Kirchhof. Sie studierte die Grabplatten, die dort lagen, als hoffe sie doch noch, auf den Namen ihres Urgroßvaters zu stoßen. Aber die ältesten Gedenksteine waren aus den späten vierziger Jahren und trugen polnische Namen.

Sie umrundete die Kirche. Sie sah in den Himmel. Sie prüfte den Boden mit ihren Wanderschuhen.

Sie sagte: »Hier in etwa stand das Denkmal für Anna. Anjuschka, meine kleine Schwester. Es war ein weißer Engel auf einem schwarzen Sockel, auf dem ihr Name, ihr Geburtstag und ihr Todestag standen. Sie wurde im Krieg geboren und ist im Krieg gestorben.«

»Woran ist sie gestorben?«, fragte Konstantin.

»Diphterie«, sagte seine Mutter. »Sie war die Einzige von uns, die nicht geimpft worden war. Es war der Krieg. Kein Serum. Sie ist nicht mal drei Jahre alt geworden. Als wir das erste Mal hier waren, dein Vater und ich, da stand das Denkmal noch. Es war Anfang der sechziger Jahre, kurz nach unserer Hochzeit. Es war ein weißer Engel, Konstantin. Wieso zerstört man so was?«

»Weil man vergessen will, denke ich«, sagte Konstantin.

»Wahrscheinlich«, sagte sie und sah ihn an, als sei sie stolz auf diese Antwort. Stolz, einen Sohn großgezogen zu haben, der in der Lage war, Antworten zu geben, die größer waren als das, was man fühlte. Er kannte diesen Blick aus seiner Kindheit und Jugend, meistens war er das Produkt eines Missverständnisses. Seine Mutter hatte ihm immer zu viel zugetraut, deswegen war sie heute so enttäuscht von ihm.

»Annas Tod war die erste richtig schlechte Nachricht in meinem Leben«, sagte sie. »Natürlich, es war Krieg, aber der hat uns gar nicht erreicht. Mama war nicht glücklich, Papa war oft verreist, aber eigentlich ging's uns gut. Anjuschkas Beerdigung hat mir die Sicherheit genommen, uns allen, glaube ich. Die Unschuld. Die Gewissheit, dass es gut bleibt«, sagte seine Mutter.

Konstantin holte die Zigaretten aus der Tasche.

»Du rauchst wieder?«, fragte seine Mutter.

»Ich wollte irgendetwas anders machen«, sagte er.

Sie schüttelte den Kopf. Dann sagte sie: »Gibst du mir auch eine?«

Es waren die besten fünf Minuten, die er mit seiner Mutter teilte, seit seiner Pubertät. Eine Zigarettenlänge. Sie schwiegen.

Sie warfen die Kippen auf den Boden des Kirchhofs, wo die guten polnischen Restauratoren alle Spuren seiner Familie wegretuschiert hatten. Dann gingen sie in die Kirche und holten den Vater ab, der in der Bank saß und auf das bunte Mosaik des Fensters im Seitenschiff schaute wie auf eine Leinwand.

Es sah so aus, als sei die Kirche alles, was seine Familie hier hinterlassen hatte, dachte Konstantin, als er den Wagen startete. Sie waren Kreuzritter, Missionare. Sie hatten den Katholizismus zurück nach Sorau gebracht.

Sie fuhren zum Stadtfriedhof, um dort nach den Gräbern der Silberfamilie zu suchen, die seine Mutter schon bei ihrem letzten Besuch vor dreißig Jahren nicht gefunden hatte. Auf dem Friedhof von Zary schien es so, als sei die Stadt erst 1950 gegründet worden. Kein deutscher Name. Seine Mutter konnte zeigen, wo an der Friedhofsmauer das Familiengrab gewesen war. Sie lief die Mauer entlang, als suche sie eine Geheimtür, die ihr den Weg zu ihren Vorfahren öffnete. Dann fuhren sie über sanfte Hügel nach Christianstadt, dem Geburtsort seiner Mutter, der heute Krzystkowice hieß, aber eigentlich nicht mehr existierte. Christianstadt war in Naumburg am Bober aufgegangen, das heute Nowogród Bobrzański hieß. Alle Spuren waren verwischt.

Seine Mutter hatte ein winziges schwarzweißes Foto des Hauses ihrer Tante dabei. Irgendjemand sah aus dem Fenster im dritten Stock, aber das Foto war so klein, dass man nicht erkennen konnte, wer. Sie fanden das Haus. Ein riesiges, aber verlassenes Gebäude, das direkt am Bober stand. Der Bober war ein ruhiger Fluss zwischen Ruinen. Christianstadt wirkte, als habe man es aufgegeben. Eine Geisterstadt. Vor dem anderen Ufer lag eine Sandbank, und seine Mutter erinnerte sich plötzlich, dass sie dort gebadet hatten.

»Aber warst du nicht viel zu klein, um in einem Fluss zu baden?«, fragte Konstantin.

»Ja«, sagte sie.

»Hast du jemals gedacht, dass du es vielleicht nur geträumt hast?«, fragte er.

»Was?«

»Die Nacht? Die Massenerschießung? Dass Baba recht hatte. Dass es nur ein schlechter Traum war.«

»Ja, natürlich. Ich war ein Kind. Sie war meine Mutter. Es hätte mir geholfen, wenn ich es geglaubt hätte. Aber die Bilder waren zu stark. Und als ich älter wurde, habe ich im Blick meiner Mutter gesehen, dass ich recht hatte. Sie konnte nicht mehr zurück. Oder wollte mir nicht die Wahrheit sagen. Ich weiß nicht. Vielleicht hatte sie es sich auch für ganz zum Schluss aufgehoben. Ein letztes Geständnis. Aber dann kam die Demenz.«

»Hast du dir jemals einen Goldfisch gekauft?«, fragte Konstantin.

»Goldfisch?«, sagte seine Mutter.

»Wie den im Rathaus, der dich damals so beruhigt hat.«

»Ach so«, sagte sie. »Nein. Das macht man ja dann doch nie.«

Er bot ihr noch eine Zigarette an, aber sie nahm sie nicht.

Sie standen am Fluss, in dem sie vielleicht gebadet hatte oder auch nicht, und seine Mutter war in Gedanken wohl wieder die gestrafte Ehefrau. Sie hatte die Überleitung geliefert. Schuld. Lüge. Verdrängung. Beichte. Strafe. Sie war eingesperrt zwischen zwei Menschen, die sie am Ende vergessen hatten. Ihr Mann schlief erschöpft im Wagen. Wie ein Kind am Ende eines langen Ausflugs.

Sie kamen in der Dunkelheit in Pankow an. Im Altersheim brannte nur in den Zimmern des Bereitschaftsdienstes Licht. Die Lobby war verlassen. Seine Mutter kannte den Code für die Eingangstür. Konstantin ging zum Auto, um seinen Vater zu wecken. Er fragte sich, ob er weinen würde, wenn er jetzt tot wäre.

»Was machst du denn hier?«, fragte sein Vater.

»Ich bring dich nach Hause, Papa«, sagte Konstantin. »Komm.« Er beugte sich ins Auto und schnallte seinen Vater ab, der sich nicht mehr wehrte. Es dauerte lange, bis er sich aus dem Auto gestemmt hatte, vielleicht waren seine Beine eingeschlafen. Er setzte ein Bein vor das andere, als balanciere er auf einem Seil. Sein Gewicht lag auf der Schulter seines Sohnes, sein Atem rasselte. Seine Mutter wartete mit einem Rollstuhl im Foyer. Sein Vater rettete sich hinein, und Konstantin schob ihn in den Fahrstuhl und über die grüne Linie bis zum Luchs-Bild an der Tür des letzten Zimmers seines Vaters. Aus der offenen Tür des Pflegerzimmers sah man das tanzende Licht eines Fernsehers.

Auf dem Tisch am Fenster zum Park stand das Abendessen. Zwei Käsestullen. Eine Schüssel Tomatensalat. Eine Tasse mit Tee.

»Geh doch bitte zu David und hol deinem Vater seinen Kakao«, sagte seine Mutter.

»David?«, fragte Konstantin.

»Der Nachtpfleger. Er weiß Bescheid. Ich mach Papa inzwischen fertig.«

»Du machst mich fertig«, sagte sein Vater.

»Ja, Claus«, sagte sie.

Konstantin war froh, dass er eine Aufgabe hatte. Er war froh, dass seine Mutter ihm nicht zeigen wollte, wie ihr Mann zur Nacht vorbereitet werden musste. Vielleicht näherten sie sich wieder an. Dann war die Reise doch ein Erfolg gewesen. Vielleicht gab sie ihm auch nur Zucker, damit er sich endlich seinem Thema widmete, ihrem Thema. Eine Art Vorschuss für die Erinnerungen der Maria Silber. Bevor alles vergessen war. Er lief den Gang hinunter, balancierte auf der grünen Linie.

David sah müde aus und ungesund. Er war vielleicht dreißig, vielleicht auch fünfunddreißig. Er trug eine hellblaue Pflegeruniform und sah eine Fernsehsendung, in der ein Mann in einem Tomatenkostüm von einem Mann mit verbundenen Augen durch ein Labyrinth gejagt wurde. Der Ton war sehr laut. Die Fernsehzuschauer feuerten die fliehende Tomate an. Auf dem Couchtisch stand eine Literflasche Cola, in Davids Schoß lag eine Packung Kartoffelchips. Es roch nach Schweiß. Konstantin dachte, obwohl es sicher ungerecht war, dass Leute, die man um diese Zeit in diesen Zimmern traf, zu viele eigene Probleme hatten, um die Menschen, die ihnen anvertraut worden waren, angemessen betreuen zu können.

»Guten Abend«, sagte Konstantin. Der Mann mit den verbundenen Augen holte die Tomate ein. Das Publikum schrie. David jauchzte. Dann sah er zur Tür.

»Entschuldigung«, sagte er.

»Ich bin der Sohn von Claus Stein«, sagte Konstantin.

»Ach, schön«, sagte David.

»Wir haben heute einen Ausflug gemacht, meine Mutter schickt mich, den Kakao zu holen. Sie sagt, Sie wüssten dann schon.«

»Genau. Lauwarm. Wie ihn der Doktor mag.«

»Der Doktor?«

»So nennen wir ihn hier. Er war doch Tierarzt«, sagte David.

»Tierfilmer«, sagte Konstantin.

»Na ja«, sagte David. »So was.«

»Genau«, sagte Konstantin. Er wollte nicht die Achtung zerstören, die sich sein Vater in dieser Phantasiewelt erworben hatte.

»Kommen Sie«, sagte David. Er warf einen letzten Blick auf den Fernseher, wo jetzt Werbung lief. Pillen gegen nächtlichen Harndrang. Sie gingen den Flur hinunter zu einer Küche. Am Ende des Flurs schrie jemand. Ein hoher, kehliger Ton, wie der Schrei einer Katze.

Konstantin sah David an.

»Kernchen«, sagte David. »Die kriegt sich gleich wieder ein.« Dann machte er den Kakao. Milch. Nesquik. Mikrowelle. Er drückte Konstantin den Becher in die Hand.

»Geben Sie dem Doktor einen Gute-Nacht-Kuss von mir«, sagte David.

»Ja«, sagte Konstantin.

»Ein guter Mann, Ihr Vater«, sagte David.

»Wie macht er sich denn?«, fragte Konstantin, als rede er mit der Kindergärtnerin von Theo.

»Er schaut viel aus dem Fenster. Er beobachtet Vögel, sagt er. Und nachts geht er manchmal auf Streifzüge. Er sucht Wölfe.«

»Luchse.«

»Oder so. Aber er wirkt nicht wirr oder wütend. Wut ist ja ein großes Problem. Oft bestimmen die alten Verletzungen das Wesen unserer Heimbewohner«, sagte David.

Es klang, als habe er das irgendwo mitgeschrieben und sage es nun auf.

»Ihr Vater scheint im Frieden mit sich zu sein. Er scheint ein gutes Leben gelebt zu haben«, sagte David.

»Soweit ich das einschätzen kann. Er war nicht oft zu Hause«, sagte Konstantin.

Sie liefen links und rechts der grünen Linie. David sah ihn an, ein wenig besorgt. So als sei er bereit, ihm die Beichte abzunehmen. Der professionelle Pflegerblick. Vielleicht hatte seine Oma

Lena irgendeiner Schwester in ihrem Heim die gesamte Geschichte erzählt, alles, was in jener Nacht in Sorau an der Mauer passiert war, alles, was sie über ihren Mann Robert wusste. Die Schwester hatte genickt, ihr professionelles Schwesternnicken, und alles sofort wieder vergessen. Es gab so viele Leute, die gegen ihr Verschwinden anredeten. So viele Geschichten. Konstantin beleidigte es, dass dieser David glaubte, er, Konstantin, würde sich einem Mann wie ihm anvertrauen, der mit einer Chipstüte auf dem Bauch rennende Tomaten im Privatfernsehen beobachtete.

»Der Tierfilm ist eine aufwendige Sache. Tiere haben ja keine Drehpläne«, sagte Konstantin. Noch ein Satz über seinen Vater, der klang wie auswendig gelernt und aufgesagt.

»Das stimmt«, sagte David.

»Dafür wirken sie fast immer natürlich«, sagte Konstantin.

Sie waren vorm Zimmer des Nachtdienstes angekommen. Die Zuschauer im Fernseher jubelten. Wahrscheinlich hatten sie eine neue Tomate ins Rennen geschickt. Oder eine Gurke.

»Danke für den Kakao«, sagte Konstantin.

»Nicht dafür«, sagte David.

Sein Vater schlief schon. Sein dünner Körper zeichnete sich unter der Decke kaum ab.

»Schläft wie ein Engel. Er war völlig geschafft. Ich konnte ihm gerade noch die Prothese rausnehmen«, sagte seine Mutter.

Konstantin nickte. Er hatte nicht gewusst, dass sein Vater ein künstliches Gebiss trug. Der alte Löwe mit falschen Zähnen. Er hätte das nicht wissen müssen.

»Trink du den Kakao«, sagte seine Mutter. »Wäre doch schade drum.«

Konstantin ging mit dem Becher zum Fenster. Er hasste warme

Milch. Aber das eingerührte Kakaopulver brachte einen leichten Kindheitsgeschmack zurück. Der Park war nicht beleuchtet. Wenn man eine Weile in die Dunkelheit schaute, lösten sich aus der Schwärze die Kronen der Bäume. Gewaltige Kronen.

*

Nachdem er seine Mutter nach Hause und den Mietwagen zurückgebracht hatte, spülte Konstantin an seinem Schreibtisch den Kakaogeschmack mit einem Glas Whisky und dann mit einem zweiten weg. Der Whisky war von seinen Eltern. Sie schenkten ihm zu jedem Geburtstag und jedem Weihnachten eine Flasche. Wann das angefangen hatte und warum, wusste er nicht. Er hatte keine Ahnung von Whisky, aber es war guter Whisky. Das wusste er, weil sie ihm das sagten. Sie erzählten ihm viel von dem Laden, wo sie den Whisky kauften. Sie kannten inzwischen den Händler sehr gut. Sie füllten die Stille zwischen ihnen und ihre Ahnungslosigkeit mit diesen Geschichten vom Kauf ihrer Geschenke, als würde sie das mit irgendeiner Bedeutung aufladen. Sie wussten einfach nicht, was sie ihm schenken sollten. Sie kannten ihn nicht. Er kannte sie nicht. Wahrscheinlich war das normal, aber er bedauerte es trotzdem.

Er suchte im Internet nach Sorau und Christianstadt. Er fand nichts über seine Familie, aber ein paar historische Bilder und die Information, dass es in den Wäldern um Christianstadt eines der größten Konzentrationslager für Frauen gegeben hatte. Ein Lager, das weitgehend vergessen worden war. In einem Link fand er die Reisebeschreibung eines Schriftstellers, dessen Mutter in dem Konzentrationslager gefangen gehalten worden war. Der Mann hatte seine alte Mutter vor ein paar Jahren auf die Reise nach Christianstadt mitnehmen wollen, aber sie war kurz zuvor verstorben. Er hatte sich auf ihrem Totenbett die tätowierte KZ-Nummer notiert und den vergessenen Schreckensort später allein besucht. Konstantin hatte Schwierigkeiten, dem Reisebericht des Schriftstellers zu folgen, weil er sich mit den Bildern der Reise, die er mit seiner Mutter gemacht hatte, mischte.

Er schenkte sich noch einen Whisky ein, zündete sich eine Zigarette an und war sehr froh, wieder allein zu sein.

14

SORAU, SCHLESIEN

1944

Der Schrei der schwermütigen Irina kündigte das Unglück an wie eine der Sirenen, die im April die amerikanischen Bombenangriffe auf Sorau angekündigt hatten. Jelena saß mit Klawdia, Annegret und ihren Töchtern Lara, Vera, Maria und Katarina an dem langen Holztisch in der Küche. Sie buken Plätzchen. Robert war auf einer seiner Dienstreisen, von denen er immer niedergeschlagener zurückkehrte. Der Krieg war nun auch zu Hause zu spüren, in der roten Backsteinvilla der Silbers. Sie hörten keine Nachrichten mehr. Die Flugzeugmotorenfabriken am Rande der Stadt waren von den Amerikanern angegriffen worden, einzelne, scheinbar verirrte Bomben waren in die Altstadt gefallen. Auch Jelenas Volk wehrte sich, was ihr, obwohl sie es sich einst gewünscht hatte, nun Angst machte. Die Adventszeit begann wieder. Die Mädchen liebten das Plätzchenbacken.

Lara produzierte Plätzchen wie eine Bäckersfrau. Sie lagen vor ihr, Zeugnisse ihrer Zuverlässigkeit. Sterne, Halbmonde, Engel. Vera und Maria bemühten sich um Originalität, die beiden befanden sich in einem ständigen Konkurrenzkampf, der fast immer in hysterischen Ausbrüchen von Maria endete. Auf den ersten Blick sahen Veras Kekse origineller aus, aber wenn man genau hinsah, erkannte man die größere künstlerische Begabung von Maria. Sie hatte einen Hirsch geformt, der Kerzen auf dem Geweih trug. Katja formte unansehnliche Bälle und aß, wenn sie sich unbeobachtet fühlte, den Teig. Es lag ein unwirklicher Frieden in der Küche. Sie bereiteten sich auf ein Weihnachtsfest vor, von dem sie nicht genau wussten, ob sie es noch feiern würden. In diese gespenstische, aber behagliche Stille hinein schrie Irina, die im vierten Kinderzimmer der Silbers – Vera und Lara teilten sich einen Raum – Anna bewachte, die jüngste Silber-Tochter, die seit ein paar Tagen an einer schweren Erkältung litt. Anna hatte tagelang bellend gehustet, in der letzten Nacht allerdings hatte der Husten nachgelassen, was Jelena hoffen ließ, dass das Schlimmste überstanden war.

Irinas Ruf war ein gurgelnder, verzweifelter Schrei, der Jelena auch deshalb so aufrüttelte, weil er aus dem Leib dieses verstockten, schweigsamen weißrussischen Mädchens aufstieg.

Alle sahen sich an.

»Ich schauen, was ist los«, sagte Jelena.

Maria und Vera sahen sich an, als habe sie einen Witz erzählt, und wandten sich wieder ihrer Arbeit zu.

Anna lag auf dem Tisch, auf dem sie gewickelt worden war, auf dem auch Katarina und Maria gewickelt worden waren. Neben dem Tisch stand Irina, die Hände in der Luft, als beschwöre sie etwas.

Anna schnappte nach Luft wie ein Fisch auf dem Land.

»Anjuschka«, rief Jelena. »Was hast du?«

Anna sah sie aus weit aufgerissenen Augen an. Keine Antwort, kein Schrei, kein Husten. All ihre Energie schien sie darauf zu verwenden, etwas Luft durch eine winzige und immer kleiner werdende Öffnung in ihre Lungen zu saugen.

»Ruf Arzt!«, schrie Jelena.
Sowi Wratscha!
Irina lief los. Jelena sah ihrer Tochter in die Augen. Sie sah die Ohnmacht und das Flehen. So schaute man nur seine Mutter an. Mama. Bitte. Annas Hals war angeschwollen, er war kaum noch als Hals zu erkennen. Ihre Stirn war kühl, aber feucht. Sie roch säuerlich. Sie war, das verstand Jelena nun, zu schwach zum Husten. Sie wickelte ihre Tochter in eine Decke und trug sie nach unten zum Telefon in die Diele.

Anna strampelte, als würde sie schwimmen, als würde sie aus den Tiefen eines Sees an die Wasseroberfläche streben, um atmen zu können. Irina stand da, den Hörer in der Hand. Jelena hörte den Ton schon aus der Entfernung. Niemand nahm ab. Die Ärzte im Krankenhaus hatten mit dem näher kommenden Krieg zu tun. Sie drückte Irina ihre zappelnde Tochter in die Hand. Sie rief ihre Schwiegereltern an. Es klingelte zehnmal, dann nahm Elisabeth, die Schwester ihres Schwiegervaters, den Hörer ab.

»Teofila und Heinrich sind nicht da. Sie besuchen Liselotte und die Kinder in Christianstadt«, sagte Elisabeth, nachdem Jelena die Symptome geschildert hatte.

»Wir brauchen Hilfe, sofort!«, schrie Jelena.

»Ich schicke einen Wagen«, sagte Elisabeth. Der letzte Rest blauen Blutes, das noch in ihren Adern floss, strömte in den Satz.

Lara kam, durch den Lärm angelockt, in die Diele, und dann erschienen auch Vera und Maria, weil sie nichts verpassen wollten. Nur Katarina blieb in der Küche, vermutlich nutzte sie die Gelegenheit, ungestört Teig zu essen.

»Anjuschka sehr krank, wir fahren zu Hospital«, sagte Jelena. »Macht bitte weiter Plätzchen. Lara?«

Lara nickte und schob ihre Schwestern zurück in die Küche.

»Wir backen ein paar Plätzchen für Anna mit«, sagte Maria.

Zehn Minuten später fuhr ein schwarzer Mercedes vor. Am Steuer saß ein älterer Herr, den Jelena noch nie gesehen hatte. Er war zu alt für den Krieg, und der Wagen wirkte zu groß für ihn. Im Fond saß Elisabeth. Jelena setzte sich zu ihr, die sich windende Anna im Arm. Irina nahm mit der Tasche, in die sie ein paar Sachen von Anna gestopft hatte, vorn Platz, neben dem Fahrer.

»Wir fahren in die Heilig-Geist-Kliniken, der Chefarzt ist ein Freund der Familie«, sagte Elisabeth. »Das Stadtkrankenhaus ist heillos überlastet.«

»Danke«, sagte Jelena.

Der Fahrer schlich durch die Stadt. Jelena hätte ihm am liebsten von hinten auf den Kopf geschlagen.

»Was hat sie denn?«, fragte Elisabeth.

»Keine Erkältung«, sagte Jelena. »Zu schlimm.«

»Ach Gottchen«, sagte Elisabeth, die keine Kinder hatte und keinen Mann. Elisabeth roch, wenn Jelena sich nicht täuschte, nach Alkohol, vielleicht ein Likör gegen die Aufregung.

Die Stadt dort draußen nahm keinen Anteil an Jelenas Erregung. Sie ignorierte den Krieg, sie ignorierte die Panik im Herzen der Mutter. Sie rollten im Schritttempo über den Marktplatz. Frauen saßen in der Konditorei Böhme, als stünde die Welt nicht in Flammen. Zwei Stadthäuser waren von Bomben getroffen worden, ihre Fassaden fehlten in der mittelalterlichen Front wie Zähne in einem Gebiss. Der Fahrer stoppte hinter einem Pferdefuhrwerk, Jelena spürte den Überlebenskampf ihrer Tochter an ihrer Brust.

»Kann er schneller fahren, bitte«, rief sie.

Elisabeth schien aus einem Schlummer zu erwachen. Sie

nickte. Sie tippte dem Fahrer auf die Schulter, der sich sehr langsam zu ihr umdrehte.

»Herr Werner«, sagte sie. »Wir sind ein wenig in Eile. Meine Nichte braucht dringend ärztliche Versorgung.«

Der Fahrer nickte und bugsierte den großen Wagen vorsichtig an dem Pferdefuhrwerk vorbei. Er beschleunigte, aber nicht sehr. Hier und da musste er anhalten, weil Geröll aus zerstörten Häusern eine Fahrspur blockierte. Jedes Mal schien er wieder zu vergessen, dass man ihn um Eile gebeten hatte. Jelena unterdrückte das Bedürfnis, den Wagen zu verlassen und zu laufen, gegen die Ohnmacht anzulaufen. Sie sah in das kleine Gesicht ihrer Tochter.

Anna. Anja. Anjuschka.

Sie hatte es ihr leichtgemacht. Jelena war 40 Jahre alt gewesen, die Geburt verlief ohne Komplikationen. Sie hatte kein Kind mehr gewollt, nicht von diesem Mann, nicht unter diesen Umständen. Es war Krieg, als Anna gezeugt wurde, in einer dieser ersten Nächte nach Roberts Rückkehr von einer Reise. Er fiel dann über sie her wie ein Tier. Er zog und zerrte und saugte an ihrem Fleisch, als ernähre er sich von ihm. Er wollte sich in diesen Nächten etwas von ihr holen, was sie ihm nicht mehr geben konnte, auch weil sie nicht wusste, worum es sich handelte. Robert redete nicht mehr. Er hatte immer schon Schwierigkeiten gehabt, seine Gefühle in Worte zu fassen, nun schien es ihm unmöglich zu sein.

Es war Krieg, als Anna geboren wurde.

Es hatte Jelena gefreut, dass es wieder ein Mädchen war. Sie würde in keinen Krieg ziehen müssen. Anna hatte grüne Augen, und ihr Haar war rötlich. Jetzt, da Jelenas Haare langsam grau wurden, bekam die Familie ein neues Füchslein. Lissitschka.

Am Ende hatten sich Jelenas Gene gegen die dunklen, südländischen Gene ihrer herrschsüchtigen, lauten Schwiegermutter durchgesetzt. Teofila zog sich nach der Episode in der Heiligen Nacht des ersten Kriegsjahres mehr und mehr aus dem Leben von Jelena zurück. Ihre Besuche wurden seltener, ihre Attacken stellte sie ein. Sie sang nicht mehr in Jelenas Musikzimmer, sie klagte nicht mehr über ihr Essen. Auch Heinrichs Verhältnis zu ihr wurde pragmatischer, steifer. Robert war zu beschäftigt und schwermütig, um die Veränderungen im Hause Silber zu bemerken. Als Anna geboren wurde, war er auf Reisen. Es kam ein Telegramm. Lara las es vor. Es klang so entfernt wie das Telegramm, das er zu Katjas Geburt geschickt hatte. Die Mädchen begannen sich an die Abwesenheit ihres Vaters zu gewöhnen. Er war, wie ihr Onkel Georg, wie die Väter ihrer Spielkameradinnen, im Krieg. Wenn auch ohne Uniform, ohne Waffe, soweit sie wussten.

Teofila und Heinrich besuchten sie am Wochenbett. Ihre Schwiegermutter sah müde auf ihren vorläufig letzten Nachkommen, ein rothaariges Mädchen.

Das Kind war nicht in einer Liebesnacht gezeugt worden, es gab keine Liebesnächte mehr, aber Jelena liebte Anna. Sie war ihre Hoffnung auf bessere Zeiten. Sie würde den Weg weitergehen, den Jelena angefangen hatte zu gehen. Sie würde sich weiter vom Unglück entfernen, von der Dunkelheit, und vielleicht, das hoffte Jelena von ganzem Herzen, war diese Tochter nicht auf die Hilfe von Männern angewiesen, um sich zu befreien. Anna war ein Licht am Horizont. Irgendwann musste die Vernunft in die Menschen zurückkehren.

Anna war ein Mädchen, das nicht jammerte und bockte und boxte wie Katarina. Sie schlief gut, sie bekam viel Aufmerksamkeit, auch die, die Jelena ihrem Mann vorenthielt. Robert war ohnehin die meiste Zeit unterwegs. Anna schlief mit ihr im Ehebett, wenn sie allein war. Wenn Robert zurück war und von ihr abgelassen hatte, in den Nächten, in denen er trank, redete und schrie, schlief Jelena auf einer Tagesliege in Annas Raum.

Ihr erstes Wort war Mama. Ihr zweites Lara. Dann folgten die Namen ihrer anderen Schwestern, die der Kindermädchen, die Worte Ball, Apfel und Schokolade. Papa sagte sie bis heute nicht.

Sie erreichten die Außenränder der Stadt, Hügel, aufgepflügte Felder, durch den tiefen quecksilbernen Himmel bohrten sich weiße Sonnenfinger, in der Entfernung sah man das Gelände der Kliniken. Jelena hatte das Gefühl, dass das Bündel in ihrem Arm schwächer wurde, dass Anna aufhörte sich zu wehren. Sie drückte sie fest an sich. Sie wollte ihr etwas von ihrer Energie, ihrer Wärme und Kraft, von ihrem Lebensmut geben. Sie hätte ihr alles gegeben, was sie besaß. Es war nicht mehr viel, aber es war im Körper dieses Mädchens besser aufgehoben als in ihrem. Sie wäre, ohne eine Sekunde darüber nachzudenken, bereit gewesen, für das Leben ihrer Tochter zu sterben. Sie wäre aus dem fahrenden Wagen in den Tod gesprungen, wenn es Anna ein wenig Luft verschafft hätte.

Sie fuhren auf die Allee, die in gerader Linie auf die Kliniken zulief.

»Jetzt sind wir ja gleich da«, sagte Elisabeth.

Herr Werner brummte irgendetwas.

Anna bäumte sich in Jelenas Arm auf, sie öffnete die Augen. Das späte Novemberlicht fiel auf das Grün ihrer Iris. Sie schaute so müde, als habe sie alles gesehen. Aber das stimmt nicht, dachte Jelena. Das stimmte doch nicht. Bitte, lieber Gott. Bitte, lass dieses Mädchen leben. Die Niederlausitz, die an den Autofenstern vorbeiwischte, begann sich in eine biblische Landschaft zu verwandeln. Goldene Hügel, Olivenhaine, Zitronenbäume. Jelena spürte, wie der Glaube in sie zurückkehrte. Sie roch den Weihrauch, sie fühlte die Trance der stundenlangen orthodoxen Gottesdienste, Annas blasses Gesicht leuchtete in der späten Sonne wie eine der Ikonen, mit denen der Altar ihrer Kirche in Nischni Nowgorod gepflastert war. Sie sah sich auf dem Steg liegen, der in die Oka ragte, am Tag, an dem sie Gott so nah gewesen war wie nie. Die kleinen, schnellen Wolken, der süße Geschmack auf ihren Lippen, die Weite, die Liebe, die Hoffnung. Die Strömung, die sie mitnehmen würde. Flussabwärts. Bitte. Bitte Gott, enthalte ihr das nicht vor. Anna sah sie an. Aus ihrer Nase floss eine rotbraune Flüssigkeit wie ein himmlisches Zeichen. Jelena tupfte sie mit einem Taschentuch ab.

Anna schloss die Augen. Jelena spürte sie nicht mehr im Arm, als sie auf den Hof rollten.

Sie spürte sie nicht mehr, nie mehr. Sie stoppten vor einer großen Einfahrt. Jelena riss die Tür auf, rannte auf den Eingang zu, hinter ihr rannte Irina mit der Tasche, die schwermütige Irina, die Botin der Unterwelt. Sie sah aufgeregte Schwestern, Patienten, die halbtot über die Flure wandelten, sie hörte Schreie, irre Schreie, und fragte sich, ob es ihre eigenen waren. Sie wiederholte immer wieder ihren Familiennamen, den Namen, der sie retten sollte, der dieses Chaos trennen würde wie das Meer. SILBER. Anna. Anjuschka. Schließlich ein Arzt, der ihr das Bündel abnahm. Ein besorgter Blick in das Gesicht des Mädchens. Ein besorgter Blick in ihr Gesicht. Dann endlich Bewegung, die Eile, die sich Jelena die ganze Zeit gewünscht hatte. Am Wickeltisch, am Telefon in der Diele, im Fond des Autos von Herrn Werner.

Die Ärzte trugen Anna weg und brachten sie in Sicherheit. So musste es sein. Wieso die Eile, wenn nicht Rettung möglich war? Die Schwestern wandten sich ihr zu, führten sie in einen Warteraum. Wasser? Ja, bitte. Irina an ihrer Seite. Die Tasche. Brauchen Sie nicht die Tasche mit den Sachen? Frische Sachen für Anna?

Später, Frau Silber. Später.

Silber. Der Name, der ihr diesen stillen Platz verschaffte, diesen Vorsprung, der sie mit der Aufmerksamkeit der Schwestern belohnte, dem Einsatz der Ärzte. Aber sie ahnte, dass es darauf nicht ankam. Man konnte das Schicksal nicht kaufen, auch nicht indem man eine Kirche bauen ließ.

Sie bekämpfte die Stimme in ihrem Kopf. Die Stimme des Zweifels. Den Chor der Ungläubigen. Elisabeth erschien, der Blick tranig, als habe sie sich auf dem Weg hierher mit ein paar medizinischen Schnäpsen beruhigen lassen. Jelena fragte sich, in welchem Verwandtschaftsverhältnis sie eigentlich zu dieser Frau stand, die in einem Pavillon auf dem Anwesen von Jelenas Schwiegervater Heinrich wohnte. Es war unwichtig. Sie hatte nichts mit ihr zu tun. Sie bat sie zu gehen und Irina mitzunehmen. Irina sagte kein Wort. Sie stellte die Tasche ab und folgte der betrunkenen Elisabeth.

Jelena blieb allein zurück. Sie wollte keine Gesellschaft, keine Nahrung, sie wollte ihre Tochter in ihren Armen spüren.

Ein Arzt erschien und sagte ihr, dass Anna, soweit sie es sagen konnten, an Diphtherie erkrankt war. Sie war offensichtlich nicht geimpft worden. Er erwähnte Engpässe im Geburtsjahr von Anna. Kriegsbedingte Versorgungsschwierigkeiten. Die Krankheit sei eigentlich unter Kontrolle, breche in Notlagen aber immer wieder auf. Der Husten, den sie beschrieben habe, sei typisch, sagte der Arzt, obwohl sich Jelena nicht daran erinnern konnte, irgendwelche Symptome beschrieben zu haben. Sie hätte jetzt allerdings auch nicht sagen können, wie spät es eigentlich war. Sie vertraute diesem Arzt, sie hätte sich gern in seine Arme gelegt. Sein Sachverstand war alles, was sie noch in Kontakt mit ihrer Tochter hielt. Sie hatten einen Luftröhrenschnitt machen müssen, durch den Anna atmen konnte. Sie hatten Anna Penicillin gegeben, wussten allerdings nicht, ob schon innere Organe von den Bakterien befallen worden waren.

»Welche Organe?«, fragte Jelena. Zwei Wörter, die auszusprechen sie unendlich anstrengte.

»Oh«, sagte der Arzt. »Die Nieren, die Lunge, das Herz.«

»Das Herz?«, sagte Jelena.

»Ja«, sagte der Arzt.

»Sie ist noch so klein.«

»Die Bakterien bedrohen immer die Schwachen. Kinder erkranken am häufigsten an Diphtherie.«

Jelena sagte nichts mehr.

»Wir können momentan nicht mehr machen, als zu warten«, sagte der Arzt.

Er kam später noch einmal, um ihr mitzuteilen, dass Anna leider verstorben sei. Sie hatte es schon gesehen, als er die Tür öffnete. Sie hatte es schon im Auto gewusst. Je älter sie wurde, desto mehr fühlte Jelena, dass Anna in ihren Armen gestorben war. Der Doktor, der ihr erzählte, dass offenbar Annas Herzmuskel von den Bakterien befallen worden war und ihr Kind trotz all ihrer Bemühungen an einem plötzlichen Herzstillstand verstorben sei, verblasste und verschwand schließlich aus ihrer Erinnerung. Auch den letzten Blick, den sie auf ihre tote Tochter werfen konnte, ein Blick, zu dem sie der Doktor ermutigt hatte, weil er ihr auf Dauer Frieden verschaffen würde, vergaß sie irgendwann. Anna lag in einem Operationsraum, der viel zu groß für das kleine Wesen schien. Ihre grünen Augen waren geschlossen, die roten Haare von einer Haube verdeckt, am Hals ein Verband, der den Schnitt verhüllte, mit dem man sie am Leben gehalten hatte. Jelena vergaß, wie lange sie dort stand, sie vergaß den Raum, das Bild ihrer kleinen Tochter. Ihre Hoffnung auf bessere Zeiten.

Der Arzt sagte, dass sie die Ergebnisse des Diphtherietests nachliefern würden. Er brachte sie zur Tür, vor der das große schwarze Auto ihrer Familie wartete. Es war Nacht. Es war das Auto, in dem vor Stunden, als noch die Sonne schien, ihre jüngste Tochter gestorben war. Anna. Anja. Anjuschka.

Sie hatte die Wasseroberfläche nicht erreicht. Sie hatte aufgehört zu schwimmen. Sie trieb im Strom. Über ihr das flirrende, tanzende, lebensspendende, unerreichbare Licht.

Jelena ging durch das dunkle, schlafende Haus, sie roch die Plätzchen, die ihre anderen Töchter gebacken hatten. Sie würde sie nicht essen können, aber es war dieser Plätzchengeruch, der sie weiterleben ließ. Sie stieg die Treppen hinauf, öffnete die Tür zu Annas Zimmer und legte sich auf die Liege neben Annas Bett. Sie atmete Annas verwehenden Duft ein.

Anna wurde im Krieg gezeugt. Sie wurde im Krieg geboren. Sie starb im Krieg. Sie hatte keinen Frieden gesehen.

Der Glaube verließ Jelena und kehrte nie wieder in sie zurück.

★

Am nächsten Morgen entließ sie Irina. Ein vergitterter Wagen holte die junge Frau ab. Gleich nach dem Frühstück. Irina verabschiedete sich von den Mädchen, ihr Blick schwarz wie immer. Klawdja weinte, die anderen nahmen es gefasst.

Jelena zahlte ihr den anteiligen Lohn für den Monat. Der Wagen brachte Irina in das Lager, aus dem Jelena sie einst gerettet hatte.

15

BERLIN
16. JULI 2017

»Es wird zur fünften Kriegsweihnacht bescheidener und ärmlicher um den Gabentisch bestellt sein als in früheren Jahren. Und von den Zweigen der Tannenbäume werden da und dort nicht schlanke Kerzen, sondern Lichtstümpfchen aus dem Vorjahr ihren Schimmer verbreiten. Leuchten sie aber deshalb weniger hell und festlich? Oder sind wir darum innerlich ärmer geworden, oder hätte das Fest auch nur ein Quentchen von seinem sinnvollen Inhalt verloren?

Der Krieg spricht eine harte Sprache. Wenn er mit seiner eisernen Faust friedliche Wohnstätten zerschlägt, wenn rauchende Trümmer, heimatlos gewordene Frauen und Kinder schreckliche Anklage erheben, dann vernehmen wir die dröhnende Sprache des Krieges. Die Feinde lauern gierig darauf, dass sie uns mit Häusern und Habe auch den Mut und die Seele zertrümmern. Das wird ihnen niemals gelingen; und gerade zur Weihnachtszeit wollen wir aus all dem Lichten, das in unserem Wesen und unserer Gemeinschaft wohnt, einen Schild schmieden, an dem die Geschosse aus dem Hinterhalt der Nacht abprallen und wirkungslos zu Boden fallen. Wir schließen auch zur Weihnachtszeit nicht die Augen vor der Schwere und Härte dieser Zeit. Wir wissen, dass in vielen Familien am festlichen Tisch ein Platz leer bleibt. Aber dennoch – aber gerade deshalb – schöpfen wir aus dem Sinn der winterlichen Sonnenwende Kraft und Zuversicht für den Kampf.«

»Papa?«, rief Theo.

»Ja.«

»Er schlägt zum Match auf.«

»Oh«, sagte Konstantin. »So schnell.«

Und so war es. So schnell.

Vor einem Monat hatte Konstantin auf dem Wiener Flughafen dabei zugesehen, wie Nadal in Paris Wawrinka niederrang. Die Bälle, die Nadals Vorhand mit Tausenden Umdrehungen übers Netz schickte, waren unerreichbar für die Rückhand Wawrinkas. Jetzt spielten sie nicht mehr auf Sand, sie spielten auf Gras. Sein Vater lebte in einem Altersheim. Seine Mutter hatte ihr Leben neu geordnet und seins auch. Sie hatte seine Pläne in kleine Stücke gerissen. Er hatte Bogdan seit drei Wochen nicht mehr gesehen. Bogdan, der moderne Flüchtling, den die neuen Zeiten durch die Welt trieben. Sein Projekt für die nächsten Jahre. Stattdessen schaute er auf die Titelseite des »Sorauer Tageblattes« vom 24. Dezember 1943.

Er hatte die letzten Jahrgänge des »Amtlichen Mitteilungsblattes für den Kreis Sorau-Forst der NSDAP, Gau Mark Brandenburg« auf einer Webseite der Berliner Staatsbibliothek entdeckt. Sie waren lückenhaft, aber faszinierend in ihrer Mischung aus Kriegs- und Alltagsberichterstattung. Er wusste jetzt, was damals im Kino lief, welcher Zirkus in der Stadt gastierte, er kannte die amtlichen Verdunklungszeiten für die Bombennächte, er las in Kochrezepten, wie gesund Pellkartoffeln waren, er kannte die Frontlinie, er wusste, dass Raubtiere aus dem Berliner Zoo auf dem Marktplatz in Sorau vorgeführt wurden, welche U-Boote versanken und wer das Skatturnier im Café Böhme gewonnen hatte. Er stellte sich vor, wie die Zeitung auf dem Wohnzimmertisch der roten Backsteinvilla der Silbers gelegen hatte, die sie vor ein paar Tagen besucht hatten. Im Salon. Damals, als der rote Backstein noch zu sehen gewesen war, als über der Tür noch die Buchstaben FST standen. Friedrich Silber Tuchmanufaktur. Als Zary noch Sorau hieß und zum Gau Mark Brandenburg gehörte. Als Baba noch lebte. Und Anna.

Seine Tante Anna. Sein Opa Robert. Menschen, die er nur aus Erzählungen kannte.

In nur vier Wochen hatten sich seine Prioritäten verändert, seine Welt wohl auch. Zwischen den Finals von zwei Grand-Slam-Turnieren. So schnell. An das Pinnbrett neben seinem Schreibtisch hatte er den Grundriss geheftet, den seine Mutter von der Silber'schen Villa angefertigt hatte. Sie hatte ihn per Post geschickt. Am Tag nach ihrem Ausflug.

»Čilić ist echt verletzt. Er hat geweint«, sagte Theo.

»Der Arme«, sagte Konstantin.

Er löste sich von seinem Rechner, verabschiedete sich aus der Weihnachtszeit 1943 in Sorau. Die gesamte Titelseite des »Sorauer Tageblattes« war mit einem weihnachtlichen Essay, einer christlichen Durchhalteparole bedruckt: »Aus Lichtern schmieden wir den Schild gegen die Finsternis.«

War das sein Thema?

Er setzte sich zu seinem Sohn auf die Couch. Roger Federer gegen Marin Čilić. Es stand 5:4 im dritten Satz des Wimbledon-Finales. Federer hatte die ersten beiden Sätze gewonnen und schlug auf. Konstantin hatte gehofft, dass es ein bisschen länger dauern würde. Er hatte auch gehofft, dass Čilić gewinnen würde.

Er mochte Federer nicht. Er mochte ihn nicht, weil ihn alle anderen liebten. Er mochte auch Čilić nicht, weil sein Spiel langweilig war und er permanent schwermütig wirkte. Aber noch weniger als Čilić mochte er eben Federer, diesen Gustav Gans der Tenniswelt. Konstantin mochte Nadal, er mochte Djokovic, und er mochte sogar Andy Murray, aber die mochte er vor allem, weil sie in der Lage waren, Federer zu schlagen. Vorbehaltlos gut leiden konnte er eigentlich nur Wawrinka, diesen korpulent wirkenden, rotnasigen Schweizer Bauernsohn, der immer unvorteilhaft gekleidet war, aber eine traumhafte einhändige Rückhand schlug. Es war kompliziert. Wahrscheinlich hätte ihm Frau Born erklären können, was seine Perspektive auf die Weltspitze im Tennissport mit den Abgründen seiner Seele zu tun hatte. Wahrscheinlich gab es sogar einen Zusammenhang zwischen den Ereignissen des Winters 1943 in Sorau und seiner Abneigung gegenüber Roger Federer, dem Glückskind.

Der Schiedsrichter verteilte neue Bälle. Auch das noch. Neue Bälle für Roger. Der König servierte.

Federer hatte auf seinem Weg ins Finale nicht einen einzigen Satz abgegeben, und es sah nicht so aus, als würde sich das ändern. Seine weiße Uniform war fleckenlos. Auch jetzt noch im dritten Satz. Hier in Wimbledon wirkte er besonders streberhaft. Weiße Kniestrümpfe, weißes Stirnband, weiße Hosen.

Čilić pulte einen neuen Schläger aus der Hülle, Federer wartete.

Drei unerreichbare Aufschläge.

Und dann ein vierter.

Es war vorbei.

»So«, sagte Konstantin. Er verwandelte sich in seinen Vater. So.

»Čilić hatte irgendwas mit den Füßen«, sagte Theo.

Man sah Prinz William im Publikum und Federers Frau sowie die Kinder. Zwei Mädchen, zwei Jungen. Jeweils Zwillinge. Er gab auch im Leben keinen Satz ab. Die Jungen hießen Leo und Len, sagte der Reporter. Sie trugen weiße Hosen und graue Jacketts. Beide waren blond. Federers Vater hatte eine Kappe mit den Initialen seines Sohnes auf dem Kopf. RF. Federer weinte, gerührt von sich selbst, all das Glück. Der Moderator sagte, er habe Geschichte geschrieben. Acht Titel habe hier in Wimbledon noch niemand gewonnen. Man kam sich selbst am Fernseher vor wie ein Versager.

»Kann ich ausmachen?«, fragte Konstantin.

Theo nickte.

»Oder willst du noch die Siegerehrung sehen?«

»Nee«, sagte Theo.

»Eis?«, fragte Konstantin.

»Ja«, sagte Theo.

»Oder lieber Currywurst?«

»Hat Konnopke nicht am Sonntag zu?«, sagte Theo.

»Eis dann«, sagte Konstantin. »Aber wenn du lieber was Richtiges essen willst, können wir auch woanders hingehen. Burger zum Beispiel.«

»Papa«, sagte Theo.

»Ja?«

»Eis ist okay.«

Theo schüttelte den Kopf. Wahrscheinlich verzweifelte er gerade an seinem Vater. Er war zwölf Jahre alt und verzweifelte an ihm, dem 43-Jährigen. Konstantin bewunderte seinen Sohn für seine Vernunft, für die Fähigkeit, eine einfache Entscheidung zu treffen. Die Möglichkeiten zerrissen Konstantin. Was ist das Schlimmste, was passieren kann?, fragte Frau Born aus dem Halbschlaf, wenn er ihr die Kreuzungen seines Lebens präsentierte, an denen er verzweifelt herumstand, unfähig, sich zu bewegen. Sie wusste noch nicht, dass er mit seinen Eltern in die Vergangenheit gereist war. Eine Tür hatte sich geöffnet, und er stand auf der Schwelle, sah nichts und blinzelte in den neuen Raum. Er hatte im Netz nach Informationen über das vergessene Konzentrationslager von Christianstadt gesucht und war im Kinoprogramm, den Klein- und den Todesanzeigen des »Sorauer Tageblatts« verlorengegangen. Beim Bäcker in Christianstadt hatte jemand seine Geldbörse liegen lassen und erbat sie, bei den Suchanzeigen, gegen einen Finderlohn zurück. Eine verschwundene Geldbörse im Frühjahr 1944, beim einzigen Bäcker der Stadt, zu der ein riesiges Konzentrationslager gehörte. Welche Geschichte erzählte die verlorene Brieftasche?

»Und was kriegst du?«, fragte die Eisverkäuferin. Sie hatte dunkle Haare, mit kaum sichtbaren silbrigen Strähnen, und leuchtend blaue Augen. Sie war vielleicht dreißig, sehr wahrscheinlich auch erst Ende zwanzig. Ein ganz erstaunliches Gesicht. Reif und kindlich in einem. Es war nicht besonders warm, dennoch gab es eine sehr lange Schlange. Es war einer der neuen Eisläden, die laktosefreies und veganes Eis anboten und Sorten, unter denen sich Konstantin nichts vorstellen konnte. Eisdielen, in den er geduzt wurde, als sei er noch der Junge, der sich nur zwischen Schoko, Vanille und Frucht entscheiden konnte.

»Moscow Mule«, sagte er. »Ist da Alkohol drin?«

»Nehme ich mal an«, sagte die Eisverkäuferin.

Er sah auf die Uhr. Es war kurz vor vier. Ein bisschen früh für Alkohol.

»Willst du es probieren?«, fragte sie.

Er nickte. Hinter ihm murrte jemand. Er drehte sich nicht

um. Sie gab ihm ein wenig Eis auf einem kleinen Holzspatel. Es schmeckte nach Gurke und Limette, nicht nach Alkohol. Theo zog an seinem Hemd. Er sah zu seinem Sohn hinunter. Er hatte ein Eis in der Hand. Schokolade. Ganz einfach. Aber wieso ging man zu einem Eisladen, wo die Kugel ein Euro fünfzig kostete, um dann ein Schokoladeneis zu bestellen?

»Papa, bitte«, sagte Theo.

»Magst du es?«, fragte die Verkäuferin.

»Ja«, sagte Konstantin. »Ich nehme Erdbeer-Basilikum.«

Die Verkäuferin lachte. Sie hatte ganz weiße Zähne, und ihre Augen sahen aus, als könnten sie einen dunklen Raum beleuchten. Er war einen Moment froh, als er das Eis in der Hand hatte, erleichtert, sich entschieden zu haben. Er probierte es, noch bevor er sein Wechselgeld zurückbekam. Das Eis schmeckte süß und weder nach Erdbeere noch nach Basilikum. Er hätte das Rhabarbereis nehmen sollen. Rhabarber-Meersalz. Ist das sehr salzig? Oder sehr sauer? Er hätte gern noch ein bisschen mit der schönen Verkäuferin geredet. Es gefiel ihm, dass sie nicht ungeduldig wurde wie die Leute in der Schlange hinter ihm. Er fragte sich, was sie im richtigen Leben machte.

Sie gingen an der langen Schlange vorbei, eine Frau schüttelte den Kopf, missbilligend. Er hoffte, dass Theo es nicht gesehen hatte. Er war seinem Sohn sicher peinlich, das war normal. Immerhin trug er keine skinny Jeans und keinen grauen Pferdeschwanz wie der Filmpreisgewinner, der seit kurzem mit Theos Mutter zusammenlebte. Der Ludwig. Die Frage war, ob er Theo leidtat.

Konstantin hatte nie ein Vater werden wollen wie sein Vater, der entweder abwesend war oder fordernd. Der sich sicher war, ein großes Vorbild für seinen Sohn zu sein. Mit seinem sowjetischen Geländewagen und den Reisen in exotische Länder. Konstantin hatte seinen Vater nie beneidet oder versucht, ihm nachzueifern. Dass er schließlich selbst beim Film gelandet war, hatte nichts mit seinem Vater zu tun. Wahrscheinlich nicht. Er hatte sich nicht für Tiere interessiert, nicht für die Tiere, die sein Vater filmte. Sein Vater hatte einmal einen seiner Filme in seiner Klasse gezeigt. Da war Konstantin dreizehn oder vierzehn gewesen, ein bisschen älter, als Theo jetzt war. Es war ein Kurzfilm übers Hirschbrüllen in der Uckermark, sie hatten ihn in einer der Veranstaltungen gesehen, die sie auf die Jugendweihe vorbereiten sollten, aufs Erwachsenwerden. Sein Vater hatte ihn ganz bewusst ausgesucht, weil es um Sex ging. Er dachte wirklich, es sei eine gute Idee. Sex im Wald. Es war alles entsetzlich peinlich gewesen, hatte aber seltsamerweise Konstantins Ansehen in der Klasse erhöht. Auch bei Isabelle Reinschmidt.

»Wie ist das Eis?«, fragte er Theo.

»Gut«, sagte Theo. »Und deins?«

»Ein bisschen enttäuschend. Nach all dem Hin und Her.«

Theo nickte ernsthaft. Sie gingen in Richtung Park. Es war keine Zeit mehr fürs Kino. Er sollte Theo um sechs bei Lisas Mutter Petra abgeben, die einmal fast seine Schwiegermutter geworden wäre. Sie wollte mit dem Jungen für ein paar Tage an die Ostsee fahren, wo ihr Lebensgefährte ein reetgedecktes Haus besaß. Es war alles, was er über den Lebensgefährten wusste. Er kannte nicht den Namen, nicht den Beruf, nicht das Alter, wusste aber, dass er ein reetgedecktes Haus an der Ostsee besaß. Lisa waren diese Dinge wichtig, der Bundesfilmpreis, das Reetdach. Sie hatte Konstantin für seine Familie gemocht. Für das Künstlerische. Sie hatte das Gefühl, er könne sie aus ihren kleinbürgerlichen Verhältnissen retten. Das war ein Irrtum.

Alle drei Tennisplätze im Park waren besetzt. Der alte Schreihals war wieder da. Er trug ein weißes Stirnband, bestimmt war er gleich nach dem Wimbledon-Finale herübergekommen und dachte nun, er sei Roger Federer. Er spielte mit einem dünnen Graukopf, der extrem kurze Turnhosen trug und Konstantin bekannt vorkam. Der Graukopf spielte deutlich besser. Er schlug eine elegante einhändige Rückhand cross über den Platz, sie landete kurz vor der Linie im Eck. Unerreichbar für den Schreihals. Der gab den Ball aus.

»Out«, rief er.

Der Dünne schüttelte den Kopf, lächelnd.

»Hast du jemals bereut, aufgehört zu haben?«, fragte Konstantin.

Er wusste, dass es keine gute Frage war, aber sie hatten ihr Eis aufgegessen, und er ertrug das Schweigen nicht mehr.

»Womit?«

»Tennis.«

»Wir haben da so oft drüber geredet, Papa. Es war zu weit weg.«

»Ja«, sagte Konstantin. Sie liefen an einem Fußballkäfig vorbei, in dem ein paar Jungs spielten, die nicht aussahen, als würden sie in der Nähe wohnen, dann kamen Wiesen mit Frisbeespielern, Grillern, Hunden, Kindern.

»Wusstest du, dass ich eine Serie mit Bogdan machen will?«

»Nein. Worum soll es denn gehen?«

»Seine Flucht um die Welt. Seine Heimatlosigkeit«, sagte Konstantin.

»Mmhh«, sagte Theo.

»Er kommt ja ursprünglich aus Jugoslawien. Er hat überall gelebt, alles Mögliche gemacht. Er ist auch ein Flüchtling. Ein moderner Flüchtling.«

»Ja«, sagte Theo.

Konstantin hatte das Gefühl, Theo seine Geschichte verkaufen zu müssen wie Sid, dem Netflix-Mann. Sein Sohn schien genauso wenig begeistert zu sein.

»Ein Flüchtling, der in Amerika studiert und zwei Romane geschrieben hat und jetzt Tennis in Prenzlauer Berg unterrichtet«, sagte er.

»Bogdan hat in Amerika gelebt?«

»Ja.«

»Wovor flüchtet er denn eigentlich?«

»Gute Frage. Irgendwann weiß man das nicht mehr, glaube ich. Das Flüchten an sich wird zu einer Art Lebenshaltung«, sagte Konstantin. Ein interessanter Gedanke, vielleicht sollte er sich den notieren. Er wusste zwar nicht, ob er stimmte, aber er klang gut. Ein Satz fürs Treatment. Ein Satz für jeden Stoff. Das Leben seiner Großmutter. Sein Leben. Eine einzige Flucht.

»Magst du eigentlich Federer?«, fragte Konstantin.

»Klar«, sagte Theo.

Sein Sohn fragte nicht, warum er das wissen wollte. Wahrscheinlich ein Zeichen dafür, dass er im Moment keine Lust hatte weiterzureden, und Konstantin verstand das. Er hatte, soweit er sich erinnerte, in Theos Alter immer das Gefühl gehabt, sein Vater und er redeten komplett aneinander vorbei. Es gab in ihren Gesprächen eine Bedeutungsspur, die er nicht entschlüsseln konnte und auch nicht entschlüsseln wollte. Er hatte einfach nicht genug Interesse für die Probleme seines Vaters aufgebracht. Wahrscheinlich ahnte Theo, dass eine Nachfrage irgendeine Art seltsames Geständnis seines Vaters zur Folge gehabt hätte. Und so wäre es wohl auch gekommen.

Sie gingen schweigend nach Hause. Es war kein vorwurfsvolles

Schweigen. Es war ein angemessenes Schweigen. Ein Männerschweigen.

Konstantin dachte an die Rede seines Vaters auf seiner Jugendweihe. Sie hatten in ihrer Wohnung gefeiert. Die Eltern seines Vaters waren nicht gekommen, weil sie sich nicht mit einem Brauch gemein machen wollten, den sich Leute ausgedacht hatten, die ihnen ihre Nähmaschinenfabrik weggenommen hatten. Das zumindest entnahm Konstantin der Rede seines Vaters, der schon ein wenig betrunken war. Konstantin verstand damals relativ schnell, dass es in der Rede nicht um ihn ging, sondern um die Dämonen seines Vaters. Sein Vater setzte sich mit seiner Kindheit im Erzgebirge auseinander, mit seinen Eltern, die dort wohnten. Konstantin hatte die Rede später, in Kunstleder gebunden, überreicht bekommen. Seine Mutter hatte das schöne Schwarzweißfoto in den Einband geklebt, auf dem er mit seinem Vater über die S-Bahn-Brücke ging.

Konstantin hatte keine Ahnung, was mit der Mappe passiert war, mit der Rede. Vermutlich lag sie im Keller seiner ehemaligen Wohnung, bei Lisa in Treptow. Theo würde sie irgendwann beim Entrümpeln finden und sich einen Augenblick fragen, was das um Himmels willen bedeuten sollte, bevor er alles wegwarf.

»Was ist das eigentlich für ein Auto?«, fragte Theo, als Konstantin ihn zu Lisas Mutter nach Karlshorst fuhr.

»Mietwagen«, sagte Konstantin. »Ich habe ihn geholt, weil ich mit Oma und Opa in Polen war. Wir haben Omas Geburtsort besucht. Das Haus, in dem sie damals lebten.«

»Sie haben in Polen gelebt?«

»Damals war es Deutschland. Es wurde erst nach dem Krieg Polen zugeschlagen«, sagte Konstantin.

»Interessant.«

»Ja«, sagte Konstantin. Das Wort »zugeschlagen« hallte unangenehm in seinem Kopf nach. Es klang falsch. Gedankenlos. Er hätte gern ein anderes Wort benutzt.

»Wie geht's denn Oma und Opa?«, fragte Theo.

»Ganz gut«, sagte Konstantin. »Es ist nicht einfach. Opa vergisst nun doch ziemlich viele Sachen. Und ich denke, er vergisst sie schneller, seit er im Heim ist. Das Heim fordert ihn nicht. Es gibt ihm die Rechtfertigung zu vergessen.«

Noch so ein aufgeladener Satz. Er hatte das Lenkrad seines Mietwagens umklammert, als steuere er einen Dreimaster im Sturm. Er redete mit seiner Mutter, nicht mit seinem Sohn. Einatmen. Ausatmen.

»Aber der Humor ist noch da«, sagte er. »Die Filmfragen. Der Theodor, der Theodor, der steht bei uns im Fußballtor. Du weißt schon. Wer war Theo Lingens Filmpartner in vielen deutschen Komödien?«

»Der Moser, Hans«, sagte Theo leise.

Ein Wort mehr, und Konstantin hätte angefangen zu weinen. Er konnte sich nicht erinnern, dass ihn in den letzten Jahren etwas so gerührt hatte wie diese drei Wörter. Der Moser, Hans. Sein Herz lief über. Sein Vater zerfiel, aber der schmale, blasse Junge auf dem Beifahrersitz trug die Fackel weiter. Theo hatte garantiert nie einen Film mit Hans Moser gesehen, aber der Name hatte es überlebt, es war in den Genen. Konstantin stellte sich vor, wie Theo mit seinen Kindern Quiz spielte, er hoffte für ihn, dass er eine Frau fand, die es ertrug. Es ging immer weiter. Dafür liebte er seinen Sohn. Er würde ein anderer Mann werden, als er es war, so wie er ein anderer Mann geworden war als sein Vater. Aber etwas blieb erhalten. Nichts war umsonst. Die Saat war ausgebracht. Vielleicht ein Segen, vielleicht ein Fluch.

Konstantin sah Theo an. Er schaute nach vorn auf die Straße. Hauptstraße. Großspurige Townhäuser auf der rechten Seite, kleinfenstrige Dreißiger-Jahre-Mietskasernen auf der anderen. Hitler-Bauten hatte die seine Mutter immer genannt. Eine Straße, die das alte Berlin vom neuen trennte. Das Geld von der Bitternis. Die einen hörten die S-Bahn rattern, die anderen sahen auf die Spree. Dazwischen fuhr die Straßenbahn Richtung Köpenick, wo der 1. FC Union spielte, ein Verein, den sich das alte und das neue Berlin teilten. Links das Heizwerk, rechts der ehemalige Knast, der sich nun auch in unbezahlbare Immobilien verwandelte. Die Spree war eine Attraktion.

Das Funkhaus, die Tankstelle, Karlshorst. Seine ehemalige Schwiegermutter wohnte in einem alten Karlshorster Kasten, der vielleicht mal eine Villa war, dann aber, als es nicht mehr so gut lief für die Besitzer, unter der Bevölkerung aufgeteilt worden war. Der Dünkel, in einer besseren Gegend zu wohnen, hatte die Zeiten überlebt. Dabei sah Karlshorst aus wie ein gerupftes Huhn, mit seinen seltsamen Restaurants und Geschäften, die in Prenzlauer Berg vor zwanzig Jahren ausgestorben waren. Man fand hier alles, was Konstantin am Osten des Landes immer gestört hatte, die Mischung aus Borniertheit und Wehklage, der Stolz auf die eigene Unzulänglichkeit und Hässlichkeit. Die Freude am Ordinären, am Derben. Die Selbstverständlichkeit, mit der man sich den größten Teller nahm. Die fehlende Solidarität und Bildung. Gegen all diese unangenehmen Eigenschaften hatte sich seine kleine Familie gewappnet. Mit ihren Wissensabfragen, den Andeutungen und ironischen Seitenhieben, mit Buñuel, Fassbinder, Lang und Cassavetes, mit ihren ganzen verschachtelten Familiencodes hatten sie versucht, sich das gewöhnliche Volk, den Ostberliner Mob vom Leibe zu halten.

Aber in der Not war die bürgerliche Fassade der Steins zerbröckelt.

Seiner Familie, die eigentlich immer die buntere, kraftvollere gewesen war, ging die Luft aus. Opa war im Heim, Oma saß in einer staubfreien Wohnung und rechnete aus, wie lange sie noch überleben konnte. Der einst vielversprechende Sohn fand sein Thema nicht. Die Spießer aus Lisas Familienzweig – immer zerstritten, kleingeistig und halbgebildet – fuhren nun in reetgedeckte Häuser an die Ostsee und hatten goldene Filmpreise im Schrank stehen.

Die Straßen waren eng, es gab Kopfsteinpflaster und Bäume, die beliebteste Automarke war Škoda. Er parkte seinen Mietwagen in einer Einfahrt, er hatte nicht vor, bei Petra Wurzeln zu schlagen. Er holte Theos kleinen Koffer von der Rückbank. Der Schlafanzug, die Sonnenmilch, der Kulturbeutel, die Mütterlichkeit, mit der Lisa den Koffer für ihren Jungen gepackt hatte, hatte ihn überrascht und gefreut. Zwischen den Sachen lag »Huckleberry Finns Abenteuer«. Ein Buch, das er Theo zu Weihnachten geschenkt hatte. Ein Buch, das Konstantin einst von seinem Vater geschenkt bekommen hatte und das eines seiner liebsten Bücher geworden war. Er hatte es bestimmt dreimal gelesen.

Petra stand in der Tür, als sei sie mit sich zufrieden. Sie trug eine khakifarbene enge Hose, siebenachtellang, eine blaue Bluse und eine Kette aus dicken Perlen. Sie war barfuß, ihr Nagellack türkisfarben. Die Haare waren blonder, als er sie in Erinnerung hatte, aber insgesamt trotzte Petra den Zeiten beachtlich. Sie hatte einen leichten Silberblick, was sie früher sicher unwiderstehlich gemacht hatte, heute aber ein wenig einfältig aussehen ließ.

»Ich hoffe, ihr habt Hunger mitgebracht«, rief Petra ins Treppenhaus.

»Lass mich raten«, sagte Konstantin.
»Gefüllte Paprikaschoten«, sagte Theo.
Auch das eine Routine, sie fragte nicht nach alten deutschen Filmstars, sondern nach alter deutscher Küche. Gefüllte Paprikaschoten waren Theos Lieblingsgericht. Zumindest glaubte das seine Oma.
»Papa?«, fragte Theo.
»Eine«, sagte Konstantin. »Ich muss heute Abend noch zu einem Abendessen.«
»Darf man fragen, wie sie heißt«, sagte Petra. Breites Grinsen. Hand in der Hüfte. Die Lollo von Karlshorst.
»Es ist ein Arbeitsessen, Petra«, sagte Konstantin. Küsschen links und rechts. Die Mischung aus Bratensoße und ihrem schweren Parfüm nahm ihm den Atem, auch in ihrer Vertrautheit. Lisas Mutter benutzte, seit er sie kannte, Chanel N° 5, weil sie glaubte, es verleihe ihr Klasse.
»Ich bin noch nicht über die Trennung von deiner Tochter hinweg, halte dich aber auf dem Laufenden«, flüsterte er ihr ins Ohr.
Dann begab er sich in das Wohnzimmer, um weitere Details über das reetgedeckte Ostseehaus und auch über den romantischen Paris-Ausflug anzuhören, den Lisa an diesem Wochenende mit Ludwig unternahm. Der Freund mit dem Reetdach hieß Klaus.

★

Kurz nach halb drei schlüpfte Konstantin aus der Bar, in die sie nach dem Abendessen noch gegangen waren, um einen Absacker zu trinken. Er, Klein und Miriam. Das Ende eines Gesprächs über einen Film, den es nicht geben würde, wenn er die Zeichen richtig deutete.

Das Essen hatte in einem neuen mittelöstlichen Restaurant in der Pappelallee stattgefunden, wo es so laut war, dass man sein eigenes Wort nicht verstand. Konstantin las ein bisschen was von Kleins Lippen ab, ein bisschen was vom verzweifelten, aber lauten Lachen seiner Agentin. Den Rest reimte er sich zusammen. Alles Scheiße.

In der Bar saßen ein paar unglückliche Frauen Ende dreißig. Klein öffnete einen Hemdknopf. Es war wieder viel zu laut, um über Details zu reden. Es ging immer nur um das große Ganze. Darum, in Bewegung zu bleiben. Nicht vergessen zu werden. Sich an den Möglichkeiten zu berauschen. Die Bälle in der Luft zu halten. Das Leben zu genießen. Die unglückliche Frau, die am nächsten saß, hieß Melissa.

Wir sind vom Film. Und was machst du?

Konstantin schaute in seinen Moscow Mule. Die Gurke. Die Limette. Er dachte an die Eisverkäuferin vom Nachmittag. Die schlief sicher schon. Er tätschelte Melissas Hand auf seinem Oberschenkel. Er sah, wie sich ihre Lippen bewegten. Sie kam aus Stuttgart und besuchte eine Freundin, die nach Berlin gezogen war. Die Freundin hatte sie irgendwo verloren. Er hatte ihr gesagt, dass sie ihm dabei helfen könnte, Stuttgart in sein Drehbuch zu schreiben. Damit es der SWR cofinanzierte. Sie hatte ihn ernsthaft angesehen. Wahrscheinlich hatte sie gar nicht verstanden, was er gesagt hatte. Zu laut, zu sinnlos.

Auf dem Weg hierher, als es im Taxi kurz still geworden war, hatte Konstantin daran gedacht, Miriam und Klein davon zu erzählen, wie hin und her gerissen er war zwischen den Fluchtgeschichten von Bogdan und seiner Großmutter. Aber er ließ es.

Er wollte ihnen seine Themen nicht auf einer trunkenen Fahrt zum Fraß vorwerfen. Und er wollte sie nicht an seinen Zweifeln teilhaben lassen, vor allem Klein nicht. Zweifel waren nicht gut fürs Geschäft.

Klein ging aufs Klo, haute ihm auf die Schulter. Sagte irgendwas, was er nicht verstand. Die Frau, mit der sich Klein unterhalten hatte, zündete sich eine Zigarette an, als hätten sie bereits Sex gehabt. Miriam sah unglaublich müde aus. Konstantin konnte sich nicht vorstellen, dass sie das hier genoss. Sie wollte nichts verpassen. Sie durfte nichts verpassen. Er verabschiedete sich von Melissa, stellte den Cocktail auf ein Tischchen.

Er ging in die Nacht.

Es hatte angefangen zu nieseln, was er begrüßte.

★

Sein Laptop blinkte in den dunklen Raum. Es war drei. Er las das Ende der Weihnachtsbotschaft des »Sorauer Tageblattes« von 1943.

»Die winterliche Sonnenwende aber ist wie ein göttliches Zeichen im Kampf des Lichtes gegen die Finsternis. Sie feiern wir; und sie erfüllt uns mit Gewissheit. Nach der längsten Nacht des Jahres begann immer wieder die Sonne ihren Siegeszug des Lichtes. Sie erweckte neues Leben, trieb die Nebelschleier aus den Tälern und das Dunkle aus Winkeln und Schluchten. So wird es in wenigen Wochen wieder sein – mag uns auch heute die Nacht des Winters noch umhüllen. Wir sprechen wohl kaum davon, aber wir glauben und wissen es, dass uns dann mit allen Lebewesen das beglückende Gefühl des Licht- und Hellwerdens umfängt. Und auch dieses Gefühl, das uns von Gott in die Herzen gelenkt wurde, hämmern wir in unseren Schild gegen die Finsternis mit ein. Die alles überwindende Gemeinschaft, die ewig wachsende Jugend, das Wissen um die Errichtung einer sozialen und gerechten Ordnung, das Erbe unserer Väter, der Sieg der Sonne über die zurückweichende Dunkelheit – sie gehören zusammen! Als feierliches Vermächtnis, als zuversichtliche Gewissheit, als unüberwindbarer Glaube schließen sie sich zusammen, umstehen sie uns wie ein schützender Schild. Und wir wollen ihn tragen als treue und tapfere Kämpfer im Streit, zuletzt aber erheben gegen die leuchtende Sonne des Sieges.«

Der Text war mit R. Hause unterschrieben. Ein Wahnsinn, dass diese Art von Hoffnung noch da war. Er konnte sich nicht vorstellen, dass R. Hause ein Lokalredakteur aus Sorau war. Bestimmt war das Pamphlet zugeliefert worden. Es lag am Morgen des Heiligen Abends im Briefkasten der roten Villa. Konstantin fühlte sich wie auf einer Zeitreise. Er erkannte den Wahnsinn, der die Menschheit befallen hatte, was auch an dem Abend mit Klein lag und an all dem Alkohol.

Er aß ein bisschen Schokolade. Dann suchte er nach der Mappe mit der Rede, die sein Vater einst auf ihn gehalten hatte, bei seiner Jugendweihe. Er empfand plötzlich eine Verantwortung seinem Vater und der Geschichte gegenüber. Er wollte sofort wissen, was er ihm damals mit auf den Weg geben wollte. Das Licht durfte nicht ausgehen, dachte er. Sonst machen wir immer wieder die gleichen Fehler. Er öffnete ein paar Schubladen, aber der Inhalt machte ihn so müde, dass er sich sofort ins Bett legen musste.

So erlosch das Licht dann doch.

16

SORAU, SCHLESIEN
FEBRUAR 1945

Die Krieger waren näher gekommen wie ein Rudel Wölfe. Sie hatten sich gezeigt, die Zähne gefletscht, sie hatten sich in die Wälder zurückgezogen, waren aber nicht verschwunden. Sie waren seit Wochen dort draußen. Man hörte sie jede Nacht heulen. Es war klar, dass sie nicht mehr gehen würden. Die Wölfe wussten, dass sie das wussten. Sie hatten sich auf ihrem langen harten Weg aus dem Osten Selbstbewusstsein und Entschlossenheit geholt.

Sie waren blutrünstig, hieß es.

Und sie waren jetzt da. Im Haus, über ihnen. Robert hatte die Tür offen stehen lassen, damit sie sie nicht einschlugen. Man hörte ihre Schritte. Es waren nicht die Schritte von Besuchern. Es waren die Schritte von Eroberern. Es war nur eine Frage der Zeit, bis sie die Tür zum Keller der Silber-Villa aufstießen, in den sich Jelena, ihre Familie und ihre Nachbarn zurückgezogen hatten.

Jelena war unter den Wölfen groß geworden, wusste aber nicht mehr, was sie erwartete. Es war ihr egal. Die Angst, die allumfassende Angst ihrer Nachbarn erreichte sie nicht. In den letzten Wochen hatte sie manchmal eine Mischung aus Furcht und Erwartung empfunden, eine bleierne Schwere im Magen, wie vor einer Prüfung. Meistens aber musste sie sich überwinden, das Zelt der Gleichgültigkeit, in das sie sich zurückgezogen hatte, zu verlassen. Das Licht war milchig im Zelt, die Geräusche der Außenwelt, die Streitereien der Mädchen, die ohnmächtigen Aufrufe von Robert und seinen Eltern, das Pfeifen der Katjuschas, erreichten sie dort kaum. Aber sie durfte auch dort, in ihrer nebligen, gedämpften Höhle, nie vergessen, dass sie noch vier Töchter hatte, die sie brauchten. Sie sagte ihre Namen auf wie einen Abzählreim. Lara, Vera, Maria, Katarina. Laruschka. Verotschka. Mascha. Katja. Sie musste die Angst spüren, weil sie nur dann überleben konnte. Sie musste wachsam sein. Sie musste die Wölfe im Auge behalten. Man konnte ihnen nicht trauen. Sie hatte vieles vergessen, aber nicht, wie unberechenbar die Wölfe waren.

Sie schlug sich auf den Oberschenkel, um die Gefahr zu spüren, die Angst und auch den Schmerz, der von ihr erwartet wurde. Den sie jetzt brauchte. Sie kniff sich in die Innenseiten ihrer Schenkel, wo sie am empfindlichsten war. Wo es am meisten weh tat. Eigentlich. Sie griff das weiche Fleisch und drehte es zwischen Daumen und Zeigefinger, bis ihr das Wasser in die Augen schoss.

Nachdem Anna beerdigt worden war, war zweimal die Woche ein Mann erschienen, Dr. Kostmann, ein Nervenarzt aus den Kliniken, der mit ihr über ihre Sorgen sprach. Sie war nicht in der Lage, ihre Sorgen zu formulieren. Sie sprach zu schlecht Deutsch, aber vermutlich hätte sie auch im Russischen keine Worte für ihre Gefühle gefunden.

»Sie sind komplex«, hatte sie dem Arzt gesagt.

Sie habe eine Tochter verloren. Sie habe sie verloren, weil es an Impfstoffen mangelte. Es habe an Impfstoffen gemangelt, weil man sich in einem Krieg befinde. Der Krieg, in dem man sich befand, wurde unter anderem mit dem Land geführt, in dem sie geboren wurde. Sie wusste nicht, wohin sie ihre Wut richten konnte und wem sie verzeihen sollte. Dr. Kostmann wusste es auch nicht. In seinem Blick war eine Ratlosigkeit, die an Verzweiflung grenzte. Sie dachte an die Schreie, die sie auf den Fluren der Sorauer Kliniken gehört hatte. Waren das ihre Schreie gewesen? War das ihre Zukunft? Lara. Vera. Maria. Katarina. Sie mochte die Gespräche mit Dr. Kostmann, weil er das Leid zu kennen schien, aus dem es kein Entrinnen gab. Es gefiel ihr, dass er nicht versuchte, sie aus ihrem Dämmerzustand zu reißen. Die Gleichgültigkeit half ihr, und der Doktor akzeptierte das. Er gab ihr Mittel, die den Schleier zusammenhielten, und er gab ihr Mittel, die ihn zerrissen. Sie hatte die Wahl.

Sie sah morgens in den Spiegel und war jedes Mal überrascht, dass ihre Haare nicht schlohweiß geworden waren. Mit weißem Haar hätte sie weniger reden müssen, weniger erklären, wie sie sich fühlte.

Sie schlief weiterhin in Annas Zimmer. So war sie näher bei ihren Mädchen und weiter weg von ihrem Mann. Sie konnte Robert nicht ertragen, seine Nähe machte sie hilflos und aggressiv. Vielleicht ging es ihm ähnlich. Vielleicht hatte auch er niemanden, mit dem er seinen Schmerz teilen konnte, niemanden, den er seine Wut spüren lassen konnte, keinen Adressaten für seinen Zorn und keinen für seine Vergebung. Sie wusste nicht, was er dort draußen, in den Wochen seiner Abwesenheit, eigentlich tat, aber sie ahnte, dass er – noch mehr als sie – verstand, wie komplex die Umstände waren, die zum Tod ihrer Tochter geführt hatten. Er wandte sich in seiner Ohnmacht nicht an Dr. Kostmann, er ging in die Kirche.

Er beichtete. Er betete. Er büßte.

Er plante den Trauergottesdienst bis ins letzte Detail, er entwarf das Denkmal für Anna. Ein schwarzer Sockel, auf dem ein weißer Engel stand. In dem Sockel war die Lebensspanne ihrer Tochter eingraviert. Zwei Kriegsjahre. Die Kirche war überfüllt. Der Tod eines Mädchens gab den anderen Frauen, Müttern und Töchtern der Stadt eine Möglichkeit, ihr eigenes Leid zu messen, ihren Schmerz zu überprüfen, wie es Jelena tat, wenn sie ihre Handfläche über die Gasflamme hielt. Annas vier Schwestern liefen über den Mittelgang wie über einen Laufsteg der Trauer. Sie genossen die Aufmerksamkeit unter Tränen. Auch sie waren mit ihren Gefühlen allein. Ihre Mutter ging in ihren Träumen verloren, ihr Vater in seinem Glauben. Die Gemeinde aber schenkte ihnen die Zuwendung, nach der sie sich sehnten.

Es war ein schwarzer, windiger Vormittag, die Wolken tief und schwer, am Horizont vereinzeltes Leuchten, Blitze oder Raketen. Es war das letzte Mal, dass sich die Sorauer Katholiken vom nahenden Krieg ablenken ließen. Sie begruben ein Kind. eine Tochter der Stadt. Jelena saß mit ihrer Familie in der ersten Reihe, direkt unter der Kanzel, neben ihr Teofila, eingehüllt in dunkle Seide wie eine schwarze Witwe. Abends, als die Mädchen im Bett waren, redete Teofila über Flucht. Ein Vetter von Heinrich hatte ein Weingut in Süddeutschland. Dort näherte sich die Westfront, aber Engländer und Amerikaner und selbst die Franzosen schienen ihnen deutlich berechenbarer als die Wilden, die aus dem Osten kamen. Die mongolischen Horden, die brandschatzten, raubten und vergewaltigten. Heinrich, Teofila, Elisabeth und auch Robert hatten vergessen, dass Jelena mit ihnen am Tisch saß, oder sie nahmen keine Rücksicht mehr. Jelena schwieg. Sie dachte an die Nächte mit ihrem Stiefvater

Alexander Petrowitsch, dem Schwein. Sie dachte an die heiße Ofentür, voller Sehnsucht dachte sie an die Tür. Was sollte sie Robert und seiner Familie erzählen von damals? Den Westen kannten sie von den Postkarten, Briefen und den Frontberichten von Liselottes Mann Georg, der in Frankreich stationiert war. Entenleber, Weißbrot, Rotwein. Den Osten kannten sie aus den Erzählungen der Flüchtlinge und Berichten aus der Zeitung. Auf den Karikaturen des »Sorauer Tageblattes« sahen Jelenas Landsleute aus wie Menschenaffen mit Budjonny-Mützen.

Heinrich hatte gelesen, dass ein sowjetischer Ideologe die Soldaten der Roten Armee in Flugblättern aufforderte, jeden Deutschen zu töten, der ihnen über den Weg laufe. Jeden. Ausnahmslos. Die Deutschen seien keine Menschen.

»In Ostpreußen haben sie unseren Kleinkindern die Köpfe mit Gewehrkolben eingeschlagen«, sagte Elisabeth.

Teofila bekreuzigte sich stumm.

»Und unsere Frauen an Scheunentore genagelt. Nackt.«

Jelena hatte die Wortmeldung der einfältigen Elisabeth an einen Weihnachtsabend vor zwei oder drei Jahren erinnert, als sie ohne Einleitung erklärt hatte, wie man in der Lausitz den Kartoffelsalat zubereitete. Sie hatte lachen müssen, vielleicht hatte sie zu viel von Dr. Kostmanns Mitteln genommen.

Robert hatte sie ratlos angesehen, der Rest der Familie ignorierte ihr Lachen. Sie hatten sie bereits abgeschrieben. Sie konnten ihr nicht mehr helfen. Sie war eine Episode, ein Irrtum, eine Sackgasse in der Familiengeschichte der Silbers. Ein oder zwei Wochen später hatten sie Sorau verlassen, vielleicht waren es auch drei gewesen, Jelena war das Zeitgefühl abhandengekommen. Robert hatte sie mehrfach gefragt, ob sie bereit wäre, seiner Familie nach Westen zu folgen. Es war ihr nicht klar, was er eigentlich vorhatte, aber das hätte ihre Entscheidung nicht beeinflusst. Sie wollte bleiben. Sie hätte das Gefühl gehabt, Anna zurückzulassen. Anja, Anjuschka. Sie musste sich angemessen verabschieden, um weiterleben zu können, um ihren anderen Töchtern wieder eine Mutter sein zu können. Sie musste Kraft sammeln. Sie hatte das mit Dr. Kostmann so besprochen. Die Flucht nach Westen erschien ihr fragwürdig. Die Flüsse ihres Lebens waren immer kleiner geworden. Sie hatte Kostmann von der Wolga erzählt, der Oka, der Moskwa, der Newa, der Spree und dem Bober.

Bin ich immer nur flussaufwärts geschwommen?, hatte sie den Doktor gefragt. Oder flussabwärts?

Kostmann hatte gesagt: »Flussaufwärts bedeutet: Der Quelle entgegen. Das ist die Reise, die ich normalerweise mit meinen Patienten antrete. Eine Reise zur Quelle ihres Leids. Sie, Frau Silber, haben sich wohl eher flussabwärts bewegt. Weg von den Quellen. Zumindest im übertragenen Sinne.«

Er war ein kluger Mann. Sie wusste nicht genau, ob er wirklich recht hatte. Aber er bestärkte sie darin, sich vorläufig nicht weiter zu entfernen. Von der Quelle ihres Leids. Sie musste es ertragen, durchleben. Sie betete die Flüsse herunter wie einen Rosenkranz. Wie die Namen ihrer Töchter. Sie waren das Einzige, was ihr Halt gab, eine Richtung.

Sie hatte es Robert freigestellt, seine Eltern zu begleiten. Ein wenig hatte sie sogar gehofft, dass er es tun würde, aber natürlich blieb er. Er saß neben ihr im Keller des Hauses, das sein Großvater gebaut hatte. FST.

Robert F. Silber saß auf einer Weinkiste, den Blick nach oben gerichtet, wo die Wölfe ihre neue Eroberung auskundschafteten. Die Stiefelsohlen der Krieger schmatzten auf den Fliesen der Kü-

che und brachten das Parkett im Musikzimmer zum Singen. Es klang so, als sei die Familientradition der Silbers in Sorau nach drei Generationen beendet. Noch vor Roberts fünfzigstem Geburtstag, den er im Oktober begehen würde.
Zwischen ihr und Robert saßen ihre Töchter. Lara. Vera. Maria. Katarina. Die Jüngste schlug mit dem Hacken ihres rechten Schuhs unentwegt gegen die Holzkiste, auf der sie saß, ein Metronom, das den Takt vorgab. Maria und Vera lasen im matten Licht der Kellerlampen, Lara lauschte wie die anderen im Keller den Schritten, die sich durch das Haus bewegten. Lara wirkte erwachsen in ihrer Sorge vor der Zukunft. Neben ihnen saßen noch die Kretzschmars, ihr Hausmeisterehepaar, im Keller, beide im Rentenalter, Klawdia und Annegret sowie vier Nachbarsfamilien. Die Männer waren im Krieg, nur Herr Schubert war da, ein Schichtingenieur der Silber'schen Tuchfabrik, der vom Kriegsdienst freigestellt worden war, weil sie seit ein paar Jahren auch Uniformen produzierten. Die Nachbarsfrauen hatten Jelena jahrelang feindselig beobachtet, die russische Fremde in ihrer Mitte, nun aber saßen sie gern in ihrer Nähe. Wenn sie jemand vor den Wilden beschützen konnte, dann eine von den Wilden. In Grünberg, das war die letzte Schreckensnachricht, hatten sich fünfhundert Menschen das Leben genommen, um nicht in die Hände der roten Horden zu fallen. Die meisten waren Frauen und Kinder.

Außerdem saß Kaplan Engel im Keller, in Zivil. Die Haltung der Russen zu Kirchenmännern war schwer zu durchschauen, und Engel war ein ängstlicher Mann. Jelena hatte ihn in ihren Keller eingeladen. Es war das mindeste, was sie tun konnte, für den besten Freund, den sie in der Stadt hatte. Er hockte im Schatten der hohen alten Weinregale, geschüttelt von Scham und

Angst. Sein Chef, Pfarrer Roth, erwartete den Feind in seiner Kirche.

Jelena hatte darüber nachgedacht, wie sie den ersten Soldaten der Roten Armee begrüßen würde. Stolz oder demütig? Mehr oder weniger russisch? Sie wollte nicht wirken wie eine Schauspielerin oder eine Hure, sie lebte seit Jahren unter Deutschen. Sie hatte einen deutschen Mann, vier deutsche Töchter, von denen zwei – das könnte sie bei Bedarf einstreuen – in der Sowjetunion geboren worden waren. Lara, Laruschka, in Moskau, Vera, Verotschka, in Leningrad. Ihr Vater, auch das könnte eine nützliche Information sein, war ein revolutionärer Held gewesen, hingerichtet von den Häschern des Zaren. Sein Name war Viktor Krasnow. Sein Denkmal stand am Ufer der Oka, etwa fünfzig Kilometer von ihrer Mündung in die Wolga entfernt. Jelena wollte nicht illoyal ihren Nachbarn gegenüber sein, sie hatte eine Familie zu beschützen, einen Mann. Sie fragte sich, ob sich ihr Russisch in den Jahren verändert hatte.

Guten Tag, mein Name ist Jelena Viktorowna.

Sie sprechen Russisch, Bürgerin?

Selbstverständlich. Ich bin in Gorbatow geboren, Gorbatow an der Oka.

Was hat Sie hierher verschlagen, Jelena Viktorowna?

Nun, um ehrlich zu sein, Genosse Rotarmist, es war die neue ökonomische Politik des Genossen Lenin, die mich hierher führte.

Jelena hatte diese Gespräche vorm Spiegel ihres Schlafzimmers geführt. Sie führte sie jetzt in ihrem Kopf. Es waren Mädchenspiele, Gespräche mit imaginären Freunden von der Roten Armee. Sie hatte keine Ahnung, ob sie Gelegenheit haben würde, sich in dieser Weise zu erklären.

»Hör endlich damit auf«, sagte Maria, ohne aus ihrem Buch aufzusehen. Es war nicht klar, was sie meinte und wen. Vielleicht redete sie mit einer Figur aus der Geschichte, die sie las. Maria hatte eine rege Phantasie. Man hörte dort oben die Stimmen der Soldaten. Aus verschiedenen Räumen, verschieden laut.

Niemand hier.

Hier auch nicht.

Maria hob den Kopf, sie sah ihre Schwester Katarina an und sagte: »Hör auf!«

Katarina zuckte mit den Schultern, aber sie wusste, was gemeint war. Sie wusste, was sie tat. Ihr Hacken schlug noch immer gegen die Weinkiste, auf der sie saß.

Bumm. Bumm. Bumm.

»Papa, sag ihr, dass sie aufhören soll«, sagte Maria.

»Bitte«, sagte Robert und schaute an die Kellerdecke.

Er hatte keine Kraft mehr, keine Autorität, dachte Jelena. Er würde ihr keine Hilfe mehr sein. Er war jetzt eine Last. Es war eine seltsame Erkenntnis, befreiend in ihrer Klarheit.

»Hör endlich auf, du dumme Ziege«, rief Maria.

»Vertragt euch doch bitte«, flüsterte Frau Walter. Sie schaute, als hätte sie Maria gern mit einem Kissen zur Ruhe gebracht. Frau Walter hatte drei Söhne, ihr Mann war an der Ostfront gefallen. Er war Meister in der Fabrik gewesen, die Jelenas Schwiegervater leitete. Sie wohnten in einem der Häuser, in denen Arbeiter der Tuchfabrik untergebracht waren. Jelena war dort an der Seite ihrer Schwiegereltern zum Kondolenzbesuch erschienen, Frau Walter – Hilde, wenn sie sich richtig erinnerte – hatte sie angesehen, als habe sie ihren Mann eigenhändig getötet. Es hatte Jelena gewundert und gefreut, als sie sie fragte, ob sie mit ihren Jungen in ihren Keller kommen dürfe.

Katarinas Hacken trommelte ungerührt gegen die Kiste. Bumm. Bumm. Bumm. Marias Augenfarbe schien sich zu verändern, ihr ganzes Gesicht verzog sich, eine unsichtbare Kraft spannte die Haut über ihren Wangenknochen. Ihre Oberlippe hob sich, man sah kleine weiße Zähne und das Zahnfleisch. Sie erinnerte Jelena in diesen Momenten an ihre kleine Schwester Olga. Etwas Wildes schien im Innern des Mädchens aufzuwachen. Jelena wusste, dass die Bitte von Frau Walter zu spät kam. Maria konnte ihre Emotionen in diesem Stadium nicht mehr kontrollieren, niemand erreichte das Mädchen mehr. Es war wie ein Anfall, aus dem sie erst in ein paar Minuten erwachen würde. Erschöpft und ahnungslos.

Maria stieß einen Schrei aus. Lang und hoch. Katarina lächelte, es war ein leichtes, aber glückliches Lächeln, so als habe sie jemand an einer juckenden Stelle auf dem Rücken gekratzt, die sie nicht erreichen konnte. Es war dieser Gesichtsausdruck, den Jelena nie mehr vergessen konnte. Es war nicht Marias Schrei – obwohl auch der sie befremdete –, es war Katarinas zufriedenes Lächeln. Jelena glaubte, das Böse im Gesicht ihrer Tochter gesehen zu haben. Sie wusste es nicht, aber sie entfernte sich in diesem Moment von Katarina. Ihr Abzählreim der Kindernamen wurde kürzer.

Frau Walter umklammerte ihren kleinsten Sohn, der neben ihr saß. Siegfried, glaubte Jelena, die von Robert angehalten worden war, die Namen der Beschäftigten und ihrer Angehörigen zu lernen. Sie sollten sich fühlen, als seien sie Teil einer großen Familie. Das waren Roberts Worte gewesen. Siegfried war vier Jahre alt.

Robert erhob sich von seinem Stuhl und nahm Maria in den Arm. Sie war seine Lieblingstochter, die Erste, die auf deutschem

Boden geboren worden war. Eine zarte Künstlerseele wie er selbst. Die Umarmung dämpfte den Schrei. Aber es war zu spät. Die Wölfe hatten sie gehört. Sie erstarrten in der Bewegung, spitzten die Ohren und bewegten sich nun langsam auf die Kellertür zu.

Drei Sekunden später öffnete jemand die Tür.

»Wer ist da?«, rief eine russische Stimme in den Keller. Kto tam?

Alle sahen sie an. Auch Robert, der ja ebenfalls Russisch sprach. Es war ein seltsames Gefühl, so im Mittelpunkt zu stehen. Nicht als Fremde, als Feindin oder als Mutter, die ein Kind verloren hatte, sondern als ein Mensch, auf den man angewiesen war. Das letzte Mal hatte Jelena das in der ehemaligen Fabrikantenvilla von Rescheticha erlebt, damals, als sie Robert begegnet war. Eine andere Zeit. Ein anderes Land. Ein anderer Mann. Eine andere Frau.

»Nur die Hausbewohner und ein paar Nachbarn. Frauen und Kinder vor allem«, rief Jelena zurück.

Sie horchte ihrer Stimme nach, dem Russischen, so selbstverständlich und laut ausgesprochen wie seit Jahren nicht. Die Sprache einer alten und einer neuen Ära. Sie fühlte sich, als beherrsche sie ein kompliziertes Instrument. Sie konnte Harfe spielen.

»Wir kommen jetzt hinunter und schießen auf jeden, der sich bewegt«, sagte die Stimme.

Er wollte nicht wissen, warum sie Russisch sprach. Sie würde keine Gelegenheit haben zu erzählen, dass zwei ihrer Töchter in der Sowjetunion geboren wurden und ihr Vater ein Held war. Sie saß unter Deutschen. Ihre jüngste Tochter lag in deutscher Erde. Sie hörte, wie sich die Wölfe langsam die Kellertreppe hinunterbewegten, sie sah die Stiefel des ersten, dann seine Beine, den

Gürtel, den Gewehrlauf, die Brust und schließlich das Gesicht des Mannes. Ein Junge noch. Ein unglaublich müde aussehender und gleichzeitig wacher Junge. Ein Junge, der die ganze Nacht nicht geschlafen hatte. Ein russischer Junge. Die Nase, die Augen, die hohen Wangenknochen, das spitze Kinn. Schickten sie jetzt Kinder in den Krieg? Dann kamen weitere Stiefel, Gewehrläufe, russische Gesichter. Vertraut und fremd zugleich.

Vier insgesamt. Sie stellten sich vor ihnen auf.

»Alles klar dort unten, Ilja?«, rief jemand von oben.

»Alles klar, Hauptmann«, rief der Soldat, der als Erster den Keller betreten hatte. Jelena schätzte ihn auf neunzehn, höchstens. Und dennoch akzeptierte sie seine Autorität sofort. Wsjo w porjadke, Kapitan.

»Wer von euch spricht Russisch?«

»Ich«, sagte Jelena.

Der Soldat sah sie an. Er schien einen Moment nachzudenken.

»Du gehst hoch«, sagte er dann.

Sie stand auf und machte ein paar Schritte.

»Mama, bitte bleib hier«, rief Lara. Die älteste und vernünftigste ihrer Töchter war plötzlich wieder zum Kind geworden. Laruschka.

»Ich komm wieder, Larusch«, sagte Jelena.

»Ich spreche auch Russisch, Genosse«, sagte Robert. Es schien ihr, als sei er aus einem Schrank getreten, in dem er sich seit ein paar Jahren versteckte. Sein Rücken wirkte gerade.

»Genosse?«, sagte Ilja.

»Lass sie doch bei ihren Kindern. Sie hat vier Mädchen«, sagte Robert.

»Vier?«, fragte Ilja.

»Vier«, sagte Robert.

Die anderen schienen sich zu entspannen, dachte Jelena, die mitten im Raum stehen geblieben war. Hier fand ein Gespräch statt. Die Leute redeten, sie schossen nicht.

»Dann kommst du mit«, sagte der Soldat. »Und die Frau setzt sich wieder hin.«

Jelena sah Robert an, er nickte. Er küsste Maria auf die Stirn, stand auf und drückte seine Tochter sanft zurück auf die Bank. Maria sah ihn staunend und wehrlos an, erschöpft von ihrem Anfall. Er ging auf Jelena zu. Er berührte sie leicht an der Schulter. Es war die zärtlichste Berührung seit Jahren. Sie hatte sich geirrt. Er war immer noch eine Hilfe. Sie drückte die Schulter in seine Hand. Eine Entschuldigung für den Verrat, den sie begangen hatte. Er nickte leicht und folgte dem Soldaten. Später dachte sie, er habe gelächelt. Aber sie hatte niemanden, dem sie das erzählen konnte, und so vergaß sie es irgendwann.

Drei Soldaten blieben bei ihnen. Alle drei höchstens zwanzig Jahre alt, aber sehr ernsthaft. Einer steckte sich eine Zigarette an. Er riss das Streichholz mit einer Hand an, eine beeindruckende Vorstellung, deren er sich nicht bewusst war. Die Zigarette stank erbärmlich. Er ging rauchend zu den Weinregalen und inspizierte die Flaschen. Von oben hörte man Stimmen. Reden. Lachen. Roberts Stimme schien unter den Stimmen zu sein. Ein leichter Akzent im russischen Sprachfluss, wie ein Splitter, ein Fremdkörper. Im Musikzimmer begann jemand, Klavier zu spielen. Es war nicht Robert. Ein russisches Volkslied. Dorogoi Dlinnoju. Der Spieler hatte kein Gefühl für das Tempo und traf auch nicht jeden Ton. Niemand sang. Jemand rief: Tanz! Der Soldat, der die Weinregale studierte, drehte sich um, grinste. Tanz! Der Klavierspieler gewöhnte sich an das Instrument, wurde sicherer und schneller. Vielleicht hatte er bislang nur Akkordeon gespielt. Das

Tempo stimmte immer noch nicht. Man hörte jetzt Schritte. Tanzschritte. Vorsichtige, unsichere Tanzschritte. Es mussten Roberts Schritte sein. Sie ließen ihn tanzen. Er war ein guter Tänzer. Ein besserer Tänzer als sie. Es war das musikalische Blut und die Tanzschule. Aber natürlich hatte er nie vor Soldaten getanzt. Zu einem russischen Lied. Wie ein Bär musste ihr Mann vor gezogenen Gewehren tanzen. Jelena schossen die Tränen in die Augen. Lara sah sie an, riesige Augen. Der Klavierspieler stoppte. Einen Moment war Ruhe. Dann begann er wieder von vorn. Er spielte jetzt Katjuscha. Ein schnelleres Lied, populärer auch, in dem er sich weitaus besser auszukennen schien.

Ringsum blühen Birn- und Apfelbäume
Überm Flusse noch der Nebel hängt
Da eilt Katja hurtig an das Ufer
Wo es sich steil zum Wasser senkt

Die Schritte setzten wieder ein. Schneller jetzt. Lachte Robert? Konnte er den Rhythmus halten? Es war eine Folter, auch für sie. Jelena seufzte. Wieder Laras besorgter Blick. Maria sah auf Katjas Fuß, Vera las. Sie glaubten daran, dass ihr Vater gleich wieder zurückkam. Er hatte es ja gesagt. Er würde schnell etwas klären. Die Nachbarn schauten auf den Boden, Kaplan Engel hatte sich im Schatten aufgelöst. Ein zweiter Soldat steckte sich eine Zigarette an. Der schleppende Rhythmus, die schwerfälligen Schritte ihres Mannes. Ein 49-Jähriger deutscher Ingenieur. Ein Experte für Bastfasern. Er war in ihr Land gekommen, um ein Textilwerk aufzubauen. Er war Lenins Ruf gefolgt. Sie hatten ihn empfangen wie einen König. Sie hatten ihm eine Villa zur Verfügung gestellt, die einmal einem Kapitalisten gehört hatte. Anatol Schwarz. Jetzt nahmen sie ihm eine andere Villa weg, seine. War das die Idee des Sozialismus, des Kommunismus gar? Die Unberechenbarkeit? Die Ungerechtigkeit? Die Maßlosigkeit?

Jelena hatte keine Ahnung, was ihr Mann in den letzten Jahren gemacht hatte, aber das wussten die Soldaten auch nicht. Der Tanz konnte nichts damit zu tun haben. Er hatte eine ihrer Frauen geheiratet, er hatte fünf Mädchen mit ihr gezeugt. Eines war gestorben. Anna. Die anderen saßen mit der Mutter unten im Keller und hörten ihn tanzen, bewacht von Gewehren. Lara. Vera. Maria. Katarina.

Jelena dachte, dass er nicht oben tanzen müsste, wenn sie ihm nicht in sein Schlafzimmer gefolgt wäre, in der Nacht, in der Lenin starb. Er würde mit seiner herrschsüchtigen Mutter, dem untreuen Vater und der einfältigen Schwester auf einem schwäbischen Weingut sitzen und auf die Amerikaner warten und auf seinen Schwager, der Frankreich bereits verlassen hatte. Er wäre in einer anderen Welt, einer Welt, die der, in der er aufgewachsen war, sicher ähnlicher war.

Dann fiel ein Schuss und ein zweiter, ein dritter und vierter. Jelena zählte nicht mehr. Sie waren laut. Es rieselte Putz von der Kellerdecke. Sie mussten in den Boden geschossen haben. Alle sahen an die Decke, auch die Soldaten. Frau Walter weinte. Von oben: Lachen und Schreien, weitere Schüsse. Etwas fiel zu Boden, schwer, ein Körper. Die Musik hörte auf. Jelena sprang auf. Einer der rauchenden Soldaten bedeutete ihr mit dem Gewehr, sich wieder hinzusetzen. Sie blieb stehen. Er rauchte. Sie dachte daran, auf das Gewehr zuzulaufen, es zu beenden, und der rauchende Soldat verstand, dass sie das dachte. Er schüttelte den Kopf. So standen sie. Oben redeten jetzt alle durcheinander. Wütend, besorgt, man konnte das schwer auseinanderhalten, nur die eine Stimme, der Fremdkörper im russischen Sprachstrom war verstummt, der Splitter gezogen. Dann eine neue Stimme, lauter, entschiedener: Was ist denn hier los? Seid ihr verrückt geworden? Schweigen. Scharren. Dann öffnete sich die Kellertür erneut.

Keine Stiefel, nur ein Ruf: Die Frau soll kommen!

Jelena sah die Mädchen nicht mehr an. Sie ging auf den rauchenden Soldaten zu und schob ungerührt seinen Gewehrlauf aus dem Weg. Sie stieg die Treppe hinauf, sie wünschte sich, dass diese Treppe nie endete, dass sie den Rest des Lebens damit beschäftigt wäre, sie hinaufzusteigen, ohne jemals sehen zu müssen, was sie am Ende erwartete, und ohne jemals aus dem Blick ihrer Töchter zu verschwinden, die sie von unten beobachteten. Eine Mutter und eine Ehefrau. Beides.

In der Diele wartete ein Soldat, ebenfalls jung, der Blick trübe vom Schnaps. Er wies ihr den Weg ins Musikzimmer. Sie roch den Rauch der billigen Zigaretten, sie sah die fremden Männer mit den einfachen Gesichtern um den Flügel herumstehen. In ihren Rücken die teure Tapete. Niemand beachtete sie, die Blicke der Männer waren auf die Mitte des Zimmers gerichtet. Dort knieten zwei Soldaten vor einem Körper, der auf dem Boden lag.

»Die Frau«, rief der Soldat, und die Männer bildeten eine Gasse. Sie kniete sich hin, bewegte sich zu ihrem Mann. Seine Augen waren geschlossen. Aber er lebte. Er atmete. Sie sah, dass er Schmerzen hatte.

»Robert«, sagte sie.

Er öffnete die Augen.

»Lena«, sagte er. Es sah aus, als würde er weinen. Sie roch den Alkohol. Sie hatten ihn trinken lassen. Trinken und tanzen.

»Es tut mir leid«, sagte sie.

»Ich tanze einfach zu schlecht«, sagte er.

Er lächelte. Sie berührte seinen Arm. Dann schloss er wieder die Augen.

»Sie haben ihm in den Fuß geschossen«, sagte eine Stimme über ihr. »Die Idioten.«

Die Stimme klang wie die Stimme eines Vorgesetzten. Wahrscheinlich gehörte sie dem Mann, der zuletzt gekommen war. Eine Stimme der Vernunft. Sie drehte sich nicht um. Der Fuß. Nur der Fuß. Robert würde leben. Jelena war zu schwach und zu betrübt, um sich darüber freuen zu können.

*

In der Nacht wachte Jelena auf. Sie lag in Annas Zimmer. Das Haus war still. Die Wölfe hatten sich zurückgezogen. Die Nachbarn waren in ihre Häuser zurückgekehrt, Kaplan Engel in seine Kirche. Sie war nicht angezündet worden.

Der Offizier, Arkadi Smirnow, ein Hauptmann, hatte sich bei ihr entschuldigt. Ein Sanitäter hatte Robert verbunden. Er lag im Schlafzimmer. Am nächsten Tag, das hatte Kapitan Smirnow ihr versprochen, würden sie einen Arzt schicken, der nach Robert schaute. Sie blieben in der Stadt. Man hörte Schüsse und Granaten, man hörte die Katjuschas heulen, aber es klang fern. Sorau war gefallen. Hier und da schrie noch jemand. Aber das würde vorbeigehen.

Jelena horchte in die Stille ihres Hauses. Robert war ruhig, obwohl sein Fuß schlimm aussah. Der Sanitäter hatte ihm eine Spritze gegen die Schmerzen gegeben, aber das war Stunden her. Jelena wusste, dass sie neben ihm liegen sollte, jetzt. In guten wie in schlechten Zeiten. Aber sie schaffte es nicht. Vielleicht morgen. Oder übermorgen. Sie wollte noch ein wenig bei Anna bleiben.

In diesen Minuten glaubte Jelena, Bilder aus der Nacht zu sehen, in der ihr Vater gestorben war. Sie hatte immer eine Vorstellung davon gehabt, was damals passiert war. Es war die Vorstellung gewesen, die sie zu den Geschichten entwickelte, die ihre Mutter und Pawel erzählten. Bilder zu deren Erinnerungen. Dazu kamen die Zeugenaussagen aus dem großen Schauprozess von Gorbatow. Das alles war eingefärbt, ausgeblichen, verwischt worden von den großen Gefühlen, die danach kamen. Liebe, Hoffnung, Enttäuschung, Ohnmacht, Schmerz. Du warst doch viel zu jung, hatte ihr Robert immer wieder gesagt, wenn sie ihm vom Februar 1905 erzählte. Viel zu jung. Keiner weiß, was er im Alter von zwei Jahren erlebt hat. In dieser Nacht aber, als die Häscher zurück waren – andere Häscher, andere Motive, aber Angst blieb Angst –, glaubte sie, ihren kleinen Hof zu sehen, den schnaufenden Pjotr Iwanow zu hören, den Freund ihres Vaters, der die Todesnachricht überbracht hatte. Sie sah seinen Atem. Schwarze Hundert, sagte er. Sagte er das nicht? Sie sah sich und Pawel. Ihre Mutter aber sah sie nicht. Es schien ihr eher so, dass sie die Nacht, in der ihr Vater starb, durch die Augen ihrer Mutter sah. Sie fühlte den Verlust. Sie hörte das Herz ihrer Mutter schlagen. Sie spürte das kühle Blut in ihren Adern, lernte, was ihre Prioritäten waren. Sie verstand sie.

Jelena betete die Namen ihrer Töchter herunter. Lara. Vera. Maria. Und auch Katarina. Dann schlief sie wieder ein.

★

Der Arzt, den Kapitan Smirnow angekündigt hatte, kam nicht. Roberts Fuß aber wurde nicht besser. Er entzündete sich. Das ganze Bein wurde dick und verfärbte sich. Robert bekam Fieber. Am dritten Tag machte sich Jelena auf den Weg in die Stadt.

Sorau summte. Alle schienen durcheinanderzulaufen, aber in Wirklichkeit ordnete sich alles. Die Leute hatten Angst, sie blinzelten in den Tag wie Maulwürfe. Man sah das Misstrauen, die Haltlosigkeit, die Ohnmacht, die Trauer, auch die Wut. Aber man fühlte auch Erleichterung, die Betriebsamkeit und den Eifer. Dazwischen patrouillierten Sowjetsoldaten, jung, entschlossen, müde, wütend, fremd, erschöpft, ratlos und stolz. Alle bliesen ihre Atemwolken in den kalten, klaren Februartag, als wollten sie ihm Leben einhauchen. Komm schon, atme. Jelena musste gegen die neue Energie der Stadt schwimmen wie gegen den Strom. In den letzten Wochen war Sorau so lethargisch, vernebelt und todessehnsüchtig gewesen wie sie selbst.

Herr Kretzschmar, der zusammen mit seiner Frau weiterhin zum Hausmeisterdienst erschien, hatte ihr erzählt, dass sich die Führung der Russen im Rathaus »eingenistet« hatte, wie er sich ausdrückte. Jelena war bei der Gelegenheit aufgefallen, wie ähnlich Kretzschmars Oberlippenbart dem Adolf Hitlers sah. Er trug den Bartfleck wie eine Fahne vor sich her. Vielleicht würde sie ihn bitten, ihn abzurasieren, oder sie entließ den Mann. Sie lief durch ihre neue Stadt ins Rathaus, um Smirnow zu suchen, der Hilfe versprochen hatte. Sie sah die Wunden, die die Granaten gerissen hatten, die Ruinen in der Altstadt, die Bewohner und Nachbarn, die Steine zusammentrugen, sie sah ein paar offene Feuer, an denen sich Menschen wärmten, und ein totes Pferd, dessen Eingeweide in den Wintertag dampften.

Das Rathaus war unversehrt.

Die übrig gebliebenen deutschen Beamten und Sekretärinnen schickten sie von einem Zimmer ins nächste. Irgendwann landete sie im Sekretariat des Bürgermeisters. Sein Name stand noch an der Tür. Im Vorzimmer gab es keine Deutschen mehr. Ein paar rauchende Soldaten standen am Schreibtisch. Einer saß darauf.

Sie stand in der Tür, sie beachteten sie nicht.

Dann sagte sie laut: »Mein Name ist Jelena Silber. Ich möchte mit Kapitan Arkadi Smirnow sprechen.«

Die Männer sahen sie an. Alle vier.

»Du sprichst Russisch, Jelena Silber?«

»Ja«, sagte sie und überlegte, ob sich nun das Gespräch ergeben würde, auf das sie sich vor ihrem Schlafzimmerspiegel vorbereitet hatte.

»Ich bin in Russland geboren. In Gorbatow.«

»Smirnow ist weitergezogen. Richtung Berlin«, sagte einer der Soldaten. »Was willst du von ihm?«

»Er hat versprochen, einen Arzt vorbeizuschicken. Mein Mann ist verletzt«, sagte sie.

»Was hat er denn?«, fragte der Soldat.

»Sie haben ihn in den Fuß geschossen.«

»Wer?«

»Soldaten der Roten Armee. Eure Männer«, sagte Jelena. »Sie haben ihn tanzen lassen und in den Boden geschossen. Dabei haben sie ihn getroffen. Versehentlich, nehme ich an.«

»Was hat er denn getan?«

»Er ist Deutscher«, sagte sie.

»Nun«, sagte der Soldat. »Da hast du's.«

»Er hat uns geholfen, die Sowjetunion aufzubauen«, sagte sie.

»Uns?«

»Die Wunde hat sich entzündet.«

»Weißt du, wie viele Verletzte wir haben? Ernsthaft Verletzte. Ernsthaft verletzte sowjetische Soldaten. Kameraden«, sagte der Soldat.

Die anderen drei schwiegen, rauchten. Jelena fühlte die Tränen aufsteigen. Sie schaffte das nicht. Sie hätte sich gern in die Ecke des Raumes gelegt, die Beine an den Bauch gezogen und einfach weiter vor sich hingedämmert, eingehüllt in ihre Schwermut wie in eine dicke, weiche Decke.

»Gorbatow«, sagte der Soldat, der auf dem Schreibtisch saß.

»Ja«, sagte sie. »Es liegt an der Oka. Ein Fluss, der in die Wolga mündet.«

»Wie unser Oberst«, sagte der Mann.

Er sprang vom Schreibtisch, ging zur Tür des Bürgermeisterzimmers, klopfte, öffnete die Tür und rief in den Raum: »Wir haben hier eine Bürgerin, die kommt aus Gorbatow. Wie Sie, Genosse Oberst.«

Von drinnen kam eine leise, kurze Antwort, die Jelena nicht verstand.

Der Soldat winkte sie heran. Sie ging auf die Tür zu, die er mit einem Arm aufhielt. Sie zog den Kopf ein, um unterm Arm durchlaufen zu können. Das Bürgermeisterzimmer war riesig, es war kalt und verraucht. Die Vorhänge zum Markt waren alle geschlossen, schwaches Licht sickerte durch die Schlitze zwischen ihnen. Es dauert eine Weile, bis sich ihre Augen an das Halbdunkel gewöhnt hatten, dann erkannte sie am Ende des Raums einen Schreibtisch, an dem ein Mann saß, der irgendwelche Unterlagen studierte. Der Oberst offenbar.

»Sie sind also aus Gorbatow?«, sagte er, ohne von seinen Papieren aufzusehen.

»Ich wurde dort geboren«, sagte Jelena.

Der Oberst sah auf. Er hatte kurzgeschorene Haare, die, obwohl man ihre Farbe beim besten Willen nicht erkennen konnte, grau zu sein schienen. Er erhob sich vom Schreibtisch. Er war schlank, fast dünn. Er bewegte sich langsam, wie eine Katze, es sah aus, als führe er einen Tanz auf.

»Danke, Serchant«, sagte er zu dem Mann, der in der Tür stand. »Sie können wegtreten.«

Der Unteroffizier schlug die Hacken zusammen, verließ den Raum, schloss die Tür.

Der Oberst trat hinter dem Schreibtisch hervor. Ein Lichtstrahl beleuchtete sein Gesicht. Er sah müde aus, hager, wachsam und auf seltsame Art weise. Mitten in diesem gegerbten Gesicht saß eine erstaunlich gerade, beinahe optimistische Nase, die aussah, als wüchsen darauf Sommersprossen, im Sommer. Seine Augen waren grün. Katzengrün. Jelena hatte sich einst, in einem anderen Leben, in ihnen gespiegelt.

»Füchslein«, sagte der Oberst.

17

BERLIN

1987

Sein Vater stand in der Mitte ihres Wohnzimmers und redete von Schwarzenberg, der Stadt, in der er aufgewachsen war. Konstantin dachte an Isabelle Reinschmidt. Er konnte an nichts anderes denken als an sie. Sie füllte ihn aus, ihr Geruch, die Vorstellung von ihrem Nacken, in den er geschaut hatte, als sie auf ihren Auftritt warteten. Sie hatte die Haare hochgesteckt, und man sah den Flaum, der sich in ihrem Nacken kräuselte, in den feinen Härchen lag der Verschluss einer schmalen silbernen Kette. Ein Geschenk ihrer Großmutter, eine Information, die er aus einem der Gespräche gefiltert hatte, die ihn umschwirrten. Sie hatten in der Gruppe der Kleinsten gewartet, die Letzten, die hoch mussten auf die Bühne. Sechs Mädchen und zwei Jungen. Mario Santoni, Sohn italienischer Kommunisten, der an einer seltenen Stoffwechselerkrankung litt, die ihn, so hieß es, nicht älter werden lassen würde als 25. Und er. Sohn des bekannten deutschen Tierfilmers Claus Stein. Er war in den letzten anderthalb Jahren um einen Zentimeter gewachsen. Er maß es jeden Tag nach. Verzweifelte Filzstiftstriche an der Innenseite seines Kleiderschranks. Manchmal schien er den Zentimeter wieder zu verlieren. Isabelle war nicht größer als er, wirkte aber so, schon wegen der hochgesteckten Haare. Sie stand direkt vor ihm in der Reihe, so dicht. Er kannte ihren Duft. Clin d'Œil. Sie hatte das Parfüm von ihrer Mutter zur Jugendweihe geschenkt bekommen und bereits benutzt. Er wusste das, weil sie es Nadine erzählt hatte, die vor ihr stand. Er hatte Isabelles Duft eingeatmet wie Sauerstoff.

Sein Vater hatte Schwarzenberg, eine erzgebirgische Kleinstadt, immer noch nicht verlassen. Sie war offenbar der Grundstein seiner Rede. Dort wo alles begann. Er hatte gerade eine längere Passage aus einem Roman von Stefan Heym zitiert, der dort spielte.

»Eine Stadt zwischen den Welten«, sagte sein Vater. »Eine Stadt, die auf ihre Besatzer wartete. Eine Stadt, deren Schicksal noch nicht besiegelt war. Eine Stadt voller Möglichkeiten. Wie das Leben eines Vierzehnjährigen«, sagte sein Vater.

Konstantin war erst dreizehn. Er war der Zweitjüngste in der Klasse. Das wusste sein Vater nicht, oder es war ihm nicht wichtig, vermutlich beides. Er redete über das unbefleckte Leben. Die enger werdenden Möglichkeiten. Es wurde nicht leichter, es wurde schwieriger. Er redete über sich, nicht über Konstantin.

Seine Mutter seufzte. Sein Vater sah kurz auf. Er machte eine Pause. Räusperte sich.

Wieso gab er seinem Sohn diesen Sack mit Wackersteinen mit auf den Weg?

Der Blick von Claus Stein war leer, verloren und trunken.

Konstantin erkannte, vielleicht zum ersten Mal in seinem Leben, die Grenzen seines Vaters. Die Überforderung, die Einsamkeit, die er hinter großen Gesten, ironischen Bemerkungen und ständigen Quizfragen verbarg. Ein Mann, der sich am wohlsten unter Tieren fühlte. Wahrscheinlich wollte er mit dieser Rede nur die Lücke füllen, die seine Eltern im Wohnzimmer gelassen hatten. Sie waren nicht zur Jugendweihe ihres Enkels gekommen, weil sie die Jugendweihe für eine Erfindung hielten, von Leuten, die sie enteignet hatten, die ihnen ihre Nähmaschinenfabrik weggenommen hatten. Das hatte ihm sein Vater vor ein paar Wochen erzählt. Konstantin hatte nicht gewusst, ob er das als Vorwurf empfinden sollte. Sie hatten nie über die Möglichkeit geredet, keine Jugendweihe zu machen. Er hätte sich dem widersetzt, weil er sich so schon sehr anders fühlte als alle anderen. Er hatte seinen Namen immer gehasst. Seine Eltern hatten ihm den Namen aufgedrückt wie ein Brandzeichen. Niemand hieß Konstantin in seiner Klasse. Keiner der Väter fuhr einen Niva und lebte mit Luchsen zusammen. Niemand kochte indisch. Keine andere Mutter kannte Koriander oder Zucchini oder Brokkoli.

Sein Vater zündete sich eine Zigarette an, als würde er nun ein Chanson singen, dann fuhr er fort, reiste zurück in seine erzgebirgische Jugend, die Anfänge der Republik, das zerbrochene Leben seiner Eltern, die kleine Fabrik, seine Träume, der Aufbruch nach Berlin, die große Stadt. Er lief auf und ab, als halte er eine Vorlesung, er wurde laut und leise, machte Pausen. Er hielt eine aufgeklappte Mappe in der Hand, schien aber große Teile seiner Rede auswendig zu kennen. Er sprach zum Volk, aber in ihrem Wohnzimmer saßen nur Konstantins Mutter, seine Tante Katarina und Baba.

Tante Vera war mit einer Schweizer Delfinshow unterwegs, deren Dompteusen sie betreute, und würde vielleicht später noch vorbeikommen. Sein Cousin Juri war beim Studium in Leipzig. Seine Tante Lara hatte sich im Jahr zuvor umgebracht, danach war auch der Kontakt zu ihrem Witwer abgebrochen, Egon, der Affenarsch, wie er von seinem Vater genannt wurde. Seine Cousine Natascha hatte Konstantin zum letzten Mal auf der Beerdigung ihrer Mutter gesehen. Es gab das Gerücht, dass Egon, der Parteisekretär eines großen Werkzeugmaschinenkombinates war, unmittelbar nach der Beerdigung von Lara zu einer anderen Frau gezogen war, mit der er über all die Jahre eine parallele Beziehung geführt haben sollte. Es hieß, er habe sogar einen Sohn mit dieser Zweitfrau, etwa im Alter von Natascha.

In ihrem Wohnzimmer saßen die Reste der großen Familien Silber und Stein.

Sein Vater sprach mit seinen abwesenden Eltern. Er verstehe ihren Schmerz. Die Jugendweihe aber sei keine Erfindung der Kommunisten, vielmehr hätten Freidenker diese Tradition begründet. Es gehe darum, den religiösen Festen der Kommunion, der Konfirmation, der Bar Mitzwa etwas entgegenzusetzen, mit dem Freireligiöse das Ende der Kindheit feierten.

»Claus?«, sagte seine Tante Katja.

»Katarina?«, sagte sein Vater.

»Wir setzen der Bar Mitzwa etwas entgegen?«

»Gewissermaßen«, sagte sein Vater.

Dann redete er weiter. Er schaffte es, die Schreibmaschine, die sie Konstantin zur Jugendweihe geschenkt hatten, zu einem weiteren Gewicht zu formen, das sie ihm ins Reisegepäck legten. Er forderte Konstantin auf, den Zustand der Republik zu dokumentieren, sich nicht davor zu scheuen, auch »den Schmerz aufs Papier zu brennen«, wie er sich ausdrückte.

»Wir haben erst gedacht, wir schenken dir eine Super-8-Kamera, mein Sohn. Du weißt, warum«, sagte sein Vater. Er machte eine Pause, trank einen Schluck Sekt, sah Konstantin an.

Konstantin nickte. Schwieg. Er wollte keine weiteren Bekenntnisse abgeben. Er wollte keine Kamera. Er wollte nicht in die Fußstapfen seines Vaters treten. Keine Traditionen fortsetzen.

Er wollte nicht so werden wie seine Eltern. Er mochte seinen Vater, jedenfalls die meiste Zeit, aber er hatte nicht den Eindruck, dass der glücklich war. Er hatte nur vage Vorstellungen von seinem Erwachsenenleben, am wenigsten konnte er sich vorstellen, womit er einmal sein Geld verdienen würde. Er sah gern Filme, traute sich aber nicht zu, jemals einen herzustellen. Er fühlte sich zu klein für die Zukunft. Er war 1 Meter 62 groß. Zu klein für Isabelle Reinschmidt, zu klein für einen Beruf. Sein Vater war groß. Kam er nach seinem Vater oder nach seiner Mutter, die eher klein war? Baba, die auf der Couch saß, war winzig, ihre Beine hingen in der Luft wie die eines Kindes. Sie trug Hausschuhe, die sie selbst gehäkelt hatte. Alle seine Tanten waren klein, bis auf Tante Katja, die war groß.

»Aber wir haben uns gedacht, es ist eher eine Zeit für Ideen als eine Zeit für Bilder«, sagte sein Vater.

Er redete über den Prager Frühling. Baba saß auf der Couch und lächelte. Sie hatte viele Reden gehört in ihrem langen Leben, vermutete Konstantin. Das meiste vergaß man am Ende sowieso wieder. Die Augen seiner Großmutter waren wasserblau, es war nicht klar, ob sie wusste, wo sie überhaupt war. Konstantin zog sich in Gedanken wieder zu Isabelle Reinschmidt zurück. Ihrem Duft, ihrem Nacken. Er hatte vor, sie heute Nacht zu küssen. Das war sein einziger Lebensplan. Seine Mitschüler würden in der Nacht ihre Familienfeiern verlassen, von einer Wohnung zur nächsten ziehen und von da auf den Festplatz der kleinen Laubenkolonie, die direkt neben dem Neubaublock lag, in dem einige seiner Mitschüler wohnten, unter anderem Isabelle Reinschmidt. Es war ein Brauch, hieß es. Auch die Küsse. In der Dunkelheit der Laubenkolonie würde er Isabelle Reinschmidt gestehen, was er für sie empfand.

»Wir haben unsere Leben gelebt«, sagte sein Vater. »Wir haben unsere Träume geträumt. Ich fürchte, sie sind nicht aufgegangen, jedenfalls nicht die großen. Aber es gibt immer neue Träume, immer neue Möglichkeiten. Das ist die Hoffnung. Du bist die Hoffnung.«

»Oh«, sagte seine Tante Katja. Sie lächelte spöttisch. Sie war größer und gelassener als die anderen, nicht ganz von ihrer Welt. Konstantin mochte sie dafür, aber sie schüchterte ihn auch ein bisschen ein.

»Ja«, sagte sein Vater. »Man kann sich zurücklehnen und die Welt belächeln. Oder man nimmt den Kampf auf.«

»Claus«, sagte seine Mutter. »Bitte.«

»Gut«, sagte sein Vater.

Er klappte die Mappe zu, ging zum Sessel, auf dem Konstantin saß und sah zu ihm herunter. Konstantin stand auf. Sein Vater umarmte ihn. Konstantin fühlte sich, als würde er in einen Krieg geschickt. Er spürte den Größenunterschied zu seinem Vater. Er war zu klein für den Krieg. Sein Vater beendete die Umarmung mit drei kurzen Schlägen auf Konstantins Rücken. Dann gab er ihm die Mappe. Konstantin schlug sie auf. Seine Eltern hatten die Rede binden lassen. Im Einband gab es ein Foto von ihm und seinem Vater. Es war bestimmt zehn Jahre alt und schwarzweiß. Sie liefen über eine S-Bahnbrücke, Hand in Hand, der Mantel seines Vaters wehte. Konstantin schien irgendetwas zu erzählen. Das Bild erfasste die Begegnung zwischen einem Vater und seinem Sohn, die natürlich war, vertraut, das Gegenteil der seltsamen Umarmung, die eben stattgefunden hatte. Konstantin war berührt und befremdet zugleich, er begriff, dass das Band zwischen ihnen gekappt war. Darum ging es heute wahrscheinlich.

»Danke«, sagte er.

Er legte die Mappe auf seinen Gabentisch, zu der Schreibmaschine, zum Briefumschlag mit dem Hundertmarkschein, auf dem in den tanzenden, windschiefen Buchstaben seiner Großmutter KOSTJA stand, zu der Depeche-Mode-Platte, die ihm Tante Katja geschenkt hatte, einer zerlesenen Taschenbuchausgabe von Stefan Heyms »Schwarzenberg«, in der noch die Lesezeichen seines Vaters steckten, und dem Buch, das ihm heute Vormittag, bei der Feierstunde im Auditorium Maximum, der Humboldt-Universität seine Klassenlehrerin in die Hand gedrückt hatte. »Der Weg ins Leben.«

Dann umarmte er seine Mutter. Dann Tante Katja, die ihm einen Kuss auf die Wange drückte, und schließlich Baba.

Baba nahm seine Hand, lächelte, sie hatte kleine, weiche Hände. Sie roch ein wenig seifig und bitter, wie ihr Badezimmer in Prenzlauer Berg.

»Du bist schöner junger Mann«, sagte sie.

»Na ja«, sagte Konstantin.

»Rede ist gut, aber Leben kann man nicht planen«, sagte sie. »Als ich so alt war wie du, ich habe gedacht, ich weiß, wie geht es. Aber war anders. Ganz anders.«

»Babas Vater wurde von den Zarenhäschern umgebracht«, sagte sein Vater. »Du bist der Urenkel eines Revolutionärs. Ich habe das in meiner Rede vergessen.«

»Ich rede nicht von Vater, ich rede von Liebe«, sagte Baba.

»Die hast du auch vergessen zu erwähnen, Claus«, sagte Katarina.

Baba sah ihre Tochter an, ihr Blick war uninteressiert, gleichgültig, er wischte über Katja wie ein kalter Wind. Dann wandte sie sich wieder Konstantin zu, und das Leben kehrte in ihre Augen zurück.

»Als ich war fünfzehn Jahre, ich traf Jungen. Name war Alexander, Sascha. Hatte Vater verloren wie ich. War klug, klügste Junge, den ich getroffen habe in Leben. Hatte grüne Augen, kurze Haare und war sehr dünn. War auch sehr traurig, aber ich auch. Er musste weg, kam wieder und ich wartete. Nächster Sommer war der schönste Sommer im Leben.«

Es war still im Wohnzimmer, einen Moment lang. Es war eine betretene, andächtige Stille. Konstantin konnte sich nicht erinnern, dass Baba jemals aus ihrer Rolle als Großmütterchen herausgetreten war. Sie hatte eigentlich immer nur gekocht, geschwiegen, gelobt, gehäkelt und ihren nahen Tod angekündigt. Seine Mutter und Katarina sahen sich an, erschrocken. Sein Vater klopfte sich eine Zigarette aus der Schachtel, sein Blick war verhangen und unergründlich.

»Und dann?«, fragte Konstantin. Er fühlte sich ertappt bei seinen Gedanken an Isabelle Reinschmidt, war aber froh, dass sie nicht mehr über seine Zukunft reden mussten, sondern über Dinge, die bereits geschehen waren.

»Leben«, sagte Baba. »Das, was ich sage. Das Leben ist nicht Plan. Groß oder klein. Springt wie ein Hase. Sascha zog in Internat, ich ging arbeiten auf andere Seite vom Fluss. In Netzfabrik. Da traf ich Robert, deinen Großvater, und heiratete. Und bekam Mädchen. Lara. Vera. Maria. Katarina. Anna.«

Sie zählte die Namen auf wie Fächer in einem Stundenplan. Dinge, die sie erledigt hatte. Konstantin sah eine einzelne Träne, die sich aus dem Auge seiner Tante Katarina löste und langsam über ihren hohen Wangenknochen rollte. Es sah gespenstisch aus, weil seine Tante ihren spöttischen Blick nicht ablegte. Sie weinte aus einem hochmütigen Gesicht. Es wurde immer stiller in ihrem Wohnzimmer, man hörte seinen Vater den Rauch inhalieren und ausatmen. Konstantin fühlte sich verantwortlich, es war sein Fest.

»Hast du ihn denn jemals wiedergetroffen, den Alexander?«, fragte er.

Baba sah ihn an, ihre Augen waren jetzt beinahe durchsichtig.

»Nun«, sagte sie.

Es war eine weitere Minute still, in der alle warteten, ob Baba weiterreden würde. Konstantin überlegte, was die Moral der Geschichte war und ob er noch eine Frage stellen sollte. Aber er hatte keine, und irgendwann sagte seine Mutter: »So. Kaffee.«

★

Nach dem Abendessen erschien ein Mann, der Baba zurück nach Hause brachte. Sie war nicht mehr auf die Liebe ihres Lebens zurückgekommen und für den Rest des Abends die Großmutter geblieben, die er kannte. Konstantin war erleichtert, dass sie verschwand, bevor seine Klassenkameraden klingelten. Er wollte ihnen nicht die kleine, leicht verwirrte alte Frau vorstellen müssen, die mit einem seltsamen Akzent sprach, und er war auch froh, seiner Großmutter den Anblick der – da war er sich sicher – angetrunkenen Pankower Dorfjugend ersparen zu können. Konstantin hielt seine verschiedenen Lebenswelten getrennt.

Der Mann, der Baba abholte, stellte sich als Richard Schmidt vor, er war einer der Patienten von Tante Vera, die ihr ab und zu einen Gefallen taten. Er verhielt sich zurückhaltend, beinah vornehm, wie ein Bediensteter der Familie. Baba lächelte wie eine Königin, als sie von ihm abgeführt wurde.

Vera selbst kam gegen zehn. Sie trug eine Levi's Jeans, eine weiße Bluse und viel von dem süßen Parfüm, das sie ständig umwehte. Sie erzählte von Delphinen und der Schweiz sowie von einem Abendessen mit einem westdeutschen Komiker, der vor zwei Wochen einen Auftritt in einem Berliner Kabarett gehabt hatte. Sie schenkte Konstantin zwei Theaterkarten für ein Ibsen-Stück im Deutschen Theater, das, wie sie sagte, ständig ausverkauft war.

»Du kannst deine Freundin mitnehmen«, sagte sie.

Konstantin nickte.

»Und wenn es keine gibt, begleite ich dich.«

Tante Katja lächelte.

Konstantin sah auf die Uhr. Er hatte das Jackett seines Jugendweiheanzugs ausgezogen und den Krawattenknoten gelockert, was ihm gefiel. Er fand, dass er so aussah wie ein amerikanischer Journalist. Ein kleiner amerikanischer Journalist.

Um elf klingelte es. Konstantin wäre gern gleich nach unten gelaufen, aber sie standen schon vor der Wohnungstür. Acht Mitschüler, aufgekratzt, ein wenig betrunken. Sie drängten an ihm vorbei.

»Wo ist der Alkohol?«, fragte Tobias Barnow, ein Ein-Meter-achtzig-Mann mit tiefer Stimme.

Der Schwung verließ sie im Wohnzimmer, angesichts von drei Frauen und einem Mann, die plaudernd zwischen hohen Bücherregalen saßen. Konstantin war sich sicher, dass keiner seiner Klassenkameraden je in diesem Zimmer gestanden hatte. Das riesige Schwarzweißfoto des Jungen mit dem Drachen, die Bücher und Plattenstapel, die abgezogenen Dielen, auf denen schmale Teppiche in verwaschenen Farben lagen, die seine Eltern von ihren Reisen in den Kaukasus und nach Tadschikistan mitgebracht hatten, die gardinenlosen Fenster zum Park, das Klavier, die Wand mit den Familienbildern und ein paar Graphiken befreundeter Künstler, russisch gehängt. Dazu kamen die Kleider der Frauen, ihre Gesichtsausdrücke, ihre Haltung. Vera. Maria. Katarina. Und Claus. Sie saßen in dem großen Wohnzimmer wie die Figuren aus diesen vorrevolutionären Tschechow-Stücken, in die ihn seine Mutter schleppte, seit er acht Jahre war. Sein Vater hatte sein Vermächtnis, sie ihres. In Konstantins Venen floss das Blut von enteigneten erzgebirgischen Fabrikbesitzern und russischen Zarenopfern.

Seine Mitschüler standen in diesem fremden Reich wie Eindringlinge. Konstantin schämte sich für sie genauso wie für seine Familie. Er hätte sich am liebsten in sein Kinderzimmer zurückgezogen, auf neutrales Gebiet. Glücklicherweise war Isabelle Reinschmidt noch nicht dabei.

»Darf ich euch etwas anbieten?«, fragte sein Vater. »Oder besser Ihnen. Darf ich Ihnen etwas anbieten?«

Er erhob sich aus seinem Stuhl. Ein großer, gutaussehender Mann in einem hellbraunen Cordanzug. Auch er hatte, wie Konstantin bemerkte, seinen Krawattenknoten etwas gelockert.

»Das wäre gut«, sagte Tobias Barnow, die Stimme nicht mehr ganz so tief.

Sein Vater ging in die Küche, kam mit einer Flasche Sekt zurück, seine Mutter stellte neun Gläser auf den Tisch. Sein Vater sah ihn an, Konstantin nickte. Er hatte noch nie Alkohol getrunken. Ihm war auf verschiedenen Familienfeiern ein Glas angeboten worden, aber er hatte immer abgelehnt. Die Veränderungen in den Gesichtern und im Verhalten der trinkenden Erwachsenen hatten ihn abgeschreckt. Sein Vater wurde großspurig oder niedergeschlagen, wenn er trank, seine Mutter laut. Konstantin hätte sich ein Leben ohne Alkohol vorstellen können. Aber das war vorbei.

Er trank das Glas schnell aus. Sein Vater brachte eine zweite Flasche, Tante Vera erzählte von der Delphinshow, die sie begleitete. Seine Mitschüler vergaßen ihre Fremdheit, scharten sich um seine Tante. Konstantin fühlte sich besser, erleichtert.

Tobias Barnow haute ihm noch im Hausflur auf die Schulter. Ein Ritterschlag.

Wie seltsam der Besuch in seiner Wohnung auf die anderen gewirkt haben musste, spürte Konstantin erst in den Wohnzimmern seiner Klassenkameraden. Es war nicht nur die Einrichtung, es war vor allem die Stimmung. Die meisten Feiern waren laut, ordinär, trunken und verraucht, die Wohnungen vollgestopft mit rotgesichtigen Erwachsenen. Sie feierten nicht ihre Kinder, sie feierten sich. Er sah weniger Bücher, mehr Gardinen, mehr Auslegeware als bei ihnen zu Hause. Sicher waren die Reden kürzer gewesen. Überall gab es Alkohol für sie. Konstantin blieb beim Sekt. Irgendetwas löste sich in seinem Kopf, und er mochte das.

Isabelle Reinschmidt wohnte in einem zehnstöckigen, gekachelten Hochhaus, das direkt an der Autobahnausfahrt Richtung Norden stand. Wenn sie dort entlangfuhren, in die Uckermark oder an die Ostsee, sagte seine Mutter fast jedes Mal: Ich frage mich, wie man dort eigentlich leben kann. Er stand in dem winzigen Wohnzimmer, trank sein fünftes oder sechstes Glas Sekt an diesem Abend und dachte darüber nach, wie er Isabelle seinen Eltern vorstellen würde.

Isabelle wohnt übrigens in dem Zehngeschosser an der Autobahnauffahrt, die wir nehmen, wenn wir zu Tante Veras Landhaus fahren, Mama.

Ach was. Interessant. Und was machen deine Eltern, Isabelle?

Es waren einfache Leute, soweit Konstantin das einschätzen konnte. Er genoss das, wie er den Sekt genoss. Er konnte unter diesen Menschen seinen Schild sinken lassen. Keine Quizfragen, keine Aufträge für das weitere Leben, keine Anekdoten aus der Kulturszene, die mit Namen gespickt waren, die er nicht kannte. Man bot ihm Alkohol an und Zigaretten. Er probierte auch eine Zigarette, weil er das Gefühl hatte, sie passe zu seinem gelockerten Krawattenknoten. Die Zimmerdecken waren sehr niedrig, zusammen mit den vielen Möbeln und Menschen wirkte alles sehr eng und zusammengepresst. Man konnte sich nicht aus dem Weg gehen, zurückziehen, und womöglich war das ein Vorteil.

Noch ein Sektchen für dich?

Warum nicht.

Isabelle drehte sich zwischen den ganzen Reinschmidts wie eine Prinzessin. Er hatte sie sich immer in einer anderen Umgebung vorgestellt, obwohl er nicht hätte sagen können, in welcher. Er würde sie entführen aus der Welt der niedrigen Decken, das war klar. Vielleicht nicht gerade in das Ibsen-Stück im Deutschen Theater, für das ihm Tante Vera zwei Karten geschenkt hatte. Noch nicht. Er starrte die ganze Zeit in ihre Richtung, weil er den Moment nicht verpassen wollte, in dem sie in seine Richtung sah. Sie spielten Partymusik, ein paar Erwachsene tanzten. You're My Heart, You're My Soul. Kreuzberger Nächte. It's Raining Men. Die Arme in der Luft. Er bewegte sich etwas in die Richtung von Isabelle. Der Boden fühlte sich seltsam an, es war die Auslegeware, die er nicht gewohnt war. Als würde man am Strand entlanglaufen. Er wusste nicht mehr genau, was er Isabelle eigentlich sagen sollte, vielleicht gar nichts. Vielleicht küsste er sie einfach. Aber dazu müsste er näher an sie herankommen. Er trat nach vorn. Eine der tanzenden Frauen rempelte ihn an, er hatte sie nicht kommen sehen. Die Perspektiven kippelten. Die Ränder seines Blickfelds fransten aus. Er verlor ein bisschen das Gleichgewicht. Isabelle redete mit Lindemann, Linde, wie sie ihn nannten, die Nummer zehn aus der Schulfußballmannschaft. Auch Linde war nicht groß und hatte eine Zahnlücke im Oberkiefer, durch die er spuckte, wenn ein Pass nicht ankam. Er rauchte und redete auf Isabelle ein, sie fuhr sich durch die Haare, lachte. Konstantin konnte sich nicht erinnern, ob Linde schon vorhin in seiner Wohnung dabei gewesen war, andererseits war das ja auch völlig egal. Er trat ein Stück zurück, wurde wieder angerempelt. Es war der weiche Untergrund. Er ruhte sich an der Wand aus. Er ging zum offenen Fenster. Er sah auf die Autobahn. Es war die achte Etage, der Blick ging weit. Die dunklen Lauben und das giftige Licht der Peitschenlampen. Wie oft war er in diesem Licht erwacht, wenn sie nachts von einem Ausflug nach Hause gekommen waren. Er atmete die kühle Luft ein. Besser. Als er sich umdrehte, waren seine Klassenkameraden schon wieder in Bewegung. Er folgte ihnen, an der Tür verabschiedete ihn eine kleine, gedrungene Frau mit einem verschwollenen Gesicht, das entfernt an die feinen Züge von Isabelle erinnerte. Schwer vorstellbar, dass diese Frau sich den kostbaren Duft ausgesucht hatte, der Isabelle umwehte. Clin d'Œil.

»Noch viel Spaß, meen Kleener«, sagte sie. »Aber übertreib it nich.«

»Danke, Frau Reinschmidt«, sagte Konstantin. Er deutete eine Verbeugung an. Vielleicht musste er sich Isabelle über die Mutter nähern.

Er lief den anderen hinterher. Sie waren jetzt etwa zwanzig, nicht klar, wer noch fehlte. Auf jeden Fall Mario Santoni, der nachts immer an irgendwelche Maschinen geschlossen wurde, wie es hieß. Konstantin wusste auch gar nicht, wo der wohnte. Ohne Mario war er der Kleinste. Einszweiundsechzig. Er könnte das Cordjackett seines Vaters tragen wie einen Mantel. Brauner Cordmantel. Er lachte. Sie liefen in die Gartenlauben wie in einen Wald. In einigen der Hütten brannte noch Licht. Die Jungen waren in der Mehrzahl. Fünf Mädchen nur. Tobias Barnow lief vorneweg, als sie am Festplatz ankamen, war nicht ganz klar, wie es weitergehen sollte. Es war jetzt kurz nach eins. Oliver Kurtz rief, dass sie noch Katja Jablonski abholen müssten, aber die meisten wollten nicht mehr weiterlaufen. Kurtz maulte. Katja Jablonski hatte die größten Brüste der Mädchen aus ihrer Klasse. Vielleicht hatte Oliver Kurtz gehofft, Katja Jablonskis Busen berühren zu dürfen, in der Nacht, in der er erwachsen wurde. Jeder hatte seinen Plan.

Tobias Barnow setzte sich auf eine der Tischtennisplatten aus Beton und holte eine Flasche aus dem Rucksack.

»Pfeffi«, sagte er. »Wer will Pfeffi?«

Alle wollten. Auch Konstantin nahm einen Schluck, es schmeckte süß und scharf. Er gab die Flasche weiter, Tobias Barnow rief über seine Schulter: »Halbzeit!«

Konstantin drehte sich um und sah, wie sich Isabelle und Lindemann küssten. Er spürte einen unbekannten Schmerz. Er fühlte sich verraten und bestraft, enttäuscht und so allein, wie er sich noch nie gefühlt hatte. Verlassen von einem Mädchen, das nie bei ihm gewesen war. Er vermisste etwas, was er nie besessen hatte. Er sah den durchgedrückten Rücken Isabelles, ein gespannter Bogen, in dessen Mitte Lindemanns Hand lag. Der linke Fuß Isabelles hatte sich vom Boden gelöst, sie stand nur auf dem rechten, ihr Körper lag in der Hand der Nummer 10 der Schulauswahl, ihre Augen waren geschlossen. Das war das Schlimmste, fand Konstantin, die geschlossenen Augen. Ein Bild, das für immer mit diesem Tag verbunden sein würde, dachte er. Er lief ein paar Schritte rückwärts, wandte sich ab, sah die anderen, unverändert, als sei nichts passiert, die Flasche mit dem grünen Likör kreiste noch, er griff sie noch mal und nahm einen tiefen Schluck, als würde er ein Gift trinken, eine Arznei, die die Bilder löschen könnte.

»Die Nacht ist noch lang, Steini«, sagte Tobias Barnow.

»Ja«, sagte Konstantin.

Er blieb einen Moment bei den anderen stehen, die das küssende Paar bereits vergessen hatten und ihre eigenen Optionen prüften. Konstantin zog sich aus der Runde in die Dunkelheit zurück, ganz langsam. Niemand vermisste ihn, niemand rief seinen Namen. Steini. Er lief durch die Kleingärten, bog nach links ab und nach rechts, wieder nach links, bis er im Labyrinth der Laubenkolonie verschwunden war, dann weinte er. Endlich. Er hockte sich auf einen Begrenzungsstein, lehnte sich an eine Hecke, die dicht und hart war wie eine Mauer, und weinte. Er würde nie wieder jemanden so lieben können, dachte er. Nie wieder. Auf diesem Stein mitten in der Gartenkolonie »Frohe Zukunft« nabelte er sich von seinen Eltern ab. Sie hatten mit den Dingen, die ihn in der Zukunft beschäftigen würden, nichts mehr zu tun. Es war, auch wenn Konstantin zu traurig war, das zu verstehen, der erwachsenste Moment dieses Tages.

Dann pinkelte er in die Hecke und folgte den Geräuschen der Autobahnauffahrt nach Hause.

Er zog sich seine Schuhe im Treppenhaus aus, betrat die Wohnung auf Hasenpfoten. Er hörte Gemurmel aus dem Wohnzimmer, blieb einen Moment im Flur stehen, hielt sich an der Garderobe fest. Seine Mutter redete.

»Könnt ihr euch denn nicht an diesen Abend erinnern, als die Offiziere alle in der Bibliothek in Sorau saßen und Mama kam nach unten, in diesem dunkelgrünen Kleid. Wie eine Filmdiva kam sie die Treppe herunter. Ich seh das noch heute vor mir, als sei es gestern gewesen.«

»Du siehst ja auch noch vor dir, wie die Männer an der Mauer erschossen wurden«, sagte Tante Vera.

»Allerdings. Mama hatte Geheimnisse. Das dürfte euch doch wohl klar sein. Spätestens seit heute.« Das war wieder seine Mutter.

»Sie wird alt, Mariechen. Sie sieht Dinge, die sie sehen will. Dinge, die ihr ihr Leben erklären«, sagte Tante Vera.

»Ich kann es kaum erwarten«, sagte eine dritte Stimme. Tante Katja.

»Es geht nicht immer nur um dich, Katja«, sagte seine Mutter.

»Nein, Maria. Es geht nie um mich«, sagte Katja.

Er stieß sich von der Wand ab und trat ins Wohnzimmer.

Da saßen, bei Kerzenlicht, seine Mutter und seine Tanten. Drei Schwestern. Tschechow. Er hatte das Stück mit seiner Mutter am Maxim-Gorki-Theater gesehen. Der Regisseur hieß Langhoff, was er noch wusste, weil es seine Mutter pausenlos erzählt hatte. Alles ging den Bach hinunter. Der Bruder verzockte das Geld. Die Schwestern verliebten sich in Nichtsnutze. Der einzige Hoffnungsträger fiel im Duell. Sie wollten zurück nach Moskau. Nach Moskau. Sein Leben verlief wie ein Tschechow-Stück, aber keiner seiner Mitschüler würde verstehen, was er damit meinte. Am wenigsten Isabelle Reinschmidt.

Wat willste denn in Moskau, Steini. Bei die Russen. Ausjerechnet Moskau.

Er trat ins Zimmer wie auf eine Bühne. Der liebeskranke Sohn, auf dem alle Hoffnungen ruhten. Sein Vater schlief wahrscheinlich seinen Rausch aus.

»Kostja«, sagte seine Mutter. »Wie war's?«

»Lustig und seltsam«, sagte er.

Seine Mutter sah ihre Schwestern an, stolz, als habe er wieder etwas Druckreifes gesagt.

»Ich war in dem Hochhaus, das direkt an der Autobahnauffahrt steht«, sagte er.

»Ich habe mich immer gefragt, wie man da leben kann«, sagte seine Mutter und sah ihre Schwestern an. Die nickten. Ein Punkt, in dem sie sich einig waren.

»Deswegen sage ich es ja.«

»Wer wohnt denn da?«, fragte seine Mutter.

»Isabelle Reinschmidt«, sagte er.

»Die Arme«, sagte seine Mutter. Es sah nicht so aus, als verbinde sie irgendein Gesicht mit dem Namen. Isabelle wäre in seiner Familie nie angekommen, dachte er, aber auch dieser Gedanke konnte ihn nicht trösten.

»Ich werde dann mal«, sagte er.

Sie sahen ihn an. Drei Schwestern bei Kerzenlicht.

»Nach Moskau«, sagte er.

Es dauerte einen Moment, aber dann lächelten ihn die drei Schwestern an. Er würde die Familienfackel in die Zukunft tragen. Er hörte sie tuscheln, Olga, Irina und Mascha. Tschechow. Er beschloss, auf das Zähneputzen zu verzichten. Das letzte Wort, das er hörte, kam aus dem Mund seiner Mutter. Es war »Langhoff«.

★

Konstantin wachte auf und hatte das Gefühl, sich auf hoher See zu befinden. Es war dunkel, und es dauerte einen Moment, bis er verstand, dass er in seinem Bett lag. An der Wand das John-Lennon-Poster aus dem tschechischen Kulturzentrum. Alles drehte sich. Sein Bett schwankte. Die Wände stürzten auf ihn ein. Sein Magen fühlte sich an wie einst auf den Autofahrten mit seinen Eltern. Ein zorniges Tier. Er hielt sich am Bett fest, er richtete sich auf, er stellte sich hin. Nichts half, alles schwankte. Draußen auf dem Korridor spuckte ihm das wütende Tier einen Teil des Festtagsessens, mit dem er es gefüttert hatte, zurück in den Hals. Er riss die Badtür auf und kotzte in die Wanne. Dann machte er die Dusche an und sah, wie die halbverdauten Reste des Currys den Abfluss verstopften, die Wanne lief langsam voll. Er machte die Dusche aus und das Licht an, aber es war viel zu hell. Er schaltete die Lampe im Badschrank an, deren Licht nicht so schmerzte. Er sah im Spiegel aus wie ein Geist. Er trug immer noch sein hellblaues Jugendweihehemd, die Krawatte hatte er offenbar abgebunden. Er setzte sich auf den Wannenrand und rührte mit dem Zeigefinger den Abfluss frei. Er spülte nach. Als er damit fertig war und aufstehen wollte, spürte er seinen Magen wieder. Mehr Curry. Er drehte sich um. Seine Tante Katja stand in der Tür. Sie trug ein Oberhemd, das seinem Vater gehörte.

»Hey, Kostja«, sagte sie.

»Hab ich dich geweckt?«, fragte er.

Er sah in die Wanne.

»Ich konnte sowieso nicht schlafen, nach alldem«, sagte sie.

Er würgte, aber es war kaum noch etwas da. Nur noch die Krämpfe.

»Das Curry hat sich gar nicht so verändert«, sagte er.

»Ja«, sagte sie.

»Was meinst du mit nach alldem?«, fragte Konstantin. Er spürte kalten Schweiß auf der Stirn.

»Bitte?«

»Du hast gesagt, du konntest sowieso nicht schlafen. Nach alldem.«

»Babas seltsame Liebesgeschichte. Wir haben die ganze Zeit darüber geredet, wer dieser Alexander gewesen sein soll.«

»Und?«

»Wir wissen es nicht.«

»Wahrscheinlich war es vor eurer Zeit.«

»Ja.«

»Ich weiß auch gar nicht, was sie mir damit sagen wollte.«

»Ich glaube, sie wollte etwas gegen die endlose Rede deines Vaters setzen. Gegen all die Ratschläge, die du in deinem Leben bekommen wirst.«

»Meinst du, es ging wirklich um mich?«, fragte Konstantin.

»Ich glaube, dass alles mit allem zusammenhängt. Unsere Leben. Auch ihr Leben und deins. Irgendwann wirst du das merken«, sagte seine Tante.

»Wann hast du's denn gemerkt?«, fragte Konstantin.

Er spürte sie in seinem Rücken lächeln. Dann musste er wieder würgen. Katja füllte einen Zahnputzbecher mit Wasser und forderte ihn auf zu trinken. Dann noch einen Becher. Sie legte ihm einen kalten Waschlappen in den Nacken. Sie erzählte ihm die Geschichte einer Kindheit, die klang wie ein Märchen von Andersen. Die Geschichte der jüngsten von vier Schwestern, die von der Mutter geopfert wurde, um den anderen Schwestern ein gutes Leben zu ermöglichen. Die Geschichte eines Mädchens, das mit zehn von zu Hause fortgeschickt worden war, weil dort nicht genug Platz war, das in verschiedenen Heimen gelebt hatte, aus denen es Briefe voller Heimweh nach Hause schickte. Briefe, die unbeantwortet blieben. Das Mädchen rebellierte, wurde in andere Heime geschickt. Auch als die älteren Schwestern das Haus verließen, holte die Mutter sie nicht zurück. Katja verstand es nicht, bis heute verstand sie es nicht. Sie hatte den Eindruck, für ein Verbrechen bezahlen zu müssen, das sie nicht begangen hatte.

»Welches Verbrechen?«, fragte Konstantin.

»Ich weiß es nicht. Ich weiß es einfach nicht. Aber ich bezahle dafür. Bis heute«, sagte sie.

Sie weinte.

Konstantin dachte, dass es ihr vielleicht helfen würde, wenn er ihr von dem neuen, tiefen Schmerz erzählen würde, den er heute Nacht empfangen hatte. Von Isabelle Reinschmidt und Lindemann.

Am nächsten Tag hoffte er, dass er das alles nur geträumt hatte. Tante Katja konnte er nicht fragen. Es war fast Mittag, sie war schon gegangen.

18

PIRNA
AUGUST 1947

Jelena lauschte in die Dunkelheit. Es raschelte, schmatzte, es knirschte, seufzte, röchelte, ächzte und grunzte, als läge sie zwischen wilden Tieren im Wald. Sie war das nicht mehr gewohnt. Die Nähe zu den anderen. Sie hatte sich in den letzten Jahren in Sorau aus der Gesellschaft zurückgezogen, in den Luxus der Abgeschiedenheit. Auch ihr Schlafzimmer hatte sie nicht mehr mit Robert teilen müssen.

Hier, in diesem Raum aber schliefen mindesten vierzig Menschen, alle heimatlos, wie sie. Sie nannten es Flucht, aber Jelena wusste nicht, vor wem sie eigentlich weglief.

Es war ein Saal in einem Schloss, dem man ansah, dass es schon lange keine Edelleute mehr beherbergt hatte. Die Betten waren ihnen zugeteilt worden, am Mittag dieses Augusttages. Sie hatten ihre Sachen auf die Matratzen gelegt und waren zum Fluss gegangen, der in der Nähe vorbeizog. Die Elbe. Ein sanfter, träger Fluss, der in augustfarbener Landschaft lag. Sie standen auf den Wiesen, die Insekten summten, die Mädchen hatten die Beine in den Fluss gehalten. Es war schwül. Schwere, undurchdringliche Luft lag auf dem Land. Der Fluss schien ihnen eine Orientierung zu geben, aber das war trügerisch. Er zog einfach vorbei, mehr nicht.

Als sie zurückkamen, hatte jemand Jelenas Sachen vom Bett genommen, das am Fenster stand, und auf den Fußboden geworfen. Ein Wäschesack, eine Reisetasche und ein Lederkoffer, in den sie die Fotoalben getan hatte, ein paar Zeichnungen, ein paar russische Bücher, ihre Zeugnisse und Urkunden aus Rescheticha und Gorbatow. Sie durfte nur mitnehmen, was sie tragen konnte. Es war das, was ihr wichtig schien, vor fünf Tagen, als sie loszogen. Es tat ihr weh, die Dinge dort auf dem Boden zu sehen. Auf ihrem Bett hatte eine junge, dünne Frau gesessen und sie angestarrt.

Die schlief jetzt wahrscheinlich.

Sie hatte keinen Streit gesucht, sie hatte ihre Dinge aufgesammelt und auf das letzte freie Bett gelegt. Der Schlafsaal hatte sich den Tag über gefüllt. Immer noch kamen Flüchtlinge aus dem Osten. Sie hatten gedacht, sie seien die letzten. Ihr Bett stand neben der Tür, weit weg von den Betten der Mädchen. Sie hatten sie bei dem kleinen Umzug begleitet wie Messdiener. Lara trug den Koffer. Die Mädchen hatten sich daran gewöhnt, dass sich ihre Privilegien auflösten.

Sie waren noch jung und beweglich, Kätzchen.

Jelena befühlte die Kette, die sie nachts unter ihr Kissen legte. Eine Malachitkette, die ihr ihre Kollegen aus der Netzfabrik in Rescheticha zur Hochzeit geschenkt hatten. 21 dunkelgrüne Perlen, die heller wurden, wenn die Sonne sie traf. Der Malachit war kein besonders wertvoller Stein, hatte ihr Robert gesagt. Vielleicht hatte die Kette gerade deshalb überlebt. Sie war das Wertvollste, was Jelena besaß. Sie mochte das Grün. Sein Spiel im Licht. Es erinnerte sie an ihre Heimat. Der Malachit wurde in den Bergen des Urals gewonnen, hatte ihr der Direktor der Netzfabrik gesagt. Sie hatte seinen Namen vergessen. Er war nicht wichtig. Das Wort Ural klang vertraut. Lebte ihre Mutter noch? Olga, ihre Halbschwester? Sie trug die Kette am Tag unter ihren Sachen, nachts legte sie sie unters Kissen. Es beruhigte sie, die Steine zu befühlen, abzutasten wie einen Rosenkranz. 21 Steine.

Sie war auf die Idee gekommen, die kleinen grünen Steine unter den Mädchen aufzuteilen. Fünf Perlen für jedes Kind. Lara. Vera. Maria. Katarina. Einen Stein würde sie behalten. Vielleicht würde sie ihn später einmal in einen Ring fassen lassen. Ihre Finger glitten an den Steinen entlang. Der Magen des Saals arbeitete wie der eines Bären. Sie hatte die Steine. Sie hielten die Familie zusammen. Ihr Stammbaum. Lara. Vera. Maria. Katarina.

Sie wachte früh auf, die hohen Fenster des Schlafsaals waren ohne Vorhänge. Wahrscheinlich hatte man den Stoff für irgendetwas anderes gebraucht. Sie stand sofort auf, um ein freies Waschbecken zu bekommen. Es gab vier Waschbecken. Neben ihr waren zwei alte Frauen im Waschraum. Die Alten wachten am ehesten auf. Sie war 45 Jahre alt. Sie war auf dem Weg, dachte Jelena. Es ging alles so schnell. Sie starrte die welke Haut der Frauen an, die sackenden Fleischtaschen, die rotgeäderten Beine, die strohigen Haare. Sie zogen sich bedenkenlos aus, ohne Wäsche wirkten ihre Körper noch formloser, als hätten sie jeden Halt verloren, jeden Sinn. Die Schamlosigkeit, mit der sich die Frauen entkleideten, verwirrte Jelena. Sie dachte an ihre Töchter. An die Fragen, die in ihnen aufspringen würden, wenn sie diese Körper sahen. Sie wusch sich. Der Waschsaal füllte sich schnell. Kein Gruß, nur der Kampf, das wortlose Gerangel um freie Waschbecken. Man konnte sich die Freundlichkeit und Nächstenliebe immer nur erkaufen. Wenn das Geld verbraucht war, musste man in die Wildnis zurück.

Jelena zog sich an und weckte die Mädchen. Sie wollte, dass sie ein vertrautes Gesicht sahen, wenn sie aufwachten.

Sie waren seit fünf Tagen unterwegs. Der Zug hatte sie von Sorau nach Berlin bringen sollen. Sie hockten in fensterlosen Güterwaggons wie Vieh. Es war heiß und dunkel. Sie waren alle sehr durstig. Sie war glücklich, einen Platz an der Wand des Waggons erobert zu haben, wo man sich anlehnen konnte, weit weg vom Eimer in der Ecke. Die Flüchtlinge dämmerten. Selbst die Mädchen hatten irgendwann aufgehört zu reden. Die Stille war schlimm, aber auch Jelena hatte keine Kraft zu reden. Der Zug stand oft, eigentlich stand er die meiste Zeit, irgendwo auf freier Strecke, so stellte sie sich das vor. Dann fuhr er wieder ein Stück. Zweimal wurde es Tag, das Sonnenlicht drängte sich zwischen die Ritzen des Holzes. Die Türen öffneten sich nicht in Berlin, sondern in Görlitz. Niemand erklärte ihnen, warum. Sie stiegen in der Dunkelheit aus, schliefen auf dem Bahnhof, auf Bänken, auf der blanken Erde, glücklicherweise waren die Nächte warm. Von Görlitz aus war es mit einem Pferdefuhrwerk weitergegangen. Manchmal gingen sie auch zu Fuß. Löbau. Zittau. Bad Schandau. Unbekannte Orte. Zerstörte Häuser. Menschen, die Plätze besetzten und sich an ihren Dingen festhielten wie an Baumstämmen, die im Meer trieben. Die wegsahen, wenn man sie ansah. Zwei Nächte in Scheunen, eine in einer Schule. Und jetzt das Schloss.

Zum Frühstück gab es Tee, Margarine, ein wenig Marmelade und ein Stück Brot für jeden. Das karge Mahl stand in fast komischem Widerspruch zu dem großen Saal, in dem sie es einnahmen. Hier trafen sie auch Männer. Es waren Männer, die aus ihrer Heimat vertrieben worden waren wie sie, aber auch Soldaten, und man erkannte den Unterschied. Es gab viele verschiedene Gebäude auf dem Gelände, manche neu, manche älter. In einigen der Häuser lagen Kranke, meist Verwundete aus dem Krieg. Irre auch. Man hörte Schreie. Jelena dachte an die Kliniken von Sorau. Sie führte die Mädchen weg von dem Elend. Sie gingen wieder zum Fluss, saßen auf den Wiesen, sahen in die Wolken. Mittags gab es eine Suppe. Danach ging Jelena ins Verwaltungsgebäude, sie fragte, wie es für sie weitergehen würde. Sie hatte Papiere für Berlin. Sie sollte dort als Dolmetscherin arbeiten oder als Fremdsprachensekretärin. Bei einer sowjetischen Nachrichtenagentur. Die Papiere trugen die Unterschrift des Stadtkommandanten von Sorau, Oberst Kusnezow.

Die Sekretärin nickte stumm, verschwand im Zimmer in ihrem Rücken. Nach zehn Minuten kam sie zurück und sagte: »Wir wissen nichts von einer Arbeitsstelle in Berlin. Wir kennen auch keinen Oberst. Wir sind hier auch keine Dienststelle der sowjetischen Armee. Sagt der Direktor. Er erkundigt sich. Sie sollen in zwei Tagen noch einmal wiederkommen.«

Jelena bedankte sich.

»Sind Sie Russin?«, fragte die Sekretärin.

»Ich bin Deutsche«, sagte Jelena. »Warum?«

»Nur so«, sagte die Sekretärin. Sie lächelte, schüttelte den Kopf, wandte sich wieder ihren Akten zu.

Jelena ging in den Schlafraum, in dem die Mädchen auf sie warteten. Ihr Bett war wieder frei, die dünne Frau verschwunden. Sie zog mit ihren Taschen zurück zu den Mädchen und fühlte sich, als habe sie irgendetwas erreicht.

Sie waren, seit der Krieg zu Ende war, näher zusammengerückt. Die Tuchfabrik war schnell von sowjetischen Kräften übernommen worden, aber die Villa hatten sie ihnen zunächst gelassen. Ein paar Monate lang hatte die Stadtkommandantur hier Treffen abgehalten, es gab auch ein paar Feiern, misstrauisch beobachtet von den Nachbarn.

Alexander Kusnezow war zwei Wochen in der Stadt geblieben. Nur zwei Wochen. Eine Ewigkeit.

Er hatte Robert sofort einen Platz in der Klinik besorgt, wo nun vor allem sowjetische Patienten behandelt wurden. Roberts Fuß war sehr entzündet gewesen, die Behandlung kompliziert. Sie konnten ihn retten, aber Robert würde, so war die Prognose der Ärzte, nie wieder richtig laufen können.

Alexander und sie hatten nur wenig Zeit gehabt. Sie hatte vier Kinder und einen kranken Mann, er war Oberst der Roten Armee und musste die Administration der Stadt in den beiden Wochen neu ordnen. Das war seine Aufgabe, dann kam die Übergangsregierung, und er zog weiter nach Westen. Er war ein Kämpfer, kein Bürokrat. Das waren seine Worte. Sie glaubte ihm. Sie glaubte ihm, wie sie keinem anderen Menschen im Leben je geglaubt hatte. Alexander war eine pure Erscheinung. Kein Fett, kein Kalkül, keine Geschwätzigkeit, keine Lüge, keine Klage, keine Freude, keine Zeit.

Eine halbe Stunde hatten sie einander erzählt, was passiert war. Atemlos. Er hatte eine Flasche Wodka im Schreibtisch, er hatte sich ein Glas eingeschenkt. Hundert Gramm. Dann noch eins. Auch der Alkohol nahm ihm nichts von seiner Klarheit. Schulen. Internate. Einsamkeit. Zweifel. Angst. Erst der Krieg hatte ihm eine Richtung gegeben, sagte er. Seinem Leben einen Sinn. Jedenfalls zeitweilig.

»Ich konnte nicht zur Beerdigung deiner Mutter kommen«, hatte Jelena am Ende gesagt.

»Ich weiß, die Schule. Du hast es mir geschrieben«, sagte er.

»Richtig. Aber ich wäre auch nicht gekommen, wenn man es erlaubt hätte. Ich hatte nicht die Kraft«, sagte sie.

Er stand hinter seinem Schreibtisch auf, lief um ihn herum, kniete sich neben den Stuhl, auf dem sie saß. Er nahm ihre Hand, küsste sie. Er sah sie von dort unten an. So als mache er ihr einen Antrag. Ein Lichtstrahl streifte sein Gesicht, sie sah, wie rau seine Haut geworden war, rau, dünn und verbrannt, die Sommersprossen lösten sich in der rotbraunen Landschaft auf, sie suchte den braunen Rand, der in seinen Augen um die grüne Iris pulsiert hatte. Die Zeit schien ihn weggewaschen zu haben. Sie sah die Adern und die Risse. Der Junge, Sascha, tauchte in diesem Gesicht auf und verschwand wieder, wie bei einem Versteckspiel. Sie fragte sich, was er in ihrem Gesicht suchte und nicht mehr fand.

»Ich gehe nach Berlin«, sagte er.

»Berlin«, sagte sie.

Das war das vorletzte Mal, dass sie sich gesehen hatten. Er hatte danach den Ball angeregt, der in ihrer Villa in Sorau stattfand. Ein Ball, auf dem sich die sowjetische Administration mit ein paar wenigen Bewohnern der Stadt traf, denen sie einen Neuanfang zutraute.

Er wollte dort eine Rede halten. Sie hatte das beste Kleid angezogen, das sie besaß. Dunkelgrüner Samt. Ihre Haare zu einer roten Krone aufgetürmt. Alexander war nicht gekommen. Die Rede hatte der neue Stadtkommandant gehalten, Andrej Simjonowitsch, ein Mann, dem der Krieg keine Richtung gegeben hatte, sondern eine Karrieremöglichkeit. Jelena war so enttäuscht, als dieser Mann und nicht Sascha am Festabend durch die Tür ihres Hauses trat, dass sie beinah in die Knie gegangen wäre. Es zog sie zu Boden, aber sie hielt sich. Sie hatte übersetzt. Sowjetmacht,

Frieden, Großer Vaterländischer Krieg, Aufbau, Sonne und der Genosse Stalin.

Zwei Jahre lang war Simjonowitsch ihr Vorgesetzter geblieben. Bis er zurück nach Osten ging und sie Richtung Westen musste. Seine Erscheinung hatte sie bis zum Schluss daran erinnert, dass sie Alexander verloren hatte. Bestimmt hatte er seinen Nachfolger gebeten, sich um Jelena und ihre Familie zu kümmern, aber Simjonowitsch war jemand, der zuallererst an sich dachte. Wenn die Zeit Alexander immer reiner und weiser gemacht hatte, so hatte sie Simjonowitsch immer anpassungsfähiger gemacht, gerissener. Der eine tat, was er für richtig hielt, der andere das, was ihn voranbrachte. Aber am Ende taten sie beide, was von ihnen erwartet wurde.

Drei Wochen nachdem Alexander weitergezogen war, hatten sie die ersten Zimmer der Villa räumen müssen. Zunächst waren Landsleute eingezogen, Sorauer, die ausgebombt worden waren, dann Flüchtlinge aus dem Osten, später kamen Polen. Klawdia war am Tag nach der Ankunft der Roten Armee verschwunden. Sie hatte sich nicht verabschiedet. Annegret war nach dem offiziellen Kriegsende gegangen, das Hausmeisterehepaar wenig später.

Robert war in das Hausmeisterzimmer gezogen wie ein Gast der Familie. Er war als fremder Mann aus dem Hospital zurückgekommen. Anfangs ging er manchmal in die Fabrik, um sich nützlich zu machen, wie er sagte. Er sprach Russisch und kannte die Maschinen, aber nach ein paar Wochen hörte er damit auf. Er trank nun auch am Tag. Manchmal vergaß sie, dass er da war. Sie deckte nicht für ihn ein. Lara machte das dann. Lara spürte den Schmerz ihres Vaters, die anderen hatten ihn nie richtig kennengelernt. Sie kannten nur den abwesenden Mann, den Schatten.

Jelena rief Dr. Kunstmann an, der bereits seine Tasche packte, aber bereit war, Robert für zwei Wochen aufzunehmen. Er blieb drei. Als sie ihn abholte, war Dr. Kunstmann nicht mehr da. Es war niemand in der Klinik, der ihr sagen konnte, was mit ihrem Mann war. Sie nahm ihn einfach zurück wie ein Paket mit falscher Adresse. Es schien ihm ein bisschen besser zu gehen. Soweit Jelena das sagen konnte, studierte Robert stundenlang irgendwelche Unterlagen. Manchmal hörte sie, wie etwas in seinem Zimmer umfiel, manchmal klang es so, als sei es Robert selbst, der fiel. In der Nacht, wenn sie wach wurde, hörte sie ihn durch das Haus humpeln wie einen einbeinigen Geist. Nur nachts, das vermutete Jelena, konnte er sich noch einbilden, hier zu Hause zu sein. Ein betrunkener, imaginärer Hausherr.

Sie hatten erst die dritte Etage geräumt, dann die zweite. Ab Herbst 1945, nachdem auch Robert sie verlassen hatte, wohnte sie mit den Mädchen in der Bibliothek und dem Musikzimmer, ab Frühjahr 1947 war es nur noch die Bibliothek. Sie lebten noch drei Monate zwischen all den Büchern, die wie sie nicht mehr in diese Stadt passten, weil sie entweder russisch waren oder deutsch. In dem kleinen Park, der die Villa umgab, bauten die neuen Bewohner Gemüse an. Das Haus wurde ihr täglich fremder. Am Ende hatte niemand außer ihr gewusst, was die drei goldenen Buchstaben bedeuteten, die über der Tür in den Stein eingelassen waren.

Jelena versuchte, in der Elbe zu schwimmen, aber der Fluss war nicht so genügsam, wie sie dachte. Als sie zehn Meter vom Ufer weg war, packte er sie und zog sie in seine Mitte. Sie paddelte und kämpfte, spürte aber das Verlangen, sich wegtragen zu lassen. Verschluckt zu werden. Sie sah die Mädchen am Ufer, die nicht ahnen konnten, wonach sie sich sehnte, die auch nicht sahen, wie stark der Fluss an ihrer Mutter zerrte. Sie rettete sich mit letzter Kraft, legte sich in ihrer nassen Unterwäsche auf die Elbwiese und sah in den Himmel.

Sie wusste nicht, was der Klinikdirektor ihr sagen sollte. Sie wusste nicht, warum sie sich an ihn gewandt hatte. Sie hatte eine vage Sehnsucht nach männlicher Autorität. Sie wusste nicht, wer für sie verantwortlich war. Sie hatte nur dieses eine Ziel. Berlin.

Es war die Stadt, in die Alexander weitergezogen war. Es war die einzige deutsche Stadt, die sie kannte.

Sie hatte beschlossen, dass auch Robert in Berlin sein würde.

Robert war immer ein abwesender Vater gewesen. Die Mädchen waren daran gewöhnt. Aber als er zwei Monate lang nicht auftauchte, fragten sie nach ihm. Jelena hatte ihnen erzählt, ihr Vater sei nach Berlin vorgefahren. Sie brauchten eine Erzählung. Eine Perspektive. Eine Hoffnung. Jeder brauchte das. Sie hatte die Geschichte immer mehr ausgeschmückt. Im Winter, als es kalt war und das Essen knapp. Als fremde Leute in ihren Zimmern kampierten, in ihren Betten schliefen, von ihren Tellern aßen. Frauen probierten ihre Kleider an, und Jelena hatte keine Kraft, sich dagegen zu wehren. Sie hatte nur die Phantasie, die Erinnerung, und baute daraus eine Geschichte, in der sie leben konnten.

Ich habe Papa die Pelze mitgegeben und den Schmuck, erzählte Jelena ihren Töchtern. Er schaut sich in Berlin nach einer Wohnung für uns um. Ihr erinnert euch doch an Berlin? Lara? Der Garten, die Schaukel. Bestimmt ziehen wir in die kleine Villa. Wir hätten wieder mehr Platz. Mehr Essen auch. Das deutsche Essen ist immer reichlich.

Wieso schreibt Papa nicht?, hatten die Mädchen gefragt.

Nun, auch die Post hat es schwer, hatte Jelena gesagt. Es ist ja nicht mehr lange. Wir nehmen den Zug. Eine Zugfahrt nach Berlin, nur wir fünf. Und wenn wir ankommen, sind schon die Betten bezogen. Was glaubt ihr, wird unsere erste Mahlzeit sein? Schnitzel? Kohlrouladen? Sauerbraten?

Die ersten Fremden in ihrem Haus hatten noch Deutsch gesprochen, seltsame schnurrende Akzente, zuletzt waren immer mehr Polen gekommen. Die Dankbarkeit der ersten Mieter war verschwunden. Die neuen Mieter nahmen sich, was sie bekommen konnten. Sie achteten nicht mehr auf sie, sie achteten aufeinander. Jelena kannte die Ansprüche dieser Leute nicht. Robert hatte doch Kaufverträge, Grundbucheinträge, Rechnungen. Er hatte in seinen letzten Wochen darin gelesen wie in der Heiligen Schrift. Aber all die Urkunden waren mit deutschen Namen unterzeichnet, mit deutschen Stempeln abgesegnet. Nie fragte jemand danach.

Sie hatten die Grenzen verschoben wie in einem Kinderspiel. Jelena war einen langen Weg gegangen, um nach Deutschland zu kommen, und nun stellte sich heraus, dass ihr Haus in Polen stand.

Sie hatte nur Dinge mit auf die Reise genommen, die beweisen konnten, dass es dieses langsam verblassende Leben einmal gegeben hatte. Zeugnisse, Diplome und Urkunden von Robert, ihr und den Kindern, Kaufverträge, Versicherungen, Wertpapiere, die Fotoalben, die Malachitkette, das grüne Samtkleid und ein paar Bücher. Der Mantel, Anna Karenina, Die Möwe, Aufzeichnungen eines Jägers auf Russisch und Roberts deutsche Ausgabe von Schuld und Sühne, obwohl sie Dostojewski nicht mochte.

Jelena hatte für Oberstleutnant Simjonowitsch übersetzt, doch je mehr Polen kamen, desto weniger wurden ihre Dienste gebraucht. Der Hitlerfaschismus war bezwungen, Andrej Simjonowitsch begann, sich mehr für die Sowjetunion zu interessieren, den Aufbau des Kommunismus.

Ganz am Ende, kurz bevor sie gingen, fragte Simjonowitsch sie, warum sie und die Mädchen nicht in die Sowjetunion zögen statt in das zerstörte, depressive Deutschland. Jelena hatte darüber nachgedacht, aber sie war sich nicht sicher, ob sie sich in ihrer Vergangenheit zurechtfinden könnte. Ob ihre Brücken nach Osten schon zerbrechlicher waren als die nach Westen. Und sie hatte ihren Töchtern eine Geschichte erzählt, die sie nicht verlassen wollte. Eine Geschichte, an die sie inzwischen glaubte. Eine Geschichte, die sie nach Berlin führen würde. Richtung Westen.

★

In den zwei Tagen, an denen sie auf die Auskunft des Klinikdirektors wartete, der über ihre Zukunft entschied, erfuhr Jelena ein wenig über die Geschichte des Schlosses.

Eine Köchin sagte, dass es zum Schluss ein Lazarett der Wehrmacht gewesen war, davor lange eine Heilanstalt für Geisteskranke. Eine Patientin erzählte, dass die Faschisten hier Tausende Menschen umgebracht hätten. Sie habe das in der Zeitung gelesen. Jelena wollte ihr nicht glauben, aber sie fühlte, dass es stimmt. Sie glaubte, die Seelen der Toten zu fühlen, vor allem nachts. Sie träumte in den Betten der Irren von Anna. Anjuschka lag in den Armen der traurigen Irina. Sie hörte die Schreie in den Kliniken von Sorau. Sie weckten sie mitten in der Nacht. Es war heiß, und ihre Haut juckte. Zwischen den Fingern, in den Armbeugen, am Hals. Das Kratzen verschaffte ihr Erleichterung. Sie lag zwischen den Tieren, kratzte sich die Haut, bis sie das Blut fühlte.

Alexander hatte ihr vom Lager in Christianstadt erzählt, ein Frauenlager, das er und seine Männer befreit hatten. Die Frauen aber waren schon weitergetrieben worden. Nicht weit entfernt von dem Haus, in dem Roberts Schwester lebte. Die alte Mühle, in der auch sie ein gutes Jahr gewohnt hatten, als die Villa in Sorau renoviert worden war. Robert musste es gewusst haben, er musste es gewusst haben. Sie hatte nicht gewagt, ihn danach zu fragen. Er hatte genug zu tun mit seinem kranken Bein und der Sehnsucht nach den Eltern, die ihn verlassen hatten. Hatte sie Irina in den Tod geschickt, als sie sie entließ? Hatte auch sie es gewusst? Hatte Jelena es die ganze Zeit gewusst?

Eine der Schwestern aus dem Schloss erzählte, dass die Russen den ehemaligen Direktor der Klinik gerade zum Tode verurteilt hatten. Am Dresdner Landgericht. Wegen seiner Forschungen. Er hieß Paul Nitsche.

»Forschungen?«, fragte Jelena. Bemüht, ihren Akzent zu verbergen.

»Er war Arzt«, sagte die Schwester, als würde es irgendetwas erklären.

»Kannten Sie ihn, den Direktor?«, fragte Jelena.

Die Schwester schüttelte den Kopf. Sie ließ sie stehen. Jelena dachte an den Prozess in Gorbatow, an Alexanders Vater, auch der zum Tode verurteilt. Es gab keinen Zusammenhang, nur ihr Leben. Vermutlich war es kein Zufall, dass sie in diesem Geisterschloss gelandet waren.

Alexander hatte von Todesmärschen der Frauen erzählt. Sein Blick war der eines alten Mannes. Wie der letzte Blick von Robert. Sie waren barfuß durch den Schnee gelaufen, hatte Alexander gesagt.

Jelena kratzte sich an der Innenseite der Schenkel.

»Und Sie wollen also als Fremdsprachensekretärin arbeiten? In Berlin?«, sagte der Klinikdirektor Dr. Mertens.

Er war ein Mann in ihrem Alter, mit silbrigen Haaren und einer feinen Metallbrille mit spiegelnden Gläsern. Jelena sah seine Augen nicht. Sein Blick hätte gütig sein können, aber auch kalt. Er saß hinter einem riesigen Schreibtisch, begutachtete das Empfehlungsschreiben Alexanders.

Jelena nickte. Sie stand. Der Direktor hatte ihr keinen Stuhl angeboten. Ein paar Minuten lang gelang es ihr, das Jucken in ihren Armbeugen zu ignorieren.

»Welche Sprachen sprechen Sie denn?«

»Russisch«, sagte sie. »Französisch, wenig.«

»Deutsch aber nicht?«, sagte er. Die Lippen schmal.

Jelena schwieg. Sie dachte daran, dass der Vorgänger dieses Direktors auf seinen Tod wartete oder bereits tot war, verurteilt von ihren Leuten. Oder zumindest von Leuten, die auf ihre Leute hörten. Ein Mann, der an diesem Schreibtisch gesessen hatte.

»Ich weiß nicht, was ich mit einem Empfehlungsschreiben eines sowjetischen Offiziers anfangen soll«, sagte der Direktor, er sah sie an wie eine Patientin. »Ich bin ja kein Soldat. Ich bin Arzt.«

Ein Lächeln.

Jelena gab auf. Sie kratzte sich die Armbeugen und wusste, dass sich das Jucken nun ausbreiten würde. Der Hals, die weichen Stellen zwischen ihren Fingern, hinter den Ohren, in den Ohren. Es gab kein Halten mehr.

»Außerdem ist das Schreiben vom Oktober 1945, wenn ich das richtig sehe«, sagte er. Er rieb mit dem Finger auf ihrem Empfehlungsschreiben, unterschrieben und abgestempelt von Alexander Kusnezow, Sohn des Mörders ihres Vaters, Liebe ihres Lebens. Oberst der Roten Armee.

»Das ist fast zwei Jahre her.«

»Nicht ganz«, sagte sie. Ihre Nägel gruben sich in die Armbeuge.

Sie erinnerte sich gut an den Oktobertag. Ein schöner Tag in Sorau. Ein Tag, an dem man an Frieden glauben konnte, an Zukunft. Der Himmel hatte ein tiefes Blau gehabt, in dem man noch den Sommer sah, aber auch schon den Herbst fühlte und sogar den Winter. Die Wolken warfen scharfe Schatten auf die Wiese hinterm Haus, wo die Polen Tomaten zogen, Gurken und Kürbisse.

Es war ein Tag, an dem ihr Schicksal verhandelt wurde. Ein Tag, an dem sie Abschied nahm, ohne zu wissen, wovon. Der Tag, an dem sie Alexander das letzte Mal gesehen hatte und Robert auch.

»Wie auch immer. Ich bin nicht zuständig«, sagte der Klinikdirektor.

»Niemand ist für irgendwas zuständig«, sagte sie. »Keiner hat Verantwortung. Keiner ist schuld.«

»Ich verstehe ja Ihre Verärgerung, Frau Silber«, sagte der Direktor.

»Nitsche war auch nicht schuld«, sagte Jelena, überrascht, dass sie den Namen noch wusste. Noch mehr überrascht, dass sie ihn aussprach. Es war die Ohnmacht.

Dr. Mertens nahm die Brille ab. Sie sah seine Augen. Sie waren weder gütig noch kalt. Sie waren müde.

»Nitsche?«, sagte er.

»Der Mann, der vor Ihnen saß an diesem Schreibtisch. Ihr Vorgänger. War auch Arzt«, sagte sie.

»Mein Vorgänger«, sagte er.

Er sah sie einen Moment an. Schüttelte den Kopf. Er schrieb

etwas. Dann stand er auf und reichte ihr das Empfehlungsschreiben für Berlin und das Blatt Papier, das er beschrieben hatte.

»Ich habe Ihnen eine Salbe für die Haut aufgeschrieben. Fragen Sie eine der Schwestern.«

»Danke.«

»Es ist ansteckend«, sagte der Direktor.

»Das habe ich gedacht«, sagte Jelena.

»Sie können mit Ihren Mädchen natürlich bleiben, solange sie wollen. Aber Sie können auch jederzeit gehen. Ich kenne die Bestimmungen für Berlin nicht. Ich weiß nicht, ob dieses Empfehlungsschreiben noch irgendetwas gilt. Mit der Geschichte unserer Anstalt allerdings bin ich vertraut. Mehr als mir lieb ist, glauben Sie mir, Frau Silber. In diesem Haus sind Tausende Menschen getötet worden. Vor allem Kranke. Unter anderem ein Jugendfreund von mir. Er war krank und politisch aktiv, ich kann nicht sagen, ob das eine mit dem anderen zu tun hatte. Ich war im Exil in Mexiko.«

»Mexiko«, sagte Jelena.

»Es war nicht so exotisch, wie es klingt«, sagte er. »Ich bin seit einem Jahr hier. Nicht gern, wie Sie sich denken können. Aber auch nicht zufällig.«

»Entschuldigung«, sagte Jelena.

»Nein, nein«, sagte er. »Ich weiß auch nicht, warum ich mich so erkläre, rechtfertige. Das heißt, ich weiß es schon. Egal. Egal.«

Der Mundwinkel des Direktors zuckte. Ein Blitz schien durch sein Gesicht zu fahren. Dann war es still. Jelena stand vor dem Schreibtisch, als warte sie auf den Donner. Der Direktor saß wie versteinert da. Sie nickte und verließ langsam den Raum.

★

Es blieb noch drei Tage schwül, dann verfinsterte sich der Himmel, und ein schweres Gewitter entlud sich über dem Fluss. Am Tag darauf war es kühl und grau. Die Elbe hatte ihre Farbe gewechselt. Sie war jetzt quecksilbrig wie der Himmel, der tief über den Wiesen hing. Niemand würde in dem Fluss schwimmen, bis es wieder Sommer wurde. Jelena lag in den Nächten schlaflos zwischen den Tieren, sie zählte die Seelen. Tagsüber dämmerte sie dahin, lief über das Gelände, durchstöberte die Häuser, sah Kranke und Irre und Personal. Sie kratzte sich, trug die Salbe auf, kratzte sich. Ein paarmal sah sie zum Fenster des Direktors hinauf, der ihr nicht helfen konnte, aber sie zu verstehen schien. Das Fenster war schwarz. Die Schwester, die ihr vom Todesurteil gegen den früheren Klinikdirektor erzählt hatte, Hildegard, zeigte ihr die Stelle, an der die Verbrennungsöfen gestanden hatten. Sie führte sie in den Kellerraum eines verlassenen Gebäudes, den sie die Giftkammer nannte. Die Tür war mit einer Zahlenkombination gesichert, 200489.

»Leicht zu merken«, sagte Hildegard.

»Warum?«, fragte Jelena.

»Führers Geburtstag, du Dummerchen«, sagte Hildegard.

Jelena wusste nur, dass Lenin am 22. April Geburtstag hatte. Das Jahr hatte sie vergessen. Lenins Todestag dagegen kannte sie genau. Es war ein Tag, mit dem sie Erinnerungen verband.

Im Giftkeller standen Büchsen. Auf den Büchsen der Aufdruck: Deutsche Gesellschaft für Schädlingsbekämpfung. Sie standen vor den todbringenden Gefäßen wie in einem Museum. Hildegard redete von Forschung. Einem Zweck, der die Mittel rechtfertigte.

»Es ging schnell, sagen sie, und die Menschen waren doch krank«, sagte Hilde.

»Tausende«, sagte Jelena.

»Es war auch eine Erlösung«, sagte Hilde.

Der Satz schlüpfte in Jelenas Unterbewusstsein.

In der Nacht trommelte Regen auf die Schlossdächer und übertönte das Grunzen der Waldtiere. Jelena suchte nach einem Rhythmus, fand aber nichts, nur nicht endendes Trommeln ohne Sinn. Sie war lebendig begraben. Es war eine Reise ohne Ziel. Niemand wartete auf sie, niemand würde sie erlösen. Sie dachte an den hoffnungslosen Blick des Direktors. Beneidete er seinen Jugendfreund um den Schlaf? Er rechtfertigte sich, weil er sich schuldig fühlte. Das Lager von Christianstadt. Irina. Anna. Robert. Der Ural. Sie waren aus Gorbatow geflohen, nachts an der Oka entlang nach Nischni Nowgorod. Es hieß heute Gorki, aber das änderte nichts. Man kam nicht weg. Man kam nicht voran. Man konnte nicht einfach die Augen schließen. Man sah das Unheil dennoch, es pochte unter den Lidern, man fühlte es. Der Regen trommelte weiter. Immer weiter. Kratzen, bis das Blut kam. Nicht mal Mexiko war weit genug weg. Sie hatte nicht daran gedacht, dass Mexiko exotisch war, als ihr der Direktor von seinem Exil erzählte, sie hatte daran gedacht, dass sie Trotzki dort ermordet hatten. Ein Land jenseits des Ozeans, ganz im Westen. Trotzki war nach Mexiko geflohen, aber sie hatten ihn gefunden. Er war Staatsfeind, Staatsmann und dann wieder Staatsfeind. Man wartete eigentlich immer nur darauf, dass einen das Schicksal einholte. Sie hatte ein Empfehlungsschreiben, das zwei Jahre alt war. Für eine Position, die es womöglich gar nicht gab. Unterschrieben von einem Mann, der womöglich nicht mehr lebte. Endloser, schwarzer Regen. Es ging schnell, hatte Hildegard gesagt. Woher auch immer sie das wusste. Es ging schnell. Es war auch eine Erlösung. Und sie war krank wie die anderen. Wie der Freund des Direktors. An den Zeiten erkrankt. Sie wollte nicht mehr laufen. Seit sie zweieinhalb Jahre alt war, rannte sie weg. Sie lief nur, sie wusste nicht, was die richtige Richtung war. Sie wollte sich endlich ausruhen. Liegen bleiben. Die Mädchen. Natürlich, die Mädchen. Die einzige Möglichkeit, sie nicht alleinzulassen, war, sie mitzunehmen. Auf die letzte Reise. Wie friedlich Anna dagelegen hatte, in all dem Chaos. Anja, Anjuschka. Sie würde sie wiedersehen. Der Gedanke daran erfüllte Jelena mit einer solchen Erleichterung, dass sie sofort einschlief.

Sie fand am nächsten Morgen einen Platz unter dem Dach des verlassenen Gebäudes, in dessen Keller das Gift lagerte. Das erschien Jelena wie ein Wink des Schicksals. Es war ein vernieselter, dunkler Tag, aber der Dachboden des Hauses war leidlich hell. Auf den Brettern lagen tote Insekten des Sommers, aber ansonsten war es kein unfreundlicher Platz. Sie würden dem Himmel so nah sein, wie es ging. Jelena fegte die toten Wespen zusammen, dann holte sie eine Büchse Gift aus dem Keller, stellte sie auf den Boden. Dazu einen Eimer mit Wasser, einen Löffel und eine Blechtasse. Sie wusste nicht, wie man das Gift einnahm. Mit dem Sterben hatte sie sich nicht beschäftigt, sie interessierte sich nur für den Tod. Sie führte die Mädchen auf den Dachboden, um mit ihnen, wie sie sagte, ihre Zukunft zu besprechen.

Als sie alle auf dem Dachboden standen, bemerkte Jelena, dass sie keine Worte hatte, die ihre Töchter davon überzeugen konnten, dass jedes Weiterleben sinnlos geworden war. Sie wusste nicht, wo sie anfangen sollte. Ihre Verzweiflung und Orientierungslosigkeit waren so allgegenwärtig, dass es schwer war in all dem Nebel, einen Einstieg zu finden. Sie hatte auch keine Lust, das Traumhaus, das sie im Winter aufgebaut hatte, wieder einzureißen. Jeder brauchte eine Familiengeschichte, selbst wenn es ans Sterben ging. Vielleicht gerade dann.

»Ich weiß nicht mehr weiter«, sagte sie.

Die Mädchen sahen sie an. Seit es regnete, hatten sie das Schloss nicht verlassen. Sie hingen noch halb in ihren Träumen, aus denen Jelena sie gerissen hatte. Sie waren durch den feuchten Dunst hierhergelaufen, von dem man nicht wusste, ob er aus dem Himmel sickerte oder vom Fluss aufstieg. Jetzt standen sie im Halbdunkel dieses riesigen Dachstuhls. Maria kratzte sich in der Armbeuge.

»Ich habe keine Hoffnung mehr. Niemand will uns haben. Keiner sagt mir, wo Weg ist, den wir gehen können. Ich habe die Richtung verloren. Es tut mir leid. Ich glaube, ist es das Beste, wir machen ein Ende. Ich habe Gift besorgt. Wir schlafen einfach ein. Wie Anjuschka, eure Schwester. Es ist Erleichterung für uns alle«, sagte Jelena.

Sie sah die Mädchen an. Sie wirkten nicht, als begriffen sie, was ihre Mutter gerade gesagt hatte. Sie sahen sie verunsichert an, aber nicht erschrocken. Sie würden ihr folgen, dachte Jelena. Sie würden tun, was sie ihnen sagte. Sie war ihre Mutter. Es war erstaunlich, wie einfach das ging. Es beunruhigte Jelena, aber da war auch das Gefühl, die Dinge immer noch kontrollieren zu können. Etwas zu erledigen. Etwas zu schaffen. Sie hatte die Verantwortung. Ihre Töchter mussten ihr folgen.

»Laruschka«, sagte sie. »Komm. Hilf mir.«

Lara schaute sie an. Sie hatte große graue Augen und ein weites Gesicht, ein russisches Gesicht, in dem sich Jelena sah wie in einem Spiegel. Wie keine ihrer Töchter erfasste Lara ihre Sorgen. Sie war zwölf Jahre alt. Gezeugt an der Oka, geboren in Moskau, sie war mit ihr geflohen aus Leningrad, aus Berlin, aus Sorau. Sie hatte mit ihr Anna begraben und beweint. Sie hatten gemeinsam auf Robert gewartet, wenn er wochenlang nicht von seinen Reisen zurückkam. Auch Lara hatte die Ablehnung Teofilas gespürt. In den dunklen Stunden hatte sie ihre Schwestern betreut. Ein Kindermädchen eher als ein Kind. Sie war die Loyalste von allen. Nun aber, auf dem Dachboden, erkannte sich Jelena nicht mehr im Gesicht ihrer ältesten Tochter. Sie sah nichts von ihrer Verzweiflung, ihrer Müdigkeit. Sie sah eine Soldatin, jemanden, der bereit war, sich zu verteidigen. Sie erkannte die Brüste unter der schmutzigen Bluse ihrer Tochter, die Haarsträhne, die ihr in die Stirn fiel, dunkle Haare, fast schwarz. Lara würde ihr nicht mehr folgen, dachte Jelena, nicht in den Tod. Sie würden weiterlaufen.

»Es geht schnell. Tut nicht weh«, sagte Jelena. Aber das waren nur Worte, die noch da waren, übrig geblieben aus der Nacht. Kraftlos und alt. Sie wollte nicht unbedingt sterben, dachte Jelena, sie wollte nur, dass es irgendwie weiterging. Eine letzte Demonstration mütterlicher Autorität.

»Bitte hör auf, Mama«, sagte Lara.

Sie kratzte sich gedankenverloren den Hals. Die Haut dort wurde schon rau. Ihre Tochter bat nicht darum, sie zu verschonen. Sie bat sie, zur Vernunft zu kommen. Es waren die Worte einer Erwachsenen.

Lara hatte die Verantwortung übernommen. Nicht nur für ihre Schwestern, auch für sie. Für die Familie.

»Nun gut«, sagte Jelena.

Ihr eigenes Jucken schien nachzulassen, während sie ihrer Tochter dabei zusah, wie die sich kratzte. Die Spannung fuhr ihr aus dem Leib wie der Teufel. Sie seufzte, ihre Schultern fielen. Der Blick ihrer ältesten Tochter war entschlossen, aber vielleicht auch verzweifelt. Man konnte das nicht richtig auseinanderhalten. Das Mädchen kämpfte mit dem Ende der Kindheit. Den Druck, der Jelena entwichen war, spürte nun Lara.

Energie, das hatte Jelena im Wissenschaftsunterricht des wirren Wowa in Gorbatow gelernt, ging nie verloren.

19

BERLIN
AUGUST 2017

Es war nicht klar, ob Lara von der Affäre ihres Mannes erfahren hatte, bevor sie sich die Pulsadern öffnete. Egons Wahl aber hätte sie sicher überrascht. Seine zweite Frau wäre von den Silbermädchen nur belächelt worden. Sie war dick, klein, trug einen rosafarbenen Trainingsanzug und rauchte lange, dünne Zigaretten. Sie hatte ihre Haare in einem Ton gefärbt, der eher gelb war als blond, und leckte sich, nachdem sie etwas gesagt hatte, mit der Zunge über die oberen Schneidezähne, was sie wahrscheinlich für lasziv hielt. Sie roch nach Schweiß und wirkte insgesamt so, als achte sie nicht sonderlich auf ihre Erscheinung. Sie musste Anfang siebzig sein, zwölf Jahre jünger als Egon. Konstantin spürte keinen Ehrgeiz, keine Spannung, keinen Geist. Eine Frau, in die sich Egon – nach all der Anstrengung in seiner Ehe mit Lara – hatte fallen lassen können wie in einen Fernsehsessel.

Sie hieß Karin.

»Schön, dass ich Sie endlich mal kennenlerne«, sagte Konstantin.

»Wir sagen aber du, wa?«, sagte Karin. Ihre Zunge flutschte über die Schneidezähne.

»Natürlich«, sagte Konstantin.

»Ich hol uns erst mal was zu trinken«, sagte Egon und tänzelte den Flur hinunter, als liege das Gröbste nun hinter ihm.

Konstantin hatte von seiner Mutter ein wenig über Egons zweites Leben erfahren. Es hatte, wenn seine Mutter richtiglag, bereits während seines ersten Lebens begonnen. Karin hatte in der Kantine des Schwermaschinenkombinates gearbeitet, dessen Parteisekretär Egon gewesen war. Sie hatten sich in den siebziger Jahren bei einem Betriebsvergnügen kennengelernt und festgestellt, dass sie auf derselben Etage eines Neubaublocks in der Spandauer Straße wohnten. Das machte ihre Affäre bequem, wenn auch riskant. Karin war anfangs ebenfalls verheiratet gewesen, hatte sich aber irgendwann von ihrem Mann getrennt. Egon dagegen wartete auf Laras Tod. Seine Mutter hatte Konstantin auch erzählt, dass Egon und Karin einen gemeinsamen Sohn im Alter seiner Cousine Natascha hatten, der Tochter von Lara und Egon. Das aber stellte sich als eine der Legenden heraus, mit denen sich die Silber-Mädchen die Welt vom Leib hielten.

Karin hatte keine Kinder.

Konstantin fragte gleich am Anfang danach, während sie darauf warteten, dass Egon mit den Getränken zurückkam.

»War mir nich vergönnt«, sagte Karin. »Totaloperation, weeßte.«

Egon war sofort nach Laras Tod zu ihr gezogen. Es war eine überraschende, schockierende Bewegung, kaum vorstellbar, vor allem nicht für Konstantins Mutter und ihre Schwestern. Für sie wirkte Egons kleiner Umzug in das Leben dieser Frau wie der Sturz von einer hohen Klippe. Er hatte nicht die Wohnung ihrer Schwester verlassen, sondern ihre Welt. Eine Frau wie Karin war einfach nicht akzeptabel. Sie war das Gegenteil von all dem, was sie das Leben gelehrt hatte. Ihre Mutter, Lena, hatte ihnen beigebracht, aufrecht zu stehen, den Rücken durchzudrücken. Sie machte sie darauf aufmerksam, wenn sie zunahmen, zu viel tranken, faulenzten oder sich in irgendeiner Weise gehenließen. Sie hatte sie darin unterrichtet, dass das Leben ein Streben nach Reinheit und Anstand war. Verlor es diese Richtung, war es nichts wert.

Seine Tante Lara war, soweit sich Konstantin erinnerte, eine ernsthafte, schlanke Frau mit sehr dunklen Haaren gewesen, die gelegentlich in ein ansatzloses und etwas zu lautes Lachen ausbrach, vor allem wenn ihr Mann Egon einen Witz erzählte. Sie war Lehrerin für Geschichte und Deutsch, sie sprach langsam und sorgfältig, als schmecke sie jedes Wort ab. Gelegentlich empfahl sie Konstantin ein Buch. Er las die Bücher aus Pflichtgefühl. Sie waren ihm zu kämpferisch, zu kompliziert, zu didaktisch, auch wenn er das Wort damals nicht kannte. Professor Kuczynskis »Dialog mit meinem Urenkel«, Christa Wolfs »Kassandra«, »Der Tag zieht den Jahrhundertweg« von Aitmatow. Sie wollte ihm, dachte Konstantin heute, Antworten auf Fragen geben, die er sich nicht stellte. Wie Egon war auch Lara Parteimitglied gewesen, aber kein breitbeiniges wie ihr Mann, sondern ein verzweifeltes, treues Parteimitglied. Eine verzweifelte, treue Frau auch.

Seine Mutter, die ihre Schwester Vera nicht mochte, ihre Schwester Katarina hasste und die Partei immer verachtet hatte, redete nur gut von Lara.

»Sie hat uns einmal das Leben gerettet«, hatte sie Konstantin gesagt, als sie ihn auf das Gespräch mit Egon vorbereitete.

»Wir waren damals auf diesem Treck von Sorau, tagelang in

irgendwelchen stinkenden, dunklen Güterwaggons. Und dann sind wir in einem ehemaligen Konzentrationslager gelandet, irgendwo in Sachsen, wo sie nach dem Krieg Flüchtlinge unterbrachten. Wir hatten alle die Krätze. Baba wusste nicht weiter. Sie hat gesagt: Wir bringen uns jetzt alle um. Lara hat ihr das ausgeredet. Sonst würden wir heute nicht hier stehen.«

Konstantin nickte. Er kannte die Geschichte. Sie gehörte zum Familienkanon. Wie der gepfählte Urgroßvater Viktor, der verschwundene Großvater Robert, der verschollene Fliegeronkel, Lenins Neue Ökonomische Politik. Und seit kurzem: die Krankheit seines Vaters.

»Von da an hat sich eigentlich Lara um uns gekümmert«, hatte seine Mutter gesagt.

»Baba war sehr beschäftigt. Mit sich, mit ihrer Arbeit, vor allem nachdem unser Vater verschwunden war. Bis dahin hatte sie ja für alles Personal. Wir hatten jede ein Kindermädchen, eigentlich kannten wir unsere Mutter gar nicht richtig. Baba sprach auch nicht gut Deutsch. Sie war überfordert. Sie hat uns dann in dem Dorf abgegeben, im Erzgebirge bei irgendwelchen Bauern, und ist erst mal allein nach Berlin weitergezogen, um Arbeit zu finden. Sie hat erwartet, dass Lara sich kümmerte. Und die hat es gemacht. Sie hat eigentlich immer gemacht, was man von ihr erwartete.«

»Wer hat denn von ihr erwartet, dass sie Egon heiratet?«, hatte Konstantin gefragt.

»Egon, nehme ich an.«

»Ist sie daran verzweifelt? An den Erwartungen der anderen?«, hatte er gefragt.

»Ich glaube, das ist eher dein Problem«, hatte seine Mutter gesagt.

Eine dieser kleinen Backpfeifen, mit denen sie ihn vor sich hertrieb. Auf dem Weg hielt.

Egon wohnte immer noch in dem Haus, in dem sich Lara vor dreißig Jahren umgebracht hatte. Er war nur den langen Flur hinuntergelaufen, der die Wohnungen in der siebten Etage verband. In der Mitte gab es zwei Fahrstuhltüren, von denen aus sich links und rechts lange, schlechtbeleuchtete Gänge erstreckten. Am einen Ende hatte er mit Lara gewohnt, am anderen Ende lebte er mit Karin. Die beiden Flügel des Lebens von Egon Barthel.

Egon kam mit einem kleinen Tablett zurück, auf dem drei Sektgläser standen, die mit einer rosafarbenen, sprudelnden Flüssigkeit gefüllt waren. Ein Nachmittagscocktail. Konstantin sah instinktiv auf die Uhr. Es war kurz nach zwei. Früher Nachmittagscocktail.

Prösterchen.

»Was können wir für dich tun?«, fragte Egon.

Er trug einen dunkelgrauen Anzug, was in seltsamem Kontrast zu der nachlässigen Aufmachung seiner Frau stand. Konstantin erinnerte sich an die Klassikplatten, die Egon abgespielt hatte, wenn sie zu Besuch waren.

Sein Vater hatte die Nasenflügel aufgeblasen, wenn Egon Dinge über Sibelius-Sinfonien aufsagte, die er offensichtlich auf der Hülle einer Eterna-Schallplatte gelesen und auswendig gelernt hatte. Auf der Heimfahrt hatten sie immer sehr gelacht, sein Vater konnte Egon gut nachmachen. Tchaikowitsch, Putschinski, wa? Konstantin hatte diese Heimfahrten geliebt. Sie gegen den Rest der Welt. Ein süßes Überlegenheitsgefühl.

Egon hatte nie irgendeinen Beruf gelernt. Er hatte in der Gastronomie begonnen, war von dort in die Parteiarbeit gewechselt und nach der Wende in die Gastronomie zurückgekehrt.

Egon, der Affenarsch.

»Ich möchte herausfinden, wo mein Großvater geblieben ist. Laras Vater Robert«, sagte Konstantin. »Dein Schwiegervater.«

Er sah zu Karin.

»Sozusagen.«

Karin nickte.

Klaro.

Konstantin mochte, dass sie so unkompliziert war.

Egon lehnte sich zurück, nippte an seinem Glas. Er schien erleichtert. Vielleicht hatte er gedacht, Konstantin habe irgendeine Akte gefunden und konfrontiere ihn jetzt mit seiner Vergangenheit. Vielleicht später, dachte Konstantin.

»Der große alte Silber also«, sagte Egon Barthel.

Karin kuschelte sich in ihren Sessel.

»Wenn du mich fragst, Konstantin, war der gar nicht so groß. Sie haben ihn größer gemacht, weil sie dadurch selbst größer wurden. Die Damen. Auch die Familienvilla wurde ja von Mal zu Mal größer. Ich war mal da, im sagenumwobenen Sorau. Die Silber-Villa sah eher aus wie ein Einfamilienhaus«, sagte Egon. »Du müsstest mal hinfahren. Heißt heute Zary.«

»Das weißt du noch?«, sagte Konstantin.

»Ich hab es mir ja lange genug anhören müssen«, sagte Egon.

Die Zunge seiner Frau schnalzte über die langen Zähne.

»Ich war da«, sagte Konstantin.

»Dann weißt du ja, wovon ich rede. Deine Mutter und ihre Schwestern haben sich zeitlebens für etwas Besseres gehalten«, sagte Egon.

»Lass ma«, sagte Karin.

»Doch, doch, Schnurzel. Die Villa und die Kindermädchen, das Musikzimmer und die italienische Großmutter. Manchmal hatte man den Eindruck, die entstammen dem Adel. Dabei war Lena eine Arbeitertochter und der alte Silber ein Maschinenbauingenieur«, sagte Egon.

»Aber sie hatten die Firma«, sagte Konstantin.

»Robert war Nazi, wusstest du das?«, sagte Egon.

»Ja.«

»Lara hatte damit immer Probleme. Sie hätte am liebsten die Hitlerbüste aus dem Familienbild gekratzt. Der Vater der großen Lara war ein Nazi«, sagte Egon.

»Immerhin war ihr Großvater ein Held.«

»Wahrscheinlich«, sagte Egon

»Was?«

»Ich war nie da, um die Geschichte zu überprüfen. Lena hat Ende der sechziger Jahre noch mal versucht, nach Gorki zu fahren, um ihre Familie zu besuchen. Aber das war eine gesperrte Stadt damals, sie haben die Raketensprengköpfe gebaut. Nicht mal sie hat eine Erlaubnis gekriegt«, sagte Egon und nippte an seinem Glas. Er machte eine Pause, dann sagte er:

»Die Tochter des großen Helden.«

Karin steckte sich eine Zigarette an. Egon pumpte. Er hatte keine Ahnung, er hatte nur Wut. Er war der Dorfdumme der Silberfamilie gewesen. Tante Lara wusste es und seine Tochter Natascha sicher auch. Tascha. Sie hatte das gleiche unangemessen laute, verzweifelte Lachen wie ihre Mutter, soweit sich Konstantin erinnerte. Konstantins Mutter sagte, Natascha sei Lehrerin geworden. Unterstufenlehrerin hatte sie hinzugefügt, weil es sie kleiner machte. Sie hatte jeden Kontakt zu ihrer Nichte verloren. Mit Laras Tod war der Ast der Familie verdorrt.

Egon entstammte einer Arbeiterfamilie aus dem Wedding. Aber er war kein Arbeiter, wenn Konstantin das richtig einschätzte. Er war ein Kellner, ein Trickser, ein Schlawiner, ein Filou. Wahrscheinlich war er auch als Parteisekretär ein Trickser gewesen, als Ehemann sowieso. Onkel Egon. Das hatte immer schon geklungen wie eine Witzfigur. Wie Klein Fritzchen. Konstantin erinnerte sich vage, dass Egon unter den Jugendlichen war, die nach einem Elvis-Konzert die Waldbühne auseinandergenommen hatten. Er hatte sich von seiner Mutter und den Brüdern in Westberlin losgesagt, um im Osten eine Parteikarriere machen zu können. Konstantin hätte seinen Onkel nach seiner Jugend fragen können, nach seinen Träumen. Er hätte keine ehrliche Antwort bekommen, und es interessierte ihn auch nicht.

»Es waren andere Zeiten«, sagte Konstantin.

»Dit kannste laut sagen«, sagte Karin. Die Zunge arbeitete. Wahrscheinlich war sie einfach gut im Bett, dachte Konstantin. Er fühlte sich unwohl bei dem Gedanken, ordinär und auch illoyal seiner ernsthaften Tante Lara gegenüber, die einst das Leben seiner Mutter gerettet und seins möglich gemacht hatte.

»Hat Lara denn nie über ihren Vater geredet?«, fragte er. »Sie war doch die Älteste. Sie muss doch Erinnerungen an ihn gehabt haben.«

»Das klang immer alles wie aus dem Geschichtsbuch«, sagte Egon. »Der Opa war ein Kampfgefährte Lenins, der Vater hat geholfen, die Sowjetmacht aufzubauen, und Mutti hat sowjetische Zwangsarbeiterinnen vor dem Tod gerettet.«

»Aber ihr wart doch verheiratet«, sagte Konstantin.

Egon nickte. Schwieg einen Moment. Ein kleines, bitteres Lächeln. Ein Räuspern.

»Sie hatte keine Erinnerungen an die Sowjetunion, dazu war sie einfach zu jung. Sie hat mal was von einer Autofahrt durch Leningrad erzählt. Eine Flucht. Es klang so, als hätte sie es in einem Film gesehen. Sie hat von ihrem Onkel geredet, Pascha, dem älteren Bruder von Baba. Er saß mit im Auto und hat sie wohl auch später noch mal in Berlin besucht. Aber sie wusste nicht mal, wie der aussah. Ich habe angenommen, sie hat einfach erzählt, was ihr ihre Mutter erzählt hat.«

»Hat denn Baba über diese Zeiten geredet?«

»Nicht mit mir. Mit mir schon gar nicht«, sagte Egon.

»Ach Gottchen«, sagte Karin.

»Weiß denn Maria nicht mehr?«, fragte Egon.

»Ach«, sagte Konstantin.

»Es waren die dreißiger Jahre. Da war alles lebensgefährlich. Da und dort. Lena hat auf der einen Seite Hitler erlebt und auf der anderen Stalin. Sie sind '36 in Berlin angekommen. Vom Regen in die Traufe«, sagte Egon. »Vielleicht konnte sie über manche Sache einfach nicht reden.«

»Schwierich, wa?«, sagte Karin.

Egon sah sie an, wie man eine alte, kranke Katze ansieht, mit der man ein Leben verbracht hat. Man konnte ihn sicher auch mögen, dachte Konstantin.

»Und Sorau? Hat Lara darüber gesprochen? Die Umstände, unter denen ihr Vater verschwunden ist?«

»Du kennst doch die Geschichte, die sie erzählt haben. Papa ist mit dem Familiensilber nach Berlin gereist und nie angekommen«, sagte Egon. »Das ist das, was auch Lara erzählt hat. Es ging immer nur darum, ob er mit dem Familienschmuck durchgebrannt ist oder ob ihn die Freunde beklaut und abgemurkst haben. Das war ja beides schlecht für ihr Weltbild.«

»Klar«, sagte Konstantin.

»Lara hat sich für die letzte Variante entschieden. Für den Vater und gegen die Sowjetmacht«, sagte Egon.

»Die persönlichen und die gesellschaftlichen Interessen in Übereinstimmung bringen«, sagte Konstantin.

»Ja ja«, sagte Egon. »Niemand hat sich gefragt, ob es vielleicht auch andere Gründe gegeben haben könnte, warum er verschwand.«

»Welche denn?«

»Keiner hat gesehen, wie er gegangen ist. Er hat sich nicht von den Mädchen verabschiedet. Das waren seine Töchter! Lara konnte ja noch nicht mal sagen, wann genau er sie verlassen hat. Nicht mal das Jahr. Sie hat immer etwas von einem Keller erzählt, in dem sie saßen, als die Rote Armee kam, und dass ihr Vater für die Soldaten tanzen musste.«

»Tanzen?«

»Ja, sie haben ihn betrunken gemacht und ließen ihn tanzen. Es war eine der Anekdoten. Es gibt nur diese Anekdoten. Dann war er am Bein verletzt. Dann kam der Sanitätszug und nahm ihn mit nach Berlin. Pelze, Familienschmuck, die Briefmarkensammlung. Dann war er weg. Aber gesehen hat das niemand. Sie saßen im Keller, sie schliefen. Es gab immer nur die Geschichten. Lenas Geschichten«, sagte Egon.

»Noch'n Sektchen?«, fragte Karin.

Konstantin sah sie an.

»Hol einfach, Schnurzel«, sagte Egon.

Sie verschwand. Taktgefühl. Instinkt. Oder Durst.

»Vielleicht hatten sie einfach keine Worte für das, was passiert ist«, sagte Konstantin.

»Vielleicht hatten sie einfach kein Interesse«, sagte Egon.

»Woran?«

»An einer anderen Geschichte«, sagte Egon. Er griff sich an den Sack. Zufrieden mit der Formulierung, die er hier gefunden hatte. Egon, der Affenarsch, paradierte durch die Geschichte des 20. Jahrhunderts. Er stellte den Tod seiner Frau in die ganz großen historischen Zusammenhänge. Nicht er war schuld, sondern Stalin. Es klebte kein Blut an seinen Händen. Im Gegenteil. Er war ein Geschichtskommissar, ein später Ermittler.

»Ich habe mich immer gefragt, was Silber da eigentlich in der Sowjetunion gemacht hat. Bis 1936. Da war Lenin schon zwölf Jahre tot. Ich glaube nicht, dass dein Opa mit den Genossen nur über Textilmaschinen geredet hat. Und in Sorau? Woran sich Lara gut erinnern konnte, war, dass er manchmal monatelang weg war. Sie hatten doch die Fabrik auf der anderen Straßenseite. Wo war der die ganze Zeit? Auf Dienstreise?«

»Du glaubst, er hat eine Art Doppelleben geführt«, sagte Konstantin.

Schnurzel kam mit den Gläsern zurück. Das Wort Doppelleben hing in der Luft. Ihr Mund stand leicht offen. Die Zunge ruhte.

»Wie auch immer«, sagte Egon. »Ich bin froh, dass ich damit nichts mehr zu tun habe.«

Sie redeten noch ein bisschen über das Café, das Egon und Karin nach der Wende eröffnet hatten. EK. Irgendwo in Weißensee. Über die Aufbaujahre. Über den verdienten Ruhestand. Das neue Leben, das Konstantin komplett verpasst hatte. Karin redete jetzt. Sie redete die schmerzende, rätselhafte Vergangenheit zu, die ihn mit seinem Onkel verband. Die beiden Gastronomen zogen sich in ihre Leben zurück. Egon wurde wieder ein Fremder. Konstantin saß in dieser Couch, nippte an süßem Sekt und hörte sich an, worauf man beim Kauf einer Fritteuse achten musste.

Sie stellten Konstantin keine Fragen zu seinem Leben, weil sie sich in ihrer Erzählung wohl fühlten. Weil sie ihnen genügte.

Natascha, Egons Tochter aus der Ehe mit Lara, kam in ihrer Lebensbilanz nicht vor, auch Laras Tod nicht. Konstantin ließ sie. Egon musste weit über achtzig sein. Es gab keine Klassikplatten und auch keine Bücher in dieser Wohnung. Es gab einen großen Fernseher und ein paar Sammeltassen. Es kam kein Familienbesuch mehr, vor dem Egon einen Tanz aufführen musste. Horkowitz. Rachmanninowski. Schwostarowitsch. Hummeltanz und Säbelflug.

Konstantin wusste nicht, ob Egon dem einfältigen, rosafarbenen Ball, der neben ihm auf dem Sofa saß, ähnlicher war als seiner schwermütigen, dünnen Tante Lara, aber es war sicher einfacher so.

Familie war ein seltsames Konstrukt.

Beim Abschied wussten Egon und er, dass sie sich nicht wiedersehen würden. Ob Karin das auch wusste, war unklar.

*

Konstantin ging den langen Flur zu den Fahrstühlen hinunter. Er drückte den Knopf, wartete. Er dachte an das Doppelleben seines Opas Robert. Er dachte an die Nachmittage, an denen seine Oma Lena im Radio gehört hatte, wie das Deutsche Rote Kreuz die Namen von Menschen verlas, die seit dem Zweiten Weltkrieg vermisst wurden. War das alles nur ein großes Schauspiel gewesen?

Die Fahrstuhltür öffnete sich. Eines der alten Paare, die diese Neubaublöcke in der Berliner Mitte bevölkerten, weil sie vor fünfzig Jahren, in einem anderen Leben, Einfluss besessen hatten, schaute ihn an. Wie Maulwürfe. Er hatte das Gefühl, er würde direkt in die Hölle fahren, wenn er zu ihnen in die Kabine stiege.

Er nickte, sie schüttelten die Köpfe. Die Türen schlossen sich. Ein Geisterhaus. Konstantin ging den Gang hinunter, der in das alte Leben seines Onkels führte, in den Teil, den er mit Tante Lara verbracht hatte. Nur ein Abzweig. Er erinnerte sich dunkel, dass sie bei Besuchen immer tief in den Tunnel gelaufen waren. Ganz am Ende schimmerte eine Wand aus milchigen Glasbausteinen. An der vorletzten Tür stand der Name Barthel. Es war ein altes Klingelschild.

Konstantin wartete vor der Tür wie vorm Tor eines Zeittunnels. Die Wohnung, in der Lara gestorben war. Im Sommer 1987. Dreißig Jahre.

Vor ein paar Tagen hatte Frau Born versucht, ihn in diese Zeit zurückzuversetzen. Er hatte ihr von der Reise in die Vergangenheit erzählt, die er gerade unternahm. Von seiner Angst, in die ausgefahrene Spur seiner Mutter zu geraten. Ihre Geschichte zu erzählen, nicht seine. Es war nicht ganz klar, ob sie ihn verstand. Ihrem Mann ging es schlechter, sie wirkte noch müder als sonst. Bereit, aus ihrem Leben zu erzählen. Irgendwann war Konstantin in seiner Vergangenheit gelandet wie auf einer rettenden Insel.

Er war als Kind durch eine Altneubauwohnung gelaufen, erinnerte er sich. Wenige Helleraummöbel, ein paar Zimmerpflanzen, Gummibäume, eine Glasveranda, glänzendes Linoleum. An einem Tisch sehr weit über ihm saßen seine Mutter und seine Tante Lara, sie rauchten, sie hatten dicke Ringe an den Fingern, sie beachteten ihn nicht. Er hatte keine Ahnung, was das bedeuten sollte. Er kannte auch die Wohnung nicht. Dann führte ihn Frau Born auf Laras Beerdigung. Ein Friedhof, der ihm nichts sagte. Sommer. Nur wenige Gäste. Natascha in Tränen, Egon gefasst. Drei Schwestern. Vera, Katarina und Maria. Konstantins Vater war nicht da, vermutlich war er mit den Wildschweinen unterwegs oder zeigte seinen Luchs-Film auf einem Tierfilmfestival in Eindhoven. Wirklich erstaunlich aber war, dass er seine Oma Lena nicht auf der Beerdigung fand, die er auf der Couch im Dachzimmer von Sibylle Born besuchte. Er sah sie nicht. Er hörte nur die Musik. Den Trauermarsch von Chopin, den sie auch auf den Beerdigungen der sowjetischen Generalsekretäre spielten. Bam. Bam. Babam.

Er hatte seine Mutter nach der Sitzung bei Frau Born gefragt, ob Baba nicht zur Beerdigung ihrer Tochter gekommen war. Sie konnte sich nicht erinnern. Sie hatte keine Fotos. Sie wusste es einfach nicht mehr.

»Ich könnte mir aber gut vorstellen, dass wir ihr das gar nicht erzählt haben«, hatte sie gesagt. »1986. Da war sie ja schon Mitte achtzig. Da will man ja nicht wissen, dass sich die Tochter das Leben nimmt. Das wäre eine Erklärung.«

Er hatte mit Sibylle Born über Familiengeschichten geredet. Legenden. Glaubenssätze. Dinge, die man einander zumutet. Dinge, die man einander vorenthält. Er hatte ihr nichts über die verschwundenen Vorfahren erzählt und auch nicht darüber, dass er gar nicht auf der Beerdigung seiner Tante Lara gewesen war, soweit er wusste. Sie hatte gegähnt. Er hatte kurz das Gefühl gehabt, in einem Sumpf zu versinken, aus dem er nie wieder herauskam. Auch das hatte er nicht angesprochen.

Er hatte, kurz bevor er aus der Trance erwachte, den Gang gesehen. Den langen Gang mit der undurchsichtigen Glaswand am Ende. Die Wand, neben der er jetzt stand. Siebte Etage. Spandauer Straße. Das erste Leben von Egon.

Er drückte die Klingel.

Es war ganz still, aber er spürte, wie ihn jemand durch den Spion studierte. Jemand, der sich Zeit ließ. Dann ging die Tür auf. Eine Frau stand da, die aussah, als würde sie schlecht schlafen. Eine Frau, in deren Gesicht er kaum noch Natascha fand, das blasse, grundlos fröhliche Mädchen aus seiner Kindheit. Tascha. Die große Cousine, nie sexy, immer nur vernünftig. Er konnte sich nicht an ihre Brüste, aber noch an ihre Kniestrümpfe erinnern, weiße Silastikkniestrümpfe. Sie hatte die Wohnung ihrer Eltern offenbar nicht verlassen.

»Hey, Natascha«, sagte er.
»Ja?«, sagte sie.
»Kostja.«
»Ich weiß, wer du bist. Was willst du?«, sagte sie.
Ihre Stimme war rau, heiser. Eine Lehrerinnenstimme, dachte Konstantin.
»Ich weiß auch nicht«, sagte er. »Ich bin auf der Suche nach unserem Großvater Robert. Unter anderem.«
»Oh. Du bist beruflich da.«
»Na ja.«
»Ein bisschen spät, was?«
»Wahrscheinlich«, sagte er.
»Da kann ich dir nicht helfen, fürchte ich«, sagte sie, die Hand an der Tür. Er sah Raufasertapete und einen Wandkalender. Das Augustbild zeigte die Newa in Sankt Petersburg.
»Hat deine Mutter nie über ihn geredet?«, fragte er. »Tante Lara.«
Sie sah den langen dunklen Hausflur hinunter. Vielleicht fragte sie sich, ob sie Konstantin hereinlassen sollte. Er jedenfalls wäre gern in der Wohnung verschwunden. Er wollte Egon nicht noch einmal begegnen.
»Meine Mutter?«
»Ja.«

»Ich frage mich seit dreißig Jahren, warum sich meine Mutter das Leben genommen hat. Warum sie sich nicht von mir verabschiedet hat. Und dann stehst du vor der Tür ihrer Wohnung und fragst, wie ihr Verhältnis zu ihrem Vater war?«

»Hat sie keinen Brief hinterlassen?«

»Ich wüsste nicht, was dich das angeht. Du warst ja nicht mal da, als sie beerdigt wurde.«

»Nein?«

»Du hast vergessen, dass du nicht auf ihrer Beerdigung warst.«

»Ich habe geträumt, dass ich da war.«

»Oh.«

»Ja. Bei meiner Therapeutin. Sie hat mich in Hypnose versetzt, damit ich in mein Unterbewusstsein reise. Ich würde gern wissen, wo ich herkomme. Mein Vater verliert den Verstand, meine Mutter redet nicht. Die Familie ist groß, aber keiner spricht mit dem anderen. Was ist passiert?«

»Wenn du über unseren Teil der Familie redest, hätte ich eine Vermutung, was die Stille angeht. Ihr habt euch nicht für uns interessiert. Wir waren euch zu unglamourös, vielleicht auch zu proletarisch. Im Wesentlichen aber zu langweilig. Glaubst du, ich hab das nicht gemerkt? Glaubst du, meine Mutter hat das nicht gemerkt?«

»Meine Mutter sagt, Lara hat ihnen allen das Leben gerettet«, sagte Konstantin.

»Ich weiß. Deine Mutter hat mir das geschrieben. Aber da war meine Mutter schon tot. Sie hat nie darüber geredet«, sagte Natascha.

»Vielleicht hat sie es selbst nicht so empfunden«, sagte Konstantin.

»Sie hat vor allem über ihre Probleme in der Schule geredet.

Darüber, wie sie ihren Schülern erklären soll, was in der Sowjetunion in den fünfziger Jahren passiert ist. Warum sie keine Bücher von Solschenizyn lesen dürfen. Das waren ihre Probleme.«

»Verstehe.«

»Das bezweifle ich.«

»Wie geht's dir denn, Tascha?«

»Tascha?« Sie lächelte spöttisch.

»Ja. Was machst du?«

»Ich bin Kindergärtnerin. Aber ich glaube nicht, dass dich das wirklich interessiert.«

»Wieso nicht?«

»Bestell Tante Maria schöne Grüße. Und Vera, wenn du sie siehst. Und Katja, wenn die noch lebt. Sie müssen sich nicht melden. Wirklich nicht. Dafür ist es zu spät.«

»Warum?«

»Weil sie es jetzt nur für sich tun würden«, sagte sie.

Es klingelte an der Wechselsprechanlage.

Eine Frauenstimme sagte: »Ich bin's, Mama.«

Natascha drückte den Knopf.

»Du hast eine Tochter?«, sagte Konstantin.

»Ich muss dann«, sagte sie. »Viel Glück bei deinen Recherchen. Vielleicht helfen sie dir ja.«

Sie zog die Tür zu.

Sie wollte ihn nicht in der Wohnung haben. Vielleicht war es nicht aufgeräumt, vielleicht wollte sie nach all den Jahren nicht so tun, als kannten sie sich. Er hätte gern gesehen, ob sie die Wohnung verändert hatte, in der ihre Mutter gestorben war. Ob es noch Laras Bücher gab und Egons Klassikplatten. Aber das war das Interesse des kleinen Jungen, der auf der Rückbank des Niva saß und darauf wartete, dass sich sein Vater über seinen doofen Onkel lustig machte. Porky & Bass. Leonard Einstein. La Sonnambulala. Es war der Blick des Völkerkundlers, nicht der des Cousins. Sie hatte ihn an der Tür abgefertigt wie einen Boulevardjournalisten, einen Schnüffler. Und genau das war er. Wenn Natascha ihn mit offenen Armen empfangen hätte, wäre er ins Bad gegangen, um die Wanne zu sehen, in der Lara gestorben war. Eine Drehortbesichtigung.

Seine Cousine hatte ihn an seine Rolle erinnert.

Natascha öffnete die Tür ein letztes Mal und sah den Flur hinunter, in die Richtung, in der ihr Vater sein zweites Leben verbrachte.

»Frag ihn.«

»Hab ich gemacht.«

»Na klar hast du.«

»Er weiß nichts«, sagte Konstantin.

»Er ist in die Kneipe gegangen, um seiner Frau die Möglichkeit zu geben, sich umzubringen. Um nicht zusehen zu müssen. Um nicht helfen zu müssen. Um keine unangenehmen Fragen beantworten zu müssen. Er hat drei Bier getrunken, einen Schnaps, und als er zurückkam, war seine Frau tot«, sagte Natascha.

Dann schloss sie die Tür.

Sie wollte ihren Vater nicht mit seiner bequemen Version der Geschichte alleinlassen. Das war der einzige Grund, aus dem sie hier ausharrte, in der Todeswohnung. Seine Cousine war ein Mahnmal. Tascha, die Rächerin.

Konstantin fragte sich, ob sie inzwischen in der Lage war, ein Bad zu nehmen.

Auf dem Gang begegnete er einer jungen Frau. Sie war groß und blond und hatte die schönen, geschwungenen Augenbrauen, die die Silber-Mädchen hatten, als sie jung waren. Sie war Mitte zwanzig. Ihr Gang war federnd, wurde aber schwerer, je näher sie kam.

»Hallo«, sagte er.

Sie sah ihn an, den Kopf ein bisschen schief, fragend, überrascht. In diesem Haus der schlechten Laune. Sie fasste sich an den Hals, um den sie eine Perlenkette trug, so als fürchte sie, er könne sie ihr abreißen.

»Hallo«, sagte sie.

Als er am Fahrstuhl stand und sie vor der Tür ihrer Mutter, sahen sie sich noch mal an. Sie lächelte. Dann verschwand sie auf dem dunklen Stern seiner Familie.

*

Wie Nataschas Tochter wurde auch Konstantin langsamer. Die grüne Linie bremste ihn. Er hatte Angst, dass sein Vater, der Egon vor dreißig Jahren so wunderbar nachmachen konnte, nun nicht einmal mehr wusste, wer Egon war.

Am Ende glich sich alles aus. Egon mixte süße Cocktails, erklärte die Geschichte und startete ein neues Leben neben einer kleinen, dicken Blondine, Konstantins Vater fand den Weg zur Toilette nicht mehr.

Konstantin stand vor der Tür und sah auf den Luchs.

Er wollte seinen Vater nicht überraschen, nicht bei der Vogelbeobachtung, nicht beim Toilettenbesuch und am wenigsten beim Sterben. Aber es ging nicht anders. Seit Claus Stein im Heim lebte, hatte er keine Privatsphäre mehr. Er konnte seine Tür nicht abschließen, weil man ihm den Umgang mit einem Schlüssel nicht mehr zutraute. Man drückte die Klinke zu seinem Zimmer und stand mitten in seinem Leben.

Konstantin klopfte. Erst vorsichtig, dann ein wenig lauter. Er legte das Ohr an die Tür. Er hörte ein Gesäusel, aber keine Antwort. Am anderen Ende des Flurs ertönte ein Schrei. Das war Herr Kern aus der 301. Herr Kern saß zusammengezogen wie ein Knoten in einem Rollstuhl, den Kopf auf den Knien, und entließ von Zeit zu Zeit einen Schrei. Hoch und lang, ein Tarzanschrei. Johnny Weissmüller war am Ende auch schreiend durch sein Pflegeheim in Kalifornien gerannt.

Eine letzte Filmfrage: Wie endete Johnny Weissmüller?

Die Tür zu Kerns Zimmer stand immer halb offen, so dass man seine Schreie gut hören konnte, im Dschungel des Heims.

»Kernchen kriegt sich wieder ein«, sagte der Nachtpfleger.

Und seine Mutter: »Das ist das Endstadium.«

»Endstadium wovon?«, hatte Konstantin gefragt.

»Der Krankheit«, hatte sie gesagt.

Konstantin drückte die Klinke. Das Gesäusel kam aus dem Fernseher, der auf dem Regal am Fußende des Bettes stand. Seine Mutter hatte ihrem Mann über Tante Vera einen Flachbildfernseher besorgt. Vera kannte einen Fachverkäufer in einem Treptower Laden. Der Sohn eines ehemaligen Patienten. Konstantin hatte sie machen lassen. Sie hatten seinem Vater den Regionalsender eingestellt, weil er den Regionalsender liebte, wie seine Mutter behauptete. Konstantin konnte sich nicht erinnern, dass sein Vater jemals ferngesehen hatte. Schon gar kein Lokalfernsehen. Es war später Nachmittag, im Regionalprogramm stellte ein Lokalreporter ein Thermalbad in der Nähe von Cottbus vor. Der Reporter war übergewichtig, trug einen weißen Bademantel, einen scharfen Seitenscheitel und hatte ein Cocktailglas in der Hand.

Claus Stein lag auf seinem Bett, komplett bekleidet, mit Schuhen und sah an die Decke. Der oberste Knopf seines Hemdes war geschlossen. Er sah aus wie eine Spielzeugfigur, die von einem Kind angezogen und dann auf das Bett gelegt worden war.

»Hallo, Papa«, sagte Konstantin.

»Wird Zeit«, sagte sein Vater. Sein Blick tastete sich aus dem Traum in die Wirklichkeit.

»Siehst du das?«

»Was?«

»Den Bericht über die Saunalandschaft in Forst?«

»Quatsch«, sagte sein Vater.

Konstantin schaltete den Fernseher aus.

»Endlich«, sagte sein Vater.

»Wieso lässt du es denn überhaupt laufen?«, fragte Konstantin.

»Man will nichts verpassen«, sagte sein Vater. Er richtete sich auf, ließ die Beine aus dem Bett baumeln. Er trug Trainingshosen aus Flanell zu einem kurzärmligen, karierten Hemd, dazu hellbraune Halbschuhe mit angegossener Sohle. Seine Haare waren so kurz geschnitten, als rechne er damit, zur Armee eingezogen zu werden. Die Heimwelt hatte sich seinen Vater einverleibt. Draußen auf der Straße würde man schon aus der Entfernung erkennen, dass er irgendwo weggelaufen war.

»So«, sagte sein Vater.

»Du warst beim Friseur«, sagte Konstantin.

»Man muss auf sich achten«, sagte sein Vater.

»Wollen wir ein bisschen rausgehen?«

»Mit dem Hund?«, fragte sein Vater. Er hatte die Nasenflügel aufgebläht, als habe er einen erstklassigen Witz gemacht.

Er schlurfte zur Tür, er schlurfte über den Flur, er schlurfte in den Fahrstuhl und in den kleinen Garten des Heims.

Er sagte: »Ham wir alles?«

Er sagte: »Grüne Linie.«

Er sagte: »Kaiserwetter.«

Er sagte: »Ist das Gas aus, Maria?«

Er sagte: »Bewegung ist immer gut.«

Claus Stein hatte keinen weiteren Bedarf an Gesprächspartnern. Er machte die Sachen mit sich selbst aus. So war es eigentlich immer gewesen, nur spürte man es heute mehr. Er redete nur noch mit sich selbst. Es war ein schöner Augustnachmittag. Die Luft war warm und schwer, man fühlte den Abschied vom Sommer. Die Alten hielten die Gesichter ins Licht. Niemand von ihnen wusste, ob er den Winter überleben würde.

»Ich war bei Egon«, sagte Konstantin.

Sein Vater sah in den Himmel.

»Dein Schwager. Egon. Laras Mann.«

»Egon, der Affenarsch«, sagte sein Vater. »Ich vergesse doch Egon nicht. Er ist wahrscheinlich der Letzte, den ich vergesse.«

Konstantin lächelte.

»Wieso hast du ihn eigentlich so genannt?«, fragte er.

»Wie?«

»Egon, der Affenarsch.«

»Jean Gabin«, sagte sein Vater.

Konstantin wartete, aber sein Vater schwieg. Er schaute in den Himmel. Vielleicht sah er einen Vogel.

Konstantin erzählte, wie Egon den Flur heruntergegangen war zu seiner neuen Frau Karin. Er wollte sich eigentlich nicht lustig machen über Karin, aber er schaffte es nicht ganz. Der rosafarbene Trainingsanzug, die Cocktails, die Plüschpantoffeln. Er ließ Natascha aus dem Spiel, erwähnte aber die verschwundenen Klassikplatten. Sein Vater ging nicht darauf ein.

Irgendwann sah er ihn an und sagte: »Mit Alain Delon.«

Konstantin nickte.

»Nicht: ›Lautlos wie die Nacht‹. Der andere«, sagte sein Vater.

Konstantin wartete. Er schien einer langsamen Maschine bei der Arbeit zuzuschauen. Ab und zu spuckte sie ein Wort aus. Wie die Lottomaschinen im Fernsehen, die es nicht mehr gab, weil die Menschen die Geduld verloren hatten.

»Mit Lino Ventura«, sagte sein Vater.

»Tut mir leid, Papa. Hab ich nicht gesehen«, sagte Konstantin.

Sein Vater schüttelte den Kopf. Der Junge hatte seine Chance nicht genutzt. Er fand sein Thema nicht. Alles umsonst. Konstantin dachte an Egon, der in die Kneipe gegangen war, um seine Frau nicht beim Sterben zu stören. Er sah es schon als Szene. Vielleicht in Schwarzweiß.

»Clan der Sizilianer. Mafiafilm. Gabin spielt einen Mafiaboss. Er sagt einmal über einen anderen Mann: ›François, den Affenarsch, haben wir ihn genannt‹.«

»Aber was hat das mit Egon zu tun?«, fragte Konstantin.

»Ich fand, es passte«, sagte sein Vater.

Er sah in den Himmel, zufrieden mit sich.

Ein paar Minuten später fragte er: »Und wie geht's Lara?«

20

BERLIN
1948

In Berlin bekam Jelena einen neuen Namen. In ihrem Ausweis hieß sie nun Elena. Sie hatte einen deutschen Buchstaben verloren. Und auch Berlin erschien Elena wie eine andere Stadt. Es gab die Ruinen, die Lücken, die Versehrten. Vor allem aber fehlte die Ordnung, die Jelena so beeindruckt hatte, als sie hier im Sommer 1936 eingetroffen war. Sie vermisste sie nicht, die Ordnung. Sie spürte Niedergeschlagenheit, Verzweiflung, aber sie spürte auch Energie.

Sie hatte die Mädchen in einem Dorf im Süden des Landes zurückgelassen, bei Bauern. Maria lebte bei einer Familie, Lara, Vera und Katarina lebten bei einer anderen. Sie hatten dort genug zu essen. Das Dorf hieß Grünhain. Sie würde ihre Töchter nachholen, wenn sie die Dinge in Berlin geordnet hatte, sagte sie sich. Sie wusste selbst nicht genau, was sie damit meinte.

Elena schlief zwei Nächte in einem katholischen Stift in der Greifswalder Straße. Die Adresse hatte ihr einst Kaplan Engel gegeben, ihr bester Sorauer Freund. Er hatte sie auf die Rückseite eines kleinen Zettels geschrieben, auf dem die Lieder für den Ostergottesdienst 1945 standen. Es war kurz nachdem er von Alexander Kusnezow erfahren hatte, dem grünäugigen Jungen aus Gorbatow. Sie hatte es Engel im Beichtstuhl gestanden. Es war keine Sünde, aber es schien ihr die einzige Möglichkeit zu sein, darüber zu reden. Niemand außer dem Kaplan wusste von der Liebesgeschichte aus dem Sommer 1919. Engel war nach Kriegsende plötzlich verschwunden, im Dezember. Er hatte sich weder von ihr noch von Pfarrer Roth verabschiedet. Er hatte keine Spur hinterlassen, was ein gutes Zeichen war. Oder ein schlechtes.

Noch ein verschwundener Mann.

Die Schwestern im St. Katharinen-Stift in der Greifswalder Straße beruhigten Elena. Sie gaben ihr das Gefühl, betreut zu sein, gut aufgehoben. Sie fühlte sich, ohne es zu wissen, wie ein Kind. Am dritten Tag begab sie sich auf die Suche nach Robert und Alexander.

Sie fand nur Alexander.

Er arbeitete in einem großen Verwaltungsgebäude in der Leipziger Straße, dem man noch ansah, dass die Nazis gerade erst ausgezogen waren. Es gab überall rote Fahnen, Porträts von Lenin, Stalin und Marschall Schukow, aber das Rasierwasser der deutschen Luftwaffenoffiziere schien noch in den Gardinen zu hängen. Alexander saß in einem Büro am Ende eines langen Ganges. Er war jetzt Generalmajor, wie Elena am Empfang erfuhr. Ein Soldat brachte sie. Elenas Schuhe klickten über den Granitfußboden. Es war das vorletzte Büro. Das letzte gehörte Alexander Gregorijewitsch Kotikow, dem sowjetischen Stadtkommandanten. Er kam aus Tula, war Generaloberst der Roten Armee und saß im Arbeitszimmer von Hermann Göring.

»Sie können wegtreten, Genosse Soldat«, sagte Alexander, und an der Art, wie der Soldat die Hacken zusammenknallte, erkannte Elena die Stellung, die der zerzauste, schwer erziehbare Junge hatte, mit dem sie einst auf einem Flusssteg an der Oka gelegen hatte.

Alexander wirkte verloren in dem Büro, das doppelt so groß war wie sein Zimmer in Sorau, ordentlicher und besser beleuchtet. Er sah dünn aus und nicht mehr sehnig. Er wirkte nicht mehr gespannt, sondern nervös. Er war nicht mehr behände, er war kopflos.

Er war, das verstand Elena, kein Mann für den Frieden.

»Lena«, sagte er.

»Sascha«, sagte sie. »General, was?«

»Es ist nur ein Titel«, sagte er.

Die Sekretärin brachte Tee und einen Teller mit Waffeln. Elena musste sich zügeln, nicht gleich zwei Waffeln zu nehmen oder drei. So hungrig war sie.

»Wie geht es dir?«, fragte er. »Wo sind die Mädchen?«

Sie erzählte von der langen Reise aus Sorau. Von den Güterwaggons, den Bauernhöfen, in denen sie geschlafen hatten, und auch von dem Schloss an der Elbe, in dem sie den Winter verbracht hatten. Sie erzählte nichts von ihrer Todessehnsucht, nichts von den langen Gesprächen, die sie mit dem Direktor des Flüchtlingsheims geführt hatte. Dr. Mertens hatte sie durch den dunklen Winter geführt. Das Heim, in dem so viele Menschen ermordet worden waren, hatte ihr das Leben gerettet.

»Die Elbe war zugefroren«, sagte sie.

»Es war ein harter Winter«, sagte Alexander. »In Berlin sind Tausende Menschen erfroren und verhungert.«

»Das tut mir leid«, sagte sie. Sie nahm noch eine Waffel, die Waffeln waren köstlich.

»Ja«, sagte er.

»Ich meine nicht, dass du etwas dafür kannst«, sagte sie.
»Hast du etwas von Robert gehört?«, fragte er.
»Nein«, sagte sie.
Ein bisschen Waffel stäubte ihr aus dem Mund. Es war erstaunlich, dass er noch Roberts Namen kannte. Und dann auch wieder nicht. Sie dachte an den Oktobertag in Sorau, an dem sie die beiden Männer zum letzten Mal gesehen hatte. An Roberts Blick, den sie nicht entschlüsseln konnte. Bis heute nicht.
»Ich habe die Adresse vom Suchdienst des Roten Kreuzes«, sagte sie. »Da werde ich anfangen.«
Er sah sie an, und sie dachte, dass er vielleicht etwas sagen würde, dass er etwas wusste. Sie hoffte es, und sie fürchtete es.
»Gut«, sagte er.
In seiner Mittagspause brachte Alexander sie zu der Nachrichtenagentur, bei der er ihr eine Stelle besorgt hatte. Auf dem langen Flur kam ihnen der General Kotikow entgegen, umspielt von drei Soldaten wie ein großer Fisch. Alexander legte die Hand an die Mütze. Der andere General lächelte. Er trug eine runde Brille und sah freundlich aus. Ein Wal.
»Das ist Jelena Viktorowna, Genosse General«, sagte Alexander.
»Viel von Ihnen gehört«, sagte der General. »Nur Gutes selbstverständlich.«
Dann verschwand er in Görings Arbeitszimmer.
Elena wurde rot.
»Was hast du ihm denn erzählt?«, fragte sie.
»Dass du fünf Töchter hast und aus Gorbatow stammst. Der kleinsten Stadt der Sowjetunion. Dass dein Vater ein Held war«, sagte Alexander.
»Mehr nicht?«
»Mehr nicht.«

»Er sieht aus wie ein guter Mann«, sagte Elena.
»Ja«, sagte Alexander. »Weißt du, was sein Hobby ist?«
»Nein.«
»Er sammelt Käfer.«
Sie sah ihn erschrocken an. Er lachte. Der Junge von einst tauchte in seinem Gesicht auf wie ein Geist. Sascha Kusnezow. Die Oka, die Wiesen, die endlosen Wiesen, die Wolken in seinen Augen.
»Sie haben mir einen Buchstaben weggenommen«, sagte sie.
»Die Deutschen.«
»Was?«
»Ich bin jetzt Elena, nicht mehr Jelena. Mein Name klingt anders, hat aber genauso viele Buchstaben wie früher im Russischen«, sagte sie. »Als wir uns kennengelernt haben.«
»Ich fürchte, das ist das Einzige, was wieder so ist wie damals«, sagte Alexander.
»Wir sind am Leben«, sagte sie.
»Nun«, sagte er.
Sie spazierten durch die Trümmer des Stadtzentrums zu der Nachrichtenagentur, in der sie arbeiten würde. Auf dem Weg zeigte ihr Alexander die Reste des Bunkers, in dem Hitler zum Schluss gesessen hatte. Er sah unspektakulär aus, verglichen mit dem Ruf des Mannes. Vor dem Reichstag war ein Gemüsebeet angelegt worden, in dem Menschen hockten wie in einem riesigen Dorfgarten. Der Gendarmenmarkt erinnerte Elena an eines der Ölgemälde, wie sie in der Eremitage hingen, eine antike Landschaft nach der Schlacht. Das Kaufhaus Wertheim war ein schwarzes Loch. Es war ein Stadtrundgang, der sie demütig machen sollte, dachte sie. Berlin wirkte durchschnittlich und beherrschbar ohne die Angst, die schnittigen Uniformen und das

ganze Brimborium. Es hatte nicht die Wucht von Moskau oder die kühle Eleganz von Leningrad, aber hier im Zentrum fühlte man doch, dass eine Macht niedergerungen, unter welchen Entbehrungen die Stadt in die Knie gezwungen worden war.

Alexander ging aufrecht, entschieden, aber sie glaubte, dass er sich dazu zwingen musste.

Er erzählte ihr von den Deutschen, vom Hunger und von der Kälte des letzten Winters, von Verbrecherbanden, Schwarzhandel und dem langsamen Aufbau einer Volkswirtschaft. Er redete von einem gebrochenen Volk, dem man einen neuen Lebenssinn geben musste. Es war ein Vortrag, der nichts mit ihr zu tun hatte.

Die Leute, denen sie begegneten, schauten sie verstohlen an, manche unterwürfig, manche verächtlich. Elena fühlte sich unter ihren Blicken wie eine Siegerin und eine Besiegte zugleich.

Das Büro der Nachrichtenagentur war in der Mittelstraße. Sie hieß Allgemeiner Deutscher Nachrichtendienst. Das Haus stand unversehrt zwischen Trümmern wie ein Symbol. Ein Ausrufezeichen. Ihre Abteilung befand sich unterm Dach, dort sprach man Russisch. Zehn Tische, auf denen Schreibmaschinen standen, einer war frei. Ihrer. In einem verglasten Büro, das etwas höher lag als die Schreibtische der Maschinenschreiber, saß ihr Chef, Grigori Andrejewitsch, ein gelbgesichtiger, dünner Mann in Uniform, ein Oberleutnant, der einmal Redakteur der Komsomolskaja Prawda gewesen war, wie Alexander ihr erzählt hatte. Sein Büro war verqualmt, sein Aschenbecher voll. Er hatte eine Zigarette im Mund und eine hinterm Ohr.

Er war jünger als Elena, sah aber aus, als würde er vor ihr sterben.

Er erklärte ihr, was ihre Aufgabe sein würde. Entweder war er kein guter Erklärer, oder er wusste es selbst nicht so genau. Elena verstand, dass sie alle für eine Übergangszeit hier waren. So lange, bis die Deutschen die Dinge in die Hand nehmen würden.

»Sie sollen in die Weltgemeinschaft zurückgeführt werden, die Deutschen«, sagte Grigori Andrejewitsch.

Er hustete.

»Wenn sie da angekommen sind, können wir gehen.«

Elena nickte. Sie fragte nicht, was dann mit ihr geschehen würde. Sie hatte ja den deutschen Ausweis und den Namen. Während Grigori Andrejewitsch sie in Rauch hüllte, stellte sich Elena vor, wie sie einmal ganz allein in diesem Haus sitzen würde. Die letzte Russin und die erste Deutsche.

Alexander führte sie zu ihrem Arbeitsplatz. Die anderen Schreiberinnen beobachteten sie, ohne die Finger von den Tasten zu nehmen. Ein Surren, als würden Grillen singen. Sie fragte sich, ob sie noch so schnell schreiben konnte, ob sie jemals so schnell hatte schreiben können. Alexander rückte ihr den Stuhl vom Tisch. Ihr General. Sie nahm Platz. Die Schreibmaschine hatte eine russische Tastatur. Es beruhigte sie, und es frustrierte sie. Sie hatte vor vielen Jahren aufgehört, Sekretärin zu sein. In Rescheticha, einer Stadt an der Oka. In einer Fabrik, wo Netze hergestellt worden waren. Dann hatte sie geheiratet und fünf Töchter bekommen. Eine war gestorben, vier lebten bei fremden Leuten auf dem Dorf, der Mann war verschwunden. Sie hatte mehr schlecht als recht Deutsch gelernt. Sie fühlte sich als Deutsche, hier in diesem Büro sogar mehr als draußen auf der Straße. Und jetzt fing sie wieder von vorn an.

Sie spannte ein Blatt ein. Sie lauschte dem Gezirpe ihrer Kolleginnen.

Sie schrieb: »Ich drehe mich im Kreis.«

Ich drehe mich im Kreis.
Alexander legte ihr die Hand auf die Schulter.

*

Er hatte ihr eine Wohnung besorgt. Sie bedankte sich, auch wenn sie gern noch ein wenig bei den Schwestern im Katharinen-Stift geblieben wäre. Behütet, eingesponnen in eine Kindheit, die sie nicht gehabt hatte. Die Wohnung befand sich unterm Dach eines Hauses in der Saarbrücker Straße. Das Gebäude stand zwischen zerbombten Häusern auf einem Hügel wie der letzte Zahn im Mund eines Greises. Elena war erschöpft, wenn sie oben ankam. Sie war 46 Jahre alt. Es gab ein Wohnzimmer, eine Schlafkammer, eine Küche und ein kleines Bad. Am schönsten fand sie den Balkon, von dem aus man über die ganze Stadt schauen konnte. Es war Juni. Berlin schien von hier oben nur aus zwei Farben zu bestehen. Grün und Grau. Das Grün kämpfte gegen das Grau.

Die Stadt begann, wieder zu leben, was Elena wie einen Vorwurf empfand.

Das Schreiben beruhigte sie. Wie damals in Rescheticha schrieb sie vor allem Reden, Pläne, Entwürfe einer besseren Zukunft. Kämpferische, optimistische Texte, die nichts mit dem zu tun hatten, was sie fühlte, die sie nicht berührten und doch länger wurden, Seiten füllten und irgendwann zu einem Ende kamen. Sie fühlte sich, als würde sie Seile flechten oder Netze knüpfen.

Sie hatte nun auch einen Betriebsausweis mit ihrem neuen Namen. Elena. Sie zeigte ihn dem Wächter, einem älteren deutschen Mann, der noch die Hitlerzeit im Gesicht trug, jedes Mal mit dem Gefühl, bei einem Betrug ertappt zu werden.

Bleiben Sie bitte stehen, Bürgerin.

Ja?
Ich kenn Sie doch. Was haben Sie denn mit dem J gemacht?
Das J?
Ja, wo ist es? Wo haben Sie es versteckt?
Mit der Zeit aber verschwand das seltsame Gefühl. Elena schien mit dem neuen Namen, der neuen Wohnung in der neuen Stadt selbst ein neuer, anderer Mensch zu werden. Nachts vermisste sie ihre Töchter, sie zählte sich mit ihren Namen in den Schlaf, Lara, Vera, Maria, Katarina, aber am Tag bewegte sie sich mit einer unbekannten, vergessenen Leichtigkeit durch die zerstörte, aber grünende Stadt. Elena hätte eine kinderlose Frau sein können. Nicht mehr ganz jung, aber immer noch ansehnlich. Auf dem Weg zur Arbeit stellte sie sich das vor: eine andere Frau zu sein. Eine Frau mit einer vagen Vergangenheit und einer Zukunft, in der alles möglich war.

An einem Nachmittag ging sie zum Deutschen Roten Kreuz in Berlin und meldete ihren Mann, Robert Silber, als vermisst. Als sie das Gebäude verließ, fühlte sie sich wie eine geschiedene Frau. Schuldig, aber frei. Das Treppensteigen unters Dach fiel ihr mit jedem Tag leichter. Wenn sie spätabends auf dem Balkon stand und über Berlin sah, hatte sie plötzlich Lust auf eine Zigarette. Sie hatte nie geraucht, aber dies schien ihr ein guter Platz zum Rauchen zu sein.

*

Sie sah Alexander eine Weile nicht. Sie wusste, dass er in der Nähe war, und es beruhigte sie. Nach einer Woche, vielleicht waren es auch zwei, lag ein Brief auf ihrem Schreibtisch in der Nachrichtenagentur. Sie öffnete ihn in der Mittagspause.

Sie kannte Alexanders Schrift von den Briefen, die er ihr aus seinem Internat nach Gorbatow und Rescheticha geschrieben hatte. Briefe, die zwischen Niedergeschlagenheit und Vorfreude hin und her tanzten, traurige, tastende, tapfere Briefe, die lange Zeit das Wertvollste waren, was sie besaß. Sie hatte sie verbrannt, bevor sie mit Robert nach Moskau zog. Wie ein altvertrauter Duft brachte Alexanders Schrift die Zeit zurück. Die Verliebtheit, die Verlorenheit, das Gefühl, mit dem einzigen Menschen auf der Welt verbunden zu sein, der einen verstand. Die geordnete, gerade und sehr kleine Schrift des Naturwissenschaftlers hatte in seltsamem Widerspruch zu seinen Worten gestanden, die mit Gefühl aufgeladen waren, mit Schwermut und Hoffnung, die schwärmten und klagten. Er war Mathematiker, wie seltsam musste ihm dieses Soldatenleben vorkommen, wie verschwendet auch.

Er lud sie in die Oper ein.

Alles war in der Nähe. Die Staatsoper, die zerstört worden war, befand sich Unter den Linden, der Admiralspalast, in den die Sänger ausgewichen waren, in der Friedrichstraße, man konnte überallhin laufen. Der General aber holte sie mit dem Wagen ab. Sie trug das grüne Samtkleid, das sie auf dem Ball in Sorau getragen hatte, zu dem Alexander nicht mehr erschienen war. Ein Soldat steuerte sie durch den Berliner Abend. Elenas Verhältnis zu klassischer Musik war immer ein wenig verspannt gewesen, an Roberts Seite hatte sie sich auf Konzerten gefühlt wie bei Prüfungen. Diese Oper aber traf sie ins Herz. Es war die darbende Stadt dort draußen, der übrig gebliebene Luxus im Foyer, die Kleider, die Stimmen. Sie teilte sich eine Loge mit dem General, vor der Logentür wachte ein Soldat. Sie fühlte sich unbeobachtet, weder bewertet noch belehrt. Sie saß im Halbdunkel und ergab

sich der Musik. Alexander hatte sie nicht vorbereitet, eingeführt, und doch hatte sie das Gefühl, dieses Erlebnis mit ihm zu teilen wie die Sommernachmittage am Ufer der Oka. Es gab »Die Entführung aus dem Serail«. Sie kannte die Handlung nicht, aber sie fühlte, worum es ging. Um ihr Leben. Zwei Männer, eine Frau. Liebe. Versprechen. Hoffnung. Verrat. Sehnsucht. Vergebung. Sie besangen ihr Leben zwischen zwei Welten, zwei Systemen.
Ach Belmonte, ach mein Leben
Ist es möglich? Welch Entzücken,
Dich an meine Brust zu drücken.
Nach so vieler Tage Leid.
Sie legte die Hand in seinen Arm, als sie in die Nacht gingen. Die Linden waren schwarz, aber hier und da brannte ein Licht. Sie liefen aufs Brandenburger Tor zu, wo die Reste des Hotels Adlon standen, in dem sie einst mit Robert und seinen Eltern zum Nachmittagstee gewesen war. Teofila, ihre Schwiegermutter, hatte für Jelena bestellt, als sei sie ein Kind.

Es stand nur noch ein Seitenflügel des Hotels, der aussah wie ein Teil der Theaterkulisse, auf die sie eben geschaut hatte. Eine Übergangsgesellschaft saß an Tischen, die mit weißen Tüchern gedeckt waren. Der Raum summte wie ein Bienenhaus. Frauen in eleganten Kleidern, Männer in Anzügen und Uniformen. Die Frauen sahen schön oder wohlhabend aus, die Männer mächtig oder gefährlich. Sie hörte mindestens drei verschiedene Sprachen. Ein Kellner mit einer langen Schürze führte sie zu einem Tisch. Wieder folgten ihnen Blicke, Elena hatte das Gefühl, dass das Summen leiser wurde, als sie durch den Raum schritten. Sie sah keine Bewunderung, sie sah Respekt, Angst und Verachtung. Sie bekamen einen Tisch am Fenster, draußen der finstere Leipziger Platz. Neben der Gardine nahm der Soldat Aufstellung, ein

Schatten. Die Speisekarte war nicht so gut bestückt wie damals im Sommer 1936, aber das Porzellan, das Besteck und die Gläser waren noch die alten. Sie bestellten zwei Forellen, dazu eine Flasche Weißwein, die Alexander fast allein austrank, und dann noch eine zweite.

Elena hatte jahrelang nicht mehr so gut gegessen. Die Kartoffeln waren mit Butter übergossen. Sie musste sich zügeln, um nicht den Teller abzulecken. Alexander beobachtete sie, interessiert, aber nicht belustigt. Sie zuckte mit den Schultern, er nickte. Sie redeten nicht viel. Sie erzählte von der Nachrichtenagentur, den Kolleginnen, ihrem Chef, Stalins Reden, der Reise der Deutschen zurück in die Weltgemeinschaft. Er erzählte von neuen Feinden, von neuen, anderen Kriegen. Es war ein offizielles Gespräch, es hatte nichts mit ihnen zu tun.

»Gegen wen kämpfst du denn?«, fragte sie.

»Der Raum hier ist voll mit Menschen, die uns loswerden wollen«, sagte er.

»Wer sind die denn?«, fragte sie. Sie sah in die Abendgesellschaft, die inzwischen längst wieder selbstvergessen summte.

»Amerikaner, Schieber, Unternehmer. Verbrecher, Ideologen, Sicherheitsleute. Schwarzmarkthändler. Schmuggler. Offizierswitwen. Sie wollen die alten Zeiten zurück. Die Macht. Das Geld. Es geht immer um dasselbe.«

»Wowa hat es immer gewusst.«

»Wer?«

»Der wirre Wowa aus Gorbatow.«

Er lachte. Wieder tauchte der junge Sascha in seinem Gesicht auf, blieb einen Moment und verschwand dann.

»Der Glatzkopf zwei Tische neben uns, der mit der jungen blonden Frau, das ist ein amerikanischer Sicherheitsmann, der hier schon gearbeitet hat, bevor Hitler überhaupt tot war. Sie haben angefangen, die Welt aufzuteilen, bevor sie sie erobert haben. Wir waren schon Gegner, als wir noch zusammen kämpften. Es hört nie auf.«

»Und wer ist die Blondine?«

»Keine Ahnung. Er hat jedes Mal eine andere«, sagte Alexander.

Der Soldat fuhr sie nach Hause, Alexander hielt ihr die Wagentür auf, brachte sie zur Tür. Sie hätte sich gefreut, wenn sie noch ein wenig zusammengeblieben wären, wagte aber nicht, ihn zu fragen. Die Kühle, mit der er die Psychogramme der Abendgesellschaft im Hotel Adlon erstellt hatte, schüchterte sie ein. Sie wollte keine Gestalt in diesem Schauerkabinett werden. Er hatte nicht den Mut, sie in die Wohnung zu begleiten, die er ihr doch sicher auch besorgt hatte, um sie dorthin zu begleiten.

Sie warteten noch einen Monat, in dem der letzte Rest an Unschuld und Leichtigkeit, den es zwischen ihnen gab, verschwand. Immer mehr Gedanken, Zweifel, Ängste. Die Sowjetmacht, der Kalte Krieg, ein verschollener Ehemann und vier Töchter im Erzgebirge.

Diesmal sahen sie den »Freischütz« und aßen in einem spärlich beleuchteten Saal mit hoher Decke Schweinebraten. Es war Anfang Juli, das Berliner Grün hatte das Grau endgültig bezwungen.

Sie führte ihn die Treppen hinauf zu ihrer Wohnung. Sie hatte das Schlafzimmer vorbereitet. Sie hatte, bevor sie die Wohnung am Morgen verließ, einen letzten, prüfenden Blick auf das Bett geworfen. Sie dachte an die gutgekleideten, frisierten und laut lachenden Begleiterinnen der gefährlichen und mächtigen Männer, die in den wenigen Berliner Restaurants saßen. Sie dachte, während sie den General durch die Dunkelheit geleitete, an die

Januarnacht in Rescheticha, durch die sie Robert geführt hatte. Die Nacht, in der Lenin starb. Die Nacht, in der sie an Alexander dachte, während der wohlriechende Deutsche sie mit seinen gepflegten Händen betastete, während er schnaufte und deutsche Wörter flüsterte und sie sich nach der Selbstverständlichkeit zurücksehnte, mit der sie den flachbrüstigen Jungen geliebt hatte. Sehr ironisch, diese Sehnsucht, sehr verschlungen.

Sie spürte, während sie sich auszogen, ihre Körper ertasteten, dass auch Alexander nachdachte. Sie wollte nicht wissen, worüber. Sie fühlte Dankbarkeit und Scham. Schlief sie mit ihm, weil er ihr die Wohnung besorgt hatte und die Arbeit? Alexander rettete sie aus einer Situation, die er verursacht hatte. Aber wusste er das? Sie versuchten die ganze Nacht zusammenzukommen. Manchmal schienen sie kurz davor zu sein, aber dann kamen die Gedanken auf und trennten sie. Im Morgengrauen brachten sie es hinter sich. Er tat ihr weh, aber sie zeigte es nicht. Sie taten beide so, als seien sie erleichtert, als sei es das, was sie sich gewünscht hatten, und sie wussten beide, dass es nicht stimmte. Es war zu viel passiert.

Im frühen Licht studierten sie ihre Körper. Elenas weicher, weißer Bauch, die Flecken an den Innenseiten ihrer Oberschenkel, Alexanders harter, sehniger Leib, ein einziger wachsamer Muskel, der an verschiedenen Stellen zusammengeflickt worden war. Über seinen Rücken lief eine lange Narbe, als hätte ihn dort eine Tigerkralle aufgeschlitzt. Sie prüfte sie mit dem Finger wie eine Naht.

Bevor er ging, bat sie ihn um eine Zigarette.

Er gab sie ihr, obwohl er wusste, dass sie nicht rauchte. Er fragte nicht. Sie mochte das, und sie hasste es. Sie ging auf den Balkon und zündete sich die Zigarette an. Sie paffte den Rauch in den Morgen. Sie sah den Wagen, der auf Alexander wartete. Als sein Chef auftauchte, sprang der Fahrer aus dem Auto, grüßte, öffnete die Wagentür und ließ den General einsteigen. Alexander sah nicht mehr nach oben.

Elena ließ die Zigarette auf die Straße trudeln.

*

Zwei Wochen später wurde Alexander versetzt. Nach Wünsdorf, einer Stadt außerhalb von Berlin, wo die Rote Armee eine neue Kommandozentrale aufbaute. Er erzählte es ihr kurz vor seinem Umzug bei einem Spaziergang in der Mittagspause. Er wollte munter klingen, aber er klang niedergeschlagen. Er redete von einer Herausforderung, aber es hörte sich an wie eine Strafversetzung. Elena war im Nachrichtengewerbe. Sie wusste, wie eine schlechte Nachricht klang, die als gute Nachricht verkleidet worden war. Alexander war kein guter Lügner. Er war schwermütig und ehrlich, keine Eigenschaften, die eine Karriere beförderten, schon gar nicht in Zeiten, in denen man das Misstrauen mit den Händen fassen konnte.

»Wir können uns an den Wochenenden sehen«, sagte Alexander.

»Natürlich«, sagte sie.

»Hast du von Robert gehört?«, fragte er, bevor er in den Wagen stieg.

»Nein«, sagte sie.

*

»Woher kennst du eigentlich diesen General?«, fragte Swetlana, eine Kollegin aus dem Schreibbüro.

»Er war ein Freund meines Bruders«, sagte Elena. »Sie haben sich in Sankt Petersburg kennengelernt. In der Revolution.«

»Na so was«, sagte Swetlana.

»Ja«, sagte Elena. »Mein Bruder gehörte zu den Aufständischen auf der Aurora. Er war noch sehr jung. Er heißt Pascha. Pawel Krasnow.«

Swetlana schrieb weiter, man spürte, wie die Information in ihr arbeitete.

Elena dachte an Pascha und an den Mann, der sich ihr damals in Moskau als ihr Bruder vorgestellt hatte. Natürlich hätten sie eine Person sein können. Was wusste sie? Vieles war möglich. Die Welt stand auf dem Kopf. Wenn es keine Antworten gab, erfand man welche. Es war erstaunlich, wie leicht ihr das fiel.

Dem Ehepaar in der ersten Etage ihres Mietshauses in der Saarbrücker Straße, das sie misstrauisch beobachtete, erzählte sie, sie sei die Witwe eines sowjetischen Konsuls. Und weil sie das zu beeindrucken schien, fügte sie hinzu, dass ihre vier Töchter auf einem Eliteinternat in Sewastopol lernten. Im Büro erzählte sie, Robert, ihr Ehemann, der einst mit der Lenin'schen Neuen Ökonomischen Politik in die Sowjetunion gekommen war, habe für das NKFD gearbeitet. Beim Mittagessen schilderte sie Swetlana, Tatjana und Nastja, dass Robert immer wieder zu Geheimtreffen mit anderen sowjetischen Kundschaftern verschwand, während sie mit den Mädchen in Sorau wartete. In der Villa seines Großvaters. Manchmal sei ihr Mann monatelang verschwunden. Sie dachte darüber nach, Roberts Leben im Widerstand enden zu lassen, wagte es aber noch nicht. Sie verstand zum ersten Mal, dass Ungewissheit Freiheit bedeutete. Sie füllte die Lücken in ihrem Leben mit Geschichten und spürte, wie ihr das half. Es war nicht nur so, dass es ihr Respekt verschaffte, es erklärte ihre Stellung in der Welt. Sie beschrieb eine Entwicklung, eine persönliche und eine gesellschaftliche. Sie verknüpfte des Einzelne mit dem Allgemeinen. Wowa hätte seine Freude gehabt.

Immer wieder musste sie die Geschichte ihres ermordeten Vaters erzählen. Viktor Krasnow, gepfählt von den Häschern des Zaren. Sie floh noch einmal an der Hand ihrer Mutter und ihres Bruders Pawel am Ufer der Oka entlang zu einem Kampfgefährten des Vaters in Nischni Nowgorod. Die Stadt, die heute Gorki hieß wie ihr Volksdichter. Man sah die Atemwolken aus dem Mund des zweieinhalbjährigen Mädchens dampfen. Lena. Lenusch. Lenotschka.

»Es ist die erste Erinnerung meines Leben, wisst ihr«, sagte Elena.

Nastja hatte Tränen in den Augen.

Einmal, abends bei einer kleinen Feier im Büro, erzählte sie, ihre Schwiegermutter sei eine italienische Kommunistin gewesen, eine Bekannte von Togliatti.

»Wo ist sie jetzt?«, fragte Grigori Andrejewitsch.

»Sie reorganisiert mit ehemaligen italienischen Partisanen die Partei«, sagte Elena.

»Und wo?«

»In Rom, nehme ich an.«

Andrejewitsch, der Journalist, wackelte mit dem Kopf. Elena hatte schon zwei Gläser Sekt getrunken und sah die Zweifel in den Augen ihres Vorgesetzten nicht, der sie durch dichten Zigarettenrauch beobachtete. Sie redete immer weiter.

Es tat so gut.

Ein paar Wochen zuvor waren in der Nachrichtenagentur fünf

Redakteure enttarnt worden, die ihre Lebensläufe gefälscht hatten. Deutsche Redakteure, die für Propagandaorgane der Nazis gearbeitet hatten oder direkt für die Partei. Eine Frau sollte jahrelang Sekretärin in Goebbels' Büro gewesen sein. Der Allgemeine Deutsche Nachrichtendienst trennte sich von diesen Mitarbeitern. In zwei Fällen wurde die Trennung öffentlich inszeniert. Der Krieg war vorbei, aber der Kampf ging weiter. Auch Nachrichten waren Waffen, gerade Nachrichten. Im Osten Deutschlands, der von der Sowjetunion besetzt worden war, entstand ein neuer deutscher Mensch, und der war antifaschistisch. Hieß es. Im Westen hingegen fanden alte Nazis Stellungen in Politik, Wirtschaft, Justiz, in der Wissenschaft und bei der Presse. Auch das war Teil der Erzählung, auch von Elenas. Sie ordnete ihre Kleider, zupfte den Mantel der Geschichte zurecht.

Grigori Andrejewitsch, Chef der sowjetischen Maschinenschreiberinnen, war misstrauisch, aber nicht leichtsinnig. Misstrauen wurde nicht immer als revolutionäre Wachsamkeit gewürdigt, sondern mitunter als fehlender Klassenstandpunkt ausgelegt. Elena Silber war immerhin von einem General der Roten Armee vermittelt worden. Andrejewitsch lief in einer Mittagspause zur Kommandantur in die Potsdamer Straße und versuchte, den General Alexander Kusnezow zu erreichen, erfuhr aber, dass der nach Wünsdorf versetzt worden war. Es dauerte zwei Monate, bis man ihm aus Wünsdorf mitteilte, dass General Kusnezow in die Heimat zurückbefohlen worden war. Gründe wurden ihm nicht genannt, für Andrejewitsch, der ein Meister im Dechiffrieren von Zwischentönen war, klang es, als habe seine Mitarbeiterin Elena Silber ihren Förderer und Patron verloren.

Er begann Recherchen zu den Kampfgefährten Togliattis in Italien, zur Besatzung der Aurora, zur revolutionären Arbeiterschaft in Nischni Nowgorod, den Zarenopfern im Städtchen Gorbatow und zu den Mitgliedern des Nationalkomitees Freies Deutschland in der Oberlausitz. Er schrieb an einen Korrespondenten der sowjetischen Nachrichtenagentur in Rom, an einen Moskauer Studienfreund, der mit dem NKFD zusammengearbeitet hatte, und an einen Kollegen von der Komsomolskaja Prawda, der vor einigen Jahren in ihr Büro nach Gorki versetzt worden war. Es war nicht Missgunst, die Andrejewitsch trieb, es war auch nicht die Angst vor Verrat oder Konterrevolution, es war eine journalistische Neugier, die er in diesem Büro, das vor allem dazu eingerichtet worden war, die deutschen Gehirne zu waschen, nicht befriedigen konnte. In Berlin spürte er so deutlich wie nie zuvor, was es bedeutete, kollektiver Organisator, Agitator und Propagandist zu sein, wie es den sowjetischen Journalisten von Lenin aufgetragen worden war. Es ging nicht um die Wahrheit an sich, es ging um die revolutionäre Wahrheit, und worin die bestand, bestimmte die Partei.

Bevor die erste Antwort auf seine Anfragen eintraf, wurde Andrejewitsch ins Büro des Generaldirektors der Nachrichtenagentur eingeladen, wo zwei Männer saßen, denen man ansah, dass sie keine Journalisten waren. Der Generalsekretär selbst war nicht da. Seine Sekretärin schloss die Tür, als würde sie sie nie wieder öffnen. Die Männer sprachen Russisch. Sie fragten ihn, weshalb er sich nach Pawel Krasnow und Robert Silber erkundigt hatte. Die Verbindungen nach Italien schienen sie nicht zu interessieren. Andrejewitsch spürte die Kälte, die an seiner Wirbelsäule emporkroch. Die Eisschlange. Er fror und schwitzte. Er räusperte sich. Er zog die Zigarette hinter seinem Ohr hervor, die dort für solche Situationen klemmte, steckte sie sich an und sagte: »Nun, Genossen, Elena Silber. Was für eine Geschichte!«

Er schlug die Beine übereinander.

Dann erzählte er, dass er an einem Artikel über das revolutionäre Leben seiner neuen Maschinenschreiberin arbeite. Ein nahezu historisches Leben. Er denke an ein Frauenporträt, in dem sich die Geschichte der Sowjetunion erzählen lasse. Die Zarenzeit, die Revolution, die Aufbaujahre, der Große Vaterländische Krieg, der Sieg.

»Eine Mücke im Bernstein«, sagte Grigori Andrejewitsch.

»Eine Mücke?«, fragte einer der Männer.

»Sozusagen«, sagte Grigori Andrejewitsch. »Ein Sprachbild, Genossen. Ich bin Schreiber.«

Er lächelte. Es war ein Lächeln unter Schmerzen, die Männer kannten diese Art von Lächeln.

»Hast du das auch mit der Genossin Maschinenschreiberin besprochen?«, fragte der Mann. Der andere rauchte und sah ihn an.

»Noch nicht, Genossen. Ich bin ja erst am Anfang«, sagte Andrejewitsch.

»Das bist du nicht, Grigori Andrejewitsch«, sagte der Mann.

»Nein?«, fragte Andrejewitsch.

»Du bist bereits am Ende, Genosse Oberleutnant«, sagte der Mann.

»Um bei den Sprachbildern zu bleiben«, sagte der andere.

Grigori Andrejewitsch zog an seiner Notzigarette. Er inhalierte den Rauch, er spürte, wie er in seine Lunge eindrang, in sein Blut, wie er in seine Organe sickerte, den Magen schwer machte, wie er die Schläfenadern pumpen ließ, wie er ihn langsam vergiftete. Vielleicht sollte er mit dem Rauchen aufhören, dachte er.

Am Nachmittag trafen die Antworten aus Gorki und Rom ein. Der Italienkorrespondent teilte mit, dass er nichts über eine

Kommunistin namens Teofila Silber gefunden habe, die mit ehemaligen Partisanen die Partei reorganisiere. Der Kollege von der Komsomolskaja Prawda in Gorki war gesprächiger, er hatte den Eifer des Provinzjournalisten. Er bestätigte Andrejewitsch, dass es im Städtchen Gorbatow einen revolutionären Seiler namens Krasnow gegeben habe, der 1905 einem Pogrom zum Opfer gefallen war. Nach der Oktoberrevolution sei den Pogromisten der Prozess gemacht worden, ein Bericht darüber war sogar in der nationalen Ausgabe der Iswestija erschienen. In den Archiven hatte er den Hinweis gefunden, dass ein sowjetischer Schriftsteller eine literarische Reportage über den Prozess von Gorbatow verfasst habe, die Reportage selbst fand sich nicht, schrieb der Kollege. Er schickte eine von ihm angefertigte Abschrift des Berichts aus der Iswestija. Obwohl er davon ausging, dass die beiden Männer die Antworten auf seine Anfragen kannten, dass die Antworten wahrscheinlich sogar Anlass für ihr Gespräch gewesen waren, riss Grigori Andrejewitsch alle Papiere in kleine Schnipsel und warf sie sofort weg. So erfuhr er nicht, dass einer der Mörder von Viktor Krasnow Kusnezow hieß, genau wie der General und Schutzpatron seiner Mitarbeiterin Elena Silber.

Zwei Tage später wurde auch Grigori Andrejewitsch nach Wünsdorf versetzt. Wiederum einen Monat später fuhr er von dort nach Moskau, wo er eine Woche blieb, bevor man ihn nach Nowosibirsk weiterschickte. Von da delegierte man ihn nach Jurga, einer mittelgroßen sibirischen Stadt, in der es ein Lager für rund fünfhundert deutsche Kriegsgefangene gab. Oberleutnant Andrejewitsch wurde stellvertretender Lagerleiter. Zwei Jahre lang beaufsichtigte er deutsche Kriegsgefangene dabei, wie sie Häuser im süddeutschen Stil in Westsibirien aufbauten. Dann starb er bei einem Arbeitsunfall. Er wurde 41 Jahre alt. Sein Vorgesetzter gestand in seiner kurzen Trauerrede, dass sein Stellvertreter sehr schweigsam gewesen sei. Er habe nicht viel über den Genossen Andrejewitsch gewusst, abgesehen davon, dass ihn seine Zeit in Berlin für die Arbeit mit den deutschen Kriegsgefangenen qualifiziert habe.

Besser hätte man es nicht sagen können, dachte Elena, als sie die Geschichte später hörte.

*

Grigori Andrejewitsch verschwand aus Elenas Leben wie die anderen Männer. Und wie bei den anderen Männern spürte sie die Lücke im Gefüge ihres Lebens schnell. Sie sah sie in den Blicken ihrer Kolleginnen, deren Interesse an ihren Geschichten nachließ. Sie spürte es an der Art und Weise, wie sie Michail Antonow, der Nachfolger von Grigori Andrejewitsch, behandelte, ein Mann, der weder an Journalismus interessiert war noch an Direktiven, Reden, Protokollen und Kommuniqués, sondern vielmehr daran, dass es keine Probleme gab. Er bestellte sie mehrfach in sein Büro und kritisierte ihre Manuskripte. Er ließ ihre mit rotem Stift korrigierten Abschriften sichtbar für alle auf dem Konferenztisch liegen. Einmal, kurz vor der Mittagspause, erklärte er dem gesamten Maschinenschreiberinnen-Kollektiv, dass er den Eindruck habe, Elena beherrsche weder das Russische noch das Deutsche richtig. Er hatte recht, auch wenn Elena besser Deutsch sprach als alle anderen russischen Maschinenschreiberinnen. Aber darum ging es nicht. Es war eine generelle Aussage. Elena hatte nicht nur die Sprache verloren, sondern die Orientierung. Ihre Kollegin Swetlana streichelte ihren Arm, als sie nach der Kritik zum Mittagessen gingen, aber sie tat es so verstohlen und ängstlich, dass es Elena noch einsamer und verlorener machte.

An einem schwülen Augustnachmittag befragten die rauchenden Männer sie im verriegelten Zimmer des Generalsekretärs nach ihrer Vergangenheit. Elena hatte nicht den Eindruck, dass die beiden Männer an spannenden, revolutionären Geschichten interessiert waren. Sie schienen eher an einer Art Abschlussbericht zu arbeiten. Für eine Mappe, auf der ihr Name stand. Sie fragten sie nach den Männern ihres Lebens, dem Vater, dem Stiefvater, dem Bruder, dem Mann und – wenn sie ihn auch nicht so nannten – dem Geliebten. Elena verstand, dass ihr Leben auf diese Weise gesehen und bewertet werden konnte. Durch die Männer, die es begleiteten. Es war eine erstaunliche Erkenntnis, und sie verdankte sie diesen beiden simplen Geheimdienstmännern.

Sie boten ihr eine Zigarette an, die sie nahm.

Sie fügte sich in das Porträt, das sie von ihr anfertigten, denn es bot ihr Schutz.

In diesen Augusttagen spürte Elena, dass Alexander nicht mehr für sie da war. Bevor sie erfuhr, dass man ihn aus Wünsdorf abgezogen und zurück in die Sowjetunion geschickt hatte, spürte sie die kalte Luft. Alexander hatte ihr einen Brief geschrieben, der in der Wünsdorfer Poststelle abgefangen worden war. Eine Kopie lag in der Mappe, die ihren Namen trug. Elena wagte nicht, in der Wünsdorfer Zentrale anzurufen. Zum einen, weil sie Alexander nicht in Schwierigkeiten bringen wollte. Zum anderen, weil sie keine Gewissheit haben wollte. Sie wollte sich vorstellen können, dass Alexander dort draußen weiterhin über sie wachte.

Sie hätte den Brief, wenn er sie erreicht hätte, gar nicht geöffnet.

Vielleicht, dachte Elena, bestand ihre Aufgabe darin, die Lücken mit Geschichten zu füllen, die weißen Flecken zu kolorieren. Vielleicht war das die einzige Möglichkeit zu überleben.

Dem älteren Ehepaar in ihrem Haus in der Saarbrücker Straße erzählte sie, dass sie demnächst die Abteilung leiten werde, in der sie arbeite. Ein Befehl aus Moskau. Die alten Leute nickten ehrfurchtsvoll. Sie gaben ihr die letzten Briefe ihrer Töchter. Sie kamen aus Grünhain, nicht Sewastopol, wo doch die Mädchen auf dem Elite-Internat sein sollten. Die Alten wagten nicht, Elena auf diesen Widerspruch hinzuweisen. Elena öffnete die Briefe ihrer Töchter nicht. Sie tat sie zu den anderen. Die Ungewissheit war eine Insel. Die Mädchen könnten dort glücklich sein, bei ihren Familien in Grünhain. Wenn sie nicht glücklich waren, konnte sie ihnen momentan keinen Trost spenden. Sie musste noch ein wenig warten, auch wenn sie nicht hätte sagen können, worauf. Sie stellte sich auf ihren Balkon und sah auf Berlin. Die Stadt würde es überleben, dachte sie, das konnte man von hier oben erkennen.

Elena steckte sich eine Zigarette an. Sie gewöhnte sich ans Rauchen.

Sie hätte eine Frau sein können, die raucht. Eine Frau mit einem interessanten Akzent und einer Vorliebe für filterlose Zigaretten. Ihr wurde immer schwindlig, wenn sie rauchte, was, wie sie fand, gut zu ihrer Position in der Welt passte. Sie lehnte sich mit dem Oberkörper gegen das Geländer und sah zu, wie die Dinge unter ihren Füßen verschwammen.

*

Im nächsten Frühjahr fuhr Elena ins Erzgebirge und holte die Mädchen ab. Sie hatte die Arbeitsstelle in der Nachrichtenagentur im Winter aufgeben müssen. Auch die Wohnung in der Saarbrücker Straße musste sie verlassen. Sie hatte keine Beziehungen mehr, keine Empfehlungsschreiben eines sowjetischen Generals, sie hatte nur den deutschen Ausweis. Sie war Elena Silber. Sie bekam eine kleine Rente und die Zuweisung für ein Zimmer auf einem landwirtschaftlichen Gut im Norden der Stadt, in Pankow. Sie erzählte dem Paar aus dem ersten Stock, sie würde ins Schloss Schönhausen ziehen, das sie einmal mit Alexander besucht hatte. Die Alten sahen nicht so aus, als würden sie ihr glauben.

Es war ein kühler Nachmittag, als sie in Grünhain ankam. Der Ort schien unversehrt vom Krieg, aber ohne Hoffnung, ohne Energie. Sie lief durch kleine Straßen, die Bäume trugen ein zartes, verletzliches Grün, die Dächer waren mit dunkelgrauen Schindeln gedeckt. Sie hätte den Hof, auf dem sie Lara, Vera und Katarina abgegeben hatte, nicht wiedererkannt. Es roch nach Mist, kalte Feuchtigkeit kroch einem in die Kleider. Sie hätte auch die Bäuerin nicht wiedererkannt, der sie ihre Töchter anvertraut hatte. Eine dicke Frau mit schmutzig grauen Haaren und Augen, die so tief in ihren Höhlen lagen, dass man sie nicht lesen konnte. Hinter ihr traten ihre beiden eigenen Töchter aus dem Haus. Eins der Mädchen ging zur Scheune, öffnete die Tür und rief irgendetwas. Dann lief das Mädchen zurück zur Mutter.

Eine Minute später kamen Elenas Töchter. Zuerst Lara. Dann Katja und Vera. Sie blinzelten in das Nachmittagslicht wie Katzen.

Elena verstand, dass sie nicht nur den Ort, den Hof und die Frau, sondern auch ihre Töchter nicht wiedererkannt hätte.

Wenn es darauf ankam, wiederholte man die Fehler der Eltern. Sie hatte keine Arbeit und keine angemessene Wohnung, aber sie wusste inzwischen, dass Berlin ihr Zuhause sein könnte. Sie berührte ihre Töchter, sie suchte die Wärme, die sie verband. Sie fühlte das Blut. Sie holten die wenigen Dinge, die sie besaßen, aus der Scheune und verließen den Hof grußlos. Die Bauersfrau sah ihnen ohne Wehmut hinterher.

Dann liefen sie mit ihren Taschen zu dem anderen Bauernhof und holten Maria ab.

21

BERLIN
2017

»Oh, Sonnenblumen«, sagte seine Mutter, als sie Konstantins Wohnzimmer betrat.

»Ich wusste doch, dass sie dir gefallen«, sagte Konstantin.

»Sie wundern mich«, sagte seine Mutter.

Alles umsonst, dachte er.

Er hatte fünf Sonnenblumen gekauft und in die Bodenvase gestellt, die er aus Lisas Wohnung mitgenommen hatte, weil sie – zumindest glaubte er das – eigentlich seinen Eltern gehörte. Er hatte drei Flaschen Weißwein und vier Flaschen Rotwein gekauft und in das Weinregal geschoben, das ihm Lisa bei seinem Auszug ganz zuletzt in die Hand gedrückt hatte. Er hatte das Regal mitgenommen, obwohl er es nicht brauchte. Wenn Konstantin Wein kaufte, trank er ihn aus. Er lebte kein Leben, in dem man Wein in Weinregalen lagerte. Ein leeres Weinregal könnte allerdings verzweifelt wirken. Wie ein leerer Kühlschrank. Er hatte vier verschiedene Sorten Käse gekauft, sechs Eier, ein Stück Butter mit Salz und eins ohne, einen Salat, ein Bund Radieschen, eine Packung Milch, eine Packung Schlagsahne, drei Flaschen Wasser, davon eine ohne Kohlensäure, und eine Flasche Sekt.

»Kaffee?«, fragte er.

Seine Mutter sah auf die Uhr und schüttelte den Kopf.

Konstantin hatte versucht, seine Wohnung aussehen zu lassen wie die Wohnung eines allein lebenden, aber keineswegs einsamen mittelalten Mannes. Eines Mannes, der sich in dieser Phase seines Lebens selbst genug war. Er hatte den »Mann ohne Eigenschaften« auf seinen Nachttisch gelegt. Den zweiten Band. Er hatte das Buch geöffnet, durchgeschüttelt, den Rücken gebrochen und ein paar alte Theaterkarten als Lesezeichen zwischen die Seiten geschoben. Er hatte Obst gekauft und die aktuelle Ausgabe der »Zeit«, die er zerknautschte und auf dem Couchtisch auffächerte. Es war erstaunlich, dass er kein neues Drehbuch geschrieben hatte, nur um es irgendwo für seine Mutter herumliegen zu lassen.

Sie hatte die ganze Dekoration mit einem Satz eingerissen.

Oh, Sonnenblumen.

Lisa hätte tagelang an diesen zwei Worten gepuzzelt, sie seziert und sich an ihnen ergötzt, sie hätte ihn, den Sohn dieser Frau, bedauert und attackiert, wechselweise, so lange, bis er seine Mutter verteidigt hätte. Gegen seinen Willen. Allerdings hätte seine Mutter nichts zu den Sonnenblumen gesagt, würde er noch mit Lisa zusammenleben. Er hätte sie auch nicht gekauft, würde er noch mit Lisa zusammenleben. Er hätte das alles gern mit Lisa diskutiert, obwohl er wusste, dass er sich danach schlechter fühlen würde.

Seine Mutter durchstreifte seine Wohnung wie eine Ermittlerin. Sie besuchte das Bad. Sie sah in sein Schlafzimmer, in seinen Kühlschrank, in die Speisekammer. Sie suchte nach Schmutz, Schimmel und Alkohol, nach Potenz- und Verhütungsmitteln, nach Frauenhaaren und Trivialliteratur. Sein Vater war vor diesen Kontrollgängen in Fuchshöhlen und Dachsbauten geflüchtet.

Konstantin setzte sich auf sein Sofa, ein dänisches Designer-Sofa, hart und ein wenig kratzig. Ein Sofa, das er sich in dem Wohnzimmer seiner Kindheit hätte vorstellen können. Du hast es gekauft, weil es deiner Mutter gefallen hätte, hatte Lisa gesagt. Sie hatte es mit ihren Kissen zugeschüttet. Überall verteilte Lisa ihre Kissen. Sie wollte die Gemütlichkeit schaffen, in der sie aufgewachsen war. Die verramschte, farbenfrohe Kleinbürgerwelt ihrer Mutter, deren Klassiker Paulo Coelho, Sönke Wortmann und David Garrett waren. Konstantin hatte sie für die Kissen belächelt, im Auftrag seiner Mutter, die wie eine Stilpäpstin in seinem Kopf regierte. Er hatte das Sofa mitgenommen, den Weinständer, die Bodenvase, ein paar Schallplatten, ein paar Bücher, als er von Treptow zurück in den Prenzlauer Berg gezogen war. Der Sprinter von Robben & Wientjes hatte gereicht. Konstantin hatte seine Wohnung nicht aufgegeben, als er zu Lisa gezogen war. Sie war sein Dachsbau. Er schloss die Augen und hörte die Schranktüren klappen.

Seine Mutter war eine halbe Stunde zu früh gekommen. Sie wollte ihre Schwester Vera schlagen, die er ebenfalls eingeladen hatte.

Konstantin hatte auch eine Nachricht auf dem Anrufbeantworter hinterlassen, den er für den von Tante Katja hielt. Er hätte die drei Schwestern gern noch einmal zusammen gesehen, wie damals, als er betrunken und liebeskrank von seinem nächtlichen Jugendweihestreifzug nach Hause gekommen war, den er neulich auf Frau Borns Couch noch einmal durchlebt hatte. Vielleicht, das war der Gedanke, würden ihm die Schwingungen zwischen Katarina, Maria und Vera etwas über Baba erzählen. Sie redeten seit Jahren nicht mehr miteinander. Vera taperte als wirre Alte durch die Erzählungen seiner Mutter, Katja war fast völlig aus ihnen verschwunden, seit sie vor dreißig Jahren in den Westen geflüchtet war. Seine Mutter behauptete, ihre kleine Schwester einmal auf einem Spandauer Weihnachtsmarkt entdeckt zu haben, übergewichtig und verlottert. Das war das Bild, das Konstantin im Kopf hatte.

Es gab nur eine Katarina Silber in Berlin. Sie wohnte in Reinickendorf, einem Stadtbezirk, den Konstantin nicht kannte. Er hatte die Telefonnummer dreimal angerufen, nie hatte jemand abgenommen. Er war zu der Reinickendorfer Adresse gefahren, um herauszufinden, ob es eine Gegend war, wo er sich seine schöne Tante Katja vorstellen konnte. Es war ein vierstöckiges Sechziger-Jahre-Haus am Rande der Stadtautobahn. Der Name Silber stand, bereits etwas verblasst, zwischen exotischen Namen, türkischen, russischen, persischen, soweit er das einschätzen konnte. Er sah an der grünlichen Fassade nach oben. Schießschartengroße Fenster, auf einem Balkon rauchte ein Mann in einem kurzärmligen Hemd. Es war der tiefe Osten mitten im Westen. In einer tragischen Erzählung hätte Katja hier enden können, in einer Gegend, die genauso aussah wie die, aus der sie geflohen war. Man entkam seiner Vergangenheit nicht. Das wäre die Moral dieser Erzählung.

Ihr Name stand im zweiten Stock rechts, K. Silber, Küchengardinen auf halber Höhe, das Versteck einer alten Frau. Es war schwer, sich die große, spöttische und schöne Frau, als die er seine Tante Katja in Erinnerung hatte, hinter dieser Gardine vorzustellen. Er hatte nicht gewagt zu klingeln. Er hatte ein viertes und fünftes Mal angerufen, beim sechsten Mal hatte er auf die Mailbox gesprochen: Hallo, Tante Katja. Hier ist Konstantin. Dein Neffe. Ich würde dich gern wiedersehen.

Sie hatte nicht geantwortet. Und jetzt, da er mit geschlossenen

Augen auf dem harten, dänischen Sofa saß, das er für dreitausend Euro im »Stilwerk« gekauft hatte, war er froh darüber. Es würde schwer genug werden mit Vera und seiner Mutter.

Auch die beiden Schwestern hatten sich seit Jahren nicht gesehen. Sie riefen sich zu Geburtstagen an. Die Gespräche dauerten nicht lange. Konstantin erinnerte sich, wie seine Mutter sich von seinem Vater hatte verleugnen lassen, wenn Vera am Telefon war. Manchmal legte sie einfach den Hörer auf den Tisch und ließ ihre Schwester reden. Vera redete von exotischen, berühmten Menschen, die sie getroffen hatte, als müsse sie ihr Leben abrechnen, ein Leben, das von ihr erwartet wurde. Soweit er sich erinnerte, hatte er die beiden Schwestern zuletzt gemeinsam am Grab ihrer Mutter gesehen. Das war zwanzig Jahre her. Vor sechs Jahren hatte er Vera zu Theos Einschulung eingeladen. Sie hatte zugesagt und in letzter Minute wieder abgesagt, weil Herrmann, Josef, Herrn Neubert oder wie immer der Mann hieß, der sie damals chauffierte, der Schlag getroffen hatte. Sie saß am Telefon in ihrem renovierten Herrenhaus in der Uckermark, sah in den Garten und richtete beste Wünsche zum Fest aus. Konstantin wusste noch, wie sie ihm ihre Apfelbäume beschrieben hatte, während Lisa und Theo schon mit der Schultüte im Korridor warteten, vielleicht waren es auch Birnen. Vera schwärmte von der Schönheit der Natur und irgendeinem Saftmacher aus der Gegend, der auch »das Adlon« beliefere, sie hatte in Sekunden vergessen, dass sie Theo sitzengelassen hatte und auch ihn.

Juri, Veras Sohn, aber war zur Einschulung gekommen. Er trug grüne Cordhosen, deren Beine er in Gummistiefel gesteckt hatte, und einen Pager am Hosenbund, als sei er ein Notarzt aus einer Fernsehserie in den frühen Neunzigern. Theo gefiel sein unbekannter, seltsamer Onkel. Lisa mochte Juri, weil er ihrer Meinung nach den Irrsinn der Familie Silber so schön deutlich machte. Deutlicher als Konstantin.

Diesmal kam Vera. Es ging um Babas Vermächtnis. Sie kämpfte um ihre Mutter. Sie war zehn Minuten zu früh da und dennoch zu spät. Sie trug eine dunkelblaue, weiche Ballonmütze, die sie ein wenig aussehen ließ wie den Clown auf einem Kindergeburtstag.

»Du siehst müde aus, Konstantin«, sagte sie.

Sie lief an ihm vorbei in die Wohnung und kramte ein paar Plastedosen aus dem Leinenbeutel, den sie mitgebracht hatte.

»Wo sitzen wir?«, fragte sie.

»Am Küchentisch, dachte ich.«

»Datteln, Brot, Oliven und vier Dosen Q10«, sagte sie.

»Q10«, sagte er.

»Ein Co-Enzym. Natürlich, vom Körper selbst gebildet. Davon nimmst du eine Kapsel täglich. Ab fünfzig nimmt die Q10-Produktion im menschlichen Körper ab.«

»Ich bin 43, Tante Vera«, sagte Konstantin.

»Na ja.«

Sie holte Teller aus den Küchenschränken, verteilte die Oliven, die Datteln und die Brotstücke und deckte damit den Küchentisch ein. Daneben stellte sie eine Pappschachtel, auf deren Deckel »Baba« stand. Als sie eine Tür klappern hörte, versteinerte Vera, sie stellte die Ohren auf wie eine Katze.

Konstantin nickte. Vera wackelte mit dem Kopf und lächelte, ein wenig.

»Kaffee?«, fragte er.

»Ein Glas Leitungswasser und einen Löffel bitte«, sagte sie.

Konstantins Mutter betrat die Küche wie eine Bühne. Vera sah nur kurz auf. Sie öffnete eine kleine Dose, schüttete ein wenig Pulver in ihr Wasserglas und rührte es um.

»Zink, Magnesium, Calcium«, sagte Vera.

»Schöne Mütze«, sagte ihre Schwester.

»Die ist von Valentin«, sagte Vera.

Maria zuckte mit den Schultern.

»Ich habe dir von Valentin erzählt, Mariechen. Er ist der Sohn von Professor Kramerski. Kramerski war Neurologe an der Charité. Einer meiner Lehrer. Er hat Schostakowitsch betreut, als der 1960 den Luftkurort Gohrisch besuchte, in der Sächsischen Schweiz. Schostakowitsch hatte eine Rückenmarksentzündung und starke Depressionen. Er hat in Gohrisch sein Streichquartett Nummer 8 geschrieben. C-Moll. Das einzige Werk, das er überhaupt außerhalb der Sowjetunion geschrieben hat. Damals war er im Gästehaus des Ministerrates, heute ist das ein Hotel. Da finden jetzt jedes Jahr die Schostakowitsch-Tage statt. Mit der Staatskapelle Dresden. Habt ihr ›Der Lärm der Zeit‹ gelesen? Von Julian Barnes?«

»Wie gesagt, schöne Mütze«, sagte Maria.

Vera sah ihre Schwester an.

»Du musst auf deine Haut achten, Mariechen«, sagte sie.

Seine Mutter blies die Backen auf. Konstantin studierte ihre Haut. Sie hatte Sonnenflecken, von denen er angenommen hatte, dass die mit dem Alter kamen. Vera aber hatte keine.

»Karotten, Mariechen. Mit ein bisschen Olivenöl. Vitamin A ist fettlöslich. Ohne Öl sind die Möhren sinnlos«, sagte Vera.

»Ich wollte wirklich nur den Hut loben«, sagte seine Mutter.

»Und Zink«, sagte Vera. »Rauchst du noch?«

»Ich hab vor vierzig Jahren aufgehört, Vera«, sagte seine Mutter. »Aber ich fang gleich wieder an.«

»Ist Gohrisch nicht in der Nähe von Pirna?«, fragte Konstantin.
»Was soll das eigentlich werden?«, fragte Vera, plötzlich hellwach.
»Ich weiß nicht«, sagte Konstantin.
»Er sucht sein Thema«, sagte seine Mutter.
»Aber Pirna ist unser Thema«, sagte Vera. »Wenn überhaupt.«
»Ich fürchte, man kann sich sein Thema nicht aussuchen«, sagte Konstantin.

Es klang wie ein Kalenderspruch, aber seine Mutter nickte stolz. Ihr Junge. Ihre Erziehung. Er war eine Figur in ihrem Spiel. Veras Sohn lebte in der Wohnung seiner Großmutter und arbeitete als Bürobote in einer Charlottenburger Kanzlei.

»Ich habe mit Egon geredet«, sagte Konstantin.
»Herzlichen Glückwunsch«, sagte Vera.
»Und mit Natascha«, sagte er.

Sie sahen ihn an. Katzenaugen. Tascha. Die arme Tascha. Egon, der Affenarsch. Laruschka, ach, Laruschka. Figuren aus ihrem Familienmärchen.

»Sie lebt in der Wohnung von Tante Lara. Ich soll euch grüßen«, sagte er.

Die Tanten nickten.

»Von Besuchen bittet sie abzusehen. Sie hat kein Interesse an Familienkontakten, glaube ich«, sagte Konstantin.

»Das ist Egons Vermächtnis. Der hatte immer Angst vor uns«, sagte seine Mutter.

»Ihr habt doch auch kein Interesse an Familienkontakten«, sagte Konstantin.

»Wir sind doch hier«, sagte Vera.

»Wann habt ihr euch denn das letzte Mal gesehen?«, fragte Konstantin.

»Man muss sich nicht ständig sehen«, sagte seine Mutter. »Wir haben uns ja am Anfang unseres Lebens jeden Tag gesehen. Das Bedürfnis nach Nähe lässt dann nach. Das wirst du auch noch merken.«

»Ich habe keine Geschwister«, sagte Konstantin.

»Ich hoffe, du verstehst das Prinzip trotzdem. Wir kennen unsere Geschichten. Oder sagen wir so: Ich kenne Veras. Ich habe Julian Barnes natürlich gelesen. Wir lesen auch die gleichen Bücher. Wir sind in Kontakt, gewissermaßen.«

Vera lächelte, die Lippen spitz, als würde sie gleich anfangen zu pfeifen.

»Du weißt, dass Lara uns allen das Leben gerettet hat, damals in Pirna«, sagte seine Mutter. Sie sah Vera an. Vera nickte. Der Silber-Zug fuhr. Sie führten ihr Leben auf.

»Baba war total verzweifelt. Sie wollte, dass wir uns gemeinsam vergiften. Lara hat sie überredet, es nicht zu tun.«

»Ausgerechnet Laruschka«, sagte Vera.

»Ich glaube, sie hat sich nie wieder davon erholt«, sagte Konstantin.

Er hörte das verzweifelte, laute Lachen seiner Tante Lara in die Stille der Kaffeetische hinein. Er sah sie durch die Gardine auf dem Balkon rauchen, sanft beleuchtet von der Fassade des Palasthotels, während drinnen Egon über die Weltrevolution und die Brandenburgischen Konzerte schwadronierte. Die Badewanne, das Blut auf den Ostfliesen. Egon in der Kneipe. Lara nahm sich dann doch das Leben, wie es die Mutter gewollt hatte. Sie starb als Erste. Sie ging voran. Konstantin dachte daran, wie sich ihre Enkeltochter an den Hals gefasst hatte, als sie an ihm vorbeilief, über Egons Verräterflur. Er hätte gern ihren Namen gewusst.

»Lara hatte Krebs«, sagte Vera.

»Was?«, fragte Konstantin.

»Sie hatte Brustkrebs. Sie hatten ihr beide Brüste abgenommen. Professor Schneller, einer der besten Chirurgen in der Charité. Ein Kollege. Ich habe das damals vermittelt. Sie hat Depressionen bekommen, anschließend. Sie hat sich geschämt, mit den Schülerinnen auf Klassenfahrten zu duschen, hat sie mir erzählt. Den Rest hat Egon besorgt«, sagte Vera.

»Er hatte ein Kind mit dieser anderen Frau, zu der er gezogen ist. Alles auf einem Flur«, sagte Konstantins Mutter.

»Das mit dem Kind stimmt nicht«, sagte Konstantin.

Einen Moment Stille. Man hörte das Gebälk der Familienkonstruktion knacken. Dann seine Mutter: »Wer sagt das?«

»Die neue Frau. Karin«, sagte er.

»Karin?«, fragte seine Mutter.

»Karin«, sagte er.

»Na dann«, sagte seine Mutter.

»Mit dem Schloss in Pirna hatte das jedenfalls nichts zu tun«, sagte Vera. »Auch wenn das nicht richtig in dein Konzept passt. Für das Thema, das du nicht findest.«

Konstantin sah seine Mutter, sie nickte. Der Familienexpress stand wieder sicher auf den Schienen. Die Mädchen hatten sich hinter ihrer Mutter versammelt. Er würde ihnen nicht erzählen, dass Egon in die Kneipe gegangen war, um seine Frau sterben zu lassen. Warum auch. Sie wussten es sicher sowieso.

»Wie ist es eigentlich damals weitergegangen? Nach dem Dachboden? Nach Pirna?«, fragte Konstantin.

Vera streichelte den kleinen Karton, den sie mitgebracht hatte.

»Wir waren in diesem Dorf im Erzgebirge, in Grünhain«, sagte seine Mutter.

»Baba hat uns da untergebracht, bei Bauern«, sagte Vera.

»Sie ist allein nach Berlin gefahren, um sich eine Arbeit zu organisieren«, sagte Maria.
»Sie wollte eine Existenz aufbauen, bevor sie uns nachholte. Mit den vier Mädchen war das schwierig. Das hatten wir ja in Pirna gesehen«, sagte Vera.
»Außerdem sollte Papa ja in Berlin sein«, sagte seine Mutter.
»Pah«, sagte Vera, wie eines dieser Radioshowgirls, die im Hintergrund Geräusche machen.
»Und wie lange wart ihr da? In diesem Dorf«, fragte Konstantin.
»Grünhain«, sagte Vera.
»Ein halbes Jahr vielleicht«, sagte seine Mutter.
»So kam dir das vielleicht vor, Maria. Wir waren mindestens ein Jahr da. Wahrscheinlich sogar länger. Ich erinnere mich an alle Jahreszeiten. Vor allem an den Winter. Die Dunkelheit, die Kälte, den Hunger. Für Mariechen ist die Zeit schneller vergangen, nehme ich an«, sagte Vera.
Seine Mutter lächelte.
»Warum das denn?«, fragte Konstantin.
»Ich war bei einer Familie, der es ganz gut ging. Sie hatten auch keine Kinder. Sie haben gut für mich gesorgt.«
»Dick und rund ist Maschenka geworden. Als uns Baba abholte, wollte sie gar nicht mit«, sagte Vera. »Die Dicke.«
»Das stimmt nicht«, sagte seine Mutter.
»Du standest auf der Dorfstraße und hast geschrien. Du hast nicht mehr aufgehört zu schreien. Einer deiner Anfälle. Das ganze Dorf kam auf die Straße, weil sie dachten, da wird ein Kind gequält.«
Seine Mutter schwieg. Sie starrte Vera an, Vera starrte zurück. Konstantin erkannte die Wut der Mädchen in den Gesichtern der

alten Frauen. Vielleicht war das Jahr unter Bauern das Jahr, das sie geprägt hatte. Mehr als der Krieg, mehr als das Verschwinden des Vaters, mehr als der Dachboden in Pirna, mehr als die Dinge, von denen sie immer wieder erzählten, die Anekdoten, mit denen sie ihr Leben erklärten. Ein Jahr auf einer Insel. Alleingelassen. Vier Mädchen, die ums Überleben kämpfen oder wenigstens um den Sieg. Vielleicht war das sein Thema.

Seine Mutter stand auf und ging ins Bad.

»Sie hatte damals diese hysterischen Anfälle. Fast epileptisch. Sie war nicht zu beruhigen. Anschließend konnte sie sich oft an nichts erinnern. Sie war deswegen später auch in Behandlung. Das muss man doch sagen dürfen. Du bist ihr Sohn«, sagte Vera.

»Ich weiß es ja«, sagte Konstantin.

Und er wusste es. Er verstand in diesem Moment, dass er es wusste. Das wutverzerrte Gesicht seiner Mutter tauchte vor seinen Augen auf. Die Schimpfwörter. Die Flüche. Das zerbrochene Geschirr. Seine Schallplatten, die sie aus dem Fenster geworfen hatte wie Frisbees. Die verrammelten Türen, vor denen er stand. Die panischen, nächtlichen Ausflüge, von denen sie im Morgengrauen zurückkehrte. Er hörte heute noch das Türenknallen. Wie Schüsse. Einmal, an einem Nachmittag, hatte sie in seiner Gegenwart eine ganze Flasche Wein ausgetrunken wie Medizin. In langen Schlucken. Was immer es bewirken sollte, es hatte nicht funktioniert. Sie warf die Weinflasche nach irgendeinem Dämon im Raum. Er wusste noch, wie das Kleid aussah, das sie getragen hatte.

»Siehst du«, sagte Vera.

»Wieso hat euch Baba denn eigentlich in verschiedenen Familien untergebracht?«, fragte er.

»Ich denke, die Bauernfamilie, die Lara, Katja und mich nahm, wollte kein viertes Kind. Um ehrlich zu sein, waren wir drei denen schon zu viel. Die wollten nur billige Arbeitskräfte. Der Mann war in Gefangenschaft oder tot. Da waren nur die Bäuerin und ihre beiden Töchter, wir haben uns da gefühlt wie Aschenputtel. Wir haben in der Scheune geschlafen und die Reste gegessen. Aber es kam kein Prinz. Es wurde immer schlimmer. Wir haben Baba Bettelbriefe nach Berlin geschrieben, aber sie hat nie geantwortet. Ich nehme an, die Bäuerin hat die gar nicht abgeschickt, um das Geld für die Briefmarken zu sparen. Es war furchtbar. Lara hat versucht, die Dinge zusammenzuhalten. In meiner Erinnerung war sie eine Erwachsene. Sie hat uns abends imaginäre Briefe von Baba vorgelesen. Als Gutenachtgeschichten. Deine Tante Katja hat regelmäßig Wutanfälle bekommen, einmal hat sie die jüngere Tochter unserer Gastgeberin verprügelt. Mariechen ging's da in ihrer Familie deutlich besser. Klar, am Anfang tat sie uns sogar ein bisschen leid. Wir waren immerhin zusammen. Aber irgendwann habe ich sie um ihr Alleinsein beneidet. Die Sorgen von Lara, die Wut von Katja. Und Maria? Die hat Schinken bekommen und Kuchen und Milch. Und denk nicht, sie hätte uns irgendetwas abgegeben. Wenn wir uns mal auf der Straße getroffen haben oder im Freibad, hat sie uns wie entfernte Verwandte gegrüßt.«

»Weißt du, warum Baba ausgerechnet meine Mutter ausgesucht hat, um allein zu bleiben?«, fragte Konstantin.

»Die andere Familie wollte nur ein Kind. Die Älteste und die Jüngste sollten zusammenbleiben. Da blieben nur ich oder Maria. Zufall, denke ich.«

»Vielleicht hat sie mir auch mehr zugetraut als dir«, sagte Maria, die plötzlich wieder im Zimmer stand.

»Und warum hat sie mich dann Medizin studieren lassen und dich in diese Laborantenlehre geschickt?«, fragte Vera.

»Aus demselben Grund«, sagte seine Mutter.

Sie setzte sich wieder an den Tisch.

»Jetzt würde ich doch einen Tee nehmen«, sagte seine Mutter. »Den grünen.«

»Grüner Tee ist gut«, sagte Vera. »Auch für deine Haut, Mariechen. Die Antioxidantien. Allerdings neutralisiert grüner Tee freie Radikale in verschiedenen Geweben. Es wird empfohlen, zusätzlich Vitamine zu nehmen, unter anderem Vitamin C. Und E. Ich habe Kapseln dabei.«

»Danke, Vera. Ich will wirklich nur einen Tee«, sagte seine Mutter.

Konstantin setzte Wasser auf.

»Grüner Tee stärkt auch die Gedächtnisleistung des Gehirns«, sagte Vera. »Kostja hat mir von Claus erzählt.«

»Hat er?«, sagte seine Mutter.

»Wie weit ist er denn?«, fragte Vera.

»Für grünen Tee ist es jedenfalls zu spät. Wir haben entschieden, dass er ins Heim geht.«

»Wir?«, fragte Konstantin, den Rücken zum Tisch.

»Ja. Wir. Dein Vater und ich«, sagte seine Mutter. »Er ist in Mamas Heim.«

»Ich weiß«, sagte Vera. »Gute Wahl. Ist Dr. Schönfeldt noch da?«

»Nein. Der Direktor heißt Lutz Breitmann. Er macht das gut«, sagte seine Mutter.

Konstantin sah auf die rote Lampe seines Wasserkochers wie in das ewige Licht. Dr. Schönfeldt war jetzt Herr Breitmann. Immer gab es irgendeine Autorität, der sie folgen konnten. Herr

Breitmann hieß Lutz. Das war es. Damit hatten sie Claus Stein verabschiedet. Kein Wort mehr. Keine Träne.

Als Konstantin sechs oder sieben Jahre alt war, erkrankte sein Vater an einer Bauchspeicheldrüsenentzündung. Es hieß, er habe sich die Krankheit bei einer seiner Exkursionen zugezogen. Er lag in der Charité, betreut von einem Kollegen seiner Tante. Konstantin konnte sich an verstörende Besuche am Krankenbett seines Vaters erinnern. Er wurde immer rausgeputzt, als gehe er ins Theater. Dann stand er in dem künstlich beleuchteten Zimmer und sah seinen Vater im Bett liegen. Der starke Mann litt. Die grünen Heldenaugen füllten sich mit Tränen, wenn er seinen Sohn sah. Konstantin konnte mit den Emotionen nichts anfangen. Er wollte das nicht. Er wollte seinen Vater nicht schwach sehen, hatte aber den Eindruck, dass es seiner Mutter genau darum ging. Eine Lektion fürs Leben. Es war Herbst oder Winter. Er erinnerte sich an die Dunkelheit auf der Straße und an einen Pullover, der in der Wärme des Krankenhauses anfing zu kratzen, er erinnerte sich an den Geruch auf den Fluren, an die Mischung aus Urin und Desinfektionsmitteln und auch an die vielen Saftflaschen, die auf dem Nachttisch seines Vaters gestanden hatten.

Draußen auf dem Krankenhausflur hatte Tante Vera seine Mutter gefragt: »Hast du den schwarzen Mantel noch, den ich dir mal zum Geburtstag geschenkt habe?«

»Ja«, sagte seine Mutter.

»Gut«, hatte Vera gesagt. »Wirf ihn nicht weg.«

Konstantin konnte sich nicht daran erinnern, das damals mitgehört zu haben. Er kannte den schwarzen Mantel nur vom Kaffeeklatsch der Tanten. Er gehörte zum Kanon seiner Familiengeschichten wie die Pelze des verschwundenen Großvaters und der

Holzpfahl im Herzen seines Uropas. Er bereitete das Verschwinden seines Vaters vor.

»Die Pfleger ziehen ihn an wie einen Geisteskranken«, sagte Konstantin, als er mit dem Tee zurück an den Tisch kam.

»Er ist ein Geisteskranker, Kostja«, sagte Vera.

»Du hast ihn doch seit Jahren nicht mehr gesehen«, sagte er.

»Ich kenne die Krankheit«, sagte Vera.

»Kostja tut sich schwer damit, das Wort Krankheit zu akzeptieren«, sagte seine Mutter. »Ich finde, Claus sieht immer aus wie aus dem Ei gepellt.«

»Rainman sah auch immer aus wie aus dem Ei gepellt«, sagte Konstantin. »Oder Forrest Gump.«

»Forrest Gump war ein glücklicher Mann«, sagte Vera.

»Das bezweifle ich«, sagte Konstantin.

Vera lächelte ihn an, das Lächeln der Hausärztin für einen störrischen Patienten.

»Ist denn Juri glücklich?«, fragte Konstantin.

Es rutschte ihm heraus. Er wollte das nicht. Er mochte Juri. Das Böse hatte ihn angesteckt. Die Frauen hatten ihn vergiftet.

Vera sagte ungerührt: »Ich weiß nicht. Er redet nicht mit mir. Wegen der Bäume. Du weißt doch.«

Seine Mutter zuckte mit den Schultern.

»Ich habe zwei Pappeln in Suckow gefällt. Sie mussten gefällt werden. Herr Kretzschmar hat mir mehrfach gesagt, dass die Bäume eine Gefahr für unser Haus darstellen. Die Stürme werden ja schlimmer, du weißt. Juri hängt an jedem Baum. Er ist mit den Bäumen groß geworden, sagt er. Er sagt, man kann die Verantwortung nicht an die Politik weiterdelegieren, es fängt bei uns selbst an.«

Es waren die Worte, mit denen ihm Vera vor ein paar Wochen das Zerwürfnis mit ihrem Sohn erklärt hatte. Sie sagte sie auf wie ein Gedicht. Anders als Konstantin fragte seine Mutter nicht, wer eigentlich Herr Kretzschmar war. Sie wusste, dass Vera dann nur eine weitere Tür öffnen würde, durch die sie fliehen konnte.

»Juri hat eine Schachkolumne«, sagte Vera.

»Oh«, sagte seine Mutter.

»Und er lernt Hebräisch.«

»Hebräisch? Will er Rabbiner werden?«, fragte seine Mutter.

»Es gibt jede Menge junge Israelis in Berlin«, sagte Vera. »Ich kenne eine sehr begabte Cellistin. Sara. Sie kommt aus Haifa. Sie hat neulich im Schloss Schönhausen die Cellokonzerte von Vivaldi gespielt. Großartig. Ich war mit Professor Boscharoff da.«

Konstantin strich über den Einband seines schönen Moleskine-Schreibhefts. Vera redete den Schmerz zu, die Enttäuschung, redete sich weg von ihrem Sohn. Seine Mutter sah durch ihre Schwester hindurch, während die von Vivaldi zu Tschaikowski, von Tschaikowski zu Ginastera und von dort zu Schostakowitsch wechselte. Haifa. Gohrisch. Sankt Petersburg. Die Leningrader Sinfonie. Die Stadt, in der Vera geboren worden war. Die weißen Nächte. Die Blockade von Leningrad. Dostojewski. Puschkin. Gogol. Sie versank im Fluss der Zeit, in den Erzählungen. Ein Rosenkranz aus Namen glitt geschmeidig durch ihre Hände.

Irgendwann öffnete Vera die Kiste, die sie mitgebracht hatte, und zeigte Bilder, die Konstantin alle kannte. Das Wohnzimmer in Sorau. Der Garten in Berlin. Der Strand des Bobers. Vier Mädchen. Fünf Mädchen. Baba. Der verschwundene Robert Silber. Die Märchenfiguren. Die schöne, mutige Baba, der undurchsichtige Robert, die verantwortungsbewusste Lara, die arme kleine Anna, die böse, wütende Katja.

»Wohnt Katja eigentlich in Reinickendorf?«, fragte Konstantin in den Strom hinein.

»Ich habe jedes Interesse an Katja verloren. Sie ist falsch, verrückt und gefährlich. Sie versucht jeden, den sie berührt, mit sich in die Dunkelheit zu ziehen«, sagte Vera. »Du weißt, dass ich sie das letzte Mal an Babas Grab getroffen habe?«

»Sie war doch gar nicht auf der Beerdigung«, sagte Konstantin.

Die Frauen sahen sich an.

»Nein«, sagte Vera.

»Wir dachten, das wäre keine gute Idee«, sagte seine Mutter.

»Es war lange nach der Beerdigung, vor sechs oder sieben Jahren, vielleicht auch zehn. Eher zehn. Es war am Geburtstag von Baba, ich war auf dem Friedhof, um nach dem Grab zu sehen. Mit Valentin. Katja tauchte plötzlich hinter dieser Lärche auf. Sie trug einen weißen Trenchcoat und sah ziemlich derangiert aus. Sie roch nach Alkohol. Sie brüllte Valentin an: Wissen Sie eigentlich, mit wem Sie da zusammen sind? Das ist eine Stasinutte! Ich bin ganz dicht an sie herangetreten, sie ist ja sehr groß, und ich erinnere mich gut an ihre Gewaltausbrüche. Aber sie schüchterte mich nicht ein. Ich roch den Alkohol. Ich sagte: Ich kenne Sie nicht. Das werden die letzten Worte sein, die ich je zu Katarina gesagt habe.«

Ihre Schwester nickte.

★

Sie gingen zusammen. Zwei alte Damen mit Hüten. Konstantin stand auf dem Balkon, um ihnen hinterherzuwinken, aber sie sahen nicht zurück. Die beiden Schwestern verabschiedeten sich

voneinander. Kein Handschlag, keine Umarmung, kein Kuss. Nichts von der liebevollen, russischen Überschwänglichkeit, mit der sie erzählten, schaffte es in ihre Beziehung.
Maschenka und Veruschka.
Seine Mutter lief mit kleinen flinken Schritten zur Straßenbahnhaltestelle auf der Prenzlauer Allee. Tante Vera wartete noch einen Moment. Dann fuhr ein großer, eckiger Audi vor, dem ein älterer Herr entstieg, der ihr die hintere rechte Tür öffnete. Vera stieg ein, und der Mann, sicher irgendein Valentin oder Herr Kretzschmar, schlich um den Wagen und fuhr Vera nach Treptow oder in die Uckermark, in eines ihrer Geisterhäuser.

Konstantin ging zurück in die Wohnung des mittelalten Mannes, der allein lebte, aber keineswegs einsam war, und aß den Kuchen, den er für den Nachmittag gekauft hatte. Den Kuchen, den sie nicht gewollt hatten. Den Kuchen, den er ihnen nicht einmal angeboten hatte, um nicht zu bedürftig zu wirken. Vier Stücke. Bienenstich, Zucker-, Kirsch- und Butterstreusel. Er aß alles. Als ihm schlecht war, trank er ein Glas von dem besonderen Whisky, den er regelmäßig von seinen Eltern geschenkt bekam, und schaute sich das Profilbild seiner Jugendliebe Isabelle Reinschmidt auf Facebook an, das er vor ein paar Wochen, nach dem Tagtraum bei Frau Born, gesucht hatte.

Isabelle hieß jetzt Woltke und sah so verschwollen und einfältig aus, wie ihre Mutter damals auf der Jugendweihefeier ausgesehen hatte.

★

Katarina, Tante Katja, traf er fünf Tage später im Tiergarten, am Floraplatz. Sie hatte den Treffpunkt vorgeschlagen. Sie wollte nicht zu ihm kommen, und sie wollte nicht, dass er zu ihr kam. Sie verabredeten sich auf neutralem Gebiet.

Der Floraplatz befand sich im östlichen Zipfel Westberlins, im Schatten der Mauer sozusagen, vielleicht war ihr das wichtig, dachte Konstantin. Ihre Flucht lag dreißig Jahre zurück, aber verglichen mit den anderen Familienzäsuren war es eine frische Wunde. Konstantin kam mit dem Bus, lief ein Stück die Linden hinunter, durchs Brandenburger Tor, vorbei am sowjetischen Ehrenmal, dann bog er nach links in den Park. Er fühlte sich wie in einem Spionagefilm, vielleicht wegen des sowjetischen Panzers, vielleicht wegen der Tante, die er zum letzten Mal vor über dreißig Jahren in einem anderen Zeitalter gesehen hatte.

Katarina hatte ihn noch am Abend nach dem Besuch ihrer Schwestern zurückgerufen. Konstantin, der noch einen zweiten und dann noch einen dritten Whisky getrunken hatte, war plötzlich davon überzeugt gewesen, dass sie den Besuch abgewartet, vielleicht sogar beobachtet hatte.

Konstantin hatte noch nie vom Floraplatz gehört, er war winzig. In der Mitte des Platzes stand die Statue einer Reiterin, einer Amazone, hatte ihm Katarina am Telefon erzählt. Sie hatte das betont, als sei es bereits Teil ihrer Erzählung. Die Katarina, an die er sich erinnerte, war eine Frau ohne Angst. Selten hatte er sie in Begleitung eines Mannes erlebt, und wenn, dann war es eine verhuschte Gestalt, die sich im Schatten seiner Tante bewegte. Einen nannte sie »Monsieur«, er war noch größer als sie, trug einen winzigen Pferdeschwanz und hatte Konstantin einmal ein Asterix-Heft geschenkt, das dieser jahrelang aufbewahrte wie einen Schatz. Als er Katarina bei einem Familientreffen fragte, ob »Monsieur« auch noch komme, lachte sie. Schneeweiße Zähne und ein sehr lautes Lachen. Seine Eltern sagten ihm später, »Monsieur« sei verheiratet. Konstantin staunte, dass es seiner Tante Katarina so wenig auszumachen schien, den Mann mit einer anderen Frau teilen zu müssen. Tante Katja schien keine Ansprüche zu erheben, sie nahm sich nur, was sie wirklich brauchte. Anders als ihre Schwestern Vera und Maria häufte sie keine Besitztümer an. Ich reise mit leichtem Gepäck, sagte sie.

Konstantin erinnerte sich gut an ihre kleine Wohnung in einem der Hochhäuser am S-Bahnhof Jannowitzbrücke. Katarina wohnte ganz oben, im dreizehnten Stockwerk, von wo aus man über die ganze Stadt sehen konnte. Ihr Balkon ging nach Westen. Es war nur ein Raum. Küche, Wohnzimmer, Schlafcouch. Es erschien Konstantin wie das Paradies. Eine Insel, auf der es alles gab, was man brauchte. So wollte er einmal leben, hatte er gedacht, als er vierzehn war. Tante Katja hatte ihm ihre Lieblingsplatten vorgestellt, als sei er ein Schulfreund. Georges Moustaki, Leonard Cohen, Konstantin Wecker, Keith Jarrett. Ihre Lektion gegen den Alltag und die Gleichgültigkeit, revolutionäre Schwärmereien im Himmel über Berlin. Ihre Lektüreempfehlungen waren Henry Miller, Bukowski, Majakowski und Camus. Bücher, mit denen er sich ebenso quälte wie mit denen, die ihm Tante Lara empfohlen hatte, wenn auch aus anderen Gründen.

Konstantin betrat den Florapark wie ein Separee. Um diese Jahreszeit wirkte die kleine Parkanlage wie ein Versteck, die Sträucher waren dicht, das Augustgrün schwer und staubig. Die Amazonen-Statue wurde von einem Kiesweg umrundet, am Rand standen ein paar Bänke, alle besetzt. Von den drei Frauen, die er sah, kamen zwei in Frage. Eine dicke Weißhaarige, die dem Bild entsprach, das seine Mutter von Katarina gemalt hatte, und eine große Frau mit etwas zu dunkel gefärbten Haaren, die eher zu seinen Erinnerungen an Tante Katja passte. Die Dicke steckte in einem Mantel, der zu warm war für den späten Sommertag und aussah, als würde er riechen. Die große Frau trug einen dunkelroten Hosenanzug wie eine Diskoqueen aus den siebziger Jahren, sie hatte einen Rosenstrauß im Schoß.

Konstantin entschied sich für die Frau mit den Rosen.

Sie sah ein bisschen verrückt aus, was an dem roten Hosenanzug lag – es war roter Samt –, den zu dunkel gefärbten Haaren, vor allem aber an den Geschichten ihrer Schwestern. Konstantin konnte sich vorstellen, wie diese Frau in einem gutbesuchten Restaurant jemandem mit ihrem Rosenstrauß ins Gesicht schlug.

»Hallo Tante Katja«, sagte er.

»Konstantin«, sagte sie.

Sie stand auf. Sie war fast so groß wie er. An den Haarwurzeln wuchs die dunkle Farbe aus. Sie roch nicht nach Alkohol. Sie roch nach Chanel N° 5. Sie benutzte dasselbe Parfüm wie Lisas Mutter, aber zu ihr passte es.

»Ich habe dir Rosen mitgebracht«, sagte Katarina.

»Ich habe gar nichts dabei«, sagte er.

»Du weißt doch, ich brauche nichts«, sagte sie.

»Richtig«, sagte er. »Leichtes Gepäck.«

Sie setzte sich wieder. Er setzte sich neben sie. Die Dicke im Mantel schaute ihn so missmutig an, als habe er sie versetzt.

»Ich habe auf deinen Anruf gewartet«, sagte Katarina.

»Auf welchen Anruf?«, fragte er.

»Wo bist du, Katja? Was ist passiert?«

»Mmmh.«

»Du hast mich auch verschwinden lassen.«

»Ich hab erst mal versucht herauszufinden, was mit mir selbst passiert ist, glaube ich«, sagte er.

»Und?«

»Schwer zu sagen«, sagte er.

»Wenn ich richtig gerechnet habe, bist du 43. Und du weißt immer noch nicht, wer du bist?«

»Ich weiß es immer weniger, Tante Katja.«

»Das sind Ausreden«, sagte sie.

»Sagt meine Mutter auch«, sagte er.

Sie lachte. An dem Lachen erkannte man die Schwestern. Ein hochmütiges, aber auch lustvolles Lachen, trotz alledem. Ihre Zähne waren allerdings nicht mehr so schneeweiß wie damals.

»Ich konnte nicht glauben, dass unsere Geschichte einfach so verweht«, sagte sie.

»Verweht«, sagte er.

»Vielleicht ist es nicht das richtige Wort«, sagte sie. »Du schreibst. Ich kann nicht schreiben. Ich hab's versucht. Ich kann es nicht. Juri und Natascha haben, soweit ich das einschätzen kann, kein Interesse an der Familiengeschichte. Bliebst du. Ich habe mir deine Filme angesehen.«

»Oh«, sagte Konstantin. »Schön, dass du trotzdem gekommen bist.«

Katarina lächelte müde. Er dachte an die hochgezogene Augenbraue, mit der seine Tante die Jugendweiherede seines Vaters kommentiert hatte.

Konstantin fühlte sich unwohl, gefangen in den Erwartungen seiner Familie. Der Tapetentisch mit den Fotos seiner Mutter, die falschen Fährten von Vera, der dunkle Fluch von Natascha. Und jetzt Katarina. Es war nicht seine Idee, es war ihre.

»Ich verkaufe seit zwanzig Jahren Blumen auf dem Markt in Spandau«, sagte Katarina.

»Das ist passiert?«, fragte er.

»Unter anderem. Ich bin ja Gärtnerin. Wusstest du das?«

»Nein. Ich dachte, du hast Ökonomie studiert.«

»Später. Aber gelernt habe ich Gärtnerin. Es war das Einzige, mit dem ich im Westen etwas anfangen konnte. Blumen gibt es überall. Baba hat es gewusst.«

»Sie wollte, dass du Gärtnerin wirst?«

»Sie wollte, dass ich einen Beruf lerne. Sie verteilte Aufgaben. Lara sollte Lehrerin werden, Vera Ärztin. Maria und ich sollten in die Lehre gehen. Sie hatte, glaube ich, das Gefühl, dass nicht alle studieren können. Vielleicht war es Angst vor der Verarmung, oder Stalin hatte gerade angeordnet, dass der Sozialismus junge Arbeiterinnen brauche. Sie hat es nicht erklärt. Sie hat es einfach festgelegt. Wir hörten auf sie. Sie war eine starke Frau.«

»Wolltest du denn studieren?«, fragte Konstantin.

»Ich war fünfzehn. Ich wusste nicht, was ich wirklich wollte. Aus heutiger Sicht würde ich sagen, ja, ich hätte gern studiert«, sagte Katarina.

»Hast du Baba das jemals vorgeworfen?«, fragte Konstantin.

»Nein«, sagte sie. Sie lächelte. »Maria hat das natürlich getan, nicht wahr? Sie hat ihr ganzes Leben auf diesem Vorwurf aufgebaut.«

Sie sah ihn an, aber es war nicht klar, ob sie wirklich mit ihm redete.

Es arbeitete hinter der Maske der Frau, die vorgab, ihren Frieden gemacht zu haben. Man sah die Narben, die Risse, aber die freundliche Rosenverkäuferin rang das wütende Kind nieder.

»Baba hat nicht mehr gearbeitet, seit wir in Berlin waren«, sagte Katarina. »Sie hat früh angefangen, vom Tod zu sprechen. Kein Selbstmord mehr wie in diesem Schloss. Ein Erschöpfungstod. Sie war ja erst Ende vierzig, hat uns aber bei jeder Gelegenheit erzählt, dass sie nicht mehr lange leben werde. Sie richtete sich in ihrem gebrochenen Deutsch ein. In der Nachrichtenagentur war ihr Deutsch besser geworden, aber auf diesem Gut in Pankow ließ sie es fallen. Sie gab auf.«

»Weil sie wieder unter Deutschen war«, sagte Konstantin.

Katarina sah ihn ungeduldig an. Sie erwartete mehr von ihm, dachte er.

»Sie hat für sich eine Art Testament gemacht, glaube ich. Sie hat die Berufe verteilt und die Perlen.«

»Die Perlen?«

»Sie haben dir nicht von den Perlen erzählt«, sagte sie. »Natürlich nicht.«

Er zuckte mit den Schultern.

»Es war alles, was sie noch hatte. Papa war ja mit dem Familienschmuck verschwunden. Sie hatte noch die Malachitkette.«

»Malachit«, sagte er.

»Ja. Ein Halbedelstein, grün, der sehr populär in Russland war. Nichts besonders Wertvolles. Aber wie gesagt alles, was Baba noch hatte. Ihre Kette hatte 21 Perlen. Sie hat sie zu dem grünen Samtkleid getragen, das sie zu besonderen Anlässen anzog. Ich habe sie nie darin gesehen. Lara und Vera haben mir davon erzählt. Und Maria auch, aber Maria hat immer schon in Geschichten gelebt, die ihr andere erzählt haben. In ihren Erzählungen kam Baba in dem grünen Kleid die Treppe in unserer Villa in Sorau herunter wie eine Königin. Sie haben gesagt, dass sie eine schöne Frau war. Ich habe sie vor allem als müde Frau in Erinnerung. Aber ich habe sie auch nicht in dem Kleid gesehen. Sie hat gesagt, es gebe keine Anlässe mehr, es zu tragen. Sie hat beschlossen, jedem von uns fünf Perlen zu geben. Eine wollte sie selbst behalten. Das war ihr Erbe. Wir mussten alle antreten wie damals auf dem Dachboden in Pirna. Wir standen an dem Tisch in diesem kleinen Zimmer, in dem wir alle lebten, Mama saß. Ich habe angefangen zu weinen. Es war wieder so ein angekündigter Abschied. Aber Mama hatte mit Dankbarkeit gerechnet. Mit Freude. Sie hat mich angesehen, als sei ich eine Verrückte, eine Wilde. Dieser Blick. Den vergesse ich nicht. Ich war ihr nie gut genug.«

Konstantin unterdrückte den Impuls, ihr zu widersprechen. Er dachte an seine Ferien bei Baba. Wie seine Oma ihre Tochter Vera umgurrt hatte, wie kühl sie zu Katarina gewesen war. Er dachte an die Perlenkette am Hals von Nataschas Tochter. Laras Enkeltochter. Babas Urenkelin. Grüne Perlen, die sanft im matten Licht des Flurs geschimmert hatten. Er erinnerte sich nicht daran, dass seine Mutter je Schmuck aus grünen Steinen getragen hatte.

»Was hast du mit deinen fünf Perlen gemacht?«, fragte er.

»Ich hab sie zurückgelassen, als ich ging«, sagte sie.

»Warum?«, fragte er.

»Weil ich vorher nicht wusste, dass ich im Westen bleiben würde«, sagte sie.

»Hättest du sie denn mitgenommen, wenn du es gewusst hättest?«, fragte er.

Sie lächelte. Vielleicht war das eher eine Frage nach ihrem Geschmack.

»Ich bin mir nicht sicher. Du weißt ja, ich reise gern mit leichtem Gepäck. Und am Ende bin ich ja in den Westen gegangen, um die alten Geschichten hinter mir zu lassen. Ich hatte irgendwann das Gefühl, gefesselt zu sein. Ich konnte mich gar nicht mehr bewegen. Ich habe geglaubt, im Westen noch mal neu anfangen zu können.«

Konstantin dachte an ihre Küchengardinen in Reinickendorf.

»Wie bist du überhaupt rübergekommen?«, fragte er.

»Was haben sie dir denn erzählt?«

»Nichts.«

»Natürlich. Man verschwindet einfach aus dieser Familie, nicht wahr«, sagte sie. »Es war die Grüne Woche in Westberlin, diese Landwirtschaftsmesse. Ich habe damals für die Sektion Pflanzenproduktion der Humboldt-Universität gearbeitet. Wir hatten ein Düngemittel entwickelt, das auf der Messe ausgestellt worden ist. Ich habe da den Stand betreut. Sie haben mich genommen, weil ich gut aussah, ein bisschen Englisch sprach und aus einer zuverlässigen Familie kam. Abends bin ich immer wieder zurückgefahren. Es ging fünf Tage. Ich habe das Tagegeld gespart. Ich wollte eine Schallplatte kaufen. Ich glaube Sinéad O'Connor. Die fand ich damals gut. The Lion And The Cobra.«

Sie sah ihn an, er sah durch sie hindurch.

»Am Abend des vierten Tages stand ich auf meinem Balkon in der Holzmarktstraße und hab rübergeguckt. Ich begriff, dass ich morgen wieder hier stehen würde. Für immer. Ich dachte, in drei Wochen mag ich die Platte, die ich mir von meinem Westgeld gekauft habe, vielleicht nicht mehr und hätte lieber eine andere. Aber dann ist es zu spät. Ich habe in dem Moment nicht gewusst, dass ich gehe. Aber die Gründe hatte ich zusammen. Die hatte ich schon lange zusammen. Alles, was mich hielt, war die Familie. Da hatten sie schon recht. Die war mein Anker.«

»Ein Anker?«, fragte Konstantin.

»Na ja. Baba kam aus der Sowjetunion, Lara und Vera waren in der Partei, Vera saß ja sogar in der Volkskammer. Egon war Parteisekretär in diesem Riesenkombinat, deine Mutter hat für die Staatspresse fotografiert, dein Vater war ein bekannter Filmemacher. Das war die Versicherung«, sagte sie. »Ich habe dann die Ankerkette gekappt. Ich habe die bestraft, die mich gehen ließen. So sahen sie das.«

»Hast du Vera wirklich Stasinutte genannt?«

»Ich weiß nicht. Kann sein.«

»War sie denn eine?«

»Darum geht es nicht. Verstehst du das nicht?«, rief sie. Sie schrie beinahe. Die Dicke im Mantel sah auf.

»Sie haben mich wie eine Verräterin behandelt. Dabei waren sie die Verräter. Die haben alle schon lange nicht mehr an irgendwas geglaubt, außer an ihren eigenen Vorteil. Nur Lügen. Vera hat gelebt wie eine sozialistische Adelige, Lara ist an der Verdrängung gestorben, deine Mutter ist mit jedem Reporter ins Bett gegangen, der bei fünf nicht auf dem Baum war, dein Vater ist der Diktatur des Proletariats in die Tierwelt entflohen. Alle haben in Scheinwelten gelebt.«

Das wütende Mädchen schrie.

Konstantin hatte nicht gewusst, dass Vera in der Volkskammer war. Er hatte nicht gewusst, dass seine Mutter seinen Vater mit anderen Männern betrog als mit der Reporterlegende Schmitz. Und auch Schmitz hatte er für ein Vorbild seiner Mutter gehalten, nicht unbedingt für ihren Liebhaber.

»Weißt du noch, die Rede auf deiner Jugendweihe? Claus hat doch nie vergessen, dass seine Eltern enteignet wurden«, sagte Katarina.

»Inzwischen schon«, sagte Konstantin.

Katarina hob eine Augenbraue, die war nur noch aufgemalt.

Er erzählte ihr von »der Krankheit«, und das schien sie zu beruhigen.

Sie erzählte ihm von einer Nachbarin, die sie jahrelang betreut hatte. Die Frau schien so etwas wie ihre nächste Freundin zu sein. Ein Familienersatz. Frau Kaczmarek. Der Krankenbericht klang wie ein Gebet. Die Ballade von Frau Kaczmarek. Konstantin dachte an seinen Vater, der jetzt wahrscheinlich mit den anderen Schachfiguren im Garten des Pflegeheims saß und süddeutsche Schwänke aus den dreißiger Jahren vorgelesen bekam. Es war ein schöner, warmer Nachmittag, bestimmt hatten sie ihm ein kurzärmliges Hemd angezogen. Bei seinem letzten Besuch hatte sein Vater ein Hemd getragen, das mit großen Buchstaben bedruckt war. Ein »Camp David«-Hemd, wie es Männer in Fußballkneipen und Ferienfliegern trugen. Es gehörte ihm nicht, sie verwechselten die Sachen in der Heimwäsche manchmal. Das Hemd hatte aus seinem Vater, dem Liebhaber von Cordanzügen und Rollkragenpullovern, einen anderen Mann gemacht. Das wild bedruckte Kleidungsstück hatte inzwischen mehr Persönlichkeit als Claus Stein, der Filmemacher, der dem realen Sozialismus in die Tierwelt entflohen war.

»Mein Vater wohnt jetzt im selben Heim wie Baba«, sagte er.

»Um Himmels willen«, sagte Katarina.

Konstantin nickte, ganz leicht.

»Vera hat damals so getan, als habe sie mit dem Heimplatz für Baba ein Wunder vollbracht. Dabei wollte sie vor allem Babas Wohnung für Juri«, sagte Katarina. »Was hat denn Maria davon, dass sie Claus los ist?«

Konstantin dachte an die gespenstische Ordnung in der Wohnung seiner Mutter. Die Stille. Sie wollte in ihrer Welt nicht mehr gestört werden. Sie wollte mit ihren Erinnerungen allein sein. Sie wollte ihr eigenes Zimmer. Sie wollte die Tür zumachen.

»Juri wohnt immer noch in Babas alter Wohnung«, sagte er.

»Ich weiß«, sagte sie.

Wieder das unheimliche Gefühl, dass seine Tante Katarina als Geist im Leben dieser Familie herumspukte.

»Hast du Baba denn später noch mal im Heim besucht?«, fragte Konstantin.

»Natürlich. Gleich am Anfang. 1990, glaube ich. Aber sie hat mich nicht mehr erkannt«, sagte Katarina.

Ihre Stimme brach. Die Dicke auf der anderen Bank sah sie mit unverhohlener Neugier an. Eine ältere weinende Dame in einem roten Samtanzug und ein mittelalter verstörter Mann mit einem Rosenstrauß. Sie hätte sicher gern gewusst, was die Geschichte war.

Sie redeten noch anderthalb Stunden über die weißen Stellen in ihrem Leben. Katarina war die Jüngste. An Sorau konnte sie sich kaum erinnern. Ihren Vater kannte sie nur von Postkarten und aus Geschichten. Sie wusste nicht, was sie selbst gesehen und was sie nur gehört hatte. Sie glaubte, sich an den Geruch ihrer kleinen Schwester Anna zu erinnern. Anja. Anjuschka. Ein paar verwaschene Bilder von der Flucht hatte sie im Kopf, die Hitze, die Enge, der Gestank in den Güterwaggons, die Szene auf dem Dachboden, der Hunger bei der Bäuerin im Erzgebirge. Gerüchte, Vermutungen, Ängste, Wünsche. Ihre Geschichte begann eigentlich erst in den Kinderheimen, in die sie Baba geschickt hatte, nachdem sie in Berlin angekommen waren. Ihre Mutter hatte es ihr als gute Nachricht verkauft, so wie Vera später als gute Nachricht verkauft hatte, dass Baba ins Heim ging. Katarina hatte zu viel erlebt, um das noch zu glauben. Sie hatten sie einfach abgeworfen wie Ballast. Das wütende Mädchen, das schwerste Kind. Sie war in vier verschiedenen Heimen. Baba holte sie auch nicht nach Hause, als sie in eine größere Wohnung in Pankow zogen. Sie durfte erst zurück, als Lara ausgezogen war. Sie waren dann zu dritt, immer zwei gegen eine. Anfangs waren sie und Vera ein Paar, dann sie und Maria, am Ende war sie wieder allein. Sie hatte zwei Fehlgeburten und eine Ehe, die nicht mal ein Jahr hielt. Der Mann war ein Schläger und, wie sie später in ihrer Akte gelesen hatte, auch ein Spitzel. Verschiedene Affären und die Hoffnung, dass wenigstens ihr Vater sie geliebt hatte. Schließlich Reinickendorf, wo der Zauber, den sie von ihrem Ostbalkon gesehen hatte, zerriss. Nach der Flucht stellte sie einen Suchantrag beim Roten Kreuz. Sie fanden keine Hinweise auf den Verbleib von Robert F. Silber. Sie schrieben ihr, dass eine Frau aus Ludwigshafen bereits im Jahr 1964 bei ihnen nach Robert F. Silber gesucht hatte. Auch diese Recherche hatte nichts ergeben.

Katarina hatte nicht versucht, die Frau zu kontaktieren.

»Ich habe irgendwann die Hoffnung aufgegeben, dass es gute Nachrichten geben könnte«, sagte sie. »Meine Mutter hat sich am Ende auch mit der Ungewissheit arrangiert, glaube ich. Vielleicht ist es eine Altersfrage.«

»Ach«, sagte Konstantin.

»Ich glaube nicht, dass du das einschätzen kannst«, sagte sie.

Der kleine Park lag inzwischen komplett im Schatten. Katarina stand ruckartig auf.

»Komm«, sagte sie.

Sie lief los. Er folgte, mit den Rosen in der Hand.

Sie überquerten die freien Flächen, auf denen Berliner Regierungsgebäude herumstanden wie achtlos liegengelassene Bauklötze eines Riesenbabys. Katarina wollte zum Hauptbahnhof, sie lief aufrecht und zügig, aber es sah nicht so aus, als falle ihr das leicht. Es wirkte eher so, als wolle sie keine weitere Zeit verschwenden. Sie führte ihn in die Bahnhofshalle zu den Schließfächern, öffnete ein Fach und entnahm ihm zwei große weiße Plastetüten.

»Es ist alles, was ich damals von zu Hause mitnehmen konnte«, sagte sie. »Mach daraus, was du willst.«

Konstantin nahm ihr die Tüten ab. Sie waren schwer.

»Als wir uns das letzte Mal gesehen haben, wurde ich von meinem Vater beauftragt, das wirkliche Leben im Sozialismus zu dokumentieren«, sagte er.

»Als wir uns das letzte Mal gesehen haben, hast du in eure Badewanne gekotzt«, sagte sie.

»Richtig«, sagte er.

Sie lachte.

»Hab ich dir damals eigentlich von Isabelle Reinschmidt erzählt?«, fragte Konstantin.

»Die Liebe deines Lebens?«, fragte Katarina.

Konstantin nickte.

Sie gab ihm einen Kuss auf die Wange. Er roch das Chanel und spürte den Lippenstiftfleck, den sie hinterließ. Er konnte ihn nicht abwischen, weil er die Tüten in der Hand hatte und den Rosenstrauß. Er sah Katarina hinterher, die schnell durch die Halle lief. Eine große Frau in einem roten Samtanzug. Sie verschwand im Gewühl eines Berliner Sommerabends. Sie reiste wieder mit leichtem Gepäck.

Konstantin fragte sich, wie sie damals die Tüten hatte füllen können, wo sie doch so überhastet in den Westen geflohen war, dass sie nicht einmal die Perlenkette ihrer Mutter mitnehmen konnte. Die Antwort auf diese Frage verschwand mit seiner Tante.

22

BERLIN

1953

Stalin war seit vier Monaten tot.

Elena traf sich fast jeden Tag mit dem Schriftsteller. Er wohnte im Amalienpark, nicht weit entfernt von der Pankower Wohnung, in der sie jetzt mit den Mädchen lebte. Der Schriftsteller hatte den Krieg im Exil verbracht, in Mexiko. Er war als Redakteur eines kommunistischen Wochenblattes aus Deutschland geflüchtet und als Schriftsteller zurückgekehrt. Er hatte einen schmalen Roman über die Exilgesellschaft geschrieben, ihre Sehnsüchte, ihre Verzweiflung, ihre Abgründe. Das Buch war kaum beachtet worden. Eine Tatsache, die den Schriftsteller nicht überrascht hatte, wie er Elena versicherte, waren doch seine Figuren wenig dazu geeignet, sich mit ihnen zu identifizieren. Es waren Nebenfiguren, die der Welt aus der Ferne zuschauten. Das Buch, so sagte er Elena, sei eine Fingerübung für den großen Roman gewesen, den er im Begriff war zu schreiben. Ein Buch über den Krieg, über die Fronten, die nicht so eindeutig und gerade verliefen, wie ihnen gern erzählt wurde.

Elena, die sich ihr Leben lang zwischen Fronten bewegt hatte, stimmte dem grundsätzlich zu, fühlte sich allerdings, historisch betrachtet, eher wie eine der Nebenfiguren, eine Frau, die zwar oft mitten im Kampfgeschehen gestanden, ihm aber dennoch gleichzeitig von den Rändern aus zugeschaut hatte.

Der Schriftsteller lächelte, als sie, nach Worten ringend, versuchte, ihm diese sich widersprechenden Gefühle zu beschreiben. Ihr Deutsch war wieder schlechter geworden, seit sie den Allgemeinen Deutschen Nachrichtendienst verlassen musste, es hatte sich zurückgezogen wie ein scheues Tier. Auch über dieses Bild lachte der Mann. Dann schrieb er, die Augen vor dem Rauch seiner Zigarette halb zugekniffen, etwas in eines seiner Notizbücher, die er in den folgenden Tagen und Wochen mit ihren Gedanken und Erinnerungen füllte. Die Hefte sahen solide aus, sie hatten verschiedenfarbige Hüllen und waren gebunden, als seien es bereits richtige Bücher.

Der Schriftsteller suchte eine Hauptfigur für seine große Erzählung über Krieg und Frieden, er deutete Elena an, sie käme dafür in Frage. Sie fühlte sich, als spreche sie für eine Rolle vor, als bewerbe sie sich um eine Anstellung, als gerate ihr Leben noch einmal in Schwung. Seit dem Abschied aus der Agentur hatte sie nicht mehr gearbeitet. Sie war erst krank gewesen. Das hatten sie ihr gesagt. Jetzt kümmerte sie sich um die Mädchen. Es gab Tage, an denen sie mit niemandem redete außer mit ihren Töchtern. Sie sah stundenlang aus dem Fenster und rauchte. Auf der anderen Straßenseite bauten sie seit Monaten an einer Kaufhalle.

Der Schriftsteller hatte im Pankower Schülertheater von der deutschen Russin erfahren. Dort wurde ein Stück von ihm uraufgeführt, das er im Exil geschrieben hatte. Ein Stück über heranwachsende Flüchtlingskinder, die in einem nicht genannten südamerikanischen Staat die Kämpfe ausfochten, von denen sie glaubten, dass sie in ihrer Heimat, in Ländern, an die sie kaum noch Erinnerungen hatten, gekämpft wurden. Das Stück hieß

»Die Waisen«. Eine der Laiendarstellerinnen aus dem Pankower Theater war Vera. Der Schriftsteller hatte in den Besetzungslisten gelesen, dass sie in Leningrad geboren worden war.

»Leningrad?«, hatte er sie gefragt.

Vera hatte ihm von ihrer Mutter erzählt, vom Großvater, den die Zarenhäscher gepfählt hatten, dem Onkel, der an der Seite von Lenin gekämpft, vom Vater, der in den zwanziger Jahren mit der Neuen Ökonomischen Politik in den Osten gekommen war. Sie und ihre ältere Schwester waren in der Sowjetunion geboren worden, sagte Vera. Mitte der dreißiger Jahre, als der Schriftsteller nach Mexiko geflohen war, reiste Veras Familie zurück nach Deutschland. Es war vor allem dieser Widerspruch zu seinem eigenen Leben, der den Schriftsteller reizte. Diese Bewegung in die scheinbar falsche Richtung bewies doch gerade, dass man nicht jedes Schicksal in eine große historische Rolle pressen konnte. Manchmal, davon war er überzeugt, gab es einfach keine richtige Richtung. Veras Familie, so erfuhr der Schriftsteller, zog 1936 zunächst nach Berlin – ausgerechnet nach Berlin! – und dann in einen niederschlesischen Ort namens Sorau, wo die Eltern des Vaters eine Textilmaschinenfabrik betrieben. In den Nachkriegswirren habe Veras Mutter dort für die ankommende Rote Armee gedolmetscht, ihre Schwiegereltern waren in den Westen geflohen, der Ehemann war unter mysteriösen Umständen verschwunden, schließlich musste der Rest der Familie – die russische Frau und ihre vier Töchter – Schlesien verlassen, das in den Verhandlungen der Siegermächte Polen zugeschlagen worden war.

Vera, die zweitälteste Tochter der Silbers, war wild und dunkelhaarig und verfügte über ein komisches Talent. Sie konnte außerdem gut erzählen. Was den Schriftsteller aber besonders beeindruckte, war die Beiläufigkeit, mit der sie ihre Familiengeschichte preisgab. Vera war nicht bewusst, dass sie hier ein persönliches Schicksal mit großen gesellschaftlichen Prozessen verwob. Sie schilderte den Tod ihrer jüngsten Schwester vor dem Untergang des tausendjährigen Reiches. Sie erzählte, ohne es zu wissen, die Geschichte des Jahrhunderts. Sie fand das Einzelne im Allgemeinen. Ein roher Diamant, den der Schriftsteller bereit war zu schleifen.

Er erwartete Elena wie eine Geliebte. Eine Frau, die ihm versprochen worden war. Eine Frau, deren Leben mit seinem Leben verwoben war. Ihre Schicksale, so sagte er Elena einmal, liefen aufeinander zu. Zogen sich an. Er wollte sie schnell treffen, bevor ihre Geschichte sich in einer Atmosphäre verlor, in der derjenige, der nicht für einen war, gegen einen war.

Vera arrangierte ihre Verabredung wie eine Kupplerin.

Elena überlegte, was sie zum ersten Treffen anziehen sollte. Sie entschied sich für ein einfaches blaues Leinenkleid, über dem sie eine hellblaue Strickjacke trug, dazu flache weiße Schuhe. Nur der Ring, den sie sich aus dem Malachitstein hatte fertigen lassen, den sie behalten hatte, brach das Bild. Er hatte eine breite silberne Fassung, in der er wertvoller wirkte, als er war. Elena überlegte, ob man ihr ansah, dass sie Rentnerin war. Rentnerin. Was für ein seltsames Wort. Sie ließ ihre Haare jetzt färben, aber die Friseuse traf das Rot nicht. Es sah falsch aus, wenn auch auf seltsame Art russisch.

Elena stieg die Treppen in dem imposanten Haus am Amalienpark hinauf, ein Haus, das aus einem anderen Zeitalter zu stammen schien. Sie war erleichtert, als sie den Schriftsteller zum ersten Mal sah. Er schien nervöser zu sein als sie.

Er lebte mit einer Haushälterin zusammen, die er »Frau Rehberg« nannte, manchmal auch »Rehchen«. Die Haushälterin brachte Tee, Gebäck und leerte die Aschenbecher. Der Schriftsteller war in Elenas Alter. Er wirkte ausgezehrt, hatte aber einen kleinen Bauch. Er trug kurzärmlige, gebügelte Oberhemden, die sich Elena gut in Mexiko vorstellen konnte. Der Schriftsteller rauchte filterlose Zigaretten, die in schmalen, mit orientalischen Motiven bedruckten Schachteln steckten, die mit dunkelrotem Seidenpapier ausgeschlagen waren. Am Ende ihrer mehrstündigen Sitzungen hatte er vom Tee und den vielen Zigaretten weiße Krümel in den Mundwinkeln. Seine Lippen waren dunkelrot, fast braun.

Er nannte Elena bald Lena, was ihr gefiel. Ihre Mutter hatte sie Lena genannt, wenn sie in guter Stimmung war. Sie beschloss, den Namen auch künftig zu benutzen, wenn sie sich irgendwo vorstellte.

So verlor sie einen weiteren Buchstaben.

Lena besuchte den Mann vormittags in seiner Wohnung. Wenn Maria und Vera zur Schule aufgebrochen waren, verließ sie das Haus. Wer sie sah, hätte gedacht, sie mache sich auf den Weg zur Arbeit. Eine Büroarbeit sicherlich. Eine Arbeit, die ihr Spaß zu machen schien. Lena mochte die Spaziergänge durch Pankow. Sie mochte den Stadtbezirk. Berlin wirkte hier unversehrt. Im Sommer, wenn man sich im Schatten der vielen Pankower Bäume bewegte, konnte man vergessen, dass es jemals einen Krieg gegeben hatte. Es war sicher kein Zufall, dass sich die Parteiführung gerade hier niederließ.

Die Wohnung des Schriftstellers war groß, die Decken hoch. Es gab Teppiche, raumhohe Bücherregale und ein Klavier. Sie erinnerte Lena an die Wohnungen, die sie in Moskau und später in Leningrad bewohnt hatte. Frau Rehberg brachte Tee und Gebäck und zog sich dann zurück. Sie rauchten. Der Schriftsteller füllte seine Notizbücher mit Lenas Geschichten.

Lena saß ihm Modell.

Die ersten Sitzungen waren die schönsten, die Luft zwischen ihnen knisterte mit Erwartungen. Er küsste sie zum Abschied vorsichtig auf die Wangen, dreimal, wie man es in Frankreich tat. Er hatte sich das in Mexiko angewöhnt, sagte er, verriet aber nicht, bei wem. Sie roch den Tabak in seinem Atem und sein pfeffriges Rasierwasser. Die Farben Pankows waren auf dem Weg nach Hause blasser, ihre Wohnung wirkte leerer. Lena fühlte sich, als sei sie verliebt, wusste aber nicht, in wen.

Bevor sie einschlief, dachte sie an den nächsten Morgen. An ihre Geschichte. An den Mann, der sie sich anhörte, der ihr zuhörte. Lena konnte sich nicht erinnern, dass ihr jemals jemand so zugehört hatte.

Jedes Detail interessierte ihn. Was auf den Feldern von Gorbatow wuchs, wann der Raps blühte, wann die Lupinen, welche Farbe die Oka hatte, wann sie zufror, wann sie taute. Er wollte wissen, womit die Kirche gedeckt war, die über Gorbatow thronte, die Kirche, in der sie als Mädchen im Weihrauch verschwand, und aus welchem Material die Maschine gefertigt war, an der ihr Vater die Seile flocht. Er wollte wissen, woran sie geglaubt hatte, als sie ein Kind war. Er war geradezu besessen von ihrem Glauben.

Lena konnte dem Schriftsteller nicht sagen, woran sie geglaubt hatte. Sie versuchte es, aber sie spürte, dass ihn nicht befriedigte, was er hörte. Wie auch. Sie konnte sich nicht erinnern, jemals an irgendetwas geglaubt zu haben. Sie erinnerte sich an die Backpfeife, die sie Kawa, dem Nachbarjungen mit dem glänzenden Scheitel, gegeben hatte, als er in seinem revolutionären Fieber behauptet hatte, ihr Vater wäre umsonst gestorben, wenn sie zurück nach Gorbatow zu den Bauern zöge. Kawa, der noch ein Jahr zuvor gemeinsam mit ihr die Erstkommunion empfangen hatte. Der Kerl trug noch den Weihrauchgeruch im Haar, redete aber bereits von der Weltrevolution.

Sie lachte.

Der Schriftsteller lachte. Nickte. Bot ihr eine seiner Zigaretten an.

Nie hatte sie den Eifer der Männer verstanden, nicht den der Geistlichen und nicht den der Funktionäre, sagte sie. Sie hatte sich in der Kirche gelangweilt und in den Komsomolversammlungen. Sie hatte geweint, als sie von Stalins Tod erfuhr, aber sie glaubte nicht, dass sie um Stalin geweint hatte, und so redete sie nicht darüber.

Sie konnte dem Schriftsteller die Prozession durch Gorbatow beschreiben, die ihre feierliche Wiederaufnahme in die Gemeinde einläuten sollte und im Schlamm vor ihrem Haus endete. Sie beschrieb ihm, wie Alexander Petrowitsch den Popen vom Stuhl stieß, verschwieg ihm aber die Abgründe des Stiefvaters. Sie hatte das Gefühl, dass sie nichts mit dem Weltenlauf zu tun hatten und zu privat waren, um in einem Buch verewigt zu werden. Sie schützte Alexander Petrowitsch, um sich zu schützen.

Lena hörte, wie sich der Stift des Schriftstellers über das Papier schleppte. Es war nicht das, was er suchte. Er hätte sicher gern von Sascha gehört, aber sie konnte nicht von Sascha reden. Nicht vom Anfang, nicht vom Ende. Sie wollte sich nicht in das Bett legen, das der Schriftsteller für sie bereitet hatte. Das Knistern wurde leiser, die Verliebtheit ließ nach. Ihre Schicksale, die aufeinander zugerast waren wie Kometen, entfernten sich nun wieder voneinander, flogen in die endlosen Weiten des Weltalls.

Wer Lena morgens durch Pankow laufen sah, dachte nun, sie gehe ins Büro, um ihren Lebensunterhalt zu bestreiten.

Sie beschrieb das Fabrikgelände von Rescheticha, die Spaziergänge an der Moskwa und die Tennisspiele in den weißen Nächten Leningrads. Sie redete nicht über ihre Zweifel an dem Mann, der vorgab, ihr Bruder Pawel zu sein, und es vielleicht auch war. Sie sprach über ihre Tennisstunden, aber nicht über ihre Gefühle für ihren georgischen Tennislehrer. Am liebsten beschrieb sie die verschiedenen Flüsse, an deren Ufern sie gelebt hatte. Die klare, wilde Oka, die Gorbatow und seine Bewohner versorgte und bedrohte, die gewaltige Wolga, die dem Mädchen Jelena die Gewissheit gab, dass die Welt nicht an den Stadtgrenzen von Nischni Nowgorod endete, die unscheinbare Moskwa, die kaum mithalten konnte mit der Stadt, durch die sie floss, die hochnäsige Newa, die lächerliche Spree, der friedliche Bober, die heimtückische Elbe. Wenn sie die Flüsse beschrieb, sie mit Attributen ausstattete, konnte sie ehrlich bleiben, ohne zu indiskret zu werden.

Aber die Flüsse schienen den Schriftsteller nicht zu interessieren.

Lena bewegte sich wie eine Zeichentrickfigur durch die Landschaften, die sie grundiert hatte. Sie hatte als junge Frau gern gelesen. Gaidar und Scholochow, Tschechow, Gogol und Gorki, aber in den letzten fünfzehn Jahren hatte sie keine Bücher mehr gefunden, die ihr Trost spendeten. Die Geschichten, die sie dem Schriftsteller erzählte, kamen ihrer Vorstellung von dem Buch nahe, das sie gern über sich lesen würde. Sie erzählte ein Leben, das man von ihr erwartete. Das sie von sich erwartete. Ein sinnvolles Leben. Eine Biographie, die in einer Moral endete, einem Ziel folgte. Selbst Pelageja Nilowna hatte auf den letzten Seiten von Gorkis »Die Mutter« einen Weg ins Licht gefunden.

Lenas Erinnerungen lösten sich in der Geschichte auf, die ihre Mädchen in der Schule lernten. Es gab die dunklen, kalten vorrevolutionären Zeiten, die Hoffnung, das Licht, die Rückkehr des Bösen, den Kampf, die Verluste, den Sieg, den Neuanfang, es gab die Schurken und die Helden, den Zweifel, der von der Gewissheit abgelöst wurde. Die historische Perspektive. Wie der Stahl gehärtet wurde. Neuland unterm Pflug.

Am schwersten fiel es Lena, ihren Ehemann in die Perspektive des sozialistischen Realismus einzupassen. Sie konnte Robert weder zu einem Helden machen noch zu einem Schurken. Robert brachte ihren Töchtern das Schwimmen bei, er trug fortschrittliche Technologie in die Sowjetunion, er lernte Russisch, er vermittelte zwischen den Völkern, aber sie konnte nicht über sein Verschwinden sprechen. Das Geständnis hätte sie, das fühlte Lena, mit in den Abgrund gezogen. In einen schwarzen Brunnen, dessen Grund sie nicht sah. Lena dachte darüber nach, Robert für den Schriftsteller in dem Krankenhaus in Sorau sterben zu lassen, an der Entzündung in seinem Fuß, für die sie sicher eine Erklärung gefunden hätte. Eine Blutvergiftung, wieso nicht. Allerdings hatte Vera dem Schriftsteller bereits erzählt, dass ihr Vater mit einem Lazarettzug der Roten Armee nach Berlin aufgebrochen sei, um sich in der Charité behandeln zu lassen.

»Mein Mann, Robert Silber, ist in Hospital gestorben, in Cottbus, ein Jahr nach Kriegsende. Lazarettzug von Rote Armee hat ihn da hingebracht. Aber war zu spät«, sagte sie.

»Deine Tochter hat erzählt, er war auf dem Weg nach Berlin, Lena«, sagte der Schriftsteller.

»Nun, war er. Kam nur bis Cottbus. Verletzung war zu schwer.«

»Und der Schmuck?«

»Schmuck?«

»Die Pelze. Vera sagt, ihr habt ihm Schmuck und Pelze mit auf die Reise gegeben«, sagte der Schriftsteller.

Lena nahm eine Zigarette aus der Schachtel mit dem roten Seidenpapier, klopfte sie auf den Tisch und steckte sie an.

»Vera war nicht dabei. Hatte immer Phantasie, die groß ist.«

Der Schriftsteller sah sie an. Sein Bleistift schwebte über dem Notizheft.

Lena legte die Zigarette im Aschenbecher ab. Sie drehte an ihrem Ring. Sie strich über den Stein. Sie nahm die Zigarette. Sie rauchte. Sie pflückte ein paar Tabakkrümel von ihren Lippen. Sie erzählte eine Geschichte, von der sie annahm, sie könnte dem Schriftsteller gefallen, und hörte dem Bleistift zu, wie er über das Papier flog.

★

Ein paar Tage später spann Lena die Geschichte unter anderen Umständen weiter. Sie saß in einem Büro des Stadtbezirksgerichts Mitte in der Littenstraße. Sie hatte Urkunden auf dem Schoß, die das Arbeitsleben ihres Mannes dokumentierten, die seine Existenz bewiesen. Auf der anderen Seite des Schreibtischs saß Frau Bossbach, eine Berliner Beamtin. Sie sah in einen geöffneten Aktenordner, sie murmelte etwas. Seit zwei Minuten ging das so, vielleicht auch schon seit fünf. Frau Bossbach schien ein Lied zu summen, während sie die Unterlagen zum Antrag auf Todeserklärung studierte, den Lena vor drei Monaten gestellt hatte.

Es war der Todestag von Stalin, an dem sich Lena endlich zu der Erkenntnis durchringen konnte, allein zu sein. Sie hatte Robert kennengelernt, als Lenin starb. Jetzt war Stalin tot, und Robert war seit sieben Jahren verschwunden. Sie hörte den Unglauben in den Stimmen der Radiosprecher, die die Nachricht verbreiteten. Heute Nacht ist der Genosse Stalin verstorben. Die Stadt war auf einen Schlag stiller geworden, die Menschen schienen langsamer zu laufen. Der Krieg war nun wirklich vorbei. Eine neue Zeit begann. Wie damals im Januar 1924. Sie begriff, dass Robert nicht wiederkommen würde. Natürlich schloss dieses Geständnis weitere Geständnisse ein, aber über die konnte sie nicht reden.

Sie hörte jeden Tag die Mitteilungen des Suchdienstes vom Deutschen Roten Kreuz im Radio, und sie würde sie auch weiterhin hören, so lange, bis es Gewissheit gab. Aber sie musste in Roberts Abwesenheit eine Familie ernähren. Sie bekam eine kleine Berufsunfähigkeitsrente, die auf einem Attest beruhte, das ihr der Betriebsarzt des Allgemeinen Deutschen Nachrichtendienstes ausgestellt hatte, und das Kindergeld. Davon konnte man kaum leben. Sie hatte vier Töchter. Lara war gerade auf der Pädagogischen Hochschule in Potsdam aufgenommen worden, wo sie die Woche über im Internat schlafen konnte. Vera und Maria besuchten weiterhin die Oberschule in Pankow. Katarina war seit dem neuen Schuljahr in einem Landschulheim in der Nähe von Erkner untergekommen. Mit einer Witwenrente wäre sie in der Lage, Katarina heimzuholen. Sagte sich Lena. Sie hatte es auch dem Mädchen versprochen, das ihr beinahe täglich einen Brief schrieb, in dem es von seinem Alltag im Heim erzählte. Meistens hörte Lena in den Briefen einen klagenden, vorwurfsvollen Ton, manchmal gab es eine tapfere Note. In größeren Abständen bekam sie die Perspektive der Heimleitung mitgeteilt. Katarina hatte Disziplinschwierigkeiten, sie schlug andere Kinder, warf mit Geschirr, beschimpfte Lehrer und Erzieher. Das Heim in Erkner war bereits der dritte Versuch, sie irgendwo dauerhaft einzugliedern.

Um den Antrag für eine Witwenrente stellen zu können, benötigte sie eine Todeserklärung, hatte ihr eine andere deutsche Beamtin bei der Versicherungsanstalt Berlin erklärt, eine Frau, die ähnlich ausgesehen hatte wie Frau Bossbach.

»Wie alt wäre denn Ihr Mann heute, Frau Silber?«, fragte Frau Bossbach jetzt.

Lena schaute auf. Sie rechnete. Roberts Geburtstag war der 21. Mai. Aber das Jahr? Robert war sieben Jahre älter als sie. Sie war 51.

»Nach meinen Unterlagen wäre er 58 Jahre alt, Frau Silber.«

»Stimmt. Ist sieben Jahre älter«, sagte Lena.

Frau Bossbach lächelte zufrieden, so als habe sie Lena bei einer Lüge ertappt.

Aus den Unterlagen auf ihren Knien ging auch hervor, dass Robert eine Lebensversicherung bei der Allianz AG abgeschlossen hatte. Es war eine andere Zeit, aber die Allianz-Versicherung gab es noch. Elena hatte nach Westberlin geschrieben, auch wenn sie sich nicht gut dabei gefühlt hatte.

Aber Stalin war tot.

»War Ihr Mann Mitglied der NSDAP, Frau Silber?«

Elena sah die Frau an. Ein eckiges deutsches Beamtengesicht. Es war nicht rund, flach und schnippisch wie ein russisches Beamtinnengesicht. Die sowjetischen Beamtinnen hatte immer etwas Verschlagenes im Blick, bei den deutschen war es Gleichgültigkeit. Zu Hause war es um persönliche Aversionen und alte Rechnungen gegangen, hier ging es um Regeln. Lena dachte an einen Heiligabend in Sorau, ihr Schlafzimmer, die Schatulle mit dem Parteiabzeichen, den Mantel, den Schal, Roberts Lachen.

»Frau Silber?«

»Mein Mann ist für Neue Ökonomische Politik Lenins in Sowjetunion gekommen.«

»Das habe ich nicht gefragt, Frau Silber.«

»Robert hat geholfen, Sowjetmacht aufzubauen. In Rescheticha. In Moskau. In Leningrad. Ich habe Unterlagen. Urkunden von allen Betrieben. Gute Urkunden.«

Sie blätterte in den Papieren.

»Hier, Beurteilung von Leningrader Textilfabrik ›Rotes Banner‹, größte Textilfabrik von Sowjetunion. Ich kann übersetzen«, sagte Lena.

»Danke, nein. Ich wollte wissen, ob Ihr Mann Mitglied der NSDAP war, Frau Silber«, sagte Frau Bossbach.

Lena sah aus den Papieren auf. Sie würden ihr nicht mehr helfen. Die Zeiten hatten sie unbrauchbar gemacht. Sie hatte eine beglaubigte Abschrift der Urkunde, die die Handelskammer des Deutschen Reiches Robert F. Silber 1922 ausgestellt hatte, sein Empfehlungsschreiben für den Einsatz in der Sowjetunion. Eine Urkunde, auf die sie alle so stolz gewesen waren, dass sie gerahmt in der Villa auf dem Fabrikgelände von Rescheticha hing, die einst Anatol Schwarz gehörte. Jetzt würde die Urkunde nur noch für Verwirrung sorgen. Frau Bossbach sah Lena an, wie die Frauen in Sorau sie angesehen hatten, als die Rote Armee noch schlagbar schien. Als sie noch die Russin war, die Feindin des Volkes, die sich einen reichen deutschen Mann geschnappt hatte, hinter dem sie sich verstecken konnte.

»Nein«, sagte sie. »Er war nicht.«

Frau Bossbach schien für einen Moment die Linie zu verlieren, sie blätterte ziellos in der Akte herum, ohne zu summen jetzt. Lena lehnte sich zurück und dachte an die Geschichte, die sie dem Schriftsteller erzählt hatte.

Sie hatte Robert zum Helden gemacht.

»Er war Kriegsverwaltungsrat«, sagte Frau Bossbach.

»War er?«, fragte Lena.

»Sie haben das in Ihrem Antrag angegeben«, sagte Frau Bossbach.

»Richtig«, sagte Lena. »Schwieriges Wort.«

»Wissen Sie, was es bedeutet?«

»Er war nicht im Krieg«, sagte Lena.

»Es ist ein hoher Rang«, sagte Frau Bossbach. »Was hat Ihr Mann denn gemacht? Als Kriegsverwaltungsrat.«

»Seine Familie hatte Textilfabrik in Sorau. Haben Uniformen genäht«, sagte sie.

Frau Bossbach starrte sie an. Lena dachte, dass sie jetzt vielleicht Gewissheit bekommen würde. Dass diese Frau mit dem Beamtengesicht die Lücke in ihrem Leben schließen würde. Wer war Robert? Was hatte er gemacht? Aber Frau Bossbach blätterte einfach weiter.

»Hier steht, dass Sie Ihren Mann im Oktober 1945 das letzte Mal gesehen haben«, sagte Frau Bossbach.

Lena versuchte, sich an Roberts letzten Blick zu erinnern. Aber er war wie ausgelöscht. Sie sah den braunen Ring, der sich um die Iris von Alexander wand. Die Sommersprossen auf der Nase des Jungen. Die Wolken, die über sein Gesicht flogen.

»Und dann haben Sie eine Nachricht aus einem Krankenhaus in Cottbus bekommen. Im Dezember 1945?«, fragte Frau Bossbach.

»Ja.«

Lena überlegte, was genau sie in den Antrag geschrieben hatte. Die Wahrheit? Das, was sie für die Wahrheit hielt? Das, was ihr am vernünftigsten schien, um die Todeserklärung zu bekommen? Das, was sie sich wünschte?

»Ein Nachbar aus Sorau hat ihn gesehen in Cottbus«, sagte Lena. »Herr Reichhardt. War auch in Krankenhaus.«

»Und wo ist Herr Reichhardt jetzt?«

»Nun, nicht in Sorau. Keine Deutschen blieben in Sorau. Meine Töchter und ich waren beinah Letzte, die Stadt verließen. Ich habe für Stadtkommandanten übersetzt. Oberst Simjonowitsch. Ich spreche Russisch«, sagte Lena.

Frau Bossbach lächelte wieder, blätterte, summte.

»Weshalb war Ihr Mann denn im Krankenhaus?«, fragte sie.

»Seele. Er war krank. Sehen Sie, er hatte große Fabrik verloren. Eltern waren weggegangen, in Westen. Und hatte auch Verletzung am Fuß.«

»Was für eine Verletzung?«

»Entzündung. Blutvergiftung. Bin ich kein Arzt.«

»Weswegen sind Sie eigentlich bei dieser Nachrichtenagentur arbeitsunfähig geschrieben worden, Frau Silber?«, fragte die Beamtin.

»Nun, steht doch da. War alles zu viel«, sagte Lena.

Die zunehmenden Fehler in ihren Manuskripten. Die langen Satzketten in den Funktionärsreden, die sperrigen Substantive, die immer weniger mit dem wirklichen Leben zu tun hatten. Sie schrieb Texte über eine Zuversicht, die sie nicht hatte. Die sie nicht haben konnte. Einmal, auf einer Wettbewerbsversammlung, als sie von ihrem Chef kritisiert worden war, wieder einmal, war sie aufgestanden und hatte über die Welt gesprochen, wie sie sie sah. Die Hoffnungslosigkeit, die Heimatlosigkeit, das Leben zwischen den Feinden. Vier Töchter, die auf sie warteten, die fünfte lag in der Erde eines Landes, das nicht mehr ihres war und das eigentlich auch nie ihres gewesen war. Sie hatte seit Jahren nicht mehr gesagt, was sie fühlte. Es war eine ungeheure Erleichterung gewesen, aber sie hielt nicht lange. Sie spürte schon, während sie noch redete, im letzten Viertel der Ansprache etwa, wie es dunkel wurde und still. Sie musste zu den beiden Männern ins Büro des Agenturdirektors, sie musste zum Betriebsarzt. Sie hatte Papiere unterschrieben. Lara hatte sich um die Familie gekümmert, als sie im Krankenhaus war. Sie schickten sie in die Charité, das Berliner Krankenhaus, in das Robert gewollt hatte. Zumindest hatte sie das erzählt. Auch die Ärzte stellten Fragen, die sie nicht beantworten konnte. Aber die Ruhe tat gut.

Frau Bossbach sah sie an, sie schien auf mehr Informationen zu warten. Lena glaubte, einen Funken Solidarität in den Augen der Frau zu entdecken, weibliche Solidarität, das Mitgefühl einer anderen Ehefrau. Wer wusste, was mit Herrn Bossbach passiert war. Vielleicht fühlte sich auch Frau Bossbach alleingelassen. Lena sah eine Tür, die sich einen Spalt weit geöffnet hatte, ein Zeichen, dass sie begonnen hatte, in die richtige Richtung zu laufen.

»Er trank Alkohol, Robert Silber. Mein Mann«, sagte Lena. »Viel Alkohol.«

Frau Bossbach nickte.

»Manchmal, wenn sehr betrunken, schlug mein Mann«, sagte Lena.

Die Tür öffnete sich ein weiteres Stück, und Lena lief hindurch. Sie erzählte eine andere Version des Verschwindens von Robert F. Silber. Keine Heldengeschichte diesmal.

*

Eines Nachmittags, als Lena von einer Sitzung beim Schriftsteller nach Hause kam, wartete Maria dort mit einem jungen Mann. Der Mann trug eine Brille mit dickem, eckigem Rahmen, wie sie Künstler trugen. Auf dem Tisch lag eine geöffnete Mappe mit Zeichnungen von Maria. Radierungen, Kohlezeichnungen, Aquarelle. Einige kannte Lena, andere nicht. Maria besuchte den Kunstzirkel der Pankower Oberschule, sie hatte immer schon gern gezeichnet. Sie hatte Talent, vermutlich hatte sie es von Robert geerbt. Robert hatte das Kunstgen in der Familie, er spielte Klavier, er war ein begabter Fotograf.

Der junge Mann erhob sich vom Tisch, streckte die Hand aus, stellte sich vor. Er hieß Sibelius und war Dozent an der Kunsthochschule in Weißensee. Er setzte sich wieder hin. Maria sah ihn bewundernd an, wie einen Vater, auf den sie stolz war.

»Hast du unserem Gast zu trinken angeboten, Maria?«, fragte Lena.

Maria wurde rot.

»Ich brauche nichts zu trinken, vielen Dank, Frau Silber«, sagte Herr Sibelius.

Er erklärte ihr, wie begabt Maria sei. Die Mappe, mit der sie sich an der Kunsthochschule beworben habe, befinde sich in der Endauswahl der Kandidaten für einen zweijährigen Vorkurs, der die angehenden Künstler auf ihr Studium vorbereite.

»Zwei Jahre«, sagte Lena.

Sie sah Maria an. Maria lächelte.

»Ganz genau, Frau Silber. Maria würde dort eine Hochschulreife erwerben. Sie ist, wie gesagt, in der Endauswahl. Maria hat sehr gute Chancen, angenommen zu werden«, sagte Sibelius.

»Wie lang ist denn Studium, gesamt, Herr Sibelius?«, fragte Lena.

»Insgesamt, Mama«, sagte Maria.

Die Verbesserung fuhr Lena wie ein Messer in den Leib. Weder Maria noch Herr Sibelius schienen ihren Schmerz zu bemerken.

»Das Kunststudium dauert dann noch einmal vier bis fünf Jahre, je nachdem für welche Fachrichtung sich Maria entscheidet«, sagte Sibelius.

»Fachrichtung«, sagte Lena.

»Malerei, Graphik, Industriedesign und so weiter. Bildhauerei kommt für Maria ja eher nicht in Frage«, sagte Sibelius.

Maria zog die Schultern nach oben. Sie lächelte. Sie sah sich schon als Kunststudentin, dachte Lena.

»Danke, dass Sie sich auf Weg zu uns gemacht haben, Herr Sibelius«, sagte Lena.

»Keine Ursache, Frau Silber. Maria erzählte mir, dass Sie nicht wissen, ob Sie sich als alleinstehende Frau eine weitere studierende Tochter leisten können. Ich würde Sie bitten, sich diesbezüglich keine Sorgen zu machen. Es gibt Stipendien für diese Fälle. Finanzielle Unterstützung vom Staat.«

»Bin ich Fall?«, sagte Lena.

Dozent Sibelius lächelte verlegen.

»Mein Mann ist vermisst noch«, sagte Lena.

Sie spürte, wie ihr das Sprechen schwerfiel. Sie fühlte sich verraten, bloßgestellt, nackt. Wütend auch. Sie wollte jetzt allein sein mit ihrer Tochter.

»Ich weiß«, sagte Sibelius.

Lena ertrug seine Erläuterungen zum Kunststudium bis zum Ende, sie brachte den Dozenten zur Tür, lächelte, schloss die Tür. Sie atmete, wartete einen Moment, strich ihr Kleid glatt. Dann ging sie zurück zum Tisch, an dem Maria vor ihrer aufgeschlagenen Kunstmappe saß. Immer noch lächelnd, die Wangen gerötet.

Lena hätte sie gern geohrfeigt. Dafür, dass sie sich hinter ihrem Rücken für ein Studium beworben hatte. Dafür, dass sie sie in Gegenwart eines Lehrers korrigiert hatte, sie, ihre Mutter. Dafür, dass sie Fremden ihre Familiengeschichte ausgebreitet hatte, von deren Verschlungenheit sie keine Ahnung hatte. Dafür, dass sie sie aus Eigennutz gedemütigt hatte. Aber sie schlug ihre Kinder nicht. Man schlug seine Kinder nicht.

Sie klappte Marias Mappe zu.

»Will ich nicht mehr davon hören«, sagte sie. »Ist kein Beruf, ist Freizeit.«

Sie sah, wie sich das Gesicht ihrer Tochter veränderte, zuzog, die Zufriedenheit verschwand, sie wich Fassungslosigkeit.

»Mama«, sagte Maria.

»Schluss«, sagte Lena.

Maria schaute ohnmächtig, dann wütend, ihr Wesen schien aus ihren Zügen zu verschwinden. Sie schnappte sich die Mappe und trug sie in ihr Zimmer. Sie warf die Tür zu. Sie schrie. Fast eine Stunde lang schrie sie. Lena machte sich Tee und rauchte. Irgendwann verstummte Maria, schlief vor Erschöpfung ein. Wie immer.

Am Abend, als Vera von einer Theaterprobe zurückkam, erklärte Lena ihr, dass ihre Schauspielerei ein Hobby sei, unter dem ihre schulischen Ergebnisse zu leiden begännen. Wenn sie in allen Fächern die Note Eins erreiche, dürfe sie gern wieder ins Schülertheater zurückkehren. Vera redete, versprach dieses und jenes, flehte, aber Lena blieb hart.

Nach einem stillen Abendessen hörte sie die Schwestern in ihrem Zimmer diskutieren. Sie saß am Tisch und las den letzten Brief, den ihr Katarina aus dem Landschulheim geschrieben hatte.

»Liebe Mama, wir haben heute im Geographieunterricht viel über die Getreidekammer der Sowjetunion gelernt, die Ukrainische Sozialistische Sowjetrepublik. Ich musste an Deine Heimat denken, habe aber nichts gesagt, weil ich mich nicht zu sehr in den Vordergrund spielen will. Das gibt nur Ärger. Ich habe gemerkt, dass es besser ist, still zu sein. Es fällt nicht immer leicht. Aber ich probiere es. Wirklich, Mama.«

Lena drückte die Zigarette aus. War es besser, still zu sein? War es das, was sie ihren Töchtern mitgab? Still sein? Alles, was sie wollte, war Ordnung, gerade Linien, Vertrauen. Gerechtigkeit, das vor allem. Gerechtigkeit.

»Im Sportunterricht wählten sie mich als Dritte in die Völkerballmannschaft, noch vor einigen Jungen. Ich bin gut in Völkerball, auch weil ich sehr groß bin und kräftig. Aber nicht dick. Ich versuche, nicht so viel zu essen, so wie Du es mir empfohlen hast. Nicht gierig sein, nicht wahr, Mama? Das Essen hier ist nicht so schlecht wie im Makarenko-Heim in Treptow. Gestern kam ein neues Mädchen in unsere Klasse, sie schläft auch in unserem Zimmer. Sie heißt Hildegard und kommt aus dem Süden der Republik. Ihre Eltern arbeiten jetzt in Prag. Für die Regierung, ein Ministerium. Deshalb muss sie ins Heim. Sie scheint nett zu sein, aber spricht diesen komischen sächsischen Dialekt. Weißt Du noch, wie wir gesprochen haben, als wir aus Grünhain wiederkamen? Du hast uns kaum verstanden. Wie ist es jetzt bei Euch, ohne Lara? Gefällt ihr das Studieren? Vermisst Du sie? Maria hat mir geschrieben, dass ein Mann ein Buch über Dich schreibt. Da hat er bestimmt viel zu schreiben. Wir lesen im Deutschunterricht gerade ›Die Gewehre der Frau Carrar‹ von B. Brecht. Ich freue mich auf die Herbstferien in Pankow. (Nur noch drei Wochen!) Deine Tochter Katarina.«

Die Stimmen ihrer beiden Töchter wurden ruhiger und irgendwann ganz leise, so als spürten die Mädchen, dass sie ihnen zuhörte. Sie schrieb nicht gern, aber sie musste Katarina antworten. Sie war die Mutter. Manchmal las Lena einen der Briefe, in denen sich ein Erzieher oder sogar die Heimleitung über Katarina beschwerte. Das beruhigte ihr Gewissen. Sie schrieb nicht gern, weil sie keine Fehler machen wollte. Ihre Autorität ging in der deutschen Sprache verloren. Sie hätte Katarina erklären können, dass sie nicht aus der Ukraine kam, sondern aus Russland, aber ein unpassendes Wort, ein fehlender Artikel, ein falscher Fall machten klar, wie unangebracht diese Korrektur war. Sie dachte daran, wie Maria sie in Gegenwart dieses Dozenten verbessert hatte. Der Schriftsteller korrigierte sie nie, er schien sich über ihre Fehler zu freuen. Er lächelte dann und schrieb schnell. Es war die Freude über ein Kind, das unbewusst originell war. Sie fühlte sich dumm und heimatlos. Sie zündete sich noch eine Zigarette an. Die Zigaretten schienen ihr Zeit zum Nachdenken zu verschaffen, aber eigentlich teilten sie nur die Leere ein, die sie umgab. Sie würde bald aufhören zu rauchen, dachte Lena.

Dann schrieb sie Katarina. Als sie mit dem Brief fertig war, schliefen Maria und Vera. Lena hatte das Gefühl, Gerechtigkeit hergestellt zu haben. Etwas Gerechtigkeit.

*

Zwei Monate später wurde ihr Antrag auf Todeserklärung ihres Ehemanns vom Gericht abgelehnt. Es tue ihr leid, schrieb die Beamtin Frau Bossbach, was seltsam war, denn eigentlich war es ja eine gute Nachricht. Es war eine öffentliche Bestätigung, dass Robert lebte. Vielleicht war es Frau Bossbachs Art, Lena mitzuteilen, dass sie sie verstanden hatte. Ihre Not. Das Stadtgericht Mitte sei nicht davon überzeugt, dass Robert F. Silber wirklich verstorben sei, schrieb ein Richter, dessen Namen unter einem dicken Stempel begraben war. Ihre Recherchen hätten ihnen keine Gewissheit geliefert. Das Gespräch mit Elena Silber, der Ehefrau, habe eher Fragen aufgeworfen als Antworten gegeben. Sie habe sich in Widersprüche verstrickt. Es liege der Verdacht nah, dass sich der Ehemann der Antragstellerin in der Bundesrepublik Deutschland aufhalte.

Es war das erste Mal, das Lena von diesem Verdacht hörte.

In derselben Woche schrieb die Allianz Lebensversicherung AG: »Nach Ziffer 54 der Westberliner Währungsumstellungsverordnung vom 4. Juli 1948 können aus einem Gebiet, in welchem ein Versicherungsunternehmen seine Vermögenswerte durch Beschlagnahme oder Enteignung verloren hat, so lange keine Ansprüche in Westberlin geltend gemacht werden, wie das Versicherungsunternehmen über diese Vermögenswerte in dem in Frage kommenden Gebiet nicht verfügen kann. Dies trifft für den Bereich der sowjetischen Besatzungszone und des sowjetischen Sektors von Berlin zu.«

Elena las die beiden Briefe immer wieder. Am Ende glaubte sie gesehen zu haben, wie sich Robert durch das Gestrüpp der langen Wörter aus ihrem Leben zurückgezogen hatte.

*

Zwei Jahre später, Stalin lag an der Seite Lenins im Mausoleum auf dem Roten Platz, erschien der Roman des Schriftstellers. Ihre Sitzungen waren seltener geworden und hatten ganz aufgehört, als der Schriftsteller sich, wie er ihr sagte, zum Schreiben zurückziehen musste. Es war das Ende ihrer Beziehung. Seine Abschiedsküsse waren routiniert geworden, der Rauch in seinem Atem roch schal, das Rasierwasser penetrant.

Lena hatte das Buch zufällig im Schaufenster einer Pankower Buchhandlung entdeckt. Es hieß »Die Rückkehr«.

Sie ging in den Laden, setzte sich mit einem Exemplar in die Ecke und schlug es auf. Es handelte nicht von ihr, nicht von einer Frau, nicht von einer Russin. Der Held war ein Mann, ein deutscher Mann. Hans Hoffmeister. Lena blätterte, las. Hoffmeister, der aus Rostock stammte wie der Schriftsteller, war in den zwanziger Jahren über die Neue Ökonomische Politik Lenins in die Sowjetunion gekommen. Nach Leningrad, wo er als Schiffsingenieur beim Aufbau einer sowjetischen Werft half. Er befreundete sich mit einem jungen sowjetischen Parteifunktionär, Lew, Sohn eines Seilers aus einem Dorf bei Wolgograd. In langen, weißen Sommernächten erwachte Hoffmeisters politisches Bewusstsein. Es gab Rückschläge beim Aufbau der Werft, es gab politische Verwerfungen, revolutionären Übereifer, Verrat, aber die Richtung stimmte. Hoffmeister beschloss, in der Sowjetunion zu bleiben. Er hatte sich in das Land, aber auch in Lews Schwester Swetlana verliebt. Sie arbeitete als Sekretärin des Werftdirektors. Swetlana hatte dicke schwarze Haare und leuchtend blaue Augen, ein Kontrast, der den Deutschen – er selbst war blond und blauäugig – sehr anzog. Swetlana aber war es nie richtig gelungen, in der neuen Welt anzukommen, sie war ihrem Bruder in die Stadt gefolgt, konnte dort aber nicht mithalten. Noch im ersten Drittel des Romans musste der deutsche Held des Romans erkennen, dass Swetlana in der mythischen, märchenhaften Welt ihrer Kindheit auf dem Land steckengeblieben war. Sie beflügelte ihn nicht, sie hinderte ihn am Fliegen.

»Abends wartete Swetlana vor dem Werktor auf ihn. Hans war erschöpft von den langen Diskussionen mit den Moskauer Maschinenbauern, die mit der Lieferung der Schiffsmotoren nicht zurechtkamen. Er trat aus dem Bürogebäude der Lenin-Werft und sah den langen, von weißgetünchten Fabrikhallen gesäumten Hauptweg hinunter, aus dem sich das Tageslicht zurückzog. Seine Freundin sah, mit dem Rücken an eine der Metallsäulen gelehnt, in die untergehende Sonne über der Newa und rauchte. Hans verharrte. Er holte eine Zigarette aus seinem Päckchen, zündete sie an und beobachtete die wartende Frau aus seinem Versteck. Noch hatte ihn Swetlana nicht entdeckt, noch konnte sie ihn nicht einspinnen in ihre Geschichten aus Alltagssorgen und Aberglauben, noch musste er nicht reagieren auf ihre Gerüchte und Halbwahrheiten, noch war er nicht Teil ihrer Pläne. Er rauchte und spürte, wie wohl er sich hier fühlte, in sicherer Entfernung. Nach fünf Minuten warf er die Zigarette aufs Pflaster und machte sich auf den Weg zum Fabriktor, an dem seine Freundin wartete. Je näher er Swetlana kam, desto mehr entfernte er sich von ihr.«

Lena schlug das Buch zu.

Sie sah in die Buchhandlung und rechnete damit, dass die Leute im Laden, wenigstens aber die Buchhändlerinnen sie anstarrten und tuschelten. Da saß sie, die Frau, die dem deutschen Helden im Weg stand. Die Frau, die nicht mithalten konnte. Die Frau, die die Wahrheit nicht ertrug. Die Ewiggestrige. Die Russin. Sie saß seit einer Stunde in der Ecke, aber niemand beachtete sie. Sie wartete noch ein paar Minuten, das geschlossene Buch auf den Knien. Sie würde nicht weiterlesen, sie würde das Buch nicht kaufen, denn sie wollte nicht herausfinden, wie es mit Swetlana weiterging. Sie war sich sicher, dass sie kein gutes Ende nahm. Aus der Zusammenfassung hinten auf dem Buch wusste sie, dass

Hans, der deutsche Held, als Offizier der Roten Armee in seine Heimat zurückkehrte, wo sicher neue Abenteuer auf ihn warteten. Vermutlich erfuhr er dort irgendwann beiläufig von einem Genossen, welches Schicksal seine Jugendliebe genommen hatte. Hans Hoffmeister würde seufzen und sich wieder dem Aufbau des Sozialismus zuwenden.

Lena stellte das Buch zurück ins Regal und verließ den Laden unerkannt.

*

Ein halbes Jahr später fand Lena »Die Rückkehr« nicht mehr im Buchladen. Anfangs fragten die Mädchen noch, was eigentlich aus dem Buch geworden war, aber irgendwann hörte das auf. Zwei- oder dreimal sah sie den Schriftsteller zufällig auf der Straße, sie senkte den Blick. Irgendwann vergaß sie, wie er ausgesehen hatte. Der Schriftsteller schrieb noch zwei Erzählungen, von denen eine nach langwierigen Überarbeitungen in einer Literaturzeitschrift veröffentlicht wurde. Frau Rehberg fand ihn an einem Montagmorgen tot in seiner viel zu großen Wohnung. In einem kurzen Nachruf des »Neuen Deutschland« wurde der erfolglose Exilroman als sein Hauptwerk bezeichnet. »Die Rückkehr« wurde nicht erwähnt.

Lena erfuhr irgendwann von seinem Tod und wusste, dass es richtig gewesen war, dem Schriftsteller nicht ihre Geschichte anvertraut zu haben.

23

DEUTSCHLAND
AUGUST 2017

Als der Zug in Wolfsburg einfuhr, rief seine Mutter an. Konstantin saß im Großraumwagen, auf einem Platz, den er gegebenenfalls freigeben musste, wie auf dem kleinen Leuchtschild über seinem Kopf stand. Ihm gegenüber saß ein Paar, das seit Berlin vier Worte miteinander gewechselt hatte. Sie hatte drei gesagt, er eines. Auf ihren Leuchtschildern stand Berlin-Kassel. Sie waren in Konstantins Alter und trugen wetterfeste Jacken der Firma Wolfskin, obwohl die Sonne schien. Er in grau, sie in rot. Ihre Worte waren »Der Raps, Carsten« gewesen, sein Wort: »Genau.«

Als Konstantins Telefon zum zweiten Mal klingelte, sah ihn der Mann, Carsten, an, als würde er ihn bei einem weiteren Ton niederschlagen. Konstantin nahm den Anruf an, damit das aufhörte.

»Ich bin im Zug«, sagte er.

»Du hast versucht, mich anzurufen«, sagte seine Mutter.

»Nein«, sagte er.

»Jemand hat versucht, mich anzurufen«, sagte sie.

»Ich nicht«, sagte Konstantin.

Der Mann schüttelte den Kopf. Er zeigte nach oben an die Zugwand, wo ein durchgestrichenes Handysymbol zu sehen war. Konstantin nickte.

»Wohin fährst du denn?«, fragte seine Mutter.
»Ludwigshafen«, sagte Konstantin.
»Was willst du denn da?«, fragte seine Mutter.
»Mein Thema finden«, sagte er.
Sie schwieg, wartete auf nähere Erläuterungen. Im Hintergrund hörte Konstantin Geschirr klappern. Dann die Stimme seines Vaters: »Kännchen nur draußen, Marie.«
»Ich sitz in einem dieser Ruhebereiche«, sagte Konstantin. »Ich ruf dich gleich zurück.«
»Was will er denn in Ludwigshafen, Claus?«, sagte seine Mutter noch.

Konstantin schaltete das Handy aus, ordnete die Papiere, die er auf seinem Nebensitz ausgebreitet hatte, der ebenfalls freizugeben war, sollte jemand mit einer Platzkarte auftauchen. Es waren Dokumente aus den weißen Plastetüten, die ihm Tante Katja überlassen hatte. Zeugnisse seines Großvaters aus den zwanziger Jahren, eine Urkunde der Außenhandelskammer des Deutschen Reiches, die Robert F. Silber einen Einsatz in der Sowjetunion erlaubte. Es waren kopierte Familienbilder mit Menschen, die Konstantin unbekannt waren. Es gab Fotos seiner Tanten als Mädchen. Mal waren sie zu fünft, mal zu viert, mal in einem Garten, mal auf einem Sofa. Mit Baba. Mit Baba, ihrem Mann und ein paar Hausangestellten. Es gab eine Art handschriftliche Familienaufstellung, die Tante Katja für ihre Arbeit in der Humboldt-Universität angefertigt hatte. Kästchen, in denen sie auflistete, in welchen Massenorganisationen ihre Eltern, Schwestern, deren Lebensgefährten und Kinder waren. Konstantins Mutter war Mitglied in der Deutsch-Sowjetischen Freundschaft, im Freien Deutschen Gewerkschaftsbund und im Kulturbund gewesen, sein Vater war Mitglied im Verband der Film- und Fernsehschaffenden. Onkel Egon war, wie es aussah, Mitglied in jeder sozialistischen Organisation, die es gegeben hatte. Lara und Vera waren in der SED, bei Elena Silber stand Komsomol, bei ihrem Mann Robert Silber NSDAP. Juri und Natascha waren Mitglieder der Freien Deutschen Jugend, er selbst Pionier. Es gab Anträge, Antworten auf Anträge, Beurteilungen, Briefe. Und es gab eine Auskunft des Suchdienstes vom Deutschen Roten Kreuz München aus dem Jahr 1964 über das Schicksal von Robert F. Silber.

Sie hatten ihn nicht gefunden. Aber die Beamten vom Münchner Suchdienst hatten ein Szenario entworfen, dafür, was mit ihm hätte passieren sein können. Es klang wie das Drehbuch einer deutschen Wochenschau.

»Mitte Februar 1945 erzwangen Truppen der Roten Armee zwischen Steinau und Glogau den Übergang über die Oder. Gegen erbitterten deutschen Widerstand an den Flüssen Bober und Queis erreichten sie bis Anfang März die Neiße zwischen Görlitz und ihrer Mündung in die Oder. Die Kreisstadt Sorau ging nach Straßenkämpfen am 16. Februar verloren.«

Verloren.

»Autostadt«, sagte Carsten.

Seine Frau schaute kurz von ihrem Handy auf, nickte. Konstantin sah aus dem Fenster auf die Wolfsburger Kastenbauten, wo man einen Nazifilm drehen konnte, ohne umzudekorieren. Dann las er weiter.

»Unmittelbar nach der Besetzung begannen sowjetische Soldaten und polnische Milizen, Zivilpersonen in Sorau festzunehmen. Nachdem die Zivilgefangenen an verschiedenen Sammelpunkten in Pitschkau zusammengefaßt worden waren, kamen sie in oberschlesische Sammellager in Gleiwitz und Posen. Von hier wurden die Gefangenen zum größten Teil in Arbeitslager im Süden der

UdSSR gebracht. Einige Transporte aus den Kreisen Sorau und Forst gingen auch in den Transkaukasus, den Ural sowie in den Nordwesten der Sowjetunion. In den Lagern wurde Schwerstarbeit verlangt. Die Gefangenen konnten die hohen Leistungen, beim Straßen- und Bergbau oder im Holzeinschlag, meist nicht erfüllen. Die Lebensbedingungen wurden durch mangelhafte Verpflegung, überfüllte Unterkünfte sowie schlechte Gesundheitsfürsorge verschlimmert. Viele Gefangene haben daher diese schwere Zeit nicht überlebt.

Alle bisherigen Feststellungen des Suchdienstes lassen nur die Folgerung zu, daß die verschollene Person in der Internierung verstorben ist.«

Konstantin strich über das Papier. Es war vom Direktor des Suchdienstes München unterschrieben. Den Antrag hatte Liselotte Berthold gestellt. Ihre Adresse war Ludwigshafen, Bahnhofstraße 12. Da wollte er hin. Er hatte im Internet keine Telefonnummer gefunden, vielleicht gab es eine Klingel. Der Zug rollte wieder an. Nächster Halt war Braunschweig. Konstantin stand auf.

»Ich geh mal kurz raus«, sagte er zu dem Paar, das ihm gegenübersaß. Er zeigte auf das durchgestrichene Telefon.

Carsten zuckte mit den Schultern. Seine Freundin rieb ihm den Unterarm. Draußen wurden die Häuser erst größer, dann kleiner. Fabrikgebäude, Einfamilienhäuser, Tennisplätze, Kleingärten.

Konstantin ging in den Vorraum, setzte sich auf einen der Klappsitze neben dem Klo und rief seine Mutter an.

»Und?«, sagte seine Mutter.

»Und?«

»Was willst du in Ludwigshafen?«

»Kennst du Liselotte Berthold?«
»Wer soll das sein?«
Fünf Fragen.
»Sie hat einen Suchantrag nach deinem Vater gestellt.«
»Wann?«
»1964.«
»Das ist über fünfzig Jahre her.«
»Ich weiß.«
»Woher weißt du denn das überhaupt?«
»Tante Katja«, sagte er.

Seine Mutter schwieg. Er hörte Klaviermusik im Hintergrund, Stimmen. Wolfsburg franste in niedersächsischer Landschaft aus.

»Dein Vater will dir was sagen«, sagte sie.

Es rumpelte, irgendetwas fiel um, dann sagte sein Vater: »Saumagen.«

»Papa?«, sagte Konstantin.
»Na, Saumagen.«

Konstantin wartete.

»Das Lieblingsgericht des schwarzen Riesen.«
»Der schwarze Riese?«, fragte Konstantin.
»Blühende Landschaften«, sagte sein Vater.

Im Hintergrund hörte Konstantin seine Mutter reden. Er sah auf die Zahlen, die die Geschwindigkeit des Zuges anzeigten. 137. Draußen sah man Maisfelder. Dann Wald. Helmut Kohl war vor ein paar Wochen beerdigt worden, der schwarze Riese, der König dieses Landes. Konstantin fragte sich, ob sein Vater das wusste.

»Deine Mutter will, dass ich dir sage, was es heute zum Mittag gab«, sagte sein Vater.

»Okay«, sagte Konstantin.

»Es ist ein Test«, sagte sein Vater. »Wie die Uhr.«
Sie fuhren jetzt 141.
»Pflaumenknödel«, rief seine Mutter von hinten.
»Pflaumenknödel«, sagte Konstantin.
Er stellte sich vor, wie er das Telefongespräch im Großraumwagen geführt hätte. Der Blick von Carsten.
»Hat meine Mutter immer gemacht«, sagte sein Vater. »Die besten Pflaumenknödel der Welt. Sie kam ja aus Böhmen.«
»Richtig«, sagte Konstantin.
Er hatte keine Erinnerung an ein Essen mit der Mutter seines Vaters. Er hatte noch ein Bild von der Küche im Kopf, die im Souterrain des Schwarzenberger Hauses lag, zwei Fenster zur Straße, vor denen Beine entlangliefen. Es roch nach Kohlen, Schmalz, und der Fußboden war blau-weiß gefliest. Seine Oma war eine kleine, stille Frau in einer knisternden Kittelschürze, die ihm mechanisch über den Kopf gestrichen und Dinge in einem unverständlichen Dialekt gesagt hatte. Konstantin erinnerte sich daran, wie sie Bohnen geputzt hatte, auf einem Stuhl, der unterm Küchenfenster stand. Sein Großvater saß in der anderen Ecke der Küche und rauchte. Er hatte große Hände, die mit Altersflecken übersät waren. Er war ein stiller Mann. Die wenigen Sätze, die er redete, waren nicht zu verstehen. Konstantin hatte nicht nachgefragt, aus Höflichkeit und Angst, aber auch, weil es ihn eigentlich nicht interessierte. Die Eltern seines Vaters waren die Fabelwesen seiner Kindheit. Scheue Höhlenmenschen, die blinzelten, wenn sie das Licht sahen. Sein Vater war aus dieser Welt geflohen, in die Welt seiner Frau. Diese Frau wollte nie, dass sie nach Schwarzenberg fuhren. Zu weit weg, zu kalt, zu dunkel und insgesamt nicht gut genug. Die Häuser dort waren mit Schiefer gedeckt, die Luft roch schweflig. Nach Berlin kamen die Höhlenmenschen nicht,

sie fürchteten das Licht. Dieser Teil der Familie war Konstantin vorenthalten und ausgeredet worden. Sein Vater hatte sich gefügt, vielleicht kehrte er nun ins Erzgebirge zurück. Er hatte seinen Dialekt immer weggedrückt, weswegen er oft atemlos klang, wenn er redete. Wie ein Sänger, dem die Luft ausging. Jetzt hatte er die Kraft nicht mehr, und seine Sprache dickte wieder ein.

»Du könntest dich auch mal wieder sehen lassen«, sagte sein Vater.

»Ja«, sagte Konstantin.

»So lange wie ich noch hier bin«, sagte sein Vater.

»Was meinst du denn damit?«, fragte Konstantin.

»Ich weiß nicht, ob ich die Finanzierung hinbekomme«, sagte sein Vater. Dann riss die Verbindung ab. Konstantin stand am Fenster, lauschte in das Telefon, aber sein Vater hatte ihn mit diesem rätselhaften Satz zurückgelassen. Zwischen Wolfsburg und Braunschweig. Bei Tempo 140.

Konstantin ging zurück zu seinem Platz und las in den Unterlagen, die ihm seine Tante Katarina hinterlassen hatte. In einer Aktenkopie lehnte ein Berliner Richter am Stadtbezirksgericht Mitte Babas Antrag ab, ihren verschollenen Ehemann für tot zu erklären.

»Am 3. März 1953 stellte Elena Silber einen Antrag auf Todeserklärung ihres Ehemannes Robert F. Silber. Sie hat in Moskau mit dem Verschollenen die Ehe geschlossen und folgte ihm im Jahre 1936 ins faschistische Deutschland. Während des Zweiten Weltkrieges war der Ehemann Kriegsverwaltungsrat in der Hitler-Wehrmacht. Die Antragstellerin legte ein Schreiben vor, dem zufolge der Verschollene die Zeit vom 18. 9. bis 3. 10. 1945 in der Landesnervenklinik Sorau (Volksrepublik Polen) verbrachte, aus der er als gebessert entlassen wurde. Sie führte weiter aus, daß ihr Ehemann wenig später die Stadt verlassen habe, um sich in einer Heilanstalt in Cottbus weiter behandeln zu lassen. Nach ihrer Umsiedlung habe sie sich in Cottbus nach dem Verbleib erkundigt und feststellen müssen, daß er dort nie eingetroffen sei. Später erklärte die Antragstellerin, ihr Mann habe eine Verletzung am Bein gehabt, die sich entzündete, weswegen er sich zu einer Behandlung in die Berliner Charité begeben habe. Ein sowjetischer Offizier habe ihr mitgeteilt, daß er in Bad Muskau auf ein nach Berlin fahrendes sowjetisches Sanitätsfahrzeug gestiegen sei. Als sie 1948 in Berlin ankam, habe sie in der Charité nach ihrem Ehemann gefragt, aber auch hier war er nie angekommen. Auf diese Widersprüche angesprochen, erklärte die Antragstellerin Elena Silber, ihr Ehemann sei alkoholabhängig gewesen und habe sie oft betrogen, unter anderem mit einer festen Freundin, die in Bayern lebe.

Diese Erklärungen enthalten so wesentliche Widersprüche, daß man annehmen muß, die Antragstellerin richte sich allein danach, wie es ihr zur Erreichung des Erfolges am zweckmäßigsten erscheint. Keine ihrer Erklärungen aber verweist auf einen Umstand, der eventuelle Zweifel an einem Fortleben des Robert Silber begründen könnte. Für die Tatsache, daß sich der Verschollene nicht wieder bei seiner Familie gemeldet habe, liegen offenbar Gründe vor, die zwar nicht zu billigen sind, aber nicht dafür sprechen, daß er den Tod gefunden hat.

Der Antrag ist daher zurückzuweisen.«

Darunter gab es vier Unterschriften und einen Stempel der Zivilkammer 260 des Stadtbezirksgerichts Mitte.

Zwei Dokumente, zwei Geschichten. Der Krieg war erst seit acht Jahren vorbei gewesen, aber die Erinnerungen wurden schon neblig, sie folgten der neuen Weltlage, neuen Feindbildern. In den

Worten des Münchner Suchdienstes erschien Konstantins Großvater wie ein Opfer der sowjetischen Willkür, verscharrt in einem stalinistischen Massengrab. Der Ostberliner Richter porträtierte ihn als faschistischen Kriegsverwaltungsrat, der sich aus dem Staub machte, als es ihm an den Kragen ging. Ein gewissenloser Trinker und Frauenheld, der seine Familie im Stich gelassen hatte, als sie ihn am meisten brauchte. Ein Vaterlandsverräter dazu.

Braunschweig. Hildesheim. Göttingen.

Carsten und seine Gefährtin schwiegen. Er sah aus dem Fenster, sie auf ihr Handy. Die Sonne verschwand, kurz hinter Göttingen begann es zu regnen. Carsten nickte. Die beiden trugen die richtigen Jacken. Sie kannten den Wetterbericht, natürlich, sie wussten, was sie erwartete. Konstantin dagegen war ahnungslos, unvorbereitet.

Fünf Minuten vor Kassel sagte die Frau: »So.«

Es war das sechste Wort seit Berlin.

Sie stand auf, sah auf den Koffer, der über ihnen im Gepäckfach lag. Ein sehr bunter Koffer, verglichen mit ihrem Temperament. Carsten rührte sich nicht. Seine Frau stand im Gang. Sie wartete, aber er wollte sich nicht treiben lassen. Aus dem Lautsprecher kam die Ansage: »In wenigen Minuten erreichen wir Kassel.« Carsten sah aus dem Fenster. Seine Frau seufzte, ging los. Es war die Essenz jeder Beziehung, dachte Konstantin. Was ist man bereit aufzugeben? Wo ist dein Freiraum? Wo sind deine Grenzen? Er und Lisa waren an diesen Fragen gescheitert. Er war an diesen Fragen gescheitert. Lisa versuchte es weiter. Er konnte sich nicht vorstellen, wie ihr Zusammenleben mit dem Filmpreisträger in den engen Hosen aussah. Er konnte sie sich an dessen Seite noch weniger vorstellen als an seiner. Schließlich erhob sich Carsten und zog den Koffer aus dem Gepäckfach. Er lächelte, als habe er die Nerven behalten wie James Dean in »Rebel Without A Cause«. Er war bis zum letztmöglichen Moment im Auto sitzen geblieben und sprang gerade noch so rechtzeitig hinaus, nach Kassel.

»Mit Natalie Wood, Papa«, sagte Konstantin leise.

Carsten sah sich um.

»Lange Geschichte«, sagte Konstantin.

Carsten schüttelte den Kopf.

Draußen auf dem Kasseler Bahnsteig waren Carsten und seine Partnerin wiedervereint. Sie liefen auf ein älteres Paar zu. Seine Eltern oder ihre.

Das Paar hatte genau am richtigen Waggon auf den Besuch aus Berlin gewartet. Sie kannten die Wagenfolge, nichts war zufällig.

Es gab eine sowjetische Heiratsurkunde der Silbers aus den zwanziger Jahren und eine deutsche Übersetzung aus den Dreißigern. Es gab einen dicken Stapel von Briefen, mit verschiedenen Absendern. Die Korrespondenz der Schwestern.

Konstantin las in Briefen, die seine Tante Lara an seine Tante Katja geschrieben hatte. Siebziger, achtziger Jahre. Lara berichtete über den Deutschunterricht, ihre Schüler, ihren Direktor, das Land. Sie beklagte sich über langweilige Pflichtliteratur und über die anderen beiden Schwestern. Über Vera, die ihre Patienten und ihre Männer ausnutzte und ihren Sohn Juri vernachlässigte, über Maria, die zu viel trank und ihren Mann betrog. Sie beschrieb eine Geburtstagsfeier in der Wohnung von Baba, in der Konstantins Mutter offenbar eine Flasche Tokaier getrunken hatte, was immer das war. Konstantin konnte sich nicht an exzessive Feiern bei seiner Oma erinnern. In seiner Erinnerung gab es immer nur Kuchen. Lara machte sich Sorgen um seinen Cousin Juri. Konstantin wurde nicht erwähnt. Lara schrieb auch nichts über Egon, nicht über die andere, die dunkle Hälfte des Flurs. Baba schien in Laras Briefen unantastbar, eine Mischung aus Heiligenfigur und Möbelstück, einmal verteidigte sie sie gegen einen Vorwurf, den ihr Katarina offenbar gemacht hatte. In Laras letzten Briefen ging sie in ihrer Krankheit verloren.

»Ich werde vor Mutti sterben«, schrieb sie. »Ich glaube nicht, dass sie mich noch vermissen kann. In ihrem Zustand. Wenn sie doch fragen sollte, sag ihr, ich sei verreist. In die Sowjetunion. Das wird sie freuen.«

Hinter Fulda schlief Konstantin ein und wachte in Frankfurt wieder auf, als Leute in den Wagen drängten. Ein Mann blieb neben seinem Sitz stehen. Er hielt ein Ticket in der Hand und verglich es mit der Nummer über Konstantins Sitz. Dann sah er Konstantin an. Konstantin wartete. Irgendwann sagte der Mann:

»Die 66.«

»Wie bitte?«, fragte Konstantin.

»Mein Platz«, sagte der Mann.

»Können Sie nicht im ganzen Satz sprechen? Kennen Sie keine Verben?«, fragte Konstantin.

Der Mann sagte: »Ich habe eine Reservierung.«

»Das war nur ein Hilfsverb«, sagte Konstantin.

»Ich will mich eigentlich nur hinsetzen«, sagte der Mann.

Zwei Reihen vor ihnen stand ein Mann auf und schaute interessiert nach hinten. Konstantin spürte, wie dünnhäutig er geworden war. Der Schlaf, die Briefe, die Fremde. Er fühlte sich in der Geschichte eingesperrt. Es ging nicht um den Mann, es ging nicht um Carsten und seine Frau. Es ging um das ganze maulfaule Volk.

»Ja, natürlich«, sagte er, stopfte die Unterlagen in seine Reisetasche wie schmutzige Wäsche und verließ seinen Platz. Er setzte sich wieder auf einen der Klappstühle neben dem Klo. Er schaltete sein Handy ein und sah eine SMS von seiner Mutter. »Vaters Schwester hieß Liselotte.«

Kein Hallo, kein Abschied. Vielleicht dachte sie, jeder Buchstabe koste extra. Das geistvolle Gerede über die Welt am Wohnzimmertisch seiner Kindheit, die Funken, die auf ihren Autofahrten sprühten, das Gelächter über die Dummen, die Ignoranten, die Maulfaulen: alles vorbei. Er war ganz allein.

In Mannheim stieg er aus und fuhr mit der Lokalbahn über den Rhein nach Ludwigshafen. Der Hauptbahnhof dort sah bemitleidenswert aus. Viel Beton und wenige Menschen. Er lief durch ein paar schummrige Unterführungen, über einen menschenleeren Platz, vorbei an einer Berufsschule, vor der ein paar dunkelhäutige Jungs standen und rauchten. Die Bahnhofstraße war von Fünfziger-sechziger-Jahre-Häusern gesäumt, vierstöckig mit winzigen quadratischen Fenstern. In den Erdgeschossen Automatensalons, Kneipen. Dönerläden, Sonnenstudios, Billigbäcker. In der Nummer zwölf gab es einen Laden, der orientalischen Schnickschnack anbot, vor allem Wasserpfeifen, auf dem Klingelbrett standen acht Namen, Berthold war nicht dabei. Der einzige Name, der deutsch klang, war Lautenschläger. Da klingelte Konstantin.

Die Tür surrte auf. Im schummrigen Licht des Hausflurs stand, eine halbe Treppe über Konstantin, ein Mann in Trainingshosen und einem kurzärmligen Hemd.

»Ja?«

Konstantin machte ein paar Schritte in das Haus.

»Ich bin auf der Suche nach Liselotte Berthold.«

»Die ist tot«, sagte der Mann.

Konstantin nickte.

»Was wollen Sie denn von ihr?«, fragte der Mann.

»Sie war meine Tante«, sagte Konstantin. »Aber ich kannte sie nicht. Ich bin aus dem Osten.«

»Bisschen spät«, sagte der Mann, er drehte sich weg.

»Das war immer unser Problem«, sagte Konstantin. »Im Osten.« Der Mann blieb stehen, gluckste.

»Ich dachte, Sie kannten sie vielleicht. Meine Tante. Sie haben ja den einzigen deutschen Namen am Klingelbrett«, sagte Konstantin.

Der Mann drehte sich zurück.

»Wollen Sie einen Zitronenlikör? Selbstgemacht?«

»Gern«, sagte Konstantin.

Anderthalb Stunden später war er über die wesentlichen Bevölkerungsentwicklungen Ludwigshafens seit dem Zweiten Weltkrieg informiert. Zuerst kamen die Umsiedler aus den Ostgebieten, darunter die Bertholds, die Kaminskis aus dem zweiten Stock und auch Lautenschlägers Familie selbst. Seine Mutter kam aus Schlesien, nordöstlich von Breslau, sein Vater aus Ostpreußen, Braunsberg. Dann kamen die Italiener, die Spanier und schließlich die erste Generation Türken. Die BASF gab allen Arbeit. Lautenschlägers Vater arbeitete da, Lautenschläger ebenfalls. Alle waren zufrieden. Es gab türkische, spanische, italienische Restaurants und deutsche Kneipen. Aber irgendwann ging ein Gleichgewicht verloren, etwas kippte. Die zweite und die dritte Generation der türkischen Gastarbeiter hatte nicht mehr den Eifer ihrer Vorfahren, sagte Lautenschläger, und irgendwann habe er gar nicht mehr sagen können, wer woher kam. Afghanistan, Turkmenistan, Kosovo, Mazedonien, Libyen oder Marokko.

»Ihre Leute aus Ostdeutschland hatten das Arbeiten ja auch nicht gerade erfunden«, sagte Lautenschläger.

»Wem sagen Sie das«, sagte Konstantin.

»Noch ein Likörchen?«, fragte Lautenschläger.
»Gern«, sagte Konstantin.
Den Zitronenlikör machte Lautenschläger nach einem Rezept, das seine Mutter aus Schlesien mitgebracht hatte. Sein Vater war Ende der Achtziger, zwei Jahre vor der Rente, gestorben, die Mutter hatte noch bis vor drei Jahren gelebt. Lautenschläger hatte sie bis zum Schluss gepflegt. Mitte der Neunziger waren sie vom dritten Stock ins Erdgeschoss gezogen, wegen der Treppen. Und dann war er einfach hiergeblieben. Ein Zimmer zu viel, sagte er, aber die Miete war unschlagbar. Er war vor zwei Jahren, mit 58, in den Vorruhestand gegangen, weil er nicht wie sein Vater tot umfallen wollte.
»So kurz vorm Ziel«, sagte Lautenschläger.
Konstantin nickte. Das Ziel. Der Zitronenlikör nebelte ihn ein, seine Lippen fühlten sich taub an. Es war sehr warm in der Wohnung und nun auch ziemlich dunkel. Das Tageslicht hatte sich aus dem Erdgeschoss zurückgezogen, Lautenschläger redete über die Veränderungen in einem Werk 5, wo er als Maschinenfahrer gearbeitet hatte. Konstantin wurde müde, er hätte gern seine Schuhe ausgezogen.
»Wie war denn meine Tante?«, fragte er.
»'ne ganz Vornehme, soweit ich mich erinnere. Sie ist ja noch vor meinem Vater gestorben. Meine Mutter hat sie immer die Gräfin genannt. Sie hatten wohl mal Geld. Ihr Mann war im Krieg geblieben, sie hat die Jungen allein großgezogen, aber sie hatte immer diese Haltung, als komme sie aus'm Schloss und nicht aus der Bahnhofstraße. Die Jungs haben beide Klavier gelernt, ich höre sie heute noch spielen. Keine Ahnung, wie sie das Klavier durch den engen Hausflur bekommen haben.«
»Gute Frage«, sagte Konstantin.

»Sie hat bis zur Rente bei Don Alfredo gekellnert, in der Bismarckstraße, das war mal das erste Haus am Platz. Gibt's heute nicht mehr. Die Gräfin sprach ein bisschen Italienisch. Die Mutter war wohl Italienerin. Aber an die erinnere ich mich nicht.«

»Ja«, sagte Konstantin. »Sie hatte einen Bruder. Robert. Meinen Großvater. Haben Sie von dem gehört?«

»Einen Bruder«, sagte Lautenschläger.

Konstantin öffnete seine Reisetasche und suchte nach einem Familienbild.

Auf einem erkannte Lautenschläger die Gräfin. Sorau, 1934. Sie standen vorm Fabriktor. Es sah aus, als wäre es ein kalter Tag gewesen. Liselotte Berthold war groß und hatte einen breiten, eckigen Kiefer, wie der Mann in der Mitte, der sicher der Familienpatriarch war, ihr Vater, der alte Silber. Ein zufrieden lächelnder, schnurrbärtiger Mann mit dichtem Haar auf dem Kopf. Daneben die Italienerin, die weniger zufrieden schien, weniger zu Hause. Baba war nicht auf dem Bild, sie war zu der Zeit noch in der Sowjetunion, soweit sich Konstantin erinnerte. Sie kamen erst zwei Jahre später, während der Olympischen Spiele in Deutschland an, 1936. Aber ihr Mann Robert war da, auf Heimatbesuch wahrscheinlich. Er stand am Rand des Bildes in einem Mantel, dessen Kragen hochgeklappt war. Die Haare dunkel und glänzend zur Seite gelegt. Er hatte nicht die guten, breiten Kieferknochen seines Vaters geerbt, er hatte das spitze Kinn seiner Mutter, den südländischen Teint, einen fast weiblichen Schwung ihrer Augenbrauen, der ihn ein wenig spöttisch und herablassend aussehen ließ. So wie seine Töchter ausgesehen hatten, als sie jung waren. Auch Konstantin sah auf Fotos so aus und wusste, dass es nichts zu bedeuten hatte.

»Das ist er«, sagte Konstantin und zeigte auf den Mann mit dem glänzenden Haar. »Mein Opa. Robert F. Silber.«

Lautenschläger schaute tranig auf das Bild. Er schnaufte. Sie hatten sechs oder sieben Zitronenliköre im Blut.

»Ich glaube, den kenn ich nicht«, sagte er.

»Schade«, sagte Konstantin. Er spürte die lange Reise in den Knochen. Er war sehr müde.

»Ist lange her«, sagte Lautenschläger. »Noch'n Scheidebecher?« Konstantin trank den Abschiedsschnaps. Er ließ sich die Adresse von Liselottes jüngerem Sohn Thomas geben, der in Mannheim lebte und, soweit sich Lautenschläger erinnerte, bei der Bundeswehr gedient hatte. Der andere Sohn, Gerd, war zum Studium ins Ausland gegangen und nicht mehr wiedergekommen, sagte Lautenschläger. Nach einem weiteren Scheidebecher trat Konstantin wieder raus auf die Bahnhofstraße, in der Annahme, es sei später Abend. Aber es war hell und warm und geschäftig.

Er ging die Straße hinunter, bis sie sich zum Rhein öffnete. Breite Terrassen führten zum Fluss. Er setzte sich dort hin und schaute aufs Wasser. So weit waren die Silbers auf ihrer Reise in den Westen gekommen. Ab und zu fuhr ein Lastkahn vorbei. Konstantin rauchte drei Zigaretten, fühlte sich aber auch danach nicht in der Lage, weitere Familienrecherchen anzustellen. Er nahm sich ein Zimmer in einem kleinen, modernen Hotel, das am Ufer stand, und legte sich sofort ins Bett. Nachts um zwei wachte er auf. Er hatte schreckliches Sodbrennen von den Zitronenschnäpsen, deren Rezept aus den dunklen Tiefen Osteuropas stammte wie er selbst. Konstantin öffnete sein Fenster und sah auf den Rhein, den deutschesten Fluss, der groß und beruhigend unter ihm vorbeitrieb.

*

Mannheim war nicht viel ansehnlicher als Ludwigshafen, wirkte aber eher wie eine richtige Stadt. Thomas Berthold, Liselottes Sohn, lebte in einer ruhigen Straße in einem zweistöckigen Reihenhaus. Konstantin hatte ihn nach dem Frühstück aus dem Hotel angerufen, Berthold hatte einen Moment überlegt, ihm dann aber sofort den Weg erklärt. Er hatte den breiten, geraden Kiefer seines Großvaters geerbt. Er war achtzig, vielleicht auch schon älter. Er hatte volle, dicke Haare, große, harte Hände und einen kräftigen Händedruck.

Berthold lief mit den ausholenden Schritten eines Mannes, dem die Hüfte schmerzte, durch sein Haus, Konstantin folgte. Durch die Diele, durchs Wohnzimmer, über bernsteinfarbenes Parkett, wie es in den dreißiger Jahren verlegt wurde. Bücherregale, gerahmte Landkarten und ein Klavier. Eine gläserne Schiebetür öffnete sich zu einem kleinen Garten, in dem ein Pavillon stand. Da wollte er hin.

»Setzen Sie sich bitte, Herr Stein. Tee?«

»Gern«, sagte Konstantin.

Auf einem Tischchen in der Ecke lag ein hoher, ordentlich aufgeschichteter Zeitungsstapel. »Die Welt«, wenn Konstantin das richtig sah, ordentlich in ihre Einzelteile zerlegt, ausgelesen, abgenagt. Aus kleinen Boxen kam ein Klavierkonzert. Der Garten draußen war angenehm wild, als verweigere er sich den Befehlen des alt gewordenen Offiziers. Berthold brauchte ewig für den Tee, fast eine halbe Stunde, zeigte aber keinerlei Ungeduld oder Verlegenheit, als er schließlich mit dem Tablett zurückkehrte. Es gab auch Kekse.

»Wie also ist unscr Verwandtschaftsverhältnis, junger Mann? Helfen Sie mir.«

»Ihre Mutter Liselotte war die Schwester meines Großvaters

Robert. Das macht sie zu meiner Großtante, denke ich«, sagte Konstantin.

»Interessant«, sagte Berthold. »Seltsam, dass ich nie von Ihnen gehört habe.«

»Ich wusste auch nichts von Ihnen«, sagte Konstantin. »Ich glaube, darauf hatte sich die Familie geeinigt.«

»Wie meinen Sie das?«

»Mein Großvater, Ihr Onkel Robert, galt bei uns in Ostberlin als verschollen. Und offensichtlich hat sich niemand dafür interessiert, ihn wiederzufinden. Abgesehen von Ihrer Mutter und meiner Tante Katarina.«

»Katarina?«, sagte Berthold.

»Sie ist Ihre Cousine«, sagte Konstantin.

Er nahm einen Keks und erklärte dem Mann, was er über seine Hälfte der Familie wusste. Berthold hörte ihm aufmerksam zu, er unterbrach ihn nicht. Es war wohltuend, Konstantin hatte das Gefühl, dass sich die Dinge, ähnlich wie in den Sitzungen bei Frau Born, ordneten. Er wurde langsamer. Er zeichnete seine Hälfte des Familienstammbaums und hoffte, dass sein Verwandter später den Rest dazumalte. Als er mit seinem Teil fertig war, aß er den Keks, der Jahre alt zu sein schien.

Thomas Berthold gab sich Mühe, aber es entstand kein großes Familienbild. Es gab die Familie im Osten und die im Westen, keine Verbindung zwischen ihnen. Das wichtigste Glied fehlte. Berthold hatte seinen Onkel Robert zum letzten Mal im Krieg gesehen, sagte er. Da war er zehn Jahre alt.

Er wusste wenig vom Leben der Familie in Sorau, er kannte vor allem das Haus seiner Großeltern. Er war in Christianstadt aufgewachsen. Christianstadt am Bober. Er war mit seiner Mutter noch einmal dort gewesen, sagte er, in den Achtzigern, als es bereits Krzystkowice hieß, in ihrem Haus habe sich ein polnisches Kinderheim befunden. Sie hatten natürlich auch Sorau besucht, Zary. Es war ihm fremd. Die Kirche, die der Urgroßvater finanziert hatte, stand natürlich noch und auch die Reste der Tuchfabrik, aber niemand verband diese Gebäude mit ihrem Namen oder dem Namen Silber. Der Name war ausgelöscht. Das Familiengrab war verschwunden, das Sorauer Haus, in dem die Großeltern gelebt hatten, war einem Schulbau geopfert worden, zweistöckig, aus industriell gefertigten Betonplatten. Seine Großeltern Heinrich und Teofila hatten das nicht mehr erfahren. Glücklicherweise, sagte Berthold. Sie waren kurz nach der Flucht gestorben. Heinrich schon im Frühjahr '46, Teofila zwei Jahre später.

»Das Herz«, sagte Thomas Berthold.

Konstantin nickte, als wisse er Bescheid.

Berthold hatte kaum Erinnerungen an seinen Onkel Robert und dessen Familie. Sie hatten ein Jahr bei ihnen in Christianstadt gelebt, als deren Haus in Sorau renoviert worden war, aber das wusste Berthold nur aus Erzählungen. Er war zwei oder drei Jahre alt damals. Er kannte natürlich Bilder. Er wusste, dass sein Onkel mit einer Russin verheiratet gewesen war, was immer exotisch geklungen hatte und vielleicht auch eine Erklärung dafür lieferte, dass er und der Rest seiner Familie so spurlos verschwunden waren. Im Osten, auf der anderen Seite des Schützengrabens.

»Hat Ihre Mutter denn nie über uns geredet? Über ihre Schwägerin und deren Töchter, die Nichten?«

»Lara, Maria, Katarina«, sagte Berthold.

»Vera und Anna«, sagte Konstantin.

»Bestimmt hat sie das. Aber nicht oft und sicher nicht gern. Tante Jelena war ja dafür verantwortlich, dass der Bruder meiner Mutter verschwand, Onkel Robert«, sagte er.

»War sie das?«

»Ich denke schon. Er und die Mädchen sind doch nur ihretwegen nicht mit nach Süddeutschland gekommen, wo unsere Verwandten lebten. Wir sind kurz nach Neujahr aufgebrochen. Im Februar 1945 kamen die Russen. Wir hatten genug Zeit. Aber Tante Jelena wollte nicht weg. Sie vertraute auf ihre Freunde bei der Roten Armee. Und als die kamen, hat sie die Fronten gewechselt. Der Preis war ihr Mann. Sie hat ihn bezahlt«, sagte Thomas Berthold.

Er schaute Konstantin nicht an. Er schaute in den wilden Garten. Seine Kiefer mahlten. Vielleicht dachte er darüber nach, etwas zu erzählen, was seine These stützte. Eine Geschichte, ein Gerücht. Wenn er das tat, entschied er sich dagegen.

»Es ist schon so. Ihre Großmutter hat Onkel Robert geopfert. Er starb in Gefangenschaft, in irgendeinem Lager. Wie mein Vater. Ich kann Ihnen die Unterlagen des Roten Kreuzes zeigen. Sie sind an Unterernährung gestorben, an Misshandlung, an Erschöpfung.«

»Ich kenne die Auskunft des Roten Kreuzes«, sagte Konstantin.

»Was wollen Sie dann noch wissen?«, fragte Berthold, und plötzlich war da eine Schärfe, die Konstantin an die Mauer erinnerte, die sie immer noch trennte. Sein Onkel war mit einem klaren Feindbild aufgewachsen. Vielleicht war er in die Bundeswehr gegangen, um den Verrat zu sühnen, den seine Tante seiner Meinung nach begangen hatte. Wie es aussah, glaubte er daran, dass Baba, die Russin, die gesamte Familie Silber zerstört hatte.

»Wussten Sie von dem Lager im Wald? Dem Frauenlager?«, fragte Konstantin.

»Natürlich. Alle wussten das. Wir kannten nicht die Ausmaße, wir wussten nicht, was da passiert, aber dass es ein Lager gab, war bekannt. Onkel Robert hatte sogar ein Kindermädchen aus dem Lager beschäftigt, glaube ich. Das hat mir jedenfalls meine Mutter erzählt. Später«, sagte Berthold.

Er sah Konstantin jetzt an. Die Gelassenheit des Älteren, des Gastgebers, des Mannes, der das letzte Wort hatte, war aus seinem Blick verschwunden. Alle Zeiten gemischt, alle Mauern gefallen, all das schlechte deutsche Gewissen. Man rannte ein Leben lang weg, aber am Ende, ausgerechnet dann, wenn man am schwächsten war, holte einen die Vergangenheit doch ein.

»Wir haben das Lager besucht, Mutter und ich, als wir noch mal da waren. In den Achtzigern. Es waren nur Baracken, die im Wald herumstanden. Einige Teile waren immer noch abgesperrt. Ein Forstarbeiter hat uns erzählt, sie hätten dort damals Waffen hergestellt. Vielleicht lag noch scharfe Munition herum. Vielleicht hatten auch die Sowjets weitergemacht, wo die Nazis aufgehört hatten. Oder die Polen bauten dort immer noch Waffen. Ich weiß es nicht. Den Schrecken konnte man jedenfalls nur noch ahnen«, sagte er.

Konstantin wusste nicht, wie es von hier aus weitergehen sollte. Sollte er den Todesmarsch ansprechen, von dem er gelesen hatte, hier in einem Gartenpavillon in Mannheim? Berthold war ein Junge gewesen damals. Vielleicht war er auch Offizier geworden, um zu verhindern, dass es jemals wieder Frauenlager gab wie in Christianstadt. Konstantin kannte den Mann seit anderthalb Stunden. Er hatte nicht das Recht, dessen Welt einzureißen. Er dachte an die Märchen von Tante Vera und die Akten in seiner Reisetasche. Jeder wollte eine Geschichte, auf der er sein Leben aufbauen konnte. Er trank einen Schluck Tee. Berthold sah wieder in den Garten.

»Was haben Sie da eigentlich gemacht, bei der Bundeswehr?«, fragte Konstantin.

»Ich habe Ihnen doch gar nicht erzählt, dass ich bei der Bundeswehr war«, sagte Berthold.

»Lautenschläger hat es mir erzählt. Aus Ihrem Haus in Ludwigshafen«, sagte Konstantin.

»Manne«, sagte Berthold und schüttelte den Kopf. Er seufzte, er lächelte. »Manne. Wie geht's dem denn?«

»Gut, soweit ich mich erinnern kann«.

»Mussten Sie seinen Zitronenschnaps probieren?«

»Selbstverständlich.«

»Das tut mir leid.«

Berthold lachte. Konstantin lachte. Sie waren über den Berg. Sie hatten kurz den Nerv berührt. Sein Westverwandter erzählte noch von seiner Laufbahn und von seiner Familie. Dinge, die nichts mehr mit Konstantins Leben zu tun hatten.

Thomas Berthold hatte in einem Pionier-Bataillon am Rhein gedient, drei Jahre lang in einem Camp in North Carolina, dann Verteidigungsministerium in Bonn, Führungsakademie der Bundeswehr in Hamburg, dann NATO in Brüssel und in Dänemark. Er war Generalmajor. In der Wendezeit hatte er sich um die Integration der Nationalen Volksarmee in die Bundeswehr bemüht, sagte er und lächelte, als habe er Konstantin damit einen Gefallen getan. Er kannte nicht Konstantins Vater, aber den letzten Verteidigungsminister der DDR. Ein Bürgerrechtler, ein Pfarrer und Pazifist. Thomas Berthold hatte keine Kinder. Seine Frau war im vorigen Jahr an Krebs gestorben. In seinen Armen. Er hatte sie bis zum Schluss gepflegt, zu Hause. Er hatte die Hälfte ihrer Asche in Neckarau bestattet, die andere Hälfte in die Nordsee gestreut. Sie hatten ein Ferienhaus auf Sylt, ihre glücklichste Zeit verbrachten sie dort oben. Seine Frau stammte aus dem Osten Deutschlands, er aus Schlesien.

Mannheim war ein Zufall, keine Heimat. Seine Mutter wollte eigentlich nach Baden-Württemberg, wo ein Cousin ihres Vaters ein Gut hatte. Aber der Cousin war von den Amerikanern verhaftet worden, weil er Zwangsarbeiter beschäftigte, sein Gut wurde beschlagnahmt. Sie machten in Ludwigshafen halt, um auf seinen Vater zu warten und dann weiterzusehen. Doch der Vater kam nicht. Sie zogen in den Neubau in der Bahnhofstraße, vorübergehend. Sie blieben hängen. Seine Mutter, die Gräfin, hatte am Ende mehr Zeit in Ludwigshafen verbracht als in Sorau, aber ihre Heimat wurde es nie. Sie wurde 92 Jahre alt. Sie lag auf dem Friedhof in Neckarau, neben der halben Asche seiner Frau.

»Was ist eigentlich aus Ihrem Bruder Gerd geworden? Lautenschläger, Manne, sagte, er lebe im Ausland«, sagte Konstantin.

»Gerd hat in Chile studiert. Agrarwissenschaften. Er hat da seine Frau kennengelernt. Sie kommt aus Paraguay. Da sind sie hingezogen. Sie betreiben eine Landwirtschaft. Gerds Schwiegereltern waren aus Deutschland geflohen, fragen Sie mich nicht, wovor. Die Hochzeit war gespenstisch. Ich konnte da nie wieder zurück. Er ist irgendwie verlorengegangen. Wir haben unseren Vater beide sehr vermisst, hatten aber unterschiedliche Vorstellungen davon, was für ein Mann der war. Gerd dachte, er sei mutig gewesen, ich habe ihn eher als tragische Figur gesehen. Ich hab seit Jahren nicht mehr mit meinem Bruder gesprochen«, sagte Berthold.

»Südamerika«, sagte Konstantin.

»Ja«, sagte er.

Berthold zeigte ihm Fotoalben einer Familie, die Konstantin vorenthalten worden war wie die Eltern seines Vaters. Die italienische Urgroßmutter Teofila mit einem Turm aus Haaren und einem gelangweilten Blick. Eine Tante Elisabeth, die ebenfalls mit nach Ludwigshafen gekommen war, wo sie irgendwann in einem Altersheim starb. Fremde Menschen. Alte, schwarzweiße Landschaftsbilder eines geübten Fotografen, Flüsse, Weiden, Wälder, wahrscheinlich in Schlesien, die Tuchfabrik, in gleißendem Licht, harte Schatten. Dann wieder Schnappschüsse. Bertholds Bruder Gerd und seine Frau auf der Terrasse einer Ranch in Paraguay. Sie hatte blonde, fast weiße Haare, er das breite Kinn seiner Mutter und einen Schnurrbart. Es gab Bilder der alt gewordenen Liselotte Berthold, in den Bonbonfarben Westdeutschlands, man sah ihre aufrechte Haltung auch auf den Ludwigshafener Schnappschüssen. Sie schien immer noch auf ihren Mann zu warten. Bilder von Thomas Berthold, als Offizier in Amerika, in Brüssel, in Dänemark, Bilder von seiner Hochzeit. Er trug Uniform, seine Frau ein schlichtes weißes Kleid. Die Frau sah vertraut aus, vertrauter als der General. Dann Urlaubsbilder, Bilder auf Sylt. Bertholds Frau kam Konstantin immer näher. Er hatte sie schon mal gesehen.

»Wie hieß Ihre Frau?«

»Margarethe«, sagte Berthold.

»Sie sagten, sie kam aus dem Osten.«

»Nicht so weit aus dem Osten wie wir. Sie kam aus Bernau, das liegt bei Berlin. Sie hatte einen Bruder da, zu dem wir Kontakt hatten.«

»Bernau«, sagte Konstantin.

»Ja«, sagte Berthold.

Konstantin schlug die Seite des Fotoalbums um. Margarethe Berthold stand an einem Strand, kühler Tag, sie trug einen hellen Trenchcoat und ein Kopftuch, das im Wind flatterte. Konstantin erkannte sie. Sie war die Frau auf der Beerdigung seiner Großmutter. Die Frau im Hintergrund, die Frau in dem hellen Mantel, die niemand beachtet hatte.

»Die Familie von Margarethes Bruder war nicht so kompliziert. Das waren einfache Leute, die versuchten zurechtzukommen«, sagte Berthold. »Wir haben ihnen zu Weihnachten Pakete geschickt. Und dann, nach dem Mauerfall, haben wir uns auch besucht.«

»Das ist in Ordnung«, sagte Konstantin. »Ich weiß, wie schwierig meine Familie sein kann.«

»Na ja«, sagte Berthold.

»Es ist seltsam, aber ich glaube, ich habe Ihre Frau schon mal gesehen. Auf der Beerdigung meiner Großmutter. Ihrer Tante. Auf Elenas Beerdigung.«

Der General schaute zweifelnd, dann nickte er.

»Richtig«, sagte er. »Das hätte ich fast vergessen. Sie hatte die Todesanzeige gelesen. Wir waren beide in Berlin, in diesem Hotel am Palast der Republik. Ich hab mich mit den Amerikanern getroffen, die ihren Rückzug planten. Margarethe hat ihren Bruder besucht. Sie hat mir die Todesanzeige beim Frühstück im Hotelrestaurant gezeigt. Aber ich wäre da natürlich nie hingegangen, ich hätte es unpassend gefunden, nach all der Zeit.«

»Unpassend?«

»Ich hätte nicht um Jelena trauern können. Margarethe, meine Frau, war da anders, sie hatte ein leichteres Herz. Und natürlich war sie auch neugierig.«

»Hat sie irgendwas erzählt?«, fragte Konstantin.

Berthold sah sich auf die Hände. Schwere Hände. Er rieb sich mit dem Daumen über den Zeigefinger, als wolle er ihn wiederbeleben.

»Es sei die kühlste Beerdigung gewesen, an der sie je teilgenommen habe. Niemand habe geweint. Sie hat gesagt: Du wärst da gar nicht aufgefallen, Thomas«, sagte Berthold.

Es war kalt gewesen und diesig, soweit sich Konstantin erinnerte. Ein Friedhof in Pankow. Keine Rede, nur Musik, die Tante Vera ausgesucht hatte. Katarina war nicht eingeladen worden, und Lara war tot. Eine zerzauste Familie. Vera stand auf den Treppen, die zur Kapelle führten, wie ein Feldherr nach einer verlorenen Schlacht. Konstantins Mutter hatte den ganzen Morgen nicht geredet, sein Vater sah aus, als habe er sich verlaufen. Konstantin war Anfang zwanzig gewesen, unerfahren, was Beerdigungen anging. Er erinnerte sich daran, dass er die Musik in der Kapelle am ergreifendsten fand, die Musik und das hilflose Gesicht seines Vaters. Als sie die Kapelle verließen, hatte seine Mutter die Hand seines Vaters weggeschlagen, der sie zum Grab führen wollte. Sie hatte eine Rose in der Hand und einen winzigen hellen Beutel, den sie später ins Grab ihrer Mutter warf. Sie stand ewig an der Grube und redete auf den Sarg ein. Als Konstantin an der Reihe war, hatte er am Rand des Sarges den kleinen hellen Beutel gesehen. Er hatte versucht, ihn mit der Erde zu treffen, die er in die Grube warf. Er hatte seine Mutter nie gefragt, was eigentlich in dem Beutelchen war und was sie ihrer toten Mutter nachgerufen hatte. Anschließend waren sie noch in den Ratskeller des Rathauses Pankow gegangen. Da war die Frau im hellen Mantel schon weg gewesen. Vera hatte für jeden eine Soljanka bestellt und Wasser. Sie hatte erzählt, dass die Trauermusik eine Bachsonate für Violine und Klavier war, die Geige spielte Yehudi Menuhin. Sie hatte eine endlose Geschichte von dem Gastspiel erzählt, auf dem sie Yehudi Menuhin betreuen musste. Konstantins Vater hatte sich einen Schnaps bestellt. Niemand hatte jemals von der fremden Frau geredet, bis Konstantin irgendwann dachte, er habe sie sich vielleicht nur eingebildet. Wie es aussah, hatte dieser blasse Zufallsgast aus Bernau mehr Familiensinn als die ganzen Silbers zusammen.

»Eine kühle Beerdigung«, sagte Konstantin. »Ich glaube, da hatte Ihre Frau recht. Das Berührende war die Musik, die meine Tante Vera ausgesucht hatte. Eine Bachsonate, in der Yehudi Menuhin die Violine spielte.«

»Interessant«, sagte der General. »Saß Glenn Gould am Klavier?«

»Das weiß ich nicht«, sagte Konstantin.

»Es gibt eine Aufnahme von den beiden. Sonate Nummer 4 in c-Moll. Warten Sie.«

Berthold schraubte sich aus seinem Stuhl im Gartenpavillon, verschwand im Haus. Konstantin stellte sich vor, wie der General hier mit seiner Frau gesessen hatte. Schweigend, lächelnd. Wenn er eine Seite der »Welt« umschlug, raschelte das Papier. Er hatte seine Frau gepflegt, bis sie starb. In diesem Familienflügel hatten sich die bürgerlichen Werte durchgesetzt, auf ihrer Seite blieb man hart bis zuletzt. Eine Viertelstunde später wechselte die Musik. Man hörte eine Violine, sicher die von Menuhin, der einst mit Tante Vera in einem Fahrstuhl im Hotel »Unter den Linden« stecken geblieben war. Bald brabbelte Glenn Gould über den Tasten, und dann kam auch Berthold zurück, setzte sich und schloss die Augen.

Eine Viertelstunde saßen sie so da, schweigend in einem Gartenpavillon in Mannheim, und für diese Zeit war die Familie wieder zusammen.

★

In der Bahn las Konstantin einen Roman über den Bürgerkrieg in der Sowjetunion, den er sich in einer Buchhandlung in Mannheim gekauft hatte. Er lag auf einem Büchertisch zum hundertsten Jahrestag der Oktoberrevolution und hieß »Blut und Feuer«. Ein Ziegelstein von einem Buch, das ihn aus der frustrierenden Wirklichkeit führen sollte. Es funktionierte nicht. Die Brutalität, die Kälte, die Schmerzen und die Sinnlosigkeit waren im Ruheabteil des ICE schwer zu ertragen. Leben verloschen im Krieg um Ideen. Seine Wurzeln steckten in dieser blutgetränkten Erde, dachte Konstantin. Er war nur froh, dass er diesmal eine Platzkarte gekauft hatte.

In Frankfurt schrieb er seiner Mutter eine SMS.

»Was war in dem kleinen Beutel, den du Baba ins Grab geworfen hast?«

Dann tauchte er wieder in das russische Blutbad. Hanau, Fulda, Kassel, Göttingen, Hildesheim, in Braunschweig wurde es dunkel. Kurz hinter Wolfsburg kam die Antwort seiner Mutter.

»Meine fünf Malachite.«

24

MOSKAU

1965

Lena saß auf dem einzigen Sofa in der kleinen Lobby des Hotels »Wostok« und beobachtete die Menschen, die hin und her liefen, die sich umsahen, warteten, rauchten. Links und rechts des Sofas stand jeweils eine Palme. Lena fragte sich, wie Oleg als Mann aussehen würde, als älterer Mann. Ihr Halbbruder war zehn Jahre alt gewesen, damals, als sie flussabwärts gezogen war.

Sie konnte sich ihn nicht vorstellen, erkannte ihn dann aber sofort.

Er schlüpfte in die Halle, scheu, wachsam, ein Mensch, der auf seine Gelegenheit wartete. Er trug einen langen, grünen Mantel aus dünnem, etwas zerknittertem Leinen und einen Hut, den er vom Kopf nahm, als er das Hotel betrat. Er hatte graue, dünne Haare, die er mit der rechten Hand nach hinten strich. Er musste fast fünfzig Jahre alt sein, sah aber älter aus. Als Junge hatte er sie an ein Frettchen erinnert, ein kleines, bewegliches Raubtier, das nur im menschlichen Schatten überleben konnte. Das fiel ihr nun wieder ein.

Lena erhob sich, um ihren Halbbruder zu begrüßen. Oleg schaute durch sie hindurch.

Sie war 62 Jahre alt. Sie hatte aufgehört, sich die Haare zu färben. Sie waren schneeweiß. Sie achtete auf sich, sie hatte das Rauchen aufgegeben, sie aß kräftige Brühen und Obst, am liebsten Apfelsinen, wenn sie die bekam, sie ging aufrecht. Sie nahm die Kapseln, die ihr Vera gab. Aber natürlich sah man ihr das Alter an. Sie trug eine Brille mit leichtem silbernen Metallrahmen und einen dunkelblauen Mantel aus Dederon, der sich etwas unangenehm anfühlte, aber gut aussah.

Sie war seit anderthalb Tagen in Moskau, und man sah, dass sie Gast in dieser Stadt war. Eine Ausländerin. Das gefiel ihr.

»Oleg«, sagte sie.

Er drehte sich zu ihr um. Er lächelte. Er trug zwei Silberzähne im Oberkiefer, die ihm etwas Piratenhaftes verliehen und Lena entfernt an ihre Mutter erinnerten.

»Jelena«, sagte er.

Sie fühlte nichts. Sie umarmten sich steif, er roch nach Tabak und Schweiß, ihr Mantel raschelte. Er führte sie zu seinem Auto, einem Moskwitsch, hellblau und weiß lackiert. Das Kunstleder auf den Sitzpolstern löste sich auf. Die Stadt lärmte. Die Straßen waren schlechter als die Straßen in Berlin und breiter. Die Luft war klarer, die Schatten schärfer. Sie hatte sich fremd und heimisch zugleich gefühlt, als sie gestern aus dem Flughafen Scheremetjewo in den Tag trat. Zwei Stunden hatte der Flug von Berlin gedauert, anderthalb Stunden das Gespräch in einem Hinterzimmer des Moskauer Flughafens. Zwei Männer. Es waren immer zwei Männer.

Es war ungewohnt, sich anderthalb Stunden lang auf Russisch zu unterhalten, nach all den Jahren. Die Einzige, mit der Lena noch Russisch sprach, war die Bibliothekarin im sowjetischen Kulturzentrum in Berlin, wo sie sich ihre Bücher auslieh. Nachdem sie das Buch des Schriftstellers in der Buchhandlung entdeckt hatte, »Die Rückkehr«, hatte sie wieder angefangen zu lesen. Sie las Russisch. Als sie die Bücher in ihrem Regal, die wenigen, die sie aus Sorau mitbringen konnte, noch einmal gelesen hatte, besuchte sie die Bibliothek.

Die beiden Männer auf dem Flughafen hatten gewusst, was sie in der Sowjetunion suchte. Natürlich. Sie hatte es auch schon zwei Männern in Berlin erzählt. Sie wollten es noch einmal von ihr hören, hier. Sie misstrauten den Männern in Berlin, den Deutschen, sie misstrauten ihr, wahrscheinlich trauten sie nicht mal sich selbst. Deswegen waren sie immer zu zweit.

Sie sagte ihnen: Ich will Gorbatow besuchen. Die Stadt, in der ich geboren wurde.

Es war fast fünfzig Jahre her, dass sie zum ersten Mal nach Gorbatow zurückgekehrt war, auf einem Pferdefuhrwerk, an der Seite ihrer Mutter, die ihr einen rauschenden Empfang versprochen hatte. Lena rechnete nicht mit einem Empfang, sie wollte auch keinen. Sie wollte nur noch einmal über die Straßen ihrer Jugend laufen. Sie merkte, wie sie Dinge vergaß. Wahrscheinlich war das normal in ihrem Alter, aber es gab Momente, in denen sie nicht mehr wusste, wer sie eigentlich war, wo sie lebte und wer die Menschen waren, die an ihrem Tisch saßen. Manchmal erwachte sie in ihrem Berliner Bett wie in einem grauen, undurchdringlichen Nebelmeer. Sie erwartete sich von dieser Reise Klarheit, ein Licht, dem sie folgen konnte. Das erzählte sie den beiden Männern nicht, deren Geschäft ja gerade der Nebel war. Sie erzählte ihnen von ihrem Vater, dem Revolutionär Viktor Krasnow, und von einem Brief, den sie von Komsomolzen der Lenin-Schule Gorbatows erhalten habe. Sie hatten im Geschichtsunterricht das Pogrom in ihrem Ort besprochen, der heute die kleinste Stadt der Sowjetunion war. Die Schüler hatten erfahren, dass noch eine Zeugin lebte, die Tochter des Helden. Sie hatten sie eingeladen.

Lena hatte die Papiere dabei. Den Brief der Komsomolzen, die Einladung des Direktors der Lenin-Schule. Ein Schreiben des Bürgermeisters von Gorbatow, ein Schreiben des Außenministeriums der DDR, ihre Geburtsurkunde, eine Erklärung ihres Halbbruders Oleg Petrowitsch, der wie sie in Gorbatow geboren worden war, sowie einen handgeschriebenen und vom »interpret«-Dienst ins Deutsche übertragenen und beglaubigten Brief des Bürgers Iwan Wassiljewitsch Tschirjew, der sich bereit erklärte, der Bürgerin Jelena Silber, Tochter des Revolutionärs Viktor Krasnow, der 1905 ermordet worden war, für die Zeit ihres Aufenthaltes Wohnraum in seinem Haus zur Verfügung zu stellen. Der Ton dieses Briefes eines ehemaligen Nachbarn rührte sie, in seiner Mischung aus Vorsicht, Ehrfurcht und Hilfsbereitschaft. Tschirjew betonte, dass Jelena ihre Heimat verlassen habe, weil sie »noch vor dem Großen Vaterländischen Krieg« einen Deutschen geheiratet habe.

Aber natürlich hatten auch die beiden Männer auf dem Flughafen Dokumente in ihren Mappen, von denen sie nicht wusste, was sie über sie erzählten.

Lena unterschrieb jedes Papier, das ihr die Männer vorlegten. Sie war zur Mitarbeit mit allen Sicherheitskräften bereit, wenn sie sie nur noch einmal an das Ufer der Oka ließen. Der Oblast Gorki war eine gesperrte Zone, die Stadt Gorki war geschlossen. Es wurden dort Waffen hergestellt, es gab Geheimnisse. Sie war nicht an Geheimnissen interessiert, jedenfalls nicht an diesen. Sie würde sie nicht verraten. Sie verpflichtete sich in mehreren handschriftlichen Erklärungen, die ihr diktiert wurden, zur Geheimhaltung und zur Mitarbeit.

Die Männer notierten sich die Adresse ihres Hotels. Sie sagten ihr, sie würde von ihnen hören.

Oleg führte sie in ein turnhallengroßes Restaurant, auf das er stolz zu sein schien. Sie mussten zehn Minuten an der Tür warten, obwohl die meisten der etwa hundert Tische unbesetzt waren. Sie aß Pelmeni, die gut waren, aber nur lauwarm, Oleg aß ein Hähnchenschnitzel und trank Bier. Es war früher Nachmittag. Nach dem Essen rauchte er und erzählte von der Familie. Ihre Mutter war vor vier Jahren gestorben. Bereits damals hatte Lena einen Antrag gestellt, um zur Beerdigung nach Perm reisen zu dürfen. Sie hatte sich jahrelang nicht bei der Mutter gemeldet. Ihre Mutter hatte zugelassen, was ihr Stiefvater Alexander Petrowitsch ihr angetan hatte. Sie hatte nur an sich gedacht. Sie hatte ihre Tochter geopfert, um ihren Mann zu halten. Lena würde das nie vergessen. Aber wenn die Mutter starb, musste man seinen Respekt bezeugen. Ihr Reiseantrag wurde abgelehnt. Perm, wo die Mutter bis zum Tod gelebt hatte, lag wie Gorki in einer gesperrten Zone. Die Familie war aus einer geschlossenen Stadt in die andere gezogen. Perm lag an der Kama, die wie die Oka in die Wolga mündete. Die Kama kam aus dem Norden. Lena hatte sich die Flüsse im Atlas angesehen. Ihre Halbschwester Olga lebte noch in Perm. Sie hatte einen Mann, der in den Motwilicha-Werken arbeitete, der örtlichen Raketenfabrik. Er stammte aus einer der vier Familien, mit denen sie sich ihre Permer Wohnung geteilt hatten. Eine der besseren Familien in der Kommunalka. Ein guter Mann, sagte Oleg. Sein Name war Wolodja. Sie hatten drei Kinder. Alles Mädchen.

»Ich habe fünf Töchter«, sagte Lena.
»Fünf?«, fragte Oleg.
»Fünf«, sagte sie.

Sie zählte die Namen auf. Lara, Vera, Maria, Katarina, Anna. Er fragte nicht, was sie machten und wie es ihnen ging.

Lenas kleine Halbschwester Tatjana, jetzt Mitte vierzig, war Kindergärtnerin in Solikamsk, einer Stadt, die ebenfalls an der Kama lag, vierhundert Kilometer flussaufwärts. Sie war einem Mann gefolgt, den sie beim Pädagogikstudium kennengelernt hatte. Ein Physiklehrer. Er war dann in Solikamsk bereits verheiratet gewesen, sie war dennoch geblieben. Sie hatte ein Kind von einem Aufseher in einem deutschen Kriegsgefangenenlager bekommen, das es dort oben gegeben hatte. Fjodor. Das Kind war im Alter von zwei Jahren gestorben. Das war das Letzte, was er von Tatjana gehört hatte. Sie war nicht zur Beerdigung der Mutter gekommen. Die abfällige Art, in der Oleg über Tatjanas Leben berichtete, ließ Lena ahnen, wie er über sie selbst gesprochen hatte. Sie fühlte sich Tatjana nah. Sie stellte sich vor, dass sie ihre Lieblingsschwester geworden wäre, in einem anderen Leben. Tanka.

Alexander Petrowitsch, ihr Stiefvater, war Anfang der fünfziger Jahre bei einer Schlägerei in Kasachstan ums Leben gekommen, in Akmolinsk, wohin sie vierzehn Monate lang umgesiedelt worden waren. Die Miliz hatte ihn, betrunken und blutend, in eine Zelle gesteckt, wo er am nächsten Morgen tot gefunden worden war. Es war nicht klar, woran er eigentlich gestorben war, niemand machte sich die Mühe, es aufzuklären.

»Er war es ihnen nicht wert«, sagte Oleg.

Lena fühlte nichts mehr, keine Freude, keine Erleichterung, keine Befreiung. Sie erzählte Oleg nichts von den Wunden, die sein Vater ihr zugefügt hatte. Sicher hatte er eigene.

»Und Pascha?«, fragte sie.

»Ich habe Pascha nie kennengelernt«, sagte er.

»Was ist aus ihm geworden?«, fragte Lena.

Oleg sah sich um.

»Lass uns gehen. Ich möchte dir meine Frau vorstellen«, sagte er.

Als die Kellnerin kam, wartete er, bis Lena zahlte. Er nickte, aber nicht so, als bedanke er sich.

Im Auto brannte er sich eine weitere Zigarette an, startete den Motor, dann sagte er: »Pascha ist 1920 gestorben.«

»Nein«, sagte Lena. »Ich habe ihn doch später noch in Moskau gesehen und in Leningrad.«

»Wirklich?«, sagte Oleg.

»Er hat uns sogar in Berlin besucht.«

»Das muss sein Geist gewesen sein«, sagte Oleg.

»Wie ist er denn gestorben?«, fragte sie.

»Für die Revolution, sagen sie«, sagte er.

»Dann ist es doch nicht sicher«, sagte sie.

»Ich habe sein Grab gesehen«, sagte er.

»Wo?«

»In Leningrad. Natürlich weiß ich nicht, ob es noch da ist. Es ist viel passiert, seit du weg bist.«

Lena konnte sich vorstellen, dass Oleg recht hatte, und das war das Schlimmste.

Sie hatte sich schon viele Jahre vorstellen können, dass es Pascha nicht mehr gab. Dass der Bruder, den sie kannte, längst gestorben war. Vielleicht war er aber wirklich tot und lag seit 1920 in der Leningrader Erde. Vielleicht hatten sie ihn durch einen Mann ersetzt, der behauptete, ihr Bruder zu sein, weil sie wussten, sie würde nur diesem Bruder vertrauen. Sie hatten einen Spion mit Paschas Namen und seiner Legende in Lenas Familie geschickt, um sie und ihren deutschen Mann zu überwachen. Vielleicht aber war auch nur der Pascha, den sie kannte und liebte, in ihrem Bruder Pawel gestorben. In diesem Fall war Pascha an den Zeiten zugrunde gegangen, an den Aufgaben, die man ihm stellte, an dem Verrat, den er an seiner kleinen Schwester begehen musste. Es hatte nur der Bruder überlebt, der aussah wie ein Frettchen.

Sie dachte an die Nacht, in der sie gemeinsam aus Gorbatow fliehen mussten. Die Nacht, in der sie ihren Vater ermordet hatten. 1905. Sie hatte Bilder im Kopf, die vielleicht aus Erzählungen ihrer Mutter und von Pawel stammten und vielleicht aus Erinnerungen, tief vergraben in ihrem Innern. Sie glaubte, die Kälte zu spüren, heute noch. Sie fühlte die Angst, nicht mithalten zu können mit der Mutter und dem Bruder, die vor ihr durch die Dunkelheit hetzten.

Im ersten Brief, den Pascha ihr geschrieben hatte, nachdem er aus Gorbatow weggezogen war, hatte er sie gewarnt. Auch vor sich selbst. Vor den Zeiten. Vor dem Mann, der eines Tages vor ihrer Tür stehen und behaupten würde, er sei ihr Bruder. Es war ein Brief, der wirklich von ihrem Bruder kam, dem Bruder, den sie liebte. Lena erkannte es am Ton.

»Vielleicht sehen wir uns im Sommer«, hatte Pascha am Ende des Briefes geschrieben.»Dann erzähle ich Dir, was damals passiert ist. Oder wenigstens das, woran ich mich erinnere. Traue den Geschichten nicht, die sie Dir erzählen, Feuerköpfchen. Die Menschen erinnern sich nur an das, was in ihre Lebensgeschichte passt. Niemand ist nur ein Held, Lenuschka. Außer Dir natürlich!«

Sie hatte den Brief so oft gelesen, dass er am Ende zerfallen war. Die Papierfetzen waren auf dem langen Weg verstreut, den sie seitdem zurückgelegt hatte. Es war so viel passiert. Sie ließ Pascha los, sie ließ ihn gehen. Die Sträucher schlugen hinter ihrem Bruder zusammen. Er verschwand in der schwarzen Nacht. Es war so kalt.

*

Oleg wohnte im Nordosten Moskaus, in einem grauen, dreistöckigen Wohnblock, den er ihr anpries wie ein Herrenhaus. Sie hatten zwei Zimmer. Zum ersten Mal in seinem Leben musste er sich die Küche und die Toilette nicht mit den Nachbarn teilen, hatte er ihr auf der Fahrt erzählt.

»Wir haben unsere eigene Klingel«, sagte Oleg.

Lena nickte, obwohl sie nicht wusste, was er damit meinte.

Die Haustür sah aus, als führe sie zu einem Gefängnis, der Flur war dunkel und stickig, Olegs Frau hieß Tamara. Sie erinnerte Lena schwach an eines der Mädchen, die sie vor vierzig Jahren um ihre Brüste beneidet hätte. Sie war dick und roch nach Essen, ihre Augen waren blaugrau. Der Blick war leer, gleichgültig, auch wenn sie lachte. Sie hatte offensichtlich den gleichen Zahnarzt wie ihr Mann. Sie musterte Lena wie ein neues Pferd, von dem sie sich mehr versprochen hatte.

»Tee?«, fragte sie.

»Gern«, sagte Lena.

Sie setzten sich in die Küche, einen winzigen Raum mit einem Tischchen, das unterm Fenster stand. Zum Tee gab es Kekse, Marmelade und Wodka.

Oleg verlor schnell das Frettchenhafte, was an der Wohnung lag, die er sich nicht teilen musste, und am Schnaps. Lena nippte nur an ihrem Glas. Tamara führte eine junge Frau herein, ihre jüngste Tochter, Valentina, die als Krankenschwester arbeitete und traurig auf die Schnapsgläser schaute, die auf dem Küchentisch standen. Lena hob die Schultern, Valentina lächelte schwach und ging. Oleg trank noch einen Schnaps. Seine Frau stand an der Spüle, eine Hand in der Hüfte.

Olegs gute Laune hielt nicht lange, er wurde bitter, redselig, spöttisch. Er beschwor die guten alten Zeiten und verfluchte sie. Irgendwann setzte sich Tamara zu ihnen und trank mit. Sie kam aus Moskau, ihr Vater war ein Parteifunktionär gewesen, der unter Stalin in Ungnade gefallen, aber nach dessen Tod nicht rehabilitiert worden war. Er war als Pförtner einer Glühlampenfabrik gestorben, sie war am Ende die Pförtnertochter gewesen. Sie hatte Oleg in der Gemeinschaftswohnung kennengelernt, in die er zog, als er vom Studium kam. Er bewohnte, zusammen mit einem anderen jungen Kollegen aus dem Ministerium, für das er arbeitete, das Zimmer der verstorbenen Frau Irina Pawlowitsch, einer pensionierten Französischlehrerin. Sie erzählten Lena ihre Familiengeschichten in sich abwechselnden Schüben, als bauten sie aufeinander auf, und vielleicht taten sie das inzwischen.

Je später es wurde, desto mehr wurde Lena klar, dass Oleg sie für sein Schicksal verantwortlich machte, so wie sie ihre Mutter für ihr eigenes verantwortlich machte. Oleg war durch das Land getrieben worden, von der Oka an die Kama, von Perm nach Kasachstan und wieder zurück, alles nur weil seine Halbschwester einen Deutschen hatte heiraten müssen. Natürlich war ihnen das nie so gesagt worden, aber er hatte es immer gespürt, sagte er. Außerdem gab es ja sonst keinen Grund für diese Ungerechtigkeit, die ihrer Familie widerfahren war. Der Deutsche war schuld und damit sie, Lena. Seine Mutter war im Ural beerdigt worden, sein Vater in Kasachstan. Er konnte die Friedhöfe nicht ohne Genehmigung besuchen, weil sie in geschlossenen Städten lagen. Er war siebzehn, als sie über Nacht nach Kasachstan mussten.

Niemand hatte ihnen gesagt, warum. Er hatte keine Zeit, sich von seiner Freundin zu verabschieden, und als sie anderthalb Jahre später zurückkamen, hatte sie einen anderen.

Tamara goss Wodka in das Glas ihres Mannes. So als gebe sie ihm Schmerzmittel.

»Wir haben in Akmolinsk unter Deutschen gelebt. Sie wohnten in unserer Wohnung, mein Vater war mit ihnen in den Arbeitslagern. Aber wir waren keine Deutschen. Wir hatten überhaupt keine Verbündeten da. Das hat meinen Vater wahnsinnig gemacht. Er hat alle gehasst. Die Kasachen, weil sie Wilde waren, die Russen, weil sie nicht würdigten, dass er einer von ihnen war, besser noch als sie. Und die Deutschen natürlich, die besonders. Und die Deutschen haben ihn gehasst, weil es ihm ein bisschen besser ging als ihnen. Und die Kasachen haben ihn gehasst, weil er auf sie heruntersah. Und die Russen hassten ihn, weil sie nicht wussten, ob er Feind oder Freund war«, sagte Oleg.

»Und uns hat er auch gehasst? Mich? Meine Töchter?«, fragte Lena.

Oleg schwieg.

»Es wird dir keinen Trost spenden, Oleg, Brüderchen, aber mir ging es oft ähnlich. Im Grunde geht es mir immer noch so«, sagte Lena. Sie trank ihr Glas aus und schob es in Richtung Tamara. Es sollte eine versöhnliche Geste sein, aber Tamara verstand es nicht.

»Du warst in Arbeitslagern? In Kasachstan, ja? Du teiltest deine Wohnung mit den Feinden?«, sagte Tamara.

Oleg nahm die Flasche und goss Lena nach.

»Ich hatte immer gedacht, es ist heiß dort unten in Kasachstan, Schwesterchen«, sagte Oleg. »Aber die Winter waren kälter als die in Moskau. Viel kälter.«

»Schwesterchen! Schwesterchen? Sie soll zurückzahlen! Das

sind deine Worte, nicht meine«, sagte Tamara. Sie stand auf, öffnete und schloss Schränke, sie ließ die Türen knallen. Lena sah den Rücken eines Kochbuchs, das im kleinen Fenster über ihnen lehnte. Sie kannte das Buch aus der Bibliothek in Berlin. Es hieß »Das Buch vom schmackhaften und gesunden Essen«. Es waren Bilder von weißgedeckten Tischen darin, die sich unter Fisch- und Fleischbergen bogen. Sowjetische Gelage, die an barocke Stillleben erinnerten.

Tamara kam mit einem Stück Speck und einem Messer zurück. Lena trank ihr Glas aus. Sie wartete auf die Wirkung.

»Wie ist es denn bei euch in Deutschland, heute?«, fragte Oleg.

»Nicht so viel anders als hier«, sagte sie. »Nur dass sie Deutsch sprechen.«

»Solche Mäntel bekommt man hier nicht«, sagte Tamara.

Sie wollten etwas von ihr, dachte Lena, aber sie wusste nicht, was sie brauchten. Milch oder Mäntel. Sie hätte ein Gastgeschenk mitbringen sollen. Sie hatte das Mittagessen bezahlt, aber das reichte nicht. Stattdessen trank sie ihren Wodka. Sie wollte ihn nicht, aber sie trank ihn dennoch. Der Wodka kroch in ihr Blut, lähmte sie, beruhigte sie. Ihr würde etwas einfallen, später. Sie wollte jetzt gern schlafen. Was war mit ihrem Land passiert? Sie hatten den Krieg gewonnen und sahen nun nach Westen, wollten Geschenke von den Besiegten. Wie sie damals in Rescheticha. Auch sie wollte nach Westen. Der wohlriechende Deutsche. Roberts feine, kleine Hände, die glatten Fingernägel. Sie sah auf ihre Hände, sie versuchte, den Finger zu bewegen, an den sie dachte. Es war schwierig. Oleg aß Speck. Seine Lippen glänzten. Tamara redete jetzt, redete über Dinge, die man in Moskau nicht bekam, in der sowjetischen Provinz schon gar nicht, von denen sie aber anzunehmen schien, dass sie in Berlin im Überfluss zu haben waren. Kaffee, Kakao, haltbare Milch, Orangen, Strumpfhosen, Seife, Schokolade, tragbare Schuhe, lesbare Bücher.

»Was liest du denn? Wer sind denn deine Lieblingsautoren?«, fragte Lena.

Tamara sah sie aus ihren trüben Kuhaugen an, ein befremdliches, berauschendes Gefühl stieg in Lena auf. Es musste am Wodka liegen. Er machte böse. Sie sollte wirklich schlafen gehen. Sie hätte nie herkommen sollen.

»Solschenizyn gibt es bei uns auch nicht«, sagte Lena.

Tamara starrte auf den Tisch.

Der Wodka wattierte Lenas Kopf. Sie dachte an das Glücksgefühl, mit dem sie so oft in ihre Wohnung zurückkehrte, beladen mit Büchern, die ihre Bibliothekarin ihr mit zitternden Händen übergab. Gorkis Erzählungen aus der Heimat, Ehrenburg und Babel, dessen Geschichten aus Odessa gefährlich geworden waren, aus Gründen, die sie nicht verstehen konnte. Sie hatte so lange nicht gelesen, sie sog die Worte auf wie ausgetrocknete Erde den Regen. Sie las die Bücher schnell, aus Angst, man würde sie ihr entreißen. Sie würde Bücher kaufen in Moskau, dachte sie, und der Gedanke weitete ihr die Brust. Sie fühlte sich nicht unwohl, wusste aber noch von früher, dass es schnell umschlagen konnte. Dann war man besser allein und an einem sicheren Platz.

»Ich würde gern ins Hotel zurück«, sagte sie.

»Ich versuche, dir eine Fahrt zu organisieren«, sagte Oleg.

Er verließ die Küche. Man hörte ihn telefonieren.

»Ihr habt ein Telefon, immerhin«, sagte Lena.

Tamara schüttelte den Kopf.

»Was willst du denn von mir? Wie soll ich euch denn helfen?«, fragte Lena.

»Hol uns hier raus«, sagte Tamara. Ihr Blick war wirr.

Lena dachte an Robert, an die Reise, auf die er sie mitgenommen hatte. Sie hatte geglaubt, sie lasse die Dunkelheit und das Elend hinter sich, aber sie war immer tiefer hineingereist. Sie wollte es erklären, aber ihre Zunge lag müde im Mund herum wie eine alte Katze. Oleg kam wieder.

»Der Wagen ist in zwanzig Minuten da«, sagte er.

Tamara stand auf und ging. Es polterte, als sei sie gegen einen Schrank gestoßen. Eine Tür ging auf und zu. Oleg nahm die Wodkaflasche, die beinahe leer war. Lena schüttelte den Kopf, er leerte die Flasche in sein Glas. Ein kleiner Berg obenauf, den er abschlürfte wie Sahne.

»Wie geht es Max?«, fragte er.

»Max?«

»Veras Mann. Er war der letzte Gast aus deiner Familie, der uns hier besucht hat. Der erste auch.«

»Max war hier?«

»Er war an der Militärakademie und musste dann weiter nach Kasachstan, um die neue MIG zu testen. Die 21. Ein Abfangjäger. Der sollte auch bei euch eingesetzt werden. Es ist drei oder vier Jahre her. Er hat von euch erzählt. Er hat uns nach Berlin eingeladen. Er wollte alles organisieren. Aber er hat sich nie wieder gemeldet.«

»Er ist tot«, sagte Lena.

Oleg hob eine Augenbraue und trank das Glas aus.

Auf der Fahrt zurück ins Hotel fragte sich Lena, wieso sie gesagt hatte, dass Max tot sei. Sie wusste das gar nicht. Alles was sie wusste, war, dass er nicht zurückgekommen war. Vera war schwanger, als er verschwand. Juri war jetzt zwei Jahre alt. Er hatte seinen Vater noch nie gesehen. Vielleicht flog Max immer noch, flog immer weiter. Sie mochte Max, vermutete aber, dass

Vera ihn vor allem ausgesucht hatte, weil er ihr, ihrer Mutter, gefallen würde. Vielleicht hatte das auch Max gespürt.

Es fing an zu regnen. Der Fahrer rauchte. Sie fuhren durch eine Stadt, die dunkel war, fast schwarz, und dennoch voller Leben. Eine große Höhle, in der man die Hand vor Augen nicht sah, aber wusste, dass man nicht allein war.

Ihr Zimmer war winzig, aber sie hatte es für sich allein.

Sie las noch ein Gedicht aus dem Bändchen mit Majakowskis Liebesgedichten. Es hieß »Lilitschka«. Sie las lieber Prosa als Poesie, sie hatte das Buch mitgenommen, weil es leicht war. Sie hatte nur einen kleinen, roten Kunstlederkoffer, den ihr Vera besorgt hatte. Er war gefüllt mit den Kleidern, die sie in Gorbatow tragen wollte. Den besten Kleidern, die sie hatte. Sie war zu müde und zu aufgewühlt, um zu verstehen, worum es in »Lilitschka« ging. Sie schaltete die Nachttischlampe aus. Die letzten Zeilen folgten ihr in die Dunkelheit.

Verschluckt das tote, trockne Laub
auch meine dürren Abschiedsworte.
So leg ich mich zu deinen Füßen
und bette sanft ihn,
deinen fliehenden Schritt.

★

Lena wartete zwei Tage darauf, dass sich die Männer meldeten. Sie hatte sich Zugverbindungen herausgesucht. Sieben Stunden benötigte die Eisenbahn von Moskau nach Gorki. Dann waren es noch mal zwei Stunden mit dem Bus bis nach Gorbatow. Der Bus fuhr dreimal am Tag. Vielleicht musste sie eine Nacht in Gorki schlafen. Sie hatte nichts dagegen. Sie konnte sich nicht vorstellen, dass ihr Antrag abgelehnt wurde. Sie hätten sie nicht nach Moskau kommen lassen, um ihr die Weiterreise zu verbieten. Allerdings hatte sie nur ein Visum für sieben Tage. Sie saß auf ihrem Zimmer und wartete darauf, dass ihr Hoteltelefon klingelte.

Am dritten Moskauer Morgen nahm sie die Metro zum Kursker Bahnhof, wo die Züge in Richtung Gorki abfuhren, und wollte sich eine Fahrkarte kaufen. Die Frau am Schalter fragte nach ihren Papieren. Lena zeigte ihren Reisepass und das Visum. Die Frau verschwand und kam mit einem Mann wieder, der sie in sein Büro bat. Er hatte eine andere Uniform als die Bahnleute. Sein Büro hatte kein Fenster, nur ein Bild von Chruschtschow an der Wand. Der Mann schaute lange auf Lenas Pass. Dann sagte er ihr, dass ein Gorki-Besuch aus Sicherheitsgründen eine spezielle Genehmigung erfordere. Sie erzählte ihm von ihrem Vater, dem Helden Viktor Krasnow, von der Einladung der Lenin-Schule und dem Schreiben des Direktors, das sie in der Handtasche aufbewahre. Er hörte sich das alles an, er begutachtete sogar das Schreiben des Schuldirektors und das des Bürgers Iwan Wassiljewitsch Tschirjew. Dann erklärte er ihr noch einmal, dass sie nicht befugt seien, ihr eine Fahrkarte nach Gorki auszustellen, wenn sie nicht die Sondergenehmigung beibringe.

Als sie ins Hotel zurückkam, fragte sie den Mann an der Rezeption, ob es Anrufe gegeben hatte.

»Tut mir leid«, sagte der Mann, noch bevor sie ihre Frage beendet hatte.

Sie ging wieder auf ihr Zimmer.

Es waren noch dreieinhalb Tage. Sie wusste jetzt, dass sie nicht anrufen würden. Wenn sie sich nicht meldeten, mussten sie nichts erklären. Sie mussten natürlich auch so nichts erklären. Aber es war einfacher zu schweigen. Sie hatte keine Ahnung, bei wem sie sich beschweren sollte. Sie wusste nicht, für wen die beiden Männer arbeiteten. Sie kannte nicht mal ihre Namen.

Am Abend des fünften Tages rief sie bei Oleg an. Seine Stimme war schleppend. Er wartete, bis sie fertig war. Dann fragte er: »Was willst du da eigentlich, in Gorbatow?«

Sie sagte: »Mein Vater ist dort begraben.«

Er sagte: »Mein Vater liegt in Kasachstan.«

Sie fragte: »In welchem Ministerium arbeitest du eigentlich, Oleg?«

Er schwieg. Sie hörte ihn atmen.

»Es tut mir leid«, sagte Lena. Es erschien ihr ein angemessener Abschiedssatz zu sein für diesen Bruder, den sie auch nicht kannte. Sie legte auf.

Am Morgen des sechsten Tages zog sie sich eines der Kleider an, die sie für ihren Auftritt in Gorbatow mitgebracht hatte, ein hellrotes Wollkleid mit Perlmuttknöpfen, das ihre Figur betonte. Sie fuhr zu der Adresse, die auf dem Absender des letzten Briefes gestanden hatte, den ihr Alexander geschickt hatte. Sie kannte die Adresse auswendig. Sie kannte den gesamten Brief auswendig. Er hatte vor sieben oder acht Jahren in ihrem Berliner Briefkasten gelegen, sie hatte ihn oft gelesen.

Jelena,
ich hoffe, es geht Dir gut in Deinem Berlin. Man liest hier, dass die Stadt aufblüht. Es wundert mich nicht, da Du doch dort lebst, Blümchen. Ich würde gern mit Dir den Boulevard am Brandenburger Tor hinunterspazieren. Unter den Lindenbäumen. Wie geht es Deinen Töchtern? Lara, Vera, Mascha, Katja. Sie müssen inzwischen Frauen sein, so schön und klug wie ihre Mutter.

Ich bin nun wieder zu Hause angekommen. Wenn Moskau ein Zuhause sein kann. Sie sprechen hier zumindest meine Sprache. Schukow hat mich nach Moskau geholt, ins Ministerium. Er ist der neue Minister. Ich kenne ihn aus Berlin. Er ist nicht mehr der Mann, der er war. Aber wer ist das schon. Es ist viel passiert hier, man hat Schwierigkeiten, die Guten von den Schlechten zu unterscheiden. Man muss froh sein, dass man überhaupt noch da ist. Das ist ein Grund, warum ich so lange nicht geschrieben habe. Ich hätte nicht gewusst, was ich schreiben kann. Aber ich glaube – wie immer –, dass es nun besser wird.

Ich würde Dich gern wiedersehen, Füchslein.

Ich weiß nicht, was noch passiert, aber wie es im Moment aussieht, bist Du der wichtigste Mensch in meinem Leben. Das will was heißen bei meinem Leben. Man trifft nur drei, vier wirklich wichtige Entscheidungen in so einem Menschenleben, glaube ich, vielleicht sogar weniger. Was meine wichtigen Entscheidungen betrifft, so warst Du jedes Mal dabei, als ich sie traf. Ich will Dir nicht beschreiben, welche Entscheidungen das bei mir waren, weil es Dir vielleicht ganz anders geht. Und weil ich Dich nicht mit meinen Skrupeln belasten will. Ich habe im Großen und Ganzen meinen Frieden gemacht. Aber eine Sache geht mir nicht aus dem Kopf.

Ich würde gern wissen, was mit Robert passiert ist. Hast Du von ihm gehört?

Ich habe all meine Kanäle und Kontakte genutzt, ohne Ergebnis. Er ist wie vom Erdboden verschluckt.

Ich weiß nicht, ob ich recht hatte. Ich denke oft an ihn und auch oft an meinen Vater. Manchmal geraten Menschen in Zusammenhänge, die größer sind als sie selbst. Einige von ihnen akzeptieren das einfach. Ich kann es, aus verschiedenen Gründen, nicht besser ausdrücken.

Und natürlich denke ich auch oft an Dich, Lenotschka. Ich weiß nicht, ob wir uns noch einmal wiedersehen. Ich hoffe es sehr, vielleicht diesmal in unserer Hauptstadt. Sie haben mir eine Neubauwohnung zugewiesen. Sie ist nicht groß, aber ich brauche ja nicht viel. Sie liegt im zehnten Stock, und wenn der Himmel klar ist, sieht man fast bis zum Roten Platz.
Komm her und genieße mit mir die Aussicht.
In Liebe und Bewunderung
Wie immer
Sascha

Sie hatte den Brief nicht beantwortet, aber sie trug ihn immer bei sich wie ein Dokument. Sollte sie überraschend sterben, so dachte sie, würde man wissen, wer sie war.

Sie hatte Alexander nicht besuchen wollen. Sie hatte in die Stadt ihres Vaters gewollt, in die Zeit, bevor sie Alexander kennenlernte. Sie hatte zurück in die Unschuld gewollt. Es ging nicht, und so beschloss sie, die Zeit anders zu nutzen.

Das Haus war dreizehn Stockwerke hoch und stand fast im Zentrum der Stadt. Die Außenwände waren gefliest, einige der Kacheln fehlten bereits. Am Klingelschild standen Nummern, aber bei der 10-8, die Alexander als Adresse angegeben hatte, meldete sich niemand. Sie wartete, bis jemand das Haus verließ, und schlüpfte hinein. Sie fuhr in die zehnte Etage, klopfte an die Tür. Eine Frau öffnete, sie war Mitte dreißig und hatte ein freundliches, gesundes Gesicht.

»Herr Kusnezow wohnt hier schon seit über einem Jahr nicht mehr«, sagte die Frau. »Er ist gestorben.«

Lena fühlte sich, als würde ein Träger aus ihrem Körper gezogen. Sie musste sich an der Wand festhalten.

»Wollen Sie sich einen Moment hinsetzen?«, fragte die Frau.
Lena nickte und folgte der Frau in die Wohnung. Ein kleiner Flur, von dem das Bad und die Küche abgingen, ein Wohnzimmer mit einem Fenster und einer Tür zu einem Balkon. Lena setzte sich in einen Sessel.

»Ich hole Ihnen was zu trinken«, sagte die Frau.

Lena fragte sich plötzlich, ob die Frau vielleicht Alexanders Witwe war. Sie war viel zu jung, aber man wusste nie. Sie sah sich nach Spuren von Alexander um, konnte sich allerdings nicht vorstellen, wie sich Alexander eingerichtet hätte. Es gab eine Schrankwand, ein Sofa, einen Sessel, ein Bücherregal, einen Plattenspieler, an der Wand hing die Reproduktion eines Van-Gogh-Bildes, Sonnenblumen. Die Frau kam mit einem Glas Wasser aus der Küche.

»Und Sie sind all den Weg aus Berlin hergekommen?«, fragte die Frau.

»Nicht nur wegen Alexander. Herrn Kusnezow«, sagte Lena.

»Sie klingen nicht wie eine Deutsche«, sagte die Frau.

»Ich glaube, ich bin auch keine«, sagte Lena.

Sie erzählte, dass sie Alexander aus Gorbatow kannte und später in Berlin wiedergetroffen hatte. Sie verriet nichts von ihrer Beziehung, obwohl die Frau sicher spürte, dass Lena den Mann geliebt hatte, der früher in dieser Wohnung gewohnt hatte, vielleicht sogar mit ihr. Es war egal.

»Ich habe Herrn Kusnezow leider nicht mehr kennengelernt, aber die Nachbarn mochten ihn, soweit sie ihn kannten. Er lebte zurückgezogen«, sagte die Frau.

»Das habe ich mir gedacht«, sagte Lena.

»Herr Leonow kannte ihn ganz gut, glaube ich«, sagte die Frau.

»Leonow«, sagte Lena.

»Ich frage ihn, ob er mit Ihnen reden will. Wo Sie den ganzen Weg aus Deutschland gekommen sind«, sagte die Frau.

»Das müssen Sie nicht«, sagte Lena, die sich nicht vorstellen konnte, dass ein Nachbar mehr über Alexander wusste als sie.

»Doch, doch«, sagte die Frau.

Zehn Minuten später kam sie mit einem dünnen alten Mann zurück. Er trug einen dreiteiligen Anzug, der ihm viel zu weit war, und eine Krawatte. Leonow war zur gleichen Zeit wie Alexander in den Wohnblock eingezogen. Er war Astrophysiker, inzwischen im Ruhestand. Sie hatten viel Schach gespielt, sagte er, vor allem nachdem Alexander aus dem Ministerium ausgeschieden war. Chruschtschow hatte Alexanders Chef Schukow zwei Jahre nach dessen Amtseinführung als Verteidigungsminister wieder entlassen. Einen Monat später musste auch Alexander gehen. Er war erst 56 Jahre alt, aber angeschlagen. Sie schickten ihn in Ruhestand. Er hatte ein Leben lang geraucht und getrunken und sah keinen Sinn darin, mit diesen Gewohnheiten zu brechen.

»Er hat viel getrunken, aber er wurde nie hart«, sagte Leonow. »Und er konnte mich auch nach einer halben Flasche Wodka noch im Schach schlagen, selbst wenn er ohne Läufer spielte. Mitunter schlug er mich auch ohne Türme.«

Er lachte. Lena lächelte.

»Er hat viel durchgemacht«, sagte Leonow. »Er wollte nicht mehr, soweit ich das sagen kann.«

Lena wusste nicht, was das bedeuten sollte. Aber sie hatte keine Lust, danach zu fragen. Er war tot. Es war zu spät.

»Was hat er Ihnen denn erzählt?«, fragte sie.

»Er hat von seinem Vater erzählt, der hingerichtet wurde, weil er an einem Pogrom in seiner Heimatstadt teilgenommen hatte.«

Es gab einen Prozess. Sein Vater war der einzige Angeklagte, der nicht versucht hat, sich herauszureden. Er hat sich nicht gewehrt. Zumindest hat Alexander das wohl so empfunden. Er war ja noch ein Kind damals.«

»Es war genau so. Ich war dabei. Sein Vater war auch der Einzige, der dann zum Tode verurteilt wurde«, sagte Lena.

Leonow sah sie lange an. Dann sagte er: »Jelena?«

Lena sah ihn an. Sie konnte nicht nicken, weil es Erwartungen wecken würden, die sie nicht befriedigen konnte.

»Großer Gott«, sagte Leonow. »Wenn er das gewusst hätte.«

Die Frau, ihre Gastgeberin, schaute sie unsicher an, sie fragte: »Wollen Sie vielleicht Tee?«

»Gern«, sagte Leonow.

»Hat er vom Krieg geredet?«, fragte Lena.

»Eigentlich nicht. Er wusste, dass man das nicht beschreiben kann. Er hat mehrfach von einem Lager geredet, das sie in den deutschen Wäldern entdeckt haben. Kurz vor dem Ende. Ein Frauenlager, riesig. Sie haben dort Granaten gefertigt. Die Nazis hatten das Lager schon geräumt. Die Frauen waren tot oder auf dem Todesmarsch. Sie haben ein Lager befreit, aber konnten die Menschen nicht retten. Das hat ihn sehr mitgenommen, so schien es jedenfalls.«

»Können Sie sich erinnern, wo das war?«

»Ich hatte nie davon gehört. Ein deutscher Name.«

»Sorau?«

»Nein, sicher nicht.«

»Christianstadt?«

»Vielleicht. Wie gesagt, ich kannte den Namen nicht. Kusnezow war in der Nähe für ein paar Wochen als Stadtkommandant stationiert. Die meisten Leute in der Stadt haben behauptet, sie wussten nichts von dem Lager im Wald. Das ist ja eigentlich immer so. Aber den General hat das sehr erschüttert. Ich habe ihn immer den General genannt.«

»Natürlich«, sagte Lena. Sie dachte an Irina, die schwermütige Weißrussin, die sie zurück ins Lager geschickt hatte, weil sie sie an Annas Tod erinnerte. Die Frauenkolonnen, die durch Sorau gezogen waren, an ihrem Augenwinkel vorbei. Sie dachte natürlich auch an den Tag im Herbst, an dem Robert sich auflöste. Saschas Augen, ernst und ängstlich, der verwaschene braune Kranz um seine Iris schlug wie ein Herz. Die Geschichte der Männer. Dazwischen sie, ohnmächtig.

»Er konnte für das Lager keine Verantwortlichen finden«, sagte Leonow. »Manchmal hatte ich den Eindruck, er suchte bis zum Schluss. Er war nach seinem Ruhestand ständig in Militärarchiven. Er hat sich mit Historikern und Soldaten geschrieben. Der Boden des Zimmers hier war manchmal komplett mit Papieren bedeckt. Ich dachte lange, er wollte ein Buch schreiben über dieses vergessene Lager. Aber er hat immer nur gesagt: Ich will die Wahrheit wissen.«

»Die Wahrheit.«

»Ja.«

»Glauben Sie, er hat sie gefunden?«, fragte Lena.

»Ich bezweifele, dass es sie gibt«, sagte Leonow.

»War noch irgendetwas da von den Papieren, den Akten, mit denen sich Herr Kusnezow beschäftigte, als Sie die Wohnung übernommen haben?«, fragte Lena die Frau, die mit dem Tee zurückgekommen war.

»Als ich hier einzog, roch es noch ein bisschen nach Zigarettenrauch. Das war alles«, sagte die Frau.

Sie tranken Tee und redeten über ihr Haus, in dem sich die

meisten Mieter kaum kannten. Die Menschen, die hier eine Wohnung bekamen, hatten Verdienste. Sie waren im Ruhestand, oder sie arbeiteten viel. Die Frau war bei der Nachrichtenagentur beschäftigt. In der technischen Abteilung, sagte sie. Lena erzählte von ihrer Zeit beim Allgemeinen Deutschen Nachrichtendienst in Berlin. Die Frau hatte eine ältere Kollegin, die dort gearbeitet hatte, aber der Name sagte Lena nichts.

»Darf ich kurz auf den Balkon?«, fragte Lena, als sie den Tee getrunken hatten.

Die Frau zog die Vorhänge auf und öffnete die Tür.

Es war ein schmaler, aber langer Balkon, und die Aussicht war wirklich beachtlich. Man sah die Türme der Kremlmauer, ein Stück vom Fluss und den Fernsehturm in der Ferne. Es war eine gewaltige Stadt. Die größte, die Lena jemals gesehen hatte. Größer und gewaltiger als das Moskau, in dem Lara geboren worden war, und dennoch weniger einschüchternd. Der Himmel war hoch, klar und von einem Blau, das zu knistern schien. Sie sah auf eine andere Welt, eine neue Welt mit neuen Gesetzen. Sie verstand die Gesetze nicht, aber es machte ihr nichts aus. Sie hatten nichts mit ihr zu tun. Auch sie hatte viel durchgemacht. Aber sie lebte. Sie war eine andere Frau heute. Selten hatte sie das so gespürt wie hier oben auf Alexanders Balkon. Die Reise hatte sich am Ende gelohnt, dachte sie.

Leonow, der Physiker, trat neben sie an die Brüstung. Er atmete tief ein und aus.

»Meine Frau ist vor fünf Jahren gestorben«, sagte er.

»Das tut mir leid«, sagte Lena.

»Der General hat mir erklärt, dass ich ein glücklicher Mann bin. Weil ich mit ihr zusammenleben konnte.«

Lena streichelte den Arm des Mannes, der sich unterm Anzugstoff sehr dünn anfühlte. Er würde seiner Frau bald folgen, dachte sie.

»Ich vermisse ihn auch«, sagte Leonow. Dann ging er zurück ins Zimmer. Der alte Mann hatte sie nicht verstanden, dachte Lena. Er hatte nichts verstanden. Wie sollte er auch. Alexander wollte zum Schluss nicht mehr, hatte Leonow gesagt. Was sollte das erklären? Was sollte das entschuldigen? Vielleicht hatte er sich totgetrunken, vielleicht war er von hier oben in den Tod gesprungen, aber das spielte keine Rolle. Er hatte sie alleingelassen. Es gab jetzt nur noch sie. Sie sah auf Moskau wie auf ein Grab.

Nachts im Hotelzimmer las Lena Majakowskis Liebesgedicht »Lilitschka« noch einmal. Diesmal fiel ihr eine andere Passage auf.

Ganz gleich, wie weit du fliehst,
meine Liebe, die süße Last,
hängt schwer an dir.
Mit meinem letzten Schrei noch
verfolgt dich meine Klage
und macht mich frei.

*

Als die Woche um war, fuhr Lena mit dem Taxi zum Flughafen Scheremetjewo und flog nach Berlin zurück.

Der Flug dauerte zwei Stunden, niemand hatte weitere Fragen an sie.

25

RUSSLAND
SEPTEMBER 2017

Sie waren noch nicht aus Moskau heraus, da wusste Konstantin, wie lang die Reise nach Gorbatow werden würde. Der Verkehr quoll durch die Straßen, im Radio lief Modern Talking, Juri redete von der Besiedlung Russlands durch die Wikinger. Es war die »normannische Theorie«. Es gab auch andere. Die Schweden waren in Booten über die Ostsee gerudert und hatten den Nordwesten des heutigen Russlands besiedelt, wenn Konstantin alles richtig verstanden hatte. Er musste sich auf einen Verkehr konzentrieren, in dem um jeden Zentimeter gekämpft wurde, das Navigationssystem sprach Russisch, und im Radio gab es nur Volksmusik oder Staatsreden oder Gottesdienste oder Klavierkonzerte oder Diskopop aus den achtziger Jahren.

»Cheri Cheri Lady, going through a motion, love is where you find it, listen to your heart«, sangen Modern Talking.

»›Rus‹ soll von dem finnischen Wort ›routsi‹ abstammen. Es ist das Wort für Schweden, könnte sich aber auch auf die Heimat der Wikinger in Roslagen beziehen. Das ist in Schweden. Das Wort routsi ist aus dem Altgermanischen entlehnt, wo es Ruder bedeutet«, sagte Juri.

Hupen. Finnen, Germanen, Cheri Cheri Lady, like there's no

tomorrow. Schweden, Russen. Rücklichter Moskauer Geländewagen. Stau.

Juri sagte: »Ach.«

»Was?«, fragte Konstantin.

»Hör dir mal die ostslawische Theorie an.«

Das Auto vor ihnen schien sich zu bewegen, blieb dann aber doch stehen. Konstantin wäre gern in den Wagen hineingerammt. Es war ein Jeep Cherokee, sie selbst fuhren einen grünen Chevrolet. Wahrscheinlich würden sie unter dem Geländewagen verschwinden. Ihr Auto war winzig. Er hatte einen Mittelklassewagen bestellt. Die Europcar-Frau am Flughafen Scheremetjewo, wo sie gestern Abend gelandet waren, hatte nur mit den Achseln gezuckt, als er sie darauf hinwies. Er hatte das Gefühl gehabt, dass Juri seine Empörung über dieses Zwergenauto nicht angemessen übersetzte, wahrscheinlich weil er sie nicht nachvollziehen konnte. Für Juri war ein Auto ein Auto. Er hatte nie den Führerschein gemacht. Er war ein Beifahrer.

»Nach der ostslawischen Theorie kommt das Wort ›Rus‹ aus dem ostslawischen Stamm der Polanen, die südlich von Kiew, also dem heutigen Kiew, am Ufer des Flusses Ros siedelten. Und ›Rus‹ kann entweder vom Namen des Flusses, aber auch vom ostslawischen Wort ›hell‹ oder ›rot‹ abstammen«, sagte Juri.

»Rot«, sagte Konstantin.

Juri nickte. Und las weiter.

Sein Cousin schien keinerlei Verhältnis zur Welt außerhalb der Autofenster aufbauen zu können. Schon gestern Abend, als sie in der Moskauer Rushhour zwischen drängelnden Autos ihr Hotel suchten, hatte er ununterbrochen geredet. Im Flugzeug hatte er sich die Augen verbunden, um die Höhe vergessen zu können, wie er sagte. Er hatte große Angst vor Höhe. Er traute Brücken nicht, Fahrstühlen nicht, Balkonen nicht, Rolltreppen nicht. Im Hotelrestaurant wollte er einen Tisch am äußersten Rand, in einer fensterlosen Ecke, weil er sich dort sicherer fühlte. Das Hotel hatte außer ihnen und drei rumänischen Geschäftsreisenden keine Gäste, im Restaurant standen etwa fünfzig leere Tische, an dem in der hintersten Ecke saßen sie. Der Kellner musste mit den Tellern durch den leeren Saal. Sein Blick war finster. Juri sah das gar nicht. Er schwärmte von der Gattin eines Seniorpartners der Kanzlei, in der er als Bote arbeitete. Er schwärmte von ihr wie von einer Geliebten. Er beschrieb, wie geschmackvoll sie sich kleidete, mit welcher Anmut sie sich bewegte, und hatte sogar versucht, Worte für ihren Duft zu finden. Sie hieß Rosemarie. Er sah sie nur selten, meist auf Feiern der Kanzlei, spürte aber, dass sie unglücklich war. Sie war um die siebzig und das Gegenteil ihres Mannes, hatte Juri gesagt. Konstantin hatte keine Ahnung gehabt, wie er darauf reagieren sollte. Sie hatten im verlassenen Speisesaal gesessen wie das letzte Paar auf der Titanic. Ein Exzentriker und sein Chauffeur. An der Rezeption hatte sich Juri den Zimmerplan des Hotels zeigen lassen, um zu berechnen, welches Zimmer genau im Zentrum des Gebäudes lag. Es dauerte ein wenig, weil das Hotel die Form eines riesigen Glaszackens hatte, aber es gab ja sonst keine Gäste, die Juri mit seinem Wunsch hätte aufhalten können. Er machte eine kleine Zeichnung, notierte ein paar Zahlen und fand sein Zimmer. »Im Kern«, wie er sagte.

Konstantin hatte seinen Cousin gebeten, ihn nach Gorbatow zu begleiten, denn der sprach – neben Spanisch, Französisch, Englisch, Arabisch und Hebräisch – gut Russisch. Aber Konstantin wollte auch, und das war vielleicht der wichtigere Grund, die

Familie wiederbeleben. Er hatte Juri seit etwa zehn Jahren nicht mehr gesehen. Als Junge war sein Cousin eine Bezugsgröße für ihn gewesen. Kein Vorbild, aber Orientierung. Er war fast zehn Jahre älter als Konstantin und gab seine Erfahrungen vorbehaltlos weiter. Unwillkürlicher Samenerguss im Schlaf, Unterschnitt bei der Tischtennisangabe, die Gliederung im Deutschaufsatz der Abiturprüfung, das Zusammenspiel von Springer und Läufer im Angriff, die geheime Botschaft des Beatles-Songs Revolution Nr. 9, der perfekte Lungenzug. Die Arglosigkeit seines Cousins hatte Konstantin immer angezogen, jetzt irritierte sie ihn. Er war sich nicht sicher, ob sich Juris Zustand verschlechtert hatte oder seiner.

Als seine Mutter erfuhr, dass sie zusammen in Babas Geburtsstadt reisen wollten, schien sie sich zu freuen. Tante Vera rief am Abend vor ihrem Abflug an. Er musste nach Treptow kommen, um Dosen mit Nüssen und Trockenfrüchten sowie verschiedene, mit Pharmawerbung bedruckte Täschchen mit Kapseln, Pillen und Cremes entgegenzunehmen, die Vitamin-, Eisen-, Kalzium-, Zink- und Magnesiummangel, Zeckenbisse und die Reisekrankheit bekämpfen sollten.

»Ich weiß doch, dass dir im Auto immer schlecht wird«, hatte seine Tante gesagt.

»Das hat aufgehört, als ich zwölf war«, hatte er gesagt.

»Zwei Stunden vor Abflug einnehmen«, hatte sie gesagt.

Gestern Vormittag hatte Konstantin Juri aus Babas alter Wohnung abgeholt, in der er lebte, seit ihre Großmutter ins Heim geschickt worden war. Das Taxi brauchte fünf Minuten von Tür zu Tür. Fünf Minuten nur, aber Konstantin war seit seiner Pubertät nicht mehr hier gewesen. Es war keine Gegend, in der Leute lebten, mit denen er verkehrte. Kleine, kastenförmige

Dreißigerjahre-Häuser mit Sechzig-Quadratmeter-Wohnungen. Der Hausflur roch heute anders, aber der Terrazzofußboden im Treppenhaus war immer noch derselbe. In den langen Sommerferien, die er bei Baba verbracht hatte, während seine Eltern die georgische Heerstraße abfuhren, hatte er manchmal auf den Stufen gesessen, auf das Terrazzomuster gestarrt, bis es tanzte, und darauf gehofft, dass Frau Schneider aus dem dritten Stock ihre großen Brüste vorbeitrug.

Das Taxi zum Flughafen Tegel hatte unten gewartet, mit tickender Uhr, aber Juri ließ sich nicht hetzen. Das Wohnzimmer war kleiner gewesen, als Konstantin es in Erinnerung hatte, natürlich, ansonsten hatte sich wenig verändert. Die Hellerau-Regale waren noch da, auch das alte Radio mit dem pulsierenden grünen Auge. Es gab neue Bücher, aber auch ein paar der alten ihrer Großmutter, die man an den blassen Leinenrücken erkannte. Tolstoi, Gogol, Tschechow, Turgenjew. Auch Dostojewski, den Lena nicht so gemocht hatte, wie er von seiner Mutter wusste. Die Baba, die er kannte, hatte nur noch Kinderbücher gelesen und den sowjetischen »Sputnik«. An den Wänden hingen jetzt drei Volksbühnen-Plakate und der gerahmte Druck eines Chagall-Gemäldes, das einen bärtigen russischen Juden zeigte. Marc Chagall war ein Maler, den auch Konstantins Mutter bewunderte. Lieber noch als Russin wäre seine Mutter wohl jüdische Russin gewesen.

Die Gardinen, hinter denen sich ihre Großmutter vor der Welt versteckt hatte, gab es nicht mehr. Auf der anderen Straßenseite, wo die Kaufhalle gestanden hatte, bauten sie ein Wohnhaus mit raumhohen Fenstern, aus denen Leute wie er bald bedauernd auf die kleinfenstrigen Mietskasernen herunterschauen würden.

Das neue Moskau sah man erst am Stadtrand. Es wucherte

mit Autosalons, Tankstellen, verspiegelten Bürogebäuden und Warenhäusern ins Land. Dann aber begannen die Wälder und hörten nicht mehr auf. Kiefern und Birken, vor allem Kiefern. Juri las weiter aus dem Manuskript auf seinen Knien über die Entstehungsgeschichte des russischen Reichs. Immer nur Blut und Feuer. Nachdem er die Christianisierung der Rus im Moskauer Stau abgehandelt hatte, widmete er sich nun dem Mongolensturm. Batu Khan zerstörte Wladimir, die Schlacht am Sit, der Marsch auf Nowgorod, die goldene Horde, drei Jahrhunderte Stillstand und Isolation. Wenigstens schwieg Modern Talking. Sie hörten Schostakowitsch, die Symphonien, Kurt Sanderling dirigierte die Berliner Symphoniker. CDs, die Konstantin zusammen mit ein paar Hörbüchern der russischen Literatur aus seiner Bibliothek in der Brunnenstraße geholt hatte.

Irgendwann schlief Juri ein, und Konstantin ersetzte Schostakowitsch durch Dostojewskis »Verbrechen und Strafe«, ebenfalls aus der Stadtbezirksbibliothek Mitte. Im Bücheregal seiner Großmutter hieß der Roman noch »Schuld und Sühne« und trug, in gleichmäßigem Füllfederstrich, den Namen seines Großvaters. Konstantin hatte gestern nachgesehen, während er auf seinen Cousin wartete, der nebenan, im ehemaligen Schlafzimmer ihrer Großmutter, Unterlagen zur russischen Geschichte in einem kleinen rotbraunen Kunstlederkoffer verstaute, der aussah, als habe er ihn sich beim Requisiteur einer Familienkomödie aus den siebziger Jahren geborgt.

Robert F. Silber, Moskau, 1927.

Die ersten zwei Stunden des Hörbuchs von »Verbrechen und Strafe« klangen wie eine Fortsetzung von Juris Berichten über den Mongolensturm. Als sie noch fünfzig Kilometer von Nischni Nowgorod entfernt waren, zertrümmerte der Student Raskolnikow seiner Pfandleiherin und deren Schwester mit einem Hausmeisterhammer die Schädel, um anschließend in eine Art Fieberwahn zu verfallen. Es wurde langsam dunkel, und die Wälder hörten nicht auf. Die Nadel mit der Tankanzeige fiel. Konstantin schaltete den CD-Player aus, weil er nicht mehr ertragen konnte, wie sich Raskolnikow bei den Petersburger Ermittlern verdächtig machte.

Die Ruhe war angenehm, sie weckte Juri.

Sein Cousin blinzelte in die Dunkelheit. Vielleicht dachte er darüber nach, wieso sie sich in so großen Schleifen der Geschichte ihrer Großmutter näherten. Die Wikinger, Batu Khan und Raskolnikow.

»Weißt du eigentlich, dass Baba jeder ihrer Töchter fünf Malachite geschenkt hat?«, fragte Konstantin.

»Natürlich«, sagte Juri. Er verschränkte seine Hände und streckte die Arme nach vorn, bis die Fingergelenke knackten. »Meine Mutter hat aus ihren ein Armband machen lassen, das sie meiner Frau zur Hochzeit geschenkt hat.«

»Hanin?«

»Ich hatte ja nur die eine Frau«, sagte Juri.

»Und Hanin hat das Armband behalten?«

»Ich nehme an. Zusammen mit den Hochzeitsgeschenken ihrer anderen Schwiegermütter. Sie hatte ja verschiedene Männer verschiedener Nationalitäten«, sagte Juri. Er kicherte.

Das Schicksal der Malachite hatte Konstantin damit geklärt. Laras Steine wurden von ihrer Enkeltochter getragen, seine Mutter hatte ihre in Babas Grab geworfen, Tante Katjas Malachite waren im Besitz der Leute, die ihre Wohnung geräumt hatten, nachdem sie in den Westen geflohen war, und Veras gehörten heute einer algerischen Heiratsschwindlerin.

»Hast du überhaupt keinen Kontakt mehr zu Hanin?«, fragte Konstantin.

»Nein. Wozu?«, sagte Juri.

Es klang nicht bitter, es klang sachlich.

Ihr Hotel stand direkt an der Oka, dem Fluss, an dem auch Gorbatow liegen würde. Sie war eintausendfünfhundert Kilometer lang, wie Konstantin gelesen hatte. Bis zur Wolga war es für die Oka von hier aus nicht mehr weit, vielleicht noch fünfhundert Meter. Vor Konstantins Hotelfenster glimmerte der größere Fluss endlos wie ein Meer. Er wohnte im achten Stock, sein Cousin im zweiten. Auf dem Platz vorm Hotel stand ein riesiges, von zwei Scheinwerfern beleuchtetes Lenin-Denkmal. Lenin hatte die rechte Hand erhoben und die Linke am Revers, seine Haltung erinnerte eher an die eines Opernsängers als an die eines Revolutionärs. Das Hotel hieß »Marin«. Im Erdgeschoss, auf einem Sofa gleich neben der Rezeption, saßen drei stark geschminkte Frauen, zwei waren dick, eine dünn. Direkt hinter dem Sofa befand sich der Eingang zur »Sexy Bar«.

Juri, der erfolglos versucht hatte, wieder ein Zimmer im »Kern« des Gebäudes zu bekommen, obwohl er in dem Kasten sicher viel einfacher zu bestimmen gewesen wäre als in Moskau, begleitete ihn nicht zum Abendessen, weil er noch ein bisschen an seiner Schachkolumne arbeiten wollte. Konstantin aß Pelmeni mit saurer Sahne und trank zwei große Bier. Dann setzte er sich noch für eine Zigarette in die »Sexy Bar«, die, bis auf den Barkeeper, verlassen war. Die drei geschminkten Frauen waren vom Sofa vor der Tür verschwunden, vielleicht mussten sie morgen früh raus, oder sie arbeiteten noch in den Zimmern des Hotels »Marin«. Der Barmann drehte, wahrscheinlich ihm zuliebe, die

Musik etwas lauter. Es lief Europe, »The Final Countdown«. Eines der furchtbarsten Lieder, die Konstantin kannte.

★

Es begann ein schöner, klarer Septembertag, als sie das letzte Stück ihrer Reise antraten. Die Blätter waren vom Sommer ausgeblichen, das Himmelsblau wurde wieder kräftiger, kühler. Der Winter hier, das hatte Konstantin gelesen, kam schnell und hart. Es waren fünfundachtzig Kilometer von Nischni Nowgorod nach Gorbatow.

Baba war diesen Weg als Kind gelaufen. Sie war mit ihrer Mutter und ihrem Bruder Pawel in eisiger Nacht vor den Männern geflohen, die gerade ihren Vater ermordet hatten. Sie hatten ihn gepfählt und auf der Straße verbluten lassen. Konstantin hatte die Geschichte oft gehört. Er saß in Babas Küche, aß ihre Eierkuchen und stellte sich vor, wie sich der Schnee um den gepfählten Körper seines Urgroßvaters rot färbte. Ein Szene wie aus »Tanz der Vampire«, ein Film, mit dem sein Vater ihn ins »Genre des Vampirfilms« hatte einführen wollen, als Konstantin acht oder neun Jahre alt war.

Später, im Pankower Altersheim, war die nächtliche Flucht durchs Eis nach dem Tod ihres Vaters die einzige zusammenhängende Geschichte, die Baba noch erzählte. Immer wieder erzählte sie die ihren Besuchern, den wechselnden Frauen auf ihrem Zimmer, den Pflegern.

Juri hatte über eine russische Freundin, die in Tel Aviv lebte, herausgefunden, dass es ein Heimatmuseum in Gorbatow gab, das an den Prozess erinnerte, der den Mördern ihres Urgroßvaters gemacht worden war, nachdem die Große Sozialistische Oktoberrevolution gesiegt hatte. Die Freundin hieß Isi und hatte im sowjetischen Staatsballett getanzt, bevor sie einen Engländer heiratete und mit ihm nach Israel auswanderte. Juri hatte sie Anfang der neunziger Jahre auf einem Tanztheaterfestival in Bratislava kennengelernt. Konstantin fragte nicht nach den Umständen. Die Art und Weise, wie sein Cousin über die ehemalige Tänzerin redete, ließ auf eine platonische Liebe schließen. Isi war inzwischen Mitte sechzig, aber offenbar immer noch sehr gut in ihrer alten Heimat vernetzt. Sie hatte Juri die Adressen der Moskauer und Leningrader Wohnungen besorgt, wo Baba in den zwanziger und dreißiger Jahren gelebt hatte. Sie hatte die Adresse der Fabrik geschickt, in der Baba ihren Mann kennengelernt hatte, und auch die Anschrift des Heimatmuseums von Gorbatow. Juri hatte den Direktor des Museums vor ein paar Wochen angerufen. Er erwartete sie.

An den Rändern wirkte Nischni Nowgorod grau und hoffnungslos, nun aber fuhren sie auf enger, glatter Straße durch Weiden und Lupinenfelder. Konstantin fand, dass die Landschaft russisch aussah, auch wenn er nicht hätte sagen können, warum. Rechts tauchte ab und zu der Fluss auf, die Oka, sie sah kräftig aus, aber nicht so gewaltig und endlos wie die Wolga. Das Navigationssystem schwieg, Juri auch.

Konstantin hatte versucht, über seine Tante Vera zu sprechen. Juri hatte zehn Minuten von den Bäumen geredet, die seine Mutter auf ihrem Suckower Gutshof hatte fällen lassen. Zwei Pappeln und eine Eiche, die fast so alt gewesen war wie die Geschichte Russlands. Dann war er verstummt, als sei damit alles gesagt, was er zu seiner Mutter zu sagen hatte.

Juri studierte den Blätterstapel, der auf seinen Knien lag, als bereite er sich auf eine Rolle vor. Die Landschaft schien ihn nicht zu interessieren. Irgendwann sagte er: »Hier.« Und dann: »Späte Gerechtigkeit.«

»Späte Gerechtigkeit?«, fragte Konstantin.

»Die Überschrift eines Berichts aus der Iswestija über den Prozess«, sagte er. »21. Oktober 1918.«

Juri sah kurz auf, räusperte sich, dann las er den Artikel vor.

In Gorbatow, der kleinsten Stadt der Sowjetunion, wurde in dieser Woche ein Verbrechen gesühnt, das in einer anderen Epoche begangen wurde. Die Tat geschah im zaristischen Russland. Weil die Sowjetmacht jung ist, leben die Täter noch. Sie mussten sich verantworten, ihre Verbrechen sind nicht vergessen. Das machte der achttägige Prozess klar, der im Festsaal des ehemaligen Kosakengutes Balakow stattfand und von einem Richter aus Moskau, dem Genossen Sergej Tschernenko, geleitet wurde.

Am 18. Februar 1905 wurden in Gorbatow die aufständischen Arbeiter Viktor Krasnow und Michail Romanow hinterrücks getötet, weil sie gegen das Unrecht der zaristischen Unterdrückung protestierten. Krasnow war ein Seiler aus Gorbatow, Romanow ein Hafenarbeiter aus Nischni Nowgorod. Sie schwenkten am Rande einer Veranstaltung zaristischer Propagandisten vor dem örtlichen Rathaus die rote Fahne und forderten die lokale Bevölkerung auf, den Versprechungen aus Petersburg keinen Glauben zu schenken. Daraufhin wurden sie von Vertretern der zaristischen Verwaltung und Gewalttätern aus dem nahen Nischni Nowgorod brutal zusammengeschlagen. Mit letzter Kraft schafften es die Schwerverwundeten ins örtliche Krankenhaus, wo sie der diensthabende Arzt Dr. Andrej Wosnetschikow medizinisch versorgte. Wenig später stürmten wütende und trunkene Reaktionäre das Krankenhaus, unter ihnen die fünf Angeklagten des Prozesses von Gorbatow. Andrej Wosnetschikow stellte sich ihnen in den Weg und wurde daraufhin niedergeschossen. Der Arzt, der aus dem Ural stammt, erlag wenig später seinen Verletzungen. Die Angeklagten holten die Schwerverletzten Krasnow und Romanow aus ihren Betten, schleppten sie auf die Straße und erschlugen sie.

Die Vernehmung der Zeugen dauerte eine Woche. In einer berührenden Aussage erinnerte die Witwe des Seilers Krasnow, Sina Alexandrowna, daran, welch vorbildlicher Vater, Ehemann, Arbeiter und Klassenkämpfer der ermordete Viktor Krasnow gewesen ist. Sina Alexandrowna und ihre beiden Kinder mussten noch in der Nacht aus ihrem Haus nach Nischni Nowgorod fliehen, wo sie bei einem Kampfgefährten Krasnows Unterschlupf fanden.

Wie sich im Verlaufe der Verhandlung zeigte, war Boris Karelnikow, einer der Anführer des Gorbatower Pogroms, bereits vor zwei Jahren bei einem Unfall in der Oka ertrunken, der andere, der ehemalige Stadtkämmerer Leonid Kusnezow, wurde vom Gericht zum Tode verurteilt. Das Urteil wurde am nächsten Morgen, dem 16. Oktober 1918, vollstreckt. Die anderen Angeklagten erhielten jeweils zehnjährige Gefängnisstrafen.

Nur wenige Tage vor dem ersten Jahrestag der Oktoberrevolution zeigte sich im Gerichtssaal von Gorbatow, wie entschlossen die junge Sowjetmacht ist, ihre Prinzipien zu verteidigen. Dieser Prozess sei auch, so betonte der Richter in seiner Urteilsbegründung, eine Botschaft an die Feinde der Sowjetmacht, die an verschiedenen Stellen des Landes das Rad der Geschichte zurückzudrehen versuchen.

Die Stadt Gorbatow plant, zwei Straßen nach den ermordeten Kämpfern zu benennen, zudem soll das örtliche Krankenhaus künftig den Namen des mutigen Arztes, Dr. Andrej Wosnetschikow, tragen.

Juri machte eine Pause, als habe er soeben eine Staatsadresse verlesen. Konstantin schaute zu ihm hinüber. Er war wieder überrascht, wie gut sein Cousin aussah. Er kleidete sich wie ein Nerd und redete oft auch so, hatte aber das Profil eines römischen Feldherrn. Er hatte die dunklen Haare und den Teint von Vera und, zumindest nahm Konstantin das an, die blauen Augen des verschollenen Piloten Max, seines Vaters. Mit seinem Kinn und seiner Intelligenz hätte er eigentlich die Kanzlei leiten müssen, in der er als Bürobote arbeitete.

»Keiner von denen im Gerichtssaal wusste, was ihn erwartet«, sagte Juri.

»Wie wir«, sagte Konstantin.

»Das kann man nicht vergleichen«, sagte Juri.

»Es sollte ein Witz sein«, sagte Konstantin.

»Ach so«, sagte Juri, lachte aber nicht. »Was ich meine, ist: Der Bericht klingt so, als sei alles vorbei. Dabei ging es 1918 erst richtig los. Für uns war die Sache mit der Oktoberrevolution entschieden. Aber die schlimmste Zeit kam da erst noch. Im Bürgerkrieg sind über zehn Millionen Menschen gestorben. In vier Jahren.«

Konstantin hatte das Buch über den Bürgerkrieg, das er im Zug aus Mannheim angefangen hatte zu lesen, in Berlin ausgepackt und nicht wieder aufgeschlagen, was er nun bereute. Er hätte gern ein bisschen mitgeredet.

Sie bogen rechts ab, die Straße wurde schmaler und augenblicklich holprig, als sei sie nicht wichtig.

»Was ist mit dem Holzkeil?«, fragte Konstantin.

»Holzkeil?«

»Baba hat immer erzählt, ihr Vater sei gepfählt worden, aber in dem Bericht taucht kein Holzkeil auf.«

»Sicher war ihnen das zu mittelalterlich, zu kulthaft bei der Iswestija«, sagte Juri.

Das Ortsschild von Gorbatow war eine Plastik aus drei blauen aufstrebenden Metallspeeren, an einem waren zwei kleine Schilder montiert. Eins zeigte einen Baum, das andere einen roten Hirsch. Juri sagte, dass Gorbatow für das Rotvieh bekannt sei, das hier einst gezüchtet worden war, sowie für Sauerkirschen.

»Wofür steht der Hirsch?«, fragte Konstantin.

»Weiß nicht. Da steht nur, dass sie hier die Fortsetzung eines Oscarfilms gedreht haben, ›Die Sonne, die uns täuscht‹.«

Eine Frage für das Familienfilmquiz, dachte Konstantin. Der sowjetische Film im Wandel der Zeit. Oktober. Die Kraniche ziehen. Krieg und Frieden. Moskau glaubt den Tränen nicht. Juliregen. Tarkowski. Bondartschuk. Wertow. Kalatosow. Eisenstein.

»Als Baba geboren wurde, hatte Gorbatow doppelt so viele Einwohner wie heute«, sagte Juri.

»Wie viele hat es denn heute?«

»Zweitausend.«

Die einzige befestigte Straße im Ort war die Durchgangsstraße. Auf dem Weg zum Heimatmuseum versank der grüne Chevrolet immer wieder in den Schlaglöchern der Lehmwege. Die Häuser am Straßenrand sahen aus wie die Kulisse zu einem russischen Märchenfilm. Die Hexe Baba Jaga, dachte Konstantin, hatte in so einem Haus gewohnt, Baba Jaga, die, wie ihm sein Vater erzählt hatte, von einem Mann gespielt worden war. Die Häuser waren aus breiten Holzbalken gebaut, braun, grün und blau bemalt, sie hatten Dächer wie Pilzhüte und verzierte Fensterläden. Die meisten waren in schlechtem Zustand. Das Museum war ebenfalls in so einem Märchenhaus untergebracht. Es gab kein Museumsschild, aber das Navigationssystem erklärte, dass sie da waren.

Im Flur saßen zwei Frauen im Halbdunkel an einem Tischchen, auf dem ein Samowar stand. Die Frauen erhoben sich. Sie lächelten, verbeugten sich und boten Tee an. Juris Russisch, das gestern Abend im Hotel noch ein wenig holprig geklungen hatte, erschien Konstantin nun völlig natürlich. Juri redete mit der älteren der beiden Frauen, die den Hut aufzuhaben schien. Die jüngere stand daneben und lächelte. Sie war blond, dünn und hatte blaue Augen, die aus dem Halbdunkel leuchteten. Der Tee war ein bisschen bitter. In der Diele gab es eine Vitrine mit einem ausgestopften Fuchs und eine hölzerne Apparatur, die an einen Webstuhl erinnerte. An der Wand hing eine große Karte der Region. Daneben standen drei Fahnen.

Nach ein paar Minuten verschwand die blonde Frau und kam mit dem Chef wieder. Er hieß Dimitri Uschakow und begrüßte Konstantin und Juri wie zwei Staatsgäste. Er trug ein weißes Hemd, seine Haare waren kurz und grau, seine Nase knubbelig und rot. Er hatte einen silberfarbenen Schlips um, der aussah, als habe er sich den geliehen. Der Museumsdirektor hatte einen festen Händedruck, seine Hände waren rau. Er war aber kein Bauer, sondern Lehrer, wie Konstantin von Juri wusste. Seine Fächer waren Geschichte und Biologie, und sein Museum widmete sich beidem.

Im ersten Ausstellungsraum ging es um die Flora und Fauna der Region. Es gab einen weiteren ausgestopften Fuchs, einen Sumpfotter, einen Biber, einen Fischadler, mehrere kleine Vögel und Pelztiere, deren Namen Juri nicht übersetzen konnte, eine Vitrine mit einer präparierten Schlange und ihrem Nest sowie Farbtafeln verschiedener Gräser und Bäume, unter anderem der berühmten Sauerkirsche, die den Namen der Stadt trug. Uschakow schien sich sehr wohl zu fühlen zwischen den Tieren und

Pflanzen, sie blieben bestimmt eine halbe Stunde in diesem Teil des Museums. In den nächsten beiden Räumen gab es Landkarten, die mit großen Pfeilen die Völkerwanderung und die Besiedlung des Gebietes beschrieben, Zeichnungen von Wikingern, die in Booten anruderten, Fotos einer adligen Familie, der hier vor der Revolution große Ländereien gehörten, und eine Abteilung, die sich der Geschichte der Seilmacherei widmete. Es gab eine Vitrine mit verschiedenen Seilstücken und ein Holzgestell, an dem die Seile geflochten wurden. Dann erreichten sie die Revolution. Ein großes Foto von Lenin, darunter ein Aufsatz, in dem der Revolutionsführer aufständische Seiler erwähnte, wenn auch nur in einem Halbsatz. Drei, vier Fahnen und schließlich die Ecke, die sich mit ihrem Urgroßvater beschäftigte. Viktor Pawlowitsch Krasnow. Der Zeitungsausschnitt aus der Iswestija war zu sehen und ein kleines unscharfes Foto, das ein paar Menschen zeigte, die um etwas herumstanden, was man nicht erkennen konnte.

»Das war die Einweihung des Denkmals für Ihren Urgroßvater«, sagte Uschakow.

Der Direktor stand verlegen in der Gedenkecke, die angesichts der internationalen Gäste noch einmal geschrumpft zu sein schien. Konstantin war etwas erschöpft von all den Informationen, die seit zwei Tagen auf ihn herunterregneten, den weiten Anläufen zum Ursprung seiner Familie, von Wikingern, Ottern, Seilmachern und Mördern. Vor allem aber war er peinlich berührt. Er fühlte sich wie ein Eindringling, ein Gast aus dem Westen, dessen Familiengeschichte zu Hause besser, größer geklungen hatte. Konstantin Stein, ein unbekannter Autor aus Berlin-Prenzlauer Berg, belästigte diese Leute mit seinen Problemen. Er hatte seinen scheuen Cousin Juri Silber, Bürobote in einer Charlottenburger Anwaltskanzlei, überzeugt, ihn auf einer Reise zu begleiten, auf die ihn seine Mutter Maria Stein, Pankower Rentnerin, geschickt hatte. Weil ihr Mann den Verstand verlor, weil ihr ihre Mutter nicht vertraut hatte, weil sie sich mit ihren Schwestern nicht verstand, weil ihr vielversprechender Sohn nichts aus der Begabung machte, von der sie annahm, dass er sie besaß, weil sie unglücklich war, weil sie reinen Tisch machen wollte, weil sie am Ende ihres Lebens in einem aufgeräumten, leeren Zimmer sitzen wollte, alle Rechnungen bezahlt, alle Fragen beantwortet.

Uschakow räusperte sich. Er reckte sich. Dann hob er zu einer längeren Ansprache an, die Juri nicht übersetzte. Als er fertig war, schüttelte Uschakow erst Juri die Hand, dann ihm. Die beiden Frauen standen links und rechts vom Direktor wie Adjutanten.

»Was hat er gesagt?«, fragte Konstantin.

»Er hat sich bei uns entschuldigt«, sagte Juri. »Er ist der Urenkel von Ilja Uschakow.«

»Ilja Uschakow?«, fragte Konstantin.

Der Direktor nickte. Er sah ernst aus und stand immer noch sehr aufrecht, nur der Schlips hing schief.

»Ilja Uschakow war einer der Männer, die an dem Pogrom beteiligt waren, bei dem unser Urgroßvater getötet wurde. Er stand damals vor Gericht. Der Direktor hat sich dafür entschuldigt, was seine Familie unserer Familie angetan hat.«

Konstantin sah den Direktor an. Er hatte keine Ahnung, wie er auf diese Nachricht reagieren sollte.

Es war absurd, dass sich dieser Mann, ein Geschichtslehrer, bei zwei deutschen Tagedieben für eine Tat entschuldigte, die über hundert Jahre zurücklag und weder mit ihm noch mit ihnen zu tun hatte. Eine Geschichte, die winzig und unbedeutend war, verglichen mit dem, was ihr Volk seinem Volk später angetan hatte. Und doch spürte Konstantin eine gewisse Genugtuung. Er war nie gern Deutscher gewesen, er war immer noch nicht gern Deutscher. Pünktlichkeit, Hartnäckigkeit, Zuverlässigkeit, Genauigkeit waren Eigenschaften, die er nicht mit deutschen Autos und Werkzeugmaschinen verband, sondern mit deutschen Kriegen. Wenn er mit Ausländern zusammen war, entschuldigte er sich gern dafür, Deutscher zu sein, und machte Witze auf seine Kosten. Er machte sich klein. Er fühlte sich nicht größer durch die Entschuldigung des russischen Museumsdirektors. Ihn freute nicht, dass er nun auch Opfer sein konnte, auf der richtigen Seite stand. Ihn befriedigte die Geschichte, die er über diese Begegnung russisch-deutscher Urenkel würde erzählen können. Eine Geschichte, die so aberwitzig war, dass sie, an einem langen Berliner Tisch präsentiert, Konstantin am Ende als Deutscher schmücken würde. In einer Weise, mit der er leben konnte.

»Sag ihm bitte, dass er sich nicht entschuldigen muss«, sagte Konstantin.

»Hab ich gemacht«, sagte Juri.

Uschakow räusperte sich noch einmal und hielt eine zweite, etwas längere Ansprache.

Wieder wartete Juri, bis der Direktor fertig war.

»Er hat seinen Urgroßvater nie kennengelernt. Ilja Uschakow ist in der Verbannung gestorben, in Sibirien. Die Familie hat nie darüber geredet. Sie haben das mit sich herumgetragen. Ich nehme an, sie hatten es, zumindest nach der Oktoberrevolution, nicht leicht hier. Er sagt, er habe das Museum auch gegründet, um sich seiner Familiengeschichte zu stellen. Er würde uns nun durch den Ort führen und uns das Denkmal für Viktor Krasnow zeigen. Anschließend möchte er uns zum Essen einladen«, sagte Juri.

Konstantin nickte. Er stellte sich vor, wie Dimitri Uschakow vor dem Spiegel, die Krawatte bereits umgebunden, seine Rede geübt hatte.

Sie liefen durch alle Räume zurück, vorbei an der Seilmaschine, an den Landkarten, den ausgestopften Tieren und den beiden Frauen am Samowar. Konstantin konnte sich nicht vorstellen, wer dieses Museum besuchen sollte, das an einer unbefestigten Straße in einem vergessenen Ort lag, der einmal für eine Sauerkirschsorte bekannt gewesen war. Uschakow hatte seine Ausstellung um das Ereignis herumgebaut, das vermutlich auch seine Familie zerstört hatte. Es war ein Schrein. Ein Platz, mit dem Dimitri Uschakow seine Stellung in der Geschichte dieses Riesenreichs beschrieb.

Draußen auf der Straße bot ihnen Uschakow Zigaretten aus einer kleinen zerknautschten Packung an, auch Juri, bei dem Konstantin einst Rauchen gelernt hatte, nahm sich eine. Die Zigarette schmeckte scheußlich, aber das machte nichts. Sie rauchten und lächelten sich an.

Konstantin bat Juri, den Direktor zu fragen, wo eigentlich das Haus stand, in dem ihre Urgroßeltern gewohnt hatten. Er wollte noch nicht zum Denkmal des Helden.

Uschakow wusste es nicht. Er bot an, die Stelle zu zeigen, wo die Kundgebung stattfand, gegen die ihr Urgroßvater protestiert hatte. Es war gleich um die Ecke. Das Haus, in dem die Stadtverwaltung damals untergebracht war, gab es allerdings seit über fünfzig Jahren nicht mehr. Gorbatow hatte kein Rathaus. Es gab einen Platz, auf dem zwei Blechbaracken standen und ein alter sowjetischer Lastkraftwagen. Dort habe die Versammlung stattgefunden, sagte Uschakow. Sie standen einen Moment vor dem rostigen Maschendraht, der den Platz einzäunte. Dann gingen sie etwa vierhundert Meter die Straßen hinunter, an einer angepflockten Ziege vorbei, die die Böschung abfraß, zu der Stelle, an der sich das Krankenhaus befunden hatte, in dem der tapfere Arzt erschossen worden war. Auch das Krankenhaus gab es nicht mehr. Das nächste Hospital war in Pawlowo, sagte Uschakow, eine Stadt dreißig Kilometer flussaufwärts, wo heute sechzigtausend Menschen lebten, obwohl Pawlowo erst viel später das Stadtrecht bekommen hatte als Gorbatow. Alle wichtigen Institutionen waren in den letzten sechzig Jahren in Richtung Pawlowo abgewandert. Vermutlich weil es dort eine Bahnstation gab. Pawlowo war bekannt für seine Zitronen, sagte Uschakow.

»Zitronen?«, fragte Konstantin. Er dachte an Lautenschlägers Zitronenlikör in Ludwigshafen.

»Wörtlich übersetzt heißen sie Zimmerzitronen«, sagte Juri.

Sie schauten auf die Ruine eines Flachbaus, der in den fünfziger Jahren an die Stelle des ursprünglichen Krankenhauses gesetzt worden war, dessen Direktor Andrej Wosnetschnikow sich schützend vor ihren Urgroßvater gestellt hatte. Alle Spuren waren verwischt.

Aber hier hatte anscheinend alles angefangen.

Uschakow zeigte eine Stelle auf der unbefestigten Straße. Konstantin konnte sich nicht vorstellen, dass der Museumsdirektor, der nicht mal wusste, wo sein Urgroßvater gelebt hatte, den genauen Platz kannte, an dem er gestorben war. Er sah nachdenklich auf den lehmigen Boden, weil er annahm, dass das von ihm erwartete wurde. Niemand sagte etwas. Es war ganz still. Konstantin stocherte mit dem Schuh im Lehm, der sehr hart war, ausgetrocknet nach dem Sommer. Im Herbst war der Boden sicher glitschig, im Winter gefroren und im Frühjahr matschig. Kontinentales Klima. Hundertzwölfmal war die Erde im Winter gefroren und im Frühjahr getaut, seit sein Urgroßvater hier gelegen hatte, in seinem Blut. Immer dieselbe Straße. Die Menschen starben, die Häuser verfielen, der Lehm blieb. Vielleicht hatten sie mal darüber nachgedacht, die Straße zu pflastern oder zu asphaltieren, aber dann waren die Stadt Pawlowo und ihre Zimmerzitronen wichtiger geworden. Erde zu Erde, Asche zu Asche, Staub zu Staub.

Viktor Krasnow hatte sich gewehrt, dachte Konstantin. Er war ein Mann, der sich gegen die Gleichgültigkeit gestemmt hatte. Sie hatten ihn niedergeschlagen. Sie hatten ihn ausgelöscht. Das Feuer war nie wieder angegangen. Seine Urenkel, Juri Silber und Konstantin Stein, würden keine Revolution starten. Sie waren nicht mal in der Lage, eine Familie zu gründen.

Eine tiefe Verzweiflung erfasste Konstantin. Sie übermannte ihn wie damals die Übelkeit auf dem Rücksitz des Niva. Er vermutete erst, dass es an Uschakows Zigarette lag. Aber ihm war nicht schlecht oder schwindlig. Er fühlte sich schutzlos, schwach und niedergeschlagen. Er wusste nicht, was er hier machte, was er überhaupt auf dieser Welt machte. Er wusste nicht, warum er auch nur einen weiteren Schritt gehen sollte. Er wusste auch nicht, ob er einen weiteren Schritt gehen konnte. Er spürte seine Beine nicht mehr. Es war alles vergebens. Er starrte auf die gleichgültige Erde und hörte seinem Herzschlag zu. Er hätte gern etwas gesagt, aber das ging nicht. Seine Kehle war zugeschnürt, er hatte das Bedürfnis, sich auf den Boden zu legen. Er knickte in den Knien ein. Er würde gleich weinen oder schreien oder am besten einfach umfallen.

Juri sagte irgendetwas zu Uschakow, und Uschakow antwortete. Dann wieder Juri und wieder Uschakow. Konstantin verstand nicht, worüber sie sprachen, aber es galt wohl nicht ihm. Sein Herz schlug wie eine Kirchenglocke, aber sie hörten es nicht. Sie merkten nichts von seiner Verzweiflung. Vermutlich verwechselten sie seine Stummheit mit Rührung. Uschakow steckte sich noch eine Zigarette an.

Die Erde drehte sich weiter. Diese Erkenntnis löste den Krampf.

Konstantin konnte den Kopf heben, er atmete. Der Nebel verzog sich. Er spürte seine Beine wieder. Eine Panikattacke, dachte er. Er atmete ein und aus, wie er es bei Sibylle Born gelernt hatte, um die Angst zu vertreiben.

Die Männer gingen weiter, und er folgte ihnen. Langsam, Schritt für Schritt. Fünfzehn Minuten später war Konstantin bereits wieder in der Lage, ein Handyfoto von dem Straßenschild zu machen, das den Namen seines Urgroßvaters trug. Es war ein verrostetes Emailleschild, das an einem der alten Holzhäuser hing. Ul. Krasnowa, 28, stand auf dem Schild.

Sie liefen die gesamte Straße ab, die nach ihrem Urgroßvater benannt war. Sie war etwa anderthalb Kilometer lang und endete vor einer großen weißen Kirche, die auf einem Plateau stand. Die Kirche wirkte bullig, sie hatte fünf Türme, und als sie näher kamen, sah man, dass die weiße Farbe an vielen Stellen von den roten Steinen gewaschen war, aus denen die Kirche gebaut worden war. Das nahm dem Bau nichts von seiner Wucht. Er schien alles zu sein, was die Zeiten überlebt hatte. Die Kirche sah aus, als würde sie den Ort und den Fluss überwachen. Ein Fort Gottes. Die Kirchentür war verschlossen, aber in einem Glaskasten standen die Termine für die Gottesdienste. Der nächste war morgen früh um sieben.

Konstantin ging mit Uschakow zum Rand des Plateaus, wo der Hang zum Fluss abfiel. Juri ging zum Auto zurück. Wie Brücken und Rolltreppen machten ihm auch Abhänge Angst.

Konstantin hatte das Gefühl, im Himmel zu stehen, nachdem er vor einer halben Stunde die Hölle erlebt hatte. Er schaute über das endlose grüne Tal. Die Oka sah von hier oben aus wie ein Delta, viele Arme, die um einen breiten Strom tanzten, der sich im großen Bogen um Gorbatow wand. Die Wiesen waren tiefgrün, der Himmel leuchtend blau. Es waren die einzigen Farben. Man sah keinen Menschen, man hörte keinen Laut. Ein Weg schlängelte sich zum Wasser hinab, und aus irgendeinem Grund dachte Konstantin, dass genau an dieser Straße das Haus gestanden hatte, in dem Baba geboren worden war.

Er atmete ein paarmal ein und wieder aus, so als würde er eine Papiertüte aufblasen, dann war er bereit für das Denkmal des einzigen Helden, den seine Familie hervorgebracht hatte.

*

Das Essen fand in einer Betriebskantine statt. Die Arbeiter der örtlichen Taschenmesserfabrik und die Beschäftigten der letzten Seilerei von Gorbatow wurden hier versorgt. Jetzt, am Abend, war aber nur noch der Chef der Seilerei da. Außer ihm saßen am Tisch: Uschakow, seine Frau und ihr sechzehnjähriger Sohn Maxim, die beiden Frauen aus dem Museum sowie ein paar Lehrer aus Uschakows Schule, der Lenin-Schule. Darunter der Mathematiklehrer, der aufbrach, um ein Schachbrett zu holen, gleich nachdem er erfahren hatte, dass Juri ein guter Spieler war.

Konstantin sah auf das Glas Wodka, das vor ihm auf dem Tisch stand. Es wäre das dritte. Wenn er es trank, würde er nicht mehr in der Lage sein, heute Abend nach Nischni Nowgorod zurückzufahren. Uschakow hatte ihnen angeboten, in der Baracke zu übernachten, wo während der Sauerkirschernte Fremdarbeiter schliefen.

Es war eine winzige Entscheidung, aber Konstantin hatte das Gefühl, sein Leben hinge davon ab.

Das Denkmal für ihren Urgroßvater hatte ausgesehen, als hätte es Uschakow in einem hastigen Arbeitseinsatz mit ein paar Schülern aus seiner Klasse für den Besuch hergerichtet. Die weiße Farbe des Sockels schien noch nicht trocken zu sein. Juri und er hatten sich für ein Foto neben der Statue ihres Urgroßvaters aufgestellt. Viktor Krasnow trug einen Bart und sah aus wie ein Revolutionär, nicht wie ein Mensch. Juri hatte das Gedicht, das er einst als Schüler für seinen Urgroßvater geschrieben hatte, vorgetragen. Erst auf Deutsch, dann auf Russisch.

Ich stehe auf unserem Appellplatz
Thälmann-Schule, Berlin
Singe die Kampflieder, die von Kämpfen berichten
Die ich nie gekämpft habe
Die Gefahren beschwören
Die ich nie gespürt habe
Die im Blut baden
Das ich nie vergossen habe
Nehmet und trinket alle davon
Denn dies ist sein Blut
Das für Euch und für alle vergossen wurde

Konstantin glaubte, das Gedicht jetzt besser zu verstehen als damals, in den Sommerferien im Hinterhof von Babas Haus. Es drückte, abgesehen von den Kampfliedern, aus, was auch er fühlte. Allerdings war Juri seiner Erinnerung nach nicht auf der Thälmann-, sondern auf der Klement-Gottwald-Schule gewesen.

Sein Cousin hatte anschließend darum gebeten, auch die Straße zu besuchen, die nach dem aufständischen Werftarbeiter Romanow benannt worden war. Uschakow führte sie in ein verfallenes Viertel am Rande der Stadt. In der Romanowstraße schienen nur noch wilde Hunde zu leben. Juri war dennoch ausgestiegen, ein bisschen hin und her gelaufen, um dann vielsagend lächelnd zum Auto zurückzukehren. Vielleicht sah sich Juri eher in der Tradition der verkannten Revolutionäre, seine Mutter Vera bestimmt. Konstantin hatte kurz an Sid Rosenblatt gedacht und die amerikanische Fernsehserie über die Romanows. Was ist aus denen geworden, die entkamen?

Sie hatten die Schule von Uschakow besucht, vor der ein Lenin-Denkmal stand, das dem Denkmal seines Urgroßvaters nicht unähnlich war. Es hatte plötzlich angefangen zu regnen, sie waren zur Kantine gefahren, wo sie den Arbeitern vorgestellt worden waren. Der erste Wodka.

Der Chef der Seilerei hatte eine Rede gehalten, in der er die Seilmacherei im Wandel der Zeiten beschrieb. Dann wollten sie etwas von den Gästen hören, und weil Juri schon das Gedicht vorgetragen hatte, musste Konstantin ran. Er hatte behauptet, dass Baba ihre Heimat bis zum Schluss sehr wichtig gewesen sei. Er hatte ihnen nicht gesagt, dass seine Oma eigentlich immer nur davon geredet hatte, wie sie aus Gorbatow wegrannte. Sie wäre gern noch einmal hergekommen, sagte er, aber die Behörden hatten es nicht gestattet. Er bedankte sich bei Uschakow und seinen Mitarbeitern dafür, dass sie das Andenken an ihren Urgroßvater hochhielten. Uschakow lud ihn und Juri zum hundertsten Jubiläum des Gerichtsprozesses im nächsten Jahr ein. Dann der zweite Wodka. Konstantin hatte Uschakow gefragt, wie sie denn den hundertsten Geburtstag eines Gerichtsprozesses begehen wollten. Uschakow hatte ihm erzählt, wie wichtig es sei, in dieser Zeit, da die Schwarzen Hundertschaften in Russland wieder ihr Haupt hoben, an ihre Verbrechen in der Vergangenheit zu erinnern. Und weil Konstantin nicht wusste, was die Schwarzen Hundertschaften waren, hatte ihm Uschakow einen Kurzvortrag über eine Clique von antisemitischen, rassistischen Revanchisten gehalten, die die sowjetischen Jahre im Ausland ausgesessen habe, nun aber wieder im Lande sei. Die Schwarzen Hundert seien es auch gewesen, die die Leute aus der Stadtverwaltung, darunter seinen Urgroßvater, aufgestachelt hätten. Im Winter 1905 war das Böse nach Gorbatow gekommen.

Konstantins Familiengeschichte löste sich in den russischen Mythen auf. Die Wikinger, die Mongolen, der Zar und jetzt die Schwarzen Hundertschaften. Noch einen Wodka, und Uschakow wäre die Schuld los, dachte Konstantin.

Er glaubte nicht mehr, dass Gorbatow mit seinen Berliner Problemen zu tun hatte. Er verstand die Sprache gar nicht. Was er aber an diesem Tag gefunden zu haben glaubte, war die Verpflichtung, die mit dem Tod seines Großvaters verbunden war. Man durfte sich nicht von den Zeiten treiben lassen, man musste sich in den Wind stellen. Aus dieser Erkenntnis heraus hob Konstantin schließlich das Wodkaglas und trank es in einem Zug aus. Auch wenn er nicht genau hätte beschreiben können, warum, so erschien es ihm doch eher im Sinne seines Urgroßvaters, den dritten Wodka zu trinken als ihn nicht zu trinken. Uschakow, der neben ihm saß, schlug ihm auf die Schulter, als habe er eine Prüfung bestanden.

»Haben sie meinem Großvater wirklich einen Holzkeil ins Herz geschlagen?«, fragte Konstantin. Juri übersetzte die Frage.

»Die Schwarzen wollten uns den Teufel austreiben«, sagte Uschakow und füllte Konstantins Glas auf.

»Uns?«, fragte Konstantin, aber das übersetzte Juri nicht mehr.

Dann ging, wie immer, wenn man sich für Wodka entschied, alles sehr schnell.

Juri schlug den Mathematiklehrer, der den vierten Platz im Gorbatower Schachturnier belegt hatte, dreimal hintereinander. Daraufhin beschloss der Mathematiklehrer, den Sieger des Schachturniers vom letzten Jahr zu holen, einen Zahnarzt. Eine Dreiviertelstunde später kehrte er mit dem Zweitplatzierten zurück. Der Zahnarzt war zu einem Kongress in Wladimir und sollte erst in der Nacht wiederkommen. Juri schlug auch den zweitbesten Schachspieler von Gorbatow. Der beste Schachspieler, den sie jemals hier hatten, sollte der Sohn von Kusnezow gewesen sein, sagte Uschakow. Alexander Kusnezow. Konstantin aber war schon zu angefüllt mit Geschichten, Wodka und Namen, um zu fragen, was aus dem geworden war.

Jemand begann zu singen, jemand weinte. Uschakows Frau verschwand, sein Sohn schlief ein. Mitternacht. Juri begleitete den Zweitplatzierten des Schachturniers und den Mathematiklehrer zum Haus des Zahnarztes, der, so hieß es, nun in Gorbatow angekommen war und den deutschen Gast zu einem Spiel in seinem Haus erwartete. Konstantin hatte jetzt keinen Dolmetscher mehr, er trieb hilflos auf der russischen See, ab und zu schwappte ein Wort ins Boot, an das er sich aus dem Russischunterricht erinnerte. Dorf. Tisch. Partei. Glas. Generalsekretär. Teufelskerl. Hauptaufgabe. Prost. Er sollte Russisch lernen, dachte er. Die Sprache seiner Großmutter. Es war jetzt ein Uhr, auch wenn Konstantin nicht genau wusste, nach welcher Zeit. Er war unglaublich müde. Er trank noch einen Schnaps, dann verabschiedete er sich von Uschakow, dem Urenkel eines Mannes, der seinen Urgroßvater gejagt hatte. Oder dazu angestiftet worden war, seinen Urgroßvater zu jagen. Uschakow umarmte ihn so fest, dass Konstantin fast umfiel, als der ihn wieder losließ. Der Museumsdirektor bat seine dünne, blonde Assistentin, ihn zur Unterkunft zu bringen. Sie hieß Vera. Wie seine Tante. Konstantin hätte das gern gesagt, aber ihm fiel das russische Wort für Tante nicht ein. Alles, was er hätte sagen können, war »Mutter« und »Großmutter«, was nur für zusätzliche Verwirrung gesorgt hätte.

Die Nacht war, verglichen mit dem Tag, erstaunlich kalt. Gorbatow war stockdunkel. Aber es waren nur ein paar Schritte bis zum Wohnheim der Kirschpflücker. Vera schloss die Tür auf und gab ihm den Schlüssel.

»What a day«, sagte sie.

Ihre Augen leuchteten aus der Dunkelheit. Sie sah unwirklich schön aus, als habe sie die Tatsache, dass sie Englisch sprach, in eine Prinzessin verwandelt. Anastasia aus dem amerikanischen Zeichentrickfilm zum Beispiel. Eine russische Zarentochter mit der Stimme von Meg Ryan. Die hohen Wangenknochen, das Englisch, die Schwarzen Hundertschaften und der Wodka natürlich. Anastasia. Die Romanows. Die, die davongekommen war. Vielleicht war das eher sein Zugang zur russischen Seele. Disney, nicht Dostojewski.

»Yeah«, sagte Konstantin.

»Sleep well, Kostja«, sagte sie.

Er hätte sich den ganzen Abend mit ihr unterhalten können, dachte Konstantin.

»I have an aunt called Vera«, sagte er.

»Interesting. My dad has a dog called Kostja«, sagte sie.

Sie lachte. Ein lautes, raues Lachen. Ihre Zähne waren klein und standen ein bisschen schief. Das war alles wunderbar. Konstantin fragte sich, was sie über das Theater heute wirklich gedacht hatte.

»What actually means aunt in Russian?«, fragte Konstantin.

»Tjotja«, sagte sie.

»Tjotja«, sagte er.

Sie lächelte und strich ihm über die Wange.

Er nahm ihr Gesicht in seine Hände und küsste sie. Sie zitterte ein bisschen. Danach sah sie ihn an, wieder eine andere Frau.

»I'll better go back to clean up the mess«, sagte Vera.

»Have fun«, sagte er.

»See you next year«, sagte sie und drehte sich mit einer tänzerischen Bewegung.

»Next year?«, fragte Konstantin.

»The anniversary«, sagte sie.

»I'll be there«, sagte er.

Konstantin sah ihr hinterher, bis sie in der schwarzen Nacht von Gorbatow verschwunden war. Er fühlte ein leichtes Bedauern, das einer Erleichterung wich, als er im Licht der Neonröhren die Doppelstockbetten in der Unterkunft der Erntehelfer sah. Nicht hier. Nicht jetzt. Er würde Russisch lernen. Russisch war wichtig, dachte er, nur so könnte er sie verstehen. Er zog sich die Schuhe aus, löschte das Licht, deckte sich mit einer Wolldecke zu und schlief, obwohl die Decke ziemlich kratzte, so zufrieden ein, wie er lange nicht mehr eingeschlafen war.

★

Das erste Tageslicht weckte Konstantin. Es gab keine Gardinen in der Baracke. Am Tisch unterm Fenster saß Juri und schrieb irgendetwas. Konstantin sah auf die Uhr, es war halb sieben. Er fragte sich, ob er weiterschlafen konnte, ging aber erst mal aufs Klo. Er war ein bisschen unsicher auf den Beinen, hatte aber keine Kopfschmerzen, wahrscheinlich war er noch betrunken.

»Morgen«, sagte er.

»Guten Morgen, Kostja«, sagte Juri. Er sah umwerfend aus, wie er da im Morgenlicht an dem Tisch saß und schrieb. Jung und klug, jedenfalls jünger und klüger als er, Konstantin. Womöglich ließ Juri sein Winterschlaf, in den er sich seit Jahren zurückgezogen hatte, nicht altern.

»Was schreibst du?«, fragte Konstantin.

»Ein paar Gedanken für meine Schachkolumne. Wolodja, dieser Zahnarzt, unglaublich, sag ich dir.«

Als er von der Toilette zurückkam, beschloss er, dass er nicht würde weiterschlafen können. Um sieben Uhr begann der Gottesdienst in der weißen Kirche, die auf dem höchsten Punkt Gorbatows thronte. Den würde er sich ansehen. Juri begleitete ihn.

Es war Sonntagmorgen, der Ort sah noch verlassener aus als gestern, aber nicht mehr so trostlos. Vera schlief hier irgendwo, dachte Konstantin. Er kannte nicht ihren Nachnamen, nicht ihre Adresse, aber Isi aus Tel Aviv hätte sicher keine Probleme, die aufzutreiben. Er erzählte Juri nichts von seiner Begegnung. Sein Cousin redete von den Schachpartien gegen Wolodja, dem Zahnarzt. Er hatte zweimal gewonnen und dreimal verloren, eine Partie endete unentschieden, weil er am Ende ein wenig unaufmerksam gewesen war. Er hatte das bereits analysiert. Sie liefen, jeder in seinen Erinnerungen an die letzte Nacht gefangen, durch die Stadt, in der ihre Großmutter geboren worden war.

Von der Oka stieg Nebel auf, und auch das Licht in der Kirche war milchig und märchenhaft. Sie traten durch die Tür in eine andere Zeit.

Im Zentrum des Raums wandelte ein alter Mann in einem silbrigen Umhang. Man sah kaum etwas von seinem Gesicht außer dem Bart. Hinter ihm lief ein kahlgeschorener Junge in einem schwarzen Anzug. Er schwenkte ein Weihrauchgefäß, dessen Rauch den Popen, der ohnehin schwer zu erkennen war, einnebelte. Der Altarraum war durch eine hölzerne Wand abgetrennt, die über und über mit Ikonen behängt war. Ab und zu verschwand der Pope hinter der Wand, um irgendetwas am Altar zu erledigen. Der Junge wartete mit dem Weihrauch vorm Durchgang. Im Raum standen ein Dutzend Frauen mit festgezurrten Kopftüchern, die meisten sehr alt, und ein Mann. Ein weiterer, etwas jüngerer Mann, stand an der Seite unter einem Fenster an einem Keyboard. Er begleitete den murmelnden Gesang des Alten, der in Schleifen durch die Kirche tippelte. Die Frauen mit den Kopftüchern fielen von Zeit zu Zeit in den Singsang ein, wobei sie rhythmisch ihre Köpfe bewegten. Es erinnerte Konstantin an ein mittelalterliches Beschwörungsritual, einen langsamen Veitstanz, abgesehen vom Keyboard deutete nichts darauf hin, dass sie sich im 21. Jahrhundert befanden. Sie machten einfach dort weiter, wo sie vor hundert Jahren aufgehört hatten, dachte Konstantin. Vielleicht hatten sie auch nie aufgehört. Hier im Weihrauchnebel konnte er sich vorstellen, dass der Holzkeil im Herzen seines Urgroßvaters mehr war als eine Metapher für den Schrecken der alten Zeit.

Juri verließ nach fünf Minuten die Kirche. Konstantin blieb noch ein bisschen länger. Er überlegte, ob er den Gottesdienst mit seinem Handy filmen sollte, traute sich aber nicht. Er sah dem bärtigen alten Mann bei seinem Tanz zu, bis ihm vom Weihrauch, dem Schlafentzug und dem Restalkohol schwindlig wurde. Dann ging er an die frische Luft.

Juri saß auf einer verwitterten Bank im Kirchhof, er sah jetzt doch müde aus und fast so alt, wie er war.

»Mir macht das Angst«, sagt Juri.

»Ja«, sagte Konstantin. Er verstand die Angst. Es war erstaunlich, wie schnell sich der Glaube aus seiner Familie verflüchtigt hatte. Ihre Großmutter war hier zur Kirche gegangen. Ihre Mütter waren getauft, kommuniziert und gefirmt worden. Vielleicht kam der Glaube irgendwann zurück. Dann würden seine Enkel wieder die Glocken läuten. Theos Kinder.

»Wusstest du, dass die Silbers eine Kirche in Sorau haben bauen lassen?«, fragte Konstantin.

Juri schüttelte den Kopf.

Konstantin setzte sich neben ihn auf die Bank. Er war froh, dass er nicht allein war. Er war dankbar, dass Juri ihn begleitete, obwohl er nicht mehr daran glaubte, dass er mit dieser Reise die Familie enger zusammen bringen würde. Sein Cousin schien keinen Familiensinn zu besitzen. Konstantin hatte ihn gestern Abend nach seinem Vater Max gefragt, dem verschollenen Piloten, nach seiner Mutter und den Tanten. Juri hatte über sie geredet wie über entfernte Bekannte, an denen er irgendwann das Interesse verloren hatte. Er wirkte wortkarg und lustlos, vor allem wenn man wusste, wie angeregt er über Völkerwanderungen und Schachpartien reden konnte. Er hatte Interesse an Baba, deren Namen er sich als Zweijähriger ausgedacht hatte. Aber es schien eher das Interesse eines Völkerkundlers zu sein, eines Schmetterlingssammlers. Er interessierte sich nicht dafür, was für eine Frau ihre Großmutter gewesen war, er interessierte sich für die Zeit, in der sie gelebt hatte. Der aufständische Romanow war für ihn genauso wichtig wie sein Urgroßvater, vielleicht sogar wichtiger. Eine verwandtschaftliche Bindung spielte für Juri keine Rolle. Sie würden sich bestimmt wieder aus den Augen verlieren, dachte Konstantin, auch wenn er sich das im Moment nicht vorstellen konnte.

Er steckte sich eine Zigarette an, die den Schwindel schnell zurückbrachte.

Eine weitere alte Frau mit Kopftuch quälte sich langsam den Hügel zur Kirche hinauf. Sie war spät dran, aber wahrscheinlich konnte man jederzeit in den Rhythmus der anderen fallen, ohne etwas zu verpassen.

»Warst du nicht auf der Gottwald-Schule?«, fragte Konstantin.

»Ja«, sagte Juri.

»Im Gedicht sagst du aber Thälmann-Schule.«

»Richtig«, sagte Juri. Er lächelte. »Ich habe das zehn Jahre nach dem Prager Frühling geschrieben. Ich glaube, Thälmann erschien mir damals stärker, gültiger zu sein als Gottwald. Und so ist es ja dann auch gekommen. Die Klement-Gottwald-Schule heißt jetzt Archenhold-Schule.«

»Ich glaube, Thälmann hätte es auch nicht überlebt«, sagte Konstantin.

»Wahrscheinlich nicht. Uschakow wusste es. Die Schwarzen wollen uns den Teufel austreiben«, sagte Juri.

Als Konstantin zu Ende geraucht hatte, gingen sie zurück in die Baracke der Kirschpflücker und ruhten sich noch ein bisschen in den Doppelstockbetten aus. Dann fuhren sie nach Nischni Nowgorod zurück, holten ihre Koffer und fuhren weiter. Nach Moskau.

26

BERLIN
AUGUST 1982

Lena schloss jeden Abend mit der Gewissheit die Augen, dass sie die Nacht nicht überleben würde. Wenn sie sie am Morgen öffnete, sah sie an die Zimmerdecke wie in den weißen Himmel an den Herbsttagen ihrer Kindheit, bevor die Sonne den Dunst vertrieb. Sie sah Schatten, sie hörte den Schrei eines Vogels oder den eines Kindes. Sie lag im Bett, zehn Minuten oder eine halbe Stunde, ohne zu wissen, wo und in welcher Zeit sie sich befand. Diese Momente der Ungewissheit, in denen sie auf dem Rücken durch den Nebel trieb, waren die unheimlichsten und die glücklichsten ihres Tages.

Sie vergaß meistens sofort, was sie geträumt hatte, so wie sie vergaß, den Herd auszumachen oder die Tür zu schließen, wenn sie vom Einkaufen kam.

Es gab immer etwas, was sie noch schnell erledigen musste. Etwas, was sie kontrollieren konnte. Sie ließ die Tür des Kühlschranks offen, weil sie schnell ins Wohnzimmer musste, um nachzuschauen, ob sie die Gardinen zugezogen hatte. Dann, im Wohnzimmer, bekam sie Angst, dass sie das Licht im Schlafzimmer angelassen haben könnte. Auch dort kontrollierte sie die Gardinen. Die Gardinen machten ihr große Sorgen. Die Gardinen mussten geschlossen sein. Manchmal, wenn auch selten, lief sie zwischen Wohnzimmer und Schlafzimmer hin und her, immer auf der Jagd nach einer Gardine. Wenn sie später in die Küche zurückkehrte und den offenen Kühlschrank sah, dachte sie an einen Einbrecher, der ihre Milch hatte stehlen wollen. Sie rief dann Vera an, und weil die meistens in einer Sprechstunde war, Lara. Lara konnte zuhören. Aber sie konnte nicht zu ihr kommen, sie wartete auf Egon. Sie wartete eigentlich immer auf Egon. Maria rief Lena ungern an. Maria diskutierte, Maria glaubte ihr nicht, sie versuchte, ihr ihre Ängste auszureden. Die Einzige, die immer gleich kam, war Katarina. Sie hatte die meiste Zeit, sie hatte keinen Mann. Leider legte Lena auf Katarinas Anwesenheit den geringsten Wert. Das Mädchen tat ihr leid. Sie rief Katarina immer zuletzt an, wenn jemand versucht hatte, ihre Milch zu stehlen. Meistens hatte sie sich dann schon beruhigt, manchmal wusste sie nicht einmal mehr, warum sie überhaupt angerufen hatte. Sie legte dann schnell auf.

Wenn Lena sich hätte festlegen müssen, hätte sie wahrscheinlich gesagt, ihre Träume handelten vom Fliegen. Vom Fliegen und vom Fallen. Das Licht in ihren Träumen war das Licht Osteuropas, russisches Licht, russisches Sommerlicht, nahm sie an. Sie hätte behauptet, dass sie von Anna träumte, weil sie sicher war, dass sie das tat. Es fragte sie niemand, was sie träumte, aber wenn, hätte sie erzählt, wie sie Anna über eine russische Wiese hatte laufen sehen, eine Wiese, die in Sommerlicht getaucht war. Anna lief direkt in ihre ausgebreiteten Arme. Es war der Traum, den man von ihr erwartete, den sie von sich erwartete. Bestimmt träumte sie von den Männern, von Alexander und von Robert, von Pawel und von dem Tennislehrer aus Leningrad, dessen Namen sie vergessen hatte, vom Schriftsteller aus dem verwunschenen Haus am Amalienpark, von Kaplan Engel, Heinrich Silber, ihrem Schwiegervater, und von Alexander Petrowitsch, dem Stiefvater.

Aber auch diese Träume löschte das Tageslicht sofort. Verbrannte sie, so wie die Herbstsonne den Nebel über der Oka verbrannt hatte. Manchmal blieb noch eine Ahnung, die sie wie die Nachwehen eines Krampfes durch den Morgen begleitete.

So wie heute.

Lena wusste nun, wo sie war. Sie zwang sich aufzustehen, aber sie sah keinen Grund anzufangen. Sie hatte nur noch den Willen. Viel Willen war nicht mehr übrig. Sie sah durch die Gardinen in den Hinterhof, um festzustellen, welche Jahreszeit war. Es war Sommer, die Akazien wucherten, alles war grün. Die Fenster auf der anderen Seite des Hofs, auch jenes, in dem manchmal die ganze Nacht das Licht brannte, sah man nicht. Es beruhigte sie nicht. Nur weil man etwas nicht sah, war es deshalb nicht ungefährlich. Das hatte sie gelernt in ihrem Leben. Die Dinge waren nie, was sie zu sein schienen. Die Gefahr hörte nie auf.

»Traue den Geschichten nicht, die sie Dir erzählen, Feuerköpfchen. Die Menschen erinnern sich nur an das, was in ihre Lebensgeschichte passt«, hatte ihr Pascha einst geschrieben, als er noch ihr Bruder war, der über sie wachte.

Sie ging ins Bad. Sie zuckte vor ihrem Spiegelbild zurück. Sie vergaß in jeder Nacht, wie alt sie geworden war. Die Haare, die einst dick und rot gewesen waren, sahen nun aus wie Federn, Federchen, Daunen. Ihre Sommersprossen waren verschwunden. Sie hatte sich als Kind oft gewünscht, keine roten Haare und keine Sommersprossen zu haben, jetzt vermisste sie beides. Dort, wo sich die Haut über ihren Wangenknochen gespannt hatte, quoll sie jetzt auf, weiß und teigig, als blase Lena die Backen auf.

Sie sah ihre Augen kaum, es waren winzige Punkte. Sie hatte das Gesicht einer alten russischen Frau. Man entkam seiner Geschichte nicht. Die Zeit fand einen immer.

Sie nannten sie jetzt Baba. Juri, ihr Enkelsohn, hatte sich das ausgedacht, als er ein kleines Kind war, zumindest behauptete das Vera, seine Mutter. Lena mochte den Spitznamen nicht. Sie glaubte die Geschichte nicht. Baba hieß Mütterchen. Juri war ein schlauer Junge, aber woher hätte er das wissen sollen? Mit zwei Jahren? Außerdem wollte sie nicht Mütterchen genannt werden. Sie war eine Frau, kein Mütterchen. Irgendwann konnte sie sich nicht mehr wehren. Sie aß zu viel, sie vergaß zu viel. Wer aussah wie ein Mütterchen, konnte sich nicht beschweren, dass man ihn Baba nannte.

Waschen, Zähne, Kämmen, Anziehen.

Ein paar ihrer alten, schönen Kleider hingen noch im Schrank, aber sie passten ihr schon lange nicht mehr. Sie würde Vera bitten, sie an eine ihrer Patientinnen zu verschenken. Sie nahm sich das jedes Mal vor, wenn sie den Schrank öffnete, vergaß es dann aber wieder. Vielleicht hoffte sie, dass die Kleider eines Tages wieder passen könnten. Dass der Wille in sie zurückkehrte. Sie hatte neue Kleider, aber das waren Altfrauenkleider. Eher Säcke als Kleider. Maria hatte ihr ein Kleid genäht, das sie trug, wenn sie das Haus verließ. Es war dunkelblau, am Kragen mit silbernem Faden bestickt, ein schönes Kleid. Es hatte die Ausmaße eines kleinen Zeltes, aber das sah man nicht. Maria war begabt. Sie hätte Schneiderin werden sollen, aber sie dachte immer noch, sie sei Künstlerin.

Zu Hause zog Baba meist eine wild gemusterte Schürze aus irgendeinem Kunststoff über die Unterwäsche. Es ging schneller und wirkte, als arbeite sie irgendetwas im Haushalt. Sie hatte jahrelang dagegen angekämpft, sich in ihre Mutter zu verwandeln, die irgendwann dick geworden war. Sie hatte länger durchgehalten als ihre Mutter. Sie hatte gehungert, sie hatte die Essenspläne abgearbeitet, die ihr Vera aufstellte, weil ihre Blutwerte nicht gut waren. Möhreneintöpfe, Linsensuppen, Knäckebrot, Margarine, rohes Gemüse, Wasser und Tee. Mit Ende sechzig oder Anfang siebzig hatte sie aufgehört damit. Es war ihr vorgekommen, als lasse sie einen Baumstamm los, an dem sie sich jahrelang festgeklammert hatte. Sie ließ sich fallen. Ihr Körper hatte nur darauf gewartet, wie ein gieriges, verschlagenes Tier, eine Zecke, die jahrelang im Baum hing, um sich einmal vollzufressen. Es war erstaunlich, wie viel man in wenigen Wochen zunehmen konnte. Sie aß Schokolade, am liebsten die mit Puffreis, sie aß Plunderstücke, die knusprigen Konfektbonbons, die ihr Frau Schneider manchmal aus dem Laden der Sowjetarmee in Karlshorst mitbrachte, sie aß Waffeln und löffelte die dicke, gezuckerte Kondensmilch aus der Dose. Sie versteckte die Dosen wie eine Trinkerin ihre Wodkaflaschen. Sie kochte Pelmeni in einer fetten Fleischbrühe, in der sie später noch einen Butterwürfel versenkte. Sie bewegte sich zu wenig. Und je mehr sie zunahm, desto weniger bewegte sie sich. Vera sagte, dass der Zucker und das Fett ihre Vergesslichkeit beförderten. Zusammen mit dem Stillsitzen. Aber Vera hatte ihr vor ein paar Jahren auch erzählt, dass Eier nicht gut für sie seien. Davon war jetzt nicht mehr die Rede.

Baba ging in die Küche, sie setzte das Wasser für den Tee auf. Sie aß eine Waffel mit Fruchtcremefüllung, dann noch eine. Das Telefon klingelte. Sie ging ins Wohnzimmer.

Es war Lara.

»Alles Gute zum Geburtstag, Mama«, sagte Lara.

Baba sah auf die Uhr. Es war zehn Minuten nach acht. Sie hatte keine Probleme damit, die Uhrzeit zu erkennen. Es waren die größeren Zeiträume, die ihr Schwierigkeiten bereiteten. Die Epochen. Die Sonne schien. Es war eine Sommersonne. Lara machte keine Scherze. Sie hatte Geburtstag.

»Danke«, sagte Baba.

»Bleib gesund«, sagte Lara.

»Wie alt werde ich denn?«, fragte Baba.

»Mama!«, sagte Lara. Sie hatte diesen Lehrerinnenton, den sie auch im Alltag nicht loswurde. Baba wartete. Sie war die Mutter.

»Achtzig Jahre alt wirst du«, sagte Lara.

»Du lieber Gott, so alt wird kein Mensch«, sagte Baba.

»Du wirst hundert, Mama«, sagte Lara.

»Nein, nein Laruschka. Leben ist kein Spaß. Jetzt schon nicht. Hundert. Bist du verrückt?«

Lara lachte. Sie lachte immer ein bisschen zu laut. Sie wollte, dass alles gut ist. Immer schon wollte sie das. Sie lachte die Stille zu, sie lachte den Streit stumm, sie lachte diesen schrecklichen Mann weg. Sie war immer so zuverlässig, so treu.

»Hab ich auch viel Glück gehabt«, sagte Baba. »Mit meinen Töchtern, mir dir, Laruschka.«

Lara schwieg.

»Lara?«

»Bis später, Mama.«

Sie legte auf. Lena fragte sich, ob Lara geweint hatte. Es hatte so geklungen. Dann pfiff der Teekessel, und sie ging in die Küche. Als der Tee zog, aß sie eine Fruchtwaffel. Dann noch eine. Sie rührte ein bisschen Konfitüre in den Tee. Sie trug die Tasse ins Wohnzimmer und setzte sich an den Tisch. Sie spürte den verwehten Traum der letzten Nacht wieder, den vertrauten

Phantomschmerz im Kopf. Laras Anruf hatte ihn aus ihrem Unterbewusstsein gelöst. Sie fragte sich, warum Lara sie angerufen hatte. Sie war immer noch nicht richtig wach. Dann klingelte das Telefon wieder, und sie erinnerte sich daran, dass sie Geburtstag hatte. Natürlich. Sie war achtzig. Achtzig. Es war Katarina. Lena war diesmal vorbereitet. Achtzig! So alt wird doch kein Mensch! Katarina wollte früher kommen als die anderen, um zu helfen. Sie kam immer früher. Sie wollte immer helfen. Sie war ein Heimkind geblieben. Aber es war damals nicht anders gegangen, dachte Baba, sie hätte es nicht geschafft.

»Was für Kuchen wünschst du dir, Mama?«, fragte Katarina.

»Kommt Vera auch?«, fragte Lena.

»Ich glaube schon. Es ist dein Geburtstag«, sagte Katarina.

»Dann nichts mit so viel Creme«, sagte Lena.

Katarina lachte. Es war ein derbes Lachen, ein unberechenbares Lachen. Sie lachte über ihre Schwester. Lena dachte an den Keller in Sorau, die Stiefel der Roten Armee über ihren Köpfen. Wie zufrieden Katarina gelächelt hatte, nachdem sie Maria zum Schreien gebracht hatte.

»Gibt es Erdbeeren?«, fragte Lena.

»Es ist August, Mama.«

»Ich weiß, dass es August ist. Glaubst du, ich vergesse, wann ist mein Geburtstag?«

»Nein, ich meine nur, die Erdbeerzeit ist vorbei. Die ist im Juni.«

»Ich mag Plunderstück«, sagte Lena.

»Ich kauf einfach ein bisschen von allem«, sagte Katarina.

»Wann geht los?«, fragte Lena.

»Ich komm um vier, direkt von der Uni«, sagte Katarina.

Lena legte auf. Sie fragte sich, was Katarina an der Uni machte.

War sie nicht Gärtnerin? Es war erstaunlich, wie unscharf das Leben der Kinder irgendwann wurde, das ihr einmal so wichtig schien, wichtiger als ihr eigenes, dachte sie. Sie hätte sich getötet, damit Anna hätte weiterleben können. Sie ging in die Küche, um nachzusehen, wie viel Zeit sie noch hatte. Es war kurz nach zehn. Sie rechnete. Sechs Stunden. Eine Ewigkeit. Sie ging ins Wohnzimmer zurück, wo der Tee stand. Sie setzte sich mit ihrem Teeglas in den Sessel. Vielleicht sollte sie ein bisschen lesen, dachte sie. Sie stand auf, ging zum Bücherregal. Sie hatte etwa zu der Zeit, als sie angefangen hatte zu essen, aufgehört, in die Bücherei im sowjetischen Kulturzentrum zu gehen. Sie las den »Sputnik«, sie machte gern Kreuzworträtsel. Bücher las sie kaum noch, die meisten machten sie müde. Sie las manchmal in den Kinderbüchern, die Vera und Maria für ihre Söhne hiergelassen hatten.

Baba zog eins der alten Bücher aus dem Regal, die sie aus Sorau gerettet hatte. Es war Turgenjews »Tagebuch eines überflüssigen Menschen«. Sie schlug es auf. Im Einband stand in Roberts sorgfältiger Schrift: Robert F. Silber, Christianstadt 1938. Die Schrift ihres Mannes schien einen Schleier von ihrer Erinnerung zu ziehen. Die Schrift, die Geburtstagsanrufe, der Traum, die Jahreszahl, der Ort. Es war, als trete sie aus dunklem Wald plötzlich auf eine Lichtung.

Wie in ihren Träumen. In letzter Zeit sah sie die Vergangenheit manchmal, oft nur sekundenlang, mit einer Schärfe, dass ihr die Augen schmerzten.

Christianstadt, 1938. Sie hatten damals bei ihrer Schwägerin gelebt, Liselotte. An diesem kleinen Fluss. Im Sommer waren sie dort schwimmen gegangen. Robert hatte einen einteiligen schwarzen Badeanzug getragen, in dem er aussah wie ein dicker

Käfer. Er hatte die russischen Klassiker gelesen, um seine Frau zu verstehen. Das hatte er gesagt. Aber wie sollte man seine Frau verstehen, wenn man Dostojewski las?

Robert hatte Turgenjew geliebt.

Tagebuch eines überflüssigen Menschen. Sie erinnerte sich dunkel an die Geschichte eines Mannes, der auf dem Sterbebett erzählt, wie er einst die Hochzeit einer Frau verhinderte, in die er verliebt war. Die Frau heiratete dann einen Dritten, weil sie dem Mann nie verzieh, dass er ihr Leben zerstört hatte.

Ich bin allein geblieben, dachte Baba. Es gab keinen dritten Mann für mich. Nur die beiden. Sie hatte von beiden Männern geträumt, in der letzten Nacht und all den Nächten davor. Es war der Phantomschmerz, den sie gespürt hatte, heute Morgen. Natürlich. Sie schloss die Augen. Sie schlüpfte in den Traum zurück. Sie stand auf der Lichtung in ihrem Wohnzimmer, die Gardinen waren geschlossen, aber sie sah die Bilder, hörte die Stimmen. So deutlich und klar, dass es in den Schläfen schmerzte. Sie trat aus dem angenehm warmen Vergessen in die Kälte. Die Narben an den Innenseiten ihrer Oberschenkel puckerten.

Vielleicht war sie zu schwach geworden, um sich gegen die Erinnerung zu wehren.

Alexander war noch einmal zurückgekommen nach Sorau, im Herbst '45. Er war plötzlich, ohne Voranmeldung, ins Büro der Stadtkommandantur getreten, wo sie arbeitete. Das Lager im Wald ließ ihm keine Ruhe. Es waren dort Waffen gebaut worden, hatte er ihr erzählt, Granaten für den Krieg vor allem. Es hatte immer wieder Unfälle gegeben, viele Tote. Es wurde auch geforscht. An Atombomben vielleicht, an chemischen Waffen sicher. Niemand redete, es war alles sehr geheim. Alexander hatte eine Namensliste mit ortsansässigen Ingenieuren und Technikern erstellt, die dort gearbeitet haben könnten. Er hatte ihr nicht gesagt, ob Robert auf der Liste stand. Sie hatte ihn gefragt, immer wieder. Vielleicht auch nur einmal oder gar nicht. Vielleicht hatte sie aus Angst, Roberts Namen zu finden, nicht danach gefragt. Womöglich war die Freude, Alexander wiederzusehen, auch so groß gewesen, dass sie vergessen hatte zu fragen. Sie dachte jedenfalls, dass Alexander gekommen war, um sie zu warnen. Um ihren Mann zu warnen.

Sie war ihm dankbar. Sie hätte ihn gern geküsst.

Robert war zehn Tage zuvor aus dem Krankenhaus entlassen worden. Vielleicht war es auch vier Wochen her. Er war nicht geheilt. Er saß in seinem Zimmer und starrte aus dem Fenster, als sie von der Arbeit nach Hause kam. Er war verloren. Zerrissen zwischen seiner alten und seiner neuen Familie. Seine Eltern und seine Schwester Liselotte waren irgendwo im Westen Deutschlands, den die Amerikaner erobert hatten, seine Töchter spielten im Garten, auf russisch besetztem Gebiet. Die Firma, die sein Großvater aufgebaut hatte, durfte er nicht mehr betreten, sie wiesen ihn schon am Tor ab. Seine Töchter wagten nicht, dem verlorenen Blick des Mannes zu begegnen, der einmal ihr Vater gewesen war. Sie, seine Frau, konnte ihm keinen Halt mehr geben. Er ging oft in die Kirche, und er trank viel. Gott und Schnaps. Sie wusste nicht, ob er getrunken hatte, an diesem Nachmittag. Aber sie erinnerte sich an den Blick, mit dem er sich vom Fenster zu ihr drehte. Ein freundlicher Blick. Er freute sich, sie zu sehen. Sie schloss die Tür. Sie erzählte ihm von Oberst Kusnezow, dem Mann, der ihr schon geholfen habe, einen Arzt für ihn zu finden. Robert wollte wissen, warum er ausgerechnet ihnen helfe. Ein sowjetischer Offizier. Sie sagte, er sei ein Freund von früher, dem man trauen könne. In dem Moment schien er zu verstehen, was passiert war. Zumindest glaubte sie ihm das anzusehen.

»Wie heißt er, unser Freund?«, hatte er gefragt.

»Kusnezow«, sagte Jelena.

»Mit Vornamen?«, fragte er.

»Alexander«, sagte sie.

»Alexander«, sagt er. Es war das letzte Wort, das sie von ihm hörte. Den Namen des anderen Mannes. Vielleicht bildete sie sich das aber auch nur ein. Es hätte in einer Novelle von Turgenjew stehen können.

Sie fragte Robert, ob er mit dem Lager zu tun gehabt hatte. Ob er auf der Liste des sowjetischen Obersts stehen könnte. Aber er antwortete nicht. Sie rüttelte ihn auch jetzt, sie schüttelte ihn in ihren Träumen. Vielleicht hatte sie ihn auch gar nicht gefragt, vielleicht hätte sie ihn gern gefragt, vielleicht hatte sie später überlegt, dass sie ihn hätte fragen müssen. Robert stand auf und ging. Sie hörte die Kinder im Garten spielen. Er drehte sich noch einmal um und sah sie an. Vielleicht fragte er sich, warum sie ihm nicht folgte, vielleicht wollte er sich ihr Gesicht einprägen. Sie hörte ihn die Treppe hinunterhumpeln. Der Fuß, den sie ihm zerschossen hatten, war nicht richtig geheilt. Sie hatte keine Ahnung, wo er hinging. Sie hatte nie erfahren, wie weit er gekommen war. Drei oder vier Stunden später klopfte Alexander, vielleicht war es auch am nächsten Tag oder am übernächsten. Er wollte nicht hereinkommen, er wollte sich nur verabschieden und fragen, ob alles in Ordnung war. Sie sah ihn an. Er wirkte ruhig, aber der blasse Rand um seine Iris zitterte. Er fahre gleich nach Berlin zurück, sagte er. Er werde sich dort um eine Arbeit für sie kümmern. Er gab ihr ein Schreiben, das ihr helfen werde. Wie ein Rezept.

Er sah über ihre Schulter in die Diele des Hauses.
Sie hatte genickt. Er ist weg, Alexander. Hatte sie genickt? Dann war auch Alexander verschwunden. Jelena war nun allein.

Schon in der ersten Nacht fingen die Geister an, sie zu jagen. Manchmal war sie sicher, dass Robert in den Lagern gearbeitet hatte. Er war ja nie zu Hause gewesen. Er war Ingenieur. Er hatte erst den Kommunisten Maschinen eingerichtet und dann den Faschisten. Es gab immer irgendeine neue ökonomische Politik. Davor war er geflüchtet, vor seiner Vergangenheit. Erst in den Alkohol und nun in den Westen. Natürlich. Dann wiederum dachte sie, dass Robert gar keine Ahnung vom Waffenbau hatte. Er war Textilmaschinenbauer. Er war ein Christenmensch. Er hatte dieses Abzeichen nicht gern getragen. Er liebte seine Töchter. Er hatte Lena gebeten, die unglückselige Irina zu behalten. Er war nicht seiner Mutter nach Westen gefolgt, als es noch ging, er war an der Seite seiner Frau geblieben. Er hatte zu Stalins Zeiten in Moskau gelebt und zu Hitlers Zeiten in Berlin. Er hatte sich für sie in den Fuß schießen lassen. Er hatte keine Angst. Er hatte mit dem sowjetischen Geheimdienst zusammengearbeitet. Da war sie überzeugt davon, dass sein Name nicht auf Alexanders Liste gestanden hatte. Sie wusste ja nicht einmal, ob es eine Liste gab. Manchmal sah sie das Blatt in ihren Träumen, drehte es um, hielt es in den Händen, aber da stand nichts.

Alexander hatte fünf Jahre lang gekämpft, wahrscheinlich schon viel länger. Er war ein Waisenkind. Sein Vater war gestorben, weil er sich nicht gemein machen wollte, auch seine Mutter war letztlich gestorben, weil sein Vater sich nicht hatte gemein machen wollen. Der einzige Sohn war davor geflohen. Erst in den Alkohol und dann in den Krieg. Der stille, sture Widerstand seines Vaters hatte ihn zerstört. Er wollte, dass es einen Sinn ergab. Dass es endlich den Richtigen traf.

Was hatte sie Alexander von Robert erzählt? Von den seltsamen Gästen in Moskau und Leningrad, den weißen Flecken in seinem Leben, von seinem Verhältnis zu Pascha oder zu dem Mann, den sie für Pascha hielt, von den Reisen ins Unbekannte? Vom Alkohol, von den Schlägen, von seinem Parteiabzeichen und der furchtbaren italienischen Mutter?

Alexander wollte Gerechtigkeit. Und sie.

Sie hatte genickt. Er hatte genickt. Vielleicht hatte auch nur sie genickt oder nur er. Oder keiner von ihnen. Sie hatte das Bild von Alexander im Kopf wie eine Fotografie. Er stand auf der Schwelle in seiner Uniform, die Offiziersmütze in der Hand. Durch die Scheibe der Veranda sah man einen Teil der Mauer zur Tuchmanufaktur, die immer noch ihren Nachnamen trug, Silber, obwohl sie jemand anderem gehörte. Dem Volk wahrscheinlich, aber welchem?

In den Träumen öffnete Alexander in dieser Fotografie irgendwann den Mund, um ihr alles zu erklären, aber man konnte ihn nicht verstehen. Er setzte seine Mütze auf, diese riesige runde Mütze, machte einen militärischen Gruß und drehte sich um. Immer wieder. Sie sah ihn die Treppe hinuntergehen, auf der Straße wartete sein Wagen.

Sie hatten beide nichts gewusst, beschloss sie, hier auf der Lichtung in ihrem Berliner Wohnzimmer. Sie nicht und Alexander auch nicht. Sie wussten nicht, wo Robert war, und auch nicht, was er getan hatte. Alexander hatte bis zum Schluss an diesem Geheimnis geforscht. Am Ende, als die alten Bindungen ihm wieder wichtiger geworden waren, hatte Alexander sogar Gemeinsamkeiten zwischen seinem Vater und Robert festgestellt.

Zwei Männer, die sich nicht mehr gegen die Ungerechtigkeiten wehrten, weil sie müde waren und sich schuldig fühlten. Er hatte seinem Nebenbuhler die Hand gereicht, bevor er starb. Lena sah sie zusammen weggehen, sie unterhielten sich angeregt. Alexander und Robert. Worüber redet ihr denn? Sie lächelten. Das Lächeln hatte sie immer gehasst. Pascha hatte es gelächelt, Robert, die Männer in den Büros. Das verstehst du nicht, Füchslein.

Baba stellte die Novelle von Turgenjew zurück. Sie hielt sich am Regal fest, sie schaute zum Fenster. Die Gardine war zugezogen. Sie war weiß, wie die Zimmerdecke nach dem Aufwachen. Weiß wie der Morgennebel über der Oka, den die Herbstsonne später wegbrennen würde, wenn die stark genug war. Lebte sie noch, war sie wach? Das Telefon klingelte in ihren Traum hinein. Sie konnte kaum laufen. Sie hatte nicht mehr die Kraft, ihre Erinnerungen zu verdrängen, und war nun, da sie sich erinnerte, noch schwächer. Erinnern brachte nichts.

Es war Maria.

»Alles Gute zum Geburtstag, Mama«, sagte sie.

»Achtzig. So alt wird kein Mensch«, sagte Baba.

»Du schon«, sagte Maria.

Maria klang kühl, sie sprach zu ihr wie durch eine Wand. Lara sorgte sich, Vera gab ihr Ratschläge und Pillen, Katarina bettelte um Liebe, Maria aber hielt lediglich Kontakt. Sie erzählte von einer Reportagereise in die turkmenische Sowjetrepublik, als habe Turkmenistan irgendetwas mit ihr zu tun, dachte Lena. Als tue ihr Maria einen Gefallen mit einer Reise nach Aschgabat. Ihre Töchter rechneten ihre Leben bei ihr ab. Es war alles ein großes Missverständnis, und natürlich war das auch ihre Schuld. Sie hatte den Mädchen Geschichten erzählt, weil sie ihnen die Wahrheit nicht zumuten wollte. Weil sie die Wahrheit gar nicht kannte.

Auch Maria kannte die Wahrheit nicht. Auch das Mädchen wusste nicht, ob es nur geträumt hatte.

Sie hatte Maria in der Nacht geweckt, als sie die Deutschen an die Wand hinter dem Sorauer Marktplatz stellten. Es war eine Woche nachdem Robert gegangen war. Oder einen Monat später. Alexander war nicht mehr da. Unbekannte Soldaten standen vor ihrer Tür. Auch das war ein Traum, der immer wiederkam. Unbekannte Soldaten stehen vor der Tür, sie versucht, an den Uniformen zu erkennen, zu welcher Armee sie gehören. Sie kennt die Uniform nicht. Es war nachts. Sie brauchten sie als Dolmetscherin, sagten sie, aber sie war nicht sicher, ob das die ganze Wahrheit war. Ihr Mann war verschwunden, vielleicht stand sein Name auf einer Liste, die sie nicht kannte. Der einzige Mann, der sie beschützen konnte, Oberst Kusnezow, war in Berlin. Sein Nachfolger in Sorau war ein Karrierist, der wahrscheinlich im Bett lag und die Exekution verschlief. Jelena weckte Maria, um den Soldaten zu zeigen, dass sie eine Mutter war und nicht die Frau eines Nazis. Sie suchte Maria aus, weil sie nicht so ernsthaft war wie Lara, nicht so dunkel und selbstbewusst wie Vera, nicht so wütend und unberechenbar wie Katarina. Sie nannte Maria in dieser Nacht Mascha. Ein russisches Mädchen, Haare wie ein Weizenfeld. Mascha hielt ihre Hand, sie vertraute ihr, der Mutter.

Das hatte Maria immer wieder erzählt. Allen. Die Menschen erinnern sich nur an das, was in ihre Lebensgeschichte passt.

Was war zuerst da? Die Wahrheit oder der Traum?

Es war eine Vergeltungsaktion, es ging nicht um Schuld. In den Verhören versuchten die Offiziere herauszufinden, was die Männer wussten. Aber es half den Männern nichts, wenn sie nichts wussten. Es half ihnen auch nicht, wenn sie ein Alibi hatten. Jelena hatte Hass in den Gesichtern der deutschen Männer gesehen. Hass, Angst und Hoffnung. Sie verachteten sie dafür, dass sie mit den Russen arbeitete, aber sie war auch ihre einzige Hoffnung.

Sie hielt Maria die Augen zu, als die Männer erschossen wurden. Es waren zehn Männer, vielleicht auch nur sieben. Als sie im Morgengrauen nach Hause liefen, wusste Jelena plötzlich, dass sie auch Robert an der Wand gesehen hatte. Sie sah seinen Blick, diesen todtraurigen, schwarzen, letzten Blick. Sie sah ihn immer noch. Es war eine Einbildung, sicher, es beschrieb ihre Lage, eine Lage, in der in einem Meer aus Schuld nach Schuldigen gesucht wurde. Jeder war schuldig. Alles war willkürlich. Nichts war gerecht, und nichts war ungerecht. Sie beschloss, alles zu vergessen. Sie musste nach vorn schauen, um zu überleben. Man brauchte Hoffnung. Auch die Kinder brauchten Hoffnung. Hoffnung und eine Geschichte, an die man glauben konnte. Sie brachte Maria ins Bett. Am nächsten Morgen erzählte sie dem Mädchen, es sei nur ein Traum gewesen.

Vergessen war eine Wohltat, ein warmes Bad. Jede Nacht in der Dunkelheit leerte sie ihren Kopf, löschte die Erinnerungen, bis sie nicht mehr wusste, wer sie war und wo sie sich befand. Erst dann konnte sie schlafen.

Sie hatte gedacht, sie würde Maria eine Last abnehmen. Das war nicht der Fall. Maria kämpfte, aber Jelena blieb hart. Sie erzählte es auch den anderen Töchtern. Maria hat geträumt. Sie glaubten ihr, sie war die Mutter. Und je öfter sie es erzählte, desto mehr wurde es zu einem Traum. Auch zu ihrem Traum.

»Ich geb dir noch schnell Kostja«, sagte Maria jetzt am Telefon.

»Alles Gute zum Geburtstag, Baba«, sagte Konstantin.

»Kostjek«, sagte Baba.

Der Junge erzählte von den Ferienspielen, einer Exkursion in die Sternwarte Treptow. Er hatte Orion gesehen. Ein Sternbild. Er wirkte eifrig, als sage er ein Gedicht auf. Auch er rechnete bereits bei ihr ab. Sie hatte sich immer einen Sohn gewünscht, aber sie wusste nicht mehr, warum eigentlich. Sie musste den Mädchen endlich die Wahrheit erzählen oder das, was sie für die Wahrheit hielt. Sie hatte sich das oft vorgenommen, aber dann war immer etwas dazwischengekommen. Sie war achtzig, sie spürte, wie sie in der Dunkelheit versank. Sie hatte nicht mehr viel Zeit. Sie würde heute beginnen, heute würden alle da sein. Sie würde ihren Töchtern erzählen, woher sie kamen.

»Kommt pünktlich. Ist mein letzter Geburtstag«, sagte sie zu Konstantin, der gerade irgendetwas von dem Mondfernrohr aus seinem Optikbaukasten erzählte. Der Junge hörte auf zu reden. Sie legte auf.

Sie ging in die Küche und holte eine der Konservendosen mit der gezuckerten Kondensmilch, die sie dort versteckt hielt. Sie öffnete sie und löffelte sie aus. Dann trank sie Tee. Sie schlief im Sessel ein, wachte auf und fragte sich, woran sie gedacht hatte. An ein Buch. Vielleicht sollte sie etwas lesen, hatte sie gedacht. Sie stand auf und ging zum Regal. Sie nahm sich das kleine glänzende Buch, das obenauf lag. Es war ein Kinderbuch, ein Jugendbuch, ein Buch aus der Reihe Trompeterbuch. Es hieß »Kathrins Donnerstag« und handelte von einem Sowjetsoldaten, der ein kleines Mädchen rettete, das aus einem Wohnhaus in Magdeburg stürzte. Das Mädchen hatte auf dem Fensterbrett im fünften Stock gespielt und den Halt verloren. Der Sowjetsoldat zog seinen Mantel aus, spannte ihn auf und fing das Mädchen. Es waren 22 Meter, aber das Mädchen blieb unverletzt. Ein Wunder. Baba hatte das Buch schon oft gelesen, bekam aber nicht genug davon. Man brauchte Hoffnung, man brauchte eine Geschichte.

Sie schlief mit dem Buch im Schoß noch einmal ein. Sie wachte auf, als das Telefon klingelte. Es war Vera. Sie gratulierte, fragte, wie es ihr ging, und kündigte an, dass sie heute etwas später kommen werde. Sie hatte noch einen Termin mit einem Schauspieler, dessen Name Baba nichts sagte. Vera war immer sehr beschäftigt, sehr unruhig. Juri und Rudolf würden aber schon zum Kaffee kommen, sagte Vera. Baba wusste auch nicht, wer Rudolf war, fragte aber nicht.

»Komm nicht zu spät, Verotschka. Ich will Wichtiges sagen«, sagte sie.

»Ich mach, so schnell ich kann, Mama«, sagte Vera.

Lena legte den Hörer auf, ging zum Sessel zurück, wo das Buch über den Sowjetsoldaten lag, das sie so mochte. Sie las ein bisschen weiter, es war nur ein schmales Buch. Sie mochte vor allem die Tatsache, dass sich der Soldat am Arm verletzte, das Mädchen aber völlig unbeschadet aus seinem Mantel stieg. Sie dachte an Anna, die keiner aufgefangen hatte. Anna wäre die fünfte Anruferin gewesen heute. Anna, Anja, Anjuschka. Wo sollte sie anfangen, mit der Wahrheit? Bei Alexander Petrowitsch, ihrem Stiefvater? Bei Pawel? Bei Alexander Kusnezow, mit dem sie in die Oper und ins Bett gegangen war, als die Mädchen bei den garstigen Bauern im Erzgebirge warteten? Sie sah, wie der Nebel zurückkam, sie begrüßte ihn. Sie fragte sich auch, ob sie die leere Konservenbüchse gut genug im Mülleimer versteckt hatte.

Sie ging in die Küche. Sie sah auf die Uhr. Noch zwei Stunden, eine Ewigkeit. Sie überlegte, ob sie das dunkelblaue Kleid anziehen sollte. Sie konnte ihre Gäste nicht in der Kittelschürze empfangen. Das war klar. Sie brachte erst mal den Müll runter. Sie stand einen Moment im Hof bei den Mülltonnen. Alles war grün. Ein kleiner privater Park. Vor allem Akazien, Akazien waren nicht zu stoppen. Es war Sommer. Man sah es am Licht. Es roch ein wenig muffig, der Müll musste abgeholt werden. Dienstag und Freitag holten sie den Müll ab. Lena wusste nicht, welcher Wochentag heute war. Sie fragte sich, was sie hier eigentlich machte. Weswegen war sie hier herunter gekommen? Sie betrat oft mit viel Schwung ein Zimmer, wusste aber dann nicht mehr, was sie dort ursprünglich gewollt hatte, nur noch, dass es etwas Wichtiges gewesen war. Sie hatte den Mülleimer in der Hand. Richtig. Sie hatte den Müll heruntergebracht, die verräterische Konservendose. Sie ging zurück in die Wohnung. Sie kontrollierte die Gardinen. Sie sah auf die Uhr. Sie würde nichts über Alexander Petrowitsch erzählen und nichts über Pascha, dachte Lena. Nichts über die Staatsoper, das Adlon, ihr Bett in der Saarbrücker Straße. Sie hatte es dem Schriftsteller nicht erzählt, nicht den Ärzten, warum sollte sie jetzt damit anfangen. Sie saß im Sessel, das Buch über den heldenhaften Sowjetsoldaten auf den Knien. Sie war sich nicht mehr sicher, ob Maria diese Nacht in Sorau nicht wirklich nur geträumt hatte. Dann wäre sie in Marias Traum gestiegen. Es hätte genau so sein können. Maria hatte Phantasie und Willen. Baba fühlte sich jetzt erschöpft. Sie sah eine Weile dabei zu, wie die Sonne hinter den Gardinen spielte, und fragte sich, welches Jahr eigentlich war.

Als Katarina klingelte, trug Baba immer noch die Kittelschürze.

*

Vera kam erst spät, in der Dunkelheit, Lara und Egon waren da schon gegangen. Egon hatte noch eine Veranstaltung mit der Kampfgruppe, dieser Hobbyarmee, in der er Mitglied war. Er war schon in der Uniform gekommen, er kam immer in der Uniform zu Babas Geburtstag, es war der Jahrestag des Mauerbaus. Er hatte damals mitgemacht und erzählte gern darüber. Immer dieselben Geschichten, als sei er im Krieg gewesen und nicht auf einer Baustelle. Lara lächelte tapfer. Rudolf, der neue Freund von Vera, guckte an die Decke. Alle atmeten auf, als Egon endlich weg war. Vor allem Rudolf, der wohl Maler war. Er unterhielt sich mit Maria, die den Wein, den sie als Geschenk mitgebracht hatte, fast allein ausgetrunken hatte. Sie redeten über eine Ausstellung in Dresden. Maria hatte rote Flecken am Hals und fuhr sich pausenlos durch die Haare. Juri saß im Sessel und las in einem Buch, er bereitete sich auf eine Mathematikolympiade vor. Konstantin stand auf ihrem Balkon und beobachtete mit seinem Mondfernrohr den Sternenhimmel. Claus, sein Vater, filmte Waldtiere in Polen.

Katarina stand in der Küche und wusch ab. Sie hatte viel zu viel Kuchen gekauft, und Baba hatte ihr das gesagt. Auf dem Bücherregal standen ihre Geburtstagsgeschenke. Blumen, Pralinen und ein Buch, das ihr Katarina mitgebracht hatte. Es hieß »Beerenreiche Gegenden« und war von Jewgeni Jewtuschenko, dessen Gedichte Baba vor ein paar Jahren gemocht, aber längst vergessen hatte. Das Buch war ihr zu dick, und auch das hatte sie Katarina gesagt. Zu dick, wie sie selbst.

Vera schenkte ihr zwei Theaterkarten für eine Vorstellung, bei der der Schauspieler mitmachte, den sie heute Abend getroffen hatte. Das Stück spielte in Leningrad und hieß »Der Drache«. Vera betonte, dass es schwer gewesen sei, Karten für das Stück zu bekommen. Der Autor hieß Schwarz, sagte Vera. Baba kannte weder das Stück noch den Hauptdarsteller, aber der Name Schwarz kam ihr bekannt vor. Vera redete über das Treffen mit dem Schauspieler. Baba dachte über den Namen Schwarz nach.

Irgendwann fiel ihr ein, dass der Mann, dem die Fabrikantenvilla in der Netzfabrik von Rescheticha einst gehört hatte, Schwarz hieß. Anatol Schwarz. Sie hatte sein Porträt damals aufgehängt, als sie die Villa für den Vater der Mädchen herrichtete. Den Deutschen, der ihnen helfen sollte, die Sowjetmacht aufzubauen. Sie hatte Robert in der Nacht kennengelernt, als Lenin starb.

Als Vera sie schließlich fragte, was denn eigentlich die Geschichte sei, die ihr so wichtig war, erzählte Baba ihnen von der Nacht, in der sie ihren Vater kennengelernt hatte. Die Nacht, in der Lenin starb, sagte sie. Sie sah in den Gesichtern der Mädchen, dass sie die Geschichte bereits kannten. Baba war klar, dass es nicht das war, was sie hatte erzählen wollen. Es war das, womit sie leben konnten.

27

BERLIN
SEPTEMBER 2017

Konstantins Mutter hatte seinen Vater durch einen Goldfisch ersetzt. Sie hatte den Tapetentisch mit ihren Familienbildern, den sie am Anfang des Sommers im Zimmer ihres Mannes aufgebaut hatte, zusammengeklappt und einen Stahlhocker ans Fenster gestellt, auf dem eine große Glaskugel stand, in der ein Goldfisch schwamm. Die Osteuropa-Karten, die sie an die Wand gepinnt hatte, um ihre Familienwanderung nachzuvollziehen, waren verschwunden. An der Wand lehnten jetzt ein paar große, gerahmte Fotografien. Konstantin erkannte ein Bild des alten Berliner Gaswerkes Greifswalder Straße aus einem »Umweltzyklus«, an dem seine Mutter mit ein paar Kolleginnen in den späten siebziger Jahren gearbeitet hatte. In der Ecke standen zwei Fototaschen, ein Stapel hölzerner Dia-Kisten sowie ORWO-Kartons. Offenbar hatte seine Mutter ein anderes Projekt gefunden, nach der »Krankheit« ihres Mannes und dem »Thema« ihres Sohnes. Sie kehrte mit Anfang achtzig zu ihren Wurzeln zurück. Eine Reise in die Zeit, in der sie schöpferisch sein konnte. Es gab nichts mehr in diesem Raum, was an seinen Vater erinnerte. Auch seine Mutter erinnerte nicht an ihn. Sie sah nicht mehr aus wie eine verheiratete Frau. Sie sah nicht aus, als müsste sie auf jemanden warten. Es stand ihr, dachte Konstantin, und das ärgerte ihn.

»Ein Goldfisch?«, sagte er.

»Ich habe dir doch von dem Goldfisch im Zimmer des Sorauer Stadtkommandanten erzählt, der mich in der Nacht der Erschießungen beruhigt hat?«, sagte seine Mutter.

»Beruhigt er dich?«, fragte Konstantin.

»Wer sagt denn, dass ich heute Ruhe brauche?«, sagte sie.

»Aber es ist doch schön, dass er nicht redet, oder?«, sagte Konstantin.

»Kaffee?«, fragte seine Mutter.

Sechs Fragen.

»Vielleicht später«, sagte Konstantin.

Er sah sich die Bilder an, die an der Wand lehnten. Ein Tagebau aus dem »Umweltzyklus«. Ein Bild, das auf dem Mars hätte aufgenommen worden sein können. Das Porträt einer Balletttänzerin, die sich die Bandage vom Fuß wickelte. Ein Kohlenträger. Schmutzige Kinder in einem Autowrack. Eine Frau, die mit einem Kinderwagen auf dem Trümmerberg im Volkspark Prenzlauer Berg stand. Die Frau trug einen karierten Mantel und sah über struppige, kahle Winterbäume auf eine Landschaft aus Neubauten.

Es waren Bilder, die nicht in die Welt passten, an die sich Konstantin erinnerte. Seine ostdeutsche Welt war nicht finster, elegisch, einsam, schwarz und weiß, sondern bunt, laut und gedrängt.

»Ich hab sie aus dem Keller geholt«, sagte seine Mutter. »Hier oben war ja gar kein Platz mehr zwischen den Füchsen.«

Konstantin nickte. Es wäre ihm nie eingefallen, dass seine

Mutter sich von ihrem Mann erdrückt gefühlt hatte, eingeengt, behindert. Sie war immer die laute, die wütende Partei in ihrer Beziehung gewesen, die mit dem letzten Wort.

»Schöne Bilder«, sagte Konstantin.

»Na ja«, sagte seine Mutter. Sie konnte mit Lob so wenig umgehen wie mit Kritik. Sie sah den Goldfisch an.

»Hat er einen Namen?«, fragte Konstantin.

»Fische haben keine Namen«, sagte seine Mutter.

»Moby Dick«, sagte Konstantin.

»Moby Dick ist ein Wal. Wale sind Säugetiere. Frag deinen Vater«, sagte sie.

»Wie geht's ihm denn?«

»Mal besser, mal schlechter. Es ist nicht aufzuhalten.«

»Die Krankheit?«

»Er braucht jetzt Windeln«, sagte seine Mutter. Es schien ihr eine seltsame Befriedigung zu verschaffen, diesen Satz auszusprechen. Ihn in Konstantins Kopf zu pflanzen.

»Nemo«, sagte Konstantin.

»Bitte?«, fragte sie.

»Der Clownsfisch von Pixar. Aus Finding Nemo. Ein Fisch mit Namen«, sagte Konstantin.

Seine Mutter schüttelte den Kopf, ein winziges Lächeln. Sie ging in die Küche und setzte Wasser auf. Konstantin klopfte gegen das Goldfischglas, der Fisch schwamm unbeeindruckt weiter. Es war eine seltsam sentimentale Anschaffung für seine Mutter. Sein Vater brauchte Windeln, dachte er. Der Kreislauf des Lebens. Er ging ins Wohnzimmer. Auf dem Tisch stand ein Teller mit Schokoladenkeksen, die seine Mutter angeschafft hatte wie den Fisch. Das Zimmer wirkte dadurch noch unbewohnter. Konstantin schaute aus dem Fenster in den Park, der lieblich aussah, verglichen mit der rauen russischen Landschaft, in der er die letzten Tage verbracht hatte. Vorgestern war Konstantin noch in Moskau gewesen.

Er fühlte sich, als sei er aus einem Ferienlager zurückgekommen, was an Vera aus Gorbatow lag, seiner Ferienlagerliebe, aber auch an Juri, den er auf der Reise als seinen nächsten Verwandten wiederentdeckt hatte. Auf der Rückreise waren sie in Moskau in einem kleinen Hotel im Zentrum abgestiegen, weil Konstantin etwas von der Stadt sehen wollte. Sie hatten sich das letzte Zimmer geteilt und die Betten auseinandergezogen. Konstantin schlief unterm Fenster, sein Cousin in der Mitte des Raums, wo der Abstand zu den Wänden am größten war. Konstantin hatte lange nicht mehr mit einem anderen Menschen in einem Raum geschlafen. Es war erst unheimlich, als warte ein Tier in der Dunkelheit, aber es war auch Teil des Abenteuers.

Sie waren mit der Metro zu der Straße gefahren, in der Baba Anfang der dreißiger Jahre gelebt hatte. Das Haus, in dem Lara geboren worden war, war ein wuchtiger neoklassizistischer Kasten, den sie giftgrün angestrichen hatten. Es war kein Wohnhaus mehr, sondern ein Bürogebäude. Der Pförtner hörte sich ihre Geschichte an, ließ sie aber nicht hinein. Konstantin hatte Juri von seinem Besuch bei Egon erzählt. Sein Cousin hatte nicht gewusst, dass sich seine Tante Lara das Leben genommen hatte. Es schien ihn nicht zu beunruhigen. Alles was ihm dazu einfiel, war, dass ihm seine Tante einst angeboten hatte, die Fragen für die Abiturprüfung zu verraten. Er hatte das abgelehnt, sagte er. Er wollte keine Privilegien. Bis heute nicht. Das hatte seinen Preis, und Juri bezahlte ihn gern. Sie standen vor dem grünen Haus, der Moskauer Verkehr rauschte unbeeindruckt. Konstantin fühlte keine Verbindung zu seiner Vergangenheit, seiner Familie, einem Thema.

Sie hatten sich den Roten Platz, das Kaufhaus GUM, den Kreml und den Arbat angesehen. Konstantin musste Juri, der sich die Augen verbunden hatte, an der Hand über die Brücke führen, auf der vor kurzem ein Regierungskritiker erschossen worden war. Juri hatte am ganzen Körper gezittert, als sie dort oben über der Moskwa standen. In der Mitte der Brücke gab es einen kleinen Gedenkort für den Ermordeten, den ein langhaariger Mann mit Musketierbart bewachte, der auf einem faltbaren Anglerstuhl saß. Es gab Kerzen, Blumensträuße und eine Spendenbox. Der Mann sagte ihnen, dass hier viele deutsche Touristen herkämen. Die Deutschen sind ganz versessen auf unsere Helden, sagte er. Die Helden und die Schurken. Es hörte nie auf.

Konstantin hätte Juri zum Abschied in Berlin gern umarmt, aber als er ausgestiegen und um das Taxi herumgelaufen war, war sein Cousin schon auf dem Weg zu seiner Haustür. Er drehte sich nicht mehr um.

»War Juri eigentlich immer schon so besonders?«, fragte Konstantin.

»Er war intelligent. Er war sich selbst genug, schon als Kind«, sagte seine Mutter.

»Autistisch«, sagte Konstantin.

»Das ist so ein Modewort. Jedes zweite Kind ist doch heute autistisch. Danach wäre ich sicher auch autistisch gewesen«, sagte seine Mutter. Sie trank einen Schluck Wasser. Einen winzigen Schluck. Als müsse sie sehr lange mit dem Glas haushalten.

»Juri hat einfach nicht gern mit Kindern gespielt, die ihn langweilten. Und er war oft allein«, sagte sie.

»Ich war auch oft allein«, sagte Konstantin.

»Das ist was anderes. Du hast zweimal die Sommerferien bei deiner Großmutter verbracht. Juris Vater ist verschollen, und seine

Mutter war damals eine vielbeschäftigte Ärztin, die jeden Abend ins Theater ging, weil sie nicht Schauspielerin werden durfte.«
»Wie war denn der Verschollene?«, fragte Konstantin. »Max.«
»Besser jedenfalls als alle, die danach kamen. Ich weiß nicht, was die Zeit und das Land mit ihm gemacht hätten. Er war sehr ehrgeizig und ein Gerechtigkeitsfanatiker, was nie eine gute Kombination ist, in einer Diktatur schon gar nicht. Baba hat ihn geliebt. Sie hat alles geliebt, was Vera gemacht und mitgebracht hat, aber diesen Flieger besonders. Und dann ist er ausgerechnet in der Sowjetunion verschwunden.« Sie lächelte, als sei das ein komischer Zufall gewesen und keine Tragödie.

Konstantin hatte in der Nacht, nachdem er aus Ludwigshafen zurückgekommen war, von Max geträumt. Er hatte mit ihm im Cockpit gesessen, unter ihnen eine Wüstenlandschaft. Max hatte gelächelt, die Augen blau, die Zähne weiß. Ich habe das Familiengeheimnis geknackt, sagte er zu Konstantin, der auf dem Sitz des Kopiloten saß. Dann hatte irgendetwas gekracht, der Horizont hatte gewackelt, die Zeiger der Armaturen kreisten. Max hatte mit den Schultern gezuckt und einen Knopf gedrückt. Konstantin war mit dem Schleudersitz aus der Maschine geschossen worden, die noch ein Stück weiterflog und dann, gemeinsam mit Max und dem Familiengeheimnis, im Sand zerschellte. Konstantin war mit dem Fallschirm langsam über die Unglücksstelle geschwebt. Die Wüste hatte so ockerfarben ausgesehen wie die Wüste, in der der »Englische Patient« abgestürzt war. Seine Mutter hatte den Film gehasst. Er hatte ihn geliebt. Sicher war auch das kein Zufall.

Auf der Rückfahrt von Gorbatow nach Moskau hatte Konstantin Juri von dem Traum erzählt, der darüber gelacht hatte wie über einen Witz.

Wahrscheinlich war sein Cousin seiner Mutter viel ähnlicher als er, dachte Konstantin. Sie verstanden beide nicht, wieso man mit Menschen Kontakt halten sollte, die einen nicht interessierten. Was wollte er mit einer Mutter, die Bäume tötete, die man liebte? Was wollte man mit einem Mann, der nicht mehr funktionierte? Konstantin hatte das Sentimentale von seinem Vater geerbt. Er suchte eigentlich nicht nach einem Thema, er suchte nach Halt.

Als er aus Moskau nach Hause gekommen war, hatte im Briefkasten die Antwort auf seinen Suchantrag beim Roten Kreuz gelegen, den er vor zwei Monaten gestellt hatte. Es gab keine Informationen über den Verbleib von Robert Silber, auch nicht in den sowjetischen Archiven, die vor ein paar Jahren geöffnet worden waren. Konstantin hatte das Gefühl gehabt, die Todesnachricht eines nahen Verwandten erhalten zu haben.

Er aß einen Keks und dann noch einen. Seine Mutter beobachtete ihn, als nehme er an einem Experiment teil. Er schob den Teller etwas in ihre Richtung, sie lächelte.

Konstantin erzählte seiner Mutter von ihrer Reise, aber sie schien so uninteressiert und abwesend, als berichte er nicht von einer Exkursion zum Geburtsort ihrer Mutter, sondern von einem Wandertag in Oranienburg. Er zeigte ihr die Handyfotos der Straße, die nach ihrem Großvater benannt worden war. Er zeigte ihr das Bild, auf dem Juri und er neben der Büste von Viktor Krasnow posierten. Juri sah aus wie ein russischer Filmstar, er wie ein Tourist aus Deutschland, der gerade eine Panikattacke durchlebt hatte. Er zeigte ihr Bilder von der Oka, an deren Ufer ihre Mutter vor den Männern geflohen war, die ihren Vater erschlagen hatten. Er erzählte ihr von Dimitri Uschakow, Lehrer, Museumsdirektor und Urenkel von einem der Mörder ihres Großvaters.

Sie nickte. Höflich. Er fühlte sich, als habe er ihr ein Geschenk mitgebracht, das sie nicht wollte.

»Wieso bist du eigentlich nie dorthin gefahren?«, fragte er.

»Es hat mich nicht interessiert«, sagte sie.

»Und wieso glaubst du, dass es mich interessieren sollte?«

»Ich habe gedacht, es wäre eher ein Thema für dich als dieser jugoslawische Fußballer.«

»Tennisspieler«, sagte Konstantin.

»Ich hatte andere Fragen, weißt du? Sie war ja noch ein Kind, als sie dort gelebt hat. Für mich war das immer Folklore«, sagte seine Mutter.

Konstantin nickte.

»Ich konnte mir in etwa vorstellen, was sie geprägt hat. Ich kannte sie ja. Sie war meine Mutter«, sagte seine Mutter.

»Was war sie denn für eine Frau?«, fragte Konstantin.

»Hart. Klug. Verloren. Sie war eine schöne Frau, als sie jung war, glaube ich«, sagte seine Mutter. Sie suchte nach Worten, wahrscheinlich spürte sie, dass es wenig war, was ihr einfiel. Zu einer Frau, die so ein langes Leben gelebt hatte. Konstantin verstand das. Er wusste auch nicht viel über seine Mutter. Wahrscheinlich wollte man nichts über seine Mutter wissen.

Sie saßen eine Weile so da. Dann sagte seine Mutter: »Ich glaube, sie mochte mich nicht.«

»Ach, komm«, sagte Konstantin.

Sie sah ihn an. Flehend. Konstantin wusste nicht, was er noch sagen sollte. Er war doch nur der Sohn. Vielleicht, dachte er, sollte der Goldfisch im Nebenraum nicht ihren Mann ersetzen, sondern ihre Mutter.

Das Telefon erlöste sie. Es war Herr Breitmann aus dem Heim. Claus Stein war verschwunden. Breitmann wusste nicht, wie lange er bereits weg war. Zum Frühstück war er noch da, sagte er. Das war sechs Stunden her. Sie hatten einen Pfleger in den Park geschickt, aber der hatte seinen Vater nicht gefunden. Breitmann wollte wissen, ob sie ihn bei der Polizei als vermisst melden sollten.

»Noch nicht«, sagte seine Mutter.

Konstantin nickte.

Er wollte kein Bild von seinem Vater in den Lokalnachrichten sehen. Allein die Suchbeschreibung hätte ihm das Herz gebrochen. Herr Stein ist 83 Jahre alt und nicht in der Lage, sich zu orientieren. Er hat einen Kurzhaarschnitt, ist sehr schlank und vermutlich mit einer Trainingshose, braunen Sandaletten sowie einem kurzärmeligen bunten Oberhemd der Firma Camp David bekleidet. Die letzte Nachricht, die der Tierfilmer Claus Stein, zweifacher Gewinner des Hauptpreises der Leipziger Dokumentarfilmwoche, produzierte. Eine hilflose Person in feindlicher Umgebung, wie der Held seines letzten Films. Der Stadtfuchs.

»Was machen wir nur?«, fragte seine Mutter.

Sie weinte. Konstantin war sich nicht sicher, ob er sie je hatte weinen sehen. Er kannte ihre hysterischen Ausbrüche, die auch mit Tränen verbunden waren. Aber dieses stille, verzweifelte Weinen war neu. Er hatte das Verhältnis seiner Eltern missverstanden, dachte er. Seine Mutter wollte nicht mehr beweisen, wie krank ihr Mann war. Sie hatte ihn aus ihrer Wohnung verbannt, aber nicht aus ihrem Leben. Sie wollte, dass er dort draußen nicht verlorenging. Sie brauchten sich, sie waren sich viel näher, als er gedacht hatte. Wahrscheinlich sollte er sich darüber freuen, dachte Konstantin, aber er konnte es nicht.

»Ich glaube, ich geh in den Bürgerpark und suche ihn da. Du

wartest hier auf Nachrichten. Wenn du was weißt, ruf mich an«, sagte er.

»Danke«, sagte seine Mutter.

*

Es war ein schöner, warmer Herbsttag, wenigstens das. Die Bäume waren noch grün, auf den Wiesen spielten Kinder mit ihren Eltern. Es war Nachmittag, die Schule war vorbei. Konstantin lief wie ein Spaziergänger durch den Park, vielleicht ein bisschen schneller als die anderen. Als er die Wege abgegangen war, schlug er sich in die Büsche. Eine junge Frau, die mit ihrer Tochter auf einer Decke saß, sah ihn misstrauisch an. Er lächelte entschuldigend. Sie schüttelte den Kopf. Es war seltsam, wie wenige hilflose, alte Menschen man um diese Zeit im Park traf. Konstantin sah Jogger, Eltern, er sah Kinder, Frisbeespieler und eine kleine Gruppe von jungen Leuten, die versuchten, auf einem Seil zu balancieren, das sie zwischen zwei Bäumen gespannt hatten. Die Alten saßen wie Schachfiguren im Garten ihrer Heime, dachte Konstantin, die Penner fuhren S-Bahn oder tranken vor Kaufhallen, die Schwermütigen lagen hinter geschlossenen Vorhängen in ihren Betten. Die Parks gehörten den gesunden Menschen.

Als er mit dem Kopf in einem großen Rhododendron steckte, klingelte sein Telefon.

»Mein Name ist Kowalski. Ich habe Ihre Nummer von Ihrer Frau Mutter«, sagte die Stimme eines älteren Mannes. »Ich habe Ihren Vater gefunden.«

»Wie geht's ihm?«, fragte Konstantin.

»Den Umständen entsprechend«, sagte Kowalski. »Er sitzt neben mir. Ich reiche ihn mal rüber.«

Konstantin hörte ein Rascheln, er glaubte Wind zu hören und Vögel, dann sagte sein Vater: »Na, Großer. Wie ist die Lage?«

*

Kowalski hatte seinen Vater unter einem Baum im Volkspark Prenzlauer Berg getroffen. Kowalski war mit seinem Hund spazieren. Sein Vater hatte sich mit beiden Händen am Stamm festgehalten und nach oben in die Krone geschaut, wo er einen Zeisig vermutete, dem er schon seit Stunden auf den Fersen war, wie er sich ausgedrückt hatte. Kowalski kannte den alten Stein. Er war ein Fernsehredakteur, der vor vielen Jahren mal mit Konstantins Vater zusammengearbeitet hatte. Er hatte ihn, wie er sagte, trotz seines Zustandes gleich erkannt. Sein Vater hatte sich an Kowalski nicht erinnern können, hatte ihm aber seine Papiere ausgehändigt, wie er sich ausdrückte.

Konstantin kannte die Papiere seines Vaters. Sie steckten in einer Brieftasche, die ihm Konstantins Mutter eingerichtet hatte. Es war eine Phantasiebrieftasche, die seinem Vater das Gefühl geben sollte, er sei ein freier Mann. Sie enthielt die Kopie seines Behindertenausweises, die Kopie seines Personalausweises, die Kopie einer Jahreskarte der Verkehrsbetriebe sowie einen Zettel, auf dem in der korrekten Handschrift seiner Ehefrau stand: Mein Mann ist an Demenz erkrankt. Wenn Sie ihn finden, rufen Sie bitte folgende Telefonnummer an. Auf der Kopie des Behindertenausweises war die Pflegestufe seines Vaters mit Leuchtstift markiert. Seine Mutter hatte lange um diese Pflegestufe gekämpft. Sein Vater hatte in den Tests immer zu gut abgeschnitten. Er hatte in seinem Arbeitszimmer stundenlang geübt, die Uhr aufzumalen. Er wusste, wann es darauf ankam. Aber irgendwann ging es nicht mehr. Die Pflegestufe war ein Pfeiler in der Demenzerzählung seiner Mutter. Wie die Windeln. Die Originale der Dokumente bewahrte Konstantins Mutter in ihrer Wohnung auf. Das einzig Echte waren ein Zwei-Euro-Stück im Geldfach der Brieftasche und zwei Fotografien. Ein Passbild von Theo und ein Schnappschuss, der Konstantin und seine Eltern auf dem Gutshof seiner Tante Vera zeigte. Er war vielleicht zehn Jahre alt. Die Sonne schien. Sie lachten wie eine glückliche Familie.

Die beiden alten Männer saßen auf einer Bank am Fuße des Trümmerbergs. Neben der Bank lag Kowalskis Hund, auch nicht mehr der Jüngste.

Aus der Entfernung wirkte sein Vater wacher und jünger als Kowalski, was sicher an dem beigefarbenen Cordanzug lag, den er trug. Er war ihm inzwischen zu groß, sah aber, verglichen mit Kowalskis Bundjacke, sehr zeitgemäß aus. Je näher man kam, desto mehr zerfiel dieser erste Eindruck. Claus Stein trug nur ein Unterhemd unter dem Cordjackett, seine Hände waren zerkratzt, und auf der Stirn hatte er eine frische, blutige Schramme. Den Rest erzählten die Augen der beiden alten Kollegen.

Sie redeten ein wenig, dann streichelte Kowalski dem alten Stein die Schulter des Cordjacketts.

»Halt die Ohren steif, Claus«, sagte Kowalski.

»Du auch«, sagte Konstantins Vater, der offensichtlich immer noch keine Ahnung hatte, wer der Mann war, den er unter dem Baum getroffen hatte.

»Peter«, sagte Kowalski.

»Millionendieb«, sagte Claus Stein.

Kowalski runzelte die Stirn.

»Peter Voss«, sagte Konstantin. »War mal ein Film in den Fünfzigern. Peter Voss, der Millionendieb.«

»O. W. Fischer«, sagte sein Vater.
»Ach so«, sagte Kowalski. Er hatte keine Ahnung, aber es gab auch nichts zu erklären.
»Danke Ihnen«, sagte Konstantin.
»Kein Problem. Gut, dass du die Brieftasche dabeihattest, Claus«, sagte Kowalski.
»Ich hab die Schwarze Karte der Bahn, die Black Mamba, ich könnte bis nach München fahren. Stachus und so weiter«, sagte sein Vater.
Kowalski nickte, zuckelte seinen Hund hoch und ging.
Konstantin setzte sich neben seinen Vater auf die Bank.
»Du hast einen Zeisig verfolgt?«, fragte er.
»Nicht irgendeinen Zeisig. Einen Kapuzenzeisig. Sehr selten. Den gibt's sonst eigentlich nur in Venezuela und Kolumbien.«
»Wie soll der denn hierhergekommen sein? Nach Prenzlauer Berg?«
»Das ist es ja. Ich versteh das alles nicht mehr«, sagte sein Vater.
»Ich doch auch nicht, Papa«, sagte Konstantin.
Sein Vater klopfte ihm aufs Bein. Beruhigend.
»Wichtig ist, dass du nicht verrohst. Dass du anständig bleibst.«
Konstantin schluckte. Er schickte seiner Mutter eine Nachricht, dann saßen sie auf der Bank und schwiegen. Nach einer Weile sagte sein Vater: »Was macht der Joker?«
»Der Joker?«, fragte Konstantin.
»Dein Tennismann«, sagte sein Vater.
»Du erinnerst dich an den Tennismann?«, sagte Konstantin.
»Glaubst du denn auch, ich bin verrückt?«, sagte sein Vater. Sein Kinn zitterte.
Konstantin dachte an das Finale der US Open, das entschieden worden war, während er neben seinem Cousin Juri im Flugzeug

nach Berlin saß. Er hatte den ersten Satz noch auf dem Flughafen in Moskau gesehen, spätabends. Nadal hatte ihn gegen Kevin Anderson gewonnen. Anderson war ein blasser Südafrikaner. Ein Aufschläger, dessen Waffen nicht ausreichten, so wie die von Wawrinka in Paris nicht ausgereicht hatten und die von Čilić in London nicht. Man sah schon im ersten Satz, dass es nicht lange dauern würde. Es war das letzte Grand-Slam-Finale des Jahres, und es war so langweilig wie die beiden großen Turniere davor. Alles wiederholte sich, nur die Beläge und die Städte wechselten. Asche, Gras, Beton. Normalerweise erfasste Konstantin Wehmut, wenn ein Turnier zu Ende ging. Aber diesmal fühlte er nichts. Er hatte in Berlin nur kurz auf das Ergebnis geschaut und das Interesse an Tennis verloren. Es ging nicht um Tennis. Das hatte er doch schon Rosenblatt gesagt. Er musste Bogdan anrufen. Bogdan hatte die Geschichte, die Konstantin erzählen wollte. Die er auch erzählen konnte. Immer noch, vielleicht sogar mehr als zuvor. Die Geschichte einer nicht endenden Flucht.

Konstantin hatte das Gefühl, dass seine Familienrecherche hier auf dieser Parkbank zu Ende ging. Sein Urgroßvater war womöglich ein Revolutionär gewesen, wofür auch immer er gekämpft hatte. Sein Großvater war in Sibirien gestorben, in Mannheim, Schlesien oder in Paraguay. Sie waren tot. Sein Vater aber lebte. Er hatte ihn gefunden. Er saß neben ihm.

Konstantin hatte erst mal alles, was er brauchte.

»Ich habe den Tennismann ein bisschen aus den Augen verloren«, sagte er. »Ich war in Russland, in dem Ort, aus dem Baba kam.«

»Neuland unterm Pflug«, sagte sein Vater.

»So ähnlich«, sagte Konstantin.

Er holte sein Telefon heraus und zeigte seinem Vater die Fotos, die er in Gorbatow aufgenommen hatte. Die Oka, die Straßen, die wilden Hunde, Uschakow, Juri und er neben dem Denkmal ihres Urgroßvaters. Sein Vater bestaunte die Bilder mehr, als seine Mutter sie bestaunt hatte, vielleicht weil er weniger mit ihnen zu tun hatte. Auf einem Bild, das Konstantin im Heimatmuseum von Gorbatow aufgenommen hatte, sah man die blonde Frau, die er dort getroffen hatte. Vera. Sie stand neben dem Samowar im Foyer. Er vergrößerte das Foto, bis man die blauen Augen seiner russischen Freundin aus dem Halbdunkel der Geschichte leuchten sah.

»Wie findest du die Frau?«, fragte er.

Sein Vater sah ihn an, lächelte, er sah in den Himmel, als suche er dort nach einer Antwort, einer Metapher.

»Weißt du, Junge, dass …«, sagte er. Aber dann schien die Erinnerung an das abzureißen, was er seinen Sohn hatte fragen wollen. Das Kinn des alten Löwen zitterte. Seine Augen schimmerten grün in der Septembersonne.

»Ich glaube, ja«, sagte Konstantin.

28

BERLIN
AUGUST 1990

Lena stand hinter den Gardinen in ihrem Wohnzimmer und sah zu, wie Arbeiter das neue Schild auf die alte Kaufhalle schraubten, in der sie eingekauft hatte, solange sie denken konnte. Buchweizen, Milch, Mehl, Zucker und die dicke, süße Kondensmilch. Zuletzt war sie dort gestürzt. Zwischen den Regalen gestolpert. Sie hatte nicht mehr gewusst, wo sie war. Sie trug den Zettel mit ihrer Adresse, den ihr Vera geschrieben hatte, in ihrer Schürze, darauf auch eine Telefonnummer. Veras Nummer. Auf Vera war Verlass. Die Leute aus der Kaufhalle hatten die Nummer angerufen. Sie hatte auf einem Stuhl im Zimmer des Kaufhallenleiters gewartet, vor sich eine Scheibe, durch die man in die Halle sehen konnte, die bunter wirkte als früher, aber auch verwirrender. Die Verkäufer trugen alle neue Kittel, die aussahen wie Uniformen. Es war aber nicht Vera gekommen, sondern ein Mann, der sie nach Haus brachte. Irgendjemand von den vielen Männern, die Vera einen Gefallen schuldeten. Seitdem war Lena nicht mehr in der Kaufhalle gewesen. Es gab neues Geld. Wieder einmal. Sie hatte nicht das Gefühl, dass sie sich noch daran gewöhnen musste. Sie brauchte nichts. Sie hatte keinen Hunger. Und Vera hatte gesagt, dass sie bald weiterziehen würde. Vielleicht schon heute. Ein Heim, hatte Vera gesagt. Das beste Heim, das es gab. Sie würden sie abholen. Sie hatte die Tasche gepackt. Sie würde sich nicht wehren, wozu auch. Es war besser so. Das alte Schild auf der Kaufhalle war blau gewesen, das neue Schild war gelb. Sie versuchte, die Buchstaben zu entziffern, aber sie tanzten, und eigentlich war es ihr auch nicht wichtig, was da stand. Es sollte den Leuten einreden, dass bessere Zeiten angebrochen waren. Sie hatte zu viel erlebt, um diese Sachen zu glauben. Nichts änderte sich. Traue den Geschichten nicht, Füchslein, hatte ihr mal jemand gesagt. Pascha. Die Sonne schien, es war eine Septembersonne, die noch warm war, aber schon die Kälte des Winters in sich trug, die endlose Kälte. Sie fror. Sie fror bitterlich. Sie wusste nicht, wie lange sie schon liefen. Anfangs hatte Pawel sie getragen, aber irgendwann ließ er sie auf den Boden. Sie waren dicht am Flussufer. Die Oka lag da wie ein graues Band. Von dort kam die Kälte. Die Stimmen, vor denen sie flohen, waren verstummt. Sie wusste nicht mehr, wovor sie noch wegliefen. Aber die Mutter trieb sie an. Sie hetzte zwischen den Büschen hindurch, verschwand, tauchte auf, verschwand wieder. Die Äste schlugen hinter ihr zusammen, trafen Jelena ins Gesicht. Sie weinte. Pascha hielt sie bei der Hand, versuchte, die Zweige abzuwehren. Die Mutter rief: Schnell! Dawai. Dawai. Der Boden war hart. Alles war schwarz, nur der eisige Fluss schimmerte silbrig. Sie stolperte, Pascha hielt ihre Hand, zog, aber es ging nicht mehr. Ihre Hand glitt aus seinem Griff, vielleicht ließ er sie auch los. Sie fiel auf den harten Boden, die Erde, die Kühle. Sie konnte nicht mehr. Pascha lief ein Stück weiter, folgte der Mutter, hinter der sich die Zweige schlossen. Lena blieb einen Moment liegen. Dann hob sie den Kopf, sah ihrem Bruder nach. Er war stehen geblieben, hin und her gerissen. Er war elf Jahre alt. Die Mutter konnte sie nicht mehr sehen. Lena rappelte sich auf. Pascha rief ihren Namen. Jelena, rief er. Nicht Lenotschka, nicht mal Lena. Jelena nannte er sie nur, wenn er ärgerlich war oder wütend. Sie fühlte sich, als habe sie einen Fehler gemacht. Sie sehnte sich nach ihrem Vater. Er war der Einzige, der ihr helfen konnte, der Einzige, der sie verstand. Ich weiß, es ist kalt, Lenuk. Halt ganz fest, Würmchen. Sie stand wieder, Pascha ruderte mit den Armen, die Mutter schrie. Ein gedämpfter Schrei. Jelena drehte sich um, drehte sich nach ihrem Vater um. Sie versuchte, ihn in der Dunkelheit auszumachen. Er würde gleich aus der Nacht treten und sie in den Arm nehmen. Aber sie sah nichts. Nur Schwärze. Sie ging langsam weiter. Sie hatte keine Ahnung, wo sie war, sie wusste nicht, wovor sie floh, und auch nicht, wohin. Das war die erste Erinnerung ihres Lebens, und es würde die letzte sein.

Es klingelte. Vor der Tür standen zwei Männer. Es waren immer zwei. Woher sie das wusste, hatte sie vergessen. Die Männer trugen weiße Kittel, Vera hatte sie geschickt. Es war besser so.

»Dann woll'n wir mal, Frau Silber«, sagte einer der beiden Männer.

Lena nahm ihre Tasche und folgte den Männern in die Dunkelheit. Den Fluss hinunter, weiter.

INHALT

1 Gorbatow, Russland, *Februar 1905*   11
2 Berlin, *Juni 2017*   15
3 Gorbatow, Russland, *1918*   33
4 Berlin, *Juli 2017*   77
5 Rescheticha, Russland, *1923*   97
6 Berlin, *Juli 2017*   115
7 Moskau, *März 1934*   133
8 Berlin, *Sommer 2017*   149
9 Leningrad, *Sommer 1936*   181
10 Berlin, *Sommer 1984*   199
11 Berlin, *Sommer 2017*   221
12 Sorau, Schlesien, *Weihnachten 1941*   231
13 Zary, Polen, *Juli 2017*   255
14 Sorau, Schlesien, *1944*   285
15 Berlin, *16. Juli 2017*   297
16 Sorau, Schlesien, *Februar 1945*   315
17 Berlin, *1987*   337
18 Pirna, *August 1947*   359

19	Berlin, *August 2017*	381
20	Berlin, *1948*	405
21	Berlin, *2017*	431
22	Berlin, *1953*	463
23	Deutschland, *August 2017*	489
24	Moskau, *1965*	517
25	Russland, *September 2017*	543
26	Berlin, *August 1982*	577
27	Berlin, *September 2017*	599
28	Berlin, *August 1990*	615

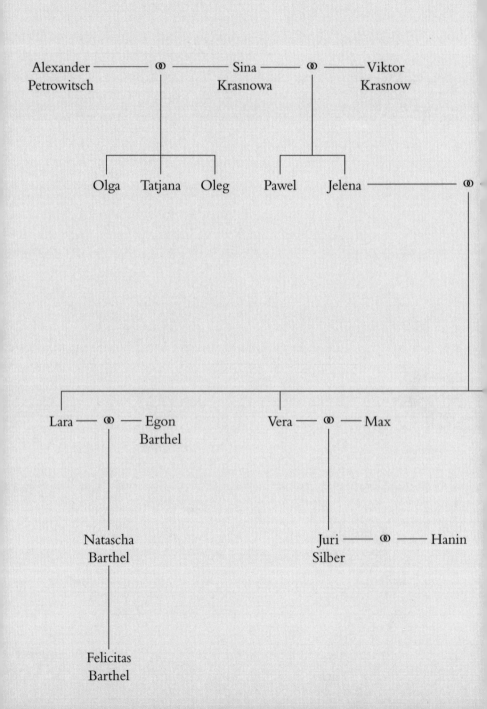